鯖江の漢詩集の研究

前川幸雄 著

朋友書店

目次（鯖江の漢詩集の研究）

凡例

○上段には本文、下段にはその書き下し文を配した。
○本文には原則として旧字体の漢字を用い、書き下し文には常用の字体を用いた。
○本文では反復記号を「々」で表した。
○書き下し文は、旧仮名遣いによった。助詞の類は原則としてひらがなに直して表記した。
○詩集の個々の作品には、作品の掲載順に巻頭から一連の作品番号を付けた。

〈「解題」〉

○「見出し」は左記を太字で示す。
作者番号　作者の姓・雅号（名）
○「調査結果」は、①～⑲とする。
①書名、②巻数、③冊数、④著者名、⑤編者名、⑥出版地、⑦出版者、⑧出版（または成立）年月日、⑨丁・頁数、⑩写真数、⑪体裁、⑫大きさ、⑬帙の有無、⑭所蔵者、⑮作者履歴（記事があるときは　鯖江市史第五巻藩政史料編二「(寛政改）鯖江藩御家人帳」（上下二冊に分けてある）の所載頁を示す、⑯巻頭作品（または代表作品）、⑰余説（「構成」と「考察」、其の他の「備考」として記すべき事）。⑱研究文献、資料、⑲所収作品表（合計欄以外は作品番号）。

＊「研究文献、資料」について＝個々の作品集の出典は書誌編に示す。「⑱研究文献・資料」には、それ以外の

「文献資料」がある場合に記す。「芥川家文書」、『若越墓碑めぐ里』、「初探」、「福井県関係の漢詩文収録書発刊（推定成立）年次一覧表」（「年次一覧表」と略称する）等である。

「所収作品表」について

「詩会詩集」に、作者別、詩体別、句数別の表を挙げた。この表は、その詩会の主宰者、詩人の詩会への参加状況、即ち参加順や、本文と合わせて見れば詩題などの詩会の進行の様子も知ることが出来る。また、各詩人の特意とする詩体が判る。参加者の顔ぶれから階層も判る場合がある。

「個人詩集」の場合にも、その詩人の特意とする詩体が判る。また、表の中には作品を年代順に示したものもある。これは、各年代におけるその詩人の作品数の推移が判り、詩人の実生活における変化も推測することが可能になる場合もある。

なお、作品番号付の詩集がある場合には索引としても利用できる。

鯖江の漢詩集の研究

第一章【序説編】

序説編の初めに

本編では、本研究の意義、「鯖江」の範囲、研究の現況、鯖江藩の歴史の概略と藩校の教育体制、それらの環境の中で行われた漢詩の勉強会、即ち漢詩創作の会と漢詩文の作者たちの概況、また、廃藩以後の変化した社会の中でも見られた漢詩文の創作と作者たちの漢詩文集の概数と様相を、現在の鯖江市の範囲での調査結果に基づいて一覧表にすることを目標とする。

第一節　鯖江の漢詩集の研究について

一　漢詩文研究の意義について

江戸時代から明治時代、更に昭和時代に掛けての漢文・漢詩は、和文、和歌に次ぐ言語として、日本の知識人の意思伝達の手段として今日の我々が考える以上に、重要な役割を果たしていた。それは、時代が下るに連れて、言文一致の進展に伴い口語に、そして、他の言語に、例えば英語やドイツ語に取って代わられて、重要性が薄れて来ている。

しかし、当時は重要であった。また、それは、今日においても、文学の世界ではその地位を完全には失ってはいない。洋の東西を問わず、文化は、過去と全く無関係に誕生することはなく、過去の文化や伝統の中から生み出されている。従って、過去の文化を研究することは、その歴史を認識する意味で重要であるだけでなく、今日の新しい文化を生み出す資源、資産を確認するという意味でも重要である。

ところが、今日、漢文、漢詩等は、時代の趨勢から、一般には関心を持たれないものであったり、或いは軽視されたりして、ともすると貴重な資料が散逸していく。そこで、残っている資料を確認し、同時に研究をして、紹介をしたいと思うのである。

一般的に言って、この分野の仕事、特に漢詩文の研究は、研究者が少ないため、あまり進まないのであるが、福井県の場合は、県内のどの地区ついても言えることである。

今回取り上げる鯖江市においても事情はあまり変わらない。そこで、私は、この研究に従事してみようと考えるのである。

二 「鯖江」について

本書で研究対象とする「鯖江」とは、旧鯖江城下、鯖江町の範囲よりも広い、現在の鯖江市の範囲を指すものとする。

次に挙げた表は『福井県の歴史』山川出版社二〇〇〇年刊、に示されているものである。表に示されているように、現在の鯖江市が出来るまでの歴史はかなり長く複雑でもある。しかし、それをたどることは、現時点での本研究の主題ではないので、この表に示す範囲を対象として研究を進めることにした。

国・郡沿革

国名	延喜式	吾妻鏡その他	郡名考・天保郷帳	郡区編成	現在 郡	現在 市
越前	今立（いまたつ）	今南東 今南西 今北東 今北西	今立（いまたち）	今立	今立郡（いまだて）	鯖江市・越前市

市・郡沿革

鯖江（さばえ）市

昭和二十三年十一月三日　今立郡鯖江町（明治二十二年四月一日、町制施行）、今立郡新横江村・船津村を編入

昭和三十年一月十五日　今立郡鯖江町・神明（しんめい）町（明治二十二年七月一日、町制施行）・中河（なかがわ）村・片上（かたかみ）村・丹生郡立待（たちまち）村・吉川（よしかわ）村・豊（ゆたか）村が合体、市制施行

昭和三十年六月十日　今立郡北中山村中戸口（なかとのくち）・上戸口・三ツ峰・松成（まつなり）・落井（おちい）・礒部・下戸口・川島を編入

昭和三十二年三月三十一日　今立郡河和田（かわだ）村を編入

昭和四十八年二月一日　福井市の一部を編入

三　漢詩文研究の現況について

鯖江地区では、『鯖江郷土誌』(1)の「文芸苑」に、八十七首の漢詩が訓点（返り点送りがな）を付けて紹介されている。ところが、作者と出典、特に出典についての説明がないので、詩集の詳細が分からない。（これに似た状況は多少の差はあるが、県内全般に見られることである。）

そこで、本格的に調査する必要を感じて、二十数年ほど前に数年間、水島直文氏と共同で調査研究を進め、一九八五年～一九九二年に掛けて福井高専の紀要に発表した。それは、文献資料を調査し、主に「文献解題」をするという基礎作業であった。従って、文学としての実態を明らかにするまでには至っていない。しかし、福井県の漢詩文集を、本格的に調査した最初の資料であり、今日から見れば一定の価値がある。そこで、この研究では、【書誌編】でその後の前川個人で行なった研究も加えて、共同研究の一部を使用している。(2)また、前川の個人で行なった研究論文は【論考編】に収録することにした。

なお、この調査の終わり頃に前川は概説として、「鯖江の漢学」を書いた。(3)これは、鯖江の藩学の状況、漢詩を伝える代表的な五つの家系、及び詩集等を紹介したものである。また、『鯖江市史　通史編　上巻』の「近世の文化」の「文芸」にほぼ同様の記事を書いている。(4)

この他に、松谷野鷗の評伝と詩の評釈、(5)青柳柳塘、柳崖父子の詩の論文と評釈(6)がある。

また、平成十五年（二〇〇三）三月に『「福井県関係漢詩集、橋本左内、橘曙覧」文献資料の研究』（三人共著）を出版した。この中の「福井県関係漢詩集」で、それまでの研究成果を総括し、一覧表にした。(7)

その後も、鯖江市立資料館（現・鯖江まなべの館）、福井市立図書館、福井大学総合図書館、その他、個人の所蔵する漢詩資料について、前川が幾つかの調査報告、論文を発表している。そして、今回は「鯖江の漢学」の一部（漢詩文学者の家系についての記述）及び紀要に掲載した解題の記述は、再吟味・整理をした上で、第二章の「書誌」として本書に取り入れた。また、右の論文と評釈の一部は、本書の第二章の【書誌編】で一部を使用し、更に、前川の研究で独立した論文と注釈は、本書の第三章の【論考編】に大部分を収録する。

（1）鯖江市編『鯖江郷土誌』大和学芸図書出版、一九七九年（昭和三十年刊の復刻版）。

（2）左記の第1稿から第5稿までは水島直文氏との共同記述、第3稿以降の補遺と第6稿は補正の原稿で、前川幸雄の単独記述である。なお、本研究では一文献につき一つの作品番号を与えて項目は①～⑮で記述している。

『福井工業高等専門学校　研究紀要　人文・社会科学』

「福井県関係現存披見漢詩集初探（第1稿）」第十九号　一九八五年十月刊

内容は、序説、解題の作成要領と001～142番までの文献の記事。

「福井県関係現存披見漢詩集初探（第2稿）」第二十二号　一九八八年十二月刊

内容は、解題の作成要領と143～158番までの文献の記事。

「福井県関係現存披見漢詩集初探（第3稿）」第二十三号　一九八九年十二月

内容は、解題の作成要領と159～166番及び補遺124番の文献の記事。

「福井県関係現存披見漢詩集初探（第4稿）」第二十四号　一九九〇年十二月

内容は、解題の作成要領と167～179番及び補遺015、026、031、050、067、0124番の文献の記事。

「福井県関係現存披見漢詩集初探（第5稿）」第二十五号　一九九一年十二月

内容は、解題の作成要領と180～199番及び補遺016、025、147、148、177、178、179、157番の文献の記事。

「福井県関係現存披見漢詩集初探（第6稿）」第二十六号　一九九二年十一月

内容は、解題の作成要領と200〜209番までの文献の記事。

（3）前川幸雄著「鯖江の漢学」『新しい漢文教育』第十五号、全国漢文教育学会、一九九二年。
（4）鯖江市史編さん委員会『鯖江市史　通史編　上巻』、鯖江市役所、平成五年（この記事は前川幸雄が執筆した）。
（5）関連論文に、岡井愼吾著「松谷先生に就きて」（遺稿）、「漢文學」5号、福井漢文学会、一九五六年、がある。
前川幸雄著「野鷗松谷先生の古銭の詩‥夢の世界」青樹十一号、福井工業高等専門学校、一九七九年。

前川幸雄著「野鷗松谷先生遺艸」研究‥その閑適の世界、「敦賀論叢」第四号、敦賀女子短期大学、一九八九年。

評釈は、前川幸雄著「野鷗松谷先生遺艸」について、1〜8、『土星』44〜49号、51〜52号、土星社、一九七九〜一九八二、一九八四年。

前川幸雄著「松谷野鷗の橘曙覧翁國風八首の漢詩譯」『会誌』21　鯖江郷土史懇談会、二〇一三年十一月
（6）前川幸雄著「西溪漁唱」の研究序説、「國學院漢文学会報」第三十六号、國學院大學漢文学会、一九九〇年。
前川幸雄著「青柳柳塘・柳涯父子の漢詩の研究‥「池田郷」の詩について」、「敦賀論叢」第五号、敦賀女子短期大学、一九九〇年。
（7）研究代表者前川幸雄『「福井県関係漢詩集（前川幸雄）、橋本左内（前川正名）、橘曙覧（水島直文）」文献資料の研究』（共著）、平成十四年度「教育改善推進費」による研究報告書、福井大学、二〇〇三年。

四　本編の構成について

上述の状況に鑑みて、本編では、先ず第二節で鯖江藩の歴史の概略と藩校の教育体制を、第三節で、それらの環境の中で行われた漢詩の勉強会、即ち漢詩創作の会と漢詩文の作者たちの概況を調査する。第四節では調査結果に基づいて、特定の家系と、それ以外の詩人について述べる。また、廃藩以後の変化した社会の中でも見られた漢詩文の創作と作者たちの漢詩文集の概数と様相を、調査結果にもとづいて表に示すこととする。

第二節　鯖江藩について

一　鯖江藩の歴史

鯖江藩は越前国（現福井県）今立郡を中心に五万石を領有した譜代の中小藩である。藩主となった間部氏は、徳川氏に三河時代から仕え、藩祖詮房は将軍家宣に仕え、側衆から老中に進み、宝永七年、上野高崎五万石の城主となった。吉宗が将軍となるに及んで職を辞し、享保二年、越後村上へ移った。ついで享保五年〈一七二〇〉、弟の詮言が越前鯖江五万石に入部し、立藩した。鯖江での第七代藩主詮勝は、安政五年老中となって、幕府勝手掛・外国掛となり、幕末の紛糾した難局の収拾に当たり、いわゆる安政の大獄を指揮したことで有名である。文久二年〈一八六二〉、詮勝は在職中の追罰により一万石を減封、四万石となり、明治四年〈一八七一〉の廃藩置県に至った。鯖江藩は歴代藩主、幕府の要職に就き、幕政に参画した陣屋持大名である。

二　歴代藩主名

三　鯖江藩の学問

江戸時代の学問は儒学がその中心的存在であったが、幕府は寛政二年〈一七九〇〉五月「異学の禁令」を発して、朱子学を正学と定めた。この禁令は諸藩の藩学に大きな影響を与えた。鯖江藩も例外ではなかった。

鯖江藩成立後、藩主は学問を督励してきたが、藩校成立以前の詳細に就いては「鯖江藩学制」（『鯖江市史別巻』）が記すように「文書散逸せしを以て、惜むらくは之を探ぐるに由なし」の状態である。

学問に力を注いだのは、五代藩主詮熈の時からである。詮熈は天明八年〈一七八八〉京都の儒者芥川元澄（思堂）を招き、儒臣とした。その子孫及びその弟子の大郷などが学統を継承している。なお、大郷家は江戸邸教授を務めた。学風は折衷学派に属していた。ここで、鯖江藩における主な儒臣とその学統学派を示す。

（折衷学派・徂徠系）

△は外より招聘した儒者、○は鯖江藩士にして儒員。

宇野明霞――芥川丹邱――芥川思堂△
芥川思堂――芥川希膽（長子）○（早世）
芥川思堂――芥川玉潭（次子）○――芥川歸山○（昌平校修学）
芥川思堂――大郷信齋○（思堂の弟子）（江戸邸教授）――大郷浩齋（江戸邸教授）――大郷學橋（江戸邸教授）――大郷利器太郎

（『近世藩校に於ける学統学派の研究』五四一頁参照）

四　藩校について

(一)　惜陰堂

文化十年(一八一三)十月、鯖江藩では江戸小山邸に「稽古所」を設け、儒者大郷信斎(金蔵)を中心に、取締一人、世話役五人をおいて開所した。稽古所は、毎年正月十五日の始業とし、「白鹿洞学規」を用いた。毎月四日、十四日、二十四日には、稽古所で四書を講釈した。十六日、二十八日には用部屋で、九日、十九日、二十九日には藩主に居間で進講をした。天保十二年〈一八四一〉六月六日、丸の内辰の口邸内に稽古所を拡張移転し「惜陰堂」と改称している。

信斎は稽古所開所以来三十年近く儒員を勤めたが、「惜陰堂」でも長老として指導に当たり、鯖江の「進徳館」より転じた芥川舟之(捨藏)が、引き立て役として信斎を補佐し、他に世話役二人、助読として生徒の中より三・四人が任命を受けている。舟之は天保十四年〈一八四三〉鯖江に戻り、進徳館師範に転じている。かわって須子等(浩斎)が江戸に来て信斎の跡を継ぎ、その後學橋が取締役となったが、安政六年(一八五九)帰鯖し、舟之が同年十二月再び江戸に出てきている。惜陰堂は廃藩の際廃校となった。

(二)　進徳館

京都から招かれた芥川思堂は家塾を開き、藩士並びにその師弟の教育に当たった。時を経て文化十一年(一八一四)五月一日、六代藩主詮允(あきざね)は中小路に「御稽古所」を創立し、思堂の子玉潭(轍)を師範とした。天保十三年(一八四二）には御稽古所を「進徳館」と改めた。（この三行は「藩校の規則」と重複しているが分かり易くするために記す）。

惜陰堂と進徳館の教授陣は藩儒芥川家の流れをくみ、師弟共ども相互に交流し合った。また後には芥川家、大郷家共に「昌平坂」に学び、南校と結び、学統の面では「昌平坂学問所」とのつながりが深い。

進徳館は明治四年（一八七一）廃藩の際、旧藩士が管理することになったが、同五年、学制公布により惜陰小学校となった。

藩校における学風は、朱子学を宗とした。学派は折衷学派に属し、のち、幕府との密接な関係もあって、昌平校に入って研修するものが多くなり、いわゆる昌平学派の展開が見られた。

五 『鯖江藩学制』について

詮勝は弘化三年（一八四六）に、学制の詳細にわたって改定をし、藩校の充実発展を図っている。「鯖江藩学制」には藩内学事の制度、士族・卒及び平民の子弟教育方法、家塾・寺子屋設置の制度、沿革の要録、教則、学科・学規試験法（進徳館規則）職名及び俸禄、生徒の概数及び束脩謝儀の法、祭儀、学校沿革、試験法、麻布教授所のこと等が記されている。教則として、孝経、小学、近思録、四書、五経、左国史、漢等の書籍を、朝五つ時（午前八時）から昼九つ時（正午）まで学び、午後は講釈、数人が輪番で次々講義をする輪講、詩文会を、それぞれ日を定めてすることとされた。

進徳館規則によれば、一月十二日が学校開きで、始業は一月十七日、これより十二月十六日までが毎年の修業期間であった。春秋二回、儒学の祖孔子を祭る丁祭を行った。（この二行は重複するが分かり易くするために記す）。

弘化以降は外国船の来航しきりで、世情は騒然としており、藩士の関心は、軍事面に傾き、儒学を主とする学問は振るわず、生徒は幼若の者が主となる有り様であった。校内には、各種武術の稽古場も用意されていた。こうした情勢のもと、藩では、嘉永三年〈一八五〇〉二月、四学科を設け、素読掛以上の者へ、家禄の他に手当金を支給する事とし、文武の均衡ある奨励を図ることとした。

藩主詮勝は儒学を尊崇し、藩校へ期待を寄せ、ときどき視察をし生徒の就学を奨励した。試験は進徳館・惜陰堂ともに藩主臨席のもとで行う「直試（じきし）」と重役が臨んでの「考試」があった。直試の内容は書経、易経、論語、中庸、大学、孝経などの購読であった。

第三節　鯖江の漢詩・漢文作者の研究について

一　研究資料

資料は、①鯖江市立資料館（現・鯖江まなべの館）、②福井県立図書館、③福井市立図書館、福井大学総合図書館等の収蔵する資料で、現在披見しうる「漢詩集」（詩歌集）「漢文集」（散文集）である。それは、福井高専の紀要に発表した文献などでもある。そして、新たに発見した作品集、及び地方史誌に見える漢詩文も対象とする。なお、まとまった文集でなくても、地方史誌等に掲載する儒者の伝記、墓誌銘、碑文や鯖江の風土を紹介する文章で、特徴があると思われるものについては研究対象とした。

◎関係のある主要な文献名とその発行所は以下である。

《刊行された文献》

1 『越前人物志』＝福田源三郎編　思文閣　明治四十三年発行・昭和四十七年（一九七二）復刻版。

2 『鯖江郷土誌』＝鯖江市編　大和学芸図書出版、昭和三十年（一九五五）の復刻版。

3 『新撰鯖江誌』＝松井政治編纂兼発行　大正三年発行（一九一四）・新撰鯖江誌復刻刊行会。昭和五十一年発行（一九七六）。

4 『吉川村郷土誌』＝（第一輯）昭和十年（一九三五）（第二輯）昭和十一年（一九三六）。

5 『若越墓碑めぐ里』＝石橋重吉著　歴史図書社　昭和五十一年（一九七六）。

6 『近世藩校に於ける学統学派の研究』＝笠井助治著　吉川弘文館　昭和五十七年（一九八二）第二刷。（この文献を『学統学派』と略称する）

7 『鯖江市史』通史編、主に、第五巻　藩政史料編二　「鯖江藩御家人帳」や通史編、藩政資料編、別巻地誌類編など。＝鯖江市編纂委員会　鯖江市役所　一九七四～年。

8 『鯖江藩ゆかりの至宝—書画と工芸—』鯖江市資料館　平成十四年八月一日～九月一日。

《刊行されていない文献》

1 【安房守文庫】　閒部詮實著（植田命寧氏蔵）。

2 【芥川家文書】（原本、芥川家蔵）、（複製、鯖江市まなべの館蔵）。

二　時代区分

時代については、資料が存在する鯖江藩成立以後とし、時代区分は「作者の生年と没年」によって、次に挙げる三期とする。

① 第一期：江戸時代越前鯖江藩成立から廃藩までに生まれ明治時代に亡くなった人。
② 第二期：大正・昭和を生き、昭和二十年の終戦までに亡くなった人。
③ 第三期：昭和二十一年以降平成二十六年の現在まで詩作活動をした人。

なお、第一期には詩文の作者が二代以上続く家柄・家系があり、個人もあった。また、第二期と第三期には二つの期にまたがる家柄・家系が一つある。他は個人である。第二期・第三期が第一期とは、大きく違うところである。

第四節　鯖江の漢詩・漢文作者について

鯖江藩には前述した藩校のような教育環境があり詩会も行われていたから、藩主を初めとする藩儒、藩士の中には、漢詩を多く作る者も現れた。

今日判明している鯖江藩及び廃藩以後の鯖江地区の漢文学者・漢詩人で経歴を明示できる人は数十人である。そこで先ず詩文の作者が二代以上続く家柄・家系について記す。

一　漢詩・漢文作者の家系について

鯖江藩の学者・藩士の著書で鯖江地域で残っているものは、漢詩集が中心である。その家系と経歴と残っている漢詩集・漢文集等について述べておきたいと思う。

旧鯖江藩区域に今日まで漢詩・漢文を伝えて来た家系は、主なものに五氏の家がある。この五氏の家の個人個人についても、後の【書誌編】①第一期・②第二期・③第三期の漢詩・漢文（個人）の著作概説の項で述べる。

（一）　藩主間部家

（前掲の「鯖江藩の歴史」参照）。鯖江藩の歴代の藩主は、いずれも、学問、芸術をたしなんだ。

第七代詮勝は松堂と号し（晩翠軒、常足齋とも称す）て、詩をよくし、『常足齋詩稿』一巻がある。二七七首の詩を収める。日常生活を詠じたものが多く、詩風はゆったりとしている。藩儒芥川歸山編『常足齋遺事』一巻にも、松堂、松齋、その他臣下との唱和詩二十五首と蘇東坡の詩二首、それに和した詩二首、合計二十九首が収められている。（【書誌編】第一期の 間部松堂、【論考編】（三）参照）。

第八代詮實は、父松堂の指導も受けて松齋と号し、同じく詩をよくした。『松齋詩稿』一巻があり、嘉永五年（一八五二）より安政三年〈一八五六〉初冬までの詩八十四首を収める（【書誌編】第一期の間部松齋、参照）。

右の両藩主は、斯道の造詣も深く、書、画にも堪能であった。藩主が詩文を好んだから、小藩ながら藩主の回りには文人墨客が集まった。また、八代藩主詮實は読書好きで、彼の手になる「安房守文庫」と総称される八一巻の文献は様々な文化的資料が含まれている。また、詩作の盛んな様子は、「安房守文庫」に収める十三種の「詩会詩集」、其の他の三種、合計十六種によって知ることが出来る。

なお、鯖江藩の「漢詩」学習の状況と「詩会詩集」については、筆者の論考に詳細を記した。（【論考編】（一）参照）。

（二）　芥川家

（前掲の「鯖江藩の学問」参照）。芥川氏は、思堂、玉潭、歸山の三代にわたって鯖江藩で藩士の教育にあたった。思堂の父の丹邱は伊藤東涯などに師事し、徂徠学を尊び、詩文をよくした。晩年には陸象山・王陽明の学問を信奉し、諸学を折衷した学問を展開した。「芥川家文書」に『薔薇館詩集』『丹邱詩話』そのほか十数種の著書があったことが記されており、その一部分は、今日も見ることが出来る。筆者（前川）に論考があり、論文編に収録する。（【論考編】（二）参照）。

思堂（延享元年〈一七四四〉——文化四年〈一八〇七〉）は京都に生まれ、父芥川丹邱に従い家学を修めた。彼は五代藩主詮熙の聘に応じ、鯖江に来住して儒官となった。父と同様折衷学派に属した。名を元澄、字を子泉と称した。思堂は号である。六十四歳で没した。万慶寺に墓石がある。『間部家家譜』や『越前鯖江志』などを編纂し、上進している。なお、個人の詩集はないが、作品は詩会の詩集に散見する（【書誌編】第一期、参照）。

玉潭（天明七年〈一七八七〉——天保十三年〈一八四二〉）は思堂の次子で、父と同様に天明八年に鯖江に来住し、三十一歳で家督を相続している。学風は父と同じ。文化十一年の藩校進徳館創立に際してはこれに参画し、学規や学則の制定に貢献した。名を希由、字を子徹といい玉潭と号した。経史に詳しく詩文に長じ、書道に優れていたとされるが、遺稿は伝わらない。五十六歳で没した。墓所は万慶寺。　（【書誌編】第一期、参照）。

歸山（文化十四年〈一八一七〉――明治二十三年〈一八九〇〉）は、名は濟、字は子軫、通称は捨藏、のち舟之と改めた。歸山は号。初め京都の後藤佐市郎に師事したが、江戸に出て、林大学頭に入門し、帰藩後は進徳館の師範となった。昌平学派に属す。江戸在藩中に足利学校に入り、古書についても研修している。藩主の命により、詩会の指導も行い、『常足齋遺事』に四首、『進徳詩集』に詩三十六首を残している。幕末には塾の開設も行い、多くの門人を養成した。廃藩後は「惜陰小学校」で教鞭をとった。七十三歳で没した。墓所は万慶寺である。

（【書誌編】第一期、【論考編】（一）参照）。

（三）　大鄕家

（前掲の「鯖江藩の学問」参照）。大鄕氏は、信齋、浩齋、學橋の三代の学者を出した。

信齋（明和八年〈一七七一〉――弘化元年〈一八四四〉）は市橋家から養子に入った。幼少の頃から芥川思堂に師事し、経史を修めた。のち江戸に出て、昌平校に入学、林大学頭述齋について学んでいる。鯖江藩では文化十年（一八一三）に江戸三田小山邸に学問の稽古所を開設しているが、この時信齋はその取締役になっている。この稽古所は天保十二年〈一八四一〉惜陰堂と命名されるが、その際信齋は教授に就任、以後惜陰堂は大鄕氏の管理するところとなった。

信齋は林述齋の信任が厚く、述齋が江戸麻布古川端に学問所を建てて、これを「城南読書楼」といい、俗に「南校」といった。信齋はこの南校の教授に就任し、二十年間余りその職にあった。南校は後に幕府学問所麻布教授所に発展する。信齋の学風はいわゆる昌平学派である。名は良則、友信、寛。通称は金藏。字を伯儀、仁甫といい、信齋、また麻生村学究と号した。『信齋文集』、『遊嚢臏記』、『道聴塗説』などの著書がある。また、「汲古窟信筆総目録」は巻三に「信齋上巳集」があると記す。(但し、第三巻は欠巻のため、未詳である)。七十一歳で没し、墓石は東京芝の長慶寺中正寿院にある。（【書誌編】第一期、参照）。

浩齋（寛政五年〈一七九三〉――安政二年〈一八五五〉）は、須子孫作の弟の博を大郷家の嗣子としたものである。江戸惜陰堂および城南読書楼の教授に就任している。名を博、博通・博須といい、号を浩齋という。著書に『浩齋文稿』がある。前半に詩三十五首、後半に文十二編を収録。同じく浩齋の著した『促月亭詩會發題三十首共分韻』は詩会の作品の記録である。また、「汲古窟信筆総目録」巻二、巻六、また巻十九にも詩作品がある。（但し、十九巻は欠巻のため未詳である）。（【書誌編】第一期、【論考編】(三)参照）。

學橋（天保元年〈一八三〇〉――明治一四〈一八八一〉）は若くして昌平校に入学し力量を発揮して、二十六歳の時に江戸惜陰堂および城南読書楼の教授に就任した。七代藩主詮勝が老中職にあった時、學橋は諸藩の志士と交わり国事に奔走した。この事が知れ渡ると詮勝は學橋を鯖江へ帰藩させた。字は穆卿、通称は巻藏といい、學橋は号、葵花書屋はその屋号であろう。『學橋遺稿』があり、五十六首を収録している。廃藩後は大蔵省に奉職している。五十二歳で没した。（【書誌編】第一期、【論考編】(三)参照）。

(四)　青柳家

鯖江藩勘定奉行を勤めた第五代忠治（柳塘）、その息子第六代宗治（柳涯）は多くの詩を残している。

柳塘（文政元年〈一八一八〉――明治十一年〈一八七八〉）の詩集『西溪漁唱』はもと六巻あったが、二巻を失い、今は四巻を残す。別に補遺作品を集めた『西溪漁唱後集』一巻があり、両者の合計は一二七五首でる。（【書誌編】第一期、【論考編】（四）（五）参照）。

柳涯（安政二年〈一八五五〉—明治三十九〈一九〇六〉）は、詩集『清默洞詩稿』四巻があり、一二六七首を収める。今立郡役所に奉職、のち町助役をつとめた。（【書誌編】第一期、【論考編】（五）参照）。

青柳家家系図

青柳家には「青柳家家系圖」がある。これには、祖父森脇與右衛門から七代目青柳金次郎までが記されている。この他に五代青柳忠治（号柳塘）の次男が養子となった大山家で作成した「爲大山忠治三十三回忌」（昭和五十二年十月大山陽通作成）がある。この二つを基本として家系図を作成し、疑問箇所については八代目青柳宗和氏に過去帳にあたって確認して頂き、完成したのがここに掲げた青柳家家系図である。

土井大炊頭臣
祖父　森脇與右衛門 —— 父
土井甲斐守侍医
安倍家（越前大野藩・医者）
安倍不亂
亨保二年（一七一七）六月十四日没
法名　魯岳院自然一齊居士

母
俗名不詳
青木半右衛門女
亨保元年（一七一六）四月六日没
法名　直子院妙圓日照大姉

養母
俗名不詳
青木半右衛門女
亨保十二年（一七二七）八月二十七日没
法名　浮池院華亮清蓮尼上座
葬江戸淺草草金龍寺

一代
忠精（安倍不亂　長男）
青柳忠左衛門
延享元年（一七四四）九月二十九日没（享年六十八歳）
法名　忠精院心嚴兼微居士
葬越前萬慶寺

室
俗名不詳
篠原小右衛妹
寶暦九年（一七五九）十二月三十一日没
法名　光月院本然自然禪尼
葬萬慶寺

養父　山崎一右衞門
延宝七年（一六七九）二月六日没
法名　圓相院一空宋閑居士
葬江戸淺草草金龍寺

二代　忠精（忠精　長男）
青柳半七
諱致亮
天明四辰年（一七八四）七月十七日没（享年六十四歳）
法名　靈樹院直顏微笑居士
葬萬慶寺

室
俗名不詳
藩士　伊藤宗四郎女
明和六年（一七六九）九月二十一日没
法名　秋月院心性圓明大姉
葬萬慶寺

継室
俗名不詳
福井藩士　小林七之丞姉
文政九年（一八二六）九月十六日没
法名　青草院池塘岸柳信女
葬萬慶寺

三代　青柳半七（二代忠精　長男）
諱致知　幼名馬次郎
天明五年（一八三四）九月一日没（享年七十三歳）
法名　青雲院淳德和光居士
葬萬慶寺

室
松平和泉守様御領地ノ上村
野村九郎衞門女
安政七年（一八六〇）三月没（享年九〇歳）
法名　積善院天祐壽院大姉
葬萬慶寺

三代
四代　青柳半七（三代半七　長男）
諱致敬　幼名馬次郎
後依御内意改名宗治
致仕号醉遊
葬萬慶寺
明治二年（一八六九）四月十四日没（享年七十三歳）
法名　安詳院醉遊道醒居士

室
俗名不詳
藩士　大山肇女
嘉永七年（一八五四）六月一日没（享年五十五歳）
法名　清涼院柳岸妙霖大姉
葬萬慶寺

―五代　青柳忠治（致敬　長男）
諱致和　字伯仲　号柳塘　幼名忠治
明治十一年（一八七八）十月三日没（享年六十一歳）
法名　大通院青陰柳塘居士
葬萬慶寺

治＝＝室
俗名　たね
室　藩士　池田文治五女
明治二十六年（一八九三）三月十日没
（享年六十五歳）
法名　柳相院孝應妙心大姉
葬萬慶寺

六代　青柳宗治（忠治　長男）
安政二年（一八五五）十一月二十四日生
通称　銀次郎
諱致恪　字子肅　号柳崕
明治三十九年（一九〇六）十月九日没
（享年五十二歳）
法名　宗樹院青嚴柳崕居士

室
俗名　みわ（後「のへ」と改名）
安政四年（一八五七）四月五日生
丹生郡杉本村
酒井十郎助女
昭和二年（一九二七）七月二十一日没
（享年七十一歳）
法名　夢量院大安妙昌大姉

七代　（青柳宗治）青柳金治郎（養子）
吉江　杉本
酒井　豊　次男
昭和二十年（一九四五）七月二十二日没
法名　正覺院花山默堂居士

室
子（ねね）（宗治　長女）
明治十九年（一八八六）二月四日生
昭和七年（一九三二）五月七日没
法名　柳翠院心覺了宗大姉

継室
安江（玉井家より）

―八代　青柳宗和（金治郎　長男）
大正九年（一九二〇）四月二十六日生
室＝＝絹代（谷口家より）
昭和二年（一九二七）十二月十二日生

―九代　青柳宗孝（宗和　長男）
昭和二十三年（一九四八）三月十四日生
室＝＝和子（沼田俊雄　長女）
昭和二十三年（一九四八）二月六日生

―青柳宗之

（五）　橋本家

橋本政恒（宝暦十一年〈一七六一〉―天保九〈一八三八〉年。〈一七九二〉）は舟津神社祠官第八十二代で、芥川思堂に師事した。『橋本政恒翁詩集』一冊は、鯖江藩の詩会とは別の、数人との詩会の記録、本人の作品、応酬の作品、三百三十五首がある（余白に学習の参考として記したとみられる中国人の作品二十一首がある）。また、『詠草千歳友』八冊は和歌集であるが、二―六冊のところどころに漢詩を含み、三十五首と、別人の作品五首もある。

（【書誌編】第一期、参照）。

橋本柏堂（政住）（文政十年〈一八二七〉―嘉永元年〈一八四八〉）政恒の孫、政住も漢詩数首を残している。

（【書誌編】第一期、参照）。

政武（天保九年〈一八三八〉―明治二十七年〈一八九四〉）は舟津神社祠官で八十五代。『鼓橋草稿集』一冊には一九五首を収めている。風景、季節を詠じたものが多い。

（【書誌編】第一期、参照）。

橋本家略系図（天明以降分）

祇儀
正徳四年（一七一四）生
寛延三年（一七五〇）六年十二日　叙従五位下　任讃岐守
天明六年（一七八六）三月十六日歿　七十三歳

政恒
幼名　爲千代　主税　宝暦十一年（一七六一）生
寛政四年（一七九二）七月十三日　叙従五位下　任筑前守
天保九年（一八三八）十一月十九日歿　七十八歳

政柄
幼名　恒麻呂　主計　寛政八年（一七九六）生
文政十年（一八二七）閏六月十日　叙従五位下　任豊前守
天保二年（一八三一）正月十六日歿　三十六歳

石渡宗伯
府中藩医
文政八年（一八二五）生
明治十年（一八七七）
三月十七日歿
五十三歳

政住
幼名　直次　大炊亮　文政十年（一八二七）生
嘉永元年（一八四六）十月九日歿　二十二歳

政貞
幼名　熊太良　河内
文化八年(一八一一)生
天保七年(一八三六)
五月二十三日
叙従五位下　任淡路守
慶応三年(一八六七)
十二月二十四日歿
五十七歳

壽
慶蔵
土肥淳朴の養子となる
昭和六年（一九三一）
十一月六日歿　六十六歳

政武
幼名　牧雄
天保九年(一八三八)生
安政六年(一八五九)
六月二十五日
叙従五位下　任陸奥守
明治二十七年（一八九四）
二月二十日歿　五十七歳

政孝（淳朴）
丸岡藩医土肥長雋の養子
明治三十四年（一九〇一）
十二月三十一日歿

政脩
明治十年
(一八七七)生
昭和十七年
(一九四二)
十二月十七日歿
六十六歳

政英
明治四十年
(一九〇七)生
平成三年
(一九九一)
十二月二十八日歿
八十五歳

政宣
昭和十八年
(一九四三)生

二 「詩会詩集」の漢詩作者について

次に、前掲の、一の漢詩・漢文作者の家系、以外の鯖江藩藩士の中の漢詩作者の状況を表示しなければならない。そこで、先ず鯖江藩における漢詩の学習状況について確認しておきたい。

（一） 藩校における詩文の学習

一七八八年（天明八年）京都より、藩儒臣として鯖江藩に招かれた芥川元澄（思堂）は家塾を開き、藩士並びにその子弟の教育に当たった。文化十一年（一八一四年）五月一日、六代藩主詮充（あきざね）（一八一二・文化九年～一八一四年・文化十一年、藩主在職二年四ヶ月）は中小路に稽古所を創立し、思堂の子玉潭（轍）を師範とした。稽古所では、孝経、・小学・近思録・四書・五経・左国史・漢などの書籍を、朝五ツ時（午前八時）から昼九ツ時（正午）まで教えた。午後は日を定めて講釈や数人が輪番で次々講義をする輪講、詩文会が行われた。

七代藩主詮勝（あきかつ）（一八一四年・文化十一年～一八八四年・明治十七年、藩主在職四十八年二ヶ月）は天保十三年（一八四二年）には稽古所を「進徳館」と改めた。詮勝は弘化三年（一八四六年）に進徳館規則・学規・職名及び俸禄・祭儀など学制の詳細にわたって改定をし、藩校の発展を図った。

進徳館規則によれば、一月十二日が学校開きで、始業は十七日、終業は十二月十六日で、あとは休業とし、春秋二回儒学の祖孔子を祀る丁祭を行った。授業は、午前中は素読・復読・教示が行われた。午後は三・八の日は歴史、五・十の日は復読、七の日は講釈、四・九の日は輪読、二の日は詩文会が実施された。五日に一日休日があったが、

ほかに五節句・盆・祭礼・藩主に総出仕した日も休みとなった。(1)

（1）鯖江市史編纂委員会『鯖江市史通史編』上巻　第六節　近世の文化（七一八頁～七二九頁）鯖江市役所　平成五年三月十日発行を参照。

詳しくは、『鯖江市史』資料編　別巻　地誌類編の「越前鯖江藩学制」や『日本教育史資料』の「鯖江藩」の箇所、などを参照。

（二）藩士を中心とする漢詩学習の研究資料について

鯖江藩第八代藩主間部詮實（あきざね）（一八三〇年・文政十年～一八六三年・文久三年、藩主在職一年）は、古今のいろいろな文献や資料を写し取り、また自分の見聞したことを筆まめに記録している。それらは『汲古窟信筆』『待月亭謾筆』『待月亭閒筆』『待月亭雑誌』と題されるもので、八一巻からなっている。（これは「安房守文庫」(2)と総称される）。これらの中には個人の作品を筆写した「個人の漢詩集」があるが、他に藩士の漢詩勉強会の作品を記録した「詩文会の作品集」及び、年賀や花見の際の「詩会の作品集」とも言うべき「漢詩集」が見られる。

（以後これらの「作品集」を「詩会詩集」と呼ぶことにする）。

そこで「安房守文庫」に収められている「詩会詩集」で、「植田命寧氏が所蔵する十三点」と「芥川家及び福井大学総合図書館が所蔵する二点」及び元青柳家蔵、現在まなべの館蔵の一点の合計十六点が研究の対象として取り上げるべき文献であることが判明した。

なお、次に挙げた（一）（二）（三）（五）（六）（八）（十三）（十五）の詩集には七代藩主詮勝（あきかつ）の雅号「松堂」が見える。しかし、詩会が催されて作品集が成立したのは（一）は嘉永一年（一八四八）であり、（十五）は文久三年（一八六三）である。詮勝（あきかつ）は、慶応元年（一八六五）五月十五日、謹慎赦免。二十日、剃髪して松堂と改称した（『鯖江郷土誌』一五二頁参照）。従って、一八四八年及び一八六三年にはまだ松堂とは号していないことになっている。しかし、この八つの詩集は松堂と記述している。これは、後年の写本であると考えられるので、写本作成時の状況に合わせて記述したものであろう。

研究の対象として取り上げた文献は以下の一六種の詩集である。

（一）「常足齋遺事」（「芥川家文書」所収）　天保十三～嘉永元年・一八四二～一八四八年成立。
（二）「汲古窟詩集」（青柳家蔵・鯖江まなべの館所蔵、写本）　弘化元年・一八四四年成立。
（三）「進德詩集」（福井大学総合図書館所蔵、写本）　嘉永二年・一八四九年成立。
（四）「進德館詩集」（「汲古窟信筆」第九巻所収）　嘉永三年・一八五〇年成立。
（五）「嘉永三庚戌戲歷附新年之作」（「汲古窟信筆」第九巻所収）　嘉永三年・一八五〇年成立。
（六）「萬斛先春」（「汲古窟信筆」第九巻所収）　嘉永三年・一八五〇年成立。
（七）「進德社詩」（「汲古窟信筆」第十巻所収）　嘉永三年・一八五〇年成立。
（八）「辛亥詩集」（「汲古窟信筆」第十一巻所収）　嘉永四年・一八五一年成立。
（九）「乙卯二月　花下對月」（「待月亭謾筆」第十三巻所収）　安政二年・一八五五年成立。
（一〇）「百家雪」（「待月亭謾筆」第十五巻所収）　安政三年・一八五六年成立。
（一一）「賞春詩卷」（「待月亭謾筆」第十六巻所収）　安政三年・一八五六年成立。
（一二）「丙辰詩稿」（「待月亭謾筆」第十九巻所収）　安政三年・一八五六年成立。

（一三）「吟草」（「待月亭謾筆」第二十三巻所収）　安政三年・一八五六年成立。
（一四）「詩稿」（「待月亭謾筆」第二十三巻所収）　安政三年・一八五六年成立。
（一五）「癸亥詩集」（「對月亭閒筆」第二十巻所収）　文久三年・一八六三年成立。
（一六）「鯖江詩稿之寫」（「待月亭閒筆」第二十巻所収）　文久三年・一八六三年成立。

鯖江藩関係ではこれら十六点の漢詩集を調査研究した。

（2）　鯖江市史編纂委員会　『鯖江市史通史編』　上巻　第六節　近世の文化（七一八頁～七二九頁）鯖江市役所　平成五年三月十日発行を参照。「安房守文庫」については、第三章第一節を参照。

（三）　舟津神社関係の漢詩学習の研究資料について

一方、舟津神社関係の文献では、「詩会詩集」としては「橋本政恒翁詩集」、「詠草千歳友」の二点を取り上げるのが適当であると判断した。その理由は次の二つである。

1　詩会の参加者が鯖江藩関係とは基本的に重なっていない。
2　鯖江藩関係の詩集は、詩会の記録としての形態が明確であるが、舟津神社関係の詩集は形態が整っていない。
（個人詩集、詩会詩集などの数種の性格を持つものと、個人詩集に少数の他人の作品が混じっているものとがある）。

しかも、二点だけであるので、まとめて取り扱うことはせずに、それぞれを【書誌編】の個人詩集の欄で検討した。
以上の調査検討の結果をもとに作成したのが、（一）（二）の漢詩作者一覧表である。

（四）「漢詩作者一覧表」

① 表の「表示方法」についての説明

1、出典配列の順番は、詩集の出版または成立の順による（算用数字によって示した）。

2、姓名。雅号は、詩集の巻頭から、記載されている順に挙げた。
（前に出ている姓名。雅号であっても違う姓名あるいは雅号が使われている場合は総て挙げた。それは出典が一目瞭然であり、今後更に調査する場合には便利であるからである。）

また、姓名の上に▲印を付けてある姓名は、それが18（『鯖江郷土誌』）によって判明して記したことを示す。

3、鯖江藩関係の17は「安房守文庫」に（詩集の形ではなく）少数の作品（一、二編）が出ていることを示す。文庫名と巻数を示した。なお、琴岳の（「琴岳詩稿」と「琴岳覆瓿鈔謄」（「汲古窟信筆」第十巻所収）は、琴岳が鈴木大壽であると判明した（『鯖江郷土誌』の六五一頁、二行目参照）ので【書誌編】で取り上げた。
一方、鶴汀の「「還郷集詩」（七言絶句九首、五言律詩一首）（「待月亭閒筆」第八巻所収）は、雅号だけが記載されており、現在までに他の手がかりが見出せていないので、【書誌編】では取り上げなかった。

4、18は、『鯖江郷土誌』に作品が挙げてあることを示す。（但し、作品の出典は示されていない）。

5、19は、『鯖江藩御家人帳』の記事掲載箇所を示す。

6、表中の●印は詩集中に姓名、雅号の両方が記されていることを示す。（1・4・7・10・11・16番）○印は雅号だけが記されていることを示す（2・3・5・6・8・9・12・13・14・15番）。

7、姓名、雅号などが重複して出ている人は、間部松堂、芥川舟之、小堀十太、青柳塘、土屋仲宅、土屋得所、水谷山聳、大鈴澤治である。（ただし、土屋仲宅、土屋得所、水谷山聳、大鈴澤治は一つにまとめ、雅号は表中に示した。）これを考慮すると、鯖江藩関係は百十余名（中国の詩人四名を含め、百十四名）、舟津神社関係は二十六名（それに「船津の宮の八景」関係を含めて三十七名）ということができるであろう。

8、補足、②鯖江藩関係＝（十六種）の「詩会詩集」については、左記に詳細を記した。

第三章【論考編】第一節の、［鯖江藩における「漢詩」学習の研究―「詩会詩集」十六集の構成と考察―］

③舟津神社関係＝（二種）の「詩会詩集」については、第二章【書誌編】第一期の［二　橋本政恒］の箇所に詳細を記した。

② 鯖江藩関係＝（十六種）に見える漢詩作者一覧表

通番	3	2	1		
姓名	大鈴壽仙	間部詮實	間部詮勝		
雅号	鈴信伴	松齋	松堂	書籍番号	出典名
	●	●	●	1	「常足齋遺事」
			○	2	「汲古窟詩集」
			○	3	「進德詩集」
		●		4	「進德館詩集」
			○	5	「嘉永三庚戌戲歷附新年之作」
			○	6	「萬斛先春」
				7	「進德社詩」
			○	8	「辛亥詩集」
				9	「乙卯二月　花下對月」
				10	「百家雪」
				11	「賞春詩卷」
				12	「丙辰詩稿」
		○	○	13	「吟草」
				14	「詩稿」
		○	○	15	「癸亥詩集」
				16	「鯖江詩稿之寫」
			汲古6	17	安房守文庫（上掲の詩集以外の作品）
		○	○	18	『鯖江郷土誌』
	五巻下　八〇頁			19	『鯖江藩御家人帳』（鯖江市史藩政資料編）

通番	姓名	雅号	1	2	3	4	5	6	7	8	9	10	11	12	13	14	15	16	17	18	19
4	熊澤了庵	熊靜	●																		五巻下四七五頁
5	芥川舟之	芥濟	●																		五巻下三三四頁
6	中村錠太	中義衞	●																		五巻下一四一頁
7	小堀十太	堀正綽	●																	○	五巻下一七四頁
8	蘇軾	東坡	●																		
9	間部詮勝	蘇跡居士	●																		
10	芥川舟之	歸山	●		○	●		○				●		○		○				○	五巻下三三四頁
11	鈴木大壽	琴岳		○		●									○		○		汲古10	○	
12		松濤		○																	
13		雲箒		○											○						
14		誠園		○																	
15	▲小堀十太	鹿川		○							○		●							○	五巻下一七四頁
16	▲山口躋	龍山		○	○						○		●							○	五巻下四六九頁
17	▲中村功	松澗		○									●		○					○	五巻上四一七頁
18	大郷博	浩齋		○						○									汲古2・6 待月謾10	○	
19		東窓		○							○										
20		松溪		○																	
21	▲佐々木木作	麟友		○							○		●		○				待月謾15	○	五巻下 六五頁
22		松峯		○																	
23		盤山		○																	
24	聯句 松堂 鹿川 琴岳 松濤			○																	

25	26	27	28	29	30	31	32	33	34	35	36	37	38	39	40	41	42	43	44	45
五十嵐亮助						曾我三郎右衛門				青柳塘	土屋仲宅		▲土屋得所					▲青柳塘		
琴石	蘆園	耕山	春溪	可堂	琢堂	東涯	文豹	勤齋	菊川	鳴鶴	竹圃 伊之	復堂	古香 樂齋	竹亭	綠水	清庵	溪村	柳塘	致堂	澹齋
○	○	○	○	○	○	○	○	○	○	○	○竹圃	○	○古香	○	○	○	○	○	○	○
											伊之●									
○											○竹圃		○古香					○		
●						●					●竹圃									
●						●							●古香					●		
													○古香							
													○古香							
						●				●			樂齋●							
待月謾20										汲古3・6										
○						○				○	○竹圃		○古香					○		
五巻上一七六頁						五巻上三二三頁				五巻上一四四頁	五巻上四四五頁		五巻上四四五頁					五巻上一四四頁		

通番	姓名	雅号	1	2	3	4	5	6	7	8	9	10	11	12	13	14	15	16	17	18	19
46		斗厓			○																
47	芥川捨藏	濟				●														○	五巻下三三四頁
48	五十嵐亮助	包耀				●														○	五巻上一七六頁
49	青柳塘	致知				●															五巻上一四四頁
50	勢家新藏保親	五雲				●								○		○				○保親	五巻上 五五頁
51	▲水谷山聳	荀川 芝石				●荀川		○荀川				芝石●		芝石○		芝石○				○	五巻下四〇三頁
52	藤田敦	敦齋				●						●		○		○				○	五巻上一〇九頁
53	加藤文進	芸窓				●		○	●			●								○	五巻下 三三頁
54		純齋					○														
55		謙齋					○														
56	啞啞山樵						○														
57		梅閣					○														
58		松塘					○			○									待月譔10		
59	米莽亥						○			○											
60	長滿連						○														
61	浩齋博						○														
62	香雪山晉						○														
63		淡所					○														
64		醉我					○														
65	祖父江恭助	恭堂						○						○		○				○	五巻上三六五頁

66	小倉喜太郎	適齋							●			●								○	五巻下二五四頁
67	喜多山儀兵衛	苑園 蘐園							蘐園●			蘐園●								○苑園	五巻上二一七頁
68	喜多山直吉	巻石							●											○	五巻上二一七頁
69	内田侃治	范村							●			●		○		○					五巻上 二六頁
70	吉井清作	松嶺							●											○	五巻上 四六頁
71		子謙								○											
72		月堂								○											
73		遂葊								○											
74		香雪								○											
75		蓬仙								○											
76		鹿石								○											
77		竹齋									○										
78		鹿鳴									○										
79	▲大鈴澤治	樂僊 樂仙									○樂僊		樂仙●								五巻下 八〇頁
80		龍溪									○										
81	飯崎精	精舍									○		●								五巻下一六七頁
82	▲津田泰一	泰山									○		●							○	五巻上 三二頁
83		澤陽									○										
84		雪峯									○						○				
85	▲中村餐郎	竹涯									○		●							○	
86	▲波多野義三	義齋											●	○						○	五巻下 一一頁

通番	87	88	89	90	91	92	93	94	95	96	97	98	99	100	101	102	103	104	105	106
姓名		▲中村熊吉		▲伊東庄作	杜牧	大鄕卷藏	▲鈴木玄岱		溫庭筠	耿湋	宋邕				大鄕學橋?			▲小池空		▲山口鏻藏
雅号	青崖	雪崖	植軒	梅軒	牧之	學橋	溪叟	澤井				鶴汀	青涯	雲谿	穆齋	松雪	介石	恕堂	竹雨	雨山
1																				
2																				
3																				
4																				
5																				
6																				
7																				
8																				
9																				○雨山
10				●																
11						●	●													
12	○	○	○	○																
13					○	○	○	○	○	○	○	○								
14			○										○	○						
15							○								○	○	○	○	○	
16						●														●雨山
17						待月謖20						待月間8・13								
18	○	○	○	○		○	○											○		鏻藏○
19		五巻上五〇二頁	五巻上三六五頁	五巻上一五八頁		五巻下一九六頁	五巻下五五三頁													五巻下四七〇頁

107	小倉亀藏	雪齋																●		○	五巻下二五三頁
108	▲間部廉子	玉雪																		○	
109	▲大鄕金藏良則	信齋																	汲古3(欠)	○	五巻下一九三頁
110	▲芥川元澄子泉	思堂																	待月間5	○	五巻下三三四頁
111	▲芥川希由	玉潭																		○	五巻下三三四頁
112	▲飯崎精	春窓																		春窓	五巻下一六七頁
113	▲喜多山木人	皎齋																		○	五巻上二一七頁
114	▲中村米助	漣漪											●							○	五巻下五五四頁
115	▲西川茂三	西水											●							○	五巻下四〇九頁
116	▲間部命雄	東齋										●								○	五巻上　五一頁
117	▲喜多山直世	范村																		○	五巻上二一九頁
118	▲永岡忠藏堯英	雲溪																		○	五巻上四四一頁
119	▲小磯波治	清涯																		○	五巻上　三七頁

㊟53加藤文進・「芸窓」の「芸」はすべての用例が「芸」であるが「藝」か？

101の「穆齋」は大鄕學橋か？

120の「間部命雄・東齋」は『鯖江鄕土誌』による。「間部命雄」と「植田貢之進」『鯖江藩御家人帳』（五巻上五一頁）との関係は？

121の「喜多山直世・范村」は『鯖江鄕土誌』による。「喜多山直世」は「内田侃治」の誤記か？

③ 舟津神社関係＝（三種）に見える漢詩作者一覧表

通番	姓名	1「橋本政恒翁詩集」	2「詠草千歳友」	3『鯖江郷土誌』
1	藤國紀	○		
2	龍公美	○		
3	祭元	○		
4	誰不相識	○		
5	橋正恒	○		
6	中民甫	○		
7	蔦安定	○		
8	橋五嶽	○		
9	梧溪	○		
10	田王皐	○		
11	田勝興	○		
12	僧一止	○		
13	僧玉樹	○		
14	藩君美	○		
15	河合氏	○		

通番	姓名	1「橋本政恒翁詩集」	2「詠草千歳友」	3『鯖江郷土誌』
16	思堂先生	○		
17	松秀具	○		
18	府中庚園逸人	○		
19	窪文滝	○		
20	田文方	○		
21	橋正武	○		
22	啓迪	○		
23	葵希由		○	
24	古川順信		○	
25	橋政柄		○	
26	橋本政住		○	
	（雅号）柏堂			
／	（舟津の宮の八景）			
27	芥川元澄・子泉			○
28	源義張琴玉			○

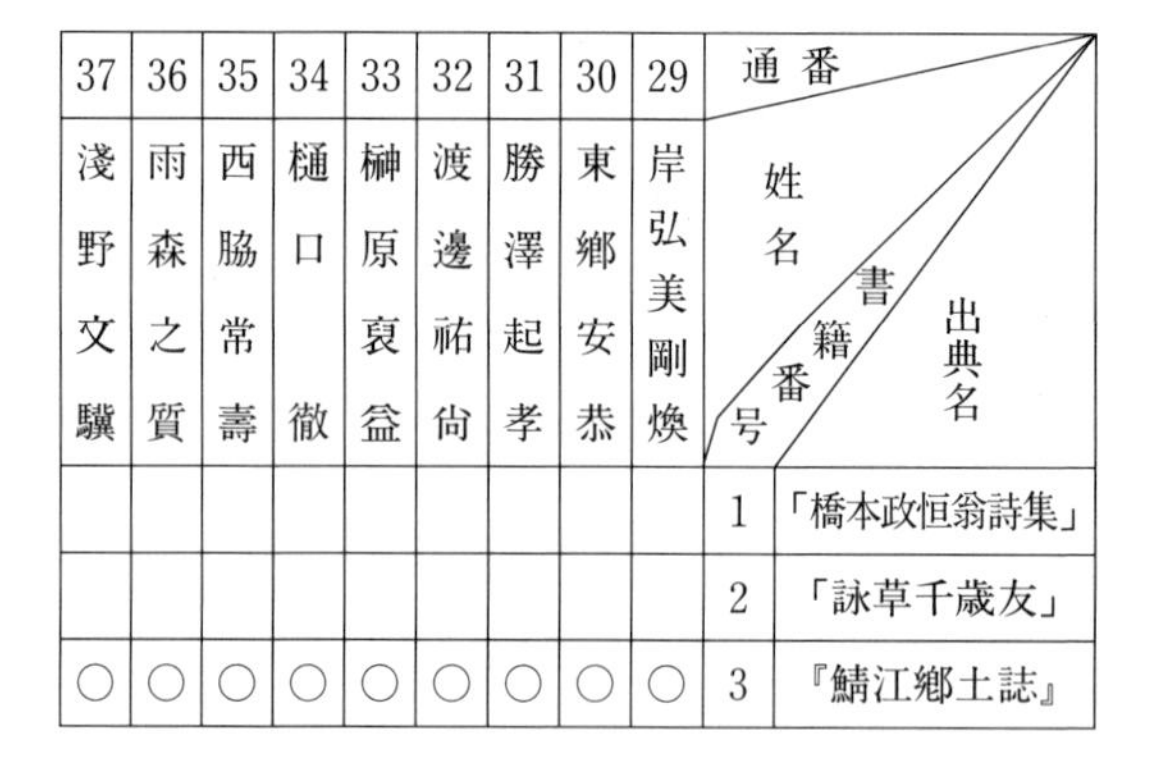

通番	姓名	1「橋本政恒翁詩集」	2「詠草千歳友」	3『鯖江郷土誌』
29	岸弘美剛煥			○
30	東郷安恭			○
31	勝澤起孝			○
32	渡邊祐尙			○
33	榊原裒益			○
34	樋口徹			○
35	西脇常壽			○
36	雨森之質			○
37	淺野文驥			○

1　漢詩作品があり経歴が明らかな漢詩文作者

「漢詩作者一覧表」に示したとおり、漢詩作品があり、且つ経歴が比較的明らかな漢詩作者は鯖江藩関係で六十名前後、舟津神社関係で数名である。

2　漢詩集があり経歴が明らか漢詩文作者

各公立図書館（第四章【年表編】第三節、参照）、及び個人所蔵の詩集を調査した結果、漢詩集があり、且つ経歴が明らか漢詩文作者ということになると、極めて少数になる。それらの漢詩作者を集計すると、鯖江藩関係、舟津神社関係、両者を合わせても二十七名である。それを左に表示する。

姓名、名前、雅号、生年と没年の年号と西紀、享年などが明らかな人物を、先に記した「時代区分」によって示す。なお、一の菅原（秋元）小丘園（時憲）は生年と、一四の鈴木琴岳（大壽）は生没年が不明であるが、姓名が判明しており、まとまった詩集があるので取り上げた。

	（姓名・雅号）	（名前）	（生年と没年の年号と西紀）	（享年）
	第一期			
一	菅原小丘園	時憲	？　～　天明三・一七八三	？
二	芥川思堂	元澄	延享一・一七四四～文化四・一八〇七	六四歳

三	橋本政恒	爲千代	宝暦十一・一七六一～天保九・一八三八	七八歳
四	芥川玉潭	希由	天明七・一七八七～天保十三・一八四二	五六歳
五	大鄕信齋	良則	明和八・一七七一～弘化一・一八四四	七三歳
六	橋本柏堂	政住	文政十・一八二七～嘉永一・一八四八	二一歳
七	大鄕浩齋	博	寛政五・一七九三～安政二・一八五五	六三歳
八	間部松齋	詮實	文政十・一八二七～文久三・一八六三	三七歳
九	土屋得所	篤之	文化十一・一八一四～慶応三・一八六七	五四歳
一〇	青柳柳塘	忠治	文政一・一八一八～明治十一・一八七八	六一歳
一一	松谷野鷗	彌男	天保六・一八三五～明治十三・一八八〇	八〇歳
一二	大鄕學橋	穆	天保一・一八三〇～明治十一・一八八一	五二歳
一三	間部松堂	詮勝	享和二・一八〇二～明治十七・一八八四	八三歳
一四	鈴木大壽	大壽	？～？	？
一五	芥川歸山	舟之	文化十四・一八一七～明治二三・一八九〇	七四歳
一六	橋本政武	牧雄	天保九・一八三八～明治二七・一八九四	五七歳
一七	青柳柳崖	宗治	安政二・一八五五～明治十一・一九〇六	五二歳
一八	高島丹山	正	天保七・一八三六～明治四四・一九一一	七五歳

第二期

一九　竹内箕堂　淇　安政五・一八五八～昭和二・一九二七　七〇歳
二〇　小泉了諦　靜　嘉永四・一八五一～昭和十三・一九三八　八八歳
二一　鷲田南畝　又兵衛　元治一・一八六四～昭和十四・一九三九　七五歳
二二　高島碩田　茂平　慶応三・一八六七～昭和二〇・一九四五　七八歳
二三　山田秋甫　彌十郎　明治十九・一八八六～昭和二十三・一九四八　六三歳
二四　岡井柿堂　愼吾　明治五・一八七二～昭和二〇・一九四五　七四歳

第三期

二四　山本六堂　雅雄　明治十・一八七七～昭和四五・一九七〇　九三歳
二五　福島桑村　治三郎　明治一〇・一八七七～昭和四六・一九七一　九六歳
二六　福嶋紫山　隆治　大正五・一九一六～平成二〇・二〇〇八　九三歳
二七　高岡蓬山　和則　昭和三・一九二八～現存

なお、第二期の二三の山田秋甫は、没年は昭和23年であるが、漢詩文の教養の面より見て第二期に属すると考えた。また、岡井を山田のあとにまわしたのは鷲田・高島・山田は詩友であるので三人をまとめたためである。

この表に示した各人物については、第二章【書誌編】で詳細を示す。

3　漢詩作品があり雅号だけの漢詩作者

雅号以外は全て不明である。しかし、漢詩関係の研究書によって氏名、経歴などが判る詩人が混じっている可能性は皆無ではないと思われる。

序説編の終わりに

鯖江藩は二百五十年ほど前に立藩した五万石の小藩である。しかし、越前若狭では比較的早く三番目に藩校を開設した。

藩の学問は幕府の方針に添った朱子学が中心であり、、京都から招かれた芥川家が、藩の学統を守った。一方、惜陰堂は大鄕家、進徳館は芥川家が主として継承したが、いずれも「昌平坂学問所」とのつながりが強い。七代藩主詮勝は学問を奨励し、特に藩士に詩作もすすめたので、今日詩作品が多く残っている。その人数と作品数では越前の諸藩の中では目立っている。

鯖江の学問環境と、そこに生活して漢詩文を学習し創作した藩士、及びそれ以後の時代の、鯖江の住民の中の、漢詩文学習の概況と作者の概数はほぼ明らかにできた。

しかし、以下の問題が明らかとなった。それは、(一)鯖江藩関係(二)舟津神社関係共に、雅号のみで、手がかりが無い漢詩作者が多数いることである。これらの作者については、鯖江市の各種の史料、特に蔵書目録が、今後整理されることによって明らかに出来る人物が出てくる可能性はあると思う。

また、舟津神社関係については、舟津神社及び関連の神道関係の文献を精査することによって、何名かの経歴が明らかになる可能性はあると考える。また、両者共に、別の研究書によって明らかにされる場合もあるであろう。しかし、現在の状況ではいずれもすぐには困難であるので、ここで一応のまとめとしたい。

第二章【書誌編】

書誌編の初めに

一　本編の目標について

本編では、今日残っている個人の「漢詩集」が、どのような形態であるか（版本か写本か和本かなど）いかなる人物によって作られたか（作者の経歴）を確認し、詩集の（作品の配列法など）はどうであるかの「構成」を見て、作品の特徴はどこにあるか、その魅力は何か、詩集の内容や作者の個性等についての私見を「考察」の形で述べることを目標とする。

二　漢詩、漢文作者（個人）の時代区分について

本編では、【序説編】第三節、二、で述べたように、「漢詩集があり経歴が明らかな漢詩文作者、に挙げられている漢詩人の、姓名、雅号、生年と没年の年号と西紀、享年などが明らかな人物」を研究の対象とし、時代を三期に分けて記述する。なお、二三　山田秋甫は、没年は昭和23年であるが漢詩文の教養の面より判断し昭和二〇年までの第二

期に入れた。

また、一 菅原(秋元)小丘園(時憲)と一四 鈴木琴岳(大壽)とは不明の箇所があるが、姓名が判明しており、まとまった詩集があるので取り上げた。

但し、【序説編】第四節、一、「漢詩・漢文作者の家系」に挙げた人物に就いては、詩集がない人も取り上げる。

そして、総ての研究対象に対して①~⑲の調査結果について記述した。

(注) この中の⑯~⑲は「福井県関係現存披見漢詩集初探」(これを「初探」と略称する)以後に新たに前川が追加した調査結果である。すなわち、⑯は「巻頭作品(または代表作品)」を掲載し訓読して、詩集を知る一助とする。⑰「余説(「構成」と「考察」)は詩集全体の構成についての考察、他に「備考」として記すべき事などがあれば記す。⑱「研究文献」は【解題】に示したもの以外の「文献資料」を参考として示す。主として「芥川家文書」、『若越墓碑めぐ里』、「初探」、及び本書に収録した「福井県関係の漢詩文収録書発刊(推定成立)年次一覧表」(これを「年次一覧表」と略称する)の「通番」〈これは福井県の該書の歴史ではどの位置に在るかを知る参考になる〉を記す(第四章【年表編】参照)。⑲「所収作品表」は詩集所載の詩の詩体と番号とその作品数を表示する。特に、⑱の項目では、「個人としての詩集は無い人」でも「詩会詩集」や「別人の個人詩集」に作品が掲載されている場合は、その状況を記述する。

姓、名、雅号、生年と没年の年号と西紀、享年などが明らかな人物を、「時代区分」によって三期に分けて示す。

(姓・雅号) (名) (生年と没年の年号と西紀) (享年)

第一期

一 菅原小丘園 時憲 ? ~ 天明三年・一七八三 ?

二 芥川思堂 元澄 延享一・一七四四~文化四・一八〇七 六四歳

三	橋本政恒	爲千代	宝暦十一・一七六一～天保九・一八三八	七八歳
四	芥川玉潭	希由	天明七・一七八七～天保十三・一八四二	五六歳
五	大鄕信齋	良則	明和八・一七七一～弘化一・一八四四	七三歳
六	橋本柏堂	政住	文政十・一八二七～嘉永一・一八四八	二一歳
七	大鄕浩齋	博	寛政五・一七九三～安政二・一八五五	六三歳
八	間部松齋	詮實	文政十・一八二七～文久三・一八六三	三七歳
九	土屋得所	篤之	文化十一・一八一四～慶応三・一八六七	五四歳
一〇	青柳柳塘	忠治	文政一・一八一八～明治十一・一八七八	六一歳
一一	松谷野鷗	彌男	天保六・一八三五～明治十三・一八八〇	八〇歳
一二	大鄕學橋	穆	天保一・一八三〇～明治十一・一八八一	五二歳
一三	間部松堂	詮勝	享和二・一八〇二～明治十七・一八八四	八三歳
一四	鈴木琴岳	大壽	？～？	？
一五	芥川歸山	舟之	文化十四・一八一七～明治二三・一八九〇	七四歳
一六	橋本政武	牧雄	天保九・一八三八～明治二七・一八九四	五七歳
一七	青柳柳崖	宗治	安政二・一八五五～明治十一・一九〇六	五二歳
一八	高島丹山	正	天保七・一八三六～明治四四・一九一一	七五歳

第二期

一九　竹内箕堂　淇　安政五・一八五八〜昭和二・一九二七　七〇歳
二〇　小泉了諦　静　嘉永四・一八五一〜昭和十三・一九三八　八八歳
二一　鷲田南畝　又兵衛　元治一・一八六四〜昭和十四・一九三九　七五歳
二二　高島碩田　茂平　慶応三・一八六七〜昭和二〇・一九四五　七八歳
二三　山田秋甫　彌十郎　明治十九・一八八六〜昭和二十三・一九四八　六三歳
二四　岡井柿堂　愼吾　明治五・一八七二〜昭和二〇・一九四五　七四歳

第三期

二五　山本六堂　雅雄　明治十・一八七七〜昭和四五・一九七〇　九三歳
二六　福島桑村　治三郎　明治一〇・一八七七〜昭和四六・一九七一　九六歳
二七　福嶋紫山　隆治　大正五・一九一六〜平成二〇・二〇〇八　九三歳
二八　高岡蓬山　和則　昭和三・一九二八〜現存

第一節　第一期の漢詩・漢文作者（個人）の著作概況

江戸時代、越前鯖江藩成立から廃藩まで。

（この期の漢詩・漢文作者は、一　菅原小丘園（時憲）、二　芥川思堂　元澄、三　橋本政恒　爲千代、四　芥川玉潭　希由、五　大郷信齋　良則、六　橋本柏堂　政住、七　大鄕浩齋　博、八　閒部松齋　詮實、九　土屋得所　篤之、一〇　青柳柳塘　忠治、一一　松谷野鷗　彌男、一二　大鄕學橋　穆、一三　閒部松堂　詮勝、一四　鈴木琴岳　大壽、一五　芥川歸山　舟之、一六　橋本政武　牧雄、一七　青柳柳崖　宗治、一八　高島丹山　正の十八名である）。

一　菅原小丘園

①書名、『小丘園集　初編』。
②巻数、巻一～巻一〇。
③冊数、五冊。
④著者名、菅時憲　習之（秋元小丘園）。
⑤編者名、東都　滕諧公弼・藝州平周藏子英　輯校。
⑥出版地、江戸。

⑦出版者、伊勢屋吉兵衞。

⑧出版（または成立）年月日、天明二年（一七八二）八月刊。

⑨丁・頁数、合計一九二丁。

⑩写真数、無し。

⑪体裁、和装、袋綴。

⑫大きさ、縦二六・五㎝×横一八・〇㎝。

⑬帙の有無、無し。

⑭所蔵者、福井大学総合図書館（991―KAN）。

⑮作者履歴、

秋元小丘園は本姓菅原氏、菅時憲と称し、秋時憲と修す。字は習之、辰之、号は小丘園、また達之進ともいう。鯖江間部氏の家臣。以下に『鯖江郷土誌』の記事を記す。

鯖江町の人。江戸に住み、服部南郭の門に学んで其の俊才を認められ、詩文を善くした。本姓は菅原氏で、修して、菅と云い、又、秋元を略して秋と云っている。徂徠派に、真似て、可なり、支那かぶれた風が見える。詩集に、小丘園集初編十巻が越前州、菅時憲習之、著として、公にされている。この著は、擬古樂府・五言七言絶句・古詩・律・排律等凡千二百余首を収め、天明二年、江戸で出版している。氏の祖先は、元、間部公が上州高崎に居られた頃、其の重臣として、仕えて居ったのが、故有って、浪人となり、其の子孫の時憲は、間

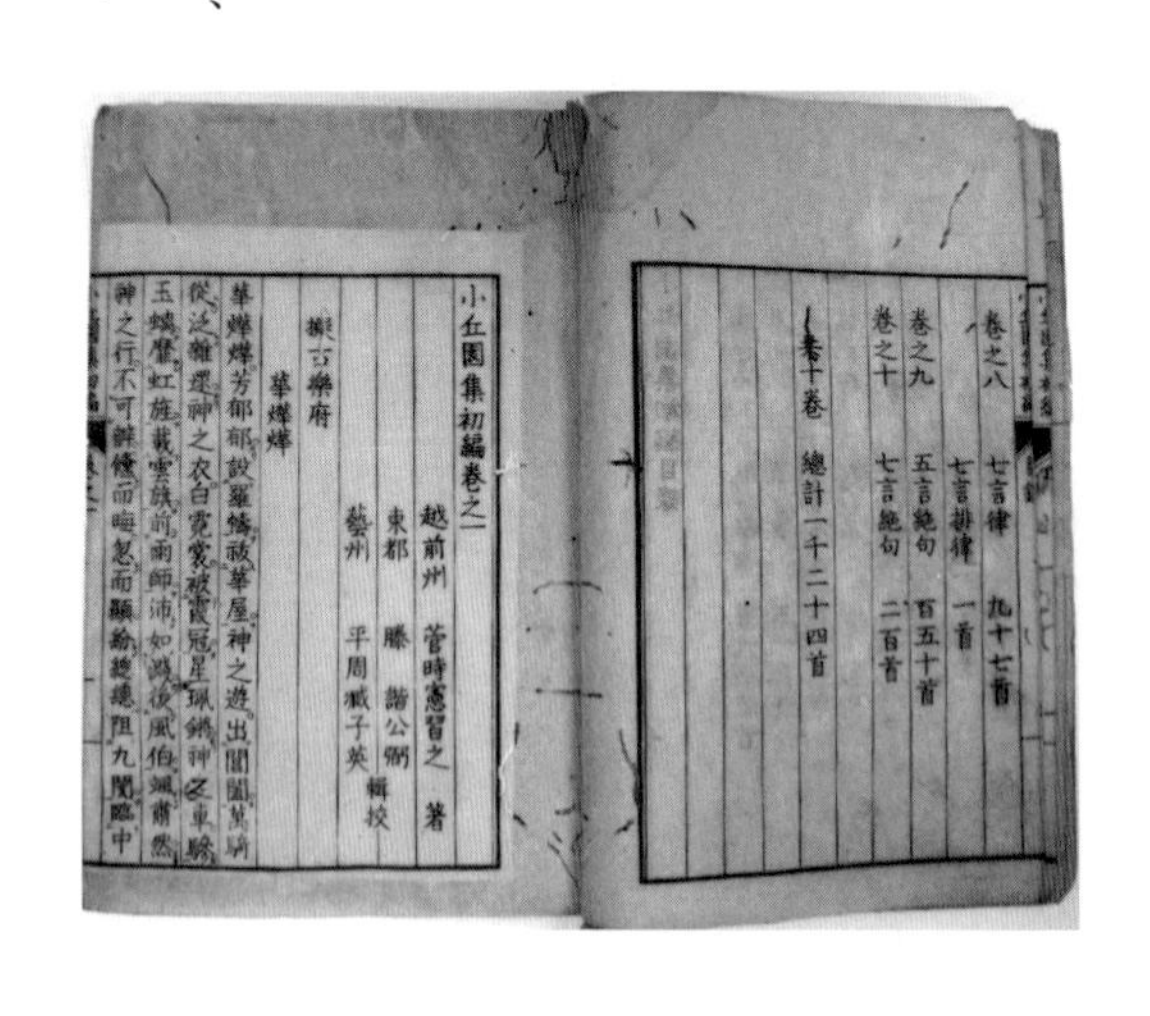
卷之八　七言律　九十七首
七言排律　一首
卷之九　五言絶句　百五十首
卷之十　七言絶句　二百首
十卷　總計一千二十四首

小丘園集初編卷之一
越前州　菅時憲習之　著
東都　滕　謙公㢸
藝州　平周臧子英　輯校
擬古樂府
華燁燁

部侯が、村上から転封して、鯖江に、来られる迄、浪人生活をつづけたものと想う。一時は、志州鳥羽侯に仕えた事もある。天明三年（紀元二、四四三年今から一六九年前）七月十八日江戸で没し、小石川区久堅町四六（永平寺の末寺）慈照院に葬った。

岡田樗軒の著にかかる「江戸名家墓所一覧」には、氏を江戸の儒者として、収録して居るし、国書解題、大日本人名辞書にも亦、左記の書を引用して、鯖江の人とはして居ない。泉下に眠る秋元氏は、さぞその不明を笑って居ることと信じ、武生市石橋重吉翁の研究を抄録して、其の学徳を永遠に茲に伝えたい。

（『鯖江郷土誌』六〇五・六〇六頁参照）。

⑯巻頭作品（または代表作品）、第三番作品。

長歌行

巨鼇汴滄海　巨鼇　滄海を汴ち、
上負蓬萊闕　上に蓬萊闕を負ふ。
崑崙十二楼　崑崙十二楼、
中天何嶢屼　中天何ぞ嶢屼たる。
借問住者誰　借問す住する者は誰ぞと、
云是羽人窟　云ふ是れ羽人の窟と。
我欲従之遊　我は之に従ひて遊ばんと欲すれども、
惜哉無仙骨　惜しいかな仙骨無きこと。

嚴霜腓百卉　厳霜　百卉を腓して、
白日行又沒　白日行くゆく又没す。
芳時不盡歡　芳時　歓を尽くさずんば
奈彼種種髮　彼の種種たる髪を奈かんせん。

（押韻）闕、屼、窟、骨、沒、髮（入声月韻）、一韻到底格。

⑰余説（「構成」と「考察」）、

「構成」は次のようになっている。

詩集の第一冊には「天明二年秋八月」の「序文」がある。次に「小丘園初編目録」があり、左記のように記す。

巻之一	擬古樂府	百六十三首
巻之二	五言古	五十三首
巻之三	七言古	二十一首
巻之四	七言古	二十三首
巻之五	五言律	百二十八首
巻之六	五言律	七十八首
	五言排律	十八首
巻之七	七言律	九十二首

巻之八　　七言律　　九十七首
　　　　　七言排律　一首
巻之九　　五言絶句　百五十首
巻之十　　七言絶句　二百首
共十巻　総計一千二十四首

「考察」

作品を古体詩から近体詩に（長編から短編に）配列し、それぞれの詩体の持ち味を分かり易く編集している。（これは編集者の力量でもある）。ともかく後に句数表を挙げたが、それを見るだけでも多彩であることが判る。

鯖江には、各種の詩体の作品をこれだけ多く作った詩人はいない。文学作品集としてじっくり味わう魅力がある詩集である。

◎「備考」服部中山の「序」である。また、巻末に「秋元達之進著　小丘園集二編　近刻」とあるが詳細は不明。

⑱研究文献、資料、

『若越墓碑めぐ里』三四四頁。「初探」第一稿の六四番。「年次一覧表」の九番。

⑲所収作品表（合計欄以外の数字は作品番号）、

目録には作品数を示しているので、ここでは、各巻毎に巻頭から巻末までの一連の作品番号を付け、表示する。なお、巻一から巻四の作品と巻六の「五言排律」と巻八の「七言排律」は句数も示す。

＊巻之一　擬古樂府　百六十三首　所収作品表（合計欄以外の数字は作品番号）

表一　巻一擬古樂府（百六十三首）

言＼句	2	3	4	5	6	7	8	12	15	24	30	31	32	38	40	64	合計
三言																1	1
四言										9					4		2
六言														8			1
五言			17～79、82～90 93～96、98～107 112～131、133～143 152～155	80 81			132 161	3							7	16	128
七言	144～151		108～111		160		11～15		5 6				10				21
雜言		91 92		97		156 157 158		159		163	2	162					10
作品合計	8	2	125	3	1	3	7	2	2	2	1	1	1	1	2	2	163

＊巻之二　五言古詩　五十三首　所収作品表

表二　巻二五言古詩（五十三首）

句数	作品番号	合計
8	20	1
10	2 5 6 12 21 26 30 32	8
12	8	1
14	4 10 13 14 22 25 29 33 47	9
16	9 34	2
18	7 17 27 35	4
20	1 3 18 19 28 42	6
22	11 24 52	3
24	40 50	2
26	37	1
28	15 41	2
30	31	1
32	16 49 51	3
36	43 46	2
38	45 53	2
40	39	1
42	36 44	2
48	48	1
50	23	1
56	38	1
合計		53

＊巻之三　七言古詩　二十一首　所収作品表

七言古詩は、1番、18番、21番のみで、他は、長短句を交ぜた楽府体、雑体である。句数順に番号を記しておく。八句—4番。十句—1番（七言古詩）、8番。十一句—9番。十二句—7番。十三句—3番。十四句—14番。十六句—5番。二十句—15番。二十四句—10番、18番（七言古詩）。二十八句—16番。三十一句—6番、11番。三十六句—19番。三十七句—12番。四十一句—17番。四十二句—13番。四十四句—20番。五十句—2番。136句—21番（七言古詩）。

＊巻之四　七言古詩　二十三首　所収作品表

七言古詩は、15番、19番、20番、21番、22番、23番のみで、他は長短句を交ぜた楽府体、雑体である。ここでは、番号順に句数を記しておく。

4番から10番にかけては、楚辞の体裁（騒体）を真似ており、形を示しておくのがよいと思われるので、作品番号順に句数を示す。

1番―五十八句。2番―四十五句。3番―三十四句。4番―（十二句―四十句）。5番（十句―三十九句）。6番―（十句、三十五句）。7番―（十二句、三十二句）。8番―（12句、四十六句）。9番―（十二句～三十四句）。10番（十句）。11番―五十二句。12番―五十句。13番―三十三句。14番―二十六句。15番―四十二句。16番―四十九句。17番―五十六句 18番―二十七句。19番―十二句。20番―四十二句。21番―二十二句。22番―十八句。23番―四十句。24番―百二句。

＊巻之五　五言律詩（五言八句）が、1番から百二十八番まで。

＊巻之六　五言律詩（五言八句）が、1番から七十八番まで。

五言排律（五言x句）が、七十九句から九十六番までである。その状況は次の通り。

表三　巻六五言排律（十八首）

詩体	五言排律	
句	作品番号	合計
十二	81	1
二十	79 83 84 94	4
二十四	87 92	2
二十八	80 88 89 91	4
三十二	85 86	2
三十六	90 93 95	3
四十	82	1
六十	96	1
合計		18

＊巻之七　七言律詩（七言八句）　九十二首　1番から九十二番まで。
＊巻之八　七言律詩（七言八句）　九十七首　1番から九十七番まで。
七言排律（七言x句）　一首　九十八番。
一首の排律は、四十句である。
＊巻之九　五言絶句（五言四句）　百五十首　1番から百五十番まで。
＊巻之十　七言絶句（七言四句）　二百首　1番から二百番まで。以上である。

二　芥川思堂（元澄）

⑮作者履歴、
○折衷学派、名元澄、字子泉、號思堂、鯖江藩儒。
思堂は延享元年（一七四四）京都に生まる。父芥川丹邱に従って家学を修め、天明八年、鯖江五代藩主間部詮凞の聘に応じて鯖江に来住し儒官となった。寛政中「間部家系譜」、『越前鯖江志』を撰集して上進した。文化四年（一八〇七）に歿した。六十四歳。次子希由（玉潭）が家職を継いだ。

（京都名家墳墓録・越前人物志・鯖江郷土誌・若越墓碑めぐ里）（『学統学派』五四一・五四二頁参照）。
◎「鯖江藩御家人帳」（五巻下二三四頁）。
⑯巻頭作品、（詩集がないので、『鯖江郷土誌』二一九頁所載の作品を挙げた）。

詠富士山　　富士山を詠ず
眞是群山祖　真に是れ群山の祖、
扶桑第一尊　扶桑第一の尊。
滿頭生白髪　満頭白髪を生ず、
鎭國護兒孫　国を鎮め児孫を護る。
（押韻）尊、孫（平声元韻）

⑰余説（備考）、
◎詩作品＝「橋本政恒翁詩集」に十一首見える。また、『鯖江郷土誌』の「舟津の宮の八景」の項（一三二～一三五頁）に十六首が取られている。但し、これには出典の明確な記述はない。

⑱研究文献、
◎思堂の父、芥川丹邱は宇野明霞・伊藤東涯に従学、また徂徠学を尊び、服部南郭の門に学び、詩文をよくす。晩年には陸象山・王陽明の学を信奉して諸学を折衷した。『薔薇館詩集』『丹邱詩話』がある。（第一章【序説編】第四節、一、(二) 参照）。
◎資料＝「芥川家文書」に「芥川思堂先生墓碑銘」、「芥川思堂先生行状」がある。『若越墓碑めぐ里』三一六頁。

⑲所収作品表、無し。

三　橋本政恒（爲千代・主税）

（一）

①書名、「橋本政恒翁詩集」。
②巻数、一巻。
③冊数、一冊。
④著者名、橋本政恒。
⑤編者名、橋本政恒。
⑥出版地、無し（出版せず）。
⑦出版者、無し（出版せず）。
⑧出版（または成立）年月日、（出版せず）。慶応二年（一八六六年）成立。
⑨丁・頁数、七十五丁。
⑩写真数、無し。
⑪体裁、自筆写本袋綴（余白に政武の書き込みあり）。
⑫大きさ、二十三・五㎝×十六・五㎝。
⑬帙の有無、無し。
⑭所蔵者、橋本政宣氏。

⑮作者履歴、橋本政恒。幼名は爲千代、主税。舟津神社祠官。国学者、歌人、橋本氏は伊香我色許男命の後裔にて、代々舟津神社の神主として任う。もと柏原氏であったが、南北朝期に至り、第六十九代柏原直志道のとき、京都の公家参議橋本實俊の孫實住を養子に迎えて、氏も橋本に改む。本姓は藤原氏。政恒は祇儀の子、第八十二代。宝暦十一年（一七六一）に生まれ、寛政四年（一七九二）七月十三日、従五位下、筑前守に叙任。天保九年（一八三八）十一月十九日歿、七十八歳。高徳霊神、正観院殿正恒仙渓大居士。漢詩は鯖江藩儒芥川元澄に師事す。文事のみならず神社の再建にも意を用い、寛政十二年（一八〇〇）大鳥居再建、文政三年（一八二〇）本殿再建、天保三年（一八三二）割拝殿再建に当たった。編に『舟津社記録抄』『舟津御寶納帳』『御祭禮諸収納帳』『春秋御祭禮次第帳』『御社參次第帳』など。著に『注解舟津社記』（寛政十一年十月）『夢のたたち』（文政四年十一月）『大山麓の詠百首并類題百首』（天保三年九月）などがある。

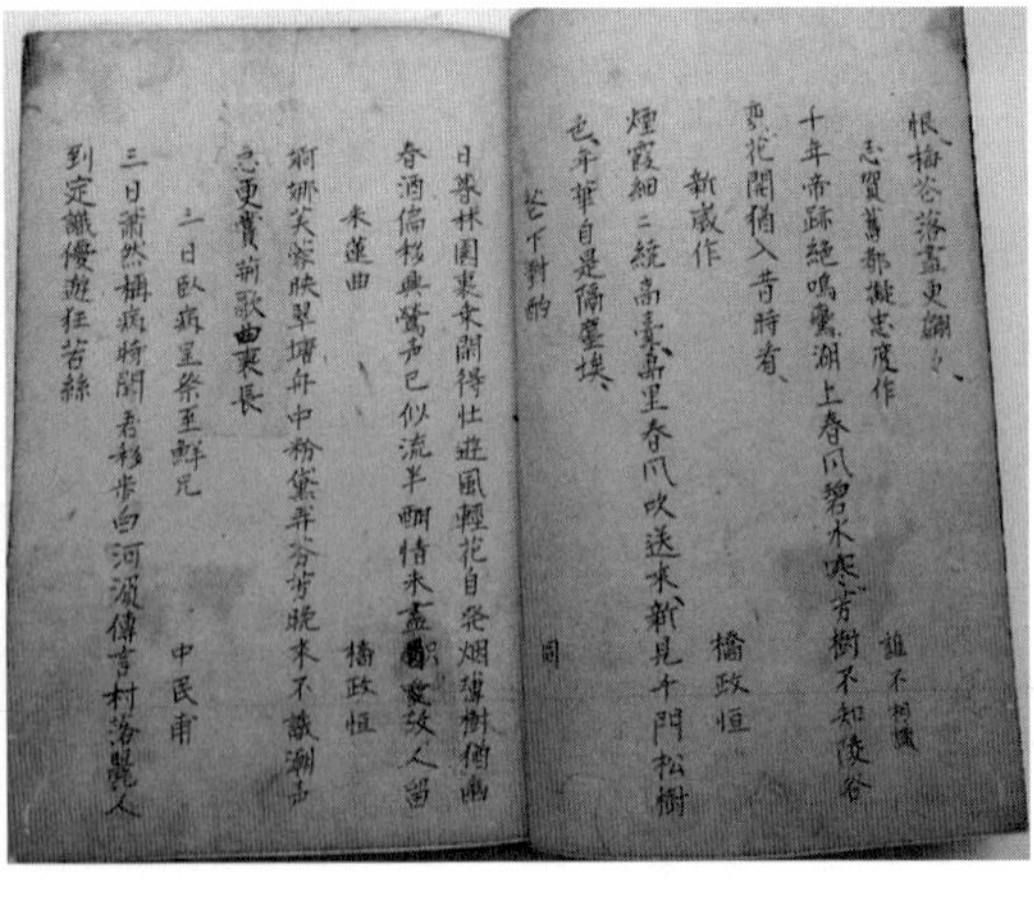

⑯巻頭作品（または代表作品）、

新歳作（三葉裏）（巻頭より八番目の作品）。

煙霞細ニ繞高臺　　煙霞細く　高台を二繞りし、

萬里春風吹送來　万里より　春風吹き送り来る。
新見千門松樹色　新たに見ゆ　千門の松樹の色、
年華自是隔塵埃　年華は是より　塵埃を隔つ。
（押韻）臺、來、埃（平声灰韻）

⑰余説（「構成」と「考察」）、

「構成」

一、四十丁裏に「庚戌（寛政二年）夏六月念日點檢返之、芥思堂識」、五十四丁表に「寛政六年甲寅冬閏十一月十二日、思堂芥元澄批評」の朱書の識語がある。
「首夏同加藤松本二生携兒鐵訪鯖驛西正寺清溪師席上分得房字、思堂先生」（二十三丁表）「指拜　舟津神祠訪祝史橋本氏有詩見贈次韻和答、松秀具」（二十八丁裏）「送祠官橋本生之京師拜壽、同芥先述作」（五十八丁裏）などの記述もある。
二、橋本政恒の詩集であるが、別人の作品を相当数含む。日本人の作品は、合計三四四首である。
三、中国人と思われる作者名がある。余白に政武の筆で、二十一首の作品が書かれている。その人名は順に、蒙齋、徐抱獨、胡柏嵒（德芳）、杜荀鶴、葵伯靜、王潜齋、方秋厓、趙釣月、呂洞賓、鄭亦山、徐膠鶴、蒙齋、亡姓氏、楊憑、何應龍、李白、張谷山、趙釣月、楊憑である。葵伯靜の作品は六言4句で他は全て七言4句である。
四、後掲の【22 23】は「武生の石渡秀實」（土肥慶藏の実兄）の二首で、政武の書き込みと見られる。なお、石渡の『松楠遺稿』（昭和八年刊、和本）には収められていない。

「考察」

作者名と配列法を見ると、次のような性格を持つ詩集である。

①一部分は芥川思堂の指導を受けている詩会の記録である。

②多数の作品を列挙するところは個人の作品集である。

③応答の作品を収めているらしく見える応酬の作品の記録である。

④余白に中国人の作品を書いている部分は、学習のための記録であろう（政武の書き込みか）。

日本人の作品は三四四首である。詩集中に見える人名を巻頭より順に挙げた。なお、（　）内は作品数である。

また、【　】内は余白に書き込まれている詩作品だけの巻頭から順に前川がつけた「通し番号」である。

【1】藤國紀（5）龍公美（1）祭元（1）、誰不相識（1）、橋正恒（3）、中民甫（1）、蔦安定（2）、橋五嶽（5）、梧溪（2）、橋五嶽（9）、田王阜（1）、橋五嶽（1）、民甫（1）、橋五嶽（6）、橋正恒（4）、田勝興（5）、橋五嶽（1）、橋正恒（6）、橋五嶽（5）、田勝興（2）、橋正恒（4）、僧一正（1）、橋五嶽（4）、僧玉樹（1）、橋五嶽（1）、僧一止（1）、橋正恒（1）、僧一止（1）、橋五嶽（1）、僧玉樹（1）、橋五嶽（5）、僧玉樹（1）、橋五嶽（1）、僧玉樹（1）、田王阜（1）、僧一止（1）、橋五嶽（2）、田勝興（1）、橋五嶽（2）、僧玉樹（1）、【2~7】、【8~12】橋正恒（9、）藩君美（1）、河合氏（1）、橋正恒（6）、思堂先生（2）、橋

正恒（6）、思堂（1）、橋五嶽（20）、松秀具（1）、橋正恒（7）、【13～16】、思堂（1）、【17～20】、橋五嶽（12）、橋正恒（41）、思堂（1）、橋正恒（53）、【21】、府中庾園逸人（16）、思堂（6）、橋正恒（2）、窪文瀧（2）、橋正恒（16）、田文万（1）、橋正恒（15）、【22 23】橋正恒（10）、橋正武（3）、橋正恒（6）、啓迪（2）、橋正恒（12）、橋五嶽（1）。

⑱研究文献、

「芥川家文書」に詩一編がある。『若越墓碑めぐ里』三三一頁。「初探」第二稿の一五四、一五五番、「年次一覧表」六〇番。第一章【序説編】第四節、一、（五）参照。

⑲所収作品表（合計欄以外の数字は作品番号）、

三「橋本政恒翁詩集」

詩体	五言			七言			六言（8句）	
句数／作者名	4句	8句	合計	4句	8句	合計	合計	総合計
藤國紀		35		4	12			
合計	0	2	0	1	2	5	0	5
龍公美				6				
合計	0	0	0	1	0	1	0	1
祭元				7				
合計	0	0	0	1	0	1	0	1
誰不相識				8				
合計	0	0	0	1	0	1	0	1

橋政恒	合計	中民甫	合計	蔦安定	合計	橋五嶽
43 53 95〜99 101 110 116 175 177 180 181 182 189 191 192 195 200 208 210 220 224 229 239 243 251 252 254 255 294 316 326 327 334	36	33	1		0	34 37 38 56〜59 68 70 83 90 153 161
10 40 51 55 63 65 106 107 117 118 142 145 148 163 166 174 196 197 207 214 215 219 222 226 230 297 311 312 320〜324	33		0		0	16 30 39 81 124 151 152 154
	69		1		0	
9 11 42 50 52 54 64 75 100 102 103 108 109 111 115 119 143 147 162 164 165 169 170 172 173 176 178 179 183〜188 190 193 194 198 199 201 202 205 206 209 212 213 216 217 221 223 225 227 228 231 233 234 236 237 240 241 244〜249 253 256 284〜293 295 296 301 303〜305 309 310 317 318 325 330 333 335 336 337 347	96	12	1	13 14	2	17 18 19 22〜27 29 32 67 69 71 73 77 79 82 85 89 92 93 121 122 125〜140 150 155〜160 348
41 114 144 146 167 168 171 204 211 218 232 235 238 242 250 279 280 283 297 298 302 306〜308 313〜315 319 328 329	30		0		0	15 28 35 36 49 60 80 123
	126		1		2	
300	1		0		0	
	196		2		2	

府中庚園逸人	合計	松秀具	合計	思堂先生	合計	河合氏	合計	藩君美	合計	僧玉樹	合計	僧一止	合計	田勝興	合計	田王阜	合計	梧溪	合計
	0		0		0		0		2	72 84	0		2	45 91	0		0		13
257 258 263 264	0		2	149 273	0		0		0		0		3	44 48 62	1	87	0		8
	0		2		0		0		2		0		5		1		0		21
261 262 267 268	0		4	113 203 277 278	0		0		3	78 86 94	3	74 76 88	1	47	1	31	2	20 21	53
259 260 265 266	1	141	5	112 120 274 275 276	1	105	1	104	0		1	66	2	46 61	0		0		8
	1		9		1		1		3		4		3		1		2		61
	0		0		0		0		0		0		0		0		0		0
	1		11		1		1		5		4		8		2		2		82

合計	東武秋山	合計	窪文瀧	合計	田文万	合計	啓迪	合計	総合計
0		0		0		0		0	54
4		0		0		0		0	53
4		0		0		0		0	107
4	269〜272	4		0		0		0	178
4		0	281 282	2		0	331 332	2	57
8		4		2		0		2	235
0		0		0	299	1		0	2
12		4		2		1		2	344

（二）

①書名、「詠草千歳友」。
②巻数、九巻。
③冊数、八冊。
④著者名、橋本政恒。
⑤編者名、橋本政恒。
⑥出版地、無し（出版せず）。

⑦出版者、無し（出版せず）。
⑧出版（または成立）年月日、（出版せず）。天保九年（一八三八年）成立。
⑨丁・頁数、初編四十七丁、二編四十丁、三編八十二丁、四編六十一丁、五編七十二丁、六編八十二丁、七編七十五丁、八編二十二丁。
⑩写真数、無し。
⑪体裁、初編～七編は写本袋綴。八編は自筆写本袋綴。
⑫大きさ、初編～七編は二十五・三cm×十八・二cm。八編は二十八・九cm×二一・五cm。
⑬帙の有無、無し。
⑭所蔵者、橋本政宣氏。
⑮作者履歴、前掲（一）の⑮に記載。
⑯巻頭作品（または代表作品）、（先に『橋本政恒詩集』より作品を紹介した。同一人であるので、省略する。）
⑰余説（「構成」と「考察」）、
「構成」
◎一編より五編までが政恒自筆。六編に「文政十二丑年冬十一月吉日、筆者縣賀道」、七編に「干時天保七丙申年三月下旬、政恒師和歌門人善員寫之」の書写奥書がある。縣賀道とは政恒の次子で、府中本多家の侍医縣雲伯の養子となったが、兄政柄逝去により帰家して政恒の家督を嗣いだ政貞のことである。本来、政恒の歌集であるが、二編～六編の所々に政恒の漢詩（別人の作品もある）が載せられている。一編相当の年代の漢詩は、別冊の『橋本政恒翁詩集』に収めてある。因みに各編の所収年代は次の通り。（　）内に漢詩作品数を示す。

○一編は安永四年より寛政三年まで。（日本人の作品は三三四首。書き込みの作品は二十一首）。

（『橋本政恒翁詩集』に収録の分）。（本人の作品一九六首、別人の作品四七首）。

○二編は寛政四年より文化三年十一月まで。（本人の作品一首）。

○三編は文化四年より同九年まで。（本人の作品十首、別人の作品一首）。

○四編は文化十年より同十二年まで。（本人の作品三首、別人の作品二首）。

○五編は文化十三年より文政四年まで。（本人の作品五首）。

○六編は文政五年より同十一年まで。（本人の作品十六首、別人の作品二首である）。

○七編は文政十二年より天保六年まで（無し）。

○八編は天保七年より同九年五月まで。（無し）。

「考察」

和歌を作るときの参考として唐詩などを引用することは古くから見られる。また、和歌を作ったときの着想とか感動を、逆に漢詩にも表現してみるということもあるかも知れない。周辺の和歌と漢詩を対比して検討してみないと、ここで歌集に漢詩を記す意図がよく理解できない。今後の研究課題である。

⑱研究文献、「初探」第二稿の一五五番。「年次一覧表」二〇番。第一章【序説編】第四節、一、(五) 参照。

⑲所収作品表（作品数表）、

詩体	句＼編数	一編	二編	三編		四編		五編	六編		七編	八編	合計	
五言	四句	0	0	1		1		3	1		0	0	6	
	八句	0	0	0		0		1	3		0	0	4	
	合計数	0	0	1		1		4	4		0	0	10	
七言	四句	0	1	8	別人1	2	別人2	0	10	別人2	0	0	21	別人5
	八句	0	0	1		0		1	2		0	0	4	
	合計数	0	1	9	別人1	2	別人2	1	12	別人2	0	0	25	別人5
	総合計数	0	1	10	別人1	3	別人2	5	16	別人2	0	0	35	別人5

別人とは、三編は葵希由、四編は湖南の古川順信、六編は橋政柄である。（三編、四編の人物は未詳）

四　芥川玉潭（希由）

⑮作者履歴、

○朱子学派、名は希由、字は子轍、号は玉潭、藩儒・進徳館教授。

玉潭は、芥川思堂の次子。天明七年（一七八七）に生まれる。天明八年、父に従って鯖江に来住し、父に家学を受け、三十一歳で家職を継いで藩の儒者となった。文化十一年、藩主詮允、藩校進徳館を創立し、玉潭これに参画して学規・学則を定め、大いに功があった。進徳館規則に白鹿洞書院掲示・孝経・小学・近思録・四書等朱熹に関する講説が見られ、藩学として昌平学派朱子学を奉じたことが窺われる。

玉潭は、経史に精しく詩文に長じ、書道にすぐれていた。詮熈・詮允・詮勝三代の藩主に侍講し藩政に進言する所も多く、また、子弟の教育に精励して教学に尽くした。長男歸山が家職を継いだ。天保三年（一八四二）歿、五十六歳。著書、詩文集数巻。（日本教育史資料巻十二・学士小伝・鯖江郷土誌・若越墓碑めぐ里）（『学統学派』の五四二頁参照）

◎「鯖江藩御家人帳」（五巻下三三四頁）。

⑯掲載作品、

冬至梅

梅樹檐前侵雪開
獨迎長至占花魁

冬至の梅

梅樹檐前雪を侵して開き、
独り長至を迎へ花魁を占む。

陽光消息在何處　陽光の消息何処に在る、
風外傳香枝上來　風外より香を伝え枝上より来る。
（押韻）開、魁、來（平声灰韻）
（『鯖江郷土誌』二三〇頁所載）。

⑱研究文献、
◎資料＝「芥川家文書」に、「芥川玉潭先生墓碑銘」、「芥川玉潭先生行狀」、「小傳」がある。『若越墓碑めぐり』三一九頁。第一章【序説編】第四節、一、（二）参照。

⑲所収作品表、無し。

五　大鄕信齋（良則）

⑮作者履歴
○昌平学派、名良則、友信、寛、字伯儀、称金藏、仁甫、麻布村学究、号信齋、藩儒・江戸邸惜陰堂教授・兼幕府城南讀書楼教授、藩儒芥川思堂・林大学頭述齋門。
安永元年（一七七二）に生まれた。信齋は鯖江藩士、幼時より鯖江藩儒芥川思堂に従学して経史を修め、のち江戸に出て昌平校に入り、林大学頭述齋に就いて学んだ。

文化十年、鯖江藩は江戸三田小山邸に稽古所を創設、信齋、その取締役となる。天保十二年、丸の内辰ノ口邸に移転拡張して惜陰堂と命名され、信齋は教授となり、その後、世々大鄕氏の所管するところとなった。信齋は林述齋の信任厚く、述齋が江戸麻布古川端の地に学問所を営み、城南読書楼（麻布教授所、或いは南校）と称していたが、信齋は述齋の依嘱を受けて、この教授所に講説すること二十余年、養嗣子浩齋、またこれを継承して教授した。この麻布の城南読書楼は、湯島の昌平校が南北遠く離れ、麻布近辺の子弟の便宜のため、設けた校舎で、昌平校に対して南校と呼び、学則は、小学・四書・五経の素読から、経史の講義・会読・詩文会等を行った。昌平校が子弟を町儒に没収されない一策とも見られる。弘化元年（天保十五）（一八四四）歿。七十三歳。田寛と修す。養嗣子浩齋家職をつぐ。著書、遊嚢賸記五十巻・釋尊私議。

（越前人物志・鯖江鄕土誌・若越墓碑めぐ里）（『学統学派』五四二、五四三頁による）。

◎「鯖江藩御家人帳」（五巻下一九三頁）。

⑯掲載作品

西河漫吟

短布輕襟僅至體
腰藍未去夕陽灘
歸來不問魚多寡
身世相忘一釣竿

（押韻）灘、竿（平声寒韻）

西河漫吟

短布軽襟　僅かに体に至り、
腰藍未だ去らず　夕陽の灘。
帰来して問はず　魚の多寡を、
身世相ひ忘る　一の釣竿に。

（『鯖江鄕土誌』二一八頁所載）。

⑱研究文献、
◎資料＝『若越墓碑めぐ里』三四四頁。「初探」第一稿の九〇番。「年次一覧表」無し。第一章【序説編】第四節、一、(三)、参照。
◎「汲古窟信筆総目録」巻三に「信齋上巳集」があるが、巻三は欠本で、詩集の詳細は不明である。
⑲所収作品表、無し。

六　橋本柏堂（政住）

①書名、「柏堂詩藁」。
②巻数、一巻。
③冊数、一冊（『柏堂文録』と合綴）。
④著者名、橋本政住。
⑤編者名、橋本政住。
⑥出版地、無し（出版せず）。
⑦出版者、無し（出版せず）。
⑧出版（または成立）年月日、（出版せず）。嘉永一年（一八四八年）成立。
⑨丁・頁数、三丁。

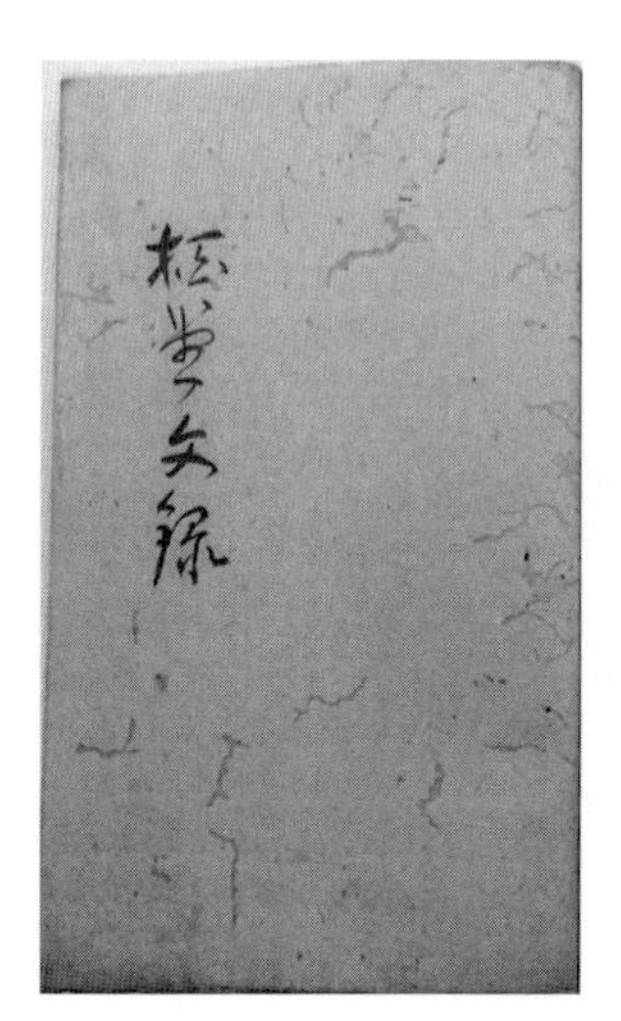

⑩写真数、無し。

⑪体裁、自筆写本袋綴。

⑫大きさ、二十五・〇cm×十六・三cm

⑬帙の有無、無し。

⑭所蔵者、橋本政宣氏。

⑮作者履歴、橋本政住、政柄の子。幼名は直次、通称大炊、字は子箴、号は柏堂。文友、歌人、舟津神社祠官橋本政恒の孫、文政十年（一八二七）生、嘉永元年（一八四八）十月九日歿。二十二歳。天保二年（一八三一）五歳のとき父の政柄は三十六歳で病死、時に政柄の弟政貞は府中の医縣雲伯の養子となっていたが（縣賀道）、帰家して家督を継ぐ。政住は早くより祖父政恒、叔父政貞の薫陶を受け、文学の素養を身につけ、ことに和歌を東溟（藤原善超　東溟と号し、晩年に山元老樵と称す。鯖江市横越の山元派本山証誠寺第二十世の法主、天下の志士と交わり勤王の志を奨励した。国学に長じ、加茂季鷹に学んで和歌を能くす。天明五年〈一七八五〉生、安政二年〈一八五五〉寂、七一歳）に、漢詩を鯖江藩儒芥川歸山に師事し、将来を嘱望されたが若死にした。歌集に『藤原政住詠草』二冊、『松洞哥』一冊があり、他に、『政住雑記』一冊（九五丁）がある。同記所載分は次の通り「土佐谷重遠保建大記國字解引證抜抄」「蓋簪録抜粋」、「柏堂漫錄」「頼襄文集」「淵鑑類函抜粋」「四書蒙引抜粋」「後漢書摭要」など。

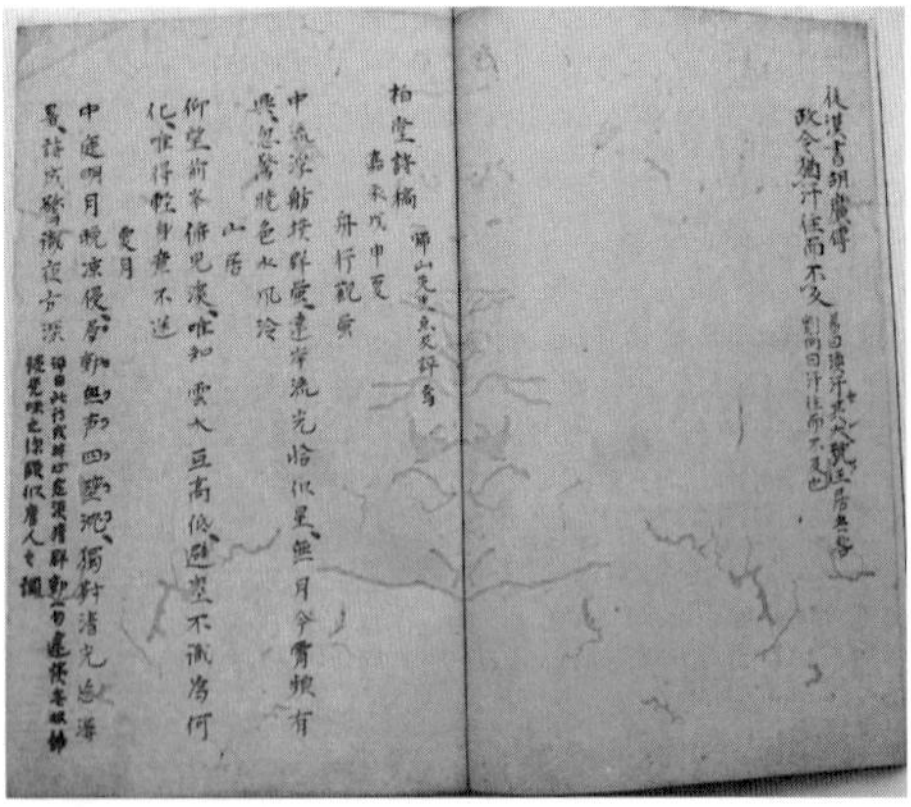

柏堂の号については、「柏堂記」（「柏堂文録」所収）に「嘗閲系譜、吾家故柏原氏也、中古自京師橋本卿來爲

義子、因改氏以爲橋本云、嗟柏原遂廢矣。予嘆其久廢而欲復其舊、然橋本氏亦久、稱以至今、々而改之於心不安也、遂以柏爲堂號也、時九月下澣、楓林皆紅而獨柏葉色蒼」とある。（以上は「初探」第二稿の一五六番による）。

⑯巻頭作品（または代表作品）、

「柏堂詩藁」　歸山先生點及評焉

　嘉永戊申夏　　　柏堂藁

今夜風清月異常　今夜風清くして　月は常と異なり、

客疑爲雪我爲霜　客は疑いて雪と為し　我は霜と為す。

不言閑隱無絲竹　言はず　閑隠に糸竹無きを

惟弄蟾光興自長　惟だ蟾光を弄して　興自ずから長し。

　（押韻）常、霜、長（平声陽韻）。

⑰余説、無し。

⑱研究文献、

◎資料＝（「初探」第二稿の一五六番。「年次一覧表」三五番。第一章【序説編】第四節、一、(五)。

◎「備考」

◎他に次に挙げる六首の作品がある。

　2　舟行觀螢　　舟行にて蛍を観る

中流浮舫撲群螢　中流に舫を浮かべて群蛍を撲ち、

遠岸流光恰似星　遠岸の流光恰も星に似たり。
無月今宵頻有興　月無くして今宵頻りに興あり、
忽驚曉色水風冷　忽ち驚く曉色水風の冷かなるを
（押韻）螢、星、（平声青韻）冷（上声梗韻）。

3　山居

仰望前峯俯見溪　仰いで前峯を望み俯して溪を見る
唯知雲水互高低　唯だ知る雲水互いに高低なるを
避塵不識爲何化　塵を避けて識らず化を為何せん、
唯得輕身意不迷　唯だ軽身を得て意迷わざるを
（押韻）溪、低、迷（平声斉韻）

4　夏月

中庭明月晩涼侵　中庭明月晩涼侵し、
群動無聲四壁沈　群動無声四壁沈む。
獨對清光忘溽暑　独り清光に対して溽暑を忘れ、
詩成驚識夜方深　詩成りて驚き識る　夜方に深きを。
（押韻）侵、沈、深（平声侵韻）。
「評曰　此詩成時　心定淡清　群動一句逮讀無味　靜讀覺味之深　頗似唐人之調」

評に曰く、此の詩成る時、心は淡清に定まる。群動の一句は無味を読み、静かに味を覚るの深きを読むに逮びては、頗る唐人の調べに似たり。

5　夏日偶成

午天蒸鬱火雲周　午天蒸鬱して火雲周し、
一雨蒼前忽引流　一雨蒼前忽ち流れを引く。
庭樹鳴蟬頻喜霽　庭樹の鳴蟬頻りに霽るるを喜び、
時疑驅夏入新秋　時に疑ふ夏を駆って新秋に入るかと。

「君近多病　何以吐出如此之新詩也　讀此詩者　不知君之有病」

君近ごろ病多し、何を以てかくの如きの新詩を吐き出すや　此の詩を読む者、君の病有るを識らざらん。

「詩不當快意　則不能吐出如此之新詩　乃可謂更無病矣」

詩は快意に当たらざれば、則ちかくの如き新詩を吐き出す能はず。乃ち更に無病と謂うべし。

（押韻）周、流、秋（平声尤韻）。

6　秋夜偶成

天晴風靜興頻催　天晴れ風静かにして興頻りに催し、
今夜柴門爲月開　今夜柴門　月のために開く。
知己携樽來贈我　知己　樽を携えて来たり我に贈り、
共親清影共親杯　共に清影に親しみ共に杯に親しむ。

「興頻催二字、初學甚久」興頻催の二字、初めて学ぶこと甚だ久し。

（押韻）催、開、杯（平声灰韻）。

⑲所収作品表、無し。

七　大郷浩齋（博）

研究の主要部分は第三章【論考編】、三の「大郷浩齋及び大郷學橋の漢詩文集の研究」に掲載した。重複を避けて⑧（出版）⑮（作者履歴）⑰（余説「構成」と「考察」）⑲（所収作品表）は右の論考の該当箇所による。

著書は、（一）（二）の二冊があるが、共に右に同じ。

（一）

①書名、「浩齋文稿」。

写本であって、題簽がない。書名は、十四丁に「浩齋文稿」と記載があるので、それを採って付けたのである。

②巻数、一巻。

③冊数、一冊。

④著者名、大郷浩齋（博）。

⑤編者名、大郷浩齋（博）。

⑥出版地、無し（出版せず）。
⑦出版者、無し（出版せず）。
⑧出版（または成立）年月日、（出版せず）。天保十三年（一八四二年）成立。
⑨丁・頁数、三十一丁。（二十六頁）。
⑩写真数、無し。
⑪体裁、写本袋綴。
⑫大きさ、縦二十八・〇cm×横二十・〇cm。
⑬帙の有無、無し。
⑭所蔵者、青柳宗和氏（鯖江まなべの館）。
⑮作者履歴、
本姓須子氏、信齋の養子。大鄕學橋の父。名は博、博通、博須。号は浩齋。昌平学派。鯖江藩儒。惜陰堂・麻布学問所教授。寛政五年（一七九三）生まれ、安政二年（一八五五）七月六日歿。六十三歳。
◎「鯖江藩御家人帳」（五巻下一九六頁）。
⑯巻頭作品、
『浩齋文稿』は、前半は漢詩集（作品番号は1番～35番）で、後半は「漢文集」（作品番号は36番～47番）である。「漢詩集」の1番は「豊太

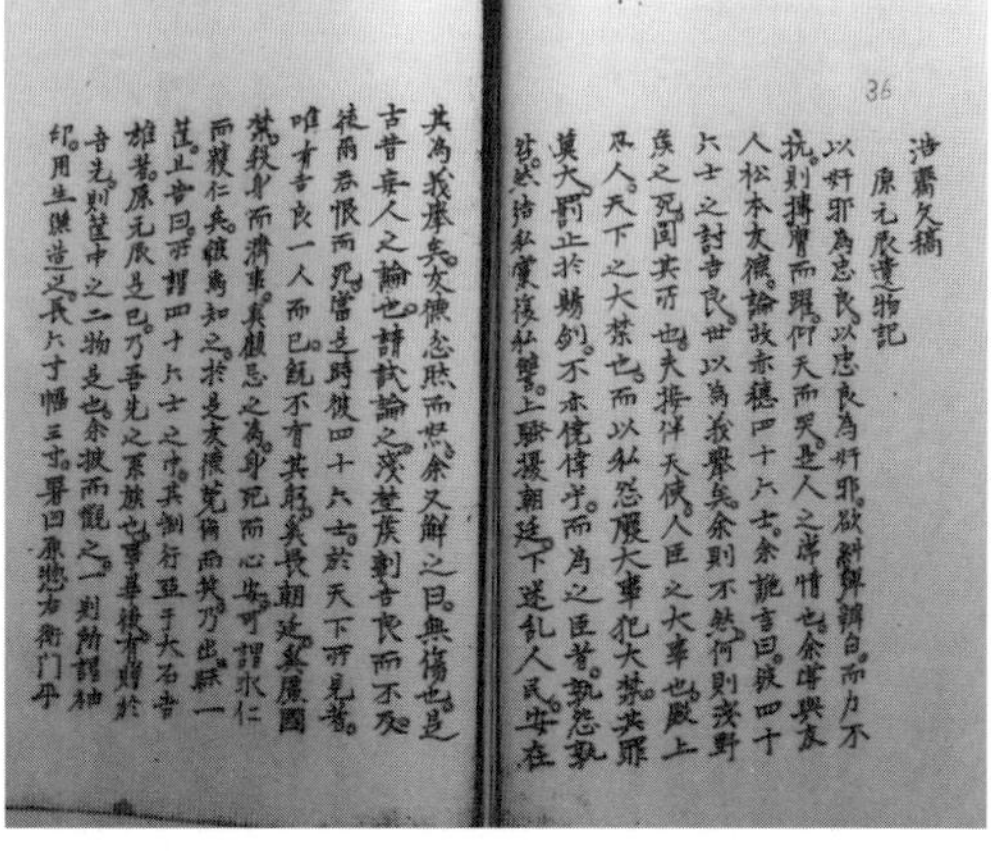

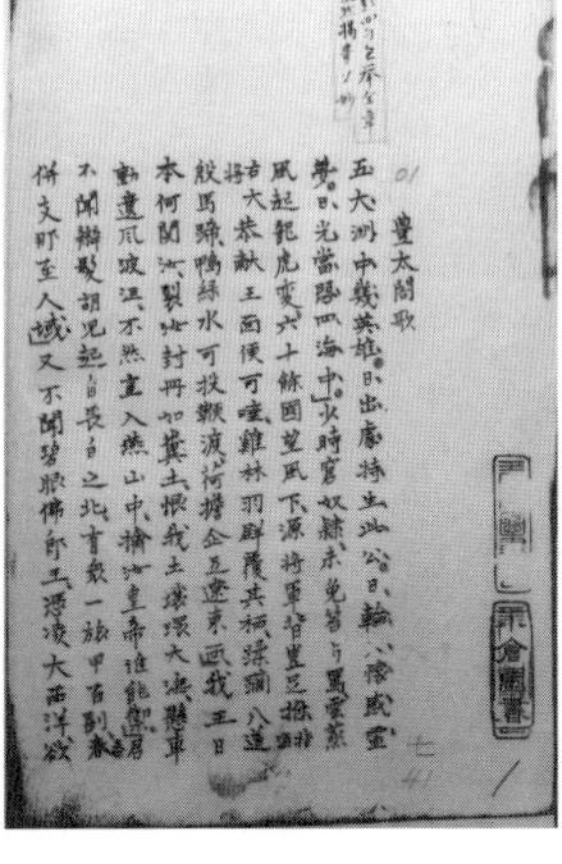

閤歌」である。これは、【論考編】で訓読した。そこで、ここでは、作品を取り上げない。

⑰余説、第三章【論考編】、三の「大鄕浩齋及び大鄕學橋の漢詩文集の研究」参照。

⑱研究文献、資料、「汲古窟信筆」巻二、巻六、巻十九にも詩作品がある。『若越墓碑めぐ里』三四五頁。「年次一覧表」二一七番。第一章【序説編】第四節、一、(三)参照。

⑲所収作品表、第三章【論考編】、三の「大鄕浩齋及び大鄕學橋の漢詩文集の研究」参照。

(二)

①書名、「促月亭詩會發題三十首共分韻」。

②巻数、一巻。

③冊数、一冊。

④著者名、大鄕浩齋(博)。

⑤編者名、大鄕浩齋(博)。

⑥出版地、無し(出版せず)。

⑦出版者、無し(出版せず)。

⑧出版(または成立)年月日、(出版せず)。天保十三年(一八四二年)成立。

記載がないので、何時とは断定できないが、『浩齋文稿』と同じ頃と見ておく。

⑨丁・頁数、四丁。
⑩写真数、無し。
⑪体裁、和本、写本袋綴。
⑫大きさ、縦二十六・五㎝×横十九・五㎝。
⑬帙の有無、無し。
⑭所蔵者、福井大学総合図書館（991—OSA）。
⑮作者履歴、第三章【論考編】、三の「大郷浩齋及び大鄕學橋の漢詩文集の研究」参照。
⑯巻頭作品、

啼鶯呼夢近階除　鶯は啼き夢より呼ぶ　階除に近く、
起掃浮塵整亂書　起きて浮塵を掃き乱書を整ふ。
始覺春宵荅皀脛　始めて覺る春宵の荅（あずき）皀の脛、
三杯村酒宿醒餘　三杯の村酒に宿醒して余りあり。

（脚韻）除、書、餘（上平六魚）

⑰余説、第三章【論考編】、三の「大郷浩齋及び大鄕學橋の漢詩文集の研究」参照。
三十首（一首を欠く）の作品が作られた「促月亭の詩会」の状況の説明がないのが惜しまれる。
⑱研究文献、学統学派。「初探」第一稿の九十番。第四稿　の補遺の二六番。「年次一覧表」二八番。
⑲所収作品表、第三章【論考編】、三の「大郷浩齋及び大鄕學橋の漢詩文集の研究」参照。

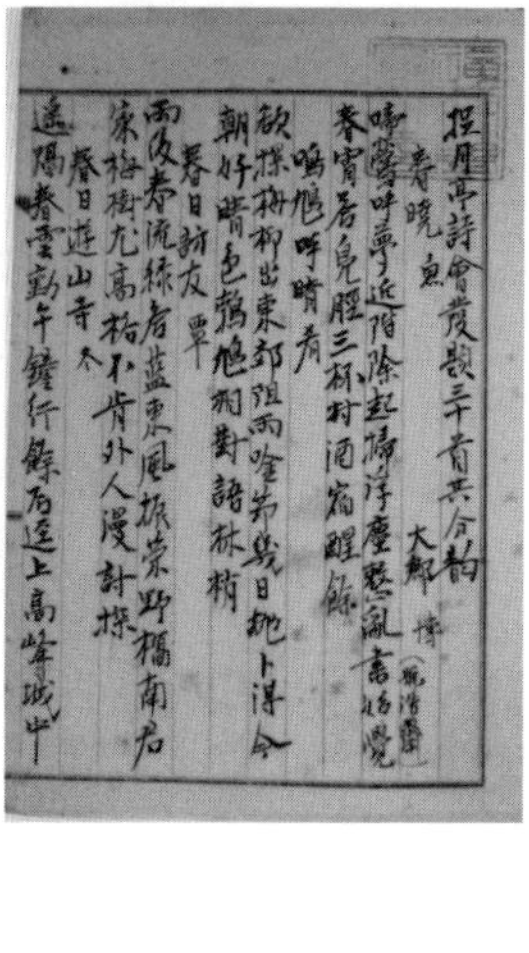

八　閒部松齋（詮實）

①書名、「松齋詩稿」（題箋が表紙に貼ってあり、巻頭にも記されている。）
②巻数、一巻。
③冊数、一冊。
④著者名、閒部松齋（詮實）。
⑤編者名、不詳。

　丸印の内側に「福井縣鯖江女子師範學校」、丸印の中央に「鄕土研究科」の文字がある（印の直径は四・五㎝）。また、「福井大學印」がある（四・五㎝の四角形）。女子師範で編集したものか。

⑥出版地、無し（出版せず）。
⑦出版者、無し（出版せず）。
⑧出版（または成立）年月日、（出版せず）。安政三年（一八五六年）以後の成立。

　巻頭の「松齋詩稿」の文字の次に、「壬子嘉永五」とある。一八五二年である。74番の作品「丙辰仲秋念五疾風暴雨及荒壞感而偶成」に「丙辰」とある。一八五六年で、安政三年である。82番の作品「山茶花」の後に「松堂添削」として、七句と八句に対する添削

の案と説明が見える。年号から、嘉永五年（一八五二）から安政三年（一八五六）初冬までの作品が収められていることが判明する。

⑨丁・頁数、十八丁、三十六頁。

⑩写真数、無し。

⑪体裁、和本、袋綴。

⑫大きさ、縦二十六・五㎝×横十九㎝。

⑬帙の有無、無し。

⑭所蔵者、福井大学総合図書館（991—SYO）。

⑮作者履歴、

鯖江藩第八代藩主。文久二年（一八六二）～文久三年（一八六三）の、藩主在職年は一年である。文政十年（一八二七）四月二十八日に生まれ、文久三年（一八六三）十一月二十七日に歿した。享年三十七歳。浅草九品寺に葬られた。院号は修和院（「修和院公石棺銘」参照）。

⑯巻頭作品、

仲秋不見月　　仲秋月を見ず

帳望渺茫待月亭　　帳望は渺茫たり　待月亭、

遠山淡々水冷々　　遠山は淡々として　水は冷々たり。

積陰不解仲秋夜　　積陰は解けず　仲秋の夜、
紘管吹雲欲破冥　　紘管は雲を吹き　冥を破らんと欲す。
（押韻）亭、亭、冥（平声青韻）

⑰余説、無し。

⑱研究文献、「芥川家文書」2に修和院公石棺銘がある。『若越墓碑めぐ里』三一五頁。「初探」第一稿の六五番。「年次一覧表」四九番。第一章【序説編】第四節、一、（一）参照。

⑲所収作品表（合計欄以外の数字は作品番号）、
近体詩が八十四首収められている。それを製作年代順に表示する。

八　「松齋詩稿」

西暦	干支	年号	年齢	五言詩 4句	五言詩 8句	五言詩 22句	五言詩 合計	七言詩 4句	七言詩 8句	七言詩 合計	作品総合計
一八五二	壬子	嘉永五	二六		3 4 5 6		4	1 2 8 9	7	5	9
一八五三	癸丑	嘉永六	二七		11 13		2	10 12 14 15 16 17 18 19 20 21		10	12
一八五四	甲寅	嘉永七 十二月 安政一	二八		25		1	22 23 24 26		4	5
一八五五	乙卯	安政二	二九		30 31		2	27 28 29		3	5
一八五六	丙辰	安政三	三〇	69	38 40 44 48 56 60 65 68 76 77 79 82	74	14	32 33 34 35 36 37 39 41 42 43 45 46 47 49 50 51 52 53 55 57 58 59 61 63 70 71 72 73 75 78 80	54 62 64 66 67 81 83 84	39	53
作品合計				1	21	1	23	52	9	61	84

九　土屋得所（篤之）

①書名、「桂園小稿　附詩文雑抄」（題箋にある）。
②巻数、一巻。
③冊数、一冊。
④著者名、土屋得所（篤之）。
⑤編者名、土屋得所（篤之）。（但し、記載無し）。
⑥出版地、無し（出版せず）。
⑦出版者、無し（出版せず）。
⑧出版（または成立）年月日、（出版せず）。慶応三年（一八六七年）成立。
⑨丁・頁数、詩稿三十一丁（六十三頁分）文稿一丁　詩文雑抄三丁。
⑩写真数、無し。
⑪体裁、和装袋綴、著者自筆本。表紙の題簽に「桂園小稿　附詩文雑抄」とある。裏表紙には特に記載なし。
⑫大きさ、縦二四・五㎝×横一六・五㎝。
⑬帙の有無、拵帙。
⑭所蔵者、筆者。（一九八九年十一月二十六日、古書店〈転形書房〉にて購入。）
⑮作者の経歴、

幼名は秀佑、名は篤之、雅名は煥、字を公章、古香・樂齋・復堂と号したが、のち、藩主松堂の内旨によって季祐さらに得所と改む。文化十一年（一八一四）勝山藩の秦氏（魯齋の弟）に生まれた。六歳で父を失い、母兄共に辛苦を嘗め、十九歳のとき、鯖江藩の土屋仲宅の後を嗣いだ。天保六年（一八三五）、二十二歳にして京都の百々漢陰について漢方医学を修め、同十年（一八三九）帰国。天保十一年（一八四〇）表御医師。同十四年（一八四三）奥医師。弘化三年（一八四六）藩主に従って江戸に行き、十月より伊藤玄朴の門に入って、蘭学医術を修業。同五年（一八四八年二月嘉永と改元）正月奥医師本席。嘉永三年（一八五〇）三月九日、福井藩より白神痘（牛痘）苗を受けて、藩内に普及させる。得所はこれよりさき、嘉永元年（一八四八）すでに天然痘苗を以て、その長男寛之に接種し、成功。同年十二月、亡父仲宅家督十八人扶持相続給人席奥御医師。同五年正月、御取次格御匕頭。元治元年（一八六四）三月御取次席。江戸より帰京後は疾病の治療に専念し、若い漢方医者には、洋法に転業せしめるなど、越前の医学界に尽くす所、多大のものがあった。慶応三年（一八六七）正月十五日死亡。享年五十四歳。法名は広体院誠意日得居士、妙正寺に葬られた。（『福井県医学史』『鯖江郷土誌』等による。）

◎「鯖江藩御家人帳」（五巻上四四五頁）。

土屋家々系図

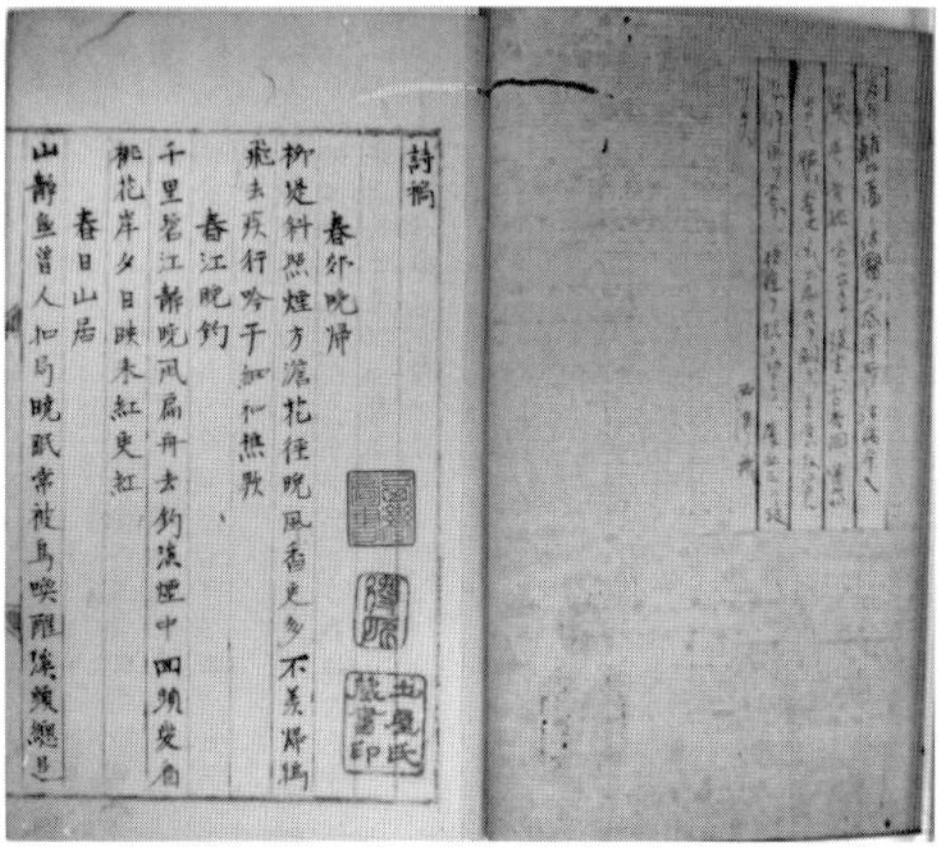

土屋九郎右衛門政記――彌右衛門政記

一代　雲格　爲政（延享二年〈一七四五〉七月一五日歿）
　初松井伴濟　立元　洞庵

二代　仲宅　振之
　初助三郎　立元　延享二年（一七四五）九月四日相續
　文化六年（一八〇九）一月四日歿

――俊伯　立元――

三代　道煙意　尹之
　仲宅　文化六年（一八〇九）四月相續
　嘉永三年（一八五〇）十月五日歿

四代　秀治　煥（文化十一年〈一八一四〉生）
　場所　嘉永三年（一八五〇）十一月八日相續（養子）
　慶応三年（一八六七）一月一六日歿（五十四歳）

五代　裕（弘化二年〈一八四五〉一月生）
　寛之　慶応三年（一八六七）三月二九日相續
　明治三九年（一九〇六）三月歿（六十二歳）

――貫之――
　寛之

（出典『土屋家系譜』）

注　「貫之」以下は『土屋家系譜』に記載せず。

⑯巻頭作品、

　春郊晩歸　　春　郊より晩に帰る

柳堤斜照煙方澹　柳堤斜に照り煙方に澹く、

花徑晩風香更多　花径の晩風　香更に多し。

不羨歸鴉飛去疾　羨まず　帰鴉の飛び去ることの疾きを

行吟子細和樵歌　行吟は子細にして樵歌に和す。

　（押韻）多、歌（平声青韻）

＊郊外へは春の風景を尋ねて散策に出かけていたのであろうか。余韻を楽しみながら帰宅する様子がうかがわれる

＊この巻頭の詩が示しているように、自然を歌う作品が主であり、政治的なものはほとんどない。全体としては平淡な詩集であると言えよう。

⑰余説（「構成」と「考察」）、

　「構成」

（1）「詩編」では、詩集には作品が制作年代順に並べられている。

＊所載作品数で注意すべきことは、四十一番の作品「泛舟」である。

これは三十六番の作品とおなじ内容である。著者も清書後に気がつ

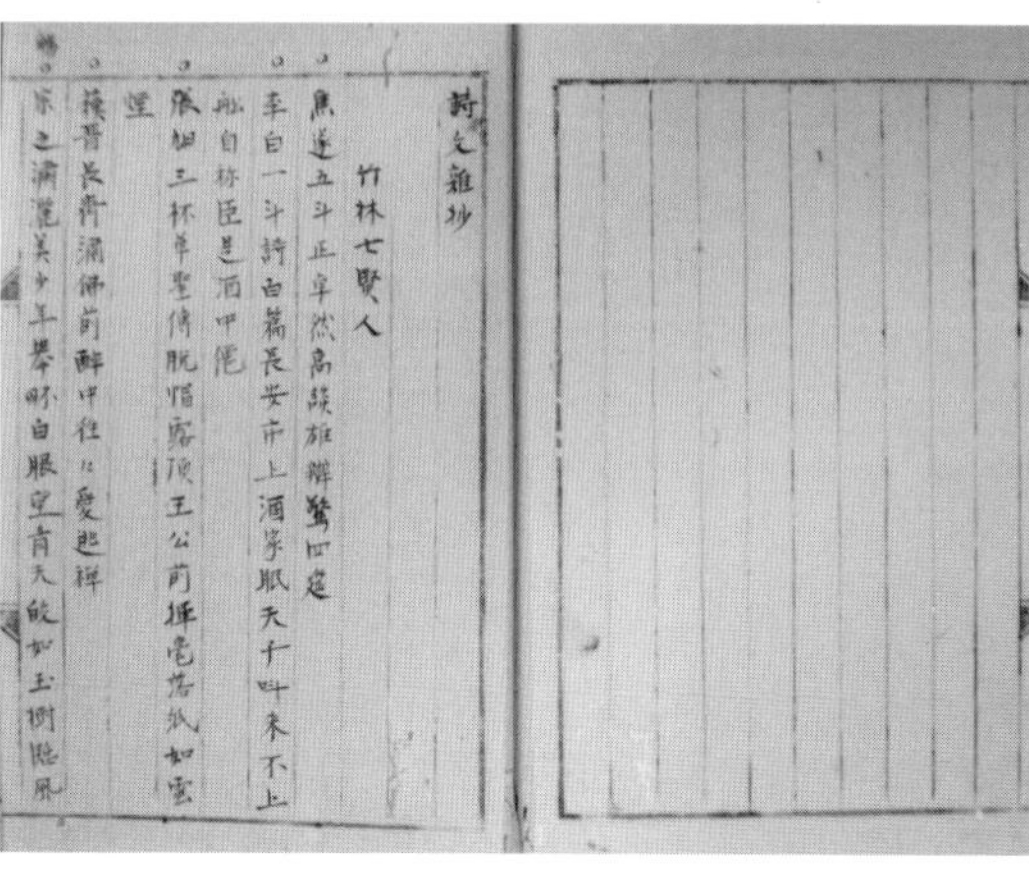
詩文雑抄
竹林七賢人
焦遂五斗正卓然高談雄辯驚四筵
李白一斗詩百篇長安市上酒家眠天子呼来不上
船自称臣是酒中仙
張旭三杯草聖傳脱帽露頂王公前揮毫落紙如雲
煙
蘇晋長斎繍佛前酔中往々愛逃禅
宗之瀟灑美少年挙觴白眼望青天皎如玉樹臨風

いたと見えて、題名の下に「重出」と記している。本論考では四十四番の作品にも一つの番号を与えている。
従って、実際の作品の総数は一六三首ということになる。

（2）「詩文雑抄」について。

165番は「文稿」で、習作である。

166番以下の「詩文雑抄」は、作者が興味を持った「竹林七賢」関連の詩文の一部を抜粋したもので、十箇条
ある。これは、作者の関心を持った方向を探る参考にはなる。

176番以下の三箇条は、いずれも七言四句である。しかし、作者は「戯作類」としている。なるほど、末句の
内容が、絶句にはなっていない。戯作になっている。

「考察」

三十三歳、藩主に従って江戸へ行った頃から、制作年代のはっきりした作品が残っている。また、四十四
歳以後の作品は見られない。年によって制作した作品数が違うが、それらの理由は未詳である。藩における
責任が重くなり、多忙で詩作する時間的余裕がなかったのではないかという推測をしている。

「備考」

○本文第一頁に、三個の印がある。最も上の朱印は「西灣圖書」である。中間の朱印は「得所」である。三番
目の印は「土屋氏臟書印」である。

○添削を受けている。例えば六十六番の作品。添削を担当しているのは浩斎、柳塘らである。

○書き付け（表表紙、裏表紙の内側に書き付けがある）。

（一）表表紙のもの。（縦十四㎝×横五㎝）
「本書、鯖江藩ノ侍医土屋得所ノ詩稿本ナリ。得所、名ハ秀裕、字ハ公章、復堂、古香洞、樂齋ノ号アリ、勝山秦氏ノ出、土屋氏ヲ嗣グ、京ニ学ビ、後江戸ニ出デ洋医ヲ学ブ、種痘ヲ拡メ功アリ、慶應三年、没年五十八　西灣識」

（前川注）五十八の八の右側に？がある。「土屋家系譜」は五十四歳としている。
（二）裏表紙のもの。（縦十四㎝×横六・五㎝）。
「進徳館ハ鯖江藩校（間部氏）。

浩齋。須子等。名ハ博。字は穆か。号、浩齋。

天保十四年十月、芥川捨藏ノ伝ヲ襲ウテ江戸藩邸内惜陰堂ノ講師トナル。大鄕金藏（名、良則、字、伯儀。号、信齋、天保十五、十、十四、没（73））ノ弟子トナル。等ノ男ハ劵藏、後改、穆ト称シ業ヲ継グ」
（三）裏表紙のもの。（縦十四㎝×横四・五㎝）
「歸山、芥川捨藏。後改舟之。字子軫、号歸山。嘉永之頃、進徳館儒員ナリ、天明ニ芥川左氏（名澄、字子襲、号思堂）次イデ芥川轍（名ハ希由、字ハ子轍、号潭）アリ代々　陽明学　又旭里アリ　帰山ノ子　カ」。
＊これらの三枚の書き付けは、詩集を所蔵した西灣氏が、詩集の頭注や傍注に見える人名をみて、自身の読書の参考用として書いたものと思われる。西灣氏については未詳。（「西灣識」の記載がある書き付けの字と、後の二つの字体が同じである。もちろん、本文の土屋氏の字体とは全く違っている。）

⑱研究文献、
『若越墓碑めぐ里』三二七頁。「初探」第四稿の一六七番。「年次一覧表」六一番。

⑲所収作品表（合計欄以外の数字は作品番号）、

九 「桂園小稿附詩文雑抄」(1)詩篇

西暦	干支	年号	年齢	五言詩 4言	五言詩 合計	五言詩 8言	五言詩 合計	五言詩 五言合計	七言詩 4言	七言詩 合計	七言詩 8言	七言詩 合計	七言詩 七言合計	総合計
未詳				16	1	17	1	2	1 2 3 5 6 7 8 9 10 11 12 13 14 15 18	15	4	1	16	18
一九四六		弘化三	33	24	1	19 20 29 34 35 36 41	7	8	21 22 23 25 26 27 28 30 31 32 33 37 38 39 40	15			15	23
一九四七		弘化四	34						42 43 44	3			3	3
一九四八		嘉永一	35			46 47 56 61 63	5	5	45 48 49 50 51 52 53 54 55 57 58 59 60 64 65 66 67 68 69 70 71 72 73	23	62	1	24	29
一九四九		嘉永二	36			79 84 87	3	5	74 75 76 77 78 80 81 82 83 85 86	11			11	14
一九五〇		三	37						88 89 90 91 92 93 94 95 96 97 98 100 101	13	99	1	14	14
一九五一		四	38						102 103	2			2	2
一九五二		五	39			104	1	1					1	1
一九五三		六	40						105 106 107	3			3	3
一九五四		安政一	41			110 113	2	2	108 109 111 112 114 115 116	7			7	9
一九五五		二	42	124	1	121 126	2	3	117 118 119 120 122 123 125 127 128 129 130 131 132 133	14			14	17
一九五六		三	43	150	1	135 137 138 145 147 154 156	7	7	134 136 139 140 141 142 143 144 146 148 149 152 153 155 157 158 159 160	18	151	1	19	27
一九五七		四	44			164	1	1	161 162 163	3			3	4
言合計					4		29			127		4		
総合計							2	33					131	164

⑵附詩文雑抄

分類	句	数	番号
文章		1篇	165
詩文雑抄		10組	166 167 168 169 170 171 172 173 174 175
戯作類	4句	3篇	176 177 178
詩句		2組	179 180

一〇　青柳柳塘（忠治）

研究の主要部分は、第三章【論考編】、四の「『西溪漁唱』の研究　序説」に掲載した。重複を避けて、⑮作者履歴、⑲所蔵作品表、も右の論考の該当箇所による。

①書名、「西溪漁唱」及び「西溪漁唱後集」。
②巻数、五巻。
③冊数、五冊。
④著者名、青柳柳塘（忠治）。
⑤編者名、青柳柳塘（忠治）。
⑥出版地、無し（出版せず）。

⑦出版者、無し（出版せず）。
⑧出版（または成立）年月日、（出版せず）。明治九年（一八七六年）成立。
⑨丁・頁数、二三二丁。
⑩写真数、無し。
⑪体裁、和本、袋綴。
⑫大きさ、縦二五・一㎝×横一六・五㎝。
⑬帙の有無、無し。
⑭所蔵者、青柳宗和氏。（鯖江まなべの館）。
⑮作者履歴、第三章【論考編】、の四「『西溪漁唱』の研究　序説」参照。
⑯巻頭作品（または代表作品）、

元旦戊戌

戸々喜聲春正遷　　戸々に喜声あり　春正に遷り、
斬新風物使人憐　　斬新の風物は　人をして憐れしむ。
柳迎嫩日鶯黄點　　柳は嫩日を迎へ　鶯の黄　点じ、
谿帶斷冰鴨綠鮮　　谿は断冰を帯び　鴨の緑　鮮かなり。
痴態依然安目下　　痴態は依然として　目下に安んじ、
窮居自若樂生前　　窮居に自若として　生前を楽しむ。

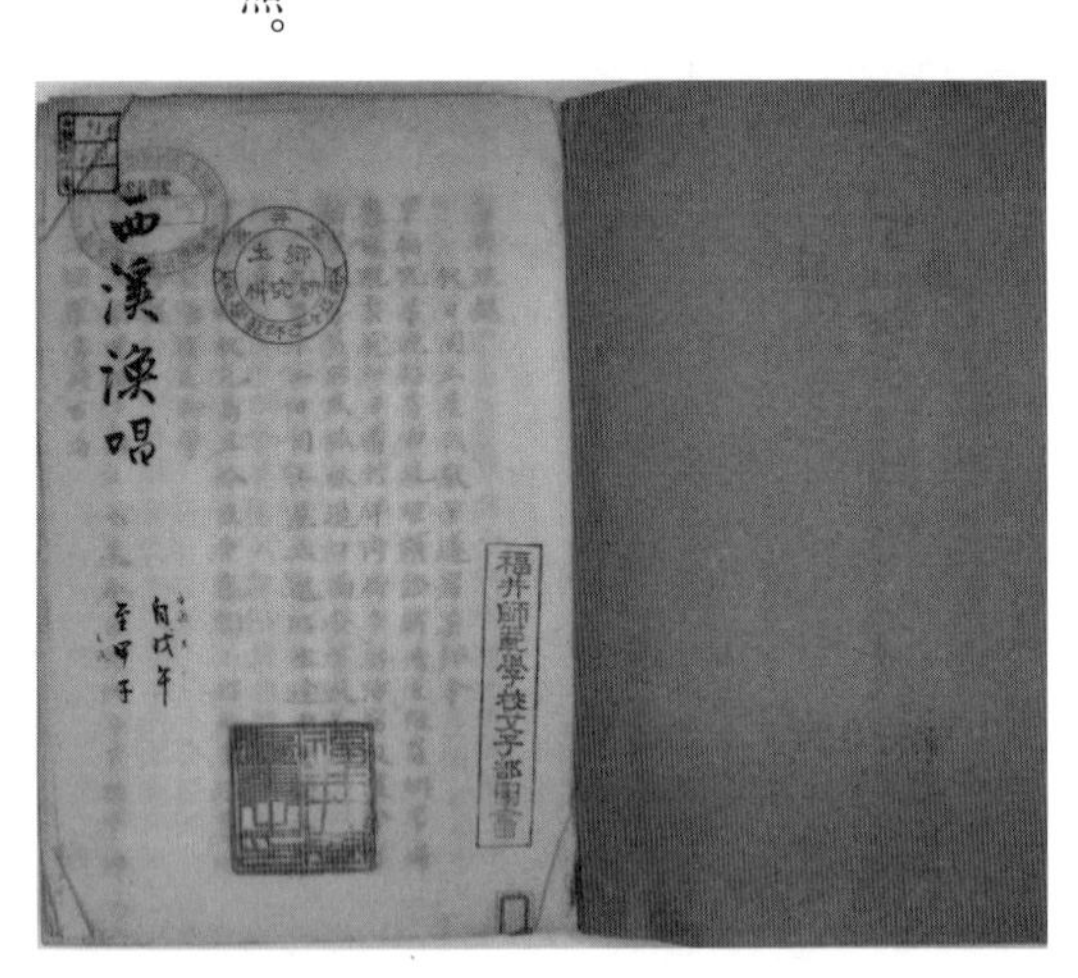

奔蛇趁壑牽無術　奔蛇は壑に趁り（はし）　牽くに術無く、
昨夜杯樽已隔年　昨夜の杯樽は　已に年を隔てり。
（押韻）遷、憐、鮮、前、年（平声先韻）

⑰余説（「構成」と「考察」）、

「構成」

これについては、第三章【論考編】の四『西溪漁唱』の研究　序説」参照。

「考察」

巻頭に「西溪漁唱」、二行目に「皎齋先生評點」、その下に「靜山」、巻頭作品の上に「無限感慨」と記す。皎は皓か?。皓齋なら、喜多山木人（一八一〇―一八七三）で、皇漢学者・蘭学者、名永隆、称は儀兵衛、号は木人・皎齋・三香園・稽縄舎とも号した。進徳館教授（軍学）である。

また、戊戌は天保九年、一八三八年である。作者は二十二歳である。

⑱研究文献、『若越墓碑めぐ里』三三二頁。「初探」第一稿の七九、八〇、八一、八二、八三番。

「年次一覧表」六九、七〇、七一、七二番。第一章【序説編】第四節、一、（四）参照。

⑲所収作品表、第三章【論考編】の、四「『西溪漁唱』の研究　序説を参照。

一一　松谷野鷗（彌男）

研究の主要部分は、第三章【論考編】、六の「『野鷗松谷先生遺艸』研究—その閑適の世界—」に掲載した。重複を避けて、⑮（作者履歴）、⑲（所蔵作品表）、も右の論考の該当箇所による。

①書名、「野鷗松谷先生遺艸」。
②巻数、一巻。
③冊数、一冊。
④著者名、松谷野鷗（彌男）。
⑤編者名、岡井愼吾。
⑥出版地、なし（出版せず）。
⑦出版者、なし（出版せず）。
⑧出版（または成立）年月日、（出版せず）。作者の没年、大正三年（一九一四年）の成立とする。
　但し、昭和二十年（一九四五年）の編集をとって、正式の詩集成立と見るのもよい。
⑨丁・頁数、六十六枚、百三十三頁。

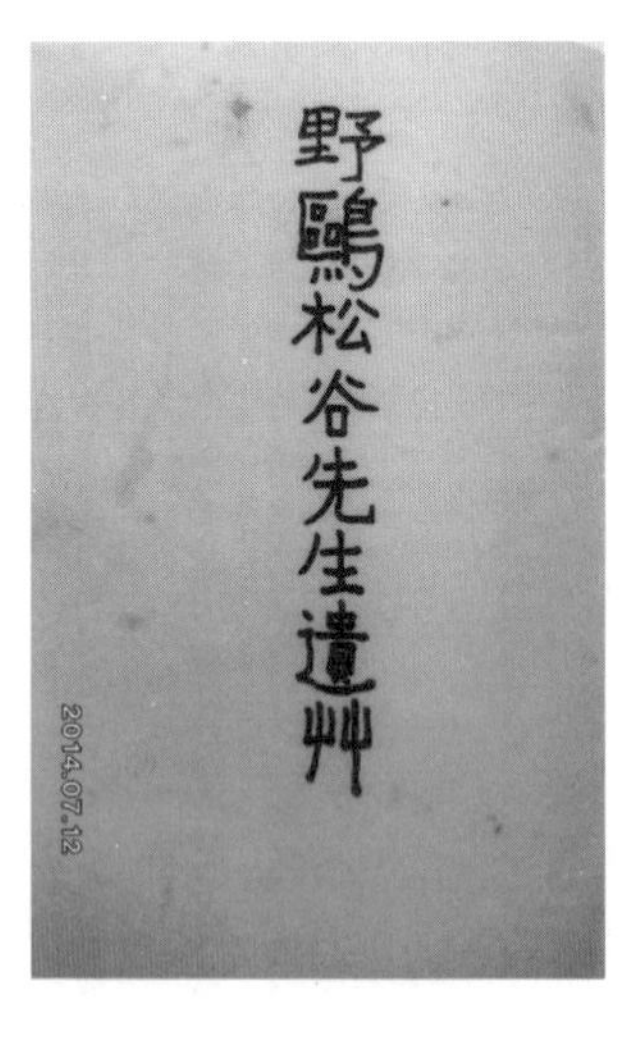

⑩写真数、なし。
⑪体裁、和装、袋綴。
⑫大きさ、縦二十三・七cm×横十四・五cm、厚さ〇・九cm。
⑬帙の有無、無し。
⑭所蔵者、松谷家。
⑮作者履歴、第三章【論考編】第一節、六の「『野鷗松谷先生遺艸』研究—その閑適の世界—」、参照。
⑯巻頭作品（または代表作品）、
　巻末の作品を紹介する。理由は、詩の後にある編者の言葉である。

　　曉鴉曲

綢繆情如蔓艸纏　　綢繆の情は　蔓艸の如く纏わりつく、
妾身何惜爲郎捐　　妾の身　何ぞ惜しまん　郎の為に捐つるを。
肌寒盈尺庭前雪　　肌寒し　尺に盈つる　庭前の雪、
腸斷數聲樓上絃　　腸断の数声　楼上の絃。
昨日幻花今日夢　　昨日の幻花は　今日の夢、
去來宿業未來縁　　去来する宿業　未来の縁。
千愁満恨無人識　　千愁　満恨　人の識る無く、
愛教丫鬟泣涕漣　　丫鬟に愛教するも泣くこと涕漣たり。

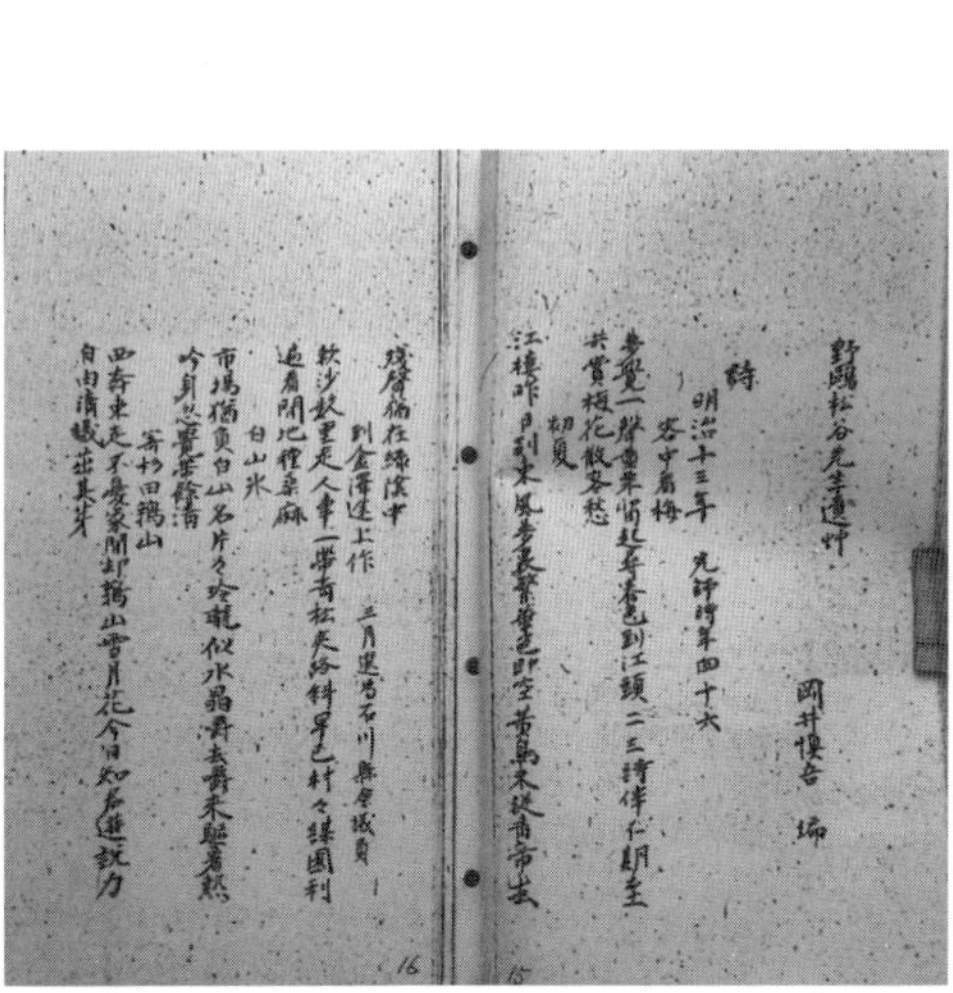

（押韻）纏、捐、絃、緣、漣（平声先韻）

編者曰、此二首一時弄筆之作。似當不必存者。但立待村誌錄先師詩數首。自此始。故今附姑存云。

編者曰く、此の二首は一時の弄筆之作なり。当に必ず存すべからざるに似たり。但し、立待村誌に先師詩数首を録す。此より始む。故に今附して姑く存すと云う。（注、一首をとった）。

⑰余説、第三章【論考編】第一節、六の「『野鷗松谷先生遺艸』研究―その閑適の世界―」、参照。

⑱研究文献、「初探」第一稿の一二四番、第三稿と第四稿の補遺の一二四番。「年次一覧表」の一一六番。

⑲所収作品表、第三章【論考編】第一節、六の「『野鷗松谷先生遺艸』研究―その閑適の世界―」参照。

一二　大鄕學橋（穆）

研究の主要部分は第三章【論考編】、三の「大鄕浩齋及び大鄕學橋の漢詩文集の研究」に掲載した。重複を避けて⑰（余説「構成」と「考察」）⑲（所収作品表）は右の論考の該当箇所による。

①書名、『學橋遺稿』。

②巻数、一巻。

③冊数、一冊。

④著者名、大鄕學橋（穆）。
⑤編者名、大鄕利器太郎編。
⑥出版地、東京。
⑦出版者、葵華書屋蔵（版）。
⑧出版年月日、明治二十年（一八八七年）。
⑨丁・頁数、序・大沼枕山、。二丁（四頁）。本文、五十六首、八丁（十六頁）。付、「追福惠贈集」・中村敬宇、小野湖山、小笠原化堂らの作品、二十七首、五丁（十頁）。
⑩写真数、無し。
⑪体裁、和本、刊本。
⑫大きさ、縦二十・四㎝×横十三・五㎝。
⑬帙の有無、無し。
⑭所蔵者、福井大学総合図書館（991―OSA）。
⑮作者履歴、
大鄕學橋、名は穆。通称は卷藏。字は穆卿。号は學橋・葵花書屋。生地は越前鯖江。鯖江藩間部氏に仕えた。本姓須子氏。浩齋の長男。江戸惜陰堂および城南読書楼の教授。五十二歳で没した。著書に『學橋遺稿』がある。

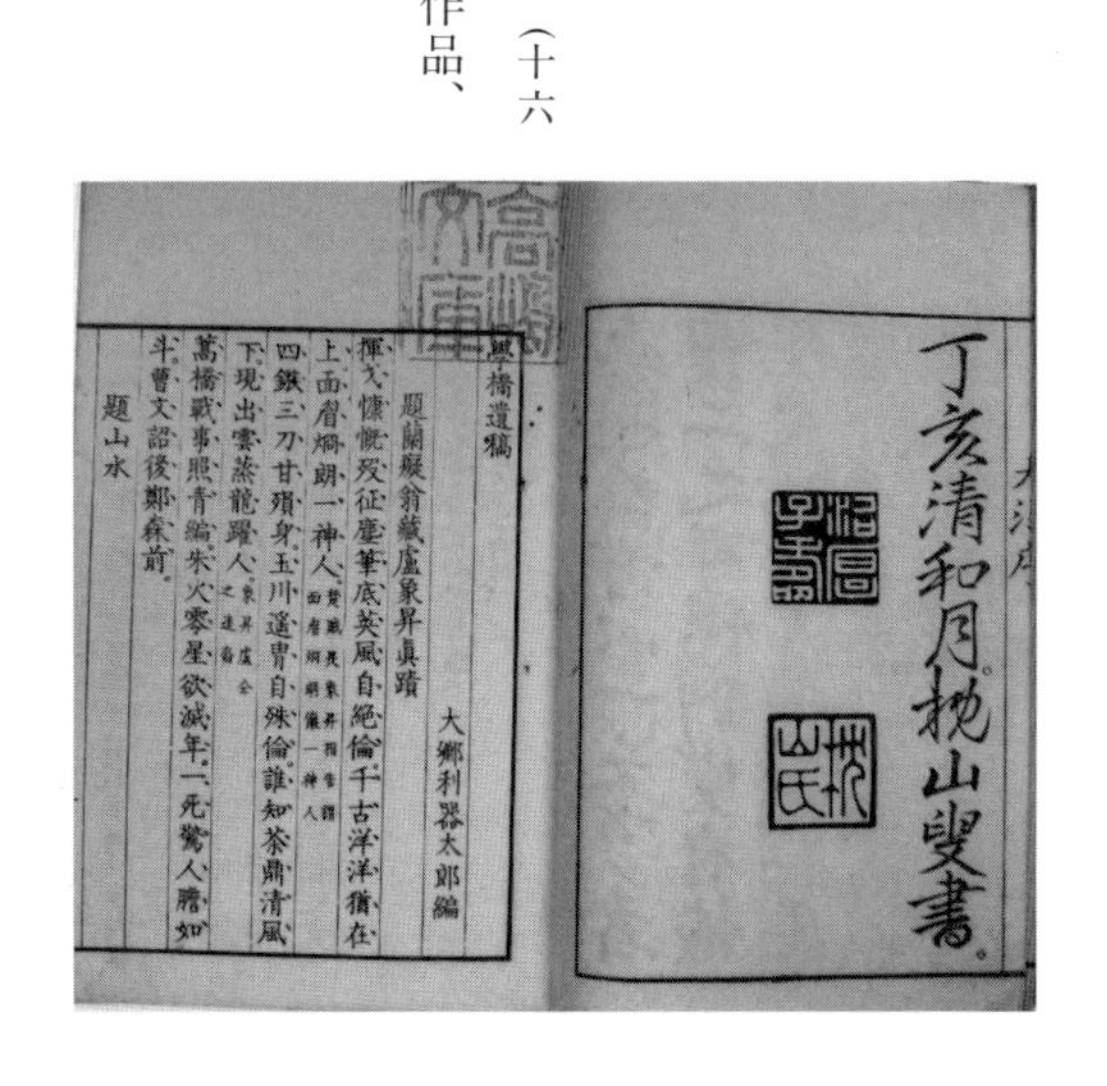
丁亥清和月枕山叟書。

學橋遺稿　　大鄕利器太郎編
題蘭凝翁藏盧象昇眞蹟
揮戈慷慨殁征塵筆底英風自絶倫千古洋洋猶在
上面眉炳朗一神人
四鐵三刀廿頊身玉川逢胄自殊倫誰知茶鼎清風
下現出雲蒸龍躍人
萬橋戰事照青編朱火零星欲滅年一死驚人膽如
斗曾文詔後鄭森前
題山水

「鯖江藩御家人帳」（五巻下一九六頁）。

⑯代表作品、

第十六首（七言絶句）を取り上げる。

（この作品は、馬歌東選注『日本漢詩三百首』一九九四年九月、世界図書出版社　西安公司出版発行、二百五十五頁に、この作品と他の一作品、合計二作品が選ばれている。）

首夏村趣　首夏の村の趣

水満秧田長緑針　水は秧田に満ちて緑針長じ、

午鶏聲靜覺村深　午鶏の声は静かにして村深きを覚る。

前宵一雨足餘潤　前宵の一雨は余潤に足り、

閑却桔橰眠柳陰　桔槔は閑却にして柳陰に眠る。

（脚韻）針、深、陰（下平十二侵）。

⑰余説、第三章【論考編】、三の「大郷浩齋及び大郷學橋の漢詩文集の研究」参照。

⑱研究文献、『若越墓碑めぐ里』三四五頁。「初探」第一稿の十五番、第四稿の補遺の十五番。

「年次一覧表」の八四番。第一章【序説編】第四節、一、(三)、参照。

⑲所収作品表、第三章【論考編】、三の「大郷浩齋及び大郷學橋の漢詩文集の研究」参照。

一三　閒部松堂（詮勝）

①書名、「常足齋詩稿」。
②巻数、一巻。
③冊数、一冊。
④著者名、閒部常足齋（詮勝）。
⑤編者名、不詳。
⑥出版地、無し（出版せず）。
⑦出版者、無し（出版せず）。
⑧出版（または成立）年月日、（出版せず）。写本。一八八四年成立。筆記者の姓名も記されていない。
⑨丁・頁数、三十四丁、序一丁。（六十四頁、二十一丁と三十三丁に空頁有り）。
⑩写真数、無し。
⑪体裁、和本　袋綴（毛筆　写本）。
⑫大きさ、二十六、三cm×十九、三cm。
⑬帙の有無、無し。
⑭所蔵者、福井大学総合図書館（991—syo）。
⑮作者履歴、

名は詮勝（あきかつ）。幼名は鉞之助、字は慈卿、松堂と号す。晩翠軒、常足齋と称す。第六代鯖江藩藩主間部詮熙（あきひろ）の第三子。第八代鯖江藩主。京都所司代を経て天保十一年に老中、安政五年に再任。書は市川米庵に学び、山水花鳥の画を能くす。昭和九年万慶寺内の亨浄会発行「松堂公五十年祭記念遺墨集」には、文化元年（一八〇四）二月十九日生。明治十七年（一八八四）十一月二十八日没。八十一歳とあるが諸書に享和二年（一八〇二）生、八十三歳とある。「故鯖江侍従下総守間部公墓銘」に「同十七年十一月二十八日病歿、享年八十有三」と。

⑯巻頭作品、

弘化丁未年（弘化四年・一八四七年）の作。

　元旦試毫　元旦に毫を試む

昨夜文章忽去年　昨夜の文章は　忽ち去年となり、
今朝試筆墨池邊　今朝は筆を試む　墨池の辺に。
詩兼書畫元我癖　詩は書画を兼ぬるは　元我が癖にして、
也向春風碎鋪氈　また春風に向かいて　砕きて氈を鋪く。

　（押韻）年、邊、氈（平声先韻）

【通釈】

　元旦に筆をとって試みに字を書いた

昨日書いた文章はあっという間に去年のことになったから、
今朝は筆を取って（硯の）墨の池の側で字を書く用意をしてみる。

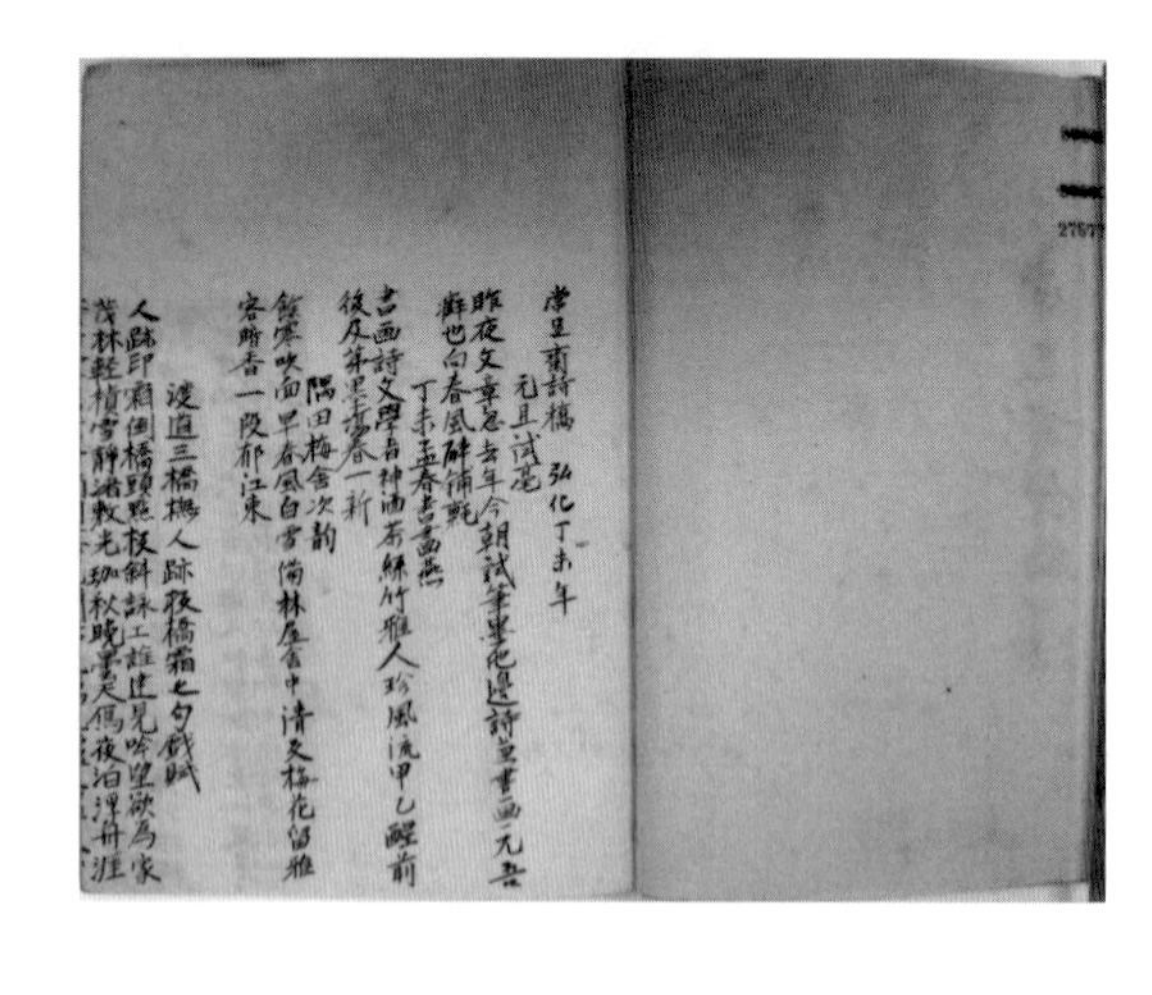

詩が書や絵を兼ねるのが　元々の私の癖であるので、
また春風に向かって　砕いて（紐をほどいて）毛氈を広げる。
＊作者の自由な立場と心境が窺われる。

⑰余説、
「構成」

「作品制作年代」閒部詮勝公は、天保十一年（一八四〇）に三十七歳で西丸老中となるが、天保十四年（一八四三）に老中を辞任する。そして、安政五年（一八五八）に伊井大老のもとで再び老中となる。この『常足齋詩稿』は、その老中の立場を離れていた期間中の弘化四年（一八四七年）～嘉永二年（一八四九年）の三カ年間の作品を集めた詩集である。

「作品数」詩作品二百七十七首、句（短文もある）が九つある。合計二百八十六作品、が納められている。句は詩とは認められないが、整理の便宜上、通し番号を与えた。表中の「句」がそれである。この中、53、55、69、187番は4字4句であるが、四言詩とは見ないでおく。

「考察」

誰がどういう文献から集録したかを記していないのは残念である。しかし、まとまった詩集が見られることで、今後の研究に益することは大である。
⑱研究文献、閒部松堂君墓碑銘、墓銘と二つある。『若越墓碑めぐ里』三四七頁。「初探」第一稿の六七番、第四稿の補遺一六八番。「年次一覧表」八一番。第一章【序説編】第四節、一、（二）参照。
⑲所収作品表（合計欄以外の数字は作品番号）、

一三 「常足齋詩稿」

		西暦	一八四七	一八四八	一八四九	句合計	
		干支	丁未	戊申	己酉		
		年号	弘化4	嘉永1	嘉永2		
		年齢	45	46	47		
五言詩	4句		8	36 55 57 67 145 168 169 170 177 182 189 190	195 196 197 275	17	
	8句		17 18	28 40 41 42 60 61 62 64 70 71 80 81 85 86 96 98 102 105 125 126 127 152 154 155 156 173	202 204 207 224 227 228 235 236 246	37	
	12句			66		1	
	20句		4	72 94		3	
	五言合計		4	42	13	58	
七言詩	4句		1 2 3 6 7 9 16 19 20 21 22	23 24 25 26 27 29 30 31 32 33 34 35 37 38 39 43 44 45 46 47 48 49 50 51 52 56 58 59 68 73 79 82 83 84 87 88 89 91 92 95 97 99 101 103 104 106 107 108 109 110 111 112 113 114 115 116 117 120 121 122 123 124 128 129 130 131 133 134 135 136 137 138 139 140 141 142 143 144 146 147 148 149 150 151 153 157 158 159 160 161 162 163 164 165 166 167 171 172 174 175 176 178 179 180 181 183 184 185 186 188 191 192 193	194 198 199 200 201 203 205 206 208 209 210 211 212 213 214 215 216 217 218 219 220 221 222 223 225 226 229 230 231 232 233 234 237 238 239 240 241 242 244 245 247 248 249 250 252 253 254 255 256 257 258 259 260 261 262 263 264 265 266 267 268 269 271 272 273 274 276 277 278 279 280 281 282 283 284 285	190	
	8句		5 15	63 65 74 75 76 77 78 90 93 100 118 132	243 251 270	17	
	16句			119		1	
	七言合計		13	126	79	218	
総合計			17	168	92	276	
句			10(24字) 11(17字) 12(18字) 13(13字) 14(11字) 53(16字) 54(16字) 69(16字。注122字) 187(16字)			9	285

一四　鈴木琴岳（大壽）

（一）

①書名、「琴岳詩稿」（「汲古窟信筆第十巻」所収）。
②巻数、一巻。
③冊数、一冊。
④著者名、鈴木琴岳（大壽）。
⑤編者名、鈴木琴岳（大壽）。
⑥出版地、（出版せず）。
⑦出版者、（出版せず）。
⑧出版（または成立）年月日、（出版せず）。嘉永三年（一八五〇年）頃の成立である。
「汲古窟信筆第十巻」には嘉永三年（一八五〇年）の記事がある。

「丁未詩暦」（作品番号一番）の丁未は弘化四年（一八四七年）であり、「庚戌詩暦」（作品番号五六番）の庚戌は嘉永三年（一八五〇年）である。つまり、弘化四年（一八四七年）から嘉永三年（一八五〇年）の間に作られた作品集であると見られる。
⑨丁・頁数、五丁・九頁である。
⑩写真数、無し。

⑪体裁、和装本。

⑫大きさ、二十六・五㎝×十八・九㎝。

⑬帙の有無、無し。

⑭所蔵者、植田命寧氏蔵。

⑮作者履歴、琴岳と号した。間部詮勝の侍医となり、文学に嗜み、常に陪侍して、共に文学にいそしんだ。嘉永元年（一八四七）四月、常陸国鹿島に遊んで、山水の風景を嘆賞して、悉く諷詠を家苞として持ち来たり、一巻の集となして、之を侯に献ずると非常に喜ばれて、親しく「一観要石」と表題し、更に序文も与えられた。（以下省略）。『鯖江郷土誌』（六五一頁）。（『福井県医学史』は同書の記事を短く引用している）。

⑯巻頭作品（または代表作品）、

丁未詩暦

大歳正當丁未移　大歳正に丁未に移るに当たり、

三才兆瑞六藏龜　三才　兆瑞　六蔵の亀、

七珍九寳調天下　七珍　九寳　天下に調ひ、

十碗福茶送蠟宜　十碗の福茶　蠟宜を送る。

（押韻）移、龜、宜（平声支韻）

⑰余説（「構成」と「考察」）、

「構成」

丁未詩暦（一番）、戊辰詩暦（八番）、己酉春龜戸梅花（二十五番）、庚戌詩暦（五十六番）、等の年月を示す作品があり、間には季節の移り変わりを示す作品がある。丁未は弘化四年（一八四七年）、庚戌は嘉永三年（一八五〇年）である。この間の作品が収めてあると言える。

「考察」

「岳陽樓圖」（三番）、「桃源圖」（七番）等中国の名勝を詠うもの、梅聖兪（十番）、陸放翁（二十六番）など中国の著名詩人の詩に次韻するもの、眞乗院觀蓮陪宴（二十三番）、龜戸（二十五番）、（市河）米庵亭（三十番）、四谷（三十二番）等の江戸の名所を訪ねたりするもの、自然をうたうもの、等かなり広い題材が見られる。江戸に詰める松堂の医者で学問もあり、機会にも恵まれていたからであると想われる。

⑱研究文献、資料、「汲古窟詩集」第二巻にも作品がある。「年次一覧表」の三四番。

⑲所収作品表（合計欄以外の数字は作品番号）、

一四（一）「琴岳詩稿」

詩体			合計
五言	四句		0
	八句	5 6 7 9 10 11 12 13 14 16 19 20 21 23 26 27 29 33 34 35 40 44	22
七言	四句	1 4 8 22 24 25 30 31 32 36 39 41 42 43 45	15
	八句	2 3 15 17 18 28 37 38	8
合計			45

（二）

①書名、「琴岳覆甕鈔謄」（「汲古窟信筆第十巻」所収）。

②巻数、一巻。

③冊数、一冊。

④著者名、鈴木琴岳（大壽）。

⑤編者名、鈴木琴岳（大壽）。

⑥出版地、（出版せず）。

⑦出版者、（出版せず）。

⑧出版（または成立）年月日、（出版せず）。弘化二年（一八四五年）～嘉永三年（一八五〇年）頃の成立。

「汲古窟信筆十巻」には嘉永三年（一八五〇年）の記事がある。

「癸卯元旦」（十八番作品）の癸卯は天保十四年（一八四三年）であり、この作品の後の詩を見ると、夏、秋、冬、年を越して、また春、夏、秋、冬、正月、春、九月と続いて、二年経っている。

制作年月を見ると、（一）『琴岳詩稿』の前にあってもよい詩集である。しかし、ここでは「汲古窟信筆十巻」所収の順番通りに見ていくこととした。

⑨丁・頁数、四丁、七頁。

⑩写真数、無し。

⑪体裁、和装本。

⑫大きさ、二十六・三cm×十八・九cm。

⑬帙の有無、無し。

⑭所蔵者、植田命寧氏。

⑮作者履歴、前出。

⑯巻頭作品（または代表作品）、

瀧口の謾望　　分韻（作品番号一番）

城門高連西又南　城門は高く連なる　西又東に、

長堤松柏綠於藍　長堤の松柏は藍よりも緑なり。

青瀧瀑作東洋浪　青い滝の瀑は東洋の浪を作り、

白虎門含富岳嵐　白虎門は富岳の嵐を含む。

四極蠻夷爭上貢　四極の蛮夷は上貢を争ひ、

百官文武讓車藍　百官文武は車の藍を譲る。

雄風蕩々泰平観　雄風は蕩々として泰平の観あり、

三百年來浴政甘　三百年來の政の甘きに浴す。

（押韻）南、藍、嵐、藍、甘（平声覃韻）

⑰余説（「構成」と「考察」）、

「構成」

季節の推移を詠っている作品が多い。

「考察」

唐の徐道揮の詩に次韻して居る作品が二つ（六番）（三十五番）あったことであるのが、目についた。

⑱研究文献、資料、「年次一覧表」第三七番。

⑲所収作品表（合計欄以外の数字は作品番号）、

一四（二）「琴岳覆甕鈔謄」

詩体			合計
五言	四句		0
	八句	6 8 12 13 14 15 16 21 26 28 33 35 36 37	14
	十二句	27	1
七言	四句	11 17 19 20 22 23 29 30 31 32 34 38 39 40 44	15
	八句	1 2 3 4 5 7 9 10 18 24 25 41 43	13
	十四句	42	1
合計			44

一五　芥川帰山（舟之）

研究の主要部分は、第三章【論考編】第一節、一、鯖江藩における「漢詩」学習の研究―「詩会詩集」十六集の構成と考察―」に掲載した。該当箇所を参照。但し、分かり易くするために、⑧（出版年月日）⑮（作者履歴）、『常足齋遺事』の「構成」をここにも記述した。

①書名、「常足齋遺事」。
②巻数、一巻。
③冊数、一冊。
④著者名、芥川舟之。
⑤編者名、芥川舟之。
⑥出版地、無し（出版せず）。
⑦出版社、無し（出版せず）。
⑧出版（または成立）年月日、（出版せず）。弘化二年・一八四八年頃迄に筆記された。

作品番号2、「撚髭堂社詩」の注記に「天保壬寅」とある。これは「天保十三・一八四二年」である。作品番号23の詩「乙巳詩暦」の注記に「弘化」とある。これは「弘化二年・一八四五」である。作品番号25の詩「戊申詩暦」の「戊申」は「嘉永一年・一八四八年」である。これらの記事によると、「天保十三・一八四二年」から「嘉永一年・一八四八年」頃までに制作した作品を、記述したと考えられる。

⑨丁・頁数、二十二丁。
⑩写真数、無し。

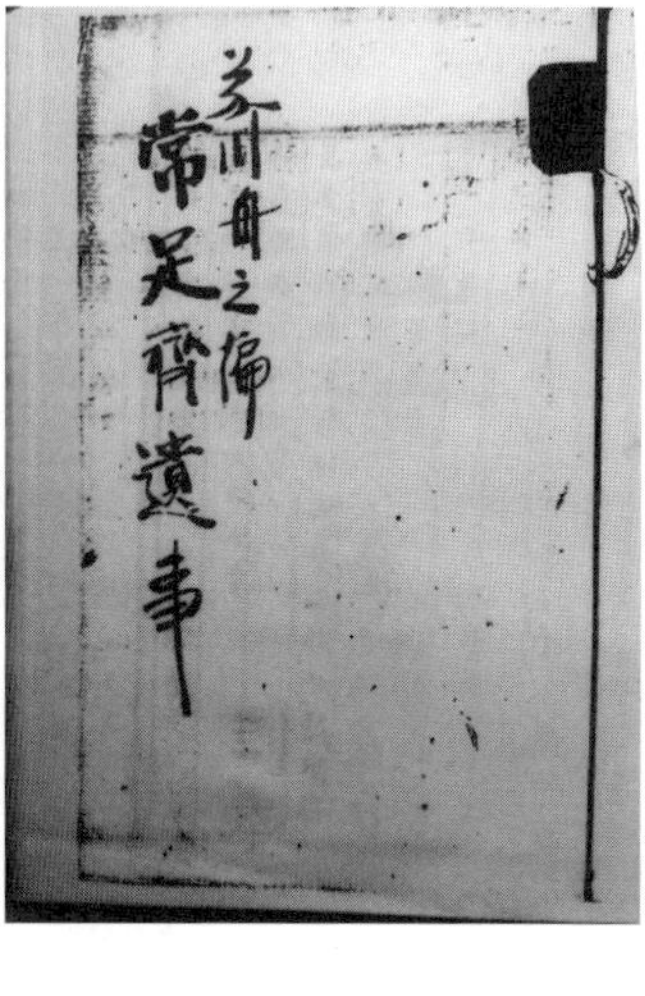

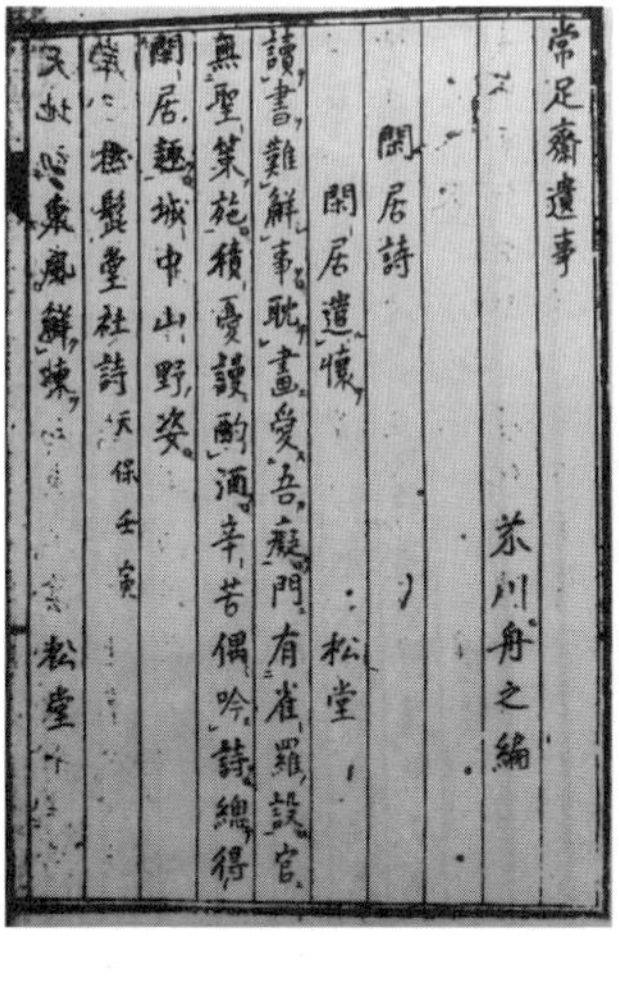

⑪体裁、和装袋綴。
⑫大きさ、縦二十四・五cm×横十八・〇cm。
⑬帙の有無、無し。
⑭所蔵者、芥川弘孝氏（奈良県在住）。鯖江まなべの館（複製蔵）。
⑮作者履歴、
芥川舟之、文化十四年（一八一七）～明治二十三年（一八九〇）。芥川希由・玉潭の長子。名は濟・舟之、字は子軫、通称は捨藏、号は歸山、鯖江藩儒・進徳館教授。家学を受け、初め京都の後藤左市郎に従学し、のち、江戸に出て林大学頭の門に入る。（昌平学派）父のあとを受けて進徳館の師範となり、安政六年（一八五九）、江戸在藩中、藩の許可を得て足利学校に入り古書を研究した。幕末に、一時大鄕氏に代わって江戸藩邸の惜陰堂及び、麻布学問所（幕府）を預かって教授の任に当たった。維新後、惜陰小学校教官、武生伝習所一等教師となったが、後、塾を開いて門弟に教授した。片寄帆山はその門人である。明治二十三年（一八九〇）歿、七十四歳。（『近世藩校に於ける学統学派の研究上』、『鯖江郷土誌』、『若越墓碑めぐ里』等による。）
◎「鯖江藩御家人帳」（五巻下三三四頁）。
◎『常足齋遺事』の「構成」。
巻頭の詩・作品番号1（閑居詩）「閑居遺懐」、から作品番号25の詩「戊申詩暦」までは詩作品である。その後に次の記事がある。「畫贊、米庵一聯、諸葛孔明銅鑼。」また、「額面名號」の韜鈴、清月榭、丹石場、三友舍、興祚室、懐瞻圃、隱離亭、休玄池、相輝樓などについての故事来歴や松堂についての逸話等を記す。また、

「半日詩三十首　奥祚社吟跋、北野天神鏡、落款」について記す。更に作品番号26東坡出游「東坡先生正月廿日遊村次其韻」と題する次韻詩から作品番号29の詩「正月二十日、與潘郭二生出郊尋春。忽記去年是日同到女王城、作詩乃和前韻。」がある。そのあとに、屋敷見取図二枚と半分、葵紋と史記世家の孔子に関する文が続く。

巻頭の詩・作品番号1は(閑居詩)で、「閑居遺懐」と題する松堂公の詩である。

なお、詳しくは、第三章【論考編】第一節、一、鯖江藩における「漢詩」学習の研究―「詩会詩集」十六集の「構成」と「考察」―(一)『常足齋遺事』を参照。

⑯代表作品(詩の箇所で、六番目に挙げられている作品である)。

東風鮮(解)凍　東風凍を解く　芥濟

1孟陬天氣下　孟陬天気下り、
2地氣便騰空　地気便ち空に騰る。
3凍解波揺緑　凍解けて波緑に揺れ、
4洲晴霞漾紅　洲晴れて霞紅を漾はす。
5纔知今日暖　纔に知る今日の暖なるを、
6已見一番風　已に見る一番の風。
7妙化誠無迹　妙化誠に迹無く、

8春光萬國同　春光万国に同じ。

（脚韻）空、紅、風、同（平声東韻）。

（注）この作品は、藩主・間部松堂公が、（撚髭堂社詩）という詩会の詩であるという説明を付け、天保壬寅の年の創作として、詩の箇所の二番目にあげている「東風鮮（解）凍」と同じ題で読んだ詩である。松堂公は「春風解凍」を詠じた。それで、同席した藩士は、皆同じ主題で作品を作ることになった。それ故に3番以下8番までの作品が「春寒、早春」の風景を主題にして詠じているのである。

⑰余説、第三章【論考編】第一節、一、鯖江藩における「漢詩」学習の研究―「詩会詩集」十六集の構成と考察―」参照。

⑱研究文献、『若越墓碑めぐ里』三一九頁。「年次一覧表」の二九番。

◎この書物に見える歸山の作品は、四首である。

⑲所収作品表、第三章【論考編】第一節、一、鯖江藩における「漢詩」学習の研究―「詩会詩集」十六集の構成と考察―」参照。

一六　橋本政武（牧雄）

①書名、「鼓橋草稿集　二」。

②巻数、一巻。

③冊数、一冊。
④著者名、橋本政武。
⑤編者名、橋本政武。
⑥出版地、無し（出版せず）。
⑦出版者、無し（出版せず）。
⑧出版（または成立）年月日、（出版せず）。明治二十七年（一八九四）二月二十日歿、以前。
⑨丁・頁数、三十二丁。
⑩写真数、無し。
⑪体裁、自筆写本袋綴。
⑫大きさ、二十四・七㎝×十六・四㎝。
⑬帙の有無、無し。
⑭所蔵者、橋本政宣氏。
⑮作者履歴、橋本政貞の子。天保九年（一八三八）生、安政六年（一八五九）六月二十五日従五位下、陸奥守に叙任。明治二十七年（一八九四）二月二十日歿。五十七歳。慶応二年（一八六六）五月には齋主として「舟津神社二千年大賀奉祝祭」を斎行。歌集には「鼓橋詠草集」「嘯月集」がある。
⑯巻頭作品（または代表作品）、

未元旦　　未だ元旦ならず
前山淺雪掩烟霞　前山の浅雪　烟霞に掩はれ、
日朗林間一両家　日は朗かなり　林間の一両家。
吹起東風春意動　吹き起る東風　春意動き、
今朝始綻白梅花　今朝始めて綻ぶ　白梅の花。

（押韻）霞、家、花（平声麻韻）

⑰余説（「構成」と「考察」）、

「構成」

作品は四季の順番に数年（三、四年か）分が、詩体を特に考慮した様子が無く、配列してある。

「考察」

自然を詠じたものが主である。人事は少ないが挙げると次のようなものが目につく。

＊（芥川）歸山先生が江府（江戸）へ移られるのを送る詩（五一、九五、一三四番作品。一一五番作品は、歸山の詩の韻字を使って和している）がある。師事していたことがはっきり判る。

＊子供の死を悲しむ詩（八六、八七番）、人の死を悲しむ（悼亡）の詩（一四九、一五〇、一九二番）がある。

＊他には、（間部）松堂と環泉舎に遊んだ詩（一二六番）、、新婚を祝う詩（一三〇番）、八十の賀の詩（一三一番）、送別の詩（一二三番）、交友の詩（一五三番）等がある。

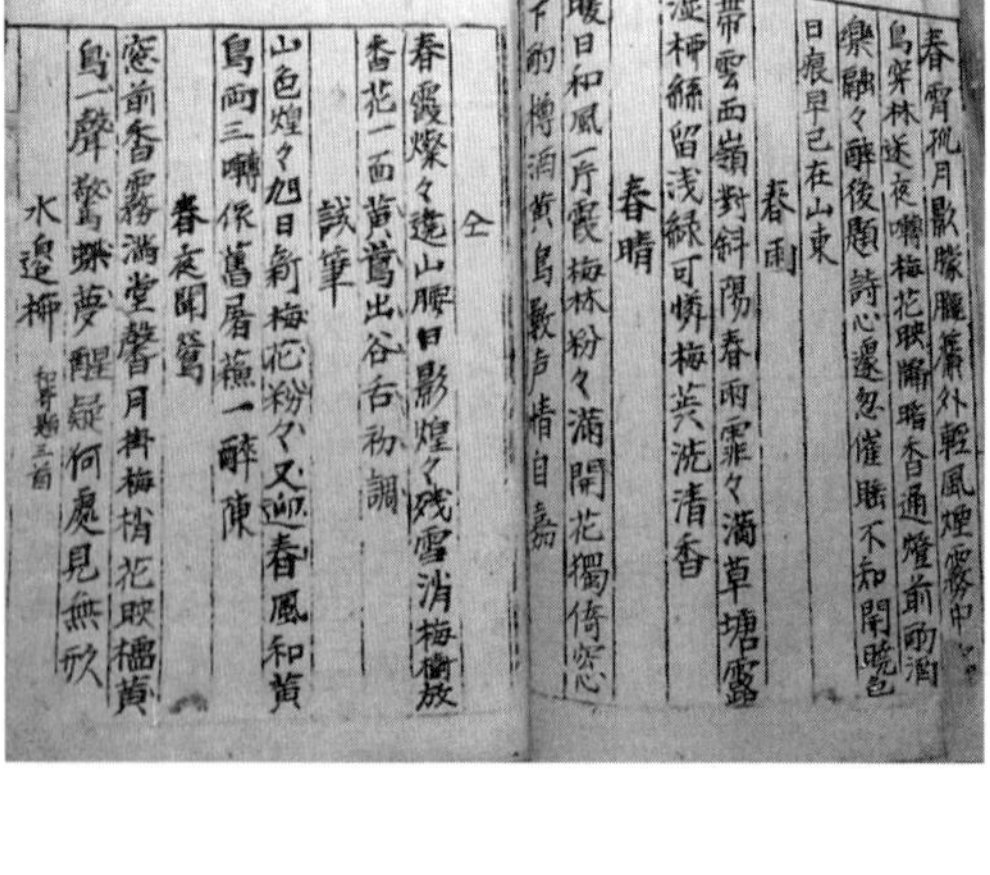

⑱研究文献、「初探」第二稿の一五七番。「年次一覧表」九三番。

⑲所収作品表（合計欄以外の数字は作品番号）、

一六「鼓橋草稿集」

詩体	句数		合計
五言	四句	14 58 122	3
	八句	115 187	2
七言	四句	1 2 3 5 6 7 8 9 10 11 12 13 15 16 17 18 19 20 21 22 23 24 25 26 27 28 29 30 31 32 33 34 35 36 37 38 39 40 41 42 43 44 45 46 47 48 49 50 51 52 53 54 55 56 57 59 60 61 62 63 64 65 66 67 68 69 70 71 72 73 74 75 76 77 78 79 80 81 82 83 84 85 87 88 89 90 91 92 93 94 95 96 97 99 100 101 102 103 104 105 106 107 108 109 110 111 112 113 114 116 117 118 119 120 121 123 124 125 126 127 128 129 130 131 132 133 135 136 137 138 139 140 141 142 143 144 145 146 147 148 149 150 151 152 153 154 155 156 157 158 159 160 161 162 163 164 165 166 167 168 169 170 171 172 173 174 175 176 177 178 179 180 181 182 183 184 185 186 188 189 190 191 193 194 195	185
	八句	4 86 98 134	4
	十二句	192	1
合計			195

一七　青柳柳崖（宗治）

研究の主要部分は、第三章【論考編】第一節、五の「柳塘、柳崖父子の「池田郷」の詩について」に掲載した。重複を避けて、⑮（作者履歴）、⑰（余説〈考察〉）、⑲（所蔵作品表）は、右の該当箇所に譲る。

①書名、「清默堂詩稿」
②巻数、四巻。
③冊数、四冊。
④著者名、青柳柳崖（宗治）。
⑤編者名、青柳柳崖（宗治）。
⑥出版地、無し（出版せず）。
⑦出版者、無し（出版せず）。
⑧出版（または成立）年月日、（出版せず）。明治三九年（一九〇六年）成立。
⑨丁・頁数、一巻、三十丁。二巻、三十四丁。三巻、八十三丁。四巻、十五丁。
⑩写真数、無し。

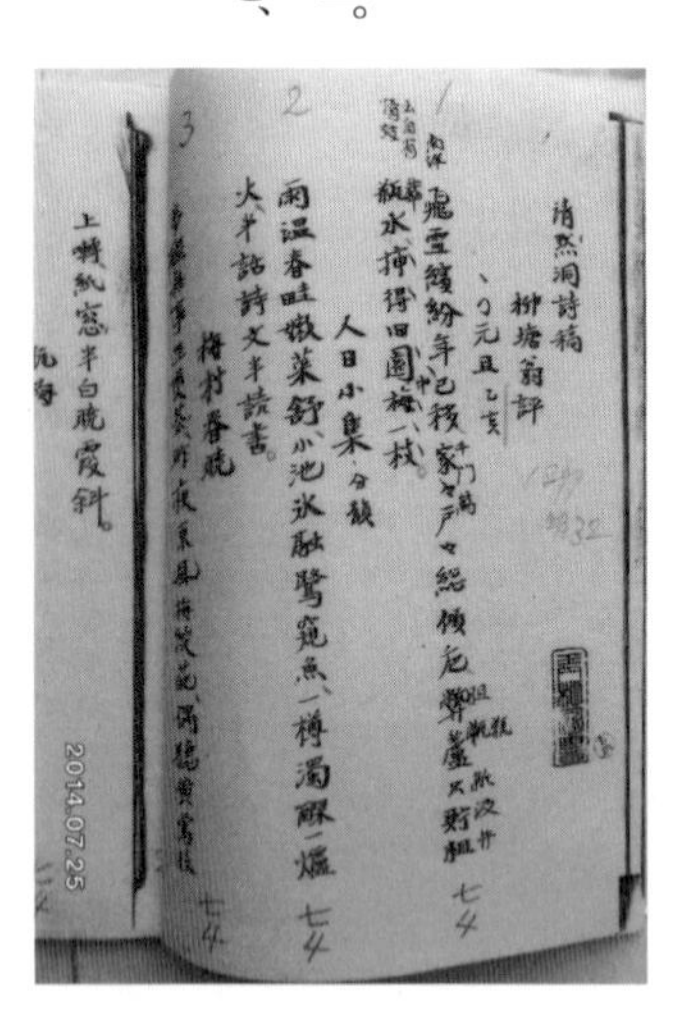
清黙洞詩稿
柳塘翁評
人日小集分韻
梅村春晩

⑪体裁、四冊とも、和本、袋綴。
⑫大きさ、四冊とも、二十三・〇㎝×十七・〇㎝。
⑬帙の有無、無し。
⑭所蔵者、青柳宗和（鯖江まなべの館）
⑮作者履歴、三、論考編、第一節、五の「柳塘、柳崖父子の「池田郷」の詩について」参照。
⑯巻頭作品（または代表作品）、

元旦　乙亥

飛雪繽紛年已移　　飛雪繽紛として年已に移り、
千門萬戸総傾卮　　千門万戸総て卮を傾く。
膽瓶新汲井萃水　　胆瓶に新たに汲む井の萃水、
挿得園中梅一枝　　挿し得たり園中の梅の一枝。

（押韻）移、卮、枝（平声支韻）

（注）柳塘翁（父親）の添削が書いてある。

⑰余説〈考察〉、第三章【論考編】、第一節、五「柳塘、柳崖父子の「池田郷」の詩について」参照。
⑱研究文献、資料、第三章【論考編】、第一節（五）項参照。「初探」第一稿の八三番。「年次一覧表」の第一〇六番。
⑲所収作品表、第三章【論考編】、第一節、五の「柳塘、柳崖父子の「池田郷」の詩について」参照。

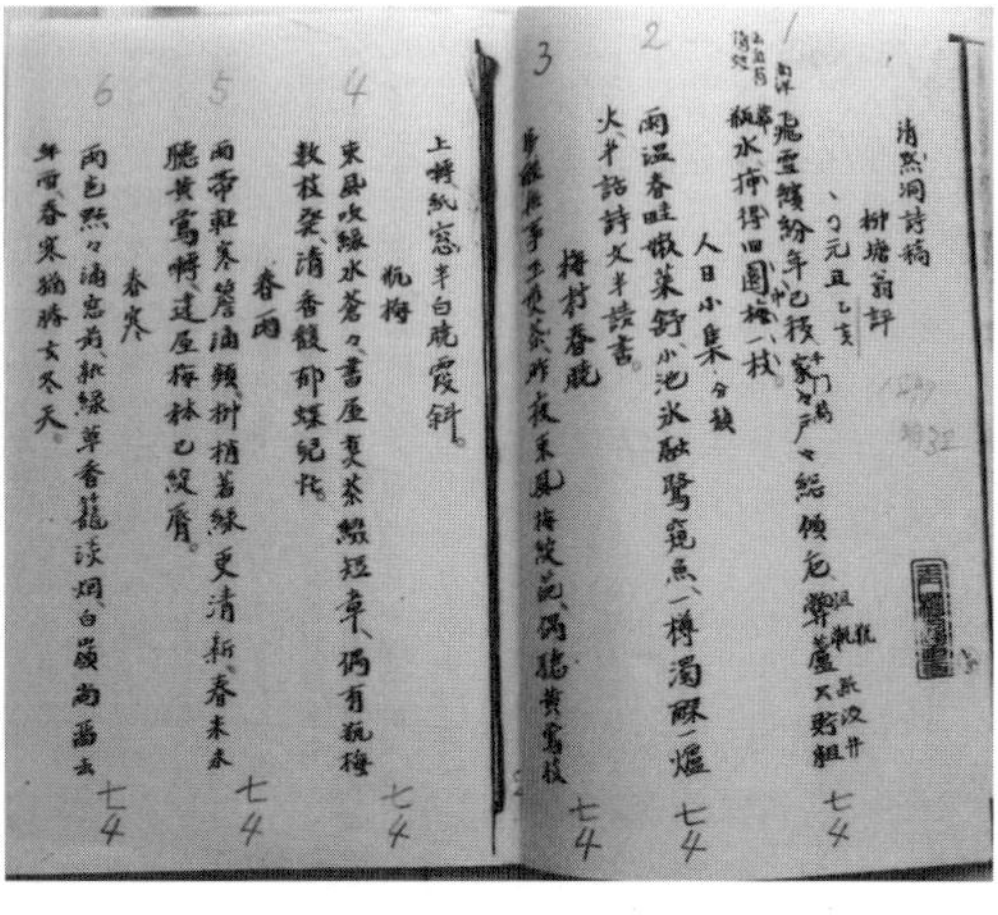

一八　高島丹山（正）

①書名、『丹山小稿　全』（表紙の題箋に記す）。
②巻数、一巻。
③冊数、一冊。
④著者名、高島正。
⑤編者名、高島正。
⑥出版地、京都市上京区柳馬場二条下ル。
⑦出版者（発行者）、高島正。
⑧出版（または成立）年月日、明治三十六年六月二十日（一九〇三年）刊。
⑨丁・頁数、十丁、二十頁。
⑩写真数、無し。
⑪体裁、和装袋綴。（原本無し）写本。
⑫大きさ、縦二三・七cm×横一六・七cm。
⑬帙の有無、無し。
⑭所蔵者、福井大学総合図書館（991—TAN）。
⑮作者履歴、

『丹生郡人物誌』山田秋甫著、昭和五一年六月三十日、歴史図書社発行、一三八～一五一頁、に経歴と漢詩作品が掲載されている（なお、本稿では前川が分かり易くした所がある）。

高島丹山、名は正、通称は茂平、字は士順。別に松蘭齋と号した。家は代々豪農であった。父は通称茂平、後に名を円と改めた。母は越前国酒井郡下兵庫（村）野村勘左衛門の長女松尾である。天保八年四月二十一日に丹生郡下石田（立待村）に生まれた。円は三男二女を生み、丹山はその長男である。嘉永三年（一八五〇）十四歳、福井藩儒高野眞齋の門に入り経史詩文を三年学び、帰った。以来家で独学研鑽し疑問ある毎に福井に出て眞齋に質問した。万延元年（一八六〇）三月十八日、二十四歳、同郡の田中（朝日村）真宗本願寺派専妙寺住職光明順諦の二女房乃（弘化元年十二月十七日生）を娶り、文久元年正月二日（二十五歳）家督を相続した。明治の初年から本保陣屋（吉野村本保）に出仕して諸種の事務に束縛され、四年七月十四日（三十五歳）廃藩置県の詔が下ると、鯖江区会所（今立郡）に勤務して副区長となった。丹山の子女は皆夭折したので、十一年三月十日（四十二歳）、甥に当たる足羽郡天王（六条村）の加藤與次兵衛の二男策三を迎え、末女乙尾と娶せ跡継ぎとした。同年十二月十七日石川県の通達で丹生郡役所が吉江（立待村）に指定されると、同月二十四日、丹生郡書記を拝命したが、十六年一月二十二日（四十七歳）には辞職

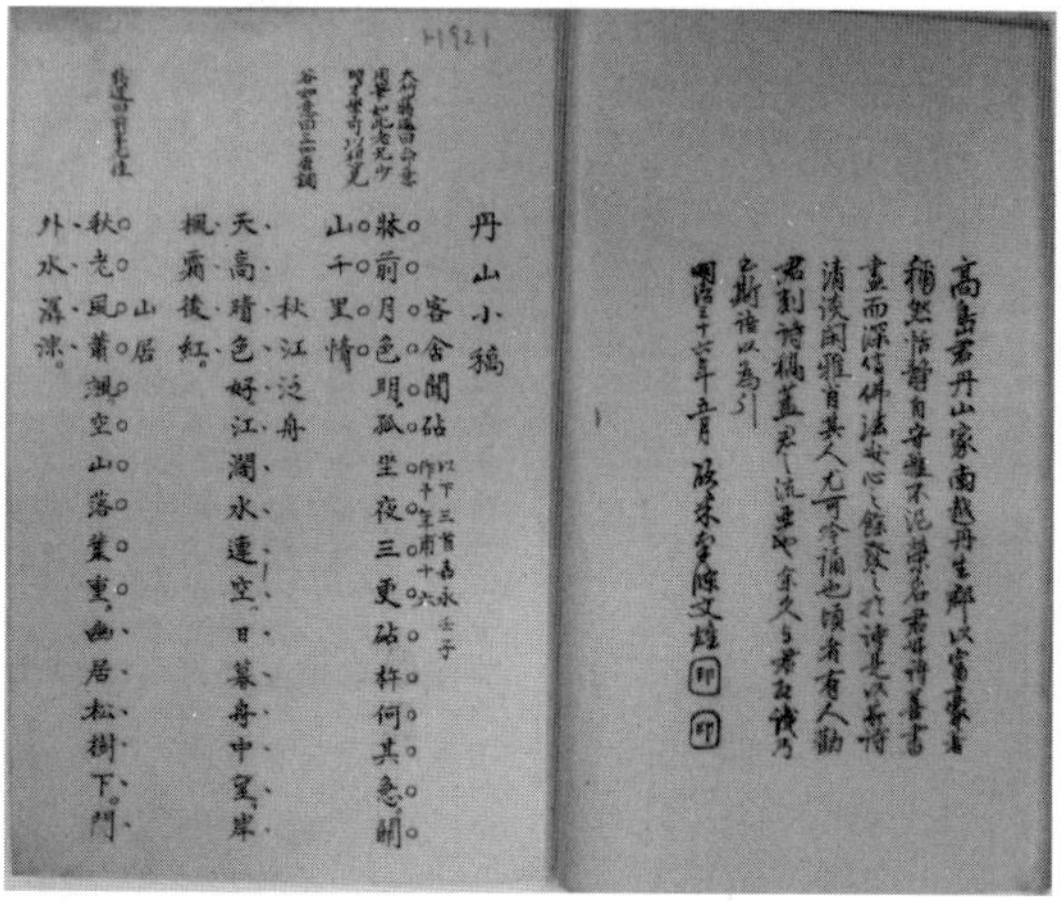

した。以後は専ら風流を楽しみ琴棋を翫び詩文書画を嗜んだ。

ことに囲碁は殆ど初段に達し、画は蘭葉を得意とし、後に蓮花をも揮毫した。もっとも得意としたのは書道で、楷書は褚遂良を臨摸し草書は王羲之に私淑した。また、頻りに古今の法帖を蒐集して書法の蘊畜を極め、手紙の文字を見事であった。かたわら骨董を弄んだが、この方面の鑑識も高かった。二十九年二月七日（六十歳）、養子策三に茂平の名義を嗣がせ、三月十八日家督を譲って隠居した。これより、毎年春秋の二回京都に上り、短くて一月、長ければ三・四ケ月滞在して真宗大谷派本願寺に参詣し、余暇に小野湖山、谷如意、江馬天江、大竹蔣遷等と文墨の交わりをした。後には下賀茂に居住していた真言宗随心前門主和田智満と往来した。三十年四月（六十歳）、自ら還暦の壽詩「華甲自壽」を作った。また諸家の唱和及び賀詞を求めた。それらは、湖山、雪爪、一六居士、朱夏道人、多能村青椀、谷鐵心、小來栖香順、佩石道人等の作品が九首が載っている。日常は、毎朝四時に起床して庭園の花を剪って仏前に供え、表座敷の仏間で勤行の後、蓮花室の内陣に入り、三時間内外は三部経を読誦し、終わるとわずかに一腕の朝食を食べ、一日中食事を取らない。こうして三十六年過ごした。七六歳の時、詩集『丹山小稿』を印刷して、同好の士に分けた。その序文、後序は、丹山の人となりを知るのによい漢文である。その後に、二十八首が採られている。それらの詩を、『丹山小稿』に前川が付けた作品番号を使って示すと、49 41 26 21 1 27 31~40 42 7 9 10 12 17 52 56 57 24 51 44番である。この配列の順序は、主題に依り、年月順ではないようである。

後序の後に「古希の祝宴」の「壽言」（大竹）と坂本、南條、小野の祝詩三首が記され、続いて林子平の「六無歌」に対する「六有歌」（狂歌）がある。更に、丹山の五律一首、五絶七首があり、「續丹山小稿」と頭注の箇所と詩の終わりに記しているが、これは出版はしなかったようである。明治四十四年八月二十四日、房乃夫人が六八歳で死去した。その四十二日後の十月五日に、丹山は七五歳で没した。法名は正定院慶得という。

詩友の南條文雄の七律一首「追悼丹山高島居士」と嗣子の七言十二句の詩一首「丁喪雜詠」と納骨の七絶一首「辛亥十一月二十九日瘞亡父母遺骨於東山大谷」が載せてある。

⑯巻頭作品（『丹山小稿』）、

客舎聞砧［以下三首嘉永壬子作予甫十六］。客舎にて砧を聞く。

牀前月色明　牀前　月色明かなり、
孤坐夜三更　孤坐す　夜の三更。
砧杵何其急　砧杵　何ぞ其れ急なる、
關山千里情　関山　千里の情。

⑰余説（「構成」と「考察」）、

「構成」


表紙題箋に「丹山小稿　全」とある。

扉に、三字三行で五・四×五・四㎝の枠内「福井縣師範學校圖書印」がある。

（一、二頁）丹山　小稿　と分けて二頁にわたって墨書している。本人の揮毫であろう。

（一頁）一行目に「明治癸卯首夏」二行目に「隨心前門主老衲智滿」三行目に印　印。

（一頁）四㎝×七㎝の一重の囲い線中に、明治癸卯　首夏刊行　が篆書四字ずつが二行に書かれている。

(一頁) 一行目に」「松蘭齋圖」(篆書) 二行目に「巖前臨題」(行書) が書かれ下に、印 印。

(一頁)「引」は「漢文」が一行~六行に「明治三六年五月 碩果南條文雄 印 印」が七行目に。

(二十頁) 丹山小稿 (漢詩六十首のほぼ全ての作品の頭注の箇所に、大竹蔣遷、谷如意、小野湖山、江馬天江の標語が記されている (五八箇所)。

(四頁)「後序」錦山矢土勝之并書 印 印
(一頁) 奥付。


「考察」

1 作品は制作年順に配列されていると見られる。
2 日常生活を描写した作品、紀行 (旅) の作品 (例えば、月瀬観梅十首、高野山、遊永平寺、吉野など)、テーマを決めて詠む作品 (座右文房十詠) がある。また、小野湖山、鴻雪爪、岡本黃石に関係する作品 (26番) があり、特に小野湖山に関心を持っていたことが判る。梁川星巖の一門と関係があったか?。また、江馬天江に関する作品も見える。
3 交流のあった漢詩人を挙げる。福井県に関係が有った人は著書を挙げた。
「引」南條文雄 (碩果)。美濃国大垣に生まれ南条郡金粕村の憶念寺住職南條神興の養子となる。昭和二年没、七八歳。菱田毅齋、海鷗父子の門。仏教学者、漢詩集『碩果詩艸』(二巻二冊) がある。

以下、『改訂増補 漢文学者総覧』長澤孝三編、汲古書院刊の生地、没年、享年、師名、吟社等を記す。

「後序」6141 矢土錦山。伊勢の人。大正九年没、七二歳。藤川三溪、松田元修門下。詩・文

「詩」

（ア）1218 小野湖山。近江の人。明治四三年没、九七歳、梁川星巖門下。「優遊吟社」。

（イ）鴻雪爪。因島（広島）の人。明治三七年没、九〇歳。宗教家、孝顕寺住職、大教院長。『山高水長圖記』（三巻三冊）等がある。

（ウ）1612 岡本黃石。近江の人。明治三一年没、八八歳、梁川門下。「麴坊吟社」

（エ）1095 江馬天江。近江の人。明治三四年没、七七歳、梁川、緒方洪庵門下。

また、『丹生郡人物誌』の記事に依ると他にも詩友がいたことが分かる。

（オ）3838 谷如意。近江彦根の人。明治三八年没、八四歳、林復齋門下。彦根藩士。

（カ）1387 大竹蔣逕。遠江福田の人。？　？　小野湖山、江馬天江。

（キ）897 巖谷一六。一六居士、近江水口の人、明治三八年没、七二歳、皆川西園門下。（書・詩）

（ク）3548 田村青椀。直入。豊後竹田の人。明治四〇年没、九四歳、田能村竹田等。

（ケ）6686 小來栖香順。蓮舶、豊後大分の人、明治三一年没、六九歳、帆足杏雨、廣瀬淡窓門下。真宗大谷派僧（詩）。

（コ）2940 坂本蘋園。三橋、名古屋の人、昭和十一年没、七九歳。福井県知事を務めたことがある。小説家高見順の実父。『西遊詩草』等がある。

詩友・友人の多いことが判かる。

⑱研究文献、資料、『若越墓碑めぐ里』三五四頁。「初探」第一稿の九三番（⑯以下は誤りにつき削除）。「年次一覧表」

一〇三番。

⑲所収作品表（合計欄以外の数字は作品番号）、

一八『丹山小稿』

詩体			合計
五言	四句	1 2 3 6 14 15 27 28 29 31 32 33 34 35 36 37 38 39 40 42 45 46	22
	八句	21 59	2
	十六句	49	1
六言	四句	16	1
七言	四句	4 5 7 8 9 10 11 12 13 17 18 19 20 22 23 24 25 30 43 44 47 48 50 51 52 53 54 55 56 57 58 60	32
	十句	26	1
	二十句	41	1
合計			60

第二節　第二期の漢詩・漢文作者（個人）の著作概況

廃藩から昭和二十年の終戦まで。

（この期の漢詩作者は、一九 竹内箕堂・欒山（淇）、二〇 小泉了諦・柳陰（靜）、二一 鷲田南畝（又兵衛）、二二 高島碩田（茂平）、二三 山田秋甫・詩禪外史（彌十郎）、二四 岡井柿堂（愼吾）の五名である）。

一九　竹内箕堂・樂山（淇）

（一）

①書名、「都遊紀行」（表紙に書いてある。題箋なし）。
②巻数、一巻。
③冊数、一冊。
④著者名、竹内淇。表紙に［竹内藏書］の印あり。印は縦四・五cm×横二・一cmである。
⑤編者名、竹内淇。
⑥出版地、無し（出版せず）。
⑦出版者、無し（出版せず）。
⑧出版（または成立）年月日、（出版せず）。明治十三年（一八八〇年）五月成立。
⑨丁・頁数、二十四丁、二十三頁。
⑩写真数、無し。
⑪体裁、袋綴。
⑫大きさ、縦二十四、五cm、横十八cm。

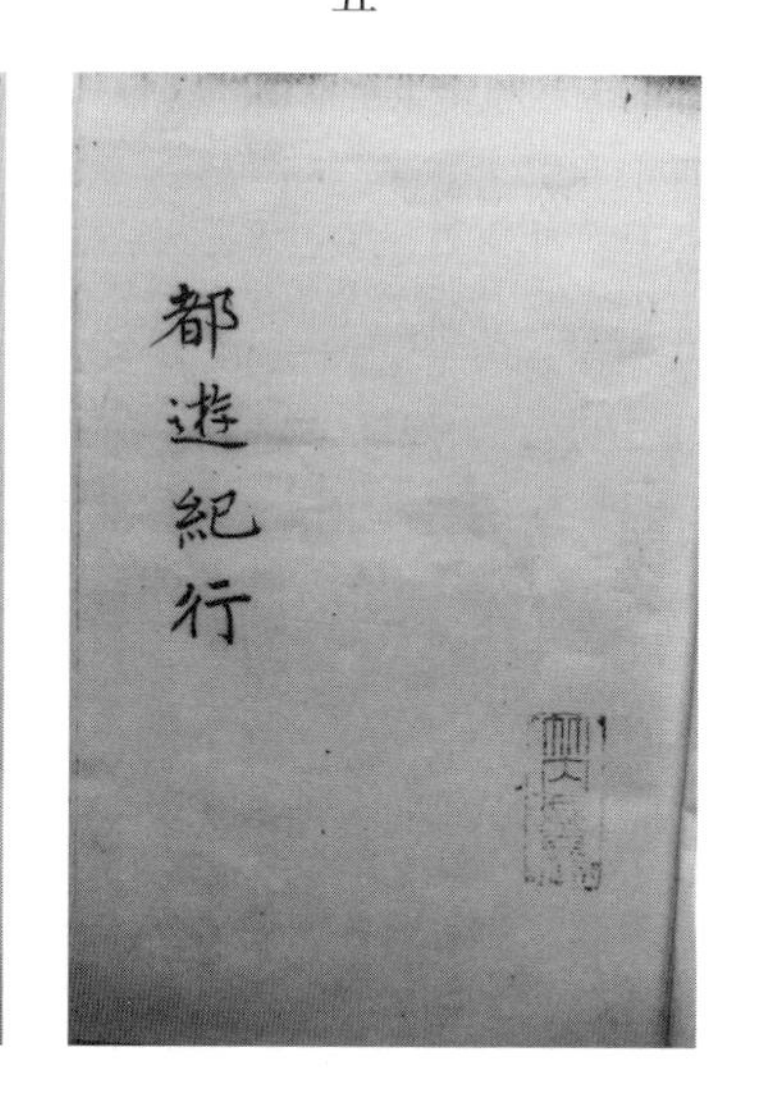

都遊紀行序
學術者何豈唯隠几披巻以尋章摘句而已哉或登
山伴蒼翠之色或泛水弄明媚之趣探奇尋勝何事
非學術也自古以文章顕於世者如韓柳歐蘇是也
皆游覧天下名山大川得山靈之助觸事物而發之
詩寄之文故其文豪宕有奇氣也余平生好游嘗取
道北陸自江及濃東徃勢賀大和之間尋遊京攝河
泉之地歴州郡驛次数十有奇而経日二旬有餘矣
探山尋水詣神祠攀佛閣有苦境有樂境因得以知
恚世態人情焉益人之欲研智識者唯有羈旅焉耳

⑬帙の有無、無し。
⑭所蔵者、鯖江市（吉川村）資料館。
⑮作者履歴、

安政五年（一八五八）八月十四日生～昭和二年（一九二七）六月歿、享年七十歳。

竹内家は世々酒類醸造を家業とした。安政五年八月十四日、鯖江藩下丹生郡吉川村大字持明寺の地に生まれた。助太郎と名付けられ、二十になるとき謙吉と改め、後淇と称し、晩年隠居するときにはその名を嗣子に譲り、閑と改めた。字は以鈞、号を箕堂と称し、別に樂山とも号した。

八歳のとき、初めて学問に志し、五十嵐良左衛門の村塾に入り、習字読書を学び、明治四年八月、榎本敬次郎氏につき皇（国学）漢学の学を修め、同六年六月鯖江藩儒芥川歸山の塾に入り、皇漢の学を修め、傍ら詩文を学んだ。明治八年九月第二十七番中学本部小学授業法伝習所に入り、翌年九月卒業。甲科に登第し、武生町進修小学校訓導を拝命し就職した。明治十三年一月感ずるところがあり職を辞して家に居り、専ら心を漢籍に潜め、詩文を学ぶ傍ら、遠近をとわず贄を納れて教授を請う者に、経書史籍を講義した。偶々感ずるのは因習の悪弊を未だ全く脱せず、藩閥の巨頭は寡人政治を頑守し、自由民権が伸張しないのは、思うに聖代の一大恨事であると考え、奮然として蹶起し大いに働きたいと考えた。そこで、憂国の志士杉田定一、新井豪、城山靜一の諸氏と相い提携し、自由民権の説を高唱して当時の政府と奮闘した。即ち明治十五年には順天慮憂会等の政治結社を組織し、其の会頭に推され、また、南越自由党の幹部となって自治を尚ぶべく自主を重んずべきことを唱道した。明治十七年に初めて数か村の聯合戸長役場を置かれるのに際し、西大井村外十二か村の戸長役場用係に推挙せられた。二十年九月、笈を背負い帝都（東京）に赴き、英吉利法律学校（中央大学の前身）に入学して専ら法学を修め、傍ら東京英学館で英書を学んだ。下川去の光明寺に進学館という私立学校が設立せられると招聘せられて講師となり郷里の壮年に教授した。

当時道路は依然として粗悪で狭隘であり、殆ど其の形を成していないのを痛感し、乃ち道路改修の急先鋒になろうとし山本喜平、山本宇輔、丹尾頼馬の諸氏と相い謀り、武生道路を改修し交通の便を開いた。同年三月、箕輪映岳師の主唱に応じ、丹生郡智徳会を組織し、推されて幹事となった。明治二十四年四月青野村外八か村戸長に任命されたが、翌年之を辞した。明治二十四年四月、郡制が実施されるに当たり、郡会議員に推挙され、明治二十六年八月選ばれて福井県会議員となった。本村年来の宿志である吉川道路県費全支出案を県会に提出し、遂に一等県道に編入させた。明治二十九年四月吉川小学校学務委員に当選し、同年八月吉川村長に当選し、本村の自治に専念した。十一月通常県会に於て、吉川道路中平井の渡船場を廃止し、吉川橋架橋建議案を通過させ架橋を実現した。三十年十月憲政党が組織されたので、同党福井県支部評議員となった。三十三年政友会福井県支部評議員に挙げられた。（其の間丹生郡酒造組合長、南条丹生今立三郡酒造組合長、福井県酒造組合連合会長、全国酒造家大会北陸部常議員等に推され、酒造界発展に努力した）三十四年福井県農工銀行取締役となり、所得税調査委員に二回、営業税調査委員に一回当選し、相続税審査委員を三回任命された。大正九年五月家督を嗣子に譲り、専ら風月を賞し、吟花嘯月の余命を送り、昭和二年六月、遂に七十歳で亡くなった（代筆）。『吉川村郷土誌第一輯』の「吉川村教育功労者」を引用。なお、前川が「文語」を一部「口語」に改めた。

⑯巻頭作品（四月十二日作、1番の作品）、

異鄕爲客睡難成　異郷にて客と為り　睡成し難く、
溪水激岩疑雨聲　渓水岩に激し　雨声かと疑ふ。
半夜蕭森響殊切　半夜森蕭として　響は殊に切にして、
殘燈一穗照愁腸　残灯一穂　愁腸を照らす。

（押韻）成、声（平声庚韻）、腸（平声陽韻）

⑰余説（「構成」と「考察」）、

「構成」

明治十三年、庚辰（辛）（一八八〇）四月十一日に出発し五月六日帰還した京都への旅行記。旅程を漢文で記し、道中で作った漢詩を合わせ記した紀行文である。道中の作品は二十六首である。竹内の作品は二十五首、一首は船に同乗した客人の作品である。全て七言四句である。

「考察」

紀行文としてみるとよい。巻頭の「都遊紀行序」に「古より文章を以て世に顕れたる者・韓、柳、欧、蘇の如きは是なり」と記す。唐宋八大家の韓愈、柳宗元、欧陽脩、蘇軾を挙げている。文学を愛好することが判る。

⑱研究文献、資料、「初探」第四の一七〇番。「年次一覧表」の七五番。

⑲所収作品表、

全て七言四句である。月日順に挙げる

一九（一）「都遊紀行」

四月十二日（1）、十三日（2、3）、十四日（4、五、6、7。五は客人の作）十六日（8）、十七日（9、10）、十九日（11、12）、二十日（13、14、15）、二十一日（16）、二十四日（17）、二十五日（18、19、20）、二十九日（21）、三十日（22、23）、五月二日（24、25）、四日（26）。

（二）

①書名、「箕堂小稿」（巻頭に記す。題簽なし。）
②巻数、一巻。
③冊数、一冊。
④著者名、竹内箕堂（淇）。表紙に［竹内藏書］の印あり。印は縦四・五cm×横二・一cmである。
⑤編者名、竹内箕堂（淇）。巻末の「溫玉集後序」によれば、明治乙酉（十八年・一八八五）八月、著者自らの編集である。
⑥出版地、無し（出版せず）。
⑦出版者、無し（出版せず）。
⑧出版（または成立）年月日、（出版せず）。明治一八年（一八八五年）編集成立。

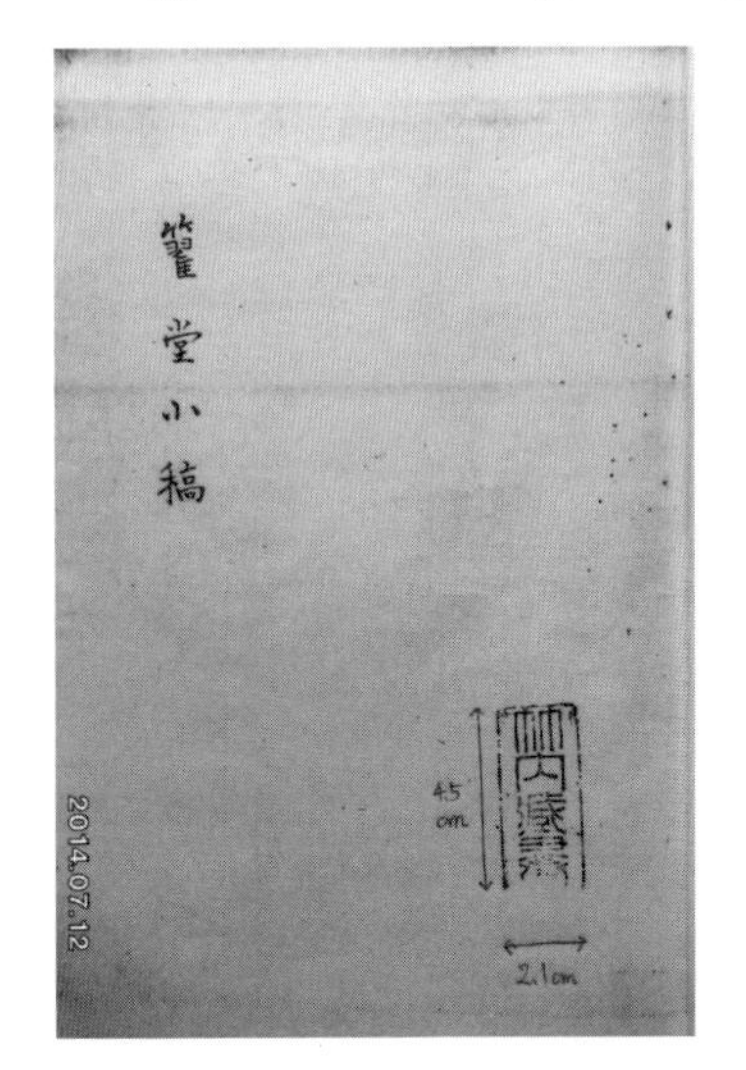

⑨丁・頁数、『箕堂小稿』（詩稿）二十一丁。「温玉集後序」二丁。合計二十三丁（二十一頁）。
⑩写真数、無し。
⑪体裁、袋綴。著者自筆本。
⑫大きさ、縦二十四、五㎝、横十八、〇㎝。
⑬帙の有無、無し。
⑭所蔵者、竹内謙一。鯖江市（吉川村）資料館。
⑮作者履歴、前出（省略）。
⑯巻頭作品、

新年　二首の一

海晏河清舜日新、海は晏く河は清く　舜日は新にして、
恩波洽及太平民。恩波は洽く及ぶ　太平の民に。
承歡膝下吾何幸、歓を膝下に承け　吾は何ぞ幸せぞ、
父伴祖翁同醉春。父は祖翁を伴い　同じく春に酔ふ。

（押韻）新、民、春（平声眞韻）

⑰余説（「構成」と「考察」）、

「構成」

年月順の編集と見られる。風景を詠ったものが多く、名所への

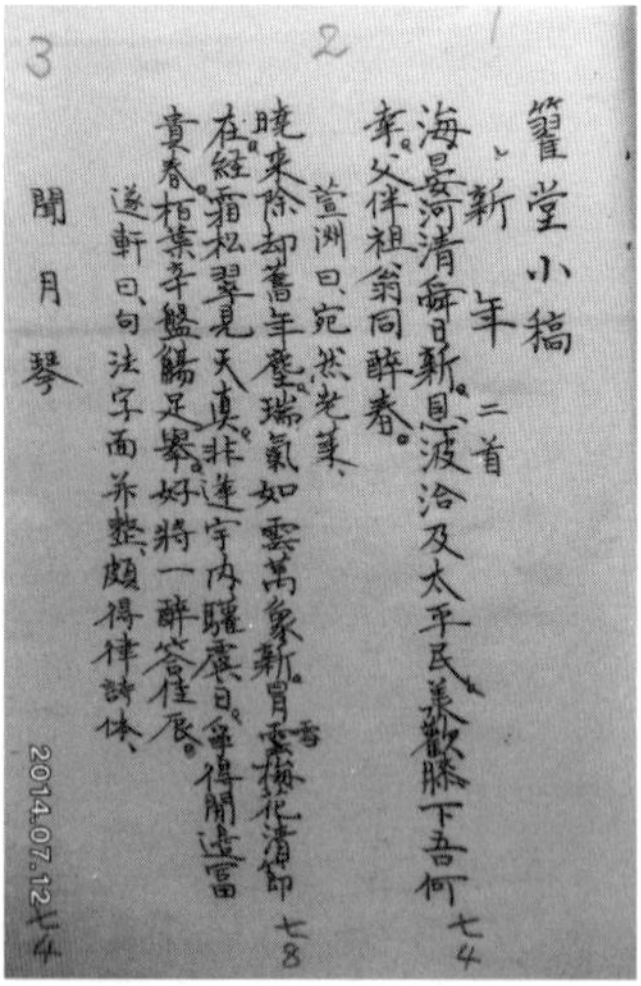
簣堂小稿
新年 二首
海晏河清舜日新、恩波洽及太平民。承歡膝下吾何　七4
幸、父伴祖翁同醉春。
萱洲曰、宛然老杜、
暁来除却舊年塵、瑞氣如雲萬象新。冒雪梅花清節　七8
在、経霜松翠見天真。非逢宇内騰歡日、爭得閒遊富
貴春。柏葉辛盤觴足斝、好將一醉答佳辰。
遂軒曰、句法字面并整、頗得律詩体、
閒月琴
2014.07.12

紀行もかなりあるが、県内が中心である。作品番号八十一番作品から一〇一番作品あたりにかけて県外の名所を訪ねる詩が並んでいる。一〇七番の詩では「泉岳寺」を訪ねている。

「考察」

巻中に遂軒、萱洲、歸山（四十六番作品）らの批評が見られ、交際の範囲が広いことが判る。

巻末に穴戸萱洲（依田學海の弟子）の批評文がある。「竹内を文章に志しを有する者」と見ている。

巻尾には明治一八年（一八八五）八月上旬に本人が書いた「漚玉集後序」がある。これと「箕堂小稿」との関係は未詳である。

「漚玉集後序」の記述から、書斎を「皎月軒」と称したことが判る。

「備考」『吉川村鄉土誌第二輯』に「竹内箕堂詩集（抜粋）」（竹内氏の伝記は第一輯にあり参照ありたし）とあり、「新年」以下「壬戌秋祝鶴堂兄立机式」までの十二首の作品が引用してある。

⑱研究文献、「初探」第四稿の一六九番。「年次一覧表」の八三番。

⑲所収作品表（合計欄以外の数字は作品番号）、

一九　(二)「箕堂小稿」

詩体			合計	文章(後序)
五言	八句	68	1	
七言	四句	1, 3, 7, 8, 9, 10, 11, 12, 13, 14, 15, 16, 17, 18, 19, 20, 21, 22, 23, 25, 26, 27, 28, 29, 30, 31, 32, 33, 34, 37, 39, 40, 41, 42, 43, 44, 45, 46, 47, 48, 49, 50, 52, 53, 54, 55, 56, 57, 58, 59, 60, 61, 62, 63, 65, 66, 67, 69, 70, 71, 72, 73, 74, 75, 76, 77, 81, 82, 83, 84, 85, 86, 87, 88, 89, 90, 91, 92, 93, 94, 95, 96, 97, 98, 99, 100, 101, 102, 103, 104, 105, 106, 107, 108, 110, 111, 112, 113	98	114
	八句	2, 4, 5, 6, 24, 35, 36, 38, 51, 64, 78, 79, 80, 109	14	
合計			113	1

二〇　小泉了諦・柳陰(静)

(一)

①書名、「三笑堂教餘一滴」(外題は教餘一滴)とある。
②巻数、一巻。
③冊数、一冊。
④著者名、小泉静。

⑤編者名、不詳。

⑥出版地、無し（出版せず）。

⑦出版者、無し（出版せず）。

⑧出版（または成立）年月日、（出版せず）。明治二一年（一八八七年）頃成立。

明治十九、二十年、一八八六、七年ごろの、作者が三十五、六歳頃の成立であると考えられる。詩集の初めの方の作品の題名に、「丙戌新年」という作品（作品番号11番、25番）がある。丙戌は一八八六年である。これ以外には、製作年月を示す作品はない。従って、この詩集に収める作品は、憑澪彭の序が書かれる前、即ち一八八八年・明治二十一年、作者が三十七歳ごろ以前の作品である、ということになるであろう。詩集は一八八六、七年ごろの成立であると考えられる。

⑨丁・頁数、五七丁　序一丁。

⑩写真数、無し。

⑪体裁、写本袋綴。

巻頭の首題には「三笑堂教餘一滴」と記すが、表紙の題には「教余一滴」とある。

次に二頁の序がある。序の終わりに、光緒十四年戊子八月十一日、清國折江雪卿、憑澪彭序とある。

⑫大きさ、二六・〇㎝×一九・〇㎝。

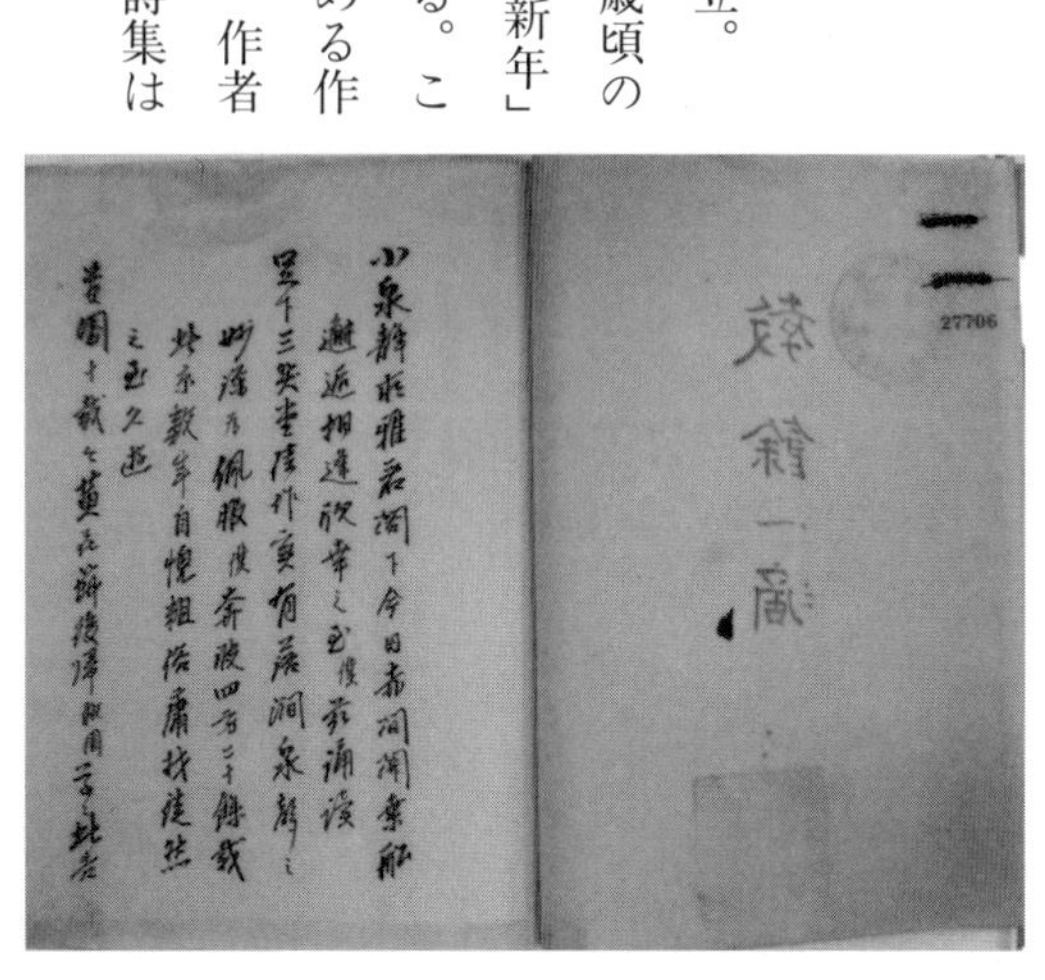

⑬帙の有無、無し。

⑭所蔵者、福井大学総合図書館（991―KOI）。

⑮作者履歴、

小泉靜は小泉了諦。初め僧虎と号し、後に靜所、椰陰、鈍佛、小白、念阿と号す。鯖江市鯖江町真宗誠照寺派末寺法林寺第九世住職。嘉永四年（一八五一）十一月五日生、昭和十三年（一九三八）一月六日没。八十八歳。

⑯巻頭作品（または代表作品）、

暁起聽鶯　　句首用題ノ四字

暁に起きて鶯を聴く

曉風吹＊宿酲醒　　暁風＊を吹きて　宿酲醒め、　（＊文字不詳）
起坐清閑養性靈　　起坐し清閑に　性霊を養ふ。
聽取花前花後語　　聴取す花前　花後の語、
鶯能唱法法華經　　鶯は能く法を唱ふ　法華経。

（押韻）酲、靈、經（平声青韻）。

⑰余説（「構成」と「考察」）、

「構成」

巻頭の首題には「三笑堂教餘一滴」と記し、表紙の題には「教余一滴」とある。

次に、二頁の序がある。左に記す。

「小泉靜＊雅君閣下今日赤間關乗船

邂逅相逢欣幸之至　僕茲誦讀

足下三笑堂佳作實有落澗泉聲音之妙

深爲佩服　僕奔波四方二十餘載

＊京數年自愧粗俗庸材徒然之至久遊

貴國十載々黄花節後歸蔽國　草々此告

光緒十四年戊子八月十一日　清國折江雪卿、憑澪彭」

小泉靜＊雅君閣下　今日赤間關より乗船され、

邂逅　相逢ふ。欣幸の至なり。僕茲に誦讀す、

足下三笑堂の佳作は実に落澗泉声 の妙有り。

深く佩服を為す。僕四方に奔波すること二十四載なり。

＊京数年、自ら愧ず、粗俗庸材　徒然の至にして、久しく

貴国に遊ぶこと十載、載は黄花の節の後に蔽国に帰る。草々此れ告ぐ。

光緒十四年戊子八月十一日　清国折江雪卿、憑澪彭。」

（注記）光緒十四年戊子は一八八八年・明治二十一年である。

「考察」

『三笑堂教餘一滴』は、作者の息抜きの作品集であることを示す題名であろうか。

成立年の箇所で見たとおり、作者の比較的若年の作品集である。

本文中の詩評に山口有終、田中鷗夢、湫村、椰陰、野殿、芝草等の氏名・雅号がある。詩友の多さを示すか。

⑱研究文献、「初探」第一稿の四八番。「年次一覧表」の七七番。

⑲所収作品表（合計欄以外の数字は作品番号）、

二〇（一）「三笑堂教餘一滴」

詩体			合計	総合計
	四句	27 49 83 84 86 97 105 124 170 171 206 241 266 305 307	15	
	八句	13 17 19 82 100 143 151 179 196 236 269 270 272	13	28
六言	四句	68 85 94 275	4	4
七言	四句	1 3 7 9 10 11 12 14 16 18 22 23 24 25 26 29 30 32 33 35 36 37 38 39 40 41 42 43 44 46 47 48 50 51 52 53 55 56 59 60 61 63 65 66 67 69 70 71 72 73 74 75 76 77 78 79 80 81 87 90 92 96 98 99 101 102 103 104 110 111 113 114 115 116 117 118 119 120 121 122 123 127 128 129 130 131 132 133 134 135 136 137 138 139 140 144 147 148 149 150 152 153 154 155 156 157 158 159 161 164 165 166 167 168 169 172 175 176 181 182 184 185 186 187 188 189 190 191 192 193 195 197 198 199 200 201 202 204 205 207 208 209 210 212 213 214 215 216 217 219 220 221 223 224 225 226 227 230 231 232 233 234 235 237 238 239 242 243 244 245 246 248 249 250 251 252 253 254 256 257 258 259 261 263 265 267 268 271 273 274 276 277 278 280 281 282 283 284 285 286 287 288 289 290 291 292 293 294 295 296 297 299 300 301 302 303 304 308 309 310 311 312 313 314 315 317 318 319 320 321 322 324 325 326 327 328	236	
	八句	2 4 5 6 8 15 20 21 28 31 34 45 54 57 58 62 64 88 89 91 93 95 106 107 108 109 112 125 126 141 142 145 146 160 162 163 173 174 177 178 180 183 194 203 311 318 222 228 229 240 247 255 260 262 264 279 306 316 323	59	
	十六句	298	1	296
総合計				328

（二）

①書名、「椰陰集　漢詩文」。
②巻数、一巻。
③冊数、一冊。
④著者名、小泉椰陰（靜）。

「桑原峯子肖像」（作品番号三三九番）の末尾に「大正十年六月　七十一翁　椰陰道人」とある。

この詩文集が、椰陰の作品集であることが、本文からも確認できる。

⑤編者名、小泉椰陰（靜）。
⑥出版地、無し（出版せず）。
⑦出版者、無し（出版せず）。
⑧出版（または成立）年月日、（出版せず）。大正一一年（一九二二年）頃成立（内題に「漢詩文艸稿了」とある）は、大正十一年、一九二二年、作者は七十二歳の頃の成立である。

制作年が分かる作品で、最も古いのは、「題笠島善藏肖像」（作品番号79番）で、文中に「大正七年十一月十二日、念佛聲中如眠遂往生焉」とある。大正七年は、一九一八年である。また、「偶感書懐」（作品番号80番）の第一句で「頽齢六十九」とある。作者は六十九歳である。途中幾つかの作品にも制作年月を示す記述が見られる。最も新しいのは、「洗耳庵記」（作品番号三九九番）で、文末に「大正十一年十二月」と記されている。大正十一年は一九二二年、作者は七十二歳である。詩集は、大正十一年、一九二二年、作者は七十二歳の頃の成立である。

⑨丁・頁数、八十三丁・一六八頁。

⑩写真数、無し。

⑪体裁、（表題）題簽、別に、表紙、見返し、内表紙三丁あり。（内題）「漢詩文艸稿　了」。和本、袋綴、手筆本。

⑫大きさ、縦二十六・四cm×横十九・四cm。

⑬帙の有無、無し。

⑭所蔵者、（旧蔵）福井県鯖江女子師範学校郷土研究科→（現蔵）福井大学
総合図書館（991—KOI）。

⑮作者履歴、前出。

⑯巻頭作品（作品番号2番の作品）

春風春雨自開花　　春の風春の雨　自ら花開き、
春雨春風又落花　　春の雨春の風　又花落つ。
昨日知音今日仇　　昨日の知音は　今日の仇、
人間萬事恰如花　　人間の万事は　恰も花の如し。

（押韻）花、花、花（平声麻韻）

⑰余説（「構成」と「考察」）、

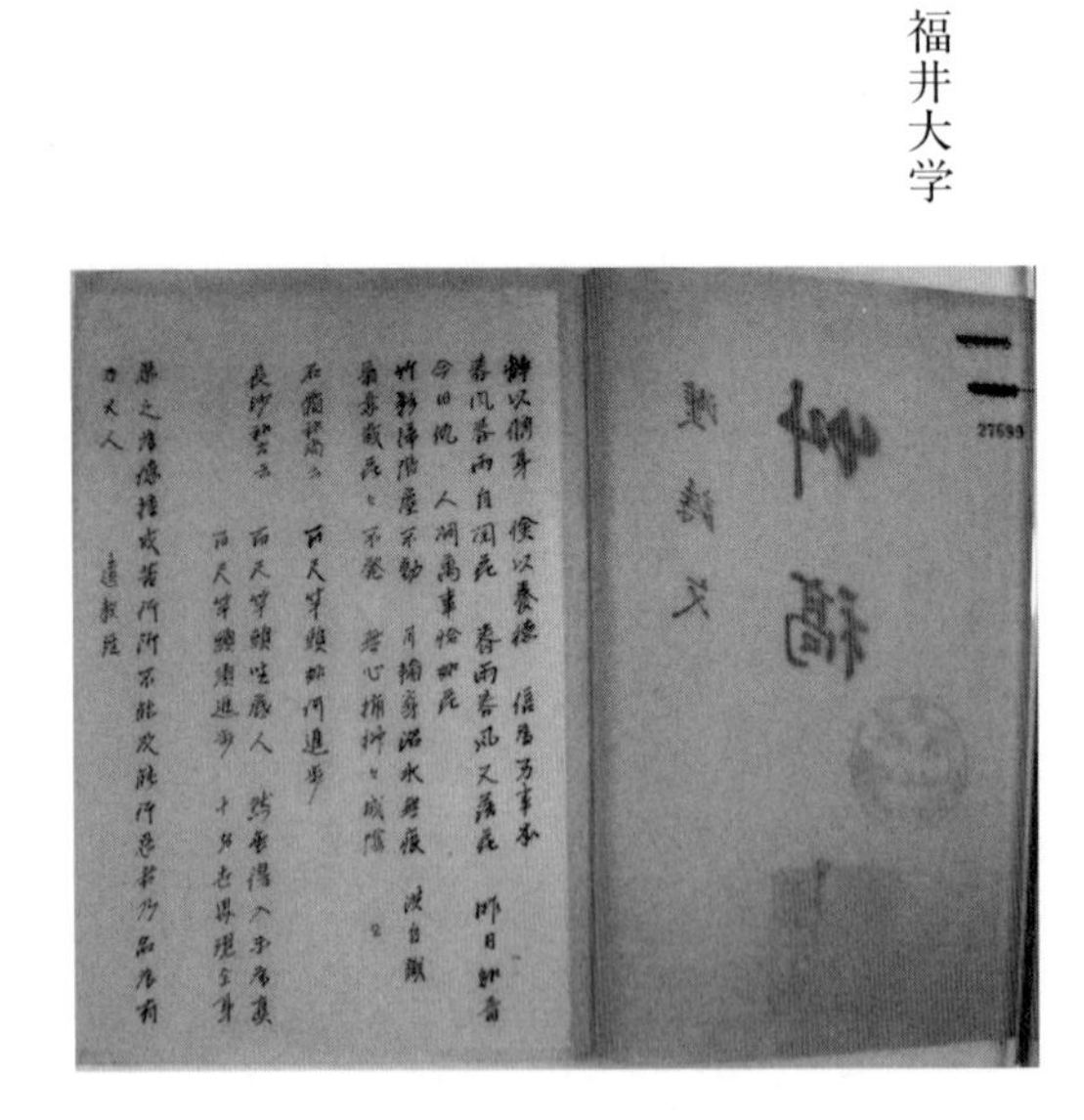

「構成」

年月順に編集されている。

「考察」

『椰陰集　漢詩文』は、内題に「漢詩文艸稿了」とあるから、未整理の部分もあることを示すものであろう。

本文中の詩評に、裳川、擔風、磯野惟秋、雅堂、仙石、千溪、賣劍、などの氏名・雅号がある。詩友の多さを示すか。
⑱研究文献、「初探」第一稿の一二三番。「年次一覧表」の一二八番。
⑲所収作品表（合計欄以外の数字は作品番号）、

二〇（二）「椰陰集　漢詩文」

詩体	句数	作品番号	合計	総合計
五言	四句	432 395 348 240 221 177 126 56 31 20 6 400 356 245 222 178 152 76 40 21 7 401 367 264 223 182 172 89 41 26 9 409 374 338 224 185 173 103 43 27 12 415 375 341 232 190 174 104 44 28 15 416 376 342 234 194 175 117 54 29 18 417 389 346 238 213 176 118 55 30 19	72	72
六言	八句	434 217 10 260 13 407 47 433 179	9	
	十六	271	1	
	三六句	180	1	
	九六句	80	1	12
七言	四句	420 381 347 299 252 210 171 143 115 87 52 2 421 382 349 316 253 211 183 144 116 88 53 3 423 384 351 318 254 212 186 145 119 90 57 8 424 386 352 319 255 214 187 146 120 91 58 11 425 387 353 320 257 215 188 147 121 92 59 14 427 388 354 321 258 216 189 148 122 93 61 16 428 392 355 322 261 225 191 149 123 94 62 17 430 393 358 323 262 226 192 151 124 95 63 22 431 394 359 324 263 227 193 153 125 96 64 23 * 396 362 325 265 228 195 154 127 97 67 24 423 397 363 326 272 229 196 155 128 98 68 25 424 398 364 327 273 230 197 156 129 99 69 32 は偽 402 365 328 274 235 198 157 130 100 70 33 403 366 329 276 237 199 158 131 102 72 34 404 368 331 277 239 200 159 133 105 73 35 405 369 332 278 241 201 161 134 106 74 36 406 370 333 279 242 202 163 135 107 75 37 408 371 334 280 243 203 164 136 108 77 39 410 372 335 286 244 204 165 137 109 78 42 412 373 336 287 246 205 166 138 110 81 46 413 377 339 288 247 206 167 139 111 82 48 414 378 340 289 248 207 168 140 112 83 49 418 379 344 295 250 208 169 141 113 84 50 419 380 345 297 251 209 170 142 114 86 51	273	
	八句	360 311 304 294 283 267 181 45 361 312 305 296 284 268 218 66 411 313 306 298 285 269 233 71 314 307 300 290 270 249 101 315 308 301 291 275 256 132 317 309 302 292 281 259 160 357 310 303 293 282 266 162	52	
	16	428	1	
	26	350	1	
	28	385	1	328
総合計			328	412

文章	作品総数
1 4 5 38 60 65 79 85 150 219 220 231 236 339 343 375 383 390 391 399 422 429 435 436	
24	
24	436

※文章には格言、和尚の言、経文、遊記、題詩、墓碑、個人の略伝、碑銘、序庵記、動物比喩語、賛、誡語などを含む。

（三）

①書名、『椰陰詩文鈔』。
②巻数、二巻。
③冊数、一冊。
④著者名、小泉了諦（椰陰）。
⑤編者名、小泉了海（六窗）。
⑥出版地、鯖江（小泉了海）。
⑦出版者、小泉了海（六窗）。
⑧出版年月日、昭和十三年（一九三八年）三月十日。（作者没後二ヶ月後の出版である）。
「椰陰詩存」と「椰陰文鈔」の二巻に分けてある）は、恐らく昭和十二年後半から年末までの、作者八十八歳の、作者の息子の編集である（跋は十三年一月一日）。
⑨丁・頁数、九十二丁・百二十頁。
⑩写真数、二枚。
⑪体裁、和本・刊本・袋綴。
⑫大きさ、縦二十三・五㎝×横十四・五㎝。
⑬帙の有無、書帙あり。
⑭所蔵者、筆者、福井大学総合図書館（991―KOI）、県立図書館（991―KOI）。

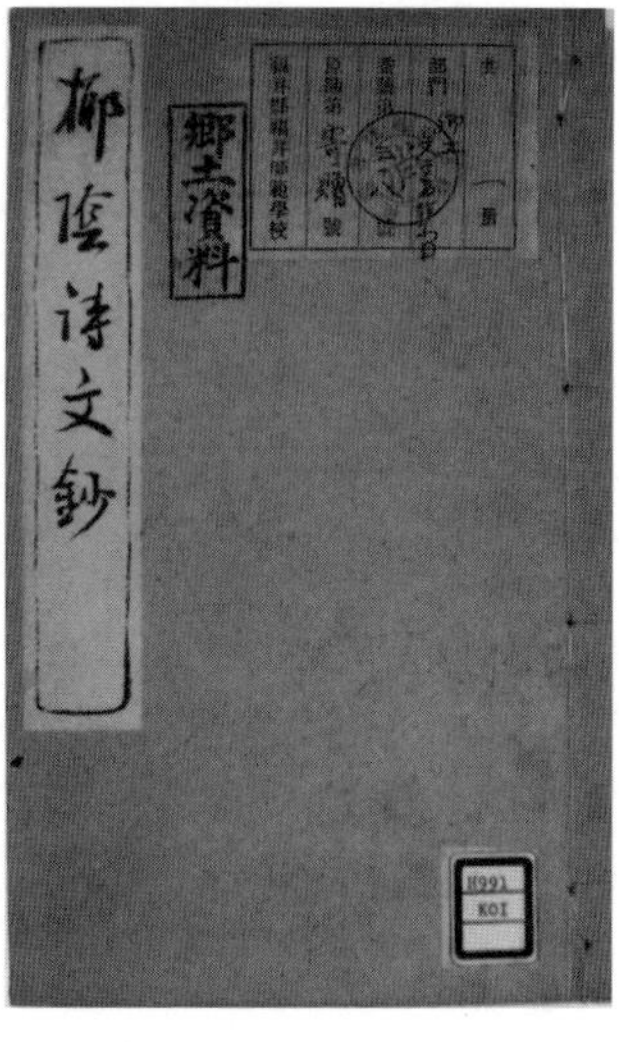

⑮作者履歴、前出。

⑯巻頭作品（または代表作品）、

釋尊降誕圖

奇哉纔七歩　　奇なるかな纔に七歩にして、
唯我獨尊聲　　唯我独り尊しの声あり。
聲短意長處　　声は短く意は長きの処、
七千餘巻成　　七千余巻成る。

（押韻）声、成（平声庚韻）

⑰余説（「構成」と「考察」）、

「構成」

序文・・釋隆現、木邊孝慈、梅谷孝永、齋藤隆現、闞清拙。

本文・・椰陰詩存（一～七十八丁）椰陰文鈔（七十九～九十二丁）

跋文、再跋、小泉了諦小伝・・いずれも小泉了海著。

「考察」

「小泉了諦小伝」を参考にして詳細に読めば、作品の製作年月を明らかにすることは可能であると思われる。

宗教者として到達した作者の最高の状態、公人としての姿も示している詩集であると言えよう。

◎「三詩集の比較」。

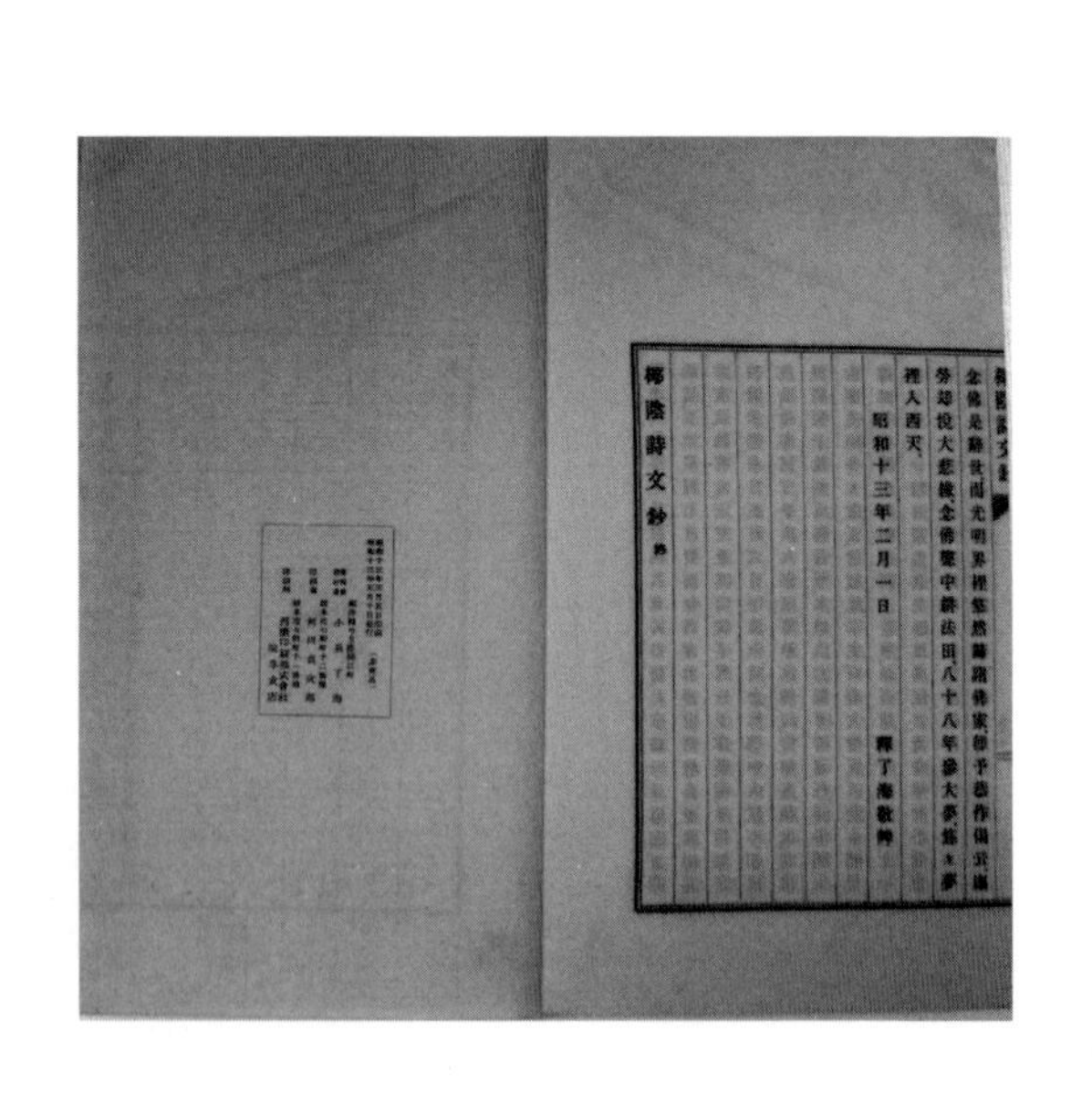

昭和十三年二月一日　　釋了海敬書

椰陰詩文鈔

仏教に特に関係のない一般の人が、一番親しみを持てそうなのは（二）である。様々な文体の文章も収められており、作者の生地が見えて面白いと思う。

次に興味が持てそうなのは（一）である。若年、壮年期の作者の作品が、収められている。（一）（二）は、作品の批評の言葉と合わせて読むと興味が増すと思われる。

（三）は、詩作品、文章作品、共に宗教関係者が興味を示すものである。ただし、一般の（仏教に特に関係のない）人には、やや特異な世界の感じがするかも知れない。その点では、取っ付きにくい内容もあるかと思う。

⑱研究文献、「初探」第一稿の一二二番。「年次一覧表」一七〇番。

⑲所収作品表（合計欄以外の数字は作品番号）、

二〇　(三)『椰陰詩文鈔』

詩体	句数	作品番号	合計	総合計
四言	四句	223 246 333	3	
四言	22句	132	1	4
五言	四句	390 334 320 304 291 279 240 217 206 195 188 167 160 150 124 101 94 1 337 323 305 292 282 260 218 207 196 189 168 161 151 125 102 95 2 338 324 306 293 286 261 219 210 200 190 172 162 152 126 103 96 13 352 325 312 294 287 262 227 211 201 191 173 163 156 135 117 97 14 353 326 314 297 288 269 228 214 203 192 174 164 157 136 118 98 69 354 327 315 300 289 276 234 215 204 193 179 165 158 137 122 99 87 373 329 319 301 290 277 239 216 205 194 187 166 159 138 123 100 88	121	
五言	八句	278 113 307 119 313 155 365 254	8	
五言	八句以上	16句：259　合計 1 20句：212, 330　合計 2 24句：245　合計 1 26句：391　合計 1 28句：247　合計 1 34句：129　合計 1 36句：281　合計 1 40句：202, 321　合計 2	10	139
七言	四句	386 376 364 350 335 302 274 258 242 224 182 149 134 112 92 54 41 29 15 3 387 377 366 351 340 308 275 263 243 229 183 154 140 114 93 66 42 30 16 4 388 378 367 355 341 309 279 264 244 231 184 169 141 115 104 67 44 31 17 5 389 379 368 356 342 311 283 265 249 232 185 170 142 116 105 68 45 32 20 6 380 369 357 343 316 284 267 250 233 186 171 143 120 106 71 46 33 21 7 381 370 358 344 317 285 268 251 235 197 176 144 127 107 74 47 34 22 8 382 371 359 346 318 295 270 252 236 198 177 145 128 108 76 48 35 23 9 383 372 360 347 322 296 271 253 237 213 178 146 130 109 77 49 36 24 10 384 374 362 348 328 298 272 255 238 220 180 147 131 110 90 52 37 27 11 385 375 363 349 332 299 273 257 241 222 181 148 133 111 91 53 38 28 12	194	
七言	八句	345 280 226 175 86 26 303 230 208 121 38 310 248 209 139 40 336 266 225 153 61	21	
七言	八句以上	10句：(43)　合計 1 12句：(58), (65), 70, (78)　合計 4 13句：(75)　合計 1 14句：221　合計 1 16句：89, 331　合計 2 20句：51, 60　合計 2 26句：(64), 256　合計 2 28句：50, 63　合計 2 32句：39, 62　合計 2 40句：19, 57　合計 2 44句：25, 55, 339　合計 3 48句：18, (56), (79)　合計 3 52句：(59)　合計 1 64句：361　合計 1 76句：(72)　合計 1	28	243
雑言	六句以上	6句：80, 81, 82, 83　合計 4 10句：(43)　合計 1 12句：(58), (65), (78)　合計 3 13句：(75)　合計 1 23句：73　合計 1 26句：(64)　合計 1 48句：(56), (79)　合計 2 52句：(59)　合計 1 76句：(72)　合計 1 ( )印は七言を主とする雑言詩である。	15	15
総合計				401

文章（椰陰文鈔）	12
作品総数	413

二一　鷲田南畝（又兵衛）

①書名、『南畝詩鈔』。
②巻数、一巻。
③冊数、一冊。
④著者名、鷲田南畝（又兵衛）。
⑤編者名、鷲田南畝（又兵衛）。
⑥出版地、福井県丹生郡吉川村下川去第三十九号三十九番地。
⑦出版者、鷲田南畝（又兵衛）。
⑧出版（または成立）年月日、昭和八年（一九三三年）十月三十一日成立。
⑨丁・頁数、十行罫紙。六十二丁、百二十四頁。
⑩写真数、一枚（作者の肖像）。
⑪体裁、和本。
⑫大きさ、二十三・五㎝×十四・五㎝。

⑬帙の有無、無し。
⑭所蔵者、福井県立図書館（991—WAS）。
⑮作者履歴、
（文献の一部を口語に改めた。）

鷲田又兵衛。元治元年（一八六四）二月生まれ。幼少から書冊を好む。絵本百将伝などを紐又は風呂敷で背負い、屋外に出て遊んだ。父母は常に笑い本かずきと呼んだという。始め旧鯖江藩の芥川歸山先生に師事し、十四歳で正文章規範を暗誦した。後笈を負って大阪に遊学し、藤澤南岳先生の泊園書院に数年いた。帰郷後、暫く郷里の子弟を教授したが、官吏となり、郡吏県官を経て、明治四十三年福井県足羽郡長となり、次いで丹生郡長、遠敷郡長に歴任し、高等官五等従六位勲六等に徐せられた。大正六年退官帰郷し、爾来専ら風月を友とし、読書詩文を楽しみ、深く天恩に感謝し、家道を守り、世上の勢利を追うことはなかった。又兵衛の字は子存、号は南畝。或いは柊堂老人鹿々散人と称した。文章規範正解、十八史略正解、紅葉抄、仮名文字用漢字字引、南畝詩鈔等を著した。（この後に、嗣子鷲田修氏の履歴概略、また「風藻」と題し漢詩も載せるが省略する。）
（吉川村郷土誌、第三輯「吉川村人物誌」）

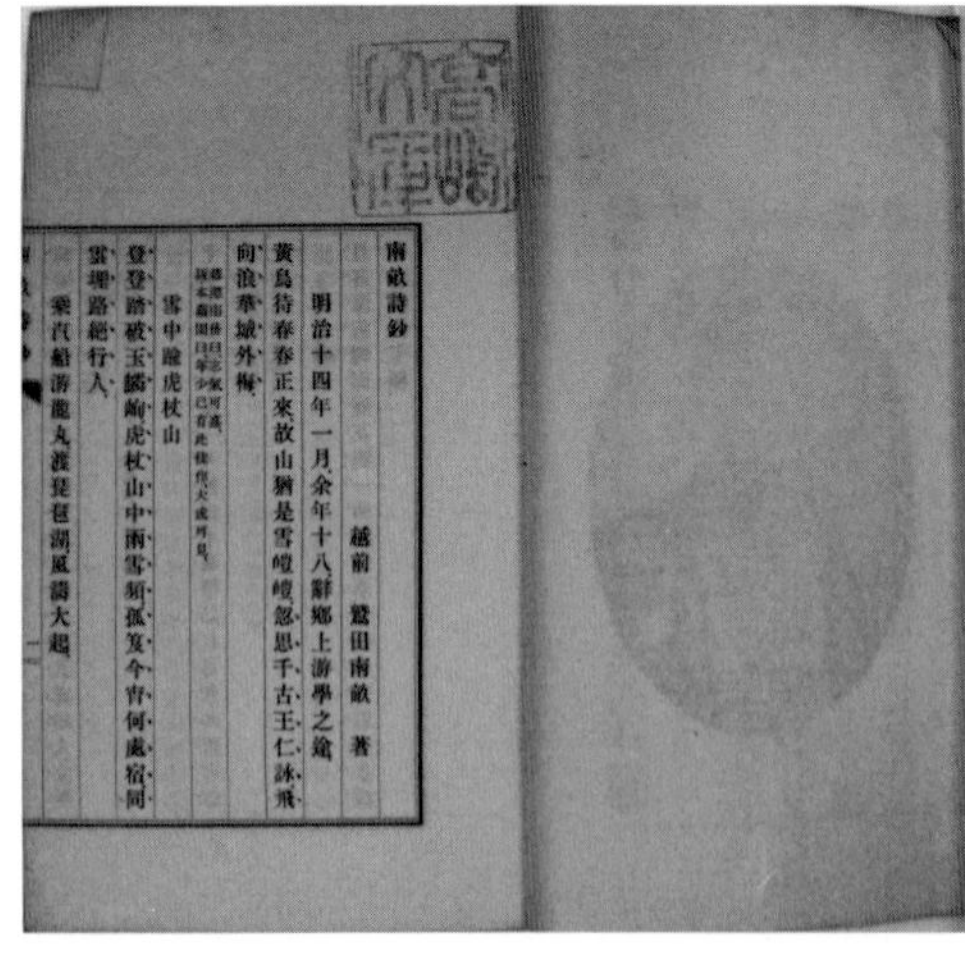
南畝詩鈔
越前　鷲田南畝　著
明治十四年一月、余年十八辭郷上游學之途
黄鳥待春春正來、故山猶是雪皚皚、忽思千古王仁詠、飛向浪華城外梅、
[illegible]
雪中踰虎杖山
登登踏破玉鱗崎、虎杖山中雨雪霏、孤笈今宵何處宿、同雲埋路絶行人、
乘汽船游龍丸渡琵琶湖風濤大起

故従六位勲六等鷲田又兵衞先生

（人物誌にない記述の主なところを遺徳顕彰によって記す。）

先生は下川去区の素封家先代鷲田又兵衞氏の長男で元治元年二月二日の生れである。幼少から旧鯖江藩芥川歸山先生に師事した。川去から鯖江までは約一里半、この間に日野川の大河があり、その頃の流域内は竹林が密生していて昼尚暗く小径を辿ると舟渡し場が在った。冬などは大雪が竹を圧して湾曲し路を塞ぎ、通路が実に困難である。けれども独りこの行路を通学勉励して春秋怠ることはなかったという。故に年十四にして正文章規範を暗誦したとはさもあるべしと思う。後大坂に遊学し藤澤南岳先生の泊園書院に数年学び、帰郷した後は暫く郷里の子弟を教授した。後丹生郡役所に就職し、明治四十二年十月福井県属、明治四十三年六月足羽郡長、大正三年八月丹生郡長、大正四年十二月遠敷郡長を歴任した。その功績により大正三年六月勲六等に、大正四年八月従六位に陞徐されて高等官五等を以って待遇された。大正六年三月退官帰郷した。

晩年は全ての公職を辞退して、風月を友とし、読書詩文に親しんだ。又書を能くし遠近揮毫を乞う者が多かったという。旅行を楽しみ、風光を観賞して詩文を作った。郡長の時、県知事坂本釤之助と交わり晩年には応酬の詩編が少なくなかった。又藤沢塾の旧友山口県人尾中鶴洲とは数回も往来したという。

又兵衞は昭和十四年八月二十八日享年七十五歳で逝去した。（吉川村郷土誌、第四輯「遺徳顕彰」）

⑯巻頭作品（または代表作品）、

明治十四年一月、余年十八、辭鄉上游學之途。

明治十四年一月、余年十八、鄉を辞して游学の途に上る。

黄鳥待春春正來　黄鳥春を待ち　春正に来る、
故山猶是雪皚皚　故山なお是れ　雪皚皚たり。
忽思千古王仁詠　忽ち思ふ　千古の王仁の詠じたるを、
飛向浪華城外梅　飛びて浪華に向かふ　城外の梅と。

（押韻）來、皚、梅（平声灰韻）。

⑰余説（「構成」と「考察」）、

「構成」

年月順の配列である。

藤澤南岳先生の事は一九二番の作品に見える。芥川歸山のことは一八八番作品に見える。

「考察」

先人に対する崇敬の念の厚いことが知られる。

高島碩田との付き合いは集中に言及するところが目につくことから、深かったと思われる。

「備考」吉川村郷土誌第三輯（丹生郡吉川村役場編輯部、昭和十一年十月刊）二九七頁、二九八頁の「雑録」には「詩筵」がある。書き下し文をつけた。

（雑録）

詩筵

甲戌古重陽　南畝軒雅集

昭和九年十月　古重陽に當り鷲田南畝先生宅に於て詩筵を開かる。編者も此詩筵に列るの光榮を得たり。茲に郷土文藝の一項として當時先生より頂きし詩箋を寫して記述に代ふ。

甲戌古重陽。南畝軒雅集、高島碩田、山田詩禪、三田村榴堂、加藤淡溪（眞一）、與主人鷲田南畝（又兵衞）。吟酌清談、以消半日之間、得詩各數首。今節其一、併錄聯句一體。

甲戌の古重陽に、南畝軒に雅集せる高島碩田、山田詩禪、三田村榴堂、加藤淡谿（眞一）は、主人鷲田南畝（又兵衞）と、吟酌清談し、以って半日を消するの間に、詩おのおの数首を得たり、今其の一を節す。併せて聯句一体を録す。

高島碩田

吟節趁約古重陽　　吟節　約を趁ふ古重陽、
一路秋蘭野趣長　　一路の秋蘭　野趣長し。
不倣登高吹帽客　　倣はず　登高して帽を吹くの客に、
幽亭同醉菊花觴　　幽亭　同に酔ふ　菊花の觴に。

山田詩禪

菊花馥郁滿庭前　　菊花馥郁として　庭前に満ち、
今日重陽列雅筵　　今日の重陽　雅筵に列る。
淵明在世應嘲我　　淵明世に在れば　まさに我を嘲るべし、

不作詩仙作酒仙　　詩仙にならず　酒仙になるを。

鷲田南畝

偶逢嘉節邀嘉客　　偶たま嘉節に逢ひ　嘉客を邀ふ、
和得淵明詩幾章　　渕明に和し得たる　詩幾章なるぞ。
菊酒花糕開口笑　　菊酒の花糕　口を開きて笑ひ、
風流不負古重陽　　風流　負けず　古重陽に。

酒間柏梁體聯句

佳節盍簪詞客家　　嘉節　盍簪　詞客の家　　碩田
以文會友言不譁　　以文会友　言　譁からず　　南畝
芳香馥郁盆菊花　　芳香馥郁たり　盆菊の花　　詩禪
滿盤蓬餌三椀茶　　盤に満つる　蓬餌　三椀の茶　　淡溪
重陽雅興酒更加　　重陽の雅興に　酒更に加はり　　榴堂
苦吟雖敲空塗鴉　　苦吟し敲すと雖も空しく鴉を塗り　　詩禪
案句南窓午自乂　　句を案ずる南窓　午自らおさまる　　淡溪
秋風吹面夕陽斜　　秋風面を吹き　夕陽斜めなり　　榴堂

清遊半日思無邪　　清遊半日　思邪無し　　　　　碩田

柏梁吟就逸興嘉　　柏梁吟は就く　逸興の嘉きに　南畝

昭和九年十月十八日　　主人　南畝散人　錄す

⑱研究文献、「初探」第一稿の一〇六、一〇七番。「年次一覧表」一五〇番。

⑲所収作品表（合計欄以外の数字は作品番号）、

詩体	句数	作品番号	合計	総合計
五言	四句	8 14 15 26 28 36 91 101 102 111 184 206 212 221 240 241 253 255 277	19	35
	八句	13 16 24 62 67 151 152 181 182 183 205 244 245 248 249	15	
	二十八句	264	1	
六言	四句	20 276	2	2
七言	四句	1 2 3 4 5 6 7 9 10 11 12 17 18 19 21 22 25 30 31 32 33 34 35 37 38 39 40 41 42 43 44 45 46 47 48 49 50 51 52 53 54 55 56 57 58 59 60 63 64 65 66 68 69 70 71 72 73 74 75 76 77 78 79 80 81 82 84 85 86 87 88 89 90 92 93 94 95 97 98 99 100 104 106 107 108 109 110 112 113 114 115 116 118 119 120 121 123 124 125 126 127 128 129 130 131 132 133 134 135 136 137 138 139 140 141 142 143 146 148 149 150 153 154 155 156 157 158 159 160 161 162 163 164 165 166 167 168 169 170 171 172 173 174 175 176 177 178 179 180 186 187 188 189 190 191 192 193 194 195 196 197 198 199 200 201 202 203 204 207 208 209 210 211 213 214 215 216 217 218 219 220 222 223 224 225 226 227 228 229 230 231 232 233 234 235 236 237 238 239 243 250 251 252 258 259 260 261 262 263 265 266 267 268 269 270 271 272 273 274 275 278 279 280 281 282 284 285 286 287 288 289 290 291 292 293 294 295 296 297 298 299 300 301	243	264
	八句	27 61 83 96 103 105 117 144 145 147 185 242 246 247 254 256 257 283	18	
	十二句	23 29	2	
	二十四句	122	1	
総合計				301

二二一　高島碩田（茂平）

⑮作者履歴、

一八六七年五月八日～一九四五年四月十八日（慶応三～昭和二十年）衆院議員。足羽郡天王村（現福井市）生まれる。幼名は加藤策三。丹生郡下石田村（現鯖江市）の高島正の養子となり、のち茂平と改名。一八八八年（明治二十一年）東京高等師範学校卒業、福井中学校教諭となる。のち丹生郡教育会長を五十年務め、一八九九年（明治三十二年）には福井県地方教育会議の議員に県会議員（一八九七～一八九九年在職）から選ばれるなど、教育行政に貢献した。村会議員、郡会議員にも選ばれ、衆議院（一九一二～一九一四年在職）では政友会に属した。兄加藤與次兵衞、弟野村勘左衞門も県会議員、衆議院議員に選ばれた。（『福井県大百科事典』福井新聞社一九九一年（平成三）六月三十日発行、五五九頁）

⑯巻頭作品（または代表作品）、

山田秋甫著『西京遊草』の巻末「附錄」の「聯句三十二句」の後に高島碩田の作品が一首ある。その序文と作品を記す。

「滴翠軒雅集。分壁間所掲南條博士壽先考古稀詩中斟酒圍碁與物春之句爲韻。各賦七絶闋」

秋甫又識

「滴翠軒に雅集す。分けて壁の間に掲げるところ南条博士の先考の古稀を寿ぐ詩中の斟酒囲碁與物春の句もて、韻と為す。各々七絶を賦し闋む。

高島碩田　茂平

予得春　　　　予　春を得る

黃菊丹楓十月春　黄の菊丹の楓十月の春、
西郊趁約訪知人　西郊の趁約　知人を訪ふ。
優遊詩酒同成醉　優遊　詩酒同じく酔いを成す、
共是清時一幸民　共に是れ清時の一幸民。

（押韻）春、人、民（平声眞韻）

⑰余説、

『丹生郡人物誌』（一五一頁）に養父・高島丹山の死を悼んだ詩が二首ある。（大意）を付ける。

丁喪雜詠　　　丁喪の雑詠（父母の喪に遭ってさまざまな思いをよんだ詩）

1　慈母長眠未終喪　慈母長眠し未だ喪を終へざるに、
2　老秋今又哭巖父　老秋今また厳父を哭す。
3　幽庭荷折菊花摧　幽庭の荷は折れ菊花は摧け、
4　難奈淒風兼慘雨　いかんともしがたし淒風の慘雨を兼ぬるを。
5　豈唯半月不思肉　豈に唯だに半月肉を思わざるのみならん、
6　百日清齋食絶葷　百日の清齋に食に葷を絶するなり。
7　還笑暫爲塵外客　還た笑ふは暫く塵外の客と為し、
8　抛來世俗事紛紛　抛り来る世俗の事の紛紛たるをば。

9　孤負丹楓白菊天　　孤り負ふ紅い楓白い菊の天、
10　慈顔一去忽成仙　　慈顔一たび去って忽ち仙と成る。
11　幽窓机案依然在　　幽窓の机案依然として在り、
12　涙濺先君遺墨前　　涙をば濺ぐは先君の遺墨の前なり。

（大意）

第1、2句は、母が亡くなってわずか四十二日で、父が後を追うように亡くなったことが悲しい。第3、4句は、父母が手入れしていた庭の蓮や菊の花が雨風に痛めつけられているのを見てたまらなく思う。第5、6句は、忌中の精進食を半月どころか百日も続ける。第7、8句は、笑うこともなく寂しくて日常の世間との遣り取りも煩わしくてやる気が起きない。第9、10句は、秋の澄んだ空に映える美しい楓の紅葉や菊の白い花を見ても一人ぽっちで、母の優しい顔はこの世から消えて母は別世界の人となられてしまった（からさびしい）。第11、12句は、書斎に入れば窓の前の机は元のままに置かれていて、机上に残されている父の書の前に坐ると思わず涙が溢れて書の上にこぼれるのである。

題名の「雑詠」は、気持ちの落ち着かないままにさまざまな思いを纏まりもなく詠じたということであろう。押韻にも拘っていないので、押韻のことも含めて雑詠と言っているのだろう。

辛亥十一月二十九日瘞亡父母遺骨於東山大谷

辛亥（明治四十四年＝一九一一年）十一月二十九日亡父母の遺骨を東山に瘞む

晩春侍疾故園還　　晩春疾に侍して故園に還へり、

湯藥晨昏我髮斑　湯薬の晨昏に我が髪は斑たり。
今日秋風無限恨　今日の秋風無限の恨み
捧來遺骨瘞東山　遺骨を捧げ来たり東山に瘞む。

（押韻）還、斑、山（平声珊刪韻）

（大意）

秋の暮れ父母の病が篤いということで勤め先から家に戻り、朝夕の看病で髪も白くなったことだ。今日の秋風はことさらに恨めしく感じられてならない。父母の遺骨を捧げ持って東山に来て大谷廟に埋めることになったのであるから。

⑰余説（「構成」と「考察」）、無し。
⑱研究文献、無し。
⑲所収作品表、三作品だけであるので、表は省略する。

二三　山田秋甫・詩禪外史（彌十郎）

①書名、『西京遊草』。
②巻数、一巻。
③冊数、一冊。

④著者名、山田秋甫・詩禪外史（彌十郎）。

⑤編者名、山田秋甫・詩禪外史（彌十郎）。

⑥出版地、福井県（丹生郡朝日町）。

⑦出版者、詩禅文庫。

⑧出版年月日、大正十四年（一九二五年）一月三十一日刊。

⑨丁・頁数、本文九丁。

⑩写真数、三枚。

⑪体裁、和本袋綴（大和綴）。

⑫大きさ、縦二二・一㎝×横十五・二㎝。

⑬帙の有無、無し。

⑭所蔵者、（旧福井師範女子部）福井大学総合図書館（991—YAM）。

⑮作者履歴、福井県丹生郡朝日町に生まる。名は彌十郎、字は子詢、号は秋甫詩禪（外史）。二松学舎に入り、三島中洲に学ぶ。福井県史編纂嘱託。郷土史関係の著書多し。明治十九年（一八八六）九月二十日生、昭和二十三年（一九四八）十一月二十一日没、六十三歳。

⑯巻頭作品（または代表作品）、

西大谷廟

父歿經過百日時　父没し百日を経過せし時、

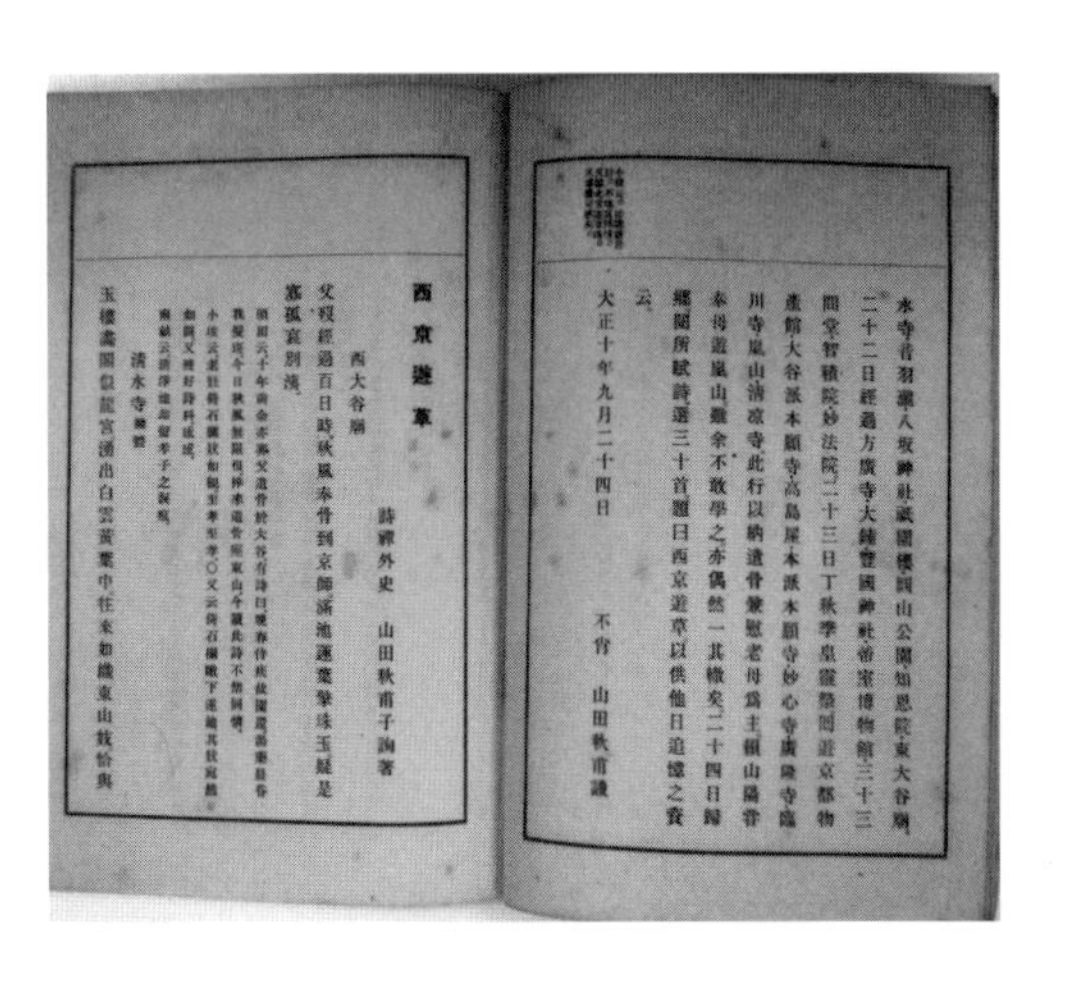

水寺音羽瀧八坂神社祇園樓圓山公園知恩院東大谷廟
二十二日經過方廣寺大鐘豐國神社帝室博物館三十三
間堂智積院妙法院二十三日丁秋季皇靈祭圓遊京都物
產館大谷派本願寺高島屋本派本願寺妙心寺廣隆寺臨
川寺嵐山清涼寺此行以納遺骨兼慰老母爲主頼山陽昔
奉母遊嵐山雖余不敢學之亦偶然一其轍矣二十四日歸
郷閲所賦詩選三十首題曰西京遊草以供他日追懷之資
云。
大正十年九月二十四日　不肖　山田秋甫識

西京遊草

詩禪外史　山田秋甫子詢著

西大谷廟

父歿經過百日時秋風奉骨到京師滿池蓮葉擎珠玉疑是寡孤哀別淚

清水寺

玉樓叢閣倚巖宮湧出白雲黃葉中往來如織東山裏恰與

秋風奉骨到京師　秋風に骨を奉じて京師に到る。
滿池蓮葉擎珠玉　池に満つる蓮葉は珠玉を擎げ、
疑是寡孤哀別涙　疑うらくは是れ寡孤の哀別の涙ならん。

（押韻）時、師、涙（平声支韻）。

碩田云、十年前余亦葬父遺骨於大谷。有詩曰、晩春侍疾故園還。湯藥晨昏我髪斑。今日秋風無限恨。捧來遺骨瘞東山。今讀此詩不禁同情。

小坡云。老莊倚石欄狀如觀。至孝。○又云倚石欄瞰下蓮池。其狀宛然如圖。又獲好詩料。感感。

南畝云。清淨池却留孝子之涙痕。

碩田云く、十年前、余も亦父の遺骨を大谷に葬る。詩有り曰わく、晩春疾に侍して故園に還へり、湯薬の晨昏に我が髪斑たり。今日の秋風無限の恨み、遺骨を捧げ来たり東山に瘞(うづ)む。今此の詩を読みて同情を禁ぜず、と。

小坡云く、老荘石欄による状観るが如し。至孝なり、と。○亦云く、石欄によりて蓮池を瞰下ろせば、其の状婉然として図の如し。又好き詩の料を獲たり、感感と。

南畝云く、清浄の池却って孝子の涙痕を留む、と。

⑰余説（「構成」と「考察」）、

「構成」

○序詩・詩の上面に横書きで次の九字を実線で囲んで記す。

此詩畏荷　臺覽之光榮（此詩畏くも台覧の光栄を荷う。）

次に縦書きで、七言八句を記す。秋天祥靄瑞烟横、聞説今朝鶴駕迎、若越乾昏霑雨露、山川草木放光明、青衿夙抱盡忠志、白髪元期報國誠、伏拜英姿皆感泣、生逢昭代是何榮。

（秋天に祥靄瑞烟横たはり、聞説今朝鶴駕を迎ふと。若越の乾は昏く雨露に霑ふも、山川草木は光明を放つ。青衿は夙に抱く忠を尽さんとの志、白髪は元より期す国に報ひんとの誠。伏して英姿を拝し皆感泣し、生きて昭代に逢ふは是れ何の栄ぞと。）

その後に、大正十三年十一月八日　奉迎鶴駕北巡恭賦（鶴駕の北巡を奉迎し恭賦す。）、

最後に、草莽臣　山田秋甫、と記す。

○行書の軸の写真・「佐久間象山先生詩書」がある。

○肖像写真・山田彌十郎（紋付き羽織袴姿）がある。

○肖像写真・山田登み越（和服姿）がある。

○序文・（漢文）　文頭に父彌十郎の古稀に南條博士が下された七言律詩を挙げている。九月二十日から二十四日の間、西大谷廟への父の納骨のために京都へ赴いた。その旅の日程と、その間に作った　詩が三十首であることを記し、大正十年九月二十四日不肖山田秋甫識と記している。

○　本文・西京遊草　詩禅外史　山田秋甫子詢著

巻頭の「西大谷廟」以下「清涼寺」まで、全て七言絶句で、三十首ある。なお、1、3、4、5、6、7、9、11、12、13、15、16、17、18、19、22、23、24、25、27、29、30番の詩に短評がある。また、南條博士、仙石博士、高島碩田、鶯田南畝、山本小坡の短評がある。

○附録・碩田、東野杉堂、南畝、詩禪による連句三十二句がある。その後に碩田、南畝、詩禪の七言四句の作品各一首合計三首がある。

○奥付。以上。

「考察」

父の納骨のために京都へ赴いた、その旅の日程と、その間に作った詩、三十首を記すことによって、「西大谷廟」に寄せられた諸家の評にあるように「孝子」である著者が、自分の心の真実を記録した著書であると言えよう

⑱研究文献、「初探」第一稿の四五、九一番。「年次一覧表」一三二番。

⑲所収作品表（合計欄以外の数字は作品番号）、

二三 『西京遊草』

詩体			合計
七言	四句	1 2 3 4 5 6 7 8 9 10 11 12 13 14 15 16 17 18 19 20 21 22 23 24 25 26 27 28 29 30	
合計			30

二四　岡井柿堂（愼吾）

①書名、『柿堂存稿』。
②巻数、一巻。
③冊数、一冊。
④著者名、岡井柿堂（愼吾）。
⑤編者名、岡井柿堂（愼吾）。
⑥出版地、熊本市昇町三番地。
⑦出版者、岡井柿堂（愼吾）。
⑧出版年月日、昭和十年十一月十五日。
⑨丁・頁数、三三八頁。
⑩写真数、一枚（題字、羅振玉署）。
⑪体裁、洋綴刊本。
⑫大きさ、縦二十二cm×横十cm×厚み一・三cm。（B５版）。
⑬帙の有無、無し。
⑭所蔵者、筆者。福井大学総合図書館（911—YAM）。
⑮作者履歴、福井県丹生郡立待村石田に生まる。書斎名を有七絶堂と称し、柿堂と号す。文学博士。『玉篇の研究』

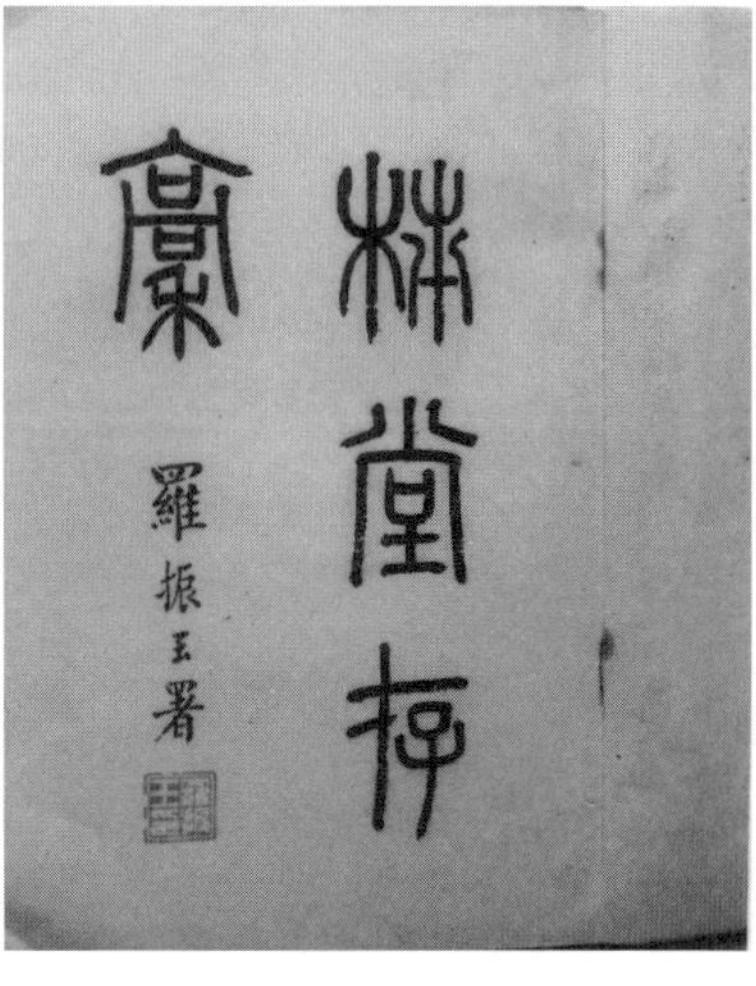

柿堂存稿　羅振玉署

『日本漢字学史』等の著あり。明治五年（一八七二）五月二十九日生。昭和二十年（一九四五）二月十六日没。七十四歳。

⑯巻頭作品（または代表作品）

随録十首（その一）

奪席談經彼一時　席を奪ひ経を談ず彼の一時
病餘唯有睡魔隨　病余ただ睡魔有りて随う。
夢中偶到琳瑯地　夢中偶々到る琳瑯の地
却見銀鐔是舊知　却って見る銀鐔　是れ旧知

（押韻）時、隨、知（平声支韻）

明治癸巳病中　明治癸巳の病中の（作）

（明治二十六年〈一八九三〉病気中の作品）。

⑰余説（「構成」と「考察」）、

「構成」

題字は羅振玉。羅振玉（らしんぎょく）（一八六六～一九四〇）中国の考証学者、金石学者。経学、史学に通じ、古典の校訂を行ったほか、殷文化の解明に努めた。著に『殷墟書契』などがある。

巻頭作品は陛下巡幸に関連する三編の文章。

以下は次の如し。○雑考、二十八編。○漢文、五編。○漢詩、五題（二十一編）、○紀行など三編○附録二編である。　◎漢詩は二九七頁～三〇〇頁にある。

「考察」

羅振玉の題字を使っている（もらっている）ところが、学者である岡井慎吾らしい。

学究者の主要な文献を収録したと言える。

⑱研究文献、「初探」第一稿の五二番。「年次一覧表」一五九番。

⑲所収作品表（合計欄以外の数字は作品番号）、

○　1～10、随録十首。

11、「戊辰三月盡日予自就教職三十五周年　回思平昔得六十韻」。

12～16、國體五首。

17～19、昭和六年十一月。

20、21、壬申十一月抵九州帝國大學講漢字。

二四『柿堂存稿』

詩体			合計
五言	四句	4 5	2
七言	四句	1 6 7 8 9 10 12 13 14 15 16 17 18 19 20 21	16
	八句	2 3	2
	百二十句	11	1
合計			21

第三節　第三期の漢詩・漢文作者（個人）の著作概況

昭和二十一年から平成二十六年まで。

（この期の漢詩作者は、二一五　山本六堂（雅雄）、二一六　福島桑村（治三郎）、二一七　福嶋紫山（隆治）、二一八　高岡蓬山（和則）の四名である）。

二一五　山本六堂（雅雄）

①書名、六堂窓話。
②巻数、一巻。
③冊数、一冊。
④著者名、山本雅雄（六堂）。
⑤編者名、竹内靜（五堂）（六堂の弟子）。
⑥出版地、福井県（坂井郡丸岡町霞ヶ丘一の三七）。
⑦出版者、竹内靜（五堂）。

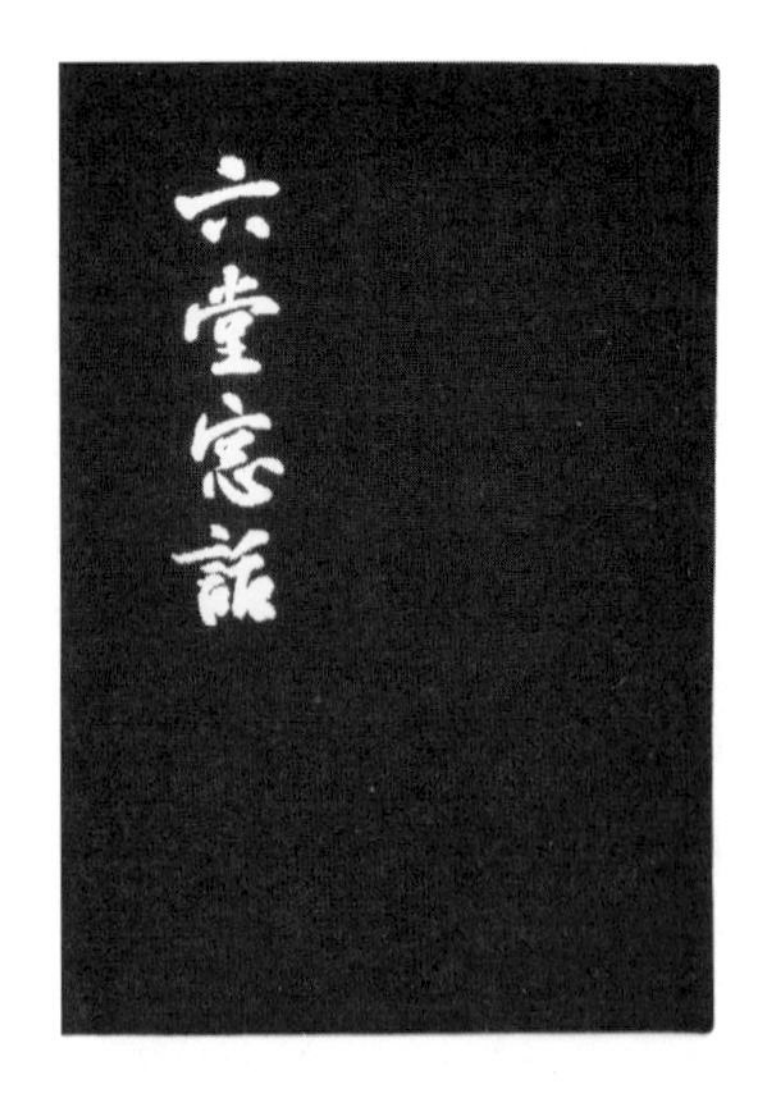

⑧出版年月日、奥付がなく不明であるが、「昭和五十二年十二月」付の（一九七七年）序文がある。
⑨丁・頁数、本文四四二頁、序跋十頁、目次七頁。全四六八頁。
⑩写真数、巻頭に三枚（四頁）、印度仏蹟巡拝記に六枚、合計十枚。
⑪体裁、洋綴。
⑫大きさ、縦十九cm×横十三・五cm×厚さ二・五cm。
⑬帙の有無、無。
⑭所蔵者、筆者。
⑮作者履歴、

明治十年（一八七七）一月一日生、昭和四十五年（一九七〇）一月七日没。九十三歳。

惜陰小学校の時に高橋先生から日本外史を学んだ。片寄徹先生（当時は七十の老儒）には十八史略を学んだ。

「父七平は村長をしていた。十八歳で結婚（妻十六歳）、毎朝、朝食前の二十分間は仏前で、阿弥陀経を読んだ。以後五十年以上続いた。毎月十日の夜は、金比羅神社に参拝し、神主を呼んで、一人で月例祭をした。三十年続いた。大正年間、引接寺の山主山田智善師（西教寺本山の管長）を尊敬し、仏縁を生涯感謝した」。

村会と郡会一期、村長を二期、そして、大正十二年県会議員に当選した。日野川の洪水で水落地係の堤防が決壊して良田が二十年間荒れ地になっていたのを耕地整理し事業を完成し、議員の四年間の任務を終えた。大

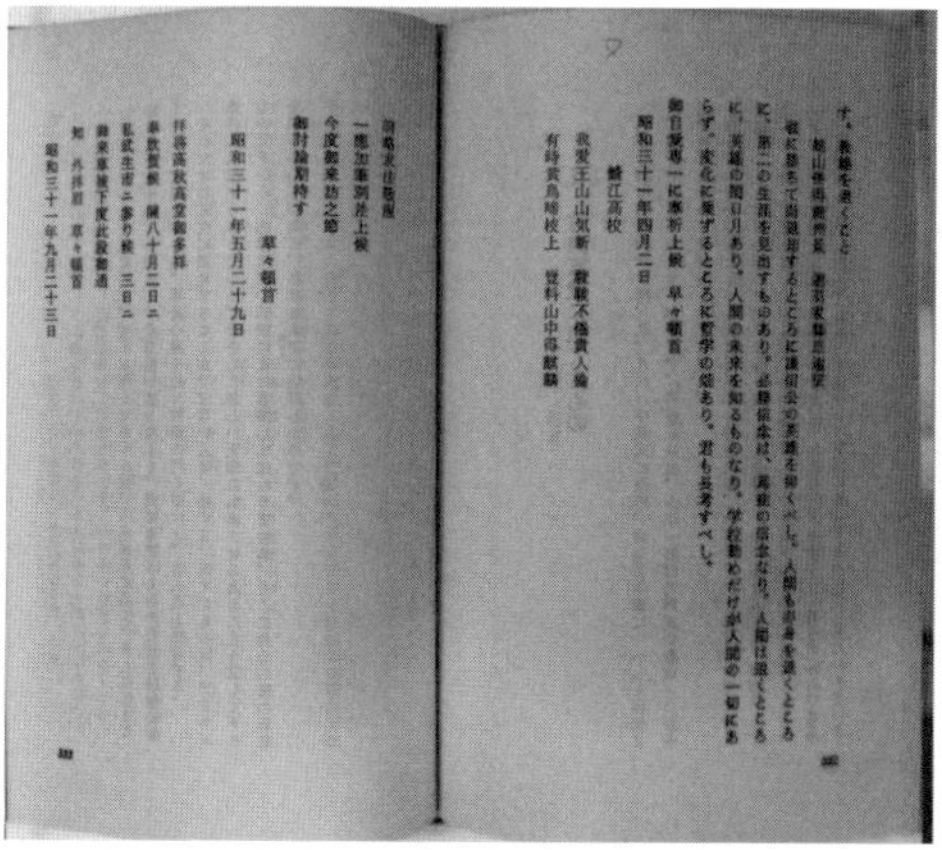

正時代の政党・民権運動には憲政会の福井県の幹事長として参加。

昭和十四年八月、忠霊塔を陸軍墓地に建設した。陸軍墓地の周囲は私有地であったので、背後の山とその前の窪地を埋め立てて、全部を神明村の公園地として、所有権の移転登記を完了した。

昭和十八年九月三十日、山本精機株式会社（資本金百万円）軍需工場社長となった。（静岡県沼津市、国産電機株式会社が親会社）飛行機の部品を作った。戦争が激しくなるにつれ、中学生、女学生の学徒を動員して五百名をくだらない福井県唯一の軍需工場として盛大であった。二十年八月の終戦と同時に、飛行機部品は廃品となり、総てが無に帰した。後、農機具製造に転換したが、労働争議のため、工場を閉鎖し、私財を投じて精算した。

「六十六歳で、地方政治からも、社会の第一戦からも引退し、その後三十年間を悠々自適した。若い頃、福井の富田厚積塾で、漢籍、漢詩の素読暗誦をやったが良かったといい、また母の兄、竹内淇、武生の土生彰、石橋重吉らの学識人との交流を懐かしがったという。

時局と政治には最後まで強い関心を示した。晩年、福島桑村、竹内五堂、二人の知己を得て楽しんだ。自分で作った戒名は、「南山壽昌居士」という。

⑯代表作品、
（注）扉に作者の肖像写真、次に二頁に渡ってこの詩を揮毫した写真がある。その下に「六堂先生の詩ならびに書」と記し、また、左に記した「読み下し文」、更に（三六四ページ参照）と記してある。（十四番作品）。これを代表作品としてあげておく。

北庄懐古　　六堂

命在天城樓露消、命は天城に在りて　楼は露の如く消え、
杜鵑叫絶夜寂寥、杜鵑叫び絶えて　夜は寂寥たり。
當年城上遺三鬼、当年の城上に三鬼を遺（のこ）す、
然後知松柏後凋、然る後知る　松柏の凋むに後るるを。
（押韻）消、寥、凋（平声蕭韻）

⑰余説（「構成」と「考察」）、
「構成」
序（米澤英悟）自序（五堂　竹内静）。
第一編　六堂窓話（三一話、副話十二）。
第二編　六堂仏教論文（二十二編）。
第三編　六堂書簡（1）福島治三郎氏宛（漢詩九首を含む）。
（2）竹内五堂氏宛（漢詩八首を含む）。
第四編　六堂詩（二十二編　五言二編・七言十九編。
＊第三編、六堂書簡に出ている詩は十七首である。その中、
福島治三郎氏宛の漢詩三一八頁の一首、
竹内五堂氏宛の漢詩三四六頁の一首、計二首は含まれていない。
第五編　我が父、六堂を語る。

女一名、男二名の三編、
竹内五堂の一編。
附　印度仏蹟巡拝記（竹内五堂）。以上。

「考察」

鯖江市水落町の山本雅雄、号は六堂の弟子、丸岡町の竹内靜（五堂）氏が、恩師の著作、書簡、詩作品、子女の文、更に自身でも一文を書き、編集された著書である。よく六堂師の全貌を伝えていると言える。独立した漢詩集ではないが、二十一編をまとめて編集しているので、その漢詩の世界を覗くことが出来る。また、人柄については、子息始め他の人の文章によって知ることが出来る。

⑱研究文献、「初探」第一稿の一三四番。「年次一覧表」一九八番。
⑲所収作品表（合計欄以外の数字は作品番号）、
第四編「六堂詩」に五絶七絶。合計二一首を収む。三一八頁の五言四句と三四六頁の七言四句を含めれば二十三首ある。

二五　『六堂窓話』

詩体			合計
五言	四句	16 18	2
七言	四句	1 2 3 4 5 6 7 8 9 10 11 12 13 14 15 17 19 20 21	19
合計			21

二六　福島桑村（治三郎）

（一）

①書名、『若越観光詩集』。
②巻数、一巻。
③冊数、一冊。
④著者名、福島桑村（治三郎）。
⑤編者名、松村鐵心。
⑥出版地、東京都。
⑦出版者、近藤清一。
⑧出版年月日、昭和四十四年（一九六九年）十一月二十三日。
⑨丁・頁数、写真（自宅に於ける桑村）一枚、まえがき、目次など二十八頁と本文五十六頁、（長男、桑村、長孫の写った）写真一枚「桑村小伝」四頁、合計八十八頁。
⑩写真数、六枚。
⑪体裁、洋装本。
⑫大きさ、縦十八・六㎝×横十三・五㎝×厚さ一・二㎝。
⑬帙の有無、無し。

⑭所蔵者、筆者。福井大学総合図書館（991—HUK）。

⑮作者履歴、詩集巻末の「桑村小伝」を筆記する。

原籍・福井県鯖江市旭町一丁目二ノ六。寄留地・東京都武蔵野市西久保一丁目三六ノ七。出生地・福井市城東町一丁目三ノ一二。出生年月・明治十年（一八七七）五月七日生。出身校・福井市旭小校、福井中学中退、福井師範卒。職歴・東郷校、師範附属校、敦賀尋高校長、敦賀女学校長。大正二年二月　教育効績状ヲ文相ヨリ受賞。大正四年三月退職、恩給証ヲ受ク。大正四年七月　福井紡績事務長。大正九年四月　服部紡績福井工場長。大正九年六月福井震災全焼。昭和三年　鯖江劇場取締役、三国電灯、武周電力、河野水電ヲ経テ越前電気取締役トナリ北陸電力ニ統合。兵役関係・六週間現役歩兵第三十六連隊ニ服務、幹部適任証ヲ受ク。家族関係・妻、六十五歳死亡。長女、福井経編取締役。長男、鉄道車両社長。次男、日本酸化代表取締役。長孫、三菱商事勤務。外六孫大学卒、各一家ヲナス。曽孫八名健在。趣味・旅行。漢詩。書道。絵画等。

⑯巻頭作品（または代表作品）、

氣比神宮

劫後神宮改築新　　劫後（やけあと）神宮　改築して新たなり。
朱門翠色境無塵　　朱門　翠色（みどり）にはえて境内に塵なし。

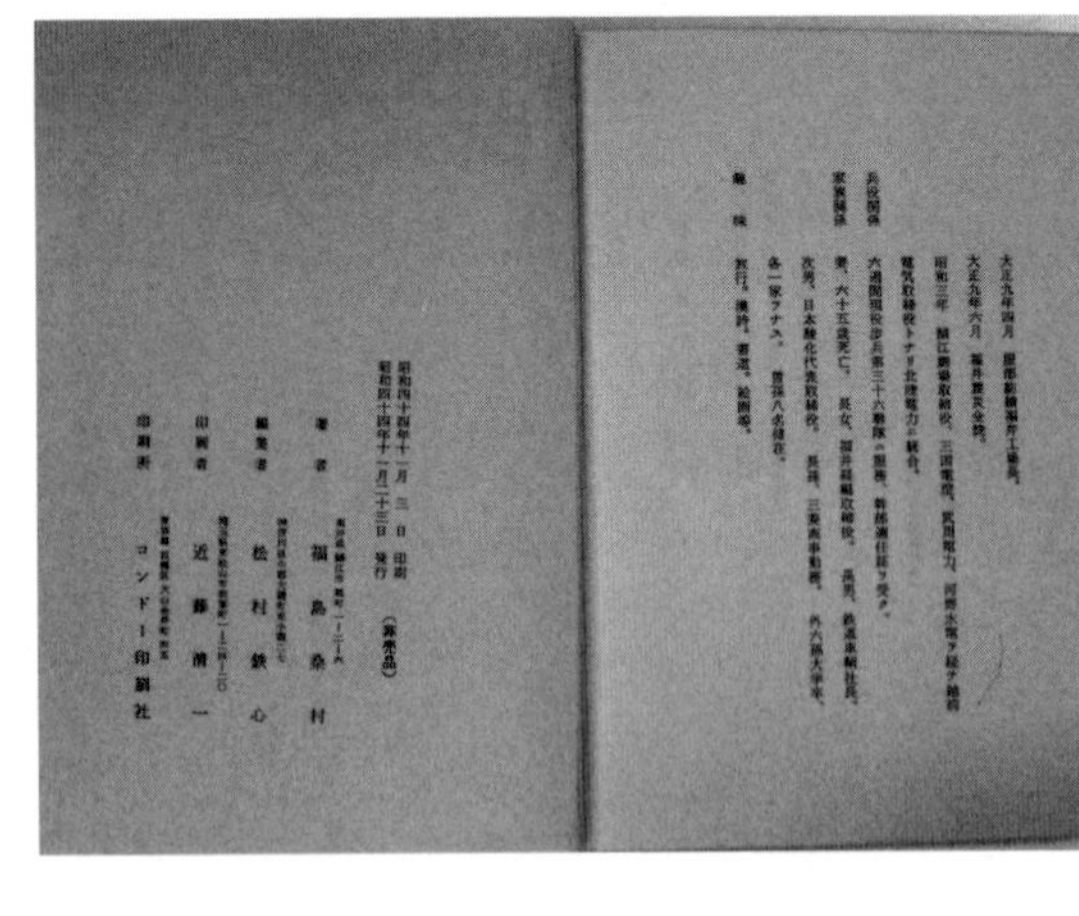
大正九年四月　服部紡績福井工場長。
大正九年六月　福井震災全焼。
昭和三年　鯖江劇場取締役、三国電灯、武周電力、河野水電ヲ経テ越前
電気取締役トナリ北陸電力ニ統合。
兵役関係　六週間現役歩兵第三十六連隊ニ服務、幹部適任証ヲ受ク。
家族関係　妻、六十五歳死亡。長女、福井経編取締役。長男、鉄道車両社長。
次男、日本酸化代表取締役。長孫、三菱商事勤務。外六孫大学卒、
各一家ヲナス。曽孫八名健在。
趣味　旅行。漢詩。書道。絵画等。

昭和四十四年十一月三日　印刷
昭和四十四年十一月二十三日　発行　（非売品）
著者　福島桑村
編集者　松村鉄心
印刷者　近藤清一
印刷所　コンドー印刷社

秋期祭禮萬人賽　　秋期の祭礼には万人賽す（まいる）。
赫々神靈海外振　　赫々たる神霊海外にまで振う。
注、訓読、（　）内の説明、共に詩集の表記による。
（押韻）新、塵、振（平声眞韻）。

⑰余説（「構成」と「考察」）、
「構成」

1自序　2序　3賀詩（七言絶句）　4祝歌（短歌）

本文は一頁に一首、四十一首。全て七言絶句。

越前海岸（十五景）若狭海岸（五景）嶺北名所（十七景）　嶺南名所（四景）。

「考察」

賀詩、祝歌を贈られ祝福された詩集である。詩は福井県の名所を詠った観光詩集である。
⑱研究文献、「初探」第一稿の五五番。「年次一覧表」の一八九番。
⑲所収作品表（合計欄以外の数字は作品番号）、
・自序（福島治三郎）一編。
・序（大上信雄、山本錄堂氏、大東和德雄）三編。
・賀詩（西脇呉石、橋川子雍、太刀掛呂山）七言絶句、三編。
・祝歌（短歌）（杉浦白鷗、松村鐵心）二首。

本文（漢詩）は一頁に一首、四十一首で、全て七言絶句である。内容と作品番号を示す。

二六（一）『若越観光詩集』

詩体	七言四句		合計
（内容）			
	（越前海岸、十五景）	1番～15番	15
	（若狭海岸、五景）	16番～20番	5
	（嶺北名所、十七景）	21番～37番	17
	（嶺南名所、四景）	38番～41番	4
合計			41

（二）

①書名、『近詠詩集』。
②巻数、一巻。
③冊数、一冊。
④著者名、福島桑村（治三郎）。
⑤編者名、福島嚴（子息）。
⑥出版地、福井県鯖江市旭町一―二―六。
⑦出版者、福島嚴（子息）。

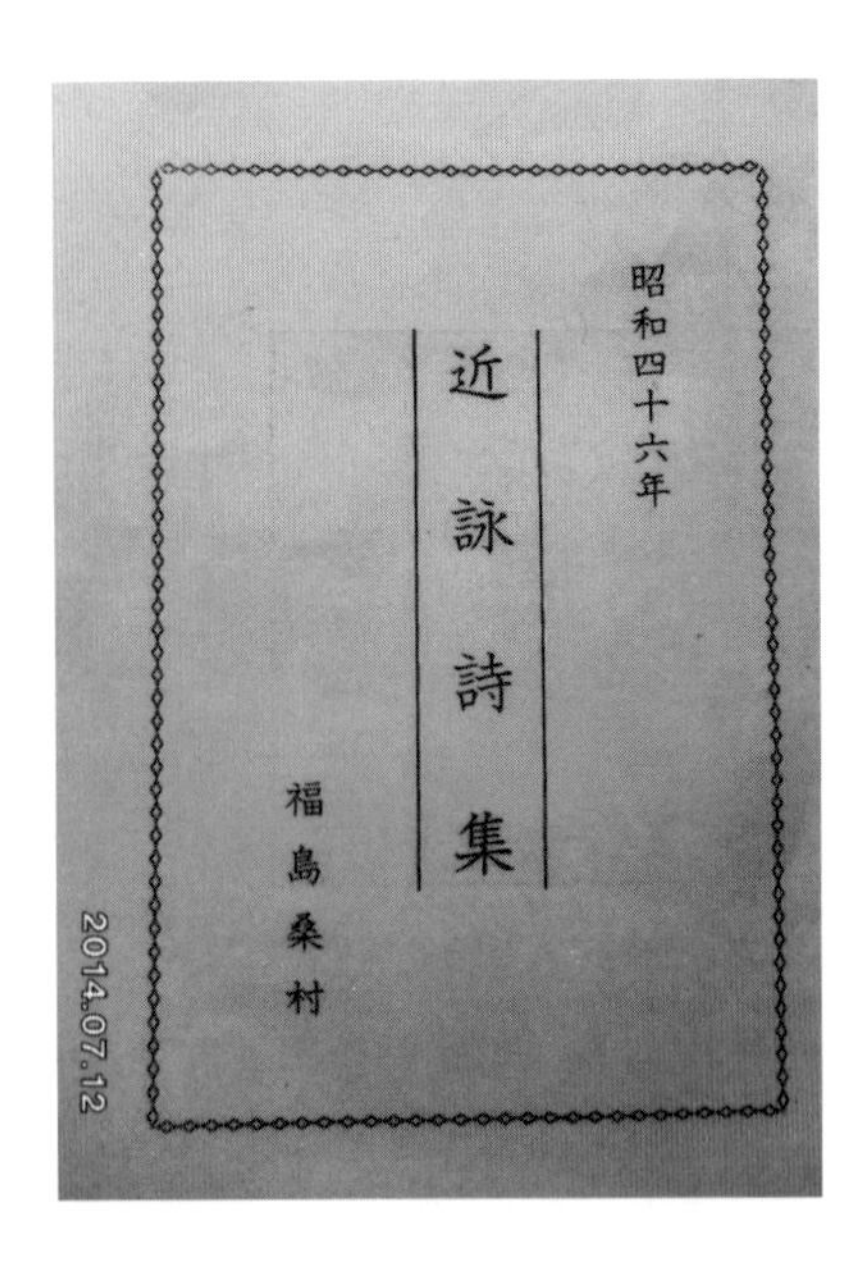

⑧出版年月日、昭和四十六年（一九七一年）八月発行。

⑨丁・頁数、十四頁。

⑩写真数、一枚（在りし日の桑村の上半身）（表紙裏に掲載）。

⑪体裁、洋装・並製。

⑫大きさ、縦二十六cm×横十九cm。

⑬帙の有無、無し。

⑭所蔵者、筆者、福井大学総合図書館（991—HUK）。

⑮作者履歴、詩集巻末の「桑村小伝」を筆記した。（一）を参照のこと。

⑯巻頭作品（または代表作品）、

訪欧親善　　　欧を訪はるる親善

天皇訪欧是空前　天皇の欧を訪はるるは　是れ空前にして、
此報今聞萬感牽　此の報　今聞き万感をば　牽かる。
我祈平安欣不寝　我は平安を祈り　欣びて寝られず、
新詩已詠欲蕭然　新詩は已に詠ずるも　蕭然たらんと欲す。

（押韻）前、牽、然（平声先韻）

⑰余説（「構成」と「考察」）、

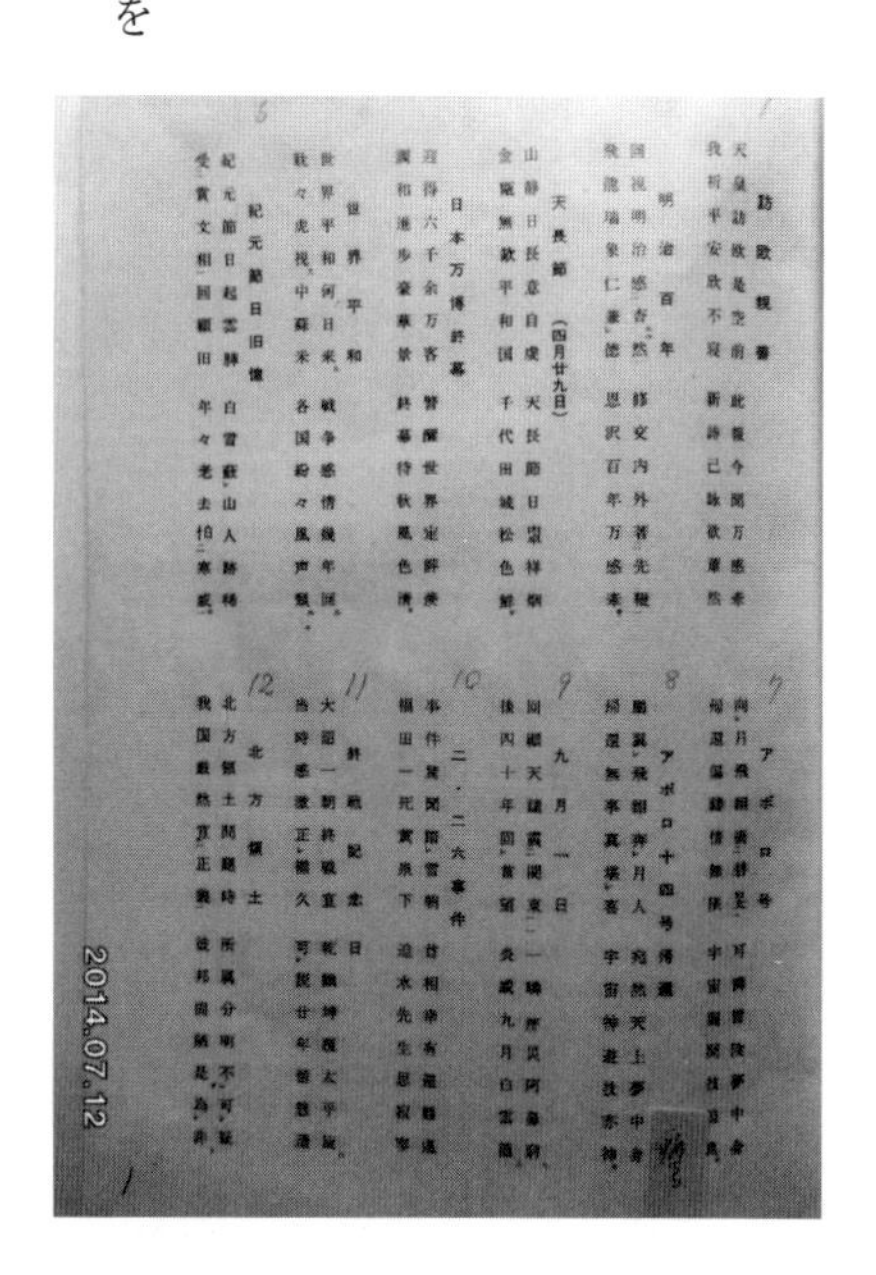
訪欧親善
天皇訪欧是空前　此報今聞万感牽
我祈平安欣不寝　新詩已詠欲蕭然

明治百年

天長節（四月廿九日）
山静日長意自虔　天長節日祟祥烟
金甌無欠平和国　千代田城松色鮮

日本万博終幕

世界平和
世界平和何日来　戦争感情幾年回

紀元節日旧懐

アポロ号

アポロ十四号帰還

九月一日

二・二六事件

終戦記念日

北方領土

2014.07.12

「構成」

各頁、題名と本文で三行。六首ずつの二段組である。全作品が七言四句で、一頁から十四頁までである。合計百五十七首である。

「考察」

詩題、内容は極めて多岐にわたる。日本、世界の時事（歴史上の事件、国際問題、国内の事件）、歴史上の人物、現存の政治家などの人物評、個人及び家族の慶事、風景描写等である。

詩人の対象に向かう姿勢に年齢を感じさせない若さがある。詩作が、詩人に長命をもたらした一因かも知れない。

⑱研究文献、「初探」第一稿の三二一番。「年次一覧表」一九三番。

⑲所収作品表（合計欄以外の数字は作品番号）、

詩体	七言 四句	合計
	1～157	
合計		157

二六（二）『近詠詩集』

各頁、題名と本文で三行。六首ずつの二段組である。全作品が七言四句で、一頁から十四頁までである。

二七　福嶋紫山（隆治）

①書名、『漢詩集　羅無流（襤褸）』（第一號～第四十六號）。
②巻数、四十六巻。
③冊数、四十六冊。
④著者、福嶋紫山（隆治）。
⑤編者名、福嶋紫山（隆治）。
⑥出版地、福井県鯖江市。
⑦出版者、福嶋隆治（紫山）。
⑧出版年月日、⑰に記載。
⑨丁・頁数、⑰に記載。
⑩写真数、？。
⑪体裁、洋本。⑰に記載。
⑫大きさ、第一号は二〇cm×一三cm、第十一号は二四cm×一六・五cm。他も大略同じ。
⑬帙の有無、無し。
⑭所蔵者、筆者。
⑮作者履歴、福嶋隆治、号は紫山。大正五年二月十八日、福井県今立郡中河村下河端に生まれる。祖は豊臣秀吉の

臣・福島正則。現在の本家の戸主は十二代目、著者は十代目の末子。福井県立武生中学校卒業。昭和八年満州に渡り、南満州鉄道株式会社に勤務。昭和二十一年十月に日本に引揚ぐ。時に三十歳。武生にて日野土地改良区事務局長として三十年間、かんがい排水事業に従事。昭和五十四年より、武生八田労務管理総合事務所の年金相談員等を経歴。鯖江市三六町において、平成二〇年（二〇〇八）三月四日没。（菩提寺）鯖江市平井町平等会寺。（戒名）妙法深法院隆道日治信士。

⑯巻頭作品（または代表作品）、

生命不思議　瞠嬰兒　　生命の不思議　嬰児を瞠（みつ）めて

1　吾瞠一嬰兒　吾は瞠（みつ）む一嬰児を、
2　而有感神祕　而して神秘を感ずること有り。
3　桃李競姸笑　桃李　姸を競いて笑い、
4　蜂蝶求蜜飛　蜂蝶　蜜を求めて飛ぶ。
5　直逸千億雄　直（ただ）に逸（はや）る千億の雄、
6　偏待數百雌　偏に待つ数百の雌。
7　宇宙逢二星　宇宙に二星逢い、
8　砂漠遇兩蟻　砂漠に両蟻遇うがごとし。
9　一瞬乾坤合　一瞬　乾坤　合し、
10　十回月盈虧　十回　月　盈虧（みちかけ）す。

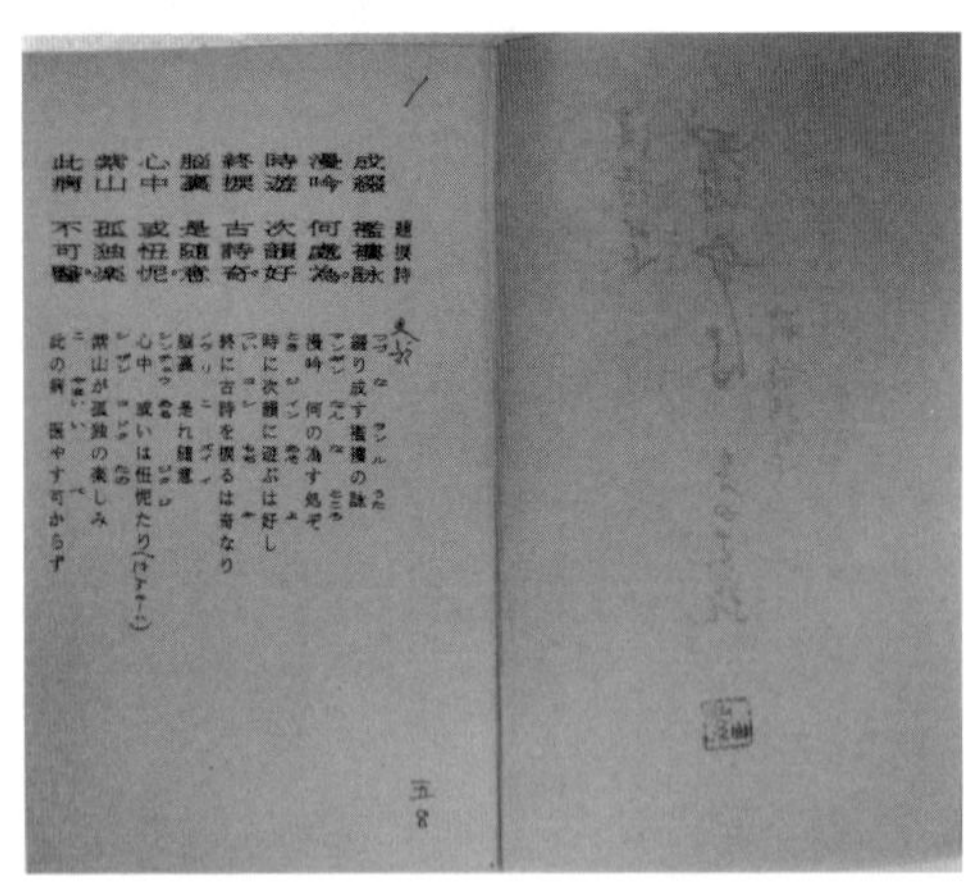
綴成襤褸詠
漫吟何處為
時遊次韻好
終探古詩奇
脳裏是随意
心中或忸怩
紫山孤独楽
此病不可醫

綴り成す襤褸の詠
漫吟　何の為す処ぞ
時に次韻に遊ぶは好し
終に古詩を探るは奇なり
脳裏　是れ随意
心中　或いは忸怩たり
紫山が孤独の楽しみ
此の病　医やす可からず

11　四肢九竅完　四肢　九竅　完（まっ）たく、
12　五臟六腑備　五臟　六腑備わる。
13　栗樹實堅栗　栗の樹は堅き栗を実らせ、
14　梨花結圓梨　梨の花は円き梨を結ぶ。
15　千古無急變　千古　急変　無く、
16　永劫復如此　永劫　復（また）　此（かく）の如し。
17　草木是自然　草木は是（これ）　自然にして、
18　人身亦物理　人身も亦　物理なり。
19　不教吸乳房　教えずして乳房を吸い、
20　不違排尿屎　違えずして尿屎(にゅうし)を排す。
21　訴餓泣聲高　餓えを訴えて泣き声高く、
22　貪睡氣息微　睡りを貪りて気息微かなり。
23　青瓜熟瓜蔓　青き瓜は瓜蔓に熟し、
24　紺茄成茄卉　紺の茄（なす）は茄の卉（なえ）に成る。
25　梅咲春鶯告　梅咲いて春鶯（うぐいす）告げ、
26　菊發秋雁知　菊發（ひら）いて秋雁知る。
27　四序各哀歡　四序　各おの哀歓、

28　三界別悲喜　三界　悲喜を別（わか）つ。
29　浮世有老病　浮世老病有り、
30　萬象不免死　万象死を免れず。
31　何處天命下　何処よりか天命の下り、
32　常動欲生志　常に動く生きんと欲するの志。

五言古詩一百四十字

昭和四十九年初孫生誕の時　紫山

（『羅無流』第四十号に再録の作品。）

（前川注、作者履歴及び代表作一首の選択と読み下し文は作者の意見による）。

⑰余説（「構成」と「考察」）、

「構成」

詩集の数が極めてが多いので、発行された詩集全体の概要を記すこととする。

(以下の記述は、作者が生前（平成一七年十一月頃）前川の求めに応じて記したものである）。

第六集は夏目漱石次韻詩の特集である。第九集は百人一首漢訳の特集である。第十五、十六、十七集は古稀吟の第一、二、三集である。

第一集から第五集までは抜萃した詩集。第六集は全詩集。第七集から第十四集までは草稿全詩集である。第十五集より第二十二集までは抜萃詩集である。なお、第八集には中国古詩和訳二十六首を含む。

昭和五十年から五十二年までの間が抜けているのは、公表しなかっただけであり、草稿はある。約六〇〇首である。また、第十五集より第二十二集までは、自選抜萃編集した詩集であるが、草稿のままのものは約七〇〇首である。

発行部数。第一集から第五集までは活字本で、各々約六〇部。仮綴刊本。第六集はコピー本で、三〇部。第七集から第十四集までは草稿コピー本で、一〇部程度。第十五集から第十八集までは活字本、第十九集から第二十二集まではコピー本で、八〇部から一〇〇部作成した。第六号以降は自筆のコピー袋仮綴。

別冊「風顚」及び「続風顚」二四〇首は寒山詩の次韻詩である。（「風顚」ふうてん　勝山市の黒田沐山居著、寒山詩の和訳本の題名「ふうてん」を借用した。〈武生市図書館収蔵〉）。特集「ふれあいの詩」三八首は作家司馬遼太郎氏、杉本苑子氏等の著作に対して感想詩を贈り、丁重なるご返事を頂戴したものを再集録したものである。また、三七号の五言絶句六七首は頼鴨崖が一八四〇年北海道江差で一日百韻百首を作詩したものの中から選んで次韻したものである。

（前川記）福嶋氏は、以前作品などについて、前川の質問に答えたことがある。それについては『星海』（前川の漢文・中国文学関係記事を載せる個人誌で不定期刊）の第3号の記事（平成十五年三月）を参照。福嶋氏の作品は、いわゆる自由詩である。福井県では、作品集が最も多い作者である。

「羅無流」は「襤褸」の当て字として用いたものである。初期の詩集には奥付に「羅無流〔＝襤褸〕」と記している。「襤褸」は、へりをとってない衣服。ぼろ。つづれ。自作品を謙遜して言ったものであろう。揚雄（前五三―一八）の「方言」に「凡人貧、衣被醜弊、或謂二之襤褸一」とある。これをふまえたか。

⑱研究文献、「初探」第一稿以後、『羅無流』の記事が八回あるが、一号から四六号までを網羅してはいないので省略する。作品集『羅無流』については、本書のこの⑰「余説」の「構成」の作者の説明と⑲「所載作品表」をみるのが便利である。「年次一覧表」一三八番。

⑲所収作品表、

(作品表の第四三号までの部分は、作者の自筆による。それ以後の部分は、作者から贈られた『羅無流』の四四、四五号の目次の記載による。また、最終号の四六号は、前川が作品を調査して作品数を記述したものである)。

二七　『羅無流』(襤褸)(第一號~第四十六號)

号数	発行年月日	干支	頁数			絶句		律詩		古詩俳律		詩合計数
			本文	付記	合計	五言	七言	五言	七言	五言	七言	
襤褸1	昭和44・2・18	己酉	146	26	172	0	312	4	7	8	6	337
〃2	45・2・18	庚戌	94	7	101	0	129	6	9	4	3	151
〃3	46・1・31	辛亥	112	4	116	41	82	5	8	18	5	159
〃4	47・2・18	壬子	118	3	121	57	38	18	27	14	0	154
〃5	49・2・18	甲寅	103	2	105	12	35	21	9	19	4	100
〃6	53・2・18	戊午	64	64	128	0	0	0	64	0	0	64
〃7	54・2・18	己未	176	24	200	10	83	1	26	1	4	125
〃8	55・2・18	庚申	80	4	84	1	38	1	21	1	7	69

号	年月日	干支										
襤褸9	55・10・10	〃	50	14	64	100	0	0	0	0	0	100
〃10	56・2・18	辛酉	68	4	72	3	69	1	19	1	3	96
〃11	57・2・18	壬戌	124	14	138	9	116	4	29	6	10	174
〃12	58・2・18	癸亥	154	10	164	5	117	9	38	3	18	190
〃13	59・2・18	甲子	152	4	156	10	112	25	42	15	8	212
〃14	60・1・10	乙丑	84	4	88	2	95	10	27	4	6	144
〃15	60・6・5	〃	82	9	91	0	3	3	36	3	6	51
〃16	61・2・18	丙寅	64	10	74	0	41	9	33	3	6	92
〃17	62・2・18	丁卯	76	10	86	6	41	5	27	8	9	96
〃18	63・2・18	戊辰	106	11	117	3	56	25	32	8	12	136
〃19	63・11・1	〃	122	4	126	8	24	12	57	11	5	117
〃20	平成1・10・1	己巳	93	4	97	6	45	18	18	14	7	108
〃21	2・9・1	庚午	139	3	142	6	44	32	60	9	4	155
〃22	3・7・31	辛未	118	14	132	7	44	22	58	5	6	142
合計			2325	249	2574	286	1524	231	647	155	129	2972

号数	発行年月日	干支	頁 本文	頁 付記	頁 計	絶句 五言	絶句 七言	律詩 五言	律詩 七言	古詩	計
檻褸23	平成4・7・10	壬申	102	10	112	6	41	13	57	3	120
〃24	5・6・10	癸酉	125	7	132	10	56	18	64	4	152
〃25	6・2・18	甲戌	113	7	120	5	25	32	54	8	124
〃26	7・2・18	乙亥	149	15	164	8	21	16	146	12	203
〃27	7・12・1	〃	137	5	142	1	3	19	55	6	84
別冊風顛	8・4・1	丙子	141	5	146	2	0	138	0	0	140
続風顛	8・4・10	〃	99			0	0	100	0	0	163
檻褸28			53	12	164	2	19	15	26	1	
檻褸29	8・11・1	〃	104	5	109	2	26	24	45	4	101
〃30	9・7・1	丁丑	122	11	133	9	34	26	60	8	137
特集ふれあいの詩	9・11・1	〃	44	38	82	1	3	3	22	9	38
檻褸31	10・11・30	戊寅	141	15	156	3	19	71	51	4	148
〃32	10・10・1	〃	132	11	143	7	26	34	70	7	144
〃33	11・3・20	己卯	107	8	115	4	33	31	47	6	121

総合計	合計	〃46	〃45	〃44	〃43	〃42	〃41	〃40	〃39	〃38	〃37	〃36	〃35	襤褸34
		19・10・	19・4・1	18・9・5	17・11・1	16・11・15	16・2・1	15・8・8	15・1・20	14・4・1	13・10・1	13・1・15	12・5・1	11・10・20
		丁亥	丁亥	丙戌	乙酉	甲申	甲申	〃	癸未	壬午	〃	辛巳	庚辰	己卯
5483	3158	49	110	106	129	198	154	110	119	113	134	114	128	121
510	261	3	8	8	3	8	11	7	9	10	10	10	15	10
598	3415	52	118	114	132	206	165	117	128	123	144	124	143	131
571	285	10	17	19	11	19　別30	7	17	6	2	67	8	8	4
2033	509	23	25	18	20	21	20	9	7	4	16	11	19	10
1251	1020	13	32	28	24	39	46	42	52	50	29	41	47	37
1667	1220	7	20	34	36	65	21	27	54	41	59	50	51	58
324	195	5	5	4	12	2	41	6	11	8	1	9	8	11
6202	3230	58	99	103	103	176	135	101	130	105	172	119	133	120

二八　高岡蓬山（和則）

①書名、古稀記念『蓬山閑吟集』、内古稀記念『蓬山閑吟集二』、喜寿記念『蓬山閑吟集三』、傘寿記念『蓬山閑吟集四』。
②巻数、各一巻（合計四巻）。
③冊数、各一冊（合計四冊）。
④著者、高岡蓬山（和則）。
⑤編者名、高岡蓬山（和則）。
⑥出版地、鯖江市住吉町二丁目一六―二〇。
⑦出版者、高岡蓬山（和則）。
⑧出版年月日、一集は一九九七年十月二五日、二集は二〇〇二年四月三十日、三集は二〇〇五年五月二十七日、四集は二〇〇八年三月二十五日。
⑨丁・頁数、一集は一七〇頁、二集は一八二頁、三集は一八二頁、四集は一六四頁。
⑩写真数、一は七十四枚、二は七十五枚、三は六十八枚、四は三十五枚。（いずれもカットを含む）。
⑪体裁、洋装並製。
⑫大きさ、縦二十一㎝×横十五㎝、厚一㎝。
⑬帙の有無、無し。

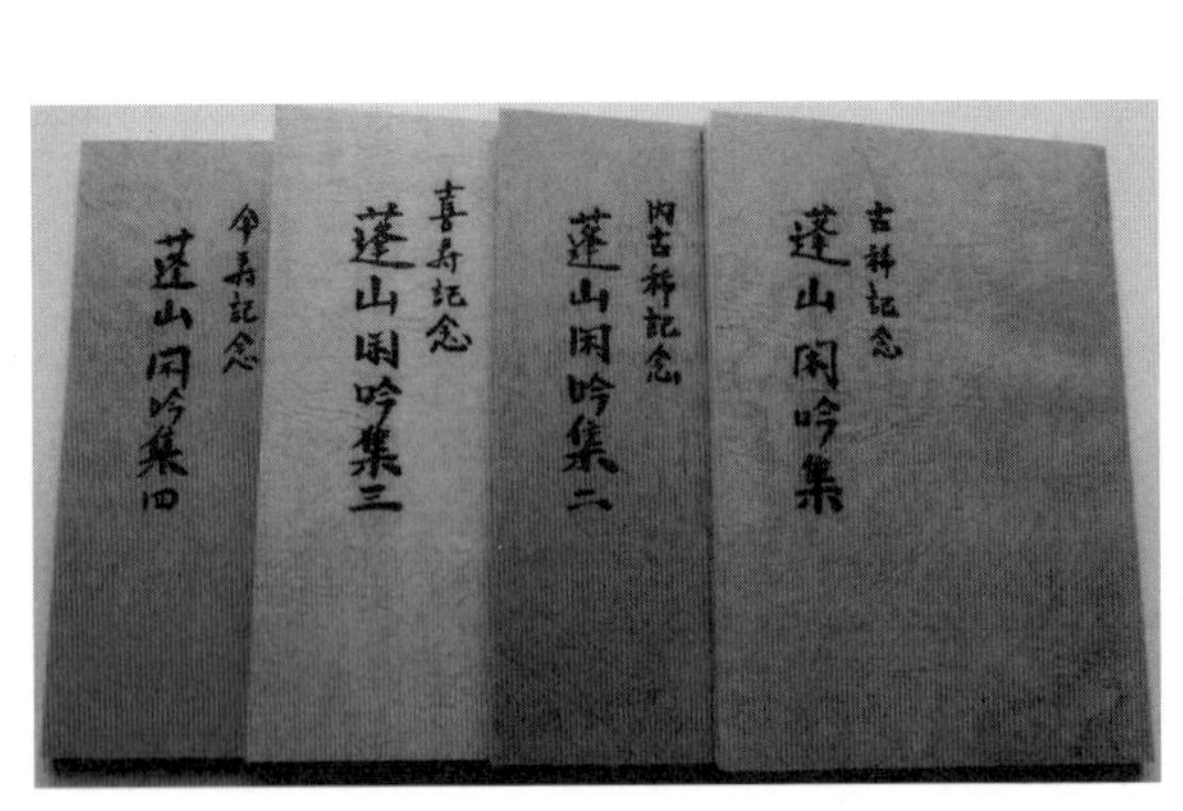

⑭所蔵者、筆者。

⑮作者履歴、高岡和則、号は蓬山。昭和三年（一九二八）十二月福井県坂井郡高椋村（現丸岡町）に生まれる。

昭和二十三年三月官立福井工業専門学校化学機械科卒後、化学教室勤務、同二十四年八月大学昇格に伴い福井大学学芸学部化学教室勤務、同四十一年名称変更により福井大学教育学部勤務。昭和三十九年度文部省内地研究員として京都大学理学部へ留学し、同四十二年五月「京都大学理学博士」の学位記取得。

昭和四十二年四月、新制の国立福井工業高等専門学校（福井高専）工業化学科へ転勤。同五十五年三月文部省在外研究員として米国クラークソン工科大学・ミシガン大学及びフロリダ大学へ短期留学。

平成四年（一九九二）三月定年退職。福井高専名誉教授。京大理博。鯖江市住吉町二丁目に隠栖す。

平成四年四月、定年と同時に福嶋紫山の「鯖江漢詩会」に入会、平成十五年三月師の米寿を迎えるを機に閉会。同四月に永井光龍創設の「越風吟社」に入社。

平成九年古稀を記念して『蓬山閑吟集』を、同十四年家内（夫人）の古稀を記念して『蓬山閑吟集二』、及び同十七年春、喜寿を記念して『蓬山閑吟集三』、傘寿を記念して『蓬山閑吟集四』を上梓す。

現在、福井県漢詩人協会及び全日本漢詩連盟会員。

⑯巻頭作品（または代表作品）、

作詩考（【閑吟一七七】）

【読方】

毎存適意欲留之　意に適うこと存る毎に之を留めんと欲し、

則律調諧成賦辭　律に則り調諧し賦・辞と成す。
非只詩語拾收飾　只　詩語の　拾収して　飾るのみに非ず、
自曲自吟心自怡　自ら曲し自ら吟じて心自ら怡しむ。
【語義】《適意》心にかなう。《則律》近体詩の規則にのっとる。《調諧》整え、和らげる。《賦辞》辞賦。韻文で、叙情的なものを辞、叙事的なものを賦という。《拾収》ひろいおさめる。転じて、乱れたものを整理する。収拾。
【備考】上平四支押韻の平起式七言絶句。平成十五年仲夏の午後、かまびすしい庭柯の蟬声を聞きながら、騒友と異なる我が作詩法に独り悦にいり、これを賦して閑吟したものである。
（前川注、作者履歴及び代表作一首の選択と、その【読方】、【語義】、【備考】は作者の意見による。）

⑰余説、
鯖江には、以前、紫山を中心にして蓬山らが詩作をする詩会があったが、現在はない。
⑱研究文献、資料、「年次一覧表」の二二七、二二九、二三六、二四二番。
⑲所収作品一覧表、
（作品は、五言絶句、五言律詩、五言排律、七言絶句、七言律詩、である。）
古希記念『蓬山閑吟集』（第一番～第五十二番）
内古希記念『蓬山閑吟集二』（第五十三番～第一二五番）
喜寿記念『蓬山閑吟集三』（第一二六番～第二〇六番）
傘寿記念『蓬山閑吟集四』（第二〇七番～第二七八番）以上。

書誌編の終わりに

鯖江藩の漢詩・漢文作者とその著作の概略は上述の通りである。三つの期についての考察の結果を記したい。

第一期は、漢学が主流であった時代の風潮が、藩校の教育を通して藩士たちの生活に強く影響していた。また、漢詩の勉強の会が、勤務に準ずる生活に直結する行事であったと考えられる。藩士の場合には半ば義務になっていたと思われるのである（『鯖江藩学制』に心得るべきことの一つとして「詩文会ノ節、御家中一同心掛候ハ、先年被二仰出一候通、出席可レ致事。」とある）。思想は四書や、左国史漢等を読むところから儒教（学）であったと考えられる。

この時期の漢詩作家について記す。菅原小丘園は、詩人らしい文学的な詩を書いた。大郷浩齋は、詩、文共に出来た人であるが、文章家としてより優れている。大郷學橋は詩人として優れている。二人の藩主の詩集は、創作時期が限られており、両藩主とも藩士の上に立つという立場が、詩にも表れているところがある。鈴木大壽の詩は藩の医師としての立場から、江戸の名所などを詠じているところが目立つし、それが特徴であるともいえる。青柳柳塘の詩は藩士の詩を代表するものである。松谷野鷗は、隠居の自由な身分の心情を描いており、近代化していく国家と鯖江の空気を伝えている一面もある。橋本政恒と橋本政武は、和歌（短歌）の創作に力を入れた人で、彼らの漢詩が和歌とどう関係するかを見るのも一つの研究主題となるであろう。高島丹山は県外の詩人との交流を盛んに行っており、新しい傾向である。

第二期は、第一期の教育が塾や小学校でも続けられていたから、藩政時代ほどの強い拘束力はないが、精神面ではかなり強い儒教的な考え方の影響が続いていたと考えられる。竹内箕堂、小泉了諦、鷲田南畝は、古い漢学の世界の雰囲気を伝えている。また、人生記録的であるところは共通しているが、小泉の作品は仏教者として感覚が、詩境に他との違いを出している。鷲田は、文人的なところもある。また、高島碩田は作品は少いが、丹山の嗣子として漢詩を通じた交遊をしており、漢詩の素養を身につけた人であると言える。山田秋甫、岡井愼吾の教養は漢学であるが、一方は地方史研究者、もう一方は学者としての特徴が出ている。

第三期では、子供の頃に藩校の教師の教育を受けた人が少数残っており、そういう人から影響を受けた人が、社会的にも活躍していた例が見られる。思想的には儒教的な面が見られる。それは山本六堂、福島桑村などである。二人は漢詩を嗜んでいる。山本は仏教に帰依しており、福島は山本より儒学的である。福島は山本からかなり仏教を学んでいるようにも見える。しかし、漢詩は山本の比ではなく、圧倒的に多い。

福嶋紫山や高岡蓬山などは、独学で漢詩を学び、趣味として作っている。自由な発想で、儒学的なものはほとんど無い。

その点について云えば、第一期、第二期の作家たちの作品と比べると、儒学に偏しない、あるいは囚われない面白味がある。漢詩が発想の面で、口語自由詩の世界に近よっているといえる。

特に平仄にこだわらない福嶋紫山にはその傾向が強い。それは、漢詩という形式の平仄律にこだわらずに読めば、活脱で面白い作品を作っているといえる。例えば、夏目漱石の漢詩に次韻したり、百人一首を漢訳したり、寒山や良寛をとり上げたりして独自の世界を作り上げていることである。三つの期を見渡したとき、菅原小丘園は正統派漢詩作者として、福嶋紫山は、その反対の漢詩作者として対照的な詩人であると言えよう。

第三章【論考編】

論考編の初めに

鯖江には、藩政時代の詩会の漢詩集がかなり残っている。また、鯖江町、鯖江市の時代に入ってからも、個人の詩集が人数としては多くはないが発行されて来ている。ところが、これらについての研究はほとんど為されていない。本編には、論考六編、注釈一編、評釈二編、書籍の紹介二編を収めた。これらは、先行研究がない中で、筆者が手探りで研究をして来た結果を文章にしたものである。従って荒れ地に鍬を入れ始めたばかりのようなものもあるが、鍬を入れてみて、これは耕してみる価値があるという感触を得た時の文章でもある。それ故これらが今後鯖江の漢詩文集を研究する際の多岐にわたるかも知れない道の小さな道標の一つにでもなるならば望外の幸せである。

第一節　論考

一　鯖江藩における「漢詩」學習の研究　―「詩會詩集」十六種の構成と考察―

本稿は福井県鯖江市に現存する旧鯖江藩関係の漢詩勉強会、及び行事の際に行われた漢詩創作の会合の「漢詩集」

を研究し、鯖江藩における漢詩学習と創作活動の状況を明らかにすることを目的とする。

本題に入る前に、藩における詩文の学習の基となった「藩校の規則」と「研究資料」について説明をしておきたい。（「藩校の規則」は序説編の記事と少し重複するところがあるが、分かり易くするためであるので諒解して戴きたい）。

「藩校の規則」

一七八八年（天明八年）京都より、藩儒臣として鯖江藩に招かれた芥川元澄（思堂）は家塾を開き、藩士並びにその子弟の教育に当たった。文化十一年（一八一四年）五月一日、六代藩主詮充（あきざね）（一八一二・文化九年～一八一四年・文化十一年、藩主在職二年四ヶ月）は中小路に稽古所を創立し、思堂の子玉潭（轍）を師範とした。稽古所では、孝経、・小学・近思録・四書・五経・左国史・漢などの書籍を、朝五ツ時（午前八時）から昼九ツ時（正午）まで教えた。午後は日を定めて講釈や数人が輪番で次々講義をする輪講、詩文会が行われた。

七代藩主詮勝（あきかつ）（一八一四年・文化十一年～一八八四年・明治十七年、藩主在職四十八年二ヶ月）は天保十三年（一八四二年）には稽古所を「進徳館」と改めた。詮勝は弘化三年（一八四六年）に進徳館規則・学規・職名及び俸禄・祭儀など学制の詳細にわたって改定をし、藩校の発展を図った。

進徳館規則によれば、一月十二日が学校開きで、始業は十七日、終業は十二月十六日で、あとは休業とし、春秋二回儒学の祖孔子を祀る丁祭を行った。授業は、午前中は素読・復読・教示が行われた。午後は三・八の日は歴史、五・十の日は復読、七の日は講釈、四・九の日は輪読、二の日は詩文会が実施された。五日に一日休日があったが、ほかに五節句・盆・祭礼・藩主に総出仕した日も休みとなった。

（注1）鯖江市史編纂委員会『鯖江市史通史編』上巻　第六節　近世の文化（七一八頁～七二九頁）鯖江市役所平成五年三月十日発行を参照。
詳しくは、『鯖江市史』資料編　別巻　地誌類編の「越前鯖江藩学制」や『日本教育史資料』の「鯖江藩」の箇所、などを参照。

「研究資料」

鯖江藩第八代藩主間部詮實（あきざね）（一八三〇年・文政十年～一八六三年・文久三年、藩主在職一年）は、古今のいろいろな文献や資料を写し取り、また自分の見聞したことを筆まめに記録している。それらは「汲古窟信筆」「待月亭謾筆」「待月亭閒筆」「待月亭雑誌」（文庫の表紙は平均縦二六・五㎝×横一八・九㎝である）と題されるもので、八一巻からなっている。（これは「安房守文庫」（注2）と総称される）。これらの中には個人の作品を筆写した「個人の漢詩集」があるが、他に藩士の漢詩勉強会の作品を記録した「詩文会の作品集」及び、年賀や花見の際の「詩会の作品集」とも言うべき「漢詩集」が見られる。

（以後これらの「作品集」を「詩会詩集」と呼ぶことにする）。

本稿では「安房守文庫」（植田命寧氏所蔵）に収められている「詩会詩集」十三点と「芥川家」「鯖江まなべの館」及び「福井大学総合図書館」が各一点ずつ所蔵する合計三点との合計十六点を研究の対象として取り上げる。

なお、次に挙げた（一）（二）（三）（五）（六）（八）（十三）（十五）の詩集には七代藩主詮勝（あきかつ）の雅号「松堂」が見える。しかし、詩会が催されて作品集が成立したのは（一）は嘉永一年（一八四八）であり、（十五）は文久三年（一八六三）である。詮勝（あきかつ）は、慶応元年（一八六五）五月十五日、謹慎赦免。二十日、剃髪して松堂と改称した（『鯖江郷土誌』一五二頁参照）。従って、一八四八年及び一八六三年にはまだ松堂とは号していないことになっている。しかし、この八つの詩集は松堂と記述している。

また、詮實は文久三年・一八六三年十一月に死去している。左記の一六種の詩集も同年までに成立していると見られる。その詩集に「松堂」と記すのは、これらは、後年の写本であり、写本作成時の状況によって記述したためであると考えられる。（そうでなければ「松堂」を早くから号していたことになる）

研究する詩集は以下の一六種の詩集である。

（一）「常足齋遺事」（「芥川家文書」所収）天保十三〜嘉永元年・一八四二〜一八四八年成立。
（二）「汲古窟詩集」（青柳家蔵・鯖江まなべの館所蔵、写本）弘化元年・一八四四年成立。
（三）「進德詩集」（福井大学総合図書館所蔵、写本）嘉永二年・一八四九年成立。
（四）「進德館詩集」（「汲古窟信筆」第九巻所収）嘉永三年・一八五〇年成立。
（五）「嘉永三庚戌戲歴附新年之作」（「汲古窟信筆」第九巻所収）嘉永三年・一八五〇年成立。
（六）「萬斛先春」（「汲古窟信筆」第九巻所収）嘉永三年・一八五〇年成立。
（七）「進德社詩」（「汲古窟信筆」第十巻所収）嘉永三年・一八五〇年成立。
（八）「辛亥詩集」（「汲古窟信筆」第十一巻所収）嘉永四年・一八五一年成立。
（九）「乙卯二月　花下對月」（「待月亭謾筆」第十三巻所収）安政二年・一八五五年成立。
（一〇）「百家雪」（「待月亭謾筆」第十五巻所収）安政三年・一八五六年成立。
（一一）「賞春詩卷」（「待月亭謾筆」第十六巻所収）安政三年・一八五六年成立。

（一二）「丙辰詩稿」（「待月亭謾筆」第十九巻所収）　安政三年・一八五六年成立。
（一三）「吟草」（「待月亭謾筆」第二十三巻所収）　安政三年・一八五六年成立。
（一四）「詩稿」（「待月亭謾筆」第二十三巻所収）　安政三年・一八五六年成立。
（一五）「癸亥詩集」（「待月亭閒筆」第二十巻所収）　文久三年・一八六三年成立。
（一六）「鯖江詩稿之寫」（「待月亭閒筆」第二十巻所収）　文久三年・一八六三年成立。

これらの漢詩集について①～⑮で「書誌」を記す。なお、⑮作者履歴、に（参考）として「姓名・雅号」を記す。また、記事があるときは、（鯖江市史第五巻、（藩政資料編二）の『鯖江藩御家人帳』〈上、下二冊がある〉の所載頁、を記す。⑯では「巻頭作品」を一編訓読して紹介する。⑰で「余説」を記す。「余説」は、漢詩集の「構成」と「考察」を記す。（また、漢詩の学習、作詩状況の特徴などについて特記すべきことがあれば記す）。⑱で研究文献、資料、があれば記す。⑲では「所収作品表」を記すことにする（表では合計欄以外の数字は作品番号を示す）。

（注２）　鯖江市史編纂委員会　『鯖江市史通史編』　上巻　第六節　近世の文化（七一八頁～七二九頁）鯖江市役所　平成五年三月十日発行を参照。

（補足注）「安房守文庫」について。

「安房守文庫」は二〇一三年の秋にＤＶＤに収められた。それを「鯖江まなべの館」から貸して戴くことが出来た。申し入れをして三年以上が過ぎてようやく研究を一歩前進させることが出来た。本論考に六つの新しい「詩会詩集」の研究を追加することが出来たのはその成果である。

但し、この文庫には欠巻があった。「汲古窟信筆」では、三巻、十九巻、「待月亭謾筆」では、十三巻、十七巻、「待月亭雜誌」では、目録、十巻、十二巻が欠巻である。その欠巻の中に、私が確認したかった資料（特に「汲古窟詩集」巻三の「信齋上巳集」）が含まれていたのは、誠に残念なことであった。

なお、紛失の事情は、数十年前のことらしく関係者にも判らない、という話であった。

（二〇一四年四月末日追記）。

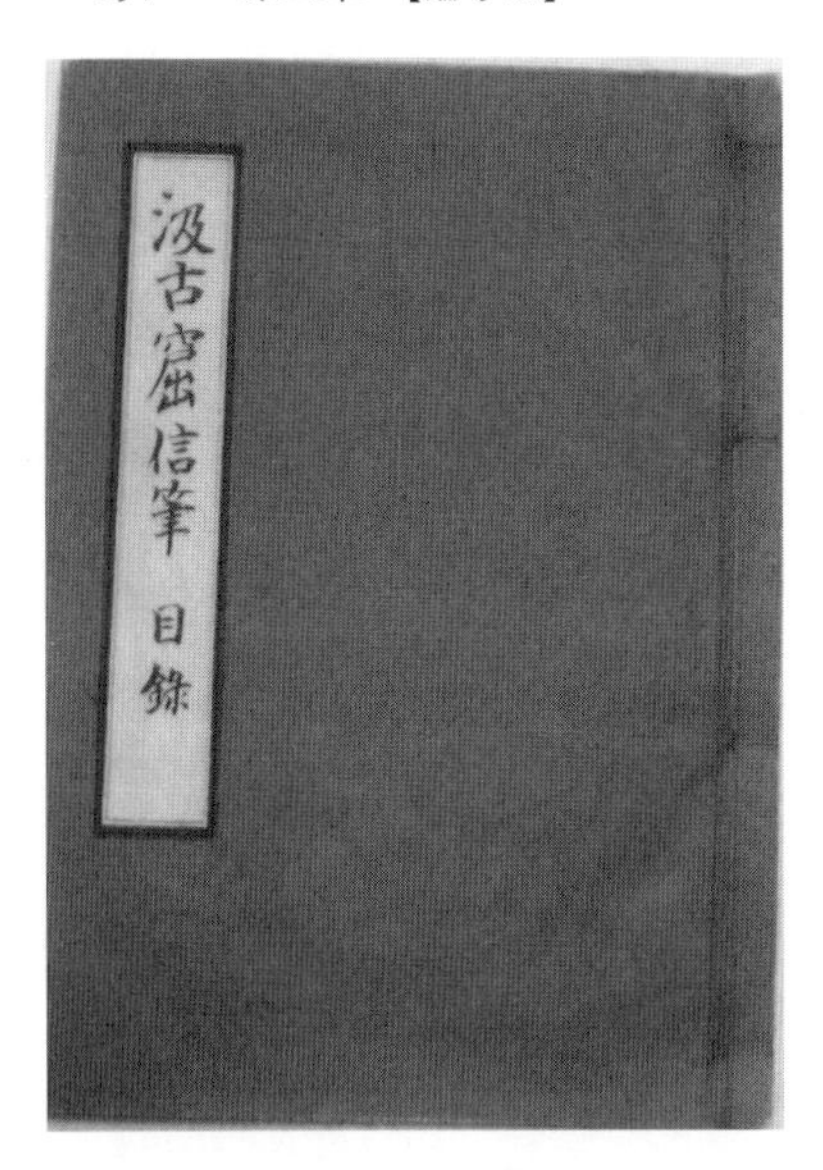
汲古窟信筆　目録

汲古窟信筆
二

待月亭竊記目録

待月亭雑志
一

待月亭閒筆　目錄

待月亭閒筆　一
2014.07.2

待月亭謾筆惣目録

待月亭謾筆　一
2014.07.

一　鯖江藩における「漢詩」學習の研究　―「詩會詩集」十六集の構成と考察―

（一）「常足齋遺事」

はじめに

この「詩会詩集」は鯖江藩の藩侯が主宰した詩会の最も早い時期の詩集である。そこで、全作品を挙げ訓読によって紹介する。詩会の主題（席題）、進行、各人の創作と工夫の様子などを、全般的に理解することを目指したい。（なお、本論考で、以後に取り上げる「詩会詩集」は、巻頭の作品または代表作一編のみを紹介し、他の作品は取り上げない。紙幅の関係で、多数の作品を取り上げることは出来ない）。

①書名、「常足齋遺事」（「芥川家文書」所収）。
②巻数、一巻。
③冊数、一冊。
④著者名、芥川舟之。
⑤編者名、芥川舟之。
　後出の⑮作者履歴の項目を参照。

⑥出版地、無し（出版せず）。
⑦出版社、無し（出版せず）。
⑧出版（または成立）年月日、（出版せず）。嘉永一年（一八四八年）頃までに成立。

作品番号2「撚髭堂社詩」の注記に「天保壬寅」とある。これは「天保十三・一八四二年」である。作品番号23の詩「乙巳詩暦」の注記に「弘化」とある。これは「弘化二年・一八四五年」である。作品番号25の詩「戊申詩暦」の「戊申」は「嘉永一年・一八四八年」である。これらの記事によると、「天保十三・一八四二年」から「嘉永一年・一八四八年」までに制作した作品を記述したと考えられる。

⑨丁・頁数、二十二丁。
⑩写真数、無し。
⑪体裁、和装袋綴。
⑫大きさ、縦二十四・五cm×横十八・〇cm。
⑬帙の有無、無し。
⑭所蔵者、芥川弘孝（奈良県在住）。
⑮作者履歴、

1　藩侯　詮勝（あきかつ）　松堂

名は詮勝（あきかつ）。幼名は鉞之助、字は慈卿、松堂と号す。晩翠軒、常足齋と称す。また、蘇跡とも言う（この雅号は、本稿の「常足齋遺事」によって判明した）。第六代鯖江藩藩主間部詮熈（あきひろ）の第三子。第七代鯖江藩主。京都所司代を経て天保十一年に老中、安政五年に再任。書は市川米庵に学び、山水花鳥の画を能くす。昭和九年万慶寺内の亨浄会発行「松堂公五十年祭記念遺墨集」には、文化元年（一八〇四）二月十九日生れ、明治十七年（一八八四）十一月二十八日没、八十一歳とあるが諸書に享和二年（一八〇二）生、八十三歳とある。「故鯖江侍従下総守間部公墓銘」に「同十七年十一月二十八日病没、享年八十有三」と。なお、第一章、第四節（一）の①を参照。

2　詮實（あきざね）　松齋

鯖江藩第八代藩主。文久二年（一八六二）～文久三年（一八六三）、藩主在職年は一年である。文政十年（一八二七）四月二十八日、江戸芝三田の邸に生まれる。（詮勝二男。）幼名を岩次郎（ついで巖次郎と改める）。文久三年（一八六三）十一月二十七日、江戸外桜田の邸にて歿した。享年三十七歳。浅草九品寺に葬られた。院号は修和院。雅号は松齋、子篤。「安房守文庫」と総称せられる『汲古窟信筆』、『待月亭謾筆』、『待月亭閒筆』『待月亭雑誌』合計八十一巻の編著者であるとされている。

3　藩校の教授　芥川歸山

芥川舟之、文化十四年（一八一七）～明治二十三年（一八九〇）。芥川希由・玉潭の長子。名は濟・舟之、字は子軫、通称は捨藏、号は歸山、鯖江藩儒・進徳館教授。家学を受け、初め京都の後藤左市郎に従学し、のち、江戸に出て林大学頭の門に入る（昌平学派）。父のあとを受けて進徳館の師範となり、安政六年（一八五九）、江戸在藩中、藩の許可を得て足利学校に入り古書を研究した。幕末に、一時大郷氏に代わって江戸藩邸の惜陰堂及び、麻布学問所（幕府）を預かって教授の任に当たった。維新後、惜陰小学校教官、武生伝習所一等教師となったが、後、塾を開いて門弟に教授した。片寄帆山はその門人である。明治二十三年（一八九〇）歿、七十四歳。（『近世藩校に於ける学統学派の研究上』、『鯖江郷土誌』、『若越墓碑めぐ里』等による。）

○『鯖江藩御家人帳』（五巻下三三四頁）。

4　藩士（四名）

○鈴信仲（大鈴壽仙）初代「御医師」天明三年五月十日病死。『鯖江藩御家人帳』（五巻下七八頁）。

○熊靜（熊澤了庵）二代「表御医師」嘉永四年六月四日病死。『鯖江藩御家人帳』（五巻下四七五頁）。

○中儀衞（中村錠太）貞太郎、錠太ト改「小頭」嘉永三年三月十三日病死。『鯖江藩御家人帳』（五巻下一四一頁）。

○堀正綽（小堀十太）小堀十太夫「小頭」文政八年二月十一日病死。『鯖江藩御家人帳』（五巻下一七四頁）。

5　蘇軾

蘇軾（一〇三六～一一〇一）北宋の代表的文人。字は子瞻。号は東坡。謚（おくりな）は文忠。父は蘇洵、弟は蘇轍。四川省眉山の生まれ。二十二歳で進士、二十六歳で制科に及第。神宗の代、各州の知事を歴任したが王安石の「新法」を激しく批判したとがで、元豊二年（一〇七九）投獄され四ヶ月の拘禁の後、黄州に貶流された。

蘇東坡は元豊三年（一〇八〇）四十五歳、前年御史台の獄を出、審問の結果、検校尚書水部員外郎、充黄州団練副使の名目で（実は流罪人として）、黄州（湖北省黄岡県）へ送られた。（以下略）。

⑯巻頭作品（作品番号1番の作品）、

1、（閑居詩）閑居遺懐　松堂

（閑居の詩）閑居して懐ひを遣る。
1讀書難解事　書を読みて事を解し難く、
2耽畫愛吾癡　画に耽りて吾が癡を愛す。
3門有雀羅設　門に雀羅の設け有れども、
4官無聖策施　官に聖策の施し無し。
5積憂謾酌酒　積憂して謾に酒を酌み、
6辛苦偶吟詩　辛苦して偶々詩を吟ず。
7總得閑居趣　総て閑居の趣を得たり、
8城中山野姿　城中山野の姿。
（脚韻）癡、施、詩、姿、（平声支韻）。

⑰余説（「構成」と「考察」）、「常足齋遺事」と本稿の関係

巻頭の詩・作品番号1（閑居詩）「閑居遺懷」、から作品番号25の詩「戊申詩暦」までは詩作品である。その後に次の記事がある。「畫贊、米庵一聯、諸葛孔明銅鑼。」また、「額面名號」の鞱鈴、清月榭、圓石場、三友舎、輿祚室、懷瞻圃、隱離亭、休玄池、相輝樓」などについての故事来歴や松堂についての逸話等を記す。また、「半日詩三十首　輿祚社吟跋、北野天神鏡、落款」について記す。更に作品番号26東坡出游「東坡先生正月廿日遊村次其韻」と題する次韻詩から作品番号29の詩「正月二十日、與潘郭二生出郊尋春。忽記去年是日同

到女王城、作詩乃和前韻。」がある。そのあとに、屋敷見取図二枚と半分、葵紋と史記世家の孔子に関する文が続く。

「構成」

鯖江藩の藩儒を勤めた芥川歸山（舟之）が「常足齋遺事」に記載した詩会の記録である。鯖江藩公及び藩士の漢詩二十七首と蘇東坡の漢詩二首を収録している。内訳は、天保十三年・一八四二年の作品が二十二編、弘化二年・一八四五年の作品が二編、嘉永元年・一八四八年の作品が一編である。そして、蘇東坡関係の作品が続く。この中の松堂と歸山の作品は、蘇東坡に合わせて正月二十日に作った作品かどうかは判らない。

なお、「本稿」の記述の方針を記す。

1、8句以上の詩には各句に句番号を付けた。

2、「書き下し文」は原文にある訓点に沿って付けた。ただし、今日の訓点と違う訓読・送りがな法の部分があり、そこでは補足したところがある。

3、韻字を書き出し、押韻を示した。

4、原文の漢字の横に記されている漢字を書き出し、添削の跡（一つの案か）を示した。

5、＊は文字が不詳である。（注）は前川が付けた。

6、松堂、松齋以外の作者の氏名は、作品番号22の詩「又（盆梅盛開）」の後に舟之が雅号に記した二行割り注によって知ることが出来る【本稿では（　）カッコ内に記した】。なお、これについては、⑮作者履歴に各人の地位、没年、及び『鯖江市史、第五巻、藩政資料編二、鯖江藩御家人帳』の所載頁を記した。

「考察」

「本稿」についての所見・所感

1、詩は総て「平声」で押韻している。一般的な傾向である。

2、（ア）作品番号2の作品で松堂公は「春風解凍」を詠じた。それで、同席した藩士は、皆同じ主題で作品を作ることになった。それ故に3番以下8番までの作品が「春寒、早春」の風景を主題にして詠じているのである。

（イ）9番では松堂公は韓愈の「早春雪中聞鶯」に次韻した。それで、10の松齋以下15番までが同じ題で詩作をしている。但し、次韻したのは松堂だけで、芥濟（芥川舟之）の13は依韻である。

（ウ）作品番号16番で松堂公は「盆梅盛開」を詠じた。それで、同席した藩士も、皆同じ主題で作品を作ることになった。だから、17番以下22番までの作品が「盆栽」の情景を詠じているのである。

（エ）23番24番は弘化二年・一八四五年、25番は嘉永一年・一八四八年の松堂公の新春の感慨を詠じている。

（オ）26番27番は蘇東坡に和した次韻の詩である。こちらは、先ず松堂公が作り、次に帰山が作っている。二人だけであるのは、正月で、たまたま二人だけであったということであろうと思う。

（カ）28番29番は蘇東坡の作品で、29番は28番に和した（次韻）作品である。

（キ）27番（歸山の作品）の注に、七句で「五字用梅聖兪句」（五字は梅聖兪の句を用ふ）とある。梅聖兪は梅堯臣、聖兪は字で、一〇〇二～一〇六〇の、北宋の詩人。官は尚書都官員外郎に至った。詩集に「宛陵集」がある。（梅堯臣は王陽修委員長の下で、たまたま蘇軾（東坡）が科挙に合格したときの試験委員の一人となっていた。

それで彼らから先生と呼ばれることになる。）そのような北宋の詩人（26番は松堂の作品）が好まれている。また、唐の韓愈も（9番は松堂の作品）取り上げられている。この点から、鯖江藩の詩壇の状況（詩風に北宋風のものが見られるのかどうか）は興味が持たれるが、今後の研究課題である。

（ク）22番（堀正綽の作品）の舟之の注に「其詩稿乞斧正於檉宇林公也」（其の詩稿は、斧正を檉宇林公に乞ふなり。）とある。「檉宇林公」は林家の儒学者・林述齋の子。檉宇は号。名は皝、字は用韜のことである。天保八年（一八三八年）昌平坂学問所の大学頭（第七代）となる。「林公」は「林大学頭」の意味であろう。つまり、昌平校の大学頭を指すと思われる。この点から、舟之と、幕府の学校・昌平校と鯖江藩の学校との関係の深さが想像される。

⑱研究文献、資料、前川幸雄著「「常足齋遺事」（芥川舟之編）研究―漢詩二十九首略解―」『国語国文学』第四十九号（福井大学言語文化学会）平成二十二年三月十五日発行。「年次一覧表」の第二九番。

⑲所収作品表（合計欄以外の数字は作品番号）。

（一）「常足齋遺事」

雅号等	姓名	五言 8句	五言 12句	七言 4句	七言 8句	作品合計数
松堂	間部詮勝	1	2 9	16 23 24 25	26	8
松齋	間部詮實			3 10 17		3
鈴信伴	大鈴壽仙			4 11 18		3
熊靜	熊澤了庵	12 19	5			3
芥濟	芥川舟之	6 13		20	27	4
中義衞	中村錠太	7		14 21		3
堀正綽	小堀十太			8 15 22		3
東坡	蘇軾				28 29	2
作品合計数		6	3	16	4	29

「常足齋遺事」芥川舟之編

2、（撚髭堂社詩）天保壬寅　東風鮮（解）凍　松堂

東風凍を解く。

1天地初迎氣　天地初めて気を迎へ、

2乾坤和惠工　乾坤和惠工なり。
3陰潭欲半減　陰潭半減せんと欲し、
4陽岸巳全空　陽岸巳に全く空し。
5菱芡蘇蘋末　菱芡蘋末を蘇らし　(注)芡＝みずぶき。
6蘼蕪生草中　蘼蕪草中に生ず。　(注)蘼蕪＝おんなかずら。
7朝廷漸覺暖　朝廷漸く暖を覚え、
8郊野屢知豐　郊野屢々豊かなるを知る。
9千歳玻璃氷　千歳玻璃氷り、
10孟春花信風　孟春花信の風、
11紅鮮跳任靄　紅鮮く跳びて靄に任す、
12垂柳靡西東　垂柳西東靡く。
(注)　3句の減には泮、9句の氷には凗の異体字を使っている。
6句の生に茁、8句の屢に豫、11句の任に躍、靄に處が右横に書いてある。
(脚韻)　工、空、中、豐、風、東、(平声東韻)。

3、又　　　　　　　　　　　　　　　　　　　　松齋

坐愛水亭春色移　坐ろに愛す水亭の春色移り、

早看梅柳影參差　早に看る梅柳の影参差たり。
寒消池面堅氷解　寒消えて池面の堅氷解け、
自是東風迎暖時　自ら是東風暖を迎ふる時。
（注）四句の自に己、迎に迗が右横に書いてある。
（脚韻）移、差、時（平声支韻）。

4、又　　鈴信伴

東風漸到武城傍　東風漸く到る武城の傍、
凍化皺波洗綠楊　凍化して皺波　緑楊を洗ふ。
也識池中魚鷩鳥　也た識る池中の魚・鷩・鳥、
浮沈自在弄春光　浮沈して自在に春光を弄ぶ。
（脚韻）傍、楊、光（平声陽韻）。

5、又　　熊靜

1木德蒼龍駕　木德蒼龍駕す、
2宸遊青旆風　宸遊青旆の風。
3聖恩敷甲乙　聖恩は甲乙に識き、

4春色肇南東　春色は南東に肇る。
5暖氣銷堅凍　暖気は堅凍を銷し、
6腐根振蟄蟲　腐根は蟄蟲を振ふ。
7毆魚獺供祭　魚を毆ち獺祭に供し、
8唱凱雁翔空　凱を唱ひ雁空に翔る。
9羅縠波紋起　縠を羅ね波紋起り、
10釣魚舟楫通　釣魚舟楫通ず。
11金鱗今易獲　金鱗今獲易し。
12孝子莫勞舩　孝子舩を労する莫れ。　(注) 舩=躬の本字。
(注) 6句の腐に枯が右に書いてある。
(脚韻) 風、東、虫、空、通、舩 (平声東韻)

6、又　芥濟

1孟陬天氣下　孟陬天気下り、
2地氣便騰空　地気便ち空に騰る。
3凍解波搖綠　凍解けて波緑に揺れ、
4洲晴霞漾紅　洲晴れて霞紅を漾はす。

5纔知今日暖　纔に知る今日の暖なるを、
6已見一番風　已に見る一番の風。
7妙化誠無迹　妙化誠に迹無く、
8春光萬國同　春光万国に同じ。
（脚韻）空、紅、風、同（平声東韻）。

7、又　中義衞

1昨夜春方至　昨夜春方に至り、
2池心昨乍通　池心昨乍ち通ず。
3王祥歡鯉躍　王祥鯉の躍るを歓び、
4董堰懼氷融　董堰氷の融けるを懼る。
5柳眼添深綠　柳眼　深緑を添へ、
6梅唇吐淺紅　梅唇　浅紅を吐く。
7從今城外路　今従り城外の路、
8騷客趁和風　騒客　和風を趁ふ。
（注）5句の添に開が右に書いてある。
（脚韻）通、融、紅、風（平声東韻）

8、又

堀正綽

洪鈞廻來恰若車　洪鈞廻り来りて恰も車の若し、
蟄蟲將振樹將華　蟄虫将に振はんとし樹将に華さかんとす
小池春破魚跳躍　小池春破りて魚跳躍し、
便是東風逐一加　便ち是れ東風　逐一に加はる。
（注）3句の破に平字と右に書いてある。
（脚韻）車、華、加（平声麻韻）

9、早春雪中聞鶯次韓愈韻

松堂

早春雪中鶯を聞く、韓愈の韻に次す

1臘雪吸陽新　臘雪陽を吸うて新たにして、
2綿蠻初報春　綿蛮初めて春を報（つ）ぐ。
3砭聲猶喚友　砭声猶ほ友を喚び、（注）砭=治療用石製のはり。
4澁舌未驚人　渋き舌未だ人を驚かさず。
5跼促知時早　跼促して時の早きを知り、
6欠伸引夢頻　欠伸して夢の頻りなるを引く。
7柳條萌肉眼　柳條肉眼を萌し、

8梅蕾渡芳辰　梅蕾芳辰を渡す。
9林水煙霞雑　林水煙霞雑り、
10山川魚鳥親　山川魚鳥親しむ。
11好遷喬木上　好し喬木の上に遷り、
12可贖百其身　贖ふ可し其の身を百にせん。
(注)1句の吸に入、2句の初に乍、5句の躍促に出谷、6句の欠伸に穿林、7句の肉に小、8句の梅に異体字莓、9句の林水に何日、同句の雑に戯、10句の山川に＊＊、同句の鳥に雀が右横に書いてある。(注)＊＊不詳。
(脚韻)春、人、頻、辰、親、身(平声眞韻)

10、又　松齋

春寒衾冷臥如弓　春寒衾冷かにして臥して弓の如く、
晨起推窓雪滿空　晨に起き窓を推せば雪空に満つ。
靜聽金衣公子語　静に聴く金衣公子の語、
却疑玉笛吹林中　却て疑ふ玉笛林中に吹くかと。
(注)1句の春に峭、4句の吹に起が右横に書いてある。
(脚韻)弓、空、中(平声東韻)。

11、又　　　　　　　　　　　　　　　　　鈴信伴

寒衣破帽對年華　寒衣破帽年華に対し、
腰脚酸麻嬾出家　腰脚酸麻家を出るに嬾し。
偶在雪晴朝日上　偶々雪晴れ朝日の上るに在りて、
早鶯呼我教梅花　早鶯我を呼びて梅花を教ゆ。

（注）3句の在に値、4句の教に報が、右横に書いてある。
（脚韻）華、家、花（平声麻韻）。

12、又　　　　　　　　　　　　　　　　　熊靜

1凍手簾傭捲　凍手簾捲くに傭く、
2春寒猶不勝　春寒猶ほ勝へず。
3金衣蹴來雪　金衣蹴り来る雪、
4簧舌嚼餘氷　簧舌嚼み余す氷。
5物以看稀貴　物は看るの稀なるを以て貴び、
6耳因聽早矜　耳は聴くの早きに因って矜（ほこ）る。
7只須出幽谷　只須く幽谷を出で、
8喬木避飛熷　喬木に飛熷を避くべし。

（注）2句の猶に尙、5句の以に爲、6句の耳に聲、8句の飛に羅が右横に書いてある。

（脚韻）勝、氷、矜、熷（平声蒸韻）。

13、又　　芥濟

1殘雪不催春　残雪春を催さず、
2未看光景新　未だ看ず光景の新なるを。
3黃公初出谷　黄公初て谷を出て、
4簧舌已驚人　簧舌已に人を驚かす。
5柳外飛梭急　柳外梭を飛ばすこと急にして、
6梅邊喚友頻　梅辺友を喚ぶこと頻なり。
7但令雙闘在　但双闘をして在ら令めば、
8何必問江濱　何ぞ必ずしも江浜を問はん。

（注）1句の不催に未知、2句の未に乍、4句の簧に澁が右横に書いてある。

（脚韻）新、人、頻、濱（平声眞韻）

14、又　　中義衛

殘寒未去暗迎陽　残寒未だ去らず暗に陽を迎ふ、

柳絮飄飛似有香　柳絮飄り飛びて香有るに似たり。
出谷新鶯窓外澁　谷を出る新鶯窓外に渋り、
騒人驚聴惱詩腸　騒人驚き聴きて詩腸を悩ます。
（注）2句の柳に冷、3句の澁に至が右横に書いてある。
（脚韻）陽、香、腸（平声陽韻）

15、又　堀正綽

條風未軟六花輕　條風未だ軟ならず六花軽し、
黄鳥侵寒迎氣鳴　黄鳥寒を侵し気を迎ふ。
詩腹獨矜聴第一　詩腹独り矜り聴くの第一、
誰尊後有幾千聲　誰か尊ばん後に幾千の声。
（注）3句の迎氣に報節、4句の腹に客が右横に書いてある。
（脚韻）輕、鳴、聲（平声庚韻）。

16、又　盆梅盛開　又　盆梅盛んに開く　松堂

盆裏瓊枝如雪開　盆裏の瓊枝雪の如く開き、
香穿書幌入詩來　香書幌を穿ち詩に入り来たる。

不空名理好文木　名理を空しくせず　好文木、
二十四番第一魁　二十四番第一の魁。
（注）２句の穿に飄、３句の空に虚が右横の書いてある。
（脚韻）開、來、魁（平声灰韻）。

17、又　　　　　　　　　　　　　　松齋
數尺梅魂花滿盆　数尺梅魂花盆に満つ、
讀書帳外暖風翻　読書帳外暖風翻る。
江南一朶春堪贈　江南一朶春贈るに堪えたり、
蝶使趁香到小軒　蝶使香を趁て小軒に到る。
（注）２句の帳に窓、４句の趁に尋が右横に書いてある。
（脚韻）盆、翻、軒（平声元韻）

18、又　　　　　　　　　　　　　　鈴信伴
一樹蟠梅白玉盆　一樹の蟠梅　白玉の盆、
個中纔有在乾坤　個中纔に乾坤に在る有り。
燒香爐畔南窓裏　焼香炉畔南窓の裏、

笑洩春光脱凍魂　春光を笑ひ洩して凍魂を脱す。
(注) 2句の有在に占小、3句の炉畔に凡上、4句の脱に返が右横に書いてある。
(脚韻) 盆、坤、魂 (平声元韻)。

19、又　熊靜

1 卑枝纔數尺　卑枝纔に数尺、
2 愛着幾詩箋　愛し着く幾詩箋。
3 塵外眞奇韻　塵外眞に奇韻、
4 盆中有別天　盆中別天有り。
5 室薫麝臍綻　室薫りて麝臍綻び、
6 帳暖蝶媒眠　帳暖にして蝶媒眠る。
7 好是江南贈　好し是れ江南の贈もの、
8 紛紛未雪前　紛紛未だ雪ならざる前。
(注) 1句の卑に小が、右横に書いてある。
(脚韻) 箋、天、眠、前 (平声先韻)。

20、又　芥濟

朝昏培養費精神　朝昏培養し精神を費やして、
三尺盆藏天下春　三尺の盆は天下の春を蔵む。
花到十分殊未落　花は十分に到りて殊に未だ落ちず、
從他一夜雨風頻　従他あれ一夜雨風の頻なるを。
（脚韻）神、春、頻（平声眞韻）。

21、又　中儀衛
風不拂香能拂塵　風は香を払はず能く塵を払ひ、
花交紅白瓦盆新　花は紅白を交へて瓦盆新たなり。
何人巧撓纏綿朶　何人か巧に撓む纏綿の朶、
却恐毀傷玉樹神　却って恐る玉樹神を毀傷するを。
（脚韻）塵、新、神（平声眞韻）。

22、又　堀正綽
花顔淡淡是新妝　花顔淡淡是れ新妝、
見得東風已斷腸　東風を見得て已に断腸。
春滿盆中分外發　春は盆中に満ち分外に発し、

小齋連日曷燒香　小齋連日曷ぞ香を焼く。

（注）3句の分外發に添馥郁、4句の燒に廢が右横に書かれている。

（脚韻）妝、腸、香（平声陽韻）。

舟之曰。撚髭堂者。松堂公書齋之號。近臣侍於詩筵所賦之詩也。其詩稿乞斧正於樫宇林公也。松齋（世子詮實君之號）鈴信伴（大鈴壽仙）熊靜（熊澤了庵）芥濟（芥川舟之）中儀（中村錠太）堀正綽（小堀十太）。

舟之曰く、撚髭堂は、松堂公の書斎の号なり。近臣詩筵に侍り、賦する所の詩なり。其の詩稿は、斧正を樫宇林公に乞うなり。松斎（世子詮実君の号）鈴信伴（大鈴寿仙）熊静（熊沢了庵）芥済（芥川舟之）中儀（中村錠太）堀正綽（小堀十太）。

詩暦

23、乙巳詩曆　弘化（其の一）　蘇跡居士

乙年大誌不二春　乙年大に誌す不二の春、

瑞雲四山五出匀　瑞雲四山五出匀ふ。

文祥殷七乾元九　文祥殷七乾元九、

天下從是土氣伸　天下是より土気伸ぶ。

（脚韻）春、匀、伸（平声眞韻）。

24、乙巳詩暦　弘化（其の二）　蘇跡居士

已正三冬欲盡時　已に正三冬尽きんと欲するの時、
梅凝六出發新枝　梅は六出を凝らして新枝を発す。
試吟八句十分好　試みに八句を吟じて十分好く、
先使青樽酌小兒　先ず青樽をして小児に酌ましむ。
舟曰、蘇跡者。公之別號。殷七七。仙人。
舟曰く、蘇跡は、公之別号なり。殷七七は、仙人なり。
（脚韻）時、枝、兒（平声支韻）。

25、戊申詩暦　松堂

正識三元當立春　正に識る三元立春に当たるを、
四旬六歳再逢身　四旬六歳再び逢ふの身。
八人小子舉盃賀　八人の小子盃を挙げて賀す、
添得青陽開暦新　添ひ得たり青陽開暦の新なるを。
（脚韻）春、身、新（平声眞韻）。

（注）ここで詩は一旦終わって、「常足齋遺事」の記事（前掲三に項目名を掲げた。）が以下に続く。（記事は省略する。）

記事の後に、四首の詩が続く。その詩を挙げる。

26、東坡出游

東坡先生正月廿日游村次其韵

東坡先生正月廿日村に游ぶ。其の韵に次ぐ。

松堂

1東坡正廿出晨門　東坡正廿晨門を出づ、
2騒客倣之尋野村　騒客之に倣ふて野村を尋ぬ。
3春早衣寒梅痩痩　春早く衣寒くして梅痩痩たり、
4雪殘屐冷路痕痕　雪残り屐冷かにして路痕痕たり。
5渓泉炊飯掖身餓　渓泉飯を炊きて身の餓えたるを掖け、
6樵火煮羹暫手温　樵火羹を煮て暫く手温む。
7婆語當年豐麥作　婆は語る当年麦作豊かにして
8莖鋒穿圃怒芳魂　茎鋒圃を穿ちて芳魂を怒らす。

（脚韻）門、村、痕、温、魂（平声元韻）。

27、東坡毎歳以正月廿日出游。輒有詩。余亦春初一游。用坡韵賦此。
　東坡毎歳正月廿日を以て出游す。輒ち詩有り。余も亦春初一游す。坡の韻を用ひ此を賦す。

歸山

1被春光引出城門　春光に引か被（れ）て城門を出で、
2漸到淡烟一抹村　漸く到る淡烟一抹の村。
3雪解千山露碧色　雪解けて千山碧色を露はし、
4雪晴萬水漲新痕　雪晴れて万水新痕に漲らす。
5杖於芳草多邉植　杖は芳草多き辺に於いて植（た）て、
6酒入翠楊垂處溫　酒は翠楊垂るる処に入りて温む。
7今日未嘗辜景物　今日未だ嘗て景物に辜かず、
8逍遙仍雙養吟魂　逍遙旧に仍って吟魂を養ふ。

（注）七句に「五字用梅聖兪句（五字は梅聖兪の句を用ふ）」の注がある。
（脚韻）門、村、痕、溫、魂（平声元韻）。

28、正月二十日徃岐亭潘古郭三人送余於女王城東禪莊院。　東坡
　正月二十日、岐亭に徃く。潘古郭の三人、余を女王城東の禅荘院に送る。

1十日春寒不出門　十日春寒くして門を出でず、
2不知江柳已搖村　知らず江柳已に村に揺らぐを。
3稍聞決決流氷谷　稍々聞く決決として氷谷に流るるを、
4盡放青青沒燒痕　尽く青青を放ち焼痕を没するを。
5數畝荒園留我住　数畝の荒園我を留めて住し、
6半瓶濁酒待君溫　半瓶の濁酒君を待ちて温む。
7去年今日關山路　去年今日関山の路、
8細雨梅花正斷魂　細雨梅花正に断魂。

（脚韻）門、村、痕、溫、魂（平声元韻）

（考異）この蘇東坡の原詩は題名の「潘古亭郭三人」の「潘」の前に「郡人」の二字がある。これは和刻本でも同じである。例えば、「陳明卿太史評　蘇東坡全集　潛確居藏版　如翻刻必治本衙藏版」（正保四暦丁亥仲秋三条通菱屋町　林甚右衞門開板之）【和刻本漢詩集成　宋詩　13汲古書院　91頁】の東坡詩集　巻三　二十一葉にも「郡人」がある。もし松堂が書き写した際に「郡人」二字を省略したのではなく、見た本にもともと「郡人」が無かったとすると、その本はどういう本であったかは、現在は不詳である。

因みに（大沼晴暉著『鯖江市資料館和漢書目録』平成十八年、膽吹覚著『鯖江進徳館の蔵書』二〇〇七年、には、蘇東坡関係の書物の名前は見えない。

しかし、「青柳家藏書目錄」未公開本には「東坡集」（小本）二冊、「東坡詩集」（写本）一冊の文献の名前が見い出されるので、東坡詩集は藩士の間では読まれていたことが分かる。

29、正月二十日與潘郭二生出郊尋春忽記去年是日同到女王城作詩乃和前韻

正月二十日、潘・郭二生と郊に出でて春を尋ぬ。忽ち去年の是の日、同じく女王城に到りて詩を作れるを記し、乃はち前韻に和す。

（東坡）

1東風不肯入東門　東風肯て東門に入るをせず、
2走馬還尋舊歳村　馬を走らせて還って尋ぬ旧歳の村。
3人似秋鴻來有信　人は秋鴻に似て来るに信有り、
4事如春夢了無痕　事は春夢の如く了に痕無し。
5江村白酒三盃釅　江村の白酒三盃の釅に、（注）釅は濃厚なこと
6野老老顔一笑温　野老の老顔一笑温む。
7已約年年爲此會　已に約す年年此の会を為すを、
8故人不用賦招魂　故人用ひず招魂を賦するを。

（脚韻）門、村、痕、溫、魂（平声元韻）。

（注）6句の老に紅が右側に書かれている。

（考異）東坡の原詩は、1句の不が未、2句の舊が去、5句の村が城となっている。

（注）ここで詩は終わる。以下に「常足齋遺事」の記事が続く。

（9番作品の補注）韓愈の略歴と作品

【略歴】韓愈（七六八〜八二四）唐代の代表的詩人（李・杜・韓・白）の一人で、中唐の詩人。二十五歳で進士科に及第。翌年、博学宏詞科を受験して落第。以後二年続けて受験し落第。董晉の招きを受け、試秘書省校書郎の官にて、宣武軍観察推官の職に就き、汴州に赴任す。三十二歳、秋、試協律郎の官にて武寧軍節度推官となる。冬、長安に朝す。三十五歳、春、四門博士に任官す。三十六歳、観察御史となる。冬、陽山令に貶せらる。三十七歳、二月、陽山に着任す。三十八歳、秋の末、江陵府参軍事となる。三十九歳、元和元年（八〇六）、正月、南地の江陵には珍しく雪がどっさり降った。この詩はこの時に出来たものである。夏、六月、権知国子博士に転任、長安に帰る。四十一歳、国子博士に正式に任ぜらる。（以下略）。

【作品】9番の作品は、韓愈の「早春雪中聞鶯」（早春雪中に鶯を聞く）の韻字を用い、次韻している。〇韓愈作の原詩を挙げる。

1朝鶯雪裏新　朝鶯　雪裏に新なり、
2雪樹眼前春　雪樹　眼前の春。
3帶澁先迎氣　渋を帯びて先づ気を迎へ、

4侵寒已報人　寒を侵して已に人に報ず。
5共矜初聴早　共に矜る　初めて聴きしことの早きを、
6誰貴後聞頻　誰か貴ばむ　後に聞くことの頻なるを。
7暫囀那成曲　暫く囀るも那んぞ曲を成さむ、
8孤鳴豈及辰　孤鳴　豈に　時に及ばむや。
9風霜徒自保　風霜に徒に自ら保たむも、
10桃李詎相親　桃李　詎ぞ相親しむ。
11寄謝幽棲友　寄謝す幽棲の友、
12辛勤不爲身　辛勤するは身の為ならず。

（原田憲雄著『韓愈』漢詩大系第十一巻　集英社　昭和四十一年　一月初版発行、百十一・百十二頁。）松堂が見たテキストは未詳。

（28番、29番作品補注）蘇東坡の略歴（前出）と作品

【作品】二十八番の作品は、黄州（湖北省黄岡県）へ送られたその翌年の元豊四年（一〇八一）蘇東坡四十六歳、黄州での作である。

○通釈を記す。

春の寒さにとじこめられていた十日のあいだに、村々では青柳（あおやぎ）の糸がゆらぎそめたとも知らずにいた。氷っていた

谷をいきおいよく流れる水の音もようやく聞え、畑を焼きはらったあとも、すっかり緑色におおわれた。いく反かのやせた菜園は僕を離そうとはしないし、瓶のなかばまでたたえた濁酒は諸君のためにあたためる。おもえば去年のちょうどこの日、僕は都からくだる関所の路すがら、そぼふる雨の中、梅の花をながめ、魂をゆり動かされていた。

（『蘇軾上』小川環樹注　中国詩人撰集二集　岩波書店　昭和三十七年三月二十二日第一刷発行　百三十七～百三十九頁参照）

【作品】二十九番の作品は、元豊五年（一〇八二）四十七歳、黄州での作。○通釈を示す。

春風はまだ城門にはいって来ないから、馬をはせて去年の村をまたおとずれた。われわれは秋のかりがねにも似て時をたがえず来たものの、過去は春の一夜の夢のごとく今はあとかたもとどめない。いなかとはいえ、白酒はさかずきをかさねるほどにいよいよ味こく、この年よりのふけた顔にも微笑がのぼり温かみを増す。この会合を毎年ひらこうときめたからには、遠くの友人諸君よ、招魂の賦を作って帰りの御催促には及びますまい。

（前掲書、『蘇軾上』小川環樹注　百五十二～百五十四頁。）

結語

二十九編の作品を見ることによって、⑰余説（「構成」と「考察」）に記したことを把握できた。

なお、この「詩会」は「明治」という時代が始まる二十年前の幕末の動乱期に行われている。国の内外が騒がしい時代にあって、藩侯はじめ藩士、藩校の教授らはこのような「詩会」を開いていたのである。「常足齋遺事」は鯖江藩における早期の詩会の空気を伝える貴重な「詩会詩集」の資料である。

（二）「汲古窟詩集」

①書名、「汲古窟詩集」（「青柳宗和氏蔵・鯖江まなべの館所蔵」本）。

②巻数、一巻。

③冊数、一冊。

④著者名、不詳。

⑤編者名、不詳。

⑥出版地、無し（出版せず）。

⑦出版者、無し（出版せず）。

⑧出版（または成立）年月日、（出版せず）。「天保甲辰」（一八四四年）に成立。

表紙中央に「詩稿」、その下に二行で「天保甲辰」（一八四四年）、左下隅に「汲古窟」と記す。本文巻頭に「汲古窟詩集」と記す。「天保甲辰」（一八四四年）に成立したと考えられる。

⑨丁・頁数、六十五丁。

⑩写真数、無し。

⑪体裁、和装袋綴。毛筆写本。

⑫大きさ、縦二十三・五㎝×横十五㎝

⑬帙の有無、無し。

⑭所蔵者、青柳宗和氏蔵・鯖江まなべの館所蔵。

⑮作者履歴、（参考）

吉井清作・松嶺、松峯。『鯖江藩御家人帳』（五巻上四六頁）。

小堀十太・鹿川。『鯖江藩御家人帳』（五巻下一七四頁）。

山口躋・龍山。『鯖江藩御家人帳』（五巻下四六九頁）。

佐々木木作・麟友。『鯖江藩御家人帳』（五巻下六六頁）。

（御家人帳に無い人名・雅号）間部詮勝・松堂、大郷浩齋、鈴木大壽・琴岳、松濤、誠園、東窓、松溪、盤山、蘆園。

（聯句）「春興」の題で、四作品を作っている。四人が一組になって同じ順番で二回、七言の句を続けて、四人で一つの七言八句（律詩）を作るのである。

（第一回）松堂、鹿川、琴岳、松濤、の順番。（七言八句）。（第二回）松濤、松堂、鹿川、琴岳の順番。（七言八句）。（第三回）琴岳、松濤、松堂、鹿川の順番。（七言八句）。（第四回）鹿川、琴岳、松濤、松堂の順番（七言八句）。である。

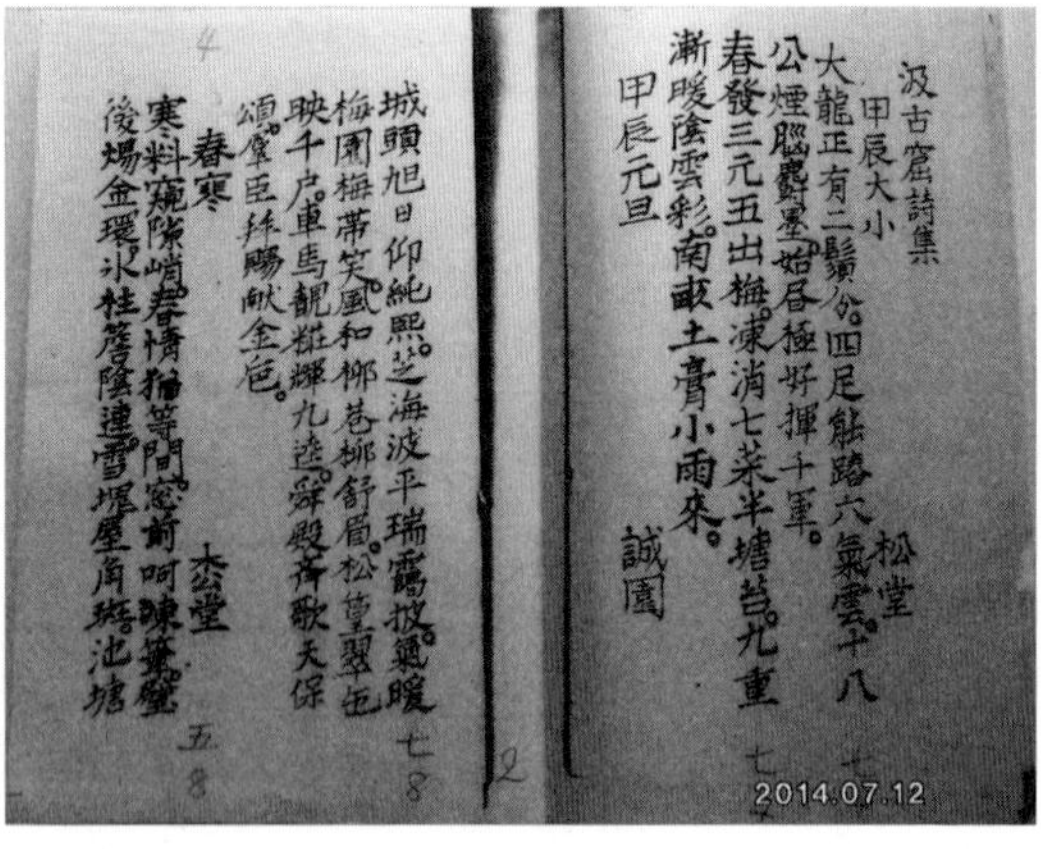
汲古窟詩集
甲辰大小　松堂
大龍正有二髭分。四足躲路六氣雲。十八
公煙[illegible]墨。始昏極好揮千軍。
春發三元五出梅。凍消七菜半塘苔。九重
漸暖陰雲彩。南畝土膏小雨來。
誠園
甲辰元旦
城頭旭日仰純熙。芝海波平瑞靄披。氣暖
梅園梅帯笑。風和柳巷柳舒眉。松堂翠色
映千戸。車馬[illegible]九逵。舜殿齊歌天保
頌。羣臣拜賜献金巵。
春寒　松堂
寒料[illegible]隙峭春情。猶等閒。窓前呵凍筆
後[illegible]金環氷柱落。陰連雪[illegible]池塘

⑯巻頭作品または代表作品、

甲辰大小（二首の第一首）　松堂

大龍正有二鬚分　大竜は正に有す　二鬚の分、
四足能踏六氣雲　四足は能く踏む　六気の雲。
十八公煙脳麝墨　十八の公の煙は　麝を悩ます墨にして、
始晝極好揮千軍　始めて昼に極めて好く千軍を揮ふ。
（押韻）分、雲、軍（平声文韻）。
⑰余説（「構成」と「考察」）、
「構成」

天保甲辰（一八四四年）は十二月二日に弘化元年になる。詩集は元旦から冬までの一年間の作品が集められている。作品は詩の会の作品であろう。詩題が季節の推移に順って付けられている。日付けがないのが惜しまれる。二五三作品を収めている。

「考察」

連句も四回行われており、藩主以下、作詩の勉強に熱心であったことが窺われる。
⑱研究文献、資料、「初探」第一稿の五〇番。「年次一覧表」の第三十二番。
⑲所収作品表（合計欄以外の数字は作品番号）、

（二）「汲古窟詩集」

合計	松濤	合計	琴岳	合計	松堂	句（作者名）	言
4	245 193 178 83					4句	五言詩
3	14 40 206	14	235 137 41 244 155 59 170 87 211 114 219 124 226 129	11	203 4 210 36 212 90 224 96 243 141 154	8句	
				2	204 162	12句	
				1	218	16句	
				1	250	26句	
7		14		15		合計	
24	199 142 95 5 209 148 99 10 237 166 109 17 238 173 121 28 246 185 122 63 252 189 131 74	22	164 92 50 16 192 108 51 45 198 112 52 46 251 118 53 47 123 82 48 125 88 49	23	184 150 111 1 205 159 126 2 233 160 128 15 234 161 135 76 242 163 140 77 182 146 107	4句	七言詩
2	94 127	6	97 26 188 75 213 78	7	225 169 89 176 113 202 136	8句	
				1	81	10句	
				1	58	12句	
26		28		32		合計	
33		42		47		総合計	

言	句＼作者名	雲箒	合計	誠園	合計	鹿川	合計
五言詩	4句						
	8句	215	1	20 65 67 102 151 153	6	43	1
	12句						
	16句						
	26句						
	合計		1		6		1
七言詩	4句	6 7 8 9 11 12 13 24 29 80 84 100 110 116 132 139 145 157 167 174 179 190 194 200 207 221 228 240 247	29	22 64 66 71 72 103 104 106 119 120 152	11	44 73 105 130 143 147 165 171 172 177 183 220 227 236	14
	8句			3 21 68 69 70 101 105	7	27 60 79 93 98 138 156 214	8
	10句						
	12句						
	合計		29		18		22
総合計			30		24		23

言	句	龍山	合計	松澗	合計	浩齋	合計	東窓	合計	松溪	合計	麟友	合計
五言詩	4句	249	1										
	8句	217 222 241 253	4	216	1	223	1						
	12句												
	16句												
	26句												
	合計		5		1		1						
七言詩	4句	18 30 62 149 168 175 180 187 191 195 201 208 230 248	14	19 31 117 133 134 158 181 186 196 197 229 239	12	23 231	2	42 54 86 144	4	37 57 85	3	25 38 55	3
	8句					232	1						
	10句												
	12句												
	合計		14		12		3		4		3		3
総合計			19		13		4		4		3		3

言	句	松峯	合計	盤山	合計	聯句	合計	総合計
五言詩	4句							5
	8句	39 56	2					44
	12句							2
	16句							1
	26句							1
	合計				1			53
七言詩	4句	91	1	61	1			163
	8句					35 32 33 34	4	35
	10句							1
	12句							1
	合計		1		1		4	200
総合計			3		1		4	253

(三)「進徳詩集」

①書名、「進徳詩集」(「福井大学総合図書館蔵」本)。
②巻数、一巻。
③冊数、一冊。
④著者名、無し。
⑤編者名、無し。

⑥出版地、無し（出版せず）。

⑦出版者、無し（出版せず）。

⑧出版（または成立）年月日、（出版せず）。弘化丙午三年（一八四六年）の成立。

巻頭に、弘化丙午三年（一八四六）四月二日開筵なりとの注記がある。この年の成立である。

⑨丁・頁数、五十六丁、五十四頁。

⑩写真数、無し。

⑪体裁、和装　袋綴。ペンによる筆写である。

⑫大きさ、縦二十七・五㎝×横二十㎝。

⑬帙の有無、無し。

⑭所蔵者、福井大学総合図書館（991—SIN）。

（「福井師範学校女子部図書」の蔵印があるので、女子部の学生が筆写したものと思われる。）

⑮作者履歴、（参考）

芥川濟、捨藏、舟之・歸山。『鯖江藩御家人帳』（五巻下三三四頁）。

五十嵐亮助・琴石、包耀。『鯖江藩御家人帳』（五巻上四四五頁）。

土屋仲宅・竹圃。『鯖江藩御家人帳』（五巻上四四五頁）。

土屋得所・古香、樂齋。『鯖江藩御家人帳』（五巻上四四五頁）。

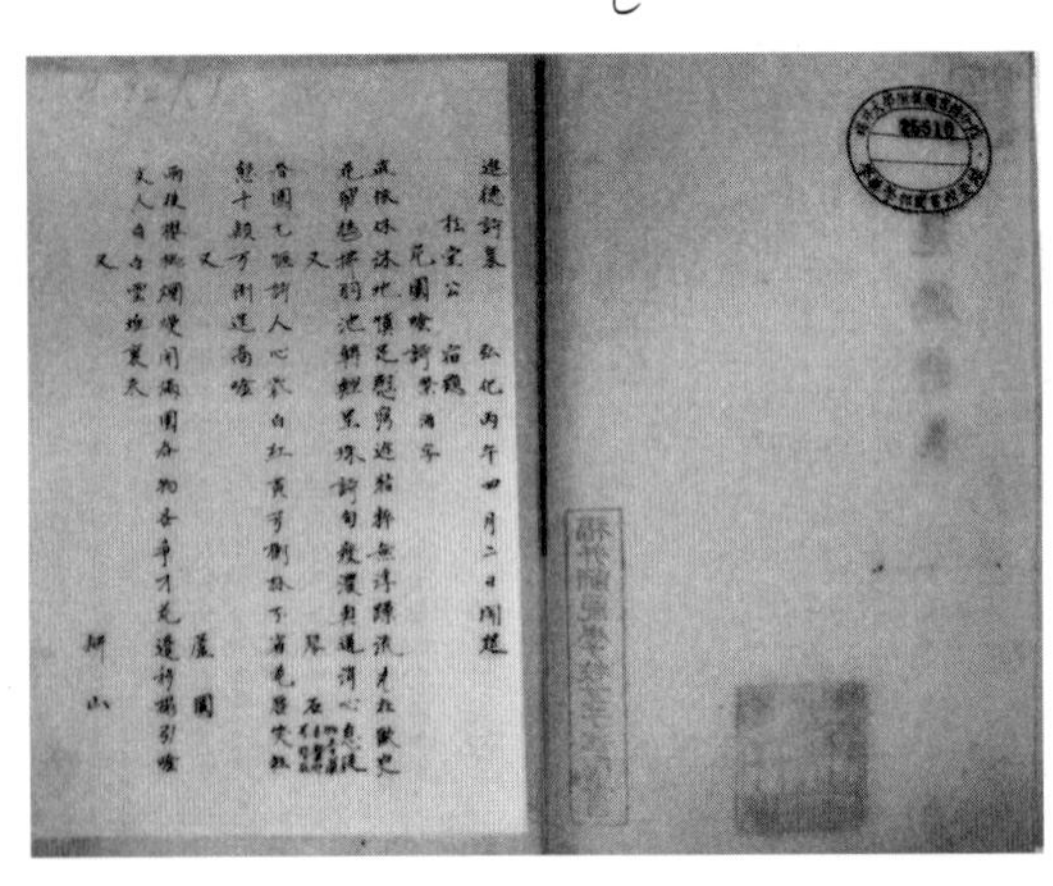

青柳塘・柳塘、（鳴鶴）。『鯖江藩御家人帳』（五巻上一四四頁）。

曾我三郎左衞門・東崖。『鯖江藩御家人帳』（五巻上三三三頁）。

山口躋・龍山。『鯖江藩御家人帳』（五巻下四六九頁）。

（御家人帳に無い人名・雅号）　間部詮勝・松堂、蘆園、耕山、春溪、可堂、琢堂、文豹、勤齋、菊川、復堂、竹亭、綠水、淸庵、溪村、致堂、澹齋、斗厓。

⑯巻頭作品（または代表作品）、

　巻頭には「進德詩集」の下に「弘化丙午四月二日開筵」の注記がある。

松堂公宿題　松堂公の宿題

　花園吟詩　禁酒字　　花園にて詩を吟ず。酒の字を禁ず。

直依休沐地　直ちに休沐地に依り、

冀足慰窮途　窮途を慰むるに足るを冀ふ。

憔悴無浮躁　憔悴するも浮躁無く、

流人在甌臾　流人は甌臾に在り。

花飛鳩払羽　花は飛び鳩は羽を払い、

池轉鯉呈珠　池に転ずる鯉は珠を呈す。

詩句發濃愁　詩句は濃愁より発し、

道消心息徒　道消え心憩ふも徒（いたづら）なり。

（押韻）途、臾、珠、徒（平声虞韻）

＊この作品には筆写の際の文字の誤写があるかもしれない。

⑰余説（「構成」と「考察」）、

「構成」

左に開筵の月日を記す。月日だけ書いてある日は詩会が開かれて新しい題（席題）が出されて詩作をしている日である。宿題を集めない日でもある。しかし、その日に宿題が出されているのが普通である。「集」という日は、松堂公の宿題を集めている日であろう。

＊〔　〕内については詳細不明。

弘化丙午（一八四六年）四月二日開筵、四月十二日集、四月二十二日集、五月二日宿題、（丙午端午進徳館集分韻）、五月十二日集、五月二十六日延会、〔閏五二日終会〕、閏五月十二日、閏五念六集、六月二日集、六月十二日集、六月二十二日集、七月二日集、七月十二日、七月二十二日集、八月二日集、八月十二日集、八月二十二日集、九月十二日集、九月二十二日集。（半年間の活動）

「考察」

この詩集には、四百二十四首に及ぶ作品が記録されている。規則通りに「二の日」に詩作に励んでいたこと、藩公自らが率先して詩作し、宿題を出し、藩士を鼓舞し指導していたことが判る。

⑱研究文献、資料、「初探」第一稿の七五番。「年次一覧表」の第三十三番。

⑲所収作品表（合計欄以外の数字は作品番号）、

●作者名は詩集に初めて出て来た順に配列している。

（三）「進徳詩集」

言	句	松堂	合計	琴岳	合計	蘆園	合計	耕山	合計
四言詩	句	185 194（16句）							
	合計		2						
五言詩	4句					56	1		
	8句	1	1	195 232 373	3			22	1
	4・8句以外	106	1						
	合計		2		3		1		1
七言詩	4句	26 59 82 97 139	5	2 29 131 144 170 187 206 214 244 272 302 312 324 335 336 340 346 356 357 392 397 401 402 409 418 419	26	3 15 33 62 74 88 113 132 146 158 225 226 227 228 248 262 277 296 308 316 328	21	4 19 21 35 54 63 64 77 101 119 124 136 142 143 162 174 200 218 261 280 297 303 307 318 326 342 350 358 359 375	30
	8句	60 121 213 408	4	98 154 258 284 290 365 380	7			360	1
	4・8句以外								
	合計		9		33		21		31
総合計			13		36		22		32

言	句＼作者名	春溪	合計	可堂	合計	琢堂	合計	東涯	合計
四言詩	句								
	合計								
五言詩	4句							183	1
	8句							311 109 20 381 111 25 151 48 266 68	10
	4・8句以外							153 39 (30句) (20句)	2
	合計								13
七言詩	4句	305 5 17 34 55 79 114 133 275 283	10	191 6 199 36 219 53 278 76 104 130 150 159 175	13	7 16 52 75 115 116 161 176 221	9	354 249 126 90 8 398 281 127 93 9 403 282 138 94 10 411 289 152 95 37 310 177 96 38 329 182 112 47 349 190 117 67 352 211 118 69 353 224 125 81	40
	8句							415 339 163 58 366 231 89 370 298 102 391 333 108	13
	4・8句以外							65（20句）	1
	合計		10		13		9		54
総合計			10		13		9		67

合計	帰山	合計	菊川	合計	勤斎	合計	文豹	作者名／句	言
	212 205 186 168 (4句)						194 (16句)	句	四言詩
4						1		合計	四言詩
1	334					1	321	4句	五言詩
6	367 28 382 50 84 110	3	85 86 122	2	14 42			8句	五言詩
								4・8句以外	五言詩
7		3		2		1		合計	五言詩
28	424 285 128 27 300 140 49 319 141 70 347 171 71 372 180 72 396 215 73 414 234 92 416 245 100 417 271 123	11	393 18 420 51 61 78 91 120 137 148 386	4	13 40 41 57	31	379 288 198 11 384 291 208 12 407 304 217 32 410 320 233 135 325 238 147 341 247 160 351 250 173 364 265 192 369 270 193	4句	七言詩
8	337 24 371 99 390 107 400 330	3	23 43 87					8句	七言詩
								4・8句以外	七言詩
36		14		4		31		合計	七言詩
47		17		6		33		総合計	

言	句／作者名	鳴鶴	合計	竹圃	合計	龍山	合計	復堂	合計	古香	合計	竹亭	合計
四言詩	句												
	合計												
五言詩	4句											254 203 164 243 179	5
	8句	66 256	2	105 157 196 269	4	83	1	103	1				
	4・8句以外	46 (12句)	1										
	合計		3				1		1				
七言詩	4句	210 30 257 44 260 45 273 80 287 129 172 181 189 197	14	301 31 368 134 399 149 423 188 207 216 246 259 286	13					145	1		
	8句	155 156 230 268	4	169 229	2								
	4・8句以外												
	合計		18		15						1		
総合計			21		19		1		1		1		5

言	句 ＼ 作者名	緑水	合計	清庵	合計	渓村	合計	柳塘	合計
四言詩	句								
	合計								
五言詩	4句	237 201 165 222 178	5	236 166 223	3	389 323 242 167 406 388 255 204	8	184	1
	8句								
	4・8句以外								
	合計				3				1
七言詩	4句	362 240 378 251 263 279 295 309 314 315 344	11	253 267 274 294 317 331 343 361 404	9			348 355 412 413 421	5
	8句							299 332 338	3
	4・8句以外								
	合計		11		9				8
総合計			16		12		8		9

言	句	致堂	合計	澹齋	合計	斗厓	合計	総合計
四言詩	句							
	合計							7
五言詩	4句	202	1					27
	8句							34
	4・8句以外							4
	合計		1					42
七言詩	4句	209 220 235 239 252 264 276 293 322 327 345 363 377 387 405 422	16	241 292 306 313 374 383	6	376 385 395	3	306
	8句							45
	4・8句以外							1
	合計		16		6		3	352
総合計			17		6		3	424

（注）「公○○宿題」「公席題○○分韻」と記す作品、及び「公」はなく、「席題分韻」だけ記し、姓名のない作品も、松堂公の作品として分類した。

（四）「進徳館詩集」

①書名、「進徳館詩集」（「汲古窟信筆」第九巻所収）。

②巻数、一巻。

③冊数、一冊。
④著者名、待月亭主人。
⑤編者名、待月亭主人。
⑥出版地、無し（出版せず）。
⑦出版者、無し（出版せず）。
⑧出版（または成立）年月日、（出版せず）。嘉永二年（一八四九年）の成立。
「汲古窟信筆」第九巻は嘉永三年・一八五〇年の記事を載せている。この年の成立と考えられる。
⑨丁・頁数、二丁　四頁。
⑩写真数、無し。
⑪体裁、和装袋綴。毛筆書写。
⑫大きさ、縦二十六・五㎝×横十八・九㎝。
⑬帙の有無、無し。
⑭所蔵者、植田命寧氏。
⑮作者履歴、（参考）
五十嵐亮助・琴石、（包耀）。『鯖江藩御家人帳』（五巻上一七六頁）。
土屋仲宅・竹圃、（伊之）。『鯖江藩御家人帳』（五巻上四四五頁）。
青柳塘・柳塘、鳴鶴、（致知）。『鯖江藩御家人帳』（五巻上一四四頁）。

水谷山聳・荀川・(芝石)。『鯖江藩御家人帳』(五巻下四〇三頁)。
勢家新藏、保親・五雲。『鯖江藩御家人帳』(五巻上五五頁)。
藤田　敦・敦齊。『鯖江藩御家人帳』(五巻上一〇九頁)。
加藤文進・芝窓。『鯖江藩御家人帳』(五巻下三三頁)。
(御家人帳に無い人名・雅号) 閒部詮實・松齋、大鄕浩齋、鈴木大壽・琴岳。

⑯巻頭作品(または代表作品)、

ここに、敦齋の七言絶詩(作品番号7)を示す。
君得華年祝壽時　君 華年を得たまひて寿を祝ふ時、
近臣相集共開眉　近臣相集ひ共に眉を開く。
歡娯無限高堂上　歓娯無限なり高堂の上、
慙我一編奉賀詩　慙づらくも我が一編の奉賀の詩を
奉賀　賀し奉る　敦齋

韻字、時、眉、詩(平声支韻)。

⑰余説(「構成」と「考察」)、

「構成」

詩集は公の六十の賀に際し寿詩を奉ったのである。侯は、文久二年(一八六二)年六十になられた。八作品
がある。全部の雅号・詩体・作品番号を記す。

浩齋・五言律詩（1）、包耀・七言律詩（2）、尹之・五言律詩（3）、致知・五言12句＝古詩（4）、五雲・七言絶句（5）、荀川・七言絶句（6）、敦齋・七言絶句（7）、芸窓・七言絶句（8）。

（続いて「姓名」として雅号と姓名を記している）。

また、頁を改めて、詮實・五言律詩（9）がある。

一方、「進德館詩集」の見出しの前に、七言絶句が一首あり、内容は、同類の詩のようである。琴岳・七言絶句である。これを（10）とする。

但し、この二首は別の組の詩とも見られるので「参考」として載せる。

「考察」

藩侯の六十の賀に漢詩を作って奉る、ということは、漢詩が社交の場で使われているということである。これは、作品を作れるだけのレベルに達しているということでもあり、努力が実ってきていると言えると思う。

⑱研究文献、資料、「年次一覧表」の第三十六番。

⑲所収作品表（合計欄以外の数字は作品番号）、

（四）「進徳館詩集」

号	姓名	五言詩 4句	五言詩 8句	五言詩 12句	七言詩 4句	七言詩 8句	作品合計数
（済）	芥川　捨藏		1				1
包耀	五十嵐亮助					2	1
伊之	土屋　仲宅		3				1
致知	青柳　塘			4			1
五雲	勢家　新藏	5					1
荀川	水谷　山聳				6		1
敦齋	藤田　敦				7		1
芸窓	加藤　文進				8		1
松齋	間部　詮實		9				1
琴岳	鈴木　大壽	10					1
作品合計数		2	3	1	3	1	10

（五）「嘉永三庚戌戲歷附新年之作」

①書名、「嘉永三庚戌戲歷附新年之作」（「汲古窟信筆」第九巻所収）。

②巻数、一巻。

③冊数、一冊。
④著者名、待月亭主人。
⑤編者名、待月亭主人。
⑥出版地、無し（出版せず）。
⑦出版者、無し（出版せず）。
⑧出版（または成立）年月日、嘉永三年（一八五〇年）成立。
⑨丁・頁数、二丁・三頁。
⑩写真数、無し。
⑪体裁、和装袋綴。毛筆書写。
⑫大きさ、縦二十六・五㎝×横十八・九㎝。
⑬帙の有無、無し。
⑭所蔵者、植田命寧氏。
⑮作者履歴、全員『鯖江藩御家人帳』には記事がない人たちである。
⑯巻頭作品、

庚戌春興　　庚戌の春興　　純齋
不二峰容四序同　不二の峰は四序を容るること同じく、
筑波山聳五雪中　筑波山は五雪の中に聳ゆ。

七彩芳尊九霞盞　七彩　芳尊　九霞の盞
醉鄕樂土在春風　酔郷　楽土春風に在り。
（押韻）同、中、風（平声東韻）。

⑰余説（「構成」と「考察」）、
「構成」

詩集名にあるとおり、正月恒例の詩暦の作品が挙げてある。一から十五番作品までは七言絶句で、16番作品だけが五言絶句である。

「考察」

出席者の顔ぶれを見ると、江戸における会合であると思われる。
⑱研究文献、資料、「年次一覧表」の第三十八番。
⑲所収作品表（　）内の数字は作品番号である。
純齋（1）、謙齋（2）、啞々山樵（3）、松堂（4、5）、梅閣（6）、松塘（7）、米莽亥（8）、長滿連（9）、浩齋博（10、11、12）、香雪山晉（13、14）、淡所（15）、醉我（16）。

（六）「萬斛先春」

①書名、「萬斛先春」（「汲古窟信筆」第九巻所収）。

②巻数、一巻。
③冊数、一冊。
④著者名、待月亭主人。
⑤編者名、待月亭主人。
⑥出版地、無し（出版せず）。
⑦出版者、無し（出版せず）。
⑧出版（または成立）年月日、（出版せず）。嘉永十八年（一八五〇年）成立。
「汲古窟信筆」第九巻は嘉永十八年（一八五〇年）の記事を載せている。同年の成立と見られる。
⑨丁・頁数、一丁・二頁。
⑩写真数、無し。
⑪体裁、和装袋綴。毛筆書写。
⑫大きさ、縦二十六・五㎝×横十八・九㎝。
⑬帙の有無、無し。
⑭所蔵者、植田命寧氏。
⑮作者履歴、
竹圃・土屋仲宅『鯖江藩御家人帳』（五巻上四四五頁）。
恭堂・祖父江恭助『鯖江藩御家人帳』（五巻上三六五頁。）

芸窓・加藤文進『鯖江藩御家人帳』（五巻下三三頁）。
歸山・芥川舟之、濟『鯖江藩御家人帳』（五巻下三三四頁）。
琴石、包耀・五十嵐亮助『鯖江藩御家人帳』（五巻上一七六頁）。
古香、樂齋・土屋得所『鯖江藩御家人帳』（五巻上四四五頁）。
柳塘、（鳴鶴）・青柳塘『鯖江藩御家人帳』（五巻上一四四頁）。
荀川、（芝石）・水谷山聳『鯖江藩御家人帳』（五巻下四〇三頁）。

⑯巻頭作品、

詠風梅　風梅を詠ず　松堂
窈窕堪寒瘦又肥　窈窕として寒に堪え瘦せまた肥り、
背風半嗤孕芳菲　風を背にして半ば嗤い芳菲を孕む
未央宮裏爲誰舞　未央宮の裏　誰が為に舞ひ、
相待君王倣鳳飛　君王を相待って鳳の飛ぶに倣ふ。
（押韻）肥、菲、飛（平声微韻）。

⑰余説（「構成」と「考察」）、
「構成」

巻頭の松堂公が「風梅」を詠われたので、以下の八人も同様に「梅」を詠っている。全員七言絶句を作っている。

「考察」

因みに題名を順番に挙げてみる。雨梅、園梅、山梅、江梅、窓梅、月梅、野梅、雪梅。文学的である。さぞかし楽しいことであろうと思う。鯖江での会合であるように思われる。

⑱研究文献、資料、「年次一覧表」の第三十九番。

⑲所収作品表（　）内は作品番号。表なし（全て七言絶句で、九句だけである）。

松堂（1）、竹圃（2）、恭堂（3）、芸窓（4）、歸山（5）、琴石（6）、古香（7）、柳塘（8）、荀川（9）

（七）「進徳社詩」

①書名、「進徳社詩」（「汲古窟信筆」第十巻所収）。

②巻数、一巻。

③冊数、一冊。

④著者名、待月亭主人。

⑤編者名、待月亭主人。

⑥出版地、無し（出版せず）。

⑦出版者、無し（出版せず）。

⑧出版（または成立）年月日、（出版せず）。嘉永三年（一八五〇年）の成立。

「汲古窟信筆」第十巻は嘉永三年・一八五〇年の記事を載せている。この年の成立とみられる。

⑨丁・頁数、二丁　二頁。

⑩写真数、無し。

⑪体裁、和本　袋綴。毛筆筆写。

⑫大きさ、縦二十六・五㎝×十八・九㎝。

⑬帙の有無、無し。

⑭所蔵者、植田命寧氏。

⑮作者履歴、

土屋仲宅・竹圃。『鯖江藩御家人帳』（五巻上四四五頁）。

加藤文進・芸窓。『鯖江藩御家人帳』（五巻下三三三頁）。

五十嵐亮助・琴石。『鯖江藩御家人帳』（五巻上一七六頁）。

小倉喜太郎・適齊。『鯖江藩御家人帳』（五巻下二五四頁）。

喜多山儀兵衛・（薌園）。『鯖江藩御家人帳』（五巻上二一七頁）。

喜多山直吉・巻石。『鯖江藩御家人帳』（五巻上二一九頁）。

内田侃治・范村『鯖江藩御家人帳』（五巻上二六頁）。

吉井清作・松嶺、松峯・『鯖江藩御家人帳』（五巻上四六頁）。

曾我音九郎（三郎右衛門）・東崖。『鯖江藩御家人帳』（五巻上三二三頁）。

⑯巻頭作品（または代表作品）、

第一首を挙げる。

奉送我公朝東都　　我公の東都に朝するを送り奉る　　琴石

銀槍金鉞玉花馬　銀の槍　金の鉞　玉花の馬、

整々行装去向東　整々として行装して　東に向かって去（ゆ）く。

河伯山神饗君處　河伯　山神　君を饗する処、

船臻荒井浪尤融　船は荒井に臻って浪尤も融（やわら）ぐ。

（押韻）馬、東・融（平声東韻）。

⑰余説（「構成」と「考察」）、

「構成」

総数で九作品を収めている。全て七言絶句である。公の東都へ赴かれるのを送り奉る詩である。

なお、「進徳社詩」の前の頁に、同様の主旨の竹圃、芸窓が創作した七言絶句の詩が一首ずつある。この二首は「進徳社詩」の見出しの後の七首とは字体が違う。また、後に記す「雅号と姓名」の箇所の最初にこの二人の名前がある。これらのことから判断して、「進徳社詩」の見出しの後に七首をまとめて書いたため、竹圃、芸窓の作品は別の作品群と見られそうである。しかし、もとは九首でまとまった作品群であったと考えられる。そこで、作品番号は、1～7に追加して、竹圃、芸窓の作品にも8、9の作品番号を与えて、〈琴石（1）、適齋（2）、薌園（3）、巻石（4）、范村（5）、松嶺（6）、東涯（7）。竹圃（8）、芸窓（9）としておく。

「考察」

殿の江戸へ出立なさるのをお見送りをする時に、漢詩を献上奉呈するのである。儀礼的ではあるが、そういう漢詩が創られるほどに詩作が臣下にとっては必要な教養になっていたともいうことが出来る。見方によっては、藩の文化的レベルが上がったことを示しているということも出来る。

⑱研究文献、資料、「年次一覧表」の第四十番。

⑲所収作品表（合計欄以外の数字は作品番号）、

なお、原文では、七作品の後に、「雅号と姓名」が記されているので、それを一緒に表示する。

（七）「進徳社詩」

雅号	姓名	言数	句数	作品番号
竹圃	土屋仲宅	七言	四句	8
芸窓	加藤文進	〃	〃	9
琴石	五十嵐亮助	〃	〃	1
適齋	小倉喜太郎	〃	〃	2
薌園	喜多山儀兵衞	〃	〃	3
巻石	喜多山直吉	〃	〃	4
范村	内田侃治	〃	〃	5
松嶺	吉井清作	〃	〃	6
東崖	曾我音九郎	〃	〃	7

(八)「辛亥詩集」

①書名、「辛亥詩集」(「汲古窟信筆」第十一巻所収)。
②巻数、一巻。
③冊数、一冊。
④著者名、待月亭主人。
⑤編者名、待月亭主人。
⑥出版地、無し(出版せず)。
⑦出版者、無し(出版せず)。
⑧出版(または成立)年月日、(出版せず)。嘉永四年(一八五一年)の成立。
　「汲古窟信筆」第十一巻は嘉永年間の記事を収めており、「辛亥」は、嘉永四年・一八五一年である。この年に成立したとみられる。
⑨丁・頁数、二丁・三頁。
⑩写真数、無し。
⑪体裁、和装袋綴、毛筆筆写。
⑫大きさ、縦二十六・五㎝×横十八・九㎝。
⑬帙の有無、無し。

⑭所蔵者、植田命寧氏。
⑮作者履歴、
　松堂、松塘、子謙、月堂、米莽、遂莽、香雪、浩齋、蓬仙、鹿石。

（全員御家人帳にない人名・雅号である。但し、松堂、浩齋については本書に紹介記事がある）。

また、香雪については以下の記事がある。「姓は山内、名を晉、字は希逸。香雪は雅号。亀田鵬齊、大窪詩佛に詩文を、市河米庵に書を学び、会津で塾を開いた。万延元年（一八六〇）六十二歳で没」。（『鯖江藩ゆかりの至宝』四八頁参照）。
⑯巻頭作品（作品番号1番の作品）、
　詩暦
小孩三五始勞經　小孩は三五にして　始めて経に労し、
六法學兼八體形　六法を学びて八体を兼ぬる形。
未至十分偸日月　未だ十分に至らぬに　日月を偸み、
知非半百響春青　知は半百に非ずして春青に響く。
　（押韻）經、形、青（平声青韻）。
⑰余説（「構成」と「考察」）、
「構成」

　1番から8番までの作品は、1番の松堂公の「詩暦」の題に沿って詩作している。

9番から17番の作品は、9番で松堂公が「元旦試毫」の題で作られたので、10番以下は、「元旦」の主旨に沿う形で各自自由に詩題をつけて作詩している。

「詩暦」松堂・七言絶句（1）、松塘（2）、子謙（3）、月堂（4）、米莽（5）、遂莽（6）、香雪（7）、浩齋（8）。

「元旦試毫」松堂・七言絶句（9）。

「元旦」月堂・七言絶句（10）、

「春日口号」蓬仙・七言絶句（11）。

「元旦」米莽・五言絶句（12）、七言絶句（13）、遂莽・五言絶句（14）。

「王春卽事」浩齋・七言絶句（15）。

「孟陬作」浩齋・七言絶句（16）。

「元旦題自畫梅花」鹿石・七言絶句（17）。

「考察」

新年の年賀の席での詩作であると見受けられる。和やかな雰囲気がある。

⑱研究文献、「年次一覧表」の第四十一番。

⑲所収作品表（合計欄以外の数字は作品番号）、

（八）「辛亥詩集」

言／句	五言詩 四	五言詩 合計	七言詩 四	七言詩 合計	総合計
松堂			1 9	2	2
松塘			2	1	1
子謙			3	1	1
月堂			4 10	2	2
米莽	12	1	5	1	2
遂莽	14	1	6 13	2	3
香雪			7 15 16	3	3
浩齋			8	1	1
蓬仙			11	1	1
鹿石			17	1	1
総合計		2		15	17

（九）「乙卯二月　花下對月」

①書名、「乙卯二月　花下對月」（「待月亭謾筆」第十九巻所収）。
②巻数、一巻。
③冊数、一冊。
④著者名、待月亭主人。
⑤編者名、待月亭主人。

⑥出版地、無し（出版せず）。
⑦出版者、無し（出版せず）。
⑧出版（または成立）年月日、（出版せず）。安政二年（一八五五年）の成立。
「待月亭謾筆」十三巻の該当部分の右頁に「世ハ安政ニ改震板」とある。安政二年は乙卯の年一八五五年である。この年に成立しているといえる。
⑨丁・頁数、二丁・三頁。
⑩写真数、無し。
⑪体裁、和装袋綴。毛筆筆写。
⑫大きさ、縦二十六・五㎝×横十八・九㎝。
⑬帙の有無、無し。
⑭所蔵者、植田命寧氏。
⑮作者履歴、
義齋（波多野義三『鯖江藩御家人帳』（五巻下一一頁）。
鹿川（小堀十太）『鯖江藩御家人帳』（五巻下一七四頁）。
龍山（山口躋）『鯖江藩御家人帳』（五巻下四六九頁）。
樂仙（僊）（大鈴澤治）『鯖江藩御家人帳』（五巻下八〇頁）。
麟友（佐々木木作）『鯖江藩御家人帳』（五巻下六六頁）。

泰山（津田泰一）『鯖江藩御家人帳』（五巻上三一頁）。

＊右の六名の人以外の左の人は、『鯖江藩御家人帳』にない人名・雅号である。

竹齋、鹿鳴、東窓、龍溪、精舎、澤陽、雪峯、竹崖。

⑯巻頭作品（作品番号1番の作品）、

乙卯二月　花下對月　　龍山

嬌艶花顔添月笑　嬌艶　花顔　月に笑いを添へ、
嬋妍月兎美花眞　嬋妍　月兎　美花　眞なり。
今宵一刻何論價　今宵の一刻　何ぞ価を論ぜん、
天地此時不吝春　天地此の時　春を吝かにせず。

（押韻）眞、春（平声眞韻）。

⑰余説（「構成」と「考察」）、

「構成」十四名が同題で七言絶句を創作している。

「考察」恐らく月見の宴を開いてその席で作詩しているのであろう。

⑱研究文献、資料、「年次一覧表」の第四十三番。

⑲所収作品表（十四名が同題で七言絶句を一首ずつ創作している。総計十四首である。表は省略する）、

龍山（1）、竹齋（2）、鹿鳴（3）、東窓（4）、樂僊（5）、龍溪（6）、麟友（7）、精舎（8）、泰山（9）、澤陽（10）、雪峯（11）、竹崖（12）、義齋（13）、鹿川（14）。

（一〇）「百家雪」

①書名、「百家雪」（「待月亭謾筆」第十五巻所収）。書名は目次の記載による。
②巻数、一巻。
③冊数、一冊。
④著者名、待月亭主人。
⑤編者名、待月亭主人。
⑥出版地、無し（出版せず）。
⑦出版者、無し（出版せず）。
⑧出版（または成立）年月日、（出版せず）。安政三年（一八五六年）の成立。
「待月亭謾筆」第十五巻は、丙辰の年、安政三年、一八五六年の記事を載せている。この年の成立と見られる。
⑨丁・頁数、三丁・三頁。
⑩写真数、無し。
⑪体裁、和装袋綴。
⑫大きさ、二十六・五㎝×横十八・九㎝。
⑬帙の有無、無し。

⑭所蔵者、植田命寧氏。
⑮作者履歴、巻末（14番作品の後）にまとめて、雅号の下の（　）内に記した氏名が書かれている。参考として、そのまま記す。1は藩主。2、5、13は「鯖江藩御家人帳」に記事はない。

松堂
范村（内田侃治）『鯖江藩御家人帳』（五巻上二六頁）。
梅軒（伊東庄作）『鯖江藩御家人帳』（五巻上一五八頁）。
芸窓（加藤文進）『鯖江藩御家人帳』（五巻下三三頁）。
東齋（植田貢之進）『鯖江藩御家人帳』（五巻上五一頁）。
柳塘（青柳塘）『鯖江藩御家人帳』（五巻上一四四頁）。
歸山（芥川舟之）『鯖江藩御家人帳』（五巻下三三四頁）。
琴石（五十嵐亮助）『鯖江藩御家人帳』（五巻上一七六頁）。
古香（土屋得所）『鯖江藩御家人帳』（五巻上四四五頁）。
莊園隆（喜多山儀兵衞）『鯖江藩御家人帳』（五巻上二一七頁）。
小倉篤（小倉喜太郎）『鯖江藩御家人帳』（五巻下二五四頁）。
東崖（曾我三郎左衞門）『鯖江藩御家人帳』（五巻上三二三頁）。
芝石（水谷山聳）『鯖江藩御家人帳』（五巻下四〇三頁）。
敦齊（藤田敦）『鯖江藩御家人帳』（五巻上一〇九頁）。

⑯巻頭作品（または代表作品）、

侯家雪　得萬字　侯家の雪　万の字を得たり。

高閣煖筵忘戒勸　高閣の煖き筵は戒を忘れて勧め、
捲簾對雪屏新嫩　簾を捲きて雪に対して新嫩を屏す。
開倉何未援窮民　倉を開きて何ぞ未だ窮民を援けざる、
志在坡池如達萬　志は坡池に在り万に達するが如し。

（押韻）勸、嫩、萬（去声願韻）。

⑰余説（「構成」と「考察」）、

「構成」

「百家雪」の統一主題の下で、十四名が各自「違う家」を取り上げて七言絶句を創作している（⑲に詩の題を示した）。題名の下に「得〇字」とあり、〇字を末句の韻字としている。

「考察」

取り上げた家の特徴を、詩句にうまく表現しており、十四の違う景観がみられて面白い。四句末の韻字は〇字を使う約束のようであり、作詩力もかなり高いように思う。

⑱研究文献、資料、「年次一覧表」の第四十四番。

⑲所収作品表（　）内は作品番号（全て七言絶句の作品である。表は省略する）、

侯家雪・松堂（1）、富家雪・范村（2）、漁家雪・梅軒（3）、僧家雪・芸窓（4）、樵家雪・東齋（5）、仙

家雪・柳塘政和（6）、獵家雪・歸山（7）、詩家雪・琴石（8）、娼家雪・古香（9）、儒家雪・莊園隆（10）、山家雪・小倉篤（11）、貧家雪・東崖（12）、酒家雪・芝石（13）、商家雪・敦齋（14）。

（一一）「賞春詩巻」

①書名、「賞春詩巻」（「待月亭謾筆」第十六巻所収）。
②巻数、一巻。
③冊数、一冊。
④著者名、待月亭主人。
⑤編者名、待月亭主人。
⑥出版地、無し（出版せず）。
⑦出版者、無し（出版せず）。
⑧出版（または成立）年月日、（出版せず）。安政三年（一八五六年）の成立。
「待月亭謾筆」第十六巻は、丙辰の年、安政三年、一八五六年の記事を載せている。この年の成立と見られる。
⑨丁・頁数、三丁・三頁。
⑩写真数、無し。

⑪体裁、和装袋綴。
⑫大きさ、二十六・五㎝×横十八・九㎝。
⑬帙の有無、無し。
⑭所蔵者、植田命寧氏。
⑮作者履歴（3番作品から雅号の下に小文字で（　）内に記した氏名が書かれている。参考として、それをそのまま記した。1、2番作品には氏名が記されていない。1番は、元の藩主（間部詮實）のことと判っているからであろう。2番については、記さない理由は分からない）。12・竹涯（中村豢郎）は『鯖江藩御家人帳』に記事はない。

松齋
漆園
鹿川（小堀十太）『鯖江藩御家人帳』（五巻下一七四頁）。
龍山（山口躋）『鯖江藩御家人帳』（五巻下四六九頁）。
松潤（中村功）『鯖江藩御家人帳』（五巻上四一七頁）。
樂仙（大鈴驛治）『鯖江藩御家人帳』（五巻下八〇頁）。
麟友（佐々木木作）『鯖江藩御家人帳』（五巻下六六頁）。
溪叟（鈴木玄岱）『鯖江藩御家人帳』（五巻下五三頁）。
精舎（飯崎精）『鯖江藩御家人帳』（五巻下一六七頁）。

泰山（津田泰一）『鯖江藩御家人帳』（五巻上三二頁）。
漣漪（中村米助）『鯖江藩御家人帳』（五巻下五五四頁）。
竹涯（中村餐郎）
西水（西川茂三）『鯖江藩御家人帳』（五巻下四〇九頁）。
義齋（波多野義三）『鯖江藩御家人帳』（五巻下一一頁）。
學橋（大鄕巻藏）『鯖江藩御家人帳』（五巻下一九六頁）。

⑯巻頭作品（または代表作品）、

春水　　春の水（川）

溶溶滾滾泛舟遙　溶溶滾滾として　舟を泛ぶること遙かにすれば、
山映江心影動搖　山は江心に映じて　影動揺す。
昨秋柳堤春雨過　昨秋の柳堤に　春雨過ぎり、
一篝就漲浴埋橋　一篝就に漲りて　橋を埋めんと欲す。

（押韻）遙、搖、橋（平声蕭韻）。

⑰余説（「構成」と「考察」）、

「構成」

「賞春」の統一主題の下で、十五名が各自「違う春の風景や状況」を取り上げて七言絶句を創作している
（⑲に示した）。

「考察」

取り上げた春の特徴を、巧みに詩句に取り込んでおり、十五の違う春が鑑賞出来て楽しい。詩人の表現力もかなり上達しているように思う。

⑱研究文献、資料、「年次一覧表」の第四十五番。

⑲所収作品表（全て七言絶句である。表は省略する）、

春水・松齋（1）、春村・漆園（2）、春水・鹿川（3）、春晴・龍山（4）、春遊・松澗（5）、春雨・樂仙（6）、春寺・麟友（7）、春曉・溪叟（8）、春窓・精舎（9）、春夜・泰山（10）、春林・漣漪（11）、春興・竹涯（12）、春山・西水（13）、春夢・義齋（14）、春雲・學橋（15）。

（一二）「丙辰詩稿」

①書名、「丙辰詩稿」（「待月亭謾筆」第二十巻所収）。

②巻数、一巻。

③冊数、一冊（八枚）。

④著者名、待月亭主人。

⑤編者名、待月亭主人。

⑥出版地、無し（出版せず）。

⑦出版社、無し（出版せず）。
⑧出版（または成立）年月日、（出版せず）。安政三年（一八五六年）の成立。
「待月亭謾筆」第二十巻は丙辰の年、安政三年・一八五六年の記事を載せている。この年の成立とみられる。
⑨丁・頁数、四丁・八頁。
⑩写真数、無し。
⑪体裁、和装袋綴、毛筆書写。
⑫大きさ、縦二十六・五㎝×横十八・九㎝。
⑬帙の有無、無し。
⑭所蔵者、植田命寧氏。
⑮作者履歴、
敦齊（藤田　敦）『鯖江藩御家人帳』（五巻上一〇九 頁）。
雪崖（仲村熊吉）『鯖江藩御家人帳』（五巻上五〇二頁）。
五雲（勢家新藏・保親）『鯖江藩御家人帳』（五巻上五五頁）。
范村（内田侃治）『鯖江藩御家人帳』（五巻上二六頁）。
恭堂（祖父江恭助）『鯖江藩御家人帳』（五巻上三六五頁）。
古香（土屋得所）『鯖江藩御家人帳』（五巻上四四五頁）。
梅軒（伊東庄作）『鯖江藩御家人帳』（五巻上一五八頁）。

歸山（芥川舟之）『鯖江藩御家人帳』（五巻下三三四頁）。
芝石（水谷山聳）『鯖江藩御家人帳』（五巻下四〇三頁）。
（次の二名は御家人帳に記事がない。青崖、植軒）。

⑯巻頭作品、（作品番号1番の作品）、

九月十一日　宿題

秋砧　　歸山

夜永蕭條落木秋　夜は永く　蕭条たり落木の秋、
雙砧處々響沈浮　双砧は処々に響き沈み浮く。
燈邊結夢疑非夢　灯辺に結ぶ夢は夢にあらざるかと疑い、
枕上無愁似有愁　枕上に愁い無きは　愁い有るに似たり。
幾陳風觸窓隙冷　幾たびかの陳風は窓の隙に触れて冷たく、
半輪月在樹間留　半輪の月は樹間に在って留まる。
誰家妾婦何爲意　誰が家の妾婦　何を為すの意か
猶到五更未旨休　猶五更に至って未だ嘗て休せず。

（押韻）秋、浮、愁、留、休（平声尤韻）

⑰余説（「構成」と「考察」）、

「構成」（　）内は作品番号である。

九月十二日＝宿題「秋砧」(七言律詩) 歸山（1）。(七言絶句) 青崖（2）敦齊（3）雪崖（4）。

九月十三日＝席題「秋江夜泊」(七言律詩) 歸山（5）。(七言絶句) 五雲（6）青崖（7）敦齊（8）范村（9）雪崖（10）植軒（11）恭堂（12）。

九月二十二日＝宿題「夜聞葉聲」(七言絶句) 歸山（13）五雲（14）敦齊（15）。

九月二十二日＝席題「秋雨」(五言律詩) 歸山（16）。(七言絶句) 青崖（17）敦齊（18）芝石（19）恭堂（20）。

「附錄」＝「秋日閑居」(七言絶句) 五雲（21）。「秋夜」(七言絶句) 五雲（22）。「草雁」(七言絶句) 五雲（23）。「買菊花」(七言絶句) 青崖（24）敦齊（25）。「晩秋閑居」(七言絶句) 敦齊（26）。

「拙吟」＝「山春値晴」(七言律詩) 古香（27）敦齊（28）。

「冬曉」(七言絶句) 歸山（29）敦齊（30）古香（31）恭堂（32）。

「冬夜吟」(七言絶句) 歸山（33）敦齊（34）芝石（35）。

「霰」(七言絶句) 敦齊（36）。「冬晝作」(七言絶句) 歸山（37）古香（38）五雲（39）。「秋雨」(七言絶句) 五雲（40）。

「冬曉」(七言絶句) 五雲（41）。「冬夜吟」(七言絶句) 五雲（42）。

「板橋霜跡」(七言絶句) 梅軒（43）。

「考察」
(ア) 詩集は、四十三作品を収めている。五言八句＝律詩は一作品。七言四句＝絶句は三十七作品。七言八句＝律詩は三作品である。

（イ）九月十二日の「宿題」四首、十三日の「席題」八首。九月二十二日〈二十一日の誤りか〉の「宿題」三首、二十二日「席題」五首、それと「附録」六首、「拙吟」十七首である。

（ハ）「宿題」「席題」とも、巻頭作品は「歸山」であるので、歸山が「詩会」を主宰しているとみられる。

（ニ）後半に秋の作品「附録」と冬の作品「拙吟」も収めている。こちらは日付がない。この詩集は「詩会詩集」であると共に参加者の「合同詩集」としての性質も持っていると言うことができる。

⑱研究文献、資料、「年次一覧表」の第四十六番。

⑲所収作品表（合計欄以外の数字は作品番号）、

（一二）「丙辰詩集」

言	五言詩		七言詩				
句	八	合計	四	合計	八	合計	総合計
歸山	16	1	13 29 33 37	4	1 5	2	7
青崖			2 7 17 24	4			4
敦齋			3 8 15 18 25 26 30 34 36	9	28	1	10
雪崖			4 10	2			2
五雲			6 14 21 22 23 39 40 41 42	9			9

範村				9	1			1
植軒				11	1			1
恭堂				12 20 32	3			3
芝石				19 35	2			2
古香				31 38	2	27	1	3
梅軒				43	1			1
総合計			1		38		4	43

（一三）「吟草」

①書名、「吟草」（「待月亭謾筆」第二十三巻所収）。
②巻数、一巻。
③冊数、一冊。
④著者名、待月亭主人。
⑤編者名、待月亭主人。
⑥出版地、無し（出版せず）。
⑦出版者、無し（出版せず）。
⑧出版（または成立）年月日、（出版せず）。安政三年（一八五六年）の成立。

「待月亭謾筆」第二十三巻は安政三年・一八五六年の記事を載せている。この年の成立とみられる。

⑨丁・頁数、八丁・十二頁。

⑩写真数、無し。

⑪体裁、和装袋綴。毛筆書写。

⑫大きさ、縦二十六・五㎝×十八・九㎝。

⑬帙の有無、無し。

⑭所蔵者、植田命寧氏。

⑮作者履歴、

大郷巻藏・學橋『鯖江藩御家人帳』(五巻下一九六頁)。

中村　功・松潤『鯖江藩御家人帳』(五巻上四一七頁)。

佐々木木作・麟友『鯖江藩御家人帳』(五巻下六五頁)。

鈴木玄岱・溪叟。『鯖江藩御家人帳』(五巻下五五三頁)。

(『鯖江藩御家人帳』に無い人名・雅号)閒部詮勝・松堂、閒部詮實・松齋、雲箒、鶴汀、澤井。

(中国人名)杜牧之、溫庭筠、耿偉、宋邕。

⑯巻頭作品(または代表作品)、

巻頭には杜牧之の「春懷」(作品番号は1)を掲げている。杜牧之(八〇三〜八五三)。姓は杜、名は牧、字は牧之、号は樊川(下屋敷が中国の長安市の南の樊川にあったのでいう)。晩唐前期の代表的詩人、杜甫に対して「小杜」

と呼ばれる。樊川文集二〇巻、樊川詩集四巻などがある。

春懐　　春の懐　　杜牧之

年光何太急　年光　何ぞ太だ急なる、
倏忽又青春　倏忽として　また青春なり。
名月誰爲主　名月　誰をか主と為す、
江山暗換人　江山　暗に人を換ふ。
鶯花潛運老　鶯花　潜かに老を運び、
榮樂漸成塵　栄楽　漸く塵と成る。
遙憶朱門柳　遙かに憶ふ　朱門の柳、
別離應更頻　別離は　応に更に頻りなるべし。

この詩は、尾聯・七、八句の記述に依ると、杜牧が都を離れた地方で、都(長安)の城門では、任地への赴任などで、柳の枝を手折って別れを惜しむ人も多かろうと、自分のかつての都生活を懐かしく思いながら作っている作品のようである。

この五言律詩の韻字「春、人、塵、頻」(平声真韻)を用いて詩作するのである。

用杜樊川春懷韻
杜樊川の春懐の韻を用ふ　　松堂

滿庭朝雨歇　満庭の　朝雨は歇み、

蕣葉翠初春　蕣の葉は　翠の初春たり。
那語金門士　那をか語る　金門の士、
徒籌闘肖人　徒に籌す　闘肖の人。
感今詩費憶　今詩の憶を費やすを感じ、
追古硯留塵　古硯の塵を留むるを追ふ。
花柳従之色　花柳　之に従うの色、
老心借寇頻　老心　寇を借りること頻りなり。

⑰余説（「構成」と「考察」）

「構成」

『吟草』は、中国人（唐代の詩人）の作品に倣って、その韻字を用い作品を作っている。勉強会の作品の記録であるから、「吟草」（吟詠作品の草稿）としたのであろう。日付はない。

四十二作品を収めている。唐人の作品四首と邦人の作品三十八首があるが、唐人と日本人の区別をせずに、掲載順に通し番号を付けた。唐人の作品名と作者名。次にそれに倣って作った参加した邦人の作者名と作品番号を（　）内に示す。

なお、唐人の作品の番号は、1、11、15、16、17、24である。

①「春懐」（五言八句＝律詩）、杜牧之（1）。
松堂（2）、松齋（3、4）、學橋（5）、松澗（6）、麟友（7）、溪叟（8）、雲箒（9）、澤井彦齢（10）。

②「春日」(五言律詩)、溫庭筠(11)。
松堂(12、13)、麟友(14)。
③「春日卽事」(五言律詩)(三首)耿韋(15、16、17)。
松堂(18、19、20)、麟友(21、22、23)。
④「春日」(七言四句＝絶句)、宋邕(24)。
松堂(25)、松齋(26)、麟友(27)。
⑤「春宴」用宋景文韻。(五言律詩)。
松堂(28)、松齋(29)、鶴汀(30)、學橋(31)、松澗(32)、麟友(33)。

「春山夜月」題で、松堂(34)、鶴汀(35)、學橋(36)、麟友(37)。

「暮春送花」題で、松堂(七律)(38)、(五律)(39)。

「暮春贈花」題で、鶴汀(五律)(40)。

「暮春後花」題で、鶴汀(七律)(41)。

「暮春送花」題で、學橋(五律)(42)。

頭注(の箇所)に寸評があり。42番の作品左下に「芥舟之謾評」とある。


「考察」

これは松堂(第八代藩主詮勝)主宰の詩会であろう。松堂は杜牧の「春懷」の「春、人、塵、頻」(平声真韻)の韻字を「次韻」している。また、杜牧の詩の主旨に沿って詩作している。但し、杜牧と松堂では、立場が違うので、尾聯の内容は異なっている。

なお、頭注（の箇所）に「評」がある。芥川舟之の評である。舟之は、名は濟、字は小軫、歸山と号した。通称は捨藏、後、舟之と改めている。鯖江藩校の教授。

2番の松堂の作品に対する頭注の箇所にある批評はこうである。

「誠唐人也。詩人常以顛字爲韻脚、多落凡句。今用借寇顛三字老練自見。」

「誠に唐人也。詩人常に顛字を以て韻脚と為すも、多くは凡句に落つ。今、借寇顛の三字を用ふ。老練自ずから見る（あらは）」

以下に掲げる三十八首の作品も同じような形式で作られている。なお批評は三十八首の中の二十六首に付けられている。

「考察」

春の⑤の箇所の作品群などから、かなり微妙な表現も出来るようになっていることが窺われる。作品の巧拙はあるが、『吟草』の作品は一定のレベルに達していたと言えるのではなかろうか。
⑱研究文献、資料、「年次一覧表」第四十七番。
⑲所収作品表（合計欄以外の数字は作品番号）、

（十三）「吟草」

言	句	牡牧之	合計	松堂	合計	松齋	合計	學橋	合計	松澗	合計	麟友	合計	溪叟	合計
五言詩	8句	1		2 12 13 18 19 20 28 34 39		3 4 9		5 31 36 42		6 32		7 14 21 22 23 33 37		8	
	合計		1		9		3		4		2		7		1
七言詩	4句			25		26						27			
	合計				1		1						1		
	8句			38											
	合計				1										
総合計					11		4		4		2				1

言	句	雲篿	合計	澤井	合計	溫庭筠	合計	耿湋	合計	宋邕	合計	鶴汀	合計	総合計
五言詩	8句	9		10		11		15 16 17				30 35 40		
	合計		1		1		1		3				3	36
七言詩	4句									24		41		
	合計				1		1				1		1	5
	8句													
	合計													1
総合計			1		1		4		3		1		3	42

（一四）「詩稿」

①書名、「詩稿」（「待月亭漫筆」第二十三巻所収）。
②巻数、一巻。
③冊数、一冊。
④著者名、待月亭主人。
⑤編者名、待月亭主人。
⑥出版地、無し（出版せず）。
⑦出版者、無し（出版せず）。
⑧出版（または成立）年月日、（出版せず）。安政三年（一八五六年）の成立。
「待月亭漫筆」第二十三巻は安政三年・一八五六年の記事を載せている。この年の成立とみられる。
⑨丁・頁数、八丁・十五頁。
⑩写真数、無し。
⑪体裁、和装袋綴。毛筆書写。
⑫大きさ、縦二十六・五㎝×横十八・九㎝。
⑬帙の有無、無し。
⑭所蔵者、植田命寧氏。

⑮作者履歴、
芥川濟、捨藏、舟之・歸山。『鯖江藩御家人帳』（五巻下三三四頁）。
内田侃治・茫村。『鯖江藩御家人帳』（五巻上二六頁）。
土屋得所・古香、樂齋。『鯖江藩御家人帳』（五巻上四四五頁）。
水谷山聳・荀川・（芝石）。『鯖江藩御家人帳』（五巻下四〇三頁）。
勢家新藏、保親・五雲。『鯖江藩御家人帳』（五巻上五五頁）。
藤田　敦・敦齊。『鯖江藩御家人帳』（五巻上一〇九頁）。
永岡忠藏、堯英・雪溪。『鯖江藩御家人帳』（五巻上四四一頁）。
祖父江恭助・恭堂。『鯖江藩御家人帳』（五巻上三六五頁）。
小磯波治・清涯。『鯖江藩御家人帳』（五巻上三七頁）。

⑯巻頭作品（または代表作品）、
春晝睡起　春の昼に睡より起く　歸山
清晝睡闌夢已迷　清き昼　睡り闌にして夢に已に迷い、
覺來未到夕陽低　覚め来たりて　未だ到らず夕陽の低きには。
渉園欲檢春光好　園を渉き　検せんと欲す　春光の好きを、
吟杖却妨嬌鳥啼　吟杖　却て妨ぐ嬌鳥の啼くを。
（押韻）迷、低・啼（平声斉韻）。

末句の吟杖は、吟じつつ杖をついて歩くこと。それが可愛らしい声で鳴く鳥を鳴きやませてしまうということである。

⑰余説（「構成」と「考察」）、

「構成」

76作品を収めている。詩会の作品であるから、詩稿（詩の原稿）としたのであろう。日付はない。

巻頭からの詩集の状況を、詩題（課題）名、参加した邦人の作者名及び作品番号を（　）内に示す。

①「春晝睡起」（七言絶句）。

帰山（1）、五雲（2）、青涯（3）、敦齋（4）、恭堂（5）、雲溪（6）。

②「春寒」（七言絶句）。

帰山（7）、古香（8）、五雲（9）、敦齋（10、11）、芝石（12、13）、青涯（14）、雲溪（15）。

③「春水」（七言絶句）。

帰山（16）、五雲（17）、敦齋（18）。

④「春風」

帰山・七言律詩（19）、敦齋・七言絶句（20）、芝石・五言律詩（21）、范村・五言律詩（22）。

⑤「春月」

帰山・七言絶句（23）、恭堂・七言絶句（24）、敦齋・五言律詩（25）、古香・七言絶句（26）。

⑥「春晴」

歸山・七言絶句(27)、敦齋・五言律詩(28)。

⑦「紙鳶」

敦齋・七言絶句(29)。

⑧「春遊晩歸」(七言律詩)。

敦齋(30)、恭堂(31)。

⑨「花下小飲」

五雲・七言絶句(32)、恭堂・五言律詩(33)、敦齋・五言律詩(34)、范村・五言律詩(35)、古香・七言絶句(36)。

⑩「春夜歩月」

敦齋・五言律詩(37)、芝石・七言絶句(38)、范村・五言律詩(39)、雲溪・七言絶句(40)。

⑪「春日悟桐集」

恭堂・五言律詩(41)。

⑫「櫻花」

敦齋・七言絶句(42)、范村・七言絶句(43)。

⑬「春雨」

歸山・七言律詩(44)。

⑭「暮春卽事」

恭堂・七言絶句（45）。

附録

①「春日雑興」（七言絶句）。古香（46）。
②「春日遊向陽渓」（七言律詩）。敦齋（47）、恭堂（48）。
③「春曉」（七言絶句）。范村（49）。
④「新春積雪」（七言絶句）。青涯（50）。
⑤「春夜」（五言律詩）。敦齋（51）。
⑥「春日郊行」（五言律詩）。敦齋（52）。
⑦「机上瓶梅」（七言絶句）。敦齋（53）。
⑧「三月盡」（七言絶句）。敦齋（54）。
⑨「郊行即興」（七言絶句）。敦齋（55）。
⑩「遊玩月峯」（七言律詩）。敦齋（56）。
⑪「初夏」（五言律詩）。敦齋（57）。
⑫「新緑」（七言絶句）。歸山（58）。
⑬「初夏郊行」（七言律詩）恭堂（59）。
⑭「机上聞子規」（七言絶句）。敦齋（60）。
⑮「賦得四月清和雨乍晴」歸山・五律（61）、古香・七絶（62）、五雲・七絶（63）、青涯・七絶（64）、敦齋・

五律（65）、范村・五律（66）、恭堂・七絶（67）。

⑯「初夏江村」（五言律詩）。歸山（68）、古香（69）、五雲・七絶（70）、芝石・七絶（71）、敦齋・五律（72）、范村・五律（73）、雲溪・七絶（74）。

⑰「夏日閑居」（五言律詩）。恭堂（75）。

⑱「初夏雨中」（七言絶句）。范村（76）。

「考察」

芥川歸山主宰の詩会である。詩題の⑥までは歸山が最初に作っていることでも明らかである。『吟草』の様に、唐人の作品に倣ったものではない。歸山指導の下、詩題に従って創作したものである。附録に掲げる七十六首までの作品も、同じ状況下で作られているのであろう。但し、46番以下を「附録」としているところに、自由に読んだ作品という感じが出ている。

また、48作品に対する批評がある。そして、最後の七十六番目の作品の箇所に「待月亭主人評」とある。また、巻尾には五行の総評と思われる批評がある。それは、このようにかかれている。

「統讀數遍　篇々金璀玉碎　加以＊公及秀綱評一臨　光彩的々射人　僕不復能贅一辭　且比諸前日之稿　實使人刮目　蓋歸山先生育英之力所及　又足以卜他日之盛運矣　大鄕播妄言　佐秀綱汗顔妄評」

「統読すること数遍、編々金璀玉砕なり。加ふるに＊公及び秀綱の評を記すを以って一たび臨めば、光彩的々として人を射る。僕復たび一辞を贅する能はず。且つ諸を前日の稿に比ぶれば、実に人をして刮目せしむ。蓋し帰山先生の育英の力の及ぶ所、又以て他日の盛運を卜するに足る。大鄕妄言を播く。佐秀綱汗顔盲評す。」

○参加者は『吟草』とは全く異なる。参加者の年代、藩内の立場の違いもあるように見える。

作品の批評、末尾の総評などを通じて、切磋琢磨の様子が窺われる。

⑱研究文献、資料、「年次一覧表」の第四十八番。

⑲所収作品表（合計欄以外の数字は作品番号）、

（一四）「詩稿」

作者名＼言・句	五言詩 4句	合計	五言詩 8句	合計	七言詩 4句	合計	七言詩 8句	合計	総合計
帰山			61 68		1 7 16 23 27 58		19 44		
合計				2		6		2	10
五雲					2 9 17 32 63 70				
合計						6			6
青涯					14 50 64				
合計						4			4
敦齋			25 28 30 34 37 51 52 57 65 72		4 10 11 18 20 29 42 53 54 55 60		47 56		
合計				10		11		2	23
恭堂			31 33 41 75		5 24 45 67		48 59		
合計				4		4		2	10
雲谿					6 15 40 74				
合計						4			4

古香			8 69		26 36 46 62				
合計				2		4			4
芝石	13				12 38 71		21		
合計		1				3		1	5
范村			22 35 39 66 73		43 49 76				
合計				5		3			8
総合計		1		23		45		7	76

（一五）「癸亥詩集」

①書名、「癸亥詩集」（「待月亭閒筆」第二十巻所収）。
②巻数、一巻。
③冊数、一冊。
④著者名、待月亭主人。
⑤編者名、待月亭主人。
⑥出版地、無し（出版せず）。
⑦出版者、無し（出版せず）。
⑧出版年月日、（出版せず）文久三年（一八六三年）の成立。

「待月亭閒筆」第二十巻は文久三年・一八六三年の記事を載せている。また、癸亥は文久三年・一八六三年であるので、表題の「癸亥」の通りこの年の成立と考えられる。

⑨丁・頁数、三丁・五頁。
⑩写真数、無し。
⑪体裁、和装袋綴。毛筆筆写。
⑫大きさ、縦二十六・五×横十八・九㎝。
⑬帙の有無、無し。
⑭所蔵者、植田命寧氏。
⑮作者履歴、
　溪叟（鈴木玄岱）『鯖江藩御家人帳』（五巻下五五三頁）
（御家人帳に無い人名・雅号）
松堂、松齋、穆齋、松雪、介石、恕堂、雪峯、竹雨。但し、恕堂は小池空である。穆齋は大郷學橋か？
⑯巻頭作品（作品番号1番の作品）、
　　元旦　　松堂
三元遇雨老軀寒　三元に雨に遇い　老軀寒く、
懶病可憐自減餐　懶病憐れむべし　自ら餐を減ずるを。
六十二年春致仕　六十二年　春に致仕し、

試毫只好投衣冠　毫を試みれば只好し　衣冠を投じたれば。

（押韻）寒、餐、冠（平声寒韻）。

⑰余説（「構成」と「考察」）、

「構成」

「元旦」松堂・七言絶句（1）、松齋・五言律詩（2）、穆齋・七言絶句（3）、松雪・七言絶句（4）松雪・七言律詩（5）、介石・五言律詩（6）、恕堂・七言律詩（7）、雪峯・七言絶句（8）、

「元旦口号」雪峯・七言絶句（9）

「元旦」竹雨・七言律詩（10）。

「詩暦」渓叟・七言絶句（11）、（12）

「人日」松雪・七言絶句（13）、介石・五言律詩（14）、雪峯・七言絶句（15）。

「人日次韻雪峯」穆齋・七言絶句（16）。

「考察」新年の挨拶（年賀）の場での作品かも知れない。

⑱研究文献、資料、「年次一覧表」の第五十七番。

⑲所収作品表（合計欄以外の数字は作品番号）、

（一五）「癸亥詩集」

言	句	松堂	松齋	穆齋	松雪	介石	恕堂	雪峯	竹雨	溪叟	総合計
五言詩	八		2			6 14					
	合計		1			2					3
七言詩	四	1		3 16	4 13			8 9 15		11 12	
	合計	1		2	2			3		2	10
	八				5		7		10		
	合計				1		1		1		3
	総合計	1	1	2	3	2	1	3	1	2	16

（一六）「鯖江詩稿之寫」

①書名、「鯖江詩稿之寫」（「待月亭閒筆」第二十巻所収）。

②巻数、一巻。

③冊数、一冊（二枚）。

④著者名、待月亭主人。
⑤編者名、待月亭主人。
⑥出版地、無し（出版せず）。
⑦出版者、無し（出版せず）。
⑧出版（または成立）年月日、（出版せず）。文久三年（一八六三年）の成立。
「待月亭閒筆」第二十巻には文久三年・一八六三年の記事が載っている。この年の成立と見られる。
⑨丁・頁数、二丁・四頁。
⑩写真数、無し。
⑪体裁、和装袋綴　毛筆書写。
⑫大きさ、縦二十六・五cm×横十八・九cm。
⑬帙の有無、無し。
⑭所蔵者、植田命寧氏。
⑮作者履歴、（参考）
土屋得所・古香、樂齋。『鯖江藩御家人帳』（五巻上四四五頁）。
青柳塘・鳴鶴。『鯖江藩御家人帳』（五巻上一四四頁）。
大鄕穆、巻藏・學鄕。『鯖江藩御家人帳』（五巻下一九六頁）。
曾我三郎左衞門・東崖。『鯖江藩御家人帳』（五巻上三二三頁）。

山口鏻藏・雨山。『鯖江藩御家人帳』（五巻上四七〇頁）。
小倉遊龜・雪齋。『鯖江藩御家人帳』（五巻下二五三頁）。

⑯巻頭作品、

午睡到暮　午睡して暮に到る

休咲午眠到日傾　咲（わら）ふ休（なか）れ午眠して日傾くに到り、
便々番腹占閑情　便々として番腹して閑を占むるの情を。
崋山處士成何事　崋山の処士何事をか成し、
青史永留千載名　青史に　永く留めん　千載の名を。

韻字、傾、情・名（平声庚韻）。

この八首の次の頁に「闘句」がある。

「闘句の表」について説明する。説明の便宜上、右から順番に番号を付ける。

1、唐人。2、東涯。3、雪齋。4、鳴鶴。5、學橋。6、唐人。7、雨山。8、同（雨山）。9、東涯。である。

次に、句の下の判定を集計する。

頭と尾は判断無し。1、無し。2、學と鳴が佳。3、學、鳴、東、唐が劣。4、判断無し。
5、五人共に劣。6、五人共に佳。7、學が佳、鳴と東が劣。8、學、鳴、東が佳。
9、判断無し。ということであろう。
会の幹事は雨山である。七言絶句を作り、穆齋に批評を乞うている。訓読をする。

「翠竹は烟を籠めて葉陰は清く、渓に満つる雲影は茅盈に暗し。香尽き眠りより覚むるも猶ほ起くるに懶く、枕に響く松の涛は雨の声を半ばにす。睡より起き偶々題し呈す。穆斎老君へ、雨山樵夫拝し、伏して乞う、正斧を。」

闘詩＝詩を作ってその巧拙を争うことは、歌合わせに倣って起こった行事であるようであるが、闘句は、闘詩から派生したのであろうと思うが、いつから始まったかは未詳である。

ところで、句の優劣を競うのは、かなり高度な遊びと言えるのではないかと思う。

⑰余説（「構成」と「考察」）、
「構成」

詩集は全部で八作品を収めている。全て七言四句である。掲載順に作品番号を付けた。詩題と作品番号を挙げる。

宿題：午睡到暮（1、2）。
新螢（3）。
席題：夏日雑興（4、5、6、7、8）。

宿題とは、前回の詩会に出された宿題であり、席題とは当日に出された詩題であろう。

「考察」

○詩題から判断して夏の作品であると判る。○詩会に参加した人の何人か、或いは全員に宿題が出され、次に出席した時にも、新しく出された題で創作をすること、また、「闘句」も行われていたことが判る。

⑱研究文献、資料、「年次一覧表」の第五十八番。

⑲所収作品表、

八作品の作者の雅号、姓名、言数、句数及び作品番号を左に示す。

（一六）「鯖江詩稿之寫」

雅号	姓名	言	句	作品番号
鳴鶴	青柳塘	七言	四句	15
雨山	山口鏻藏	々	々	27
樂齋	土谷得所	々	々	3
學橋	大鄉卷藏	々	々	4
東涯	曾我三郎右衞門	々	々	6
雪齋	小倉龜藏	々	々	8

「考察」

（一）「常足斎遺事」は、藩侯主宰の正月の詩会の作品を後日編集したと見られる「詩会詩集」である。それ故、藩侯の作品などは、推敲されて他よりも文学的であるという面も見られる。その点が、(二)(三)の詩集とはやや違っているところである。
(二)「汲古窟詩稿」は、四季の巡りに合わせて詩題をつけているので、松堂主宰の詩会の作品を、恐らく日付け順に筆写した詩集であると考えられる。日付けの無いのが惜しまれる。
(三)「進德詩集」は、詩会の詩集で、日付け順になっている。宿題、席題があり、極めて真面目に勉強している様子が判る。藩校で決められた詩文を学ぶ日(二の日の午後の詩文会)、藩侯以下藩士たちも漢詩を作ったことが詳細に記されていると言える。
(四)「進德館詩集」は、藩侯の六十の祝賀の詩集である。表現法にある程度の決まった形は見られるが、これも学習して身に付けてきたものであり、創作の場が広まっていることを示す。
(五)「嘉永三庚戌戲歷附新年之作」は、正月の集まりの詩集である。
(六)「萬斛先春」は、新春の「梅」を席題にした詩会の詩集である。
(七)「進德社詩」は、藩侯の江戸への出立を見送る送別の詩集である。特に祝賀の意味が込められているところが通常の送別詩と違うところである。
(八)「辛亥詩集」は、藩侯主宰の(と言ってもいいような)元旦(年賀)の詩集である。
(九)「乙卯二月　花下對月」は、月見の宴の作品であろう。友人が集まって花と酒を楽しんでいる様子が詠われている。
(一〇)「百家雪」は、藩侯主宰の「雪見の会」の作品であろう。藩士が出席していると見られる。

(一一)「賞春詩巻」は、松齋主宰の「春遊の会」の作品であろう。藩士が出席していると見られる。
(一二)「丙辰詩集」は、詩会の作品集で、九月の日付けが入っている。藩校教授の歸山が主宰しているようである。「附錄」の作品は秋、「拙吟」は冬の作品を収めている。こちらは日付がない。
(一三)「吟草」は、松堂主宰の詩会の詩集である。中国人の作品を取り上げてその韻字を使って作品を作っている。作詩力はかなり向上しているように思う。
(一四)「詩稿」は、歸山主宰の詩会の詩集である。参会者の実力がついてきていることについて、歸山の指導のたまものであると功績を認める総評も記載されている。
(十五)「癸亥詩集」は、新年の挨拶(年賀)の席での詩集であると思われる。
(十六)「鯖江詩稿之寫」は、少数の仲間が集まって詩作を楽しんでいると思われる。「闘句」の遊びをしているところが、気楽な雰囲気である。しかし批評を求めているところを見ると、やはり作詩力、批評眼の向上を願っていることが判る、
以上を通観して言えることは以下のことである。
(詩会の主催者)
1　藩侯は、比較的地位の高い藩士に対して、自ら詩会を主催し、宿題を出し、ときには添削や批評をしたりしている。【(一)「常足齋遺事」、(一三)「吟草」)】。一方、藩の「詩文会」の詩会も主宰している【(二)「汲古窟詩稿」、(三)「進徳詩集」】。また、「雪見の会」や「春遊会」も主宰している。【(一〇)「百家雪」、(一一)「賞春詩巻」(これは松齋の主宰であろう)】。

2　また、藩士の中の実力のある人物、例えば藩校の教授などには批評をさせてもいる【(一三)「吟草」】。
3　藩校の教授には、別の詩会を主催させたり、指導をさせたりしている【(八)「丙辰詩集」、(十四)「詩稿」】。
(詩会の詩題)
4　詩題は、中国の作品を模範として、その詩題や韻字を使って作品を作っている【(一三)「吟草」】、季節に沿って、詩題を指導者が自由に決めて創作したりしている【(一四)「詩稿」、その他)】。
5　「年賀会」の詩会【(一)「常足齋遺事」、(五)「嘉永三庚戌戯歴附新年之作」、(六)「萬斛先春」、(八)「辛亥詩集」、(十五)「癸亥詩集」】、「雪見会」の詩会【(一〇)「百家雪」】、「春遊会」の詩会【(一一)「賞春詩巻」】を開いている。
6　藩侯の還暦の賀宴【(四)「進徳館詩集」】や江戸への出立に際して詩を献上する送別の詩【(七)「進徳社詩」】など儀礼的な詩も作られている。
7　月見の宴の詩も作っている【(九)「乙卯二月　花下對月」】。
8　「親睦の会」の詩も作っている【(十六)「鯖江詩稿之寫」】。
(詩型)
9　詩形は、近体詩で、五言絶句、五言律詩、七言絶句、七言律詩が主である。
10　他に、遊びの形が二つ見られる。
＊「連句」を試みている【(二)「汲古窟詩集」】。
＊「闘句」という句の優劣を競うかなり高度な遊びもしている【(十六)「鯖江詩稿之寫」】。

おわりに

以上に述べたこれらの漢詩集によって鯖江藩の漢詩学習、作詩活動、主題の範囲・選択の状況が明らかになった。また、藩の文化的な水準がどのように向上し発展して来たかを具体的に見ることが出来た。

なお、この時代は正に幕末の動乱の二十年間であり、この詩文会の活動の休止四年後には明治維新を迎える。そして、この時代は鯖江藩では詮勝公の活躍の時代ともほぼ重なっている。鯖江藩の漢詩学習、創作活動の頂点を示す時期でもある。詮勝という人物と共に注目すべき時代である。

二　芥川丹邱作「有馬八勝」小考

はじめに

本稿は、鯖江藩（現在の福井県鯖江市）藩校の教授・儒臣　芥川帰山が記した「帰山京都逗留中之筆記」の中にある帰山の曽祖父・芥川丹邱[1]（宝永七年〈一七一〇〉～天明五年〈一七八五〉）の「有馬八勝」と題する八首の七言絶句について述べるものである。

（一）　鯖江藩の学問の系統

江戸時代の学問は儒学がその中心的存在であったが、幕府は寛政二年（一七九〇）五月「異学の禁令」を発して、朱子学を正学と定めた。この法令は諸藩の藩学に大きな影響を与えた。鯖江藩も例外ではなかった。

鯖江藩成立（享保五年〈一七二〇〉初代藩主間部詮言）後、藩主は学問を督励してきたが、藩校成立以前の詳細に就いては「越前鯖江藩学制」（芥川玉潭が学規・学則を定めた。『鯖江市史　資料編　別巻地誌類編』に収録。）が記すように、「藩主ヨリ時々學事ヲ督勵セシ布令論達等アリシモ、文書散逸セシヲ以テ、惜ラクハ之ヲ探クルニ由ナシ」の状態である。

学問に力を注いだのは、五代藩主詮熙（あきひろ）（藩主在職年は天明六年〈一七八六〉～文化九年〈一八一二〉。文化九年一月十八日、四十二歳で歿す。）の時からである。詮熙は天明八年〈一七八八〉京都の儒者芥川元澄（思堂）を招き、儒臣とした。その子孫及びその弟子の大郷信齋などが学統を継承した。なお、大郷家は江戸邸教授を務めた。

学風は折衷学派に属した。ここで、鯖江藩における主な儒臣とその学統学派を示す。

(折衷学派・徂徠系)

△は外より招聘した儒者、○は鯖江藩士にして儒員。

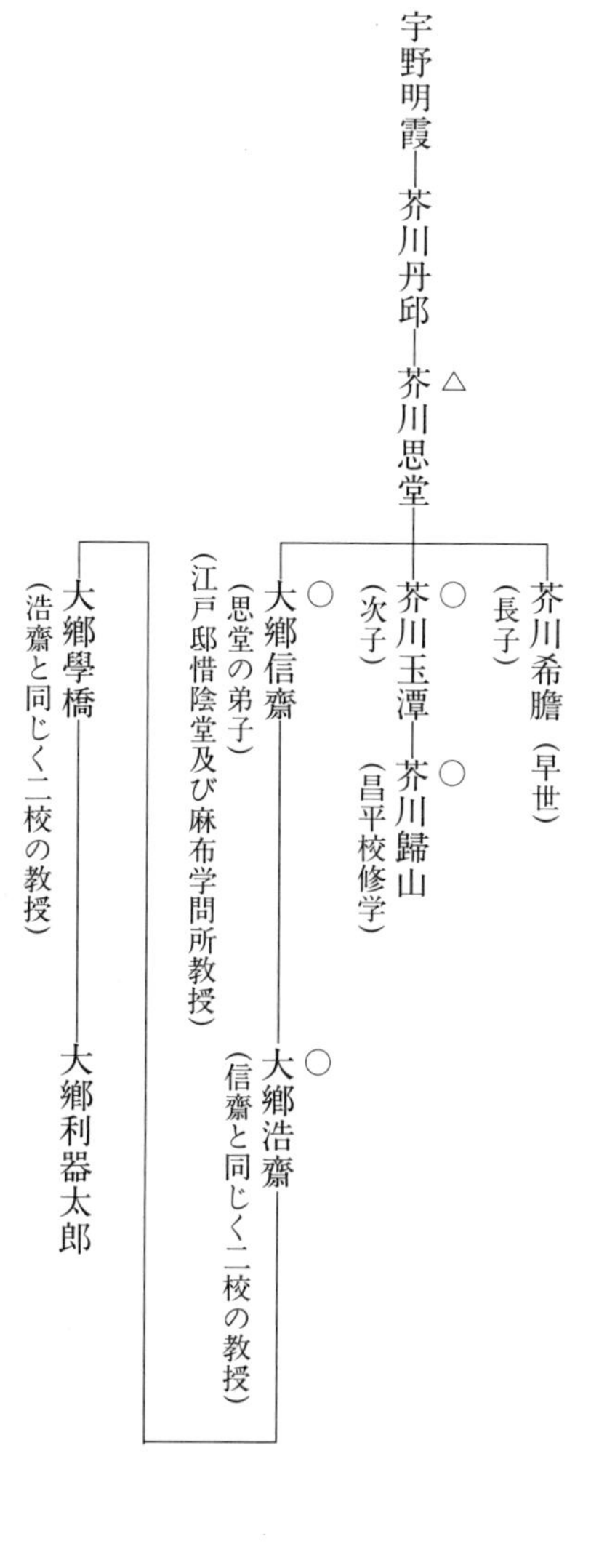

右に記すような学統であった（『学統学派』参照）[2]。

そして、研究書では、丹邱については詳しい記述は見られない。例えば、笠井助治著『近世藩校に於ける学統学派の研究』上巻五四二頁では、「芥川思堂」の項で「思堂の父、芥川丹丘は宇野明霞・伊藤東涯に従学、また、徂徠学を尊び、服部南郭の門に学び、詩文をよくす。晩年には陸象山・王陽明の学を信奉して諸学を折衷した。」と記す。

右の学統に示したとおり、丹邱は歸山からいうと曽祖父に当たるのである。

なお、歸山については、次のように記述してある。

●芥川歸山（一八一七―一八九〇）昌平學派、名濟・舟之、字子軫、稱捨藏、號歸山、藩儒・進德館教授、林大學頭門。芥川玉潭の長子。家学を受け、初め京都の後藤佐市郎に従学し、のち、江戸に出て林大学頭の門に入る。父の後を受けて進徳館の師範となり、安政六年、江戸在藩中、藩の許可を得て足利学校に入り古書を研究した。幕末に、一時大郷氏に代わって江戸藩邸の惜陰堂及び、麻布学問所（幕府）を頂って教授の任に当たったことがある。維新後、惜陰小学校教官、武生伝習所一等教師となったが、後、塾を開いて門弟に教授した。片寄帆山はその門人である。明治二十三年没、七十四歳。『鯖江郷土誌』『若越墓碑めぐ里』（笠井助治著『学統学派』上巻）。

また、諸書は「芥川弘孝家文書」を参考文献としては挙げていない。そこで、「芥川家文書」について紹介する。

「文書」は奈良県にお住まいの芥川家にあるときく。

鯖江市資料館では、「芥川弘孝家文書」を撮影し、複製本を作製して閲覧に供している。その中に、芥川家の伝記に関する資料として次等がある。

「芥川丹邱先生行狀」（漢文。二十字×十行×二頁。六葉半。）

「芥川思堂先生墓碑銘」（漢文。二十字×十行×二頁。二葉。）

「芥川玉潭先生墓碑銘」（漢文。十七字×十行×二頁。三葉。）

「玉潭先生行狀」（漢文。十二字×三十九行。四六一字。）

「丹邱芥先生之墓」（漢文。平均二十字×七行。一三八字。）

「芥川思堂先生之墓」（漢文。平均一八字×十三行×三枚。本文、三三行。）

「芥川玉潭先生之墓」（漢文。十三行×四頁。本文、四十九行。）

「芥川歸山先生之墓」（漢文。十三行×四頁。本文、四十七行。）

「芥川氏系譜」（漢文。十三行の罫紙、細字で、六葉半。）

「歸山京都逗留中之筆記」（漢字と仮名〈カタカナ、ひらがな〉混じりの文。八葉。）


丹邱先生から始まる一家の学者たちは、自己の研鑽を積みながら、時代の要請に対応し、藩の仕事をしていくのである。これらの文献は、その一家のあり様を探り辿るのによい誠に魅力ある資料である。

（二）「歸山京都逗留中之筆記」の中の「有馬八勝」について

この筆記は、表紙（題箋がなく白紙に直に書いた題）の次に、枠も罫もない白紙に「有馬八勝」と題して七言絶句八首を記し、その終わりに二行で「右書贈／宇君子暎」、左下に「丹邱芥煥拝草」と記している（後述。注5参照。）。二枚目以下は各葉十行罫、魚尾のある箋が使われている。全体で八葉である。

なお、「有馬八勝」は同じ詩が、第七葉裏から第八葉の表、裏にもあり、漢文の説明が付いている（後述）。

①「歸山京都逗留中之筆記」の掲載項目

第一葉は、冒頭に、「明治二十三年、舟之西京へ赴キ菅村今女ノ宅ニ逗留中ノ筆記」とある。以下、萬寶書畫全書、芥川丹丘（ここは丘となっている）、大町正淳、福井軋、陶冕、矢口氏、吉田默等の事物、人名等の簡単な説明がある。

第二葉は、（宇野新）先生の文塚、會會堂貞若と會會堂のこと、石川五右衛門の墓、信長、信次の墓のこと等の説明である。

第三葉は、宇治の橋姫、菅村今ノ宅、今村ノ母、嵐雪ノ句、南禪寺ノ南門に石川五右衛門住ム、京都名墓錄、大町敦素ノ墓、の話などである。

第四葉は、大町淳信、宇野新先生等とその子孫、賣茶翁ノ返簡、琵琶湖疎水式等の話。

第五葉は、紀文ノ遠孫現ル（第七葉半ばまで続く四頁の長文）、話。

第七葉（半ばから）は、石龜の小便ヲ取ル方法、耆婆草のことを記す。この後の第八葉の裏まで「有馬八勝」の詩を記す。

以上が「歸山京都逗留中之筆記」の掲載項目である。

丹邱の詩八首は第七葉の裏から第八葉の表裏にある。これが正式の記載であると考えられる。表紙の次に記されている八首とこれとの間に文字の異同は無い。

② 「有馬八勝」の製作年代
先ず芥川丹丘（煥・彦章・養軒）の著書を『國書総目錄』によって挙げる。
1　芥川養軒手記　あくたがわようけんしゅき　一冊　雑記　芥川養軒　大阪府（稿本）。
2　學範　がくはん　一冊　儒學　芥川丹丘（煥・彦章）　明和八年　日比谷加賀・中山久四郎（明和九年写）。
3　菅廟奉獻詩　かんびょうほうけんし　一冊　漢詩　芥川丹丘（煥）　寶暦十年　＊大阪出版書籍目錄による。

4　菅廟奉獻詩一百首 かんびょうほうけんしいっぴゃくしゅ　一冊　漢詩　芥川丹丘（煥）寶暦二年日比谷加賀。

5　漁談 ぎょだん　一冊　芥川丹丘　＊近世漢學者著述目録大成による。

6　涓子 けんし　一巻　芥川丹丘　＊近世漢學者著述目録大成による。

7　古易鑑 こえきかがみ　五巻　占卜　芥川丹丘　＊近世漢學者著述目録大成による。

8　詩家本草 しかほんぞう　二巻　本草　芥川丹丘　＊近世漢學者著述目録大成による。

9　詩文稿 しぶんこう　一冊　漢詩文　芥川煥（丹邱）（写）旧三井顥軒。

10　周易象解 しゅうえきしょうかい　漢學　芥川丹丘　＊近漢學者著述目録大成による。

11　春秋卜筮解 しゅんじゅうぼくぜいかい　一巻　漢學　芥川丹丘　＊日本左傳研究敍述年表並分類目録等による。

12　樵談 しょうだん　一巻　芥川丹丘　＊近世漢學者著述目録大成による。

13　杖談 じょうだん　一巻　芥川丹丘　＊近世漢學者著述目録大成による。

14　薔薇館集 しょうびかんしゅう　五巻三冊　漢詩　芥川煥（丹邱）撰、芥川元澄編　寶暦十二年刊（版）國會顥軒（一冊）・内閣・教大（巻四・五欠、一冊）・天理古義堂。

15　大學臆 だいがくおく　一巻　漢學　芥川丹丘　＊近世漢學者著述目録大成による。

16　大東方輿略 だいとうほうよりゃく　五冊　地誌　芥川煥　＊地誌目録による。

17　丹丘詩話 たんきゅうしわ　三巻二冊　漢詩　芥川煥（丹丘）寛保三年自序、寛延四年刊（版）國會・慶大斯道・刈谷・神宮（活）日本詩話叢書二。

18　中庸臆 ちゅうようおく　一巻　漢學　芥川丹丘　＊近世漢學者著述目録大成による。

19　陶談 とうだん　一巻　芥川丹丘　＊近世漢學者著述目錄大成による。
20　文家本草 ぶんかほんぞう　一巻　芥川丹丘　＊近世漢學者著述目錄大成による。
21　名山副 めいざんふく　三七巻　芥川丹丘　＊近世漢學者著述目錄大成による。

なお、『漢學者傳記及著述集覧』には、芥川丹邱の著書として『國書総目錄』とは違う書籍も挙げている。(3) 丹邱の漢詩を収める書物には右の『國書総目錄』に挙げた3、4、9、14がある。しかし、3、4は主題が限定されているから、「有馬八勝」を収録する可能性は無いと考えられる。従って9の「詩文稿」と14の『薔薇館集』に可能性が考えられる。

9の「詩文稿」には、詩が何編収められているかは、未詳である。(4) しかし、丹邱没（一七八五年）以後百年がたっており、子孫の歸山等が見ることが出来なかったものとは考えにくい。また、その作品は何かの事情で14の『薔薇館集』には入らなかった作品であると考えられる。

一方、14の『薔薇館集』は、宝暦十二年（一七六二）の刊行である。(5) 歸山が「歸山京都逗留中之筆記」を書いた明治二十三年（一八九〇）より百二十八年前の出版である。歸山は「有馬八勝」を写すとき、『薔微館集』に無い作品であり、またこの詩集以外でも見たことがない作品であること、丹邱が師の宇野新子曠に贈ったものであること、宇野家から丹邱の遠族の菅村家へ伝えられたものであること等を確認の上、漢文の説明を付けて書き記したと考えられる。

このように推定すると、「有馬八勝」は9に収められていなかった作品であろう。また、宇野新は延享二年（一七四五）に四十八歳で没している。(6) 従って、この作品は宇野新が没する以前に作られた作品である。その製作年代は、丹邱が宇野新に入門してから師の宇野新が没する年、即ち丹邱三十五歳までの作品ということになる。なお、『薔薇館集』に収められなかったことを考慮すると、これは習作であった可能性が高い。

③「有馬八勝」の注釈

「有馬八勝」の本文には、返り点と簡単な送りがながついている。題名は詩の後にある。筆者・前川が、題名を前に出し、(その一)から(その八)までの整理番号を付けて挙げた。また、「書き下し文」を付け、「押韻」を記し、「□語訳」を付けた。

また、固有名詞等については、「語注」で説明した。それは、鷹取嘉久著『見て聞いて歩く有馬』(平成八年四月一日発行、著者・発行者　尼崎市上ノ島町一丁目八―十二。絶版、国立国会図書館蔵本。本稿では『歩く有馬』と略称する)、地名辞典及び辞書等によっている。

(第七葉・裏)

有馬八勝

「語注」**有馬**…古くは有間とも書く。武庫川支流有間川上流、六甲山の北側中腹に位置する。地名の由来は、アリ(山)マ(土)すなわち「山間の土地」による説(日本地名学研究)、アイヌ語で燃える谷を意味する説(日本地名語源辞典)、荒間の転化したもので、荒れた谷間による説、合間による説、(日本地名小辞典)などの諸説がある。付近の山は有馬山として「万葉集」巻七に「しなが鳥猪名野を来れば有間山夕霧立ちぬ宿は無くて」を載せるのをはじめ、歌にしばしば詠まれている。温泉神社は「延喜式」に見える古社で大己貴命を祀る。行基創建と伝える温泉寺は真言宗、本尊は薬師如来、明治初め廃寺となり、旧薬師堂に旧奥の院であった清涼院が移され、以後は清涼院と称している。

有馬にちなんで、有馬菅・有馬草・有馬鍛冶・有馬砂・有馬（人形）筆などがある（『角川日本地名大辞典　28　兵庫県』一二〇頁）。

有馬温泉…神戸市北区有馬町にある温泉。畿内最古の名泉。食塩泉（金泉）が主で、よく温まるため子宝の湯として知られ、ほかに炭酸泉（銀泉）・ラジウム泉もある。交通が便利なところから、京阪神の保養地、奥座敷として栄えている。泉源は愛宕山の北斜面で、東西約五百メートル・南北約百メートルの間にある。泉源の分布は有馬高槻構造線が、有馬付近で分散する構造線に支配されている。温度90℃以上の泉源が六カ所、60～40℃の温泉と冷泉を合わせると30箇所以上の泉源数となる。高温泉の泉源はすべて200m以上のボーリング深度をもち、総湧出量は日に約一千立方メートルである。（以下省略）。（『角川日本地名大辞典　28　兵庫県』、一二一頁）。

有馬八勝…『歩く有馬』の九十九頁に「有馬六景」と「有馬十二景」がある。「有馬六景」は、河上維菱が明和六年（一七六九）に撰んだもので、記録が温泉神社に保管されている、という。鼓瀑松嵐、落葉山夕照、温泉寺晩鐘、功地山秋月、有馬富士暮雪、櫻春望、である。「有馬十二景」は、延宝五年（一六七七）に京都宇治黄檗山萬福寺の僧四人が有馬に入浴したときに選んだという。温泉寺鐘、三神靈廟（温泉神社）、有明櫻桃、林溪楓葉、有馬富士、三笠時雨（落葉山の後方にある）、羽束山月、愛宕松濤、峰尾歸樵、落葉暮雪、懸崖鼓瀑、上野朝霧（有馬富士に行く道にある）である。「有馬八勝」とは必ずしも一致はしない。「有馬八勝」は丹邱の独創か、根拠があるのかは不詳である。

1　薬師堂　　　　薬師堂

凌雲寶殿倚崢嶸　　凌雲の宝殿は崢嶸に倚り、

俯見千巒蒼霧生　俯して見る千巒蒼霧の生ずるを。
爲有靈潮通北海　霊潮の北海に通ずる有るが為に、
群黎永仰藥師名　群黎永く仰ぐ薬師の名。

（押韻）嶸、生、名（平声庚韻）。

「語注」**薬師堂**…『歩く有馬』の八十三頁に「有馬山温泉寺」の本尊は「薬師如来座像（高さ九尺二寸余り）」とある。この寺がもとの薬師堂である。**靈潮通北海**…伝説に「有馬の温泉は、地熱で熱せられた海の水だという。紀州熊野の神力をもって潮を交えて塩湯となる。これは、紀州の熊野灘に源を持つ大きな一つの潮流があり、この流れは大阪湾をよこぎって、芦野の浦まで来ると、そこから地下にもぐって六甲山の地下をくぐり地熱で温められたものが、再び山の裏で湧き出しているのだ」という。（一〇三頁）

「口語訳」

空の雲を越すかと思われる宝殿は聳える山に寄り掛かるようにして立っており、
見下ろすと多くの山から白い霧がわき出ている。
不思議な潮が北の海に通じているので、
多くの庶民が永く薬師如来を仰いできている。

2　阿彌陀堂　　阿弥陀堂

豐公遊賞識何年　豊公の遊賞　何年かを識り、

神女如花護浴泉　　神女　花の如く　浴泉を護る。
蕭寺空留茶鼎在　　蕭寺　空しく茶鼎を留めて在り、
僧誇旅客澗流煎　　僧は旅客に誇りて澗流に煎る。
（押韻）年、泉、煎（平声先韻）。

「語注」**阿彌陀堂**…『歩く有馬』の八十七頁に「蘭若院は阿弥陀堂といい廃寺になり、跡地は現在の明治生命利休荘になっている。」とある。**豊公**…豊臣秀吉のこと。同書の八十四頁に「豊公願いの湯跡がある。これは、秀吉が有馬に来て、戯れに此処に温泉が湧きだせば異国までも我が旗下に属する前兆ならんと、杖をもって土をついたら温泉が沸き出たという」伝説がある。なお秀吉は以後温泉の改修に力を尽くした。**豊公遊賞**…同書の十一頁に「太閤秀吉が有馬に訪れた記録に残っている最初は、天正十一年（一五八三）八月十五日である。これから以後も「約十回訪れて体をいやしたり、北政所や千利休を連れてきて茶会を開いて楽しんですごしている。」という。**神女**…同書の十三頁に「昔は白衣に紅袴というういでたちで、歯を黒く染め眉は剃った上に墨で描くという宮廷の女官のような姿をしていたらしい。」と。神女といっているが、ここは湯女のことであろう。**阿彌陀堂**…茶の湯釜の一。利休好み。利休が釜師与次郎に命じて作らせたもの。有馬の阿弥陀堂との関連は諸説あって不詳。

「口語訳」
豊臣秀吉公の遊覧（のため立ち寄られたの）は何年かを知っており、
みこ（湯女）は花のように美しく働き温泉を護っている。
蕭寺には（持ち主はおらず、寺には）空しく茶の鼎を伝えている。

寺の僧は遊覧客に誇らしげに谷川の水を沸かしお茶を煎じて（出して）いる。

3　鼓瀑　　鼓瀑

高峽奔流千丈懸　高峡の奔流　千丈に懸り、
鳴聲鼓瀑四方傳　鳴声の鼓瀑は四方に伝はる。
游人更欲探源去　游人は更に源を探らんと欲して去り、
絶壁雲連不可緣　絶壁　雲連りて縁るべからず。

（押韻）懸、傳、緣（平声先韻）。

「語注」**鼓瀑**…『歩く有馬』の九十八、九十九頁に「〃鼓が滝〃の名前の由来は、滝が上下二段になって落ちている。上の段は岩の間の空洞内のようなところに落ち、岩石を迂回して流下して下の段になって落ちていた。空洞内に水の落ちる音が外部に反響する関係からあたかも鼓の音に似ているので〃鼓が滝〃と名付けられたといわれているが、幾度か岩が崩れ、そのうえ昭和十三年（一九三八）阪神大水害で滝は崩壊し、復元がされたが一段の滝になってしまい、現在は鼓の打つような音は聞こえなくなってしまっている。」とある。なお、現在は滝の周辺一帯が「鼓ケ滝公園」になっている。

「口語訳」

高い山の谷の狭間から迸り落ちる水は千丈の高さに懸かっており、その水音がまるで太鼓の音のような滝の音は四方に伝わる。

遊覧客は源流を見たいといって立ち去り、
絶壁に雲が懸かり登りたくもとりつくしまがない。

4　落葉山　　落葉山

落葉之山勝地清　　落葉の山　勝地清く、
花藏樹際沿青溪　　花は樹の際に蔵れ　青渓に沿ふ。
禪房無客莓苔濕　　禅房に客無くして莓苔湿ひ、
盡日惟聞幽鳥聲　　尽日惟だ聞く幽鳥の声。

（押韻）溪〈平声斉韻〉、清、聲（平声庚韻）。

「語注」**落葉山**…「投木山・童子山・城山ともいう。神戸市北区有馬温泉街の西、有野町唐櫃との境にある山。標高五二三・五メートル。急崖を温泉町に向ける。頂上には足利義満入湯の折りの寄進といわれる妙見堂（金鳥城山妙見）がある。参道には丁石と西国三十三か所の石仏がたつ。有馬温泉再興の僧仁西が、建久二年に蜘蛛に導かれて有馬に入り、更に白髪の老翁の投げた葉の落ちた場所という。城山の名称は、天文年間に三好宗三がこの地に築城したことによる」（『角川日本地名大辞典　28　兵庫県』三五一頁）。**禪房**…禅宗の僧侶の宿坊か。

「口語訳」
落葉山の名勝の地は清々しく、
花は樹の際に隠れ、青い水の流れる谷川に沿って生えている。

禅坊に客はなく寺の周りには苔が生えしっとりとしめっており、
　終日ただ微かな鳥の声が聞こえる。

（第八葉）

　5　有馬富士　　　有馬富士
蒼々暁霧満群山　　蒼々たる暁霧　群山に満ち、
中有孤高不可攀　　中に孤高の攀づべからざる有り。
峰勢宛然如富嶽　　峰勢は宛然として富岳の如し、
何須問客認名還　　何ぞ須ひん　客の名を認めて還るを問ふを。
　（押韻）山、攀、還（平声刪韻）。

「語注」**有馬富士**…「角山ともいう。三田（さんだ）市の北東部に位置し、花山院の西側に向かい合う山。標高三七三メートル。周囲の山地から孤立し、有馬温泉付近からの遠望が富士山に似ているためこの名がある（摂津名所図絵）（『角川日本地名大辞典　28　兵庫県』、一二二頁）。

「口語訳」
　青々とした明け方の霧は多くの山々に一杯に懸かり、
中に一つの高い山がありよじ登ることが出来ない。
峰の姿はなだらかで富士山のようである。

どうして遊覧客が名を知って戻るのを問う必要があろうか。

6 千年堂　　　　千年堂

丹生山裡古農家　　丹生の山裡　古農の家、
子々孫々歳月遐　　子々孫々　歳月遐かなり。
茅次竹椽棟有字　　茅次　竹椽　棟に字有り、
大同貳載記無差　　大同弐載　記に差無し。

（押韻）家、遐、差（平声麻韻）。

「語注」**千年堂**…どこを指すか未詳。丹波街道ぞいの家で、大名の参勤交代の際に、何かの役を務めた人の家であろう。

「口語訳」

丹生の山の中の古い農家に、
子孫が綿々と続いて遥かな年月が経った。
茅葺きの屋根に竹の垂木そして棟木には文字が記されていて、
大同二年（八〇二年）と書き記されていることに間違いはない。

7 極樂寺　　　　極楽寺

貳祖感遇夢中通　　二祖感遇して夢中に通じ、

口授直源吉水東　　口に直源を授く　吉水の東
斯寺寶藏無與比　　斯の寺の寶蔵　与に比する無く、
畫圖賦筆出空公　　画図　賦筆　空公に出づ。

（押韻）通、東、公（平声東韻）。

「語注」**極樂寺**…『歩く有馬』の八十四頁の「寂静山傳法院極樂寺」の記事に、「寺の沿革史によると、推古天皇の第二年（五九三）聖徳太子によって創建された。はじめは石倉（杖拾橋の東）にあったのが承徳元年（一〇九七）の秋、洪水のため温泉の荒廃とともに退廃し、観世音菩薩のみが軒の傾いた堂宇の中にあった。建久二年（一一九一）に仁西上人に供奉して和州吉野河上の里（現在の奈良県吉野）より太政大臣平相国の曾孫、民部惟清が来られ温泉の復興とともに十二坊を創設され、極楽寺を現在の地に移して新築された。法然上人をお招きして御説法をしていただいた。この時から、寺号を極楽寺というようになった。その後、山号や院号を現在に改めた。安永三年（一七七四）四月十四日夜大火があり焼失した。天明元年（一七八一）十月に有馬生まれの名僧霊感大和尚（大本山京都黒谷金戒光明寺四五代）によって再建されたのが、現在の建物である」とある。**二祖**…行基菩薩と仁西上人。『歩く有馬』の十頁に「行基菩薩は温泉寺（薬師堂）、蘭若院、施薬院、菩提院の一寺三院を建てられた。」仁西上人は奈良県大和国吉野、高原寺の僧であるが、「夢のお告げをうけて熊野権現の教えに従って有馬に来られ、温泉の修理を行い、有馬温泉を復興させた。」という伝説がある。「夢中通」とはこの話を指す。**空公**…空海を指すか。

「口語訳」
二人の開祖が夢の中で感応し出会い、

口ずから直源を伝えたのは吉水の東においてであった。
この寺の宝物蔵は比べるものがないほど、
絵画や文学作品など空海公から出ているものが多い。

8　佛座岩　　仏座岩

佛座巨巖時起雲　　仏座の巨巖　時に雲を起こし、
佳名曾入政師文　　佳名曽って政師の文に入る。
往年尋覓汚蒔菜　　往年　尋ね覓む　汚蒔の菜、
堪歎奇石雑塵芥　　歎ずるに堪へたり　奇石の塵芥に雑るを。

（押韻）雲、文（平声文韻）、芥（去声怪韻）。

「語注」**佛座巖**…『歩く有馬』の一〇〇頁に「寛文五年（一六六五）有馬に入湯に来られた日蓮宗の元政上人が、岩の形が仏座に似ているところから名付けられた。」とある。三、四句は未詳。

「口語訳」

仏が座られた岩のような大きな岩には時折雲が沸き起こり、
よい名前は以前に元政上人の文章にまで入った。
むかし尋ね求めたものである　汚れた蒔き菜を
嘆くのに堪えられる　珍しい石が埃に混じるのを。

右書贈

宇君子暎　　丹邸芥煥拝草

舟之曰有馬八勝詩、吾曾祖丹邸先生遊于有馬溫泉。浴閒所得之詩。贈京師宇野士新先生。(6) 其詩裱褙。(7) 以傳其家。明治二十二年。此幅讓傳於菅村氏也。菅村氏以爲丹邸先生遠族。珍藏之也。士新子孫曰久三郎。與菅村氏交親。吾亦始交久三郎。時見示此詩。寫以藏于家。明治二十三年四月錄。

「書き下し文」

右の書を

宇君子暎に贈る。丹邸芥煥　拝し草す。

舟之曰く、有馬八勝の詩は、吾が曾祖丹邸先生の有馬温泉に遊び、浴間に得し所の詩なり。京師の宇野士新先生に贈る。その詩をば裱褙し、以て其の家に伝ふ。明治二十二年、此の幅は菅村氏に譲り伝へらる。菅村氏は以為らく丹邸先生の遠族ならん、之を珍蔵するなり。士新の子孫は久三郎と曰ふ。菅村氏と交親なり。吾も亦始めて久三郎と交はる。時に此の詩を示さる。写して以て家に蔵す。明治二十三年四月録す。

おわりに

この八首は、詩の後に記す「舟之曰…」の漢文によって、歸山の曽祖父の作品であること、丹邸芥煥とは芥川丹邸のことであり、舟之の祖父の父・曽祖父にあたる人物であることが、はっきりした。

製作年代は、丹邸が宇野新に入門してからその師宇野新が亡くなるまでの間である。それは、丹邸三十五歳までの期間であろう。

「有馬八勝」は、丹邱が前例を見聞しているとは思われるが、丹邱が独自に項目を設定して創作している印象が強い。

個々の詩は実景、伝説等を読み込み工夫している。

今日とは状況が違う情景を詠っている作品もあり、歴史資料としての価値もある。と考えられる。

注記

(1)「たんきゅう」の「丘」については「芥川弘孝家文書」では、『歸山京都逗留中之筆記』の第一葉の記述を除いて他は「邱」となっているので、本稿では「丹邱」とした。

大日本人名辞書刊行会編『大日本人名辞書』(一) 講談社、昭和五十五年八月十日第一冊発行、二十七頁に、「芥川丹丘、儒者、京の人、名は煥、字は彦章、養軒と号す。宇士新に学ぶ。その先、三好長則、足利氏に仕へ、封を摂州芥川に受けて城主と為る。之を鼻祖と為す。丹丘幼にして精敏、学を好み、初め伊藤東涯の門に入る。東涯後進の巨擘となす。後宇野明霞と交り、物部徂徠の学を尊び、古文辞を修し、江戸に之くに及び、服部南郭に従遊す。南郭集中等世章と称するは、丹丘の初字なり。帰れば則ち学益進み名益起こる。然れども進仕に意なし。晩年尤も陸象山、王陽明二家の学を信じ、大学臆、中庸臆、を作る。天明五年六月二十九日没す。年七十六、著書、名山副、方輿略、樵談、漁談、杖談、涓子、丹丘詩話、薔薇館詩集、菅廟奉獻集あり。(明家全書、鑒定便覧、近代名家著述目録、行状)」とある。

また、『日本詩話叢書』(池田四郎次郎編纂、大正九年一月二十三日初版発行、平成九年六月三十日復刻再版、発行所龍吟社、企画制作　鳳文書館) 第二巻、に『丹丘詩話』全三巻、が収められている。解題がある。「芥(芥川自ら修して芥とす) 煥、字は彦章、丹丘と号す、又た養軒と号す、京師の人、宇野鼎に学べり、薔薇館集、詩家本草等の著あり。此書は、詩法譜・詩体品・詩評断の三門に分ち、古今諸家の詩に関する説話を抄し、之に自家の論断を加へたり、又詩体品には、唐人の同題の詩を並べ記して、その句法篇法に就いて批判を下せり。(寛延辛未正月、平安書肆唐本屋吉左衛門刻)」と。

『丹邱詩話』に示される理論が、丹邱の詩作品とどういう関係にあるかを研究することは今後の課題である。なお、近藤春雄著『日本漢文学大辞典』明治書院、平成三年八月二十日初版四刷発行の七頁中段に「あくたがわたんきゅう【芥川丹丘】」の記事がある。この記事中に「鯖江藩に仕えて儒臣となった。」とあるが、鯖江藩に仕えてはいない。

(2)　なお、拙稿「鯖江の漢学」(『新しい漢文教育』第十五号　全国漢文教育学会　平成四年十一月三十日発行五十三～五十八頁) にも言及した。

(3)　『漢學者傳記及著述集覽』小川貫道編、名著刊行会昭和五十二年四月二十六日発行 (十頁) 芥川丹邱の著書として『國書総目錄』にはない次の書籍も挙げている。古易鍵、象山陽明學的二巻、商子全書校四巻、尚書注疏校十巻、薔薇館詩集三巻、唐詩註解校七巻、丹邱詩話續二巻。

また、『國書総目録』にあるが、『漢學者傳記及著述集覽』にないものは、1，2，4，9，である。

(4)　「戦災その他で焼失または所在不明のもの」ということである。(『国書総目録』第八巻による)。

(5)　国立国会図書館蔵本『薔薇館集』の奥付は左記のようになっている。

「宝暦十二年壬午十一月九日　京都書肆　銭屋三郎兵衛　山田屋卯兵衛」

この時、丹邱は五十二歳である。なお、目次に「詩凡三百十八首」とある。また、「有馬八勝」はこの詩集には収録されていない。

(6)　宇君子暎…「有馬八勝」後の漢文中の「右書贈宇君子暎、丹邱芥煥拝草」の「宇君」は宇野先生のこと、「子暎」は、ここでの初見である。

宇野新先生…「宇士新」とは宇野士新。元禄十一年 (一六九八) ―延享二年 (一七四五)。享年四十八歳。江戸時代、京都の人。名鼎、字は士新、通称は三平、号は明霞。本性宇野氏、裁して宇氏となす。『漢学者伝記集成』に伝記を記す (同書の一九三～一九七頁に掲載)。

(7)　裱褙…ヒヨウ　ハイ。(ヒョウ　ホエとも読む。) 表具。表装する。紙や布を張って、巻物・軸物・ふすま・びょうぶ、などをつくること。裱褙匠、表具屋。

三　大鄉浩齋及び大鄉學橋の漢詩文集の研究

はじめに

本稿は鯖江藩の儒員であった大鄉浩齋とその息子・大鄉學橋の漢詩文集の概要について記すものである。

鯖江藩の学者、藩士の文学関係の著書で鯖江市に残っているものは、殆どが漢詩集で、その他では、わずかに「漢文集」がある。また、「鯖江の漢文学者・漢詩人」で、今日まで漢詩文を伝えて来た家系をみると、主なものに五氏の家がある。その中の一つに大鄉家がある。これについては、前掲の【序説】第二節　三、鯖江藩の学問、及び第四節　漢詩・漢文作者の家系について(三)大鄉家を参照。以下に大鄉家の浩齋と學橋の著書について概要を記す。

大鄉浩齋の著書について

前述の通り二冊ある。

(一)

①書名、『浩齋文稿』。(『漢詩集及び浩齋文稿』)。

写本であって、題簽がないので、書名は前半の「漢詩集」は内容を見て筆者・前川が付けた。後半は、十四丁に「浩齋文稿」と記載があるので、それを採って付けたのである。

②巻数、一巻。

③冊数、一冊。

④著者名、大郷浩齋（博）。

⑤編者名、大郷浩齋（博）。

⑥出版地、出版せず。

⑦出版者、出版せず。

⑧出版年月日、出版せず。

作品の35番の後に、評を書いた齊藤正謙の状況を記した短文がある。日付が「庚子」となっている。また、作品の47番の末尾に「天保十三年青龍集壬寅四月上浣、鯖江後學須子博謹撰」とある。この二つの記述から天保十一年（一八四〇）～十三年（一八四二）ころに編集されたものと判断した。

⑨丁・頁数、三十一丁・二十六頁。

⑩写真数、無し。

⑪体裁、写本袋綴。

⑫大きさ、縦二十八㎝×横二十㎝。

⑬帙の有無、無し。

⑭所蔵者、青柳宗和氏（鯖江まなべの館）。

⑮作者履歴、

本姓須子氏、信齋の養子。名は博、博通、博須。号は浩齋、昌平学派。鯖江藩儒。惜陰堂・麻布学問所教授。

寛政五年（一七九三）生まれ、安政二年（一八五五）七月六日歿。六十三歳。

⑯巻頭作品、

作品番号は1番から35番までである。ここに作品番号1番の作品を挙げる。

句番号、	本文	（押韻）	〈注記〉
	豊太閤歌		豊太閤の歌
1	五大洲中幾英雄		五大洲中　幾たりの英雄ぞ、
2	日出處特生此公	（上平一東）	日出づる処に特に此の公を生ず。
3	日輪入懷感靈夢		日輪　懐に入りて霊夢を感じ、
4	日光當照四海中	（上平一東）	日光當に照す四海の中を。
5	少時窘奴隷		少時は奴隷に窘（くる）しみ、
6	未免笞與罵	（去声二十二禡）	未だ笞と罵りとを免れざりき。
7	雲蒸風起龍虎變		雲蒸じ　風起りて　竜虎は変じ、
8	六十餘國望風下	（去声二十二禡）	六十余国は風を望みて下る。
9	源將軍背豈足拊	〈源は右大將を指す〉	源将軍の背は豈に拊（う）つに足らん、
10	恭獻王面便可唾		恭献上の面は便ち唾す可し。
11	雞林羽群覆其栖	（上平八斉）	雞林羽群　其の栖を覆し、

12　蹂躙八道殷馬蹄　（上平八斉）　八道を蹂躙し馬蹄を殷(さか)んにす。
13　鴨綠水可投鞭渡　鴨緑の水は　鞭を投じて渡る可く、
14　荷擔企足遼東西　（上平八斉）　荷担の企は　東西を遼(はるか)にするに足る。
15　我王日本何關汝　（上声六語）　我が王の日本何ぞ汝に関はり、
16　裂汝封冊如糞土　汝の封冊を裂くこと糞土の如し。
17　恨我土壤環大海　我が土壌の大海を環るを恨み、
18　懸車動遺風波沮　（上声六語）　懸車動遺　風波は沮し。
19　不然直入燕山中　然らざれば直ちに燕山の中へ入り、
20　擒汝皇帝誰能禦　（上声六語）　汝が皇帝を擒ふるを誰か能く禦がん。
21　君不聞　辮髪胡兒起　君聞かずや　辮髪の胡児起つ、
22　白長白之北　（入声十三職）　白長白の北に。
23　有衆一旅甲百副　有衆一旅甲百副、
24　呑併支那至人域　（入声十三職）　支那を呑併するは至人の域なり。
25　又不聞　碧眼佛郎王　（下平七陽）　又聞かずや　碧眼の仏郎王、
26　憑陵大西洋　（下平七陽）　大西洋に憑陵するを。
27　欲擧五洲歸一統　五洲を挙げて一統に帰さんと欲し、
28　標崑崙而爲中央　（下平七陽）　崑崙を標して而して中央と為す。

29　碧眼辮髪眞可偉　　　　　碧眼　辮髪　真に偉たる可く、
30　一成一敗亦天耳　（上声四紙）　一成一敗も亦た天なるのみ。
31　此公儼然好敵手　　　　　此の公は　儼然たる好敵手にして、
32　雄才天略宛相似　（上声四紙）　雄才　天略　宛も相似たり。
33　假令各擧一方之色目　　　　　仮令　各々一方の色目を挙ぐるも、
34　三百萬兵遇崑崙之麓　（入声一屋）　三百万の兵　崑崙の麓に遇ふ。
35　旗鼓相當風雷激　　　　　旗鼓は風雷に相当して激しく、
36　長槍大劍互角逐　（入声一屋）　長槍大剣は　互角に逐ふ。
37　血紅直染黃河水　　　　　血の紅は直ちに黃河の水を染め、
38　未知誰手殪奔鹿　（入声一屋）　未だ知らず　誰が手にて奔鹿を殪すを。
39　吁嗟乎英雄知英雄　　　　　吁嗟　英雄は英雄を知り、
40　若俾相逢交相喜　（上声四紙）　若し相ひ逢へば交々相ひ喜ばしめん。
41　日出處日沒處　　　　　日出づる処　日没する処、
42　地下本自無彼此。　（上声四紙）　地下は本自ら彼れ此れは無からん。

頭註について。この作品には頭注が三箇所にある。

初句の注。「破題四句包擧全章非汎然揚豐公妙」（破題の四句は全章を包擧す。汎然として、豐公を揚ぐるに非ざること妙なり）。

33句の注。「色目人蒙古人蓋部類之名此恐失簌更洋之」（色目人は蒙古人なり。蓋し部類の名にして、此は簌を失ふこと更に之を洋くするを恐るるならん）。

39～42句の注。「結得無痕但上句加生前相逢請少加意使讀者知地下相逢則更佳」（結は痕無きを得たり。但し上句に生前相逢を加へたるは、少しく意を加へて、読者をして地下にて相逢へば更に佳きことを知らしめんことを請ふなり）。

⑰余説（「構成」と「考察」）、

「構成」

『浩齋文稿』は、前半は漢詩集であり、後半は漢文集である。前半の「漢詩集」には三五作品を収める。後半の「浩齋文稿」には十二作品を収める。

前半の「漢詩集」の1番から35番までの番号、題名及び主題を記す。

1番　豐太閤歌。（楽府体）。

（前掲）巻頭作品として紹介した。（省略）。

2番　龍嶼石歌爲矣上快雨賦。

熊野三山の偉容を述べ、ここから竜が天上に昇ったと詠う。

3番　送士常西遊。

友人の西国へのたび立ちに際して、読書をし、豪賢と交わり、高千穂などを訪ねよ、そして、八月帰国の時には、旅の話を肴に飲もうと詠う、送別の詩。

4番　（興謝吟稿）大亀谷。

大亀谷という景勝地の飛瀑、奇岩を尋ね、且つ老荘的感慨を述べる紀行詩。

5番　礦婦怨
十五歳で砿夫に嫁いだ女が、十七歳で早々と夫に死別する。三十で再婚するが、捨てられる。女の運命のはかなさを詠う。

6番　養父驛。

父は子供を育てるが、子供は必ずしも父に孝養を尽くさないと言う。

7番　贈虚無僧猶存。

虚無僧が故郷を思い、無意識に諸侯に禄をもとめてさすらいの旅をすることを詠う。

8番　出石城訪櫻井東門翁翁適遊丹後令嗣伯蘭迎余歡飲賦謝。（楽府体）。

櫻井の東門翁を訪ねたが、翁は不在で、嗣子息が自分を歓迎してくれたことに対して謝意を表す。

9番　櫻老泉歌。（楽府体）。

天下に有名な桜老泉の素晴らしさを詠う。

10番、11番　自出石到湯島舟中二首。

出石から湯島に到る舟中から見た風景を詠う二首の作品。

12番　殘夜水明樓。

残月の夜に水明らかなる楼のいわれを、著名詩人の詩句などを引き、説く。

13番～16番　湯島雑詩。

　湯島に遊んだときの香泉、取り巻く峰々、藤籠を担うさま、出会う人びとの様子を詠う三首。

17番　別伯蘭叔蘭畳前韻。

　8番の作品の韻字を用い、伯蘭叔蘭（兄弟）に別れたことを詠う。

18番　天橋歌。（楽府体）。

　天の橋の絶景を竜宮の浦島太郎の話に例えて詠う。

19番、20番　丹後道中二首。

　丹後への道中の渓谷の風景と、そこに働く人びとの様子を詠う。

21番、22番　宿大江山下二首。

　大江山の山中を行く時見た風景を詠う二首。

　以下の作品は「附」の字の次に掲げられている作品。「附録」の意味かと思われる。

23番　梅津道中。

　幾度か湊川に往来したがまだ楠公の墓前で詩を詠じたことがないと言う。

24番　仁壽山館次津田干園韻。

　津川干園の韻に次韻し、仁寿山館の様子を詠う。

25番　干園用淡窓翁詩韻再賦一詩見贈歩酬。

　（24番の詩に出て来た）仁寿山館で津田干園が淡窓の詩韻を使って再び一詩を作り（私に）贈られた。それに次韻し、仁寿山館の情景と心情を詠う。

26番　以秋元孚卿韻。
秋元孚卿の韻を用いて、仁寿山館周辺の風景を詠う。

27番　山窓雨日得韻咸
韻字咸を得て、山を望む窓から見える雨が降る風景を詠う。

28番、29番、30番　題春栞居士魚蝦小巻爲下田牧子。
春栞居士の魚蝦の写生帳に下田牧子と題を付け、写生帳にある紅蟹や魚たち、蔬菜を詠う。

31番　竹詩爲四竹堂
竹林に囲まれた家から竹林を見た様子を詠う。

32番　高臺寺謁豐公夫妻像。(楽府体)。
高台寺で豊公夫妻像を見て、夫妻の苦労を述べる。

33番　古琵琶引爲小竹翁囑云阿波太夫稲田氏所藏銘曰朝千鳥。
朝千鳥と云われる古琵琶の状態とそれを弾ずるときの様子を描き、平家物語の平氏滅亡の場面を語るさまなどを述べる。

34番　同快雨曉碧遊紅林得韻微。
韻字微字を得て、雨に濡れた暁の林の中の様を描き、清流、おいしい川魚の料理、一杯の酒、霞かかる山、鳥魚のさま、山寺の鐘の音、などの中に、真機ありと詠う。

35番　同信侯士常重遊禮林得明字。
韻字明字を得て、白沙、翌林、十二年前の林の様子を重ねて描き、先師（小竹氏）の亡きことに涙したことを詠う。

◎漢文集の構成について記す。
後半の「浩齋文稿」には十二作品を収める、作品番号36番から47番までである。番号、題名及び主題を記す。

36番　原元辰遺物記。
筆者（大鄕浩齋・博）と友人・松本有德とが忠良について議論する。「忠臣蔵」として人口に膾炙している仇討ち事件の五十年後に「赤穂浪士四十六士」の中の原惣右衛門、元辰について述べる。

37番　晏子論。
春秋時代の晏子（嬰）について論じる。

38番　諫論。
臣下が主君を諫めることの困難なことを、史上に有名な人物を例に取り上げて論じる。

39番　干祿論。
祿を求める手段の巧拙について、古今の人物を例に挙げて論じる。

40番　鳩居亭記。

鳩が住むような粗末な家・仮住まいに住むとしても、それは人物の運命によるのであって、その人の力（権力・財力）によるのではない、と論じる。

41番　王師論上。

周王朝を開いた武王の人物について、彼は天の吏であって、（殷）の紂（王）の臣ではない。よって、武王の挙兵は正しい行為であると論じる。

42番　王師論下。

徳力・智力だけで天下を保つことは難しい。人心の求める処を見て、武力を用いることも必要である、と論じる。

43番　師道論。

その職に任じてその責任を考えないものを、師道を心得ないものとすると論じる。

44番　送萱堂序。

門人小倉萱堂が京に行くに際して贈った文である。言行を控えめにすることを諭す。

45番　大石良雄故宅遺甎記。

甎は窯の中で焼いて堅い瓦となる。赤穂藩の大石良雄は勝れた窯である。四十五士はよく焼かれた甎である、と論じる。

46番　水府弘道館　碑銘。

水戸の弘道館について述べたものである。弘道の意味を説き、日本、中国の王朝の歴史を論じることから始まって、斉昭が天保九年に館を建てたことを以て終わる。そして、片仮名混じりの文で建物の規模について述べる。

47番　進徳館記。
　鯖江の藩校・進徳館について述べるものである。進徳の意義を中国の周王朝の周公の話から説き起こし述べる。

「考察」

1.【漢詩集について】

　1番「豊太閤歌」は豊臣秀吉の朝鮮戦役のことを詠じている。2番は熊野三山の偉容を詠じた。3番は送別詩。4番は大亀谷という景勝地を尋ねる紀行詩。5番は女性の運命を詠じた詩。6番は孝道について述べた詩。7番は人の生き方を詠じた詩。ここまでは、かなり力を入れた作品のように見受けられる。

　これら以外の作品は、ほぼ紀行詩と言える。なお、2番、4番も紀行詩に含めることが可能であるが、2番、4番には作者に特別の感慨があるように見えるので、一応区別する。

　「豊太閤歌」は巻頭作品にふさわしい力作である。豊臣秀吉の朝鮮戦役のことを詠じている。また、そこに西洋と中国のことまで持ち出している。幕末期の国家意識の昂揚を感じさせる。また、3、5、6、7番は文学らしい題目とみなされる。これらの作品を考えると、作者は、視野の広い凡庸ではない人物であると感じる。

2.【浩齋文稿について】

　「浩齋文稿」も、「漢詩集」と同様、題目・内容共に、当時の鯖江藩士としては、地元の藩士とは違い、題目が多様であり、その主張もユニークである。

3.【「浩齋文集」全体について】

鯖江在住の藩士らの作品と比べると作品の主題の範囲が広く内容も多様である。作者の見識が広く、学問も深いように感じる。これは、作者の能力が高いことはいうまでもないが、一方、江戸にいて惜陰堂・麻布学問所教授として研鑽に努めたこと、また、江戸という当時の先進都市にいたから、広く見聞することが出来、視野を広くし、高い識見を養うことが可能であったからであろうと思う。

⑱研究文献・資料、第二章〔書誌編〕七　大郷浩齋（博）を参照。

⑲所蔵作品表、

既述の通り、『浩齋文稿』（『漢詩集及び浩齋文稿』）は、前半は漢詩集であり、後半は漢文集である。前半の「漢詩集」には35作品を収める。作品番号は1番から35番までである。△印は楽府体であることを示す。1番は五言、六言、八言（三言と五言）、九言、8番は五言、七言、9番は五言、六言、七言、18番は六言、七言、十言（三言と七言）、32番は七言、九言、十言（三言と七言）が混ざっている。後半の「浩齋文稿」には十二作品を収める。36番から47番までである。一括して表示する。

「浩齋文集」

漢詩	句数	作品数	作品番号
五言	4句	1首	7
	8句	3首	10 11 31
	18句	2首	5 34
	48句	1首	4
	合計	7首	
七言	4句	14首	6 13 14 15 16 17 19 20 21 22 23 28 29 30
	8句	5首	24 25 26 27 35
	24句	1首	△8
	26句	1首	12
	30句	1首	2
	31句	1首	△32
	32句	1首	△9
	36句	1首	△18
	40句	1首	3
	42句	1首	△1
	52句	1首	33
	合計	28首	
漢文		12編	36 37 38 39 40 41 42 43 44 45 46 47
作品総合計		47	

（二）

①書名、『促月亭詩會發題三十首共分韻』。
②巻数、一巻。
③冊数、一冊。
④著者名、大郷浩齋（博）。
⑤編者名、大郷浩齋（博）。
⑥出版地、出版せず。
⑦出版者、出版せず。
⑧出版年月日、出版せず。
⑨丁・頁数、四丁。
⑩写真数、無し。
⑪体裁、和本、写本。
⑫大きさ、縦二十六・五㎝×横十九・五㎝。
⑬帙の有無、無し。
⑭所蔵者、福井大学総合図書館（Ｈ９９１―ＯＳＡ）。
⑮作者履歴、前出。

◎詩集の構成について記す。

全作品が七言絶句で、二九首ある。（一首は写し落としたか?。）

⑯巻頭作品、

春曉　魚

啼鶯呼夢近階除　鶯は啼き夢より呼ぶ　階除に近く、

起掃浮塵整亂書　起きて浮塵を掃き乱書を整ふ。

始覺春宵荅皃脛　始めて覺る春宵荅（あずき）皃の脛、

三抔村酒宿醒餘　三抔の村酒に宿醒して余りあり。

（押韻）除、書、餘（上平六魚）

⑰余説（「構成」と「考察」）、

「考察」『促月亭詩會發題三十首共分題』について

1．「促月亭の詩会」の状況について

三十首（一首を欠く）の作品が作られた状況の説明がないため、詩会の様子を知ることが出来ないのが惜しまれる。なお、題名から、詩会は春に行われたことだけは分かる。

2．押韻について

題名の下に押韻が記されている。巻頭作品を例にして言えば、題名は「春曉」、押韻は平声の「魚」韻である。全作品の押韻は総て「平声」になっている。

⑱研究文献、資料、第二章〔書誌編〕七　大郷浩齋（博）を参照。

⑲所蔵作品表、

七言絶句、二九首。（一首は写し落としたか。）この作品集は押韻を規定している。

以下に、作品番号、題名及び押韻を記す。押韻は（　）内に示す。

1番　春曉（魚）。
2番　鳴鳩呼晴（肴）。
3番　春日訪友（覃）。
4番　春日遊山寺（冬）。
5番　春日訪隱者（微）。
6番　春日烹茶（塩）。
7番　春愁（元）。
8番　春園卽事（東）。
9番　春街觀妓（灰）。
10番　春日山居（齊）。
11番　春陰釀雨（删）。
12番　春草（眞）。
13番　春流汎舟（麻）。

14番　春山（歌）。
15番　春宴（江）。
16番　春寒（青）。
17番　晩歸擔花（庚）。
18番　春夢（佳）。
19番　歸雁（陽）。
20番　待花（蒸）。
21番　春日郊行（支）。
22番　橋上賞春（侵）。
23番　春望（蕭）。
24番　春窓讀書（咸）。
25番　閑庭迎客（寒）。
26番　春池無（尤）。
27番　花下圍棋（先）。
28番　春浦歸帆（毫）。
29番　春雪（文）。

大郷學橋の著書について

前述の通り一冊ある。以下に書誌を記す。

①書名、『學橋遺稿』。
②巻数、一巻。
③冊数、一冊。
④著者名、大郷學橋（穆）。
⑤編者名、大郷利器太郎編。
⑥出版地　東京。
⑦出版者、葵華書屋藏（版）。
⑧出版年月日、明治丁亥（二十年）、一八八七年。
⑨丁・頁数、序・大沼枕山、二丁（四頁）。本文、五六首、八丁（十六頁）。付、「追福惠贈集」・中村敬宇、小野湖山、小笠原化堂らの作品、二七首、五丁（十頁）。
⑩写真数、無し。
⑪体裁、和本、刊本。
⑫大きさ、縦二十・四㎝×横十三・五㎝。
⑬帙の有無、無し。

⑭所蔵者、福井大学総合図書館（請求記号　H991―OSA）。

⑮作者履歴、

大鄕學橋、名は穆。通称は卷藏。字は穆卿。号は學橋・葵花書屋。生地は越前鯖江。鯖江藩間部氏に仕えた。本姓須子氏。浩齋の長男。江戸惜陰堂および城南読書楼の教授。五十二歳で没した。著書に『學橋遺稿』がある。

⑯代表作品、

第十六首（七言絶句）を取り上げる。

（この作品は、馬歌東選注『日本漢詩三百首』一九九四年九月、世界図書出版社　西安公司出版発行、二五五頁に、この作品と他の一作品、合計二作品が選ばれている。）

首夏村趣

水滿秧田長綠針
牛鷄聲靜覺村深
前宵一雨足餘潤
閑却桔槹眠柳陰

首夏の村の趣

水は秧田に滿ちて綠針長じ、
牛鷄の声は静かにして村深きを覚る。
前宵の一雨は余潤に足り、
桔槹は閑却にして柳陰に眠る。

（押韻）針、深、陰（下平十二侵）。

⑰余説（「構成」と「考察」）、

「構成」

『學橋遺稿』は、題字二頁、大沼沈山の序文四頁、本文「學橋遺稿」六頁、及び「追福惠贈集」一〇頁から出来ている。前半の「學橋遺稿」には五六首を収めている。後半の「追福惠贈集」は大鄕學橋の逝去を追悼する別人の作品集で二七首を収めている。

「考察」

上「學橋遺稿」本文、本人の作品、五六首について

1. 題名（作品名）について

◎ 題名（作品名）を掲載順に記す。

●所蔵している（書）…題蘭痴翁藏盧象昇眞蹟（三首）。●題詩…題山水、題総不如齋圖。題枯木竹石圖四首。●自然の風物…梅信、自畫竹、畫梅、畫蘭、雨櫻、晴櫻、曉櫻、夜櫻。●逍遙…夏夜追涼二首、首夏村趣、綠陰靜坐。●悲哀…哭橘門翁。●拝謁…謁人麻呂祠。●自然…題漁家壁、不忍池亭雜作四首、不二嶽、尋梅偶雪、東臺看花、墨田春遊、醉題酒家壁、遊梅莊、春村晩歸、移竹、春日登樓、元日探梅。●感慨…余頃修略史既脱稿偶作（二首）。●畫材…畫石、畫梅、畫蘭、蟹、蛙、春夜聽雨、柳陰喚渡圖、雨中觀牡丹、夏日江閣雨望、題前赤壁圖（二首）、餐氷、夜聽松聲、溪橋待月、觀瀑圖、題淵明石。

〔寸評〕作者の自然を観察するときの姿勢が、趣味の対象を見るときのそれと一体化している。

2. 題名（作品名）から見る主題について

◎ 目立つ主題を挙げる。

●題○○詩…題蘭痴翁藏廬象昇眞蹟（三首）、題山水、題總不如齋圖。題漁家壁、題枯木竹石圖四首、題前赤壁圖（二首）、題淵明石、醉題酒家壁（十四首）。

〔寸評〕…取り上げている図から作者の個人的な嗜好（書、画、玉石の愛好）が見える。

●自然の風物を詠う…梅信、自畫竹、雨櫻、晴櫻、曉櫻、夜櫻、夏夜追涼二首、首夏村趣、綠陰靜坐。不忍池亭雜作四首、不二嶽、尋梅偶雪、東臺看花、墨田春遊、遊梅莊、春村晩歸、移竹、春日登樓、元日探梅。雨中觀牡丹、夏日江閣雨望、蟹、蛙、春夜聽雨（二八首）。

〔寸評〕…各作品の表現から作者の審美眼を窺うことが出来る。

●画材の詩…畫石、畫梅、畫蘭、柳陰喚渡圖、題前赤壁圖（二首）、餐氷、夜聽松聲、溪橋待月、觀瀑圖（十首）。

〔寸評〕…創作する漢詩・絵画の対象から作者の忙中閑ありの様子が見える。

●感慨…余頃修略史脱稿偶作（二首）。（二首）

●悲哀…哭橘門翁。（一首）

●拝謁…謁人麻呂祠。（一首）

〔寸評〕…歴史、故人、歌聖に対する作者の精神の有り様の一部が見える。

3．馬歌東氏が選んだ作品

◎　中国人の日本人の漢詩に対する評価を参考にする。

〔寸評〕・馬歌東氏が挙げた作品は印象の鮮やかな佳作である。

・馬歌東氏が挙げた作品以外の作品にも佳作はあるがなめらかな作品とは言い難い。

「考察」

下　他人の作品集・「追福惠贈集」二七首について

1・題名について

◎作品番号・題名（姓氏と雅号）を掲載順に記す。

1・哭大鄕學橋先生（中村敬宇）。2・明治十五年五月六日與同學諸君共祭學橋君於江東中村樓賦此敍哀（南摩羽峯）。3・憶舊集詩（小野湖山）。4・學橋大鄕先輩一周忌辰作白描觀音像一幅併題七律一編（石川鴻齋）。5・悼學橋君（藤田呉江）。6・追悼學橋大鄕君（濱村大解）。7・同（堀口藍園）。8・學橋大鄕君一周忌作之爲雲煙供養揮毫之際蒼然畫就不佳悪如此（齋藤奇庵）。9・余一日與某氏遊不忍池亭話次及故大鄕君事回顧去秋與君來訂詩盟於此亭時紅蓮落水碧荷侵欄君戲命少女折一莖把以當杯相共吸飲今新葉復生而君則亡悲夫乃賦一絶明治十五年五月六日（後藤敬臣）。10・追悼學橋先生（大槻東陽）。11・己未春中次韻學橋大鄕先生所見示春愁詩（小笠原化堂）。12・弔大鄕學橋君（豊島毅）。13・同（川勝占山）。14・學橋大鄕先生薦筵賦一絶（白井和齋）。15・同（桑生）。16・哭學橋先生（淸水巴江）。17・大鄕先生影前（近藤澤山）。18・學橋大鄕先生一年祭賦奠（須永復齋）。19・弔學橋大鄕詞宗（平尾柳外）。20・客歳四月約看花於小金井君會有病不至賦一律見示因次其韻以弔（野村溪疑）。21・奉弔學橋雅君追福（渡邊畦石）。22・追悼學橋大鄕君（織田完之）。23・明治壬午五月第六日屬大鄕先生追福淸筵乃賦以寄呈（松本宏洞）。24・痛學橋大鄕先生（森貞淸）。25・聞大鄕學橋先生訃悵然有作（田中晴莊）。26・憶亡友學橋君（高林五峯）。27・讀大鄕學橋遺詩感賦（兒玉天雨）。

2・作者の立場について

◎作者の立場を作品の題名中に使用している敬称によって区分する。

●先生・先輩…1　4　10　11　14　15　16　17　18　19　20　23　24　25（十四作品）
●君…2　5　6　7　8　9　12　13　21　22　26（十一作品）
●遺作の詩…3　27。（二作品）
「先生」は一応年下が使う敬称と見る。もちろん先輩が敬意を表す場合にも多く見られるから、作品を詳しく分析する必要がある。しかし、先輩も含め作者が大郷学郷に敬意を示す存在であると一応考えておく。

「君」は年長者と同輩が使う敬称と考えておく。

詩人が遺作を対象として作品を作っている。

〔寸評〕「先生」「君」の作品から友人が多かったことが分かる。そして、交際の広さを示す結果になっている。詩人としての評価については、更に研究の必要がある。

3．作者について

◎「追福惠贈集」には当時の各界の著名人の作品がある。二、三例を挙げる。
1・中村敬宇（一八三二～九一。幕末・明治の人。名は正直。学者、文学博士、東大教授、貴族院議員。明六社を起こし「明六雑誌」を出す。翻訳書『西國立志編』『自由之理』が世に行われた）。

3・小野湖山（一八一四～一九一〇。幕末・明治の漢詩人。維新後、大阪に優遊吟社を開いた。『湖山樓十種』八冊等がある）。

11・小笠原化堂（一八三四～九一。勝山藩〈現在の福井県勝山市〉の第八代藩生。長守（ながもり）。化堂は雅号。漢詩集『團欒余興』がある。）

等である。

〔寸評〕作者の交際の広さが偲ばれる。

⑱研究文献、資料、第二章【書誌編】十二　大郷學橋（穆）参照。

⑲所收作品表（合計欄以外の数字は作品番号）。

『學橋遺稿』（本文・本人の作品）

言数	句数	作品数	作品番号
五言	四句	10首	4 37 38 39 40 41 42 43 44 45
七言	四句	42首	1 2 3 4 5 6 7 8 9 14 15 16 17 18 19 20 21 22 23 24 25 26 27 28 29 30 31 32 33 34 35 36 46 47 48 49 50 51 52 53 54 55 56
	八句	4首	10 11 12 13
詩作品合計		56首	

『追福惠贈集』（別人の作品）

言数	句数	作品数	作品番号
五言	四句	1首	21
	八句	2首	16 20
	二十八句	1首	2
七言	四句	20首	1 3 5 7 9 10 11 12 13 14 15 17 18 19 22 23 24 25 26 27
	八句	2首	4 6
詩作品合計		27首	

おわりに

漢詩が交際の手段として書翰のように使われていたこと、また、情誼の表現手段として人間関係の円滑化に役立っていたことが知られた。そして、また、文学作品としての創意工夫と面白さがあることがわかった。

四 「西溪漁唱」の研究 序説

はじめに

福井県鯖江地方で漢詩作者が二代以上にわたって出ている家系は五家系である。その中で、現存する詩集を調査したところ、鯖江藩勘定奉行の青柳家の第五代忠治（柳塘）、第六代宗治（柳崖）の詩集が、作品集が最も多い。

そこで、先行研究はないので、本橋では、まず青柳家五代目青柳忠治（柳塘）の年譜、『西溪漁唱』と『西溪漁唱後集』の構成などについて述べる。

（一）

① 青柳家家系圖

青柳家には「靑柳家家系圖」がある。これには、祖父森脇與右衛門から七代目青柳金次郎までが記されている。

この他に五代靑柳忠治（号柳塘）の次男が養子となった大山家で作成した「爲大山忠治三十三回忌」（昭和五十二年十月大山陽通作成）がある。

この二つを基本として家系図を作成し、疑問個所については八代目青柳宗和氏に過去帳に当って確認して頂き、完成したのが前（序説一、（四）漢詩・漢文作者の家系について）に掲げる青柳家家系圖である。重複をさけて、ここでは第五代、六代の部分のみを掲げる。

―五代　青柳忠治（致敬　長男）
諱致和　字伯仲　號柳塘　幼名忠治
明治十一年（一八七八）十月三日没（享年六十一歳）
法名　大通院青陰柳塘居士
葬萬慶寺

治＝＝
俗名　たね
室　藩士　池田文治五女
明治二十六年（一八九三）三月十日没
（享年六十五歳）
法名　柳相院孝應妙心大姉
葬萬慶寺

六代　青柳宗治（忠治　長男）
安政二年（一八五五）十一月二十四日生
通称　銀次郎
諱致恪　字子肅　號柳崕
明治三十九年（一九〇六）十月九日没
（享年五十二歳）
法名　宗樹院青嚴柳崕居士

室＝＝
俗名　みわ（後「のへ」と改名）
安政四年（一八五七）四月五日生
丹生郡杉本村
酒井十郎助女
昭和二年（一九二七）七月二十一日没
（享年七十一歳）
法名　夢量院大安妙昌大姉

② 『青柳忠治（柳塘）年譜』について

この年譜は『寛政改御家人帳　一之下』（上）（『鯖江市史』第五巻一四四～一四五頁所収）を基にして作成した。

表の「邦紀」「干支」「事蹟」の欄は右の書籍に拠っている。ただし、「西紀」と、一歳、六十一歳と、「作品数」の欄だけがあって「事蹟」の欄に記載がない年の項、及び明治五、六、十四年の項は筆者（前川）が追加した（明治五、六年の記事は『青柳家明細帳』による)。

「年齢」は青柳家の過去帳に記す柳塘の没年を基準として筆者が逆算して記入した。

「作品数」は筆者の調査結果による。

※印は文章を含む数である。

三十三歳の105は三十二歳の作品も含む。四十四歳の211は四十一歳から四十四歳までの作品を含む。五十九歳の27は『西溪漁唱後集』の作品数である。五十九歳の作品を最後年とする。

なお、右の『寛政改御家人帳』には青柳家の初代青柳忠右衛門から六代青柳宗治の明治三年までの記事が記載されている。

② 青柳　忠治（柳塘）年譜

西紀	日紀	干支	年齢	事蹟	作品数
一八一八	文政元	戊寅	1	生まる	
一八三八	天保9	戊戌	21	六月十二日御小姓勤被召出、御宛行五両貳人扶持被下置、御家老支配　同二十一日御番入被仰付	73
一八三九	天保10	巳亥	22		149
一八四〇	天保11	庚子	23		77
一八四一	天保12	辛丑	24		※52
一八四二	天保13	壬寅	25	正月十一日御小納戸見習被仰付	36

一八四三	天保14	癸卯	26		28
一八四六	弘化3	丙午	29	閏五月七日無足席被仰付、御小納戸勤被仰付	89
一八四七	弘化4	丁未	30		117
一八四八	嘉永元	戊申	31		98
一八四九	嘉永2	巳酉	32		39
一八五〇	嘉永3	庚戌	33	十一月朔日小寄合席被仰付、勤方唯今迄之通	105
一八五二	嘉永5	壬子	35		※126
一八五三	嘉永6	癸丑	36		41
一八五四	安政元	甲寅	37		
一八五五	安政2	乙卯	38	正月十一日給人席被仰付、吟味役勤被仰付	4
一八五七	安政4	丁巳	40	十月十五日御普請奉行兼役被仰付	
一八六〇	安政7	庚申	43	(三月十八日萬延元年となる）三月二十日御取次格被仰付、町奉行勤被仰付、寺社奉行・會所奉行兼帯被仰付	
一八六一	萬延2	辛酉	44	(二月十九日文久元年となる）正月十一日御役中七人扶持高ニ被成下	※211
一八六二	文久2	壬戌	45	正月十一日御勘定奉行勤被仰付、町奉行・郡奉行兼帯被仰付、會所奉行兼帯唯今迄之通	
一八六五	元治2	乙丑	48	(四月七日慶應元年となる）正月二十七日御取次席被仰付、勤方唯今迄之通	
一八六六	慶應2	丙寅	49	十一月十五日父半七病気ニ付願之通隠居被仰付、家督八拾石無相違被下置、席勤方唯今迄之通	

西紀	日紀	干支	年齢	事蹟	作品数
一八六七	慶應3	丁卯	50	十月朔日郡奉行被仰付、寺社奉行・御勘定奉行兼帯被仰付、會所奉行帯唯今迄之通	
一八六八	慶應4	戊辰	51	（九月八日明治元年となる）八月朔日寺社奉行被仰付、郡奉行兼帯被仰付、御勘定奉行・會所奉行兼帯唯今迄之通	
一八六九	明治2	己巳	52	十月四日民政司務被仰付務	
一八七〇	明治3	庚午	53	三月三日現米貳拾石三斗ニ相直ル　閏十月二十八日藩政改革ニ付勤向被成御免	
一八七一	明治4	辛未	54	正月十二日任鯖江藩大屬　同日會計掛り可相勤事　同日開拓掛り被仰付	
一八七二	明治5	壬申	55	十一月、二十六區區長被命	
一八七三	明治6	癸酉	56	二月依願區長被免	
一八七六	明治9	丙子	59		※27
一八七八	明治11	戊寅	61	十月三日没	合計
一八八一	明治14	辛巳		『西溪漁唱』二巻を失う（元六巻あり）	※1287

（二）「西溪漁唱」及び「西溪漁唱後集」について

「西溪漁唱」はもと六巻あったが、明治十四年（一八八一）に二巻が失われた。その間の事情については、『西溪漁唱後集』の序文によって明白である（原漢文）。

西溪漁唱後集　男柳崕子肅集

西溪漁唱は先考柳塘翁の遺稿なり。元六巻あり。明治十四年晩秋、陸奥の人、草刈某、鯖江に來りて叔大山陶齋翁に交わること久し。談たまたま先考の事に及ぶ。某、遺稿を見んことを謂ふ。予辭して示さず。某謂ふて止まず。翁もまた之を强ふ。予已むを得ずして其の言を聞き、假（かり）に二巻を以てす。某再び返さず。催促すること數次に及ぶも猶ほ馬耳の東風に於けるが如し。是に於て二巻を佚ひて四巻となる。予遺憾なること何ぞ極まらんや。故に先考の常に來往する所の家に就きてもし知己の存する者あらば、遺墨を求めて以て舊詩文を集めて西溪漁唱後集と名づく。以てその紕欝を究めん欲す。然れども捜索の路は狹し。知己の存する者鮮し。輒ちその志を達し難し。將に他日を期して以てこれを大成すること有らんとす。ただ西溪漁唱に複出することあるを畏る、しかいう。

① 「西溪漁唱」と「西溪漁唱後集」の構成

そこで残存する「西溪漁唱」四冊と旧詩文を集めた「西溪漁唱後集」について概略を説明することとする。

「西溪漁唱」については、各集の所収作品の製作時代に拠って順に、A本、B本、C本、D本、とし、『西溪漁唱後集』についてはE本とする。

初めに全体の巻数、丁数、縦横の寸法、本の種類、綴じ方について記す。

また、各本には作者がつけた見出しがある。それに①②……の番号をつけて順序を示す。見出しに年号があるものは邦紀と西紀を示す。また、その個所の丁数を示す。即ち、※印以下の記述は筆者（前川）の補足説明である。

A本

西溪漁唱、一巻、六十二丁、二十五・一㎝×十六・五㎝、和本、袋綴。

1. 西溪漁唱
皎齋先生評點　　靜山　著
元旦　戊戌
※戊戌は天保九年（一八三八）である。
十二丁ある。

2. 西溪漁唱
浩齋先生評點　　鯖藩　醉雲　著
元日時家大人在于東都　己亥
※己亥は天保十年（一八三九）である。
二十五丁ある。

3. 未乞浩齋子評
拙稿　壬寅
※壬寅は天保十三年（一八四二）である。
三丁ある。

4. 臥遊詩稿　癸卯

※癸卯は天保十四年（一八四三）である。

六丁ある。

詩の終りに「伏乞刪正　鳴鶴稿」とある。

六丁うらに「浩齋醉後漫評」がある。

5．西溪漁唱　丙午

※丙午は弘化三年（一八四六）である。

十六丁ある。

6．「歳旦丁未」

※これは最後の一首である。

丁未は弘化四年（一八四七）である。

2と3との間にもとはB本が入っていたと考えられる。

B本

西溪漁唱、巻之六、巻之七、二巻（一冊）、二十六丁、二十五cm×十六・七cm、和本、袋綴。

1．西溪漁唱巻之六

鯖藩　臥雲　著

元旦　庚子

※庚子は天保十一年（一八四〇）である。

十三丁ある。

2. 西溪漁唱卷之七　辛丑

浩齋先生批評　　鯖藩　臥雲軒　著

※辛丑は天保十二年（一八四一）である。

九丁ある。

3. 「春首齋先生……」壬寅

※壬寅は天保十三年（一八四二）である。

四丁ある。

C本

西溪漁唱、一巻、九十五丁、十四・五cm×十六cm、和本、袋綴。

1. 西溪漁唱卷之□（□は缺字）

元旦　丁未

※丁未は弘化四年（一八四七）である。

十七丁ある。

2. 元旦　戊申

※戊申は嘉永元年（一八四八）である。
十六丁ある。

3．西溪漁唱
　　元旦　己酉
※己酉は嘉永二年（一八四九）である。
七丁ある。

4．「以下己酉庚戌作朱批評係大鄉浩齋先生墨批評其息鹿石盟兄」
謾詠
※己酉は嘉永二年（一八四九）である。庚戌は嘉永三年（一八五〇）である。
十八丁ある。
文末に浩齋の評がある。また「謹乞郢斧　鳴鶴百拜」とある。

5．拙稿
池田紀行詩　并引　舊作
八丁ある。
※文末に「奉乞　删止　柳塘百拜」とある。浩齋の評がある。

6．拙稿
八月十四日夜卽興

五丁ある。
文末に「伏乞慈斧　鳴鶴百拝」とある。また「壬子□秋日」の浩齋の評がある。
※壬子は嘉永五年（一八五二）である。

7. 拙稿
七丁ある。
文末に「鴨鶴百拝」とある。

8. 漁唱
七丁ある。
文末に「伏乞正斧　鴨鶴拜具」とある。

9. 拙稿 癸丑 甲寅
※癸丑は嘉永六年（一八五三）である。甲寅は安政元年（一八五四）である。十丁である。

D本

西溪漁唱 自戊午、至甲子　一巻、三十九丁、二十四・八cm×十七・二cm、和本、袋綴。
※戊午は安政五年（一八五八）である。甲子は元治元年（一八六四）である。

1. 舊作追錄
十丁ある。

2. 西溪漁唱

京寓漫吟

「戊午秋云々……」より「辛酉元旦　同三月廿一日」仁至る。

② 「西溪漁唱」(A、B、C、D)「西溪漁唱後集」(E本)所収詩製作年代別・詩体一覧表

本		a	a	b (第6巻)	b (第7巻)	a・b	a	a
西暦		1838	1839	1840	1841	1842	1843	1846
干支		戊戌	己亥	庚子	辛丑	戊寅	癸卯	丙午
年号		天保9	天保10	天保11	天保12	天保13	天保14	弘化3
年齢		21	22	23	24	25	26	29
五言詩	4句	4	6	4	4	1	1	
	6句				1			
	8句	4	16	10	3	2	3	4
	10句		1					
	12句	1	1					
	16句		1					
	18句							
	20句					2		
	24句		1					
	28句							
	38句							
	48句						1	
	55句							
	56句							
	80句							
	合計	9	26	14	8	5	5	4
六言詩	4句							1
七言詩	4句	55	99	52	36	27	23	57
	6句			1				
	8句	9	21	10	6	3		27
	10句				1			
	16句		1					
	18句							
	20句							
	22句		1					
	24句		1					
	32句							
	36句							
	39句					1		
	40句							
	合計	64	123	63	43	31	23	84
文章					1			
総合計		73	149	77	52	36	28	89

総合計	e	d	c	c		c	c	c	c	a・c	本	
	1876～	～1858 1861	1855	～1853 1854		1852	～1849 1850	1849	1848	1847	西　暦	
	丙子～	～戊午 甲子	乙卯	～癸丑 甲寅		庚子	～己酉 庚戌	己酉	戊申	丁未	干　支	
	明治9～	～安政5 元治1	安政2	～嘉永6 安政1		嘉永5	～嘉永2 嘉永3	嘉永2	嘉永1	弘化4	年　号	
	59～	47～41	38	37～36		35	33～32	32	31	30	年　齢	
39	1	2			3	1	2	1	7	2	4句	五言詩
2		1									6句	
144	7	19	2	10	9	11	11	6	14	13	8句	
1											10句	
3							1				12句	
2						1					16句	
1		1									18句	
3		1									20句	
2						1					24句	
1		1									28句	
2						1		1			38句	
2				1							48句	
1										1	55句	
1									1		56句	
1					1						80句	
205	8	25	2	11	13	15	14	8	22	16	合計	
1											4句	六言詩
911	25	170	2	24	43	39	84	29	57	89	4句	七言詩
2											6句	
144	2	15		5	5	3	7	2	18	11	8句	
1											10句	
3						2					16句	
1						1					18句	
1									1		20句	
1											22句	
1											24句	
1					1						32句	
1				1							36句	
1											39句	
1					1					1	40句	
1069	27	185	2	30	50	45	91	31	76	101	合計	
12	7	1			1	2					文　章	
1287	42	211	4	41	64	62	105	39	98	117	総合計	

※戊午は安政五年（一八五八）である。辛酉は文久元年（一八六一）である。

3．拙稿
十二丁ある。

4．拙稿
十三丁ある。
五丁ある。

E本
西溪漁唱後集　男　柳岬子肅集、一巻、十丁、二十四・三㎝×十八㎝、和本、袋綴、罫紙〈十三行〉を使用。序文から始まって「元旦口占　明治九年」をもって終る。
※明治九年は一八七六年である。

②「西溪漁唱」「西溪漁唱後集」所収詩　製作年代別　詩体別一覧表
前項①の調査にもとづいて結果を表示すると三五四・三五五頁の如くなる。
なお五言八句と七言八句は一四四首ずつあり、同数だが、七言四句が九百首以上もあって、作者は七言絶句を得意としたことが分る。

この本によって明らかになったことがある。青山忠治（柳塘）は、靜山、酔雲、臥雲（軒）、鳴鶴とも号していたことである。

また、皎齋先生が評点をつけている（皎齋は喜多山木人であろう）。

また、浩齋の評がある（浩齋は大郷浩齋のことであろう）。

おわりに

作者は幕末の動乱期に鯖江藩の藩士の子供として生れ、晩年には勘定奉行を勤めた人である。

そして、藩に出仕し始めた二十代の初頭から五十代の終りに至る四十年間に千余首の多数の漢詩を作った。

今日まで残されている詩集を調査した。ここにその構成の概略を紹介することが出来た。ただし作品の内容、作者の世界の追求はこれからである。

五　青柳柳塘、柳崖父子の漢詩の研究―「池田郷」の詩について

はじめに

本稿は藩の勘定方を勤めた青柳家の第五代忠治（柳塘）、第六代青柳宗治（柳崖）の漢詩の一部を紹介し、当時の人々の生活の一端を知ろうとするものである。

そこで、第五代忠治（柳塘）については前項（四）「西溪漁唱」の研究　序説で述べたので、本項では次の三項目について述べ、四番目に本題について述べることとする。

（一）「青柳宗治（柳崖）の年譜」
（二）「清默洞記」
（三）「清默洞詩稿」(イ)詩集の構成、(ロ)所収詩体別一覧表。
（四）柳塘、柳崖父子の「池田郷」の詩について
　(イ)池田郷について、(ロ)池田紀行詩并引、(ハ)池田郷十二絶。

（一）　青柳宗治（柳崖）の年譜

柳崕の経歴については、『寛政改御家人帳・（一之下）』（『鯖江市史』第五巻一四四～一四五頁所収）に、明治二年と三年の二か年の記事、また、『青柳家明細帳』（鯖江市資料館〈現まなべの館〉保管文書）の巻末に、明治四年と六年の記事がある。それを表にする。「年譜」の作成方法は「柳塘年譜」に準ずる。

なお、また、『鯖江郷土誌』（福井県鯖江町編・昭和三十年刊）に「父に学んで、詩文を善くし、氏の撰する碑文は所々に存す。氏は又郷土誌の研鑽に趣味を有し、研究せるところ、見聞せるところを詳に手記せられたので、今回の郷土誌資料蒐集に際して、氏の遺功に預りたるところが極めて大きい。久しく今立郡役所に職を奉じ、又町の助役として町政に参劃して功績があった」とある。

「作品数」は筆者の調査結果による。作品数を確定出来ない年もあるので巻毎の作品数をあげた。

青柳　宗治（柳崕）年譜

西紀	日紀	干支	年齢	事蹟	作品数
一八五五	安政2	乙卯	1	十一月二十四日生	
一八六九	明治2	己巳	15	正月十一日御小姓見習御雇被成、御雇中御鼻紙代四兩被下	
一八七〇	明治3	庚午	16	閏十月廿八日御相手被成御免、但御鼻紙代上ル	
一八七一	明治4	辛未	17	十月十二日　父塘家祿貳拾石無相違被下	
一八七三	明治6	癸酉	19	七月、二十大區小學校訓導被命（但月ニ壹圓給與）　九月、小學校改正ニ付被免 九月、二十大區小學校訓導被命（但月ニ壹圓五十錢給與）	
一八七五～一八七八	明治8～明治11	乙亥　戊寅	21　24		一巻 183
一八七九～一九〇二	明治12～明治35	己卯　壬寅	25　48	この間、今立郡役所に奉職。（書記今立郡報第一號明治27年4月20日）	二巻 218
一九〇三～一九〇五	明治36～明治38	癸卯　乙巳	49　51		三巻 741

一九〇五～一九〇六	明治38～明治39	乙巳 丙午	51 52	明治三十八年四月十五日より、同三十九年十月九日まで、鯖江町助役。	四巻 125
合計					1267

（二）清默洞記

清默洞記

清默洞者、余友柳涯靑柳君之所居也矣。居接市廛極雑閙。而曰、「清默」。余嘗甚怪、一日竊欲質所以以襍閙之居顔清默之字。推叩焉、君坐窓下繙書帙、默々獨欣仰、如有所得。雖余生平謝於語、君傍一言不應也。不啻不遑應余言、未知余之詭君。傍一時强。漸顧視莞爾笑曰『兄來耶、又敢無他言。窓外車馬走忙之聲亂人語、余憎之。』君獨泰然閲殘書、如無耳然。其風高其意清。余頓有所得。拍手曰、「有清默之君、有清默之名。清默々之名實不相左也。」君復顧視莞爾笑曰、「兄亦有所得乎。」又敢無他言。古語曰、『堅忍之士多靜、浮躁之人多動矣。』君性、固沈靜寡然、所謂非堅忍之士而何耶。嗚乎清之爲言靜也。清默之名復奚疑。余敢無他言。於此乎記。

明治二八歳次癸未八月　三笑堂主靜所併書

【書き下し文】

清默洞記

清默洞は余の友柳崖青柳君の居る所なり。居は市廛に接して極めて雑閙なり。しかして曰く、「清默と」。余嘗て甚だしく怪しみ、一日窃かに雑沓の居を以て清默の字を顔とする所以（ゆえん）を質（ただ）さんと欲す。これを推叩するに、君は窓下に坐して書帙を繙き、黙々として独り欣仰し、得る所有るが如し。余生平語に謝すと雖も、君は傍らにして一言も応へざるなり。啻（ただ）に余の言に応ずるに遑あらざるにあらず。未だ余の君を詭しむを知らず。傍らにて一時強ふ。漸く顧視して莞爾として笑ひて曰く、『兄来たるか、又敢へて他に言ふこと無かれと。窓外の車馬の走忙の声は人語を乱す。余これを憎むと。』君は独り泰然として残書を閲し、耳無きが如く然り。その風高く、その意清し。余頓に得る所有り。拍手して曰く「清默の君有りて清默々の名有り。清默の名と実と相左（たが）はざるなり。」君復た顧視して莞爾として笑ひて曰く「兄も亦た得る所有るかと。」又敢へて他に言ふこと無し。古語に曰く、『堅忍の士は多く静かにして浮躁の人は多く動くなりと。』君が性は固より沈静寡黙にして所謂堅忍の士に非ずして何ぞや。嗚呼清の言たるや静なりと。清默の名復たなんぞ疑はん。余敢へて他に言うこと無し。此に於いて記るす。

明治二八歳次発未八月　　三笑堂主静所併書

この文によって、「清默洞」とは青柳柳崕の居所の名前、書斎名であることが判る。従って「清默洞詩稿」とは青柳柳崕の詩集であると知れる。なお、柳崕には他に「清默洞文稿」三巻がある。

また、三笑堂とは小泉了諦の屋号で静所とはその雅号である。小泉了諦は椰陰、鈍佛とも号し、鯖江市の真宗誠照寺派法林寺第九世住職で、『椰陰詩文鈔』が出版されている（第二章【書誌編】第二節、十九　小泉了諦　の箇所を参照）。

（三）　清默洞詩稿

『清默洞詩稿』は四巻ある。しかし、詩集中には作者の氏名も雅号も記載されていない。そのため誰の詩集であるかが判然としなかった。ところが一九九〇年春、七年ぶりに青柳家を訪ねて当主の宗和氏から巻物を拝見させて頂いた折、三つの「交ぜ張り」の中に「清默洞記」という一文を見つけたのである。それは、行書であるが、ほぼ前記の書き下し文のように読める巻軸である。

①『清默洞詩稿』の構成

前記の『西溪漁唱』にならって、『清默洞詩稿』の構成について記す。

　清默洞詩稿　一

一巻、三十丁、二十三cm×十七・七cm、和本、袋綴。

○柳塘翁評　元旦　乙亥より

※乙亥は明治八年（一八七五）である。

○清默洞詩稿　山中耕雲評　霊池閣納清まで

　清默洞詩稿　二

一巻、三十四丁、二十三・八cm×十七・八cm、和本、袋綴。

○漫遊雜吟　梅村春曉より

○清默洞詩稿　偶成まで。

清默洞詩稿　三

一巻、八十三丁、二十三・六㎝×十七・五㎝、和本、袋綴。

○清默洞詩稿　紀元節　発卯より

※発卯は明治三十六年（一九〇三）である。

○清默洞詩稿　天長節賦一絶まで。

清默洞詩稿　四

一巻、十五丁、二十三㎝×十七㎝、和本、袋綴。

○清默洞詩稿　乙巳　田家初冬より

※乙巳は明治三十八年（一九〇五）である。

○清默洞詩稿　丙午　初秋暁望まで。

※丙午は明治三十九年（一九〇六）である。

この本には巻数の明記はなく、余白が五十二丁ある。この年明治三十九年の秋（十月九日）に作者が死去したからであろう。

②『清默洞詩稿』所収詩詩体別一覧表

作品数を確定出来ない年もあるので巻毎に作品数をまとめた。七言四句が圧倒的に多い。父と同じく七言絶句を得意としたことが分る。

本（巻）	西暦	干支	年号	年齢	五言詩 4句	五言詩 8句	五言詩 合計	七言詩 4句	七言詩 5句	七言詩 7句	七言詩 8句	七言詩 合計	総合計
一	1875～1878	乙亥～戊寅	明治8～11	21～24		2	2	179		2		181	183
二	1879～1902	己卯～壬寅	明治12～35	25～48	3		3	215				215	218
三	1903～1905	癸卯～乙巳	明治36～38	49～51	19		19	720	1		1	722	741
四	1905～1906	乙巳～丙午	明治38～39	51～52				125				125	125
総合計					22	2	24	1239	1	2	1	1243	1267

（四）　柳塘、柳崖父子の「池田郷」の詩について

柳塘の『西溪漁唱』のC本（【書誌編】青柳柳塘（忠治）の箇所参照）に、「池田紀行詩并引」（三丁にわたって載っている）がある。長文の序文と十首の七言絶句である。嘉永二年（一八四九）、作者三十二歳の作品である。

柳崖の「清默洞詩稿」（【書誌編】青柳柳崖（宗治）の箇所参照）第二巻に「池田郷十二絶」（三丁）がある。短文の序文と十二首の七言絶句である。明治三十年（一八九七）、作者四十三歳の作品である。

両者の間の製作時期には四十八年（ほぼ半世紀）の隔たりがあるが、父子が七言絶句で、共に現在の「福井県今立郡

池田町」をうたっている。詩にうたわれている村の中には、現在は廃村になっている集落もある。今日の如く村々の生活様式が一様になる以前の素朴な山村の生活がうたわれているので、文学作品としても、また民俗資料としても、興味が持てると思う。

そこで、訓読のあとに、主として『池田町史』(昭和五十二年三月発行)、『鯖江市史』(昭和五十三年発行)、『角川日本地名大辞典18 福井県』(一九八九年十二月発行)等による説明を付け加えておく。そして筆者(前川)の若干の注釈と感想を述べる。

ここでは以下の①~③について述べる。

① 池田郷について、
② 池田紀行詩幷引、
③ 池田郷十二絶。

① 池田郷について

越前国今立郡のうち池田郷の大部分の村は、はじめ福井藩領、貞享三年(一六八六)幕府領、元禄五年(一六九二)大坂城代土岐頼殷領、のち幕府領を経て、享保五年(一七二〇)から鯖江藩領となっている。

そこで『池田町史』所載の「池田郷村々一覧」(以下「一覧」と略称する)によって、池田郷における村々の消長を村の数で示すと次の如し。

福井県今立郡池田町

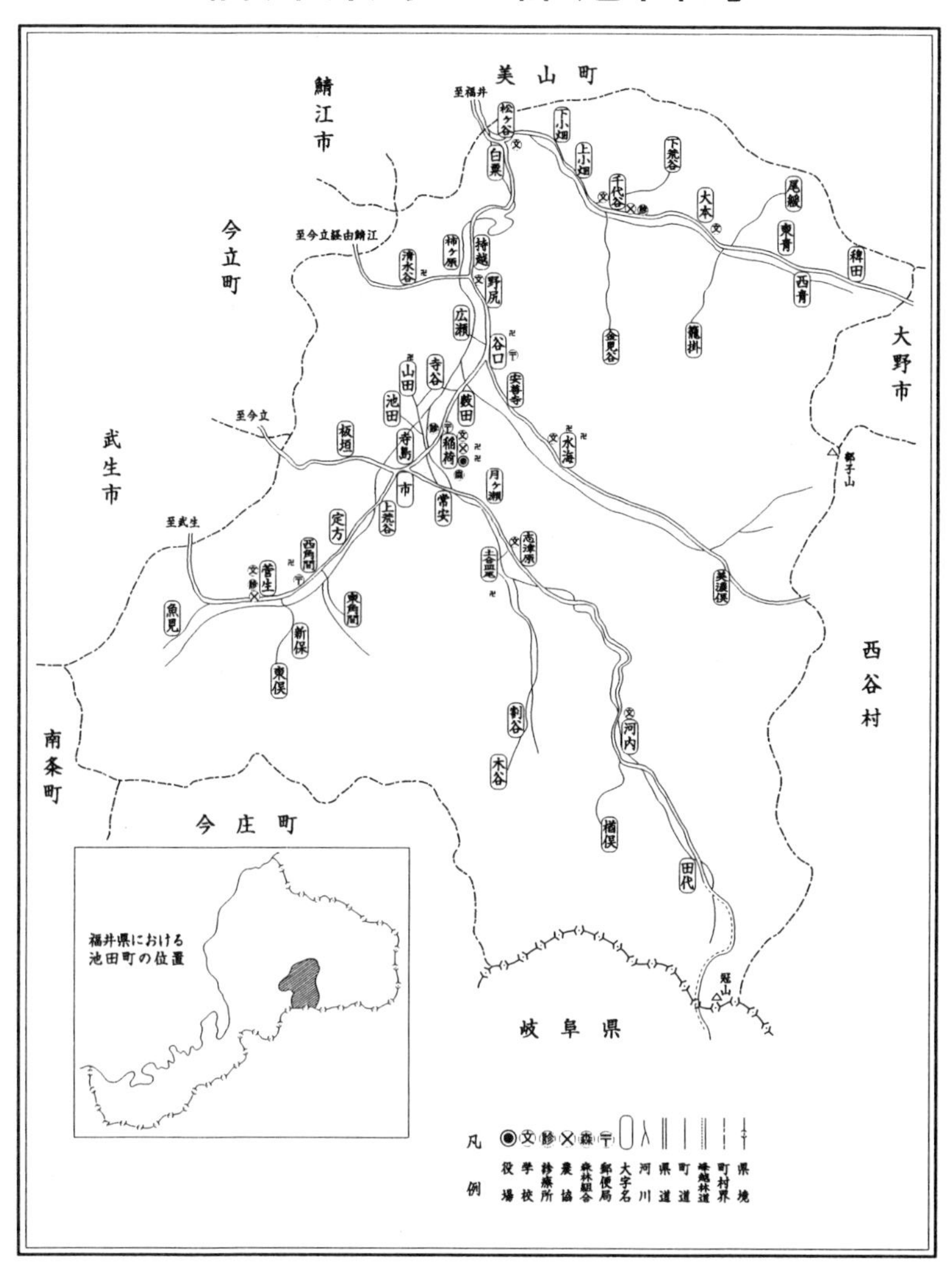

『池田町史』（池田町史編纂委員会編）より転載

①慶長三年（検地帳）西暦一五九八年
三十六ヶ村
②慶長十一年（越前國繪圖）西暦一六〇六年
三十六ヶ村
③正保三年（正保鄕帳）西暦一六四六年
三十六ヶ年
④貞享三年（鄕村高付帳）西暦一六八六年
三十六ヶ村
⑤元祿八年（内藤藤ヱ門家付明細帳）西暦一六九五年
四十一ヶ村
⑥享保六年（梅田惣治郎家村明細帳）西暦一七二一年
四十七ヶ村
⑦元文五年（堀口久兵ヱ家資料）西暦一七四〇年
四十八ヶ村
⑧文化十二年（越前國名蹟考）西暦一八一六年
四十六ヶ村

それぞれの詩作品にうたわれている村が最初に出て来る時代を①~⑧の番号で示す。

まず「池田紀行詩并引」から見ることとする。

② 池田紀行詩并引　舊作

①池田鄕者、距②治僅六里餘、而在層嶺□壑之間。東西三里許、南北五里餘。東南與③江濃接壤、東西重嶺層嶂、而倚其麓伏其岫而有①三十餘邨、良田亦數千頃。鄕俗淳朴而有太古風。鄕中有一道之澗流發源于④濃越接壤之山中。自南而北、自群岫衆谷、飛泉湊會、兪北而愈大、至鄕北松谷邉、遂成⑤大川。其水蚓行蛇曲、巒壑之間、齧石吐沫激嵓飜雪。架橋凡十餘所、幷皆以獨木、長數十丈、高十餘丈、其危峆可知也。東西之層巒重嶂、則參差起伏有横有立。岫巒犬牙相含、雲霧出沒、烟嵐呑吐。崖壁則斗絶高懸、怪嵓奇石、異態萬狀。山樹則老木蒙密、交幹接柯。或云、終古不剪之地。然皆横幹樛枝□。蓋每冬崩雪自峰上瀑瀉衝擊而不能直生也。⑥今茲己酉、余與⑦須子柔卿辱蒙命、踰清水谷嶺、而至其鄕。止居者凡三日、窮谷幽壑雖未遑遊涉、略觀其近旁勝。時十月下浣。寒溪水清板橋霜白。巒樹□墜絶峰藏雪、其景最佳。柔卿素善畫。毎勝景必作圖。余亦題小詩。往還之間、柔卿作十圖。余賦十絶。特惜此地以僻遠路嶮、韻士墨客無探討者、故名未彰矣。余才短詞拙、雖未能髣髴其勝之萬一、然與柔卿之圖併觀、則其勝稍可概見也。

【書き下し文】

② 池田紀行詩并びに引　旧作

池田郷とは、治に隔たること僅かに六里余(あまり)、しかも層嶺○壑の間に在り。東西三里許(ばかり)、南北五里余なり。東南は江濃と壌を接し、東西は重嶺層嶂(しょう)あり、しかしてその麓に依りその岫(しゅう)に伏して三十余邨有り、良田も亦数千頃あり。郷俗淳朴にして太古の風有り。郷中に一道の澗流有り、源を濃越壌を接する山中に発す。南よりして北し、群岫衆谷より飛泉湊会、いよいよ北しいよいよ大にして、郷北の松ガ谷の辺に至って、遂に大川と成る。その水は蚓(いん)行蛇(だ)曲し、巒(らん)壑の間にて、石を齧み沫を吐き、嵒(がん)を激し雪を翻す。橋を架くること凡そ十余所、并びに皆独木を以てす。長さ数十丈、高さ十余丈なり。その危沓知るべきなり。東西の層巒重嶂は、則ち参差として起伏し横たへる有り立つる有り。岫巒犬牙相含み、雲霧出没し、烟嵐呑吐す。崖壁は則ち斗絶高懸し、快嵒奇石ありて、異態万状なり。山樹は則ち老木蒙密にして、幹を交へ柯(か)を接す。或ひは云ふ、終古剪らざるの地なりと。然れば皆幹を横たへ枝を樛(きゅう)す○。蓋し毎冬の崩雪峰上より爆泻するの衝撃ありて直生する能わざるなり。今茲己酉、余須子柔卿と、命を辱(じょく)蒙し、清水谷嶺を踰へて、その郷に至る。止まり居ること凡そ三日、窮谷幽壑未だ遊渉に遑あらずと雖も、略ぼその近旁の勝を観る。時に十月下浣なり。寒渓の水清く板橋の霜白し。巒樹○墜し絶峰雪を戴く、その景最も佳し。柔卿素より画を善くす。勝景ある毎に必ず図を作る。余も亦た小詩を題す。往還の間、柔卿十図を作る。余十絶を賦す。特に惜しむらくはこの地僻遠路峻なるを以て、韻士墨客の探討する者無し。故に名未だ彰はれず。余が才短く詞拙く、未だその勝の万の一を髣髴する能はずと雖も、然れども柔卿の図と併せ観れば、その勝稍(やや)概見すべきなり。

①池田郷—『越前國名蹟考』文化十二年（一八一六）によれば、四十六ヶ村（幕末には四十八ヶ村）であるが、実際には三十六ヶ村を鯖江藩が支配していた（藩政史料1第四巻）。

②治—鯖江。

③江濃—近江、美濃。今の滋賀県、岐阜県。

④濃越―美濃、越前。今の岐阜、福井県。
⑤大川―足羽川。松ヶ谷で部子川と合流。
⑥今茲己酉―嘉永二年（一八四九）、作者青柳柳塘は三十二歳。
⑦須子柔卿―鯖江藩士須子氏の一族である。諱は燮。通称、孫作、字は柔卿。号は蕉石。大郷浩齋の兄。文久三年（一八六三）七十四で没。当時五十歳。画をよくした。（『鯖江郷土誌』六一五頁に（画家）としての伝記がある）。
詩の配列順によって考えると、作者は今の今立町相ノ木から池田町に入り清水谷、持越、浦中、松ヶ谷、そして一旦もどって野尻、それから武生市の入谷、鞍谷へと抜けている。

1．（その一）

相ノ木郈

僻壤荒涼幾戸檐　　僻壤荒涼幾戸の檐ぞ
火耕水耨食難猒　　火耕水耨食猒き難し
郈人一半渾樵侶　　郈人の一半は渾て樵侶
作炭折薪易米鹽　　炭を作り薪を折りて米塩に易ふ

（押韻）檐、猒、鹽（平声塩韻）

○相木―今立町にある。相ノ木とも書く。
部子川上流域、部子谷の奥に位置する。
享保五年（一七二〇）から鯖江藩領。もと横住村の枝村。一七二一年の家数十九戸。

○火耕水耨―田畑の草木を焼き、そのあとに水を注いで雑草を殺す方法（『史記』平準書）。

二句に「食猒き難し」とあり、末句に「炭を作り薪を折り米塩に易ふ」とある。焼畑農業と木こりをして生計を営む村人のさまが伺われる。

2．（その二）

清水谷嶺

摑石捫蘿腰作彎　石を摑み蘿を捫ち腰彎を作す

峻峰鵠野且猿攀　峻峰鵠野且つ猿攀る

山人活計殊辛苦　山人の活計は殊に辛苦にして

雨汗遍身日往還　雨の汗身に遍くして日々往還す

（押韻）彎、攀、還（平声刪韻）

○清水谷―谷は足羽川上流左岸に位置する。

村は江戸期～明治二十二年の村名。この村は「一覧」の①から見えている古い村である。峠は池田町と今立町との境にある峠。標高約三九五米。古来池田の谷と武生、鯖江を結ぶ最も重要な道筋であった。

第一句と四句とは峠越えや山仕事の厳しさを言ったものであろう。

明治中期頃まで漆生産が盛んで遠く埼玉、栃木県あたりまで漆掻きに出かけ、柳灰を河和田村（鯖江市）へ、楮は五箇村（今立町）へ販売し、焼畑も行われたという。第三句はその生活が苦しかったことを言っている。

3．（その三）

持越卽日

重疊巒峰崖樹荒　　重畳たる巒峰崖樹荒く
林中寒日凍無光　　林中の寒日凍りて光無し
板橋跨澗行人少　　板橋澗を跨ぐ行人少なく
過午猶留一半霜　　午を過ぎて猶を留む一半の霜

（押韻）荒、光、霜（平声陽韻）

○持越―足羽川上流域に位置し、同川が中央で城山を回って蛇行する。村は江戸期～明治二十二年の村名。この村は「一覧」の①から見えている。
第二句の「寒日凍りて光無し」、四句の「午を過ぎて猶を留む一半の霜」は寒気が厳しいことを思わせる。

全句、高い山にとり囲まれた山間いの村の荒涼とした趣きをうまく表現している。

4．（その四）

浦中卽事

蔓壑枝峯幾疊山　　蔓の壑枝の峯幾畳の山
蛇行溪水絶崖閒　　蛇行す溪水絶崖の間
君須作○吾題句　　君須らく○を作すべし吾は句を題さん
此景最難付等閑　　此の景最も等閑に付すること難し

（押韻）山、閒、閑（平声删韻）

○浦中―場所がはっきりしない。
○第二句の欠字は「圖」であり、「君」は同行している「須子柔卿」であろう。
第三句、四句によってすばらしい風景であると知れる。

5・（その五）

自持越至松ヶ谷途中　持越より松ヶ谷に至る途中。
一道濃藍衝曲碕　一道の濃藍曲碕に衝り
如煙噴沫冷沾衣　煙の如き噴沫衣を冷沾す
憶曾暑月來漁此　憶ふ曽つて暑月に来りて此に漁するを
白浪底沈舊釣磯　白浪の底に沈む旧釣の磯

（押韻）衣、磯（平声微韻）

○持越―その三に出ている。
○松ケ谷―足羽川上流域に位置し、地内で同川と支流部子川が合流する。
村は、江戸期～明治二十二年の村名。「一覧」の①②では部子谷村、③④では部子村である。⑤～⑧では松ケ谷となっている。部子川谷筋一帯の集落を含めていたのが、やがて当地だけを指すようになったのである。そして、松谷、松ケ谷となったようである。

6・（その六）

詩は前半二句に藍き渕や瀬の美しさ、後半二句に銀鱗が躍る夏の日に釣をした楽しさを思い起こしているのである。

松ヵ谷卽景

峰攢天小一僊鄉　　峰攢まり天小さき一の僊鄉
隔絶人閒山是墻　　人間を隔絶す山は是れ墻
不到午時無日影　　午時に到らざれば日影無し
焉知晨旭與斜陽　　焉んぞ知らん晨旭と斜陽と

（押韻）鄉、墻、陽（平声陽韻）

○松谷―前出。

盆地の底では昼まで日もささないから、朝日と夕日との区別もつけられないほどである、という。

松ケ谷を仙郷と見たてているところが面白い。

7.（その七）

宿松ガ谷某氏夜中卽事　　松ヶ谷の某氏に宿す。夜中即事

地爐榾柮禦寒成　　地爐榾柮は寒威を禦ぐ
細話桑麻就睡遲　　細話桑麻睡に就くこと遅し
家婦夜深行索酒　　家婦は夜深けて酒を索めに行き
一燈照路落松枝　　一燈路を照す落松の枝

（押韻）成、遲、枝（平声支韻）

○松谷―前出。

村長の家にでも泊ったのであろう。
囲炉裏を囲み、榾火に暖を取りながら、つい話し込み夜も更けた。家の主婦が、客の為に夜更けに酒を求めに行く。
その灯し火が道に落ちた松の枝を照らしている。という。情景が目に見えるようである。

8・（その八）

野尻村

奔湍激石響潺湲　　奔湍は石に激しく響は潺湲たり
人物如仙住樹閒　　人物は仙の如く樹間に住む
獨木長橋高十丈　　獨木の長橋は高さ十丈
不容俗客漫來還　　俗客の漫りに来還するを容さず

（押韻）湲、閒、還（平声刪韻）

○野尻村—足羽川上流域に位置する。江戸期～明治二十二年の村名。「一覧」では①から見える。
この作品もここ野尻村を仙境に見たてている。第二、三、四句がその情景である。

9・（その九）

入谷邨名所見

萬幹老松翠接天　　萬幹老松翠天に接す
或疑中有劚苓仙　　或ひは疑ふ中に劚苓の仙有りと
郤看樵客成生活　　郤に看る樵客の生活を成すを

一縷高颺炭竃烟　　一縷高く颺る炭竃の烟

（押韻）天、仙、烟（平声先韻）

○入谷―いりたに。「いりたん」ともいう。武生市にある。鞍谷川最上流域に位置する。村は江戸期～明治二十二年の村名。

老松亭立する中に炭焼きの煙が立ち昇るさまは一見のどかである。しかし樵客の生活は決して楽ではなかったであろう。

10・（その十）

鞍谷逢雪　　鞍谷にて雪に逢ふ。

獵々風號林箐閒　　獵々として風は号ぶ林箐の間

雪花吹醒酔人顔　　雪花は吹きて醒す酔人の顔

無端側笠遙回顧　　端無くも笠を側だて遥かに回顧すれば

白盡向前過處出　　白は尽くす向前過ぎし処の山

（押韻）閒、顔、山（平声刪韻）

○鞍谷―武生市にある。鞍谷川上流域に位置する。平安末期から見える地名。村は江戸初期の村名で福井藩領。

思いがけなくも笠をそばたて遥かに振り返ってみれば、つい先程通り過ぎて来た山々が白一色になっている。

転句結句がこの十首の連作のしめくくりにふさわしい表現であると思う。

苦しい村人の生活は検分に出かけた作者（役人）から見れば、所詮は他人事である。同情は出来てもそれは一時見た夢のようなものである。
過ぎ去った時や事件は記憶の彼方へと消え去って行くのである。そのような印象がこの句にはある。

③　池田郷十二絶
古稱①池田郷、今②上池田③下池田是也。④明治乙未⑤丙申之二歳、遇水災、橋梁皆落。未就修繕之途、假以杉材二本代桁。架桁以板、其狀似槎。故遭霖雨則槎流、忽絶人行。地素位山間、多大川小河、而橋梁皆然。⑥今茲丁酉隨松平郡司而巡郷中。時初夏、杜鵑⑦啼血①梅子將黃之候也。

【書き下し文】
③　池田郷十二絶
古称の池田郷とは、今の上池田下池田が是れなり。明治乙未丙申の二歳、水災に遇ひ、橋梁皆落つ。未だ修繕の途に就かず、仮に杉材二本を以て桁に代ふ。桁に架するに板を以てす。其の状は槎に似たり。故に霜雨に遭へば、則ち槎流れ、忽ち人行絶ゆ。地素より山間に位す。大川小河多く、而して橋梁も皆然り。今茲（ことし）丁酉、松平郡司に随ひ、郷中を巡る。時は初夏、杜鵑血に啼き梅子将に黄ばまんとするの候なり。

①池田郷―幕末には四十八ヶ村である。

②上池田―明治二十二年～昭和三十年の今立郡の自治体名。足羽川上流域と同川支流の魚見川・水海川流域に位置する。魚見、菅生、新保、東俣、東角間、西角間、定方、上荒谷、板垣、寺島、池田、山田、寺谷、藪田、稲荷、市、常安、月ケ瀬、志津原、土合皿尾、割谷、木谷、河内、楢俣、田代、美濃俣、水海、安善寺、谷口、広瀬、野尻、清水谷、柿ケ原、持越の三十四か村が合併して成立。旧村名を継承した三十四大字を編成した。

③下池田―明治二十二年～昭和三十年の今立郡自治体名。足羽川上流の支流部子川流域に位置する。松ケ谷、小畑、下荒谷、千代谷、金見谷、葑生谷、大本、尾緩、東青、西青、稗田、籠掛、蒲澤の十三か村が合併して成立。旧村名を継承した十三大字を編成した。

④明治乙未―明治二十八年（一八九五）。

⑤丙申―明治二十九年（一八九六）。

⑥今茲丁酉―明治三十年（一八九七）。作者四十三歳。

⑦啼血―血を吐くほどに声をしぼってなく。白居易の琵琶行に「杜鵑啼血猿哀鳴」とある。

⑧梅子―うめの実。

詩の配列順によって考えると、作者は今の池田町に入り、まず総論的に「池田郷」について詠じたあと、上池田村の月ケ瀬、水海、上池田、杉峠、下池田の籠掛、蒲澤、稗田、小畑谷、松ケ谷から折立峠を経て、鯖江市へともどっている。

池田郷十二絶

1.（その一）

池田郷中水災後　池田郷中水災の後
橋梁堕落人頼槎　橋梁堕落し人槎に頼る。
定識一朝遇霖雨　定めて識る一朝霖雨に遇へば
隣家忽化他邦家　隣家忽ち他邦の家と化す

（押韻）槎、家（平声麻韻）

○水災―序文にいう明治二十八、二十九年の水災をいう。
二句、四句は洪水の時の様子をうたうが、特に四句は洪水の際の風景を描いて妙である。

2.（その二）

宿月瀬上嶋氏　氏時爲村長　月ガ瀬の上嶋氏に宿す。氏時に村長たり。

流水涓々山亦深　流水涓々（けんけん）として山亦た深し
何妨此地欠梅林　何ぞ妨げん此の地に梅林を欠くを
高樓酌酒無風夕　高楼に酒を酌む無風の夕
得意青螢飛入衿　得意の青螢飛んで衿に入る

（押韻）深、林、衿（平声侵韻）

○月が瀬―足羽川上流域に位置する。村は「一覧」の①から見える。上池田村にある。

○涓涓―陶淵明の「帰去来辞」に「泉涓涓而始流」とある。水量が少ないようだ。
○高楼酌酒―村長の上嶋氏の宅である。高楼というが二階建であろう。
二年連続の水害後、視察に来た役人を（作者も含めて）村長が接待につとめているのであろう。
梅林はないが蛍が飛んでいてこれもまたいいといっている。

3．（その三）

宿水海　　水海に宿す。

偶宿宜峰山下家　　偶ま宿す宜峰山下の家
黄梅時節雨横斜　　黄梅の時節雨横斜なり
村人坐説連年害　　村人坐して説く連年の害
尚恐今宵溪水如　　尚は恐る今宵溪水の如き

自註。部子山一名宜南峰。水海里連年水災。故及。
自ら註す。部子山は一名宜南峰。水海の里は連年水災あり。故に及ぶ。
（押韻）家、斜（平声麻韻）如（平声魚韻）

○水海―みずうみ、「みずみ」ともいう。足羽川支流水海川流域に位置し、東境に部子山がそびえる。明治二十二年～現在の大字名。上池田村に属す。水海村は「一覧」の①から見える。
村人坐説連年害―視察の役人に被害の大きさをつめ寄るようにして必死に説く村人の様子が伺われる。
末句は、今宵雨が渓水のようにドシャ降りであることが、また洪水にならぬかと心配だという意味であろう。

4・（その四）

上池田村漫吟二首（その一）

孤身跋渉山河路　孤身跋渉す山河の路
合歡花開雨尚零　合歓の花開くとき雨尚ほ零つ
試就梅林叩消息　試みに梅林に就きて消息を叩せば
梢頭實摽在前庭　梢頭の実摽ちて前庭に在り

自註。郷俗云合歡花開則梅雨晴矣
自ら註す。郷俗に云ふ、合歓の花開けば即ち梅雨晴るるなりと。

（押韻）零、庭（平声青韻）

○上池田村―前出。
○跋渉―山を越え川をわたる。山野を歩きまわること。『詩経』の「載馳」に「大夫跋渉、我心則憂」とある。この旅が水害後の視察であることを思えば、詩意と合う。
視察（公の行動）のあい間に一人散歩した時の作であろう。
合歓の花が咲けば梅雨はあがる、というのに雨はなお降っている。梅の木に雨はいつ上るのだときくつもりで木をたたいたら、梢の実がぽとりと庭に落ちたというのである。
詩人らしい行為であり、詩的な味わいがある。

5・（その五）

上池田村漫吟二首（その二）

數日行程陰雨中　　数日の行程陰雨の中
山河深處路斜通　　山河深き處路斜に通ず
村人夙達蠶繅事　　村人夙に達す蚕繅の事
可識家々財產豐　　識る可し家々財産豊かなるを

（押韻）中、通、豐（平声一東）

○蚕繅―蚕を飼い、まゆから糸をとる。
『孟子』「滕文公」に「夫人蠶繅以爲衣服」とある。

養蚕が盛んであり、どの家もかなり豊かであることが分る、といっている。がどの程度の豊かさなのであろうか。

それにしても雨の中の移動はご苦労なことである。

6・（その六）

杉峠聞子規　　杉峠にて子規を聞く。
陰雨濛々猶未晴　　陰雨濛々猶ほ未だ晴れず
營々數日塞路荊　　営々数日路を塞ぐ荊（けい）
漸休高嶺老杉下　　漸（ようや）く休む高嶺老杉の下
社宇呼餘只一聲　　社宇呼びて余す只一声

（押韻）晴、荊、聲（平声庚韻）

○杉峠—上池田村の谷口（足羽川上流右岸に位置する）から下池田村の金見谷（かなみだに。部子川支流金見谷川上流域に位置する）へ至る道の途中にある峠。
○濛濛—霧などがたちこめて暗いさま。ここでは長雨が降り続きあたりがうす暗くかすんで見えることを言うのである。
○子規—ほととぎすの別名。社宇、杜鵑、郭公、不如帰も同じ。
第一句に相変わらず雨が続くこと、第二句に莿（いばら）を掻き分け進む苦労が、第三句に峠に達して一息入れた様子が描かれる。第四句は、その時一声ほととぎすの声をきいたというのである。ほととぎすは「血を吐くほどに声をしぼって鳴く」といわれるが、作者はどういう気持でこの声を聞いたのであろうか。

7.（その七）

籠掛漫吟

孤村晝靜鳥來馴　孤村昼静かにして鳥来り馴る
水過門前山是隣　水は門前を過ぐ山は是れ隣
風致多情誰所住　風致は多情にして誰の住む所ぞ
知非智者卽仁人　知る智者に非ざれば即ち仁人なるを

（押韻）馴、隣、人（平声真韻）

○籠掛—かごかけ。「かんかけ」ともいう。

部子山北西麓、部子川上流籠掛川流域に位置する。明治二十二年～現在の大字名。下池田村に属す。「一覧」では⑤から見える。昭和三十八年の豪雪以降離村者が続き常住者はいないが、現在も雪のない時期には山仕事などのために居を移すことがあるという。

第一句、弧村は隣村とは離れていて孤立している感じがあるから言う。第三字以下は平和な村の情景である。

第二句、ここは山も川もある所である。

第三句、山水の景色の勝れた土地であるがここは誰の住む所かといえば、

第四句、智者でなければ仁者である。

という意味である。

この詩は第二句以下に『論語』雍也篇の「智者樂ㇾ水、仁者樂ㇾ山」と、これをふまえた応璩（休璉）の「百一詩」（『文選』所収）の「仁智居」（仁者、智者の居所）（「百一詩」では、山水景勝の地に居る者は必ず仁者智者であるべきだ……の意を寓する）をふまえていると見られる。

8・（その八）

蒲澤見猿	蒲沢にて猿を見る。
部子山邊數戸村	部子山邊の數戸の村
桑麻深處孤猿蹲	桑麻深き処孤猿蹲る
路頭休説腰無物	路頭説ふを休めよ腰に物無しと
彼亦同蒙聖世恩	彼も亦た同じく蒙る聖世の恩

（押韻）村、蹲、恩（平声元韻）

○蒲澤—部子川支流籠掛川上流に位置する。明治二十二年～現在の大字名。下池田村に属する。「一覧」では⑤から見える。

昭和三十八年の豪雪のあと無住地となり、現在は集落跡の見分けもつかない、という。

○部子山—目子ヶ岳（めこがたけ）ともいう。池田町と大野市の境にある山。標高一、四六五米。

○数戸村—明治二十四年には戸数七、人口男二十六、女二十一名であった。

○桑麻—くわと麻。養蚕と麻の栽培が行われていたのである。

第三、四句は、身に一物もまとわぬ猿も、聖世の御恩（ここでは鯖江藩）を受けているのだという。こういう表現は、日本、中国を問わず、官吏の作品によく見られる表現である。

9．（その九）

稗田偶成

人事樵蘇日苦辛　　人樵蘇を事とし日々に苦辛す

清淳習俗樂天眞　　清淳の習俗楽天の真

寧蒙仍舊無進謗　　寧んぞ蒙らん仍旧無進の謗（そしり）

勿化輕躁浮薄民　　化する勿れ軽躁浮薄の民に

（押韻）辛、眞、民（平声真韻）

○稗田—ひえだ。部子川上流の稗田川流域に位置する。明治二十二年～現在の大字名。下池田村に属する。「一覧」

では⑤から見える。昭和三十八年の豪雪により、翌三十九年から無住地となる。

村民は薪を採ったり草を刈ったり、日々苦労している。だが、清く素直な風俗習慣や楽天的な古代人のような性格は、古い習慣を守り進歩がないという誇りは蒙らないものだ。今後決して落着きのないうわすべりの民にはかわるなよというのである。

外部の生活を知らずに素朴なままに安穏に生きて行ければ、それは村人にとっても幸せであろう。しかし、今夏、私は稗田村跡を訪ねてみて思ったことは、厳しい自然環境で、生産も多くはのぞめそうもない、従って実際は苦しい生活であったろうということであった。この詩は文学者（役人）の甘い願望を述べたに過ぎない、ように思う。

10・（その十）

小畑谷聞蛙　　小畑谷にて蛙を聞く。
踏盡野蹊入水涯　　野蹊を踏み盡して水涯に入る
前溪蛙與後溪蛙　　前溪の蛙と後溪の蛙と
慇懃鼓吹聲相應　　慇懃に鼓吹し聾相ひ應ず
誰問官民公私差　　誰か問ふ官民公私の差

自註。晉惠帝聞蝦蟇聲、問左右曰、此鳴者爲官乎爲私乎賈茆胤對曰在官地爲官在私地爲私云々。

自ら註す。晋の恵帝、蝦蟇の声を聞く、左右に問ひて曰く、此の鳴く者は官の為か私の為かと。賈茆胤対へて曰く、官地に在りては官の為にし、私地に在っては私の為にすと云々。

（押韻）涯、蛙、差（平声麻韻）

○小畑―おばたけ。小畠とも書く。足羽川支流部子川流域に位置する。明治二十二年～現在の大字名。地内は上・下に分けて称される。下池田村に属する。「一覧」では①から見える。②で消え（恐らく部子谷村に含まる）、③～⑧に見える。

○野蹊―蹊は徯の別体字。野原のこみち。

野原の小径を踏み水ぎわに出ると、前の谷、後の谷で蛙が鳴き交わしている。けれども晋の恵帝みたいに、官民公私の差など誰も問わないという。

この詩は故事が分って、初めて面白味の分る詩であろう。

11・（その十一）

松ガ谷偶成

老杉得勢老松枯　　老杉勢を得て老松枯る

實去名存豈此區　　実去り名存するは豈に此の区のみならんや

勿說寒村稻粱少　　説く勿れ寒村稲粱少しと

山收芋栗水收魚　　山には芋栗を収め水には魚を収む

自註。此地、山中杉多而松少故云、又此地得年魚多。

自ら註す。此の地、山中杉多くて松少し、故に云ふ。又この地、年魚を得ること多し。

（押韻）枯、區、魚（枯、區は平声虞韻、魚は平声魚韻）

○松ケ谷―前出。

○稲粱―いねとおおあわ、穀物をいう。
○年魚―あゆの別名。香魚ともいう。
　この詩は注によって詩意が明白である。

12・（その十二）

　　越折立峠賦、似荒井兄。兄加賀人。　　折立峠を越へて賦し、荒井の兄に似す。兄は加賀の人なり。

　路是渓間又水中　　路は是れ渓間又は水中
　偶休高處日如烘　　偶ま高処に休すれば日は烘の如し
　賀山猶貯前年雪　　賀山は猶ほ前年の雪を貯へ
　分贈行人一陣風　　分けて行人に贈る一陣の風

　　（押韻）中、烘、風（平声一東）

○折立峠―鯖江市上河内と足羽郡美山町折立との間の標高四六〇米の峠。河和田川の上流と足羽川の中流を結ぶ道が越える。現在は廃道。
○似―示すこと。
　山路は谷間また川中へと続いて来た。峠について一休みすると、太陽は燦々と輝いている。峠から加賀の山が白雪を戴いているのがかすかに遠望できる。その加賀から分け送られて来た一陣の涼しい風が作者ら旅人に吹いて来た。
　水害のことを詠じた第一首から長雨のことは度々詠じられている。ところが、この「その十二」に至って、第二句に言うように雨はすっかり上がったのである。

第三、四句は加賀の人荒井氏に示すために書いたものであるが、このすがすがしさは連作を締めくくるのにふさわしい。読者の心を明るくするものである。詩人の配慮があるように思われる。

おわりに

青柳柳塘の「西溪漁唱」及び「西溪漁唱後集」には一二七五首の詩がある。その息子、青柳柳崕の「清默洞詩稿」には、父柳塘の「西溪漁唱」及び「西溪漁唱後集」とほぼ同数の一二六七首の漢詩が収められている。両者あわせて二五四二首である。地方の詩人の作品数としては膨大な数といってよい。

詩集には、幕末から明治にわたって生きた詩人の、時代の子としての感慨すなはち個人の生活や天候や身辺に起った事件や国家の大事件等に対する様々な感慨が記されている。作品数が多いだけに全貌を明らかにするにはいま少し日時を要する。

今回とりあげた漢詩はこの中の一部である。両者あわせて僅か二二首である。ほんの九牛の一毛に過ぎない。

しかしながら、漢詩文を表現の手段として、自己の感慨を表現したこの詩人達の作品は、この時代の詩人の生活態度を象徴的に示している。また全詩集の様相をも伺わせるものがあると思う。

そして生活に密着した作品には、時代の人々の人生が写されているのである。

この観点からして、この「池田郷」の詩作品は詩人が藩の役人であり、公務で当地を訪ねているという点から来る作者の視点及び取材上の、あるいは表現上の制約があることは否めない。既に見て来た通りである。

しかしながら、作者の池田郷の人々への愛情が人々の生活をしっかりと描写させているのである。

そして、我々はその詩語を通して当時の人々の人生を垣間見ることが出来るのである。また作者の文学的感性を知り、共感もするのである。

そこにこの序文と二二首の七言絶句を読む意義がある。私が興味を覚えたのも正にこの点に対してであった。

六 「野鷗松谷先生遺艸」研究—その閑適の世界—

はじめに

鯖江の漢詩人、松谷野鷗の一、年譜 二、「野鷗松谷先生遺艸」及び、三、その漢詩に見られる閑適の世界 の一端、について述べたい。

(一) 松谷野鷗関係年譜

松谷野鷗は、幕末にはまだ間のある天保六年(一八三五)正月十八日、足羽郡三尾野出作村(明治二十二年四月、丹生郡立待村三尾野出作に編入)に生れ、大正三(一九一四)年十月二十日、満七十九歳で歿するまで福井県鯖江市出作町に住んでいた。

漢詩は中年以後に作ったもので、今日残っているのは全て四十六歳以後のものである。

松谷野鷗の年譜に関する資料としては、次の三つがある。

① 「松谷系譜 附年表 全」松谷彌男 明治二十七年三月

② 松谷先師に就きて(遺稿)岡井愼吾「漢文學」第五輯 福井漢文学会 昭和三十一年 発行 十一~十九頁

③ 福井県議会史 議員名鑑 福井県議会史編纂委員会(編)福井県議会 昭和五十年七月 発行 六十四、六十五頁

①は松谷彌男自身が記したもので、「緒言」に明治二十七年三月の記載がある。これは今まで紹介されなかった。

そこで、筆者は松谷秀次郎氏の承諾を得て、その全部を福井高専の『研究紀要』(人文社会科学 第二十三号 一九八九年

十二月）に写真で掲載した。①によれば、松谷家は六代目から苗字を許され、それまでの西川から松谷と改めた。松谷野鷗は六代目松谷彌三右ヱ門の後妻ミスの長男として生まれた。幼名は八百次である。姉に父の前妻の遺子、小梅があり、弟に次男仙次郎、三男石松、妹に次女ます、三女こうがいた。

また、①によって、松谷家の系譜は明らかであるが今回、初代の教味より数えて十代目にあたる松谷秀次郎氏の協力を得られたので、西光寺の過去帳によって戒名を記す

②は岡井愼吾博士の遺稿を寺岡龍含博士が「漢文學」に掲載されたものである。

②③によると、松谷家は朝倉家の家臣であったが、滅亡後池田の松ヶ谷に隠れ、のち立待村に転出、松平侯から荒地の復興を命ぜられ石高二百十四石を与えられた。姓の松谷は、松ヶ谷村の名をとったといわれる。

①

釋教味
西川彌三右ヱ門
又左ヱ門
享保十九年（一八三八）三月五日歿

釋妙甫
明治六年（一八七三）十月十三日歿

②

釋淨誓
西川彌三右ヱ門
宝暦三年（一七五三）十月二十一日歿

釋妙隨
明治八年（一八七五）十二月二十三日歿

③

釋祐貞
西川彌三右ヱ門
寛政十二年（一八〇〇）九月十六日歿
享年　七十五歳

④
釋西明
寛政十年(一七九八)十二月十六日歿
喜藤次　享年四十五歳

釋妙臺
寛政五年(一七九三)十一月十六日歿
今立・野岡　林清九郎　女

⑤
釋妙信
嘉永六年(一八二九)四月二十五日歿
キヌ　享年　七十七歳

釋眞了
西川彌三右ヱ門
文政八年(一八二五)八月七日歿
多三郎
樫津・田中勘助　男

⑥
釋妙意
天保四年(一八三三)五月二十六日歿
四ツ杉・關新兵衞
久留

釋教信
西川彌三右ヱ門(松谷に改姓)
嘉永七年(一八五四)十一月二十日歿
只三郎　享年　六十歳

釋妙円　(後妻)
寛政六年(一七九四)二月四日歿
ミス(美寸)享年　四十二歳
府中宮醫　佐藤宗碩　女

釋妙意
安政三年(一八五六)十一月十日歿
高　享年　二十四歳
中脇・青木武右ヱ門

釋妙最
寛政十年(一七九八)十月七日歿
粂
吉江・諏訪孫作　女

⑦
善行梅隠居士
大正三年(一九一四)十月二十日歿
八百道(彌男)　享年　八十歳　八百次とも記す

福正寺　女（後妻）
ふみ
實家相續のため戻る

釋清聞（後・後妻）
大正十二年(一九二三)
五月九日歿
コト　享年　七十五歳
福井・勝田　女

釋妙念
昭和九年(一九三四)三月十六五日歿
ひさ　享年　七十七歳

⑧
釋開明
松谷彌三右ヱ門
大正三年(一九一四)
十月十日歿
享年　六十一歳
天津村片山
松原淺右ヱ門

⑨
釋得聚
松谷彌三右ヱ門
昭和五十三年(一九七八)十月十八日歿
秀千代　享年　九十二歳

釋妙淑
昭和四十六年(一九七一)六月十七日歿
ツナ子　享年　六十八歳

⑩　十世　松谷秀次郎
大正十二年(一九二三)
十月十七日生

松谷野鷗は通称八百次。安政元年十二月父六代目死去の後を継ぎ跡目相続をした際、彌男と改めたものである。号を野鷗、また五癖散人と称した。中国風には、名は夬、字を子揚、梅隠と号し、屋号(書斎名)を梅隠軒、對岡楼という。

妻たかは二十四歳で歿し、後妻ふみが来たが、実家相続のため戻り、後妻のあとまた妻コトを迎えた。子供には先妻たかとの間に長女くら、長男彦五郎（共に生後まもなく死亡）、離縁した妻ふみの遺子に二女ひさがあった。
男子がなかったので、丹生郡片山村の松原淺右ヱ門の子を養子とし、後にひさとめあわせ跡目を相続させた。

右の①②及び③の資料によって、「松谷野鷗関係年譜」を記す。また、後述の「野鷗松谷先生遺艸」によって年譜にその年製作の詩作品数を記す。

松谷野鷗関係年譜

西紀	日紀	干支	年齢	事蹟	作品数
一六八九	元禄2	己巳		第一世西川教味（謚號）（↓享保19・？年）	
一七三四	享保19	甲寅		第二世　淨誓（↓宝暦3・？年）	
一七五三	宝暦3	癸酉		第三世　祐貞（↓寛政12・75年）	
一七九八	寛政10	戊午		第四世　西明（↓寛政10・45年）	
一七九九	寛政11	己未		第五世　眞了（↓文政8・？年）	
一八二五	文政8	乙酉		第六世松谷教信（↓嘉永7・60年）	
一八二八	文政11	戊子		○苗字ヲ免サレ松谷ト改ム三月六日ナリ	
一八三四	天保5	甲午		○九月二十二日太守枉駕セラル	
一八三五	天保6	乙未	1	○正月十八日彌男（八百次）生ル	
一八三六	天保7	丙申	2		
一八三七	天保8	丁酉	3	○米錢ヲ施シ大ニ窮民賑恤ス官コレヲ嘉賞セラル	
一八三八	天保9	戊戌	4		
一八三九	天保10	己亥	5		

一八四〇	天保11	庚子	6	○十一月朔日（弟）二男千代郎死ス	
一八四一	天保12	辛丑	7		
一八四二	天保13	壬寅	8	○九月二十八日帯刀ヲ許サル　○十二月二十三日(妹)二女マス死ス	
一八四三	天保14	癸卯	9		
一八四四	弘化1	甲辰	10	○九月二十二日太守慶永君枉駕セラル	
一八四五	弘化2	乙巳	11		
一八四六	弘化3	丙午	12		
一八四七	弘化4	丁未	13		
一八四八	嘉永1	戊申	14	○(姉)長女小梅大野郡保田村山内平治兵衛へ嫁ス	
一八四九	嘉永2	己酉	15	○五月稲荷祠ヲ新築ス	
一八五〇	嘉永3	庚戌	16	○九月十八日太守慶永君枉駕	
一八五一	嘉永4	辛亥	17	○(妹)三女コウ生ル	
一八五二	嘉永5	壬子	18		
一八五三	嘉永6	癸丑	19		
一八五四	安政1	甲寅	20	第七世彌男○二月十三日妻タカヲ娶ル	
一八五五	安政2	乙卯	21	○長女クラ(母ハル)十一月二十五日死	
一八五六	安政3	丙辰	22	○十一月十日妻(タカ)死ス(二十四歳)○長男彦五郎(母タカ)九月四日死。	
一八五七	安政4	丁巳	23		
一八五八	安政5	戊午	24	○二女ヒサ九月十五日生ル	
一八五九	安政6	己未	25	○三月二十五日妹コウ死ス(年九歳)	
一八六〇	万延1	庚申	26		

西紀	日紀	干支	年齢	事蹟	作品数
一八六一	文久1	辛酉	27	○妻コトヲ娶ル（十三歳）	
一八六二	文久2	壬戌	28		
一八六三	文久3	癸亥	29		
一八六四	元治1	甲子	30		
一八六五	慶応1	乙丑	31		
一八六六	慶応1	丙寅	32		
一八六七	慶応3	丁卯	33		
一八六八	明治1	戊辰	34	○大庄屋ヲ命セラル	
一八六九	明治2	己巳	35		
一八七〇	明治3	庚午	36		
一八七一	明治4	辛未	37		
一八七二	明治5	壬申	38	○足羽縣第十八區戸長ニ任セラル　養子彌三右エ門入籍	
一八七三	明治6	癸酉	39	○上京ス	
一八七四	明治7	甲戌	40	○四月二十一日敦賀縣第九大區十二小區戸長ニ任ス	
一八七五	明治8	乙亥	41	○別荘ヲ設ク（※梅隱軒）　※以後十六・七年間ハ釣魚ヲ樂トセリ	
一八七六	明治9	丙子	42	○五月二十日孫（長女）小雪生ル	
一八七七	明治10	丁丑	43		
一八七八	明治11	戊寅	44		
一八七九	明治12	己卯	45		
一八八〇	明治13	庚辰	46	○三月二十六日石川縣會議員ニ當撰	6
一八八一	明治14	辛巳	47	○一月五日孫（二女）環生ル	4

一八八二	明治15	壬午	48		1
一八八三	明治16	癸未	49	○孫(三女)濱路生ル　※岡井愼吾入門ス	
一八八四	明治17	甲申	50	○八月二十六日吉江町外七ヶ村戸長に任セラレ准十四等ニ叙セラル 九月一日丹生郡明義石田兩小學校區及び今立郡通明小學校區學務委員拜命	
一八八五	明治18	乙酉	51	○六月二十六日稲荷宮村社格ニ加ヘラル	
一八八六	明治19	丙戌	52	○十二月十九日準判任官六等ニ任ス	
一八八七	明治20	丁亥	53	○七月一日孫(長男)秀千代生ル(のち第九世となる)	
一八八八	明治21	戊子	54		
一八八九	明治22	己丑	55	○立待村長ニ當撰ス　※釣ヲ廢ス・四月十二日徴兵參事員ニ當撰ス	
一八九〇	明治23	庚寅	56	○八月二日所得税調査委員に當撰ス　十一月丹生郡私立衞生會立待村地方幹事ニ推薦サル　一月二十六日孫(四女)稠子生ル	16
一八九一	明治24	辛卯	57	○四月廿一日丹生郡會議員ニ當選 八月三十一日縣會議員ニ當選(※定員三十八)	
一八九二	明治25	壬辰	58		
一八九三	明治26	癸巳	59		
一八九四	明治27	甲午	60	十月所得税調査委員當選	2
一八九五	明治28	乙未	61	第八世彌三右ヱ門三月立待村消防組頭拜命	2
一八九六	明治29	丙申	62		1
一八九七	明治30	丁酉	63	○三月孫(次男)三郎生ル	7
一八九八	明治31	戊戌	64	九月福井縣私立育兒院評議員委囑	
一八九九	明治32	己亥	65	※五月高野ニ登リ結縁灌頂ヲ受ケ、六月福井ニテ靈照律師ヨリ三聚淨戒ヲ稟受ス	

西紀	日紀	干支	年齢	事蹟	作品数
一九〇〇	明治33	庚子	66		
一九〇一	明治34	辛丑	67		
一九〇二	明治35	壬寅	68		18
一九〇三	明治36	癸卯	69		5
一九〇四	明治37	甲辰	70		
一九〇五	明治38	乙巳	71		2
一九〇六	明治39	丙午	72		4
一九〇七	明治40	丁未	73		14
一九〇八	明治41	戊申	74		5
一九〇九	明治42	己酉	75		
一九一〇	明治43	庚戌	76		7
一九一一	明治44	辛亥	77		55
一九一二	明治45 大正1	壬子	78		41
一九一三	大正2	癸丑	79		18
一九一四	大正3	甲寅	80	※十月二十日歿。法名、釋善行梅隠居士。	121
一九一五	大正4	乙卯			
一九一六	大正5	丙辰			
					(合計) 329
一九二三	大正12			秀次郎生ル(のち第十世となる)	

(二)「野鷗松谷先生遺艸」概説

○「野鷗松谷先生遺艸」について

詩集は、『玉篇の研究』などの著書で知られる同じ鯖江出身の学者、岡井愼吾の手になるものである。岡井は小学生の頃松谷から『文章軌範』と『春秋左氏伝』を教わったという。昭和二十年に編集されたのであるが、敗戦直後のこととて、出版されないうちに岡井も歿した。しかし、その岡井の自筆本が松谷家に伝わっている。概要は次である。

①書名、野鷗松谷先生遺艸　②巻数、一巻　③冊数、一冊　④著者名、松谷野鷗（彌男）⑤編者名、岡井愼吾　⑥丁・頁数、六十六枚百三十三頁　⑦体裁、和装袋綴　⑧大きさ、23・7㎝×14・5㎝　高さ（厚さ）〇・九㎝　⑨帙の有無、拵帙　⑩所蔵者、松谷秀次郎　⑪備考、帙の内側、中面と左面に加藤歸帆の識語がある。加藤歸帆は彌男の弟子で、後に長女、小雪の婿となった人。

『此輯野鷗詩稿一帖ハ元大學教授文學博士岡井愼吾氏ノ手寫スル所ナリ吾翁ノ歿後侶友高嶋碩田鷲田南畝ノ諸氏屢々遺稿ノ編集ヲ勸ム然ルニ故翁奇癖アリ曾テ之ヲ殘サズ隨テ賦シ隨テ捨ツルヲ常トス或年故アリテ遺居三歸庵ニ逗ルコト閱月其遺艸ヲ整理シ僅ニ本輯錄ヲ得テ在京ノ岡井氏ニ嘱シ製本ト爲ス蓋シ翁終生中幾萬什ニ於テ九牛一毛タルベシ

於蛙鳴居製本成ノ日
加藤歸帆識　』

『野鷗翁姓ハ松谷氏通稱彌男家世々福井藩ノ大庄屋タリ乃チ姓は藩主ヨリ下附スル所ニシテ號字ハ通稱ノ邦訓ニ因ミタルナリ實ニ出作村全地籍ヲ保有セリ學ヲ好ミ和漢ノ書ニ渉獵スルモ其道ニ捉ハレス專ラ吟詠ニ耽リ恬淡トシテ名聲

圏外ニ遊フ曾テ松平春嶽老公清國王治本ヲ伴ヒ歸郷シ翁及富田鷗波ト唱和セシム壯年ノ頃河野鐵兜中西耕石日根對山ト交遊シ又橘曙覽ト風交最モ親シ晩年雲照律師ヲ崇ヒ眞言密教ヲ喜ヒ梅隱居士ト稱ス十善會員ニ加ハリ其得度ヲ受ク明治年間石川縣會福井縣會其他公職ニ擧ケラルモ皆久シカラス而退ク矣亡妻雪子ハ其ノ孫女トス依テ聊カ焉ヲ記ス畢

歸帆再識』

○「野鷗松谷先生遺艸」の構成

帙　焦茶色の布張りの帙が巻かれている。

表紙　幅一・五cm×丈十二cmほどの小紙片に左記の一〜七の文字を書いたものがそれぞれ貼ってある。以下七まで同じ。

二、題簽

三、先師寫眞

四、梅隱軒　　寫眞有レバ

五、先師筆跡

六、先師書翰　井手氏宛

七、古今集テニヲハノ書抜キ

(弁言五則)　これは漢文で二頁にわたって書かれてある。

（本文）

野鷗松谷先生遺艸　岡井愼吾　編

詩

明治十三年　先師時年四十六歳作「客中看梅」より、大正三年　先師時年八十歳作の「曉鴉曲」二首までの三二九首。

國風

「編者いはく前の十三首は題なし」とある。

（後の十六首には題がある。短歌二九首。）

文　漢文一編

（故陸軍歩兵一等卒勳八等鷲田博之碑）

松谷先生に就きて

「普通ノ活字ニテ入レル

三十字詰三百四十行」との二行割注がある。

幅一・五cm丈十二cmほどの小紙片に右記の文字を書いたものが貼ってある。次の「奥付」も同じく小紙片に書かれている。

奥付

裏表紙

○「野鷗松谷先生遺艸」所収詩製作年代別・詩体別一覧表

作者は二十代の半ばに、小倉鯤堂の講義を聞いた。それが、詩文に興味を覚えた最初であった。以後若干首の作品は作ったと思われるが現存しない。本格的に作り出すのは四十六歳からである。鯖江の大郷學橋、福井の富田鷗波等に教えを乞うたようである（弁言五則による）。

表によって見ると、七言が五言の約三・六倍余りある。絶句は全作品の十一分の九を占める。年代では四十代が十一作品、五十代十六、六十代三五、七十代一四六、そして八十歳には一二一ある。六十八歳以後、家督を譲り自由な身になってから多く作っていることが分かる。

詩体		1880	1881	1882	1890・1889	1894
西暦		1880	1881	1882	1890・1889	1894
年号		明治13	〃14	〃15	〃23・22	〃27
年齢		46	47	48	56・55	60
五言詩	4句				12 13 14 15 16	
	8句				17	28
	22句					
	合計				6	1
七言詩	4句	1 2 3 4 5 6			18 19 20 21 22 23 24 25 26 27	
	8句		7 8 9 10	11		29
	合計	6	4	1	10	1
総合計		6	4	1	16	2

「野鷗松谷先生遺艸」（合計欄以外の数字は作品番号）

1912	1911	1910	1908	1907	1906	1905	1903	1902	1897	1896	1895
大正 明治 1 45	〃 44	〃 43	〃 41	〃 40	〃 39	〃 38	〃 36	〃 35	〃 30	〃 29	〃 28
78	77	76	74	73	72	71	69	68	63	62	61
159 161 166	95 103 ～ 122	94		71 72 73 74 75			62	40 41 42 43 48	35 36 37 38 39		
162 168			83	82				46 47			
5	21	1	1	6			1	7	5		
165 152 167 155 169 156 170 157 ～ 158 188 163 164	～ 96 149 97 98 99 100 101 127	88 89 90 91 92 93		70 76 77 78 79 81	65 67	63 64	58 60 61	49 50 55 56 57	33 34	32	30 31
160 150 189 151 190 153 154	102 123 ～ 126		84 85 86 87	69 80	66 68		59	53 44 54 45 51 52			
36	34	6	4	8	4	2	4	11	2	1	2
41	55	7	5	14	4	2	5	18	7	1	2

合計	1914 〃 3 80	1913 〃 2 79	西暦 年号 年齢	詩体
58	302 261 318 262 319 263 320 297 321 298 322 301		4句	五言詩
12	264 290 299 300		8句	
1	222		22句	
71	17		合計	
214	323 288 259 〜 209 〜 291 260 240 〜 327 〜 265 242 221 296 〜 〜 223 303 271 245 〜 〜 273 256 235 317 〜 258 237	192 〜 204 207 208	4句	七言詩
44	272 236 289 241 328 255 329 257	191 205 206	8句	
258	104	18	合計	
329	121	18	総合計	

製作年代については、編者岡井慎吾にも分からぬ所があったようで、編者の判断によるところが多い（弁言五則による）。それ故研究の際には大まかな見当をつけるための参考にすればよいと思われる。

(三)「野鷗松谷先生遺艸」作品研究

—その閑適の世界—

論語述而第七に「之を用ふれば則ち行ひ、之を舎つれば則ち藏る」とある。孟子盡心章句上には、これを具体的に述べて「窮すれば則ち獨り其の身を善くし、達すれば則ち兼ねて天下を善くす」とある。中唐の白居易は、これらをふまえて、『與元九書』で、自作の詩について次の如く述べている。「僕の志は兼濟に在り。行は獨善に在り。奉じてこれを始終すれば則ち道となり、言うてこれを發明すれば詩となる。これを諷諭詩と謂ふは兼濟の志なり。これを閑適詩と謂ふは獨善の義なり」と。

いま、筆者は松谷野鷗の詩が、白居易の詩をふまえているというのではない。しかし、野鷗の詩の大部分は隠居後の作品である。しかもその詩境は「兼濟」の志を述べたものは少なく、「獨善」の気持を述べたものが多いと見られる。それ故に、野鷗の詩の境地を「閑適の世界」という風に、大まかに規定して、その一端を論じてみようとするのである。

作品の題名の上に記した算用数字は、筆者が詩集・「野鷗松谷先生遺艸」の巻頭から掲載順に作品に与えた作品番号である。

1．五癖の詩

まずは「五癖散人」なる号に関係して作られた五首の詩から見てみよう。

大正三年（一九一四）八十歳の作。これは作者の閑適の世界の範囲をしめしている。なお、この五首の詩題と関する詩についてもあとで言及したい。

はじめに、原文（白文）をあげ、次に訓読文を記し、必要に応じて解釈をする。なお、参考を（余説）と記す。

まず、序文を見る。

余自稱五癖散人或問其故對曰一好詩二愛古錢三愛瓢四好釣五戲養雞但釣魚與養雞非今日之所好然稱呼一定不必改

也今各系以一首述其樂

余（われ）自ら五癖山人と称す。或ひと其の故を問ふ。対へて曰く、一に詩を好み、二に古銭を愛し、三に瓢を愛し、四に釣りを好み、五に戯れに雞を養ふ。但し、魚を釣ると雞を養ふとは、今日の好む所には非ず。然れども称呼一定せば、必ずしも改めざるなり。いま、各おの系（か）くるに一首を以ってして、其の楽しみを述ぶ。

「五癖散人」の「五」という数字は、東晋の詩人の陶渕明（三六五～四二七）の「五柳先生」から思いついたものであろう。癖は性癖・好みが一方に片寄る傾向。散人は散士と同じく、「物事にとらわれない人」「官途に仕えない人」の意味もある語である。雅号に添えて用いることが多い。

280 詩

老年樂事莫如詩　老年の楽事は詩にしくはなく
日々風光撚雪髭　日々の風光に雪の髭を撚（ひね）る
李杜調高難學得　李杜の調べは高くして学び得がたきも
青邱太史是吾師　青邱太史は是れ吾が師なり

（押韻）詩、髭、師（平声支韻）

詩（作の楽しみ）

年老いてからの愉快な楽しいことといえば、詩に及ぶものはないので、毎日毎日、風景を（ながめ）見て（いかに詩を詠もうかと）雪のように白い口ひげをひねる。

李白（七〇一～七六二。中国を代表する盛唐の大詩人。詩仙といわれた）、杜甫（七一二～七七〇。中国を代表する盛唐の大詩人。

詩聖といわれた）の格調は高いので、学び、会得するということはむずかしいが、

青邱太史（高啓のこと。一三三六～一三七四。中国、明王朝、初期の詩人。号は青邱子〈せいきゅうし〉。太史は国の記録をつかさどる官。「元史」の編集に参加したことがあるからいう。）こそは私の（詩の）先生である。

（余説）この詩に載せるものを見ても詩は四十六歳から作っている。詩を好んだことは今更いうまでもない。

281　古錢

歴代帝王誰是賢　　歴代の帝王誰れか是れ賢なる

見微知大莫如錢　　微を見て大を知るは銭に如くはなし

燈前試把古泉見　　灯前試みに古泉を把って見れば

治亂興亡自判然　　治乱興亡自ら判然たり

（押韻）賢、錢、然（平声先韻）

古銭（の楽しみ）

代々の天子で誰が賢明であったたか。

ささいなことから重大な事実を知るのには銭に及ぶものはない。

灯りの前で試みに古銭を手にとってみれば、世の中が治まることと乱れることと、国が興ることと滅びることとが、自然とはっきりするのである。

（余説）明治四十四年（一九一一）、作者七十七歳の時、古銭十種のそれぞれに一つの詩を作った連作十首がある。これについては後に述べる。

282　瓢

邵平瓜地保天年　　邵平の瓜地　天年を保ち
獨喜皮膚老益堅　　独り喜ぶ皮膚の老いて益々堅きを
陋巷守貧吾與汝　　陋巷に貧を守る吾と汝と
前身知是有因縁　　前身　知る是れ因縁有りと

（押韻）年、堅、縁（平声先韻）

瓢箪（の楽しみ）

（秦〈B.C.二二一～B.C.二〇七〉の時代、東陵の大名〈東陵侯〉だった邵平は、秦が漢に滅ぼされたのち、ふたたび官につかず、長安の町の東で瓜をうえて暮らしたという）その邵平の瓜は、その土地で、天から授かった寿命を保ち、（そして）ひとり皮膚が老いていよいよ堅くなるのを喜んだ。

（ところで）狭い小路の奥で、清貧を守っている私とお前（瓢箪）は、この世に生れる前の身には、深い関係があったのだと知る（思う）のである。

（余説）この詩は、邵平を作者自身になぞらえている寓意の詩のような気がする。

なお、大正三年、年八十の時の作に「瓢」を主題にした詩が三首ある。後に述べる。

283　釣

曾棹漁舟學玄眞　　曽て漁舟に棹して玄真を学び
烟波江上獨垂綸　　烟波の江上に独り綸を垂る

誰知禪榻老居子　　誰か知らん禅榻の老居子の
雨笠風蓑舊釣人　　雨笠風蓑の旧き釣人とは
（押韻）眞、綸、人（平声真韻）

釣（の楽しみ）

これまでに、いさり舟に棹して（川に出て）玄真（唐の張志和の号）を学び、もやのかかった川の上で、たった独りでつり糸を垂れたことがあった。誰が知ろう（誰も知るはずがない）。座禅を組む腰掛に坐った年老いた居士（僧ではないが仏の信仰に入った人）（のこの私）が、（かつては）雨風をしのぐ蓑笠をつけた昔の釣人であったということを。

（余説）玄真は、唐の張志和が、「煙波釣徒」と自称し、「玄眞子」二巻を顕わして、またこれを号としたことをふまえる。竹の皮の笠を被った故事（玄真笘笠）は有名である。

明治十四年（一八八一）四十七歳の作に、「垂釣」がある。また、明治四十五年・大正元年（一九一二）、七十八歳の作に「釣魚七首」の連作がある。後に述べる。

284　養雞

新設雞塒園一隅　　新たに雞塒を園の一隅に設け
老來還有養渠娯　　老来また有り　渠を養ふ娯しみ
病來萬事不如意　　病みてより来のかた万事意の如くならず

因擬司空遺愛姝　因って司空に擬して愛姝を遣はす
（押韻）隅、娯、姝（平声虞韻）

雞を養う（楽しみ）

新たににわとりのねぐらを、庭の一方の隅に設け、
年をとってから、また彼を養う娯しみがある。

（しかし）病気をしてから、万事が思いどおりにならないので、
そこで、司空にまねてかわいがっている（気に入っている）美人（姝は雞をさす）を手許から離れさせるのである。

（余説）明治四十四年（一九一一）七十七歳に、「病中作十二首」などがある。詩中の「病」はこの時の病気をさすと思われる。とすれば、三年前から、雞の世話をやめているということになる。

司空は後で述べる250番の作品から察するに「司空曙」のことのようである。

この五首の詩、即ち、詩を作り、古銭を愛翫し、瓢箪をなでる。また釣糸を垂れ、戯れに雞を養ったことには作者の自在の心境がよく現われている。

作者が人生において行きついた境地であるように思われる。

次に右の五首の詩と同じ題材をうたった詩について述べることとする。

2．古錢の詩

余好詩年已久矣所作雖多存稿者僅數十首今輯錄備佗日之忘云　四十四年十一月上澣五癖山人野鷗誌所藏古錢十種

各系一詩

余（われ）詩を好みて年すでに久し。作る所は多しと雖ども稿を存する者は僅に数十首のみ。今、輯録して佗日の忘に備ふと云ふ。四十四年十一月上澣、五癖山人野鷗誌す。蔵する所の古銭十種、各おのに一詩を系（か）く。

明治四十四年（一九一一）は、作者は七十七歳である。四十六歳からの作品が詩集に収められているので、仮に四十六歳から作り出したと見ても、三十一年の経験があることになる。

五癖山人とは野鷗の別号である。何故に五癖というかというと、前出280の序文にあったように詩を好み、古銭を愛し、瓢を愛し、釣を好み、戯れに雞を養うからだという。

以下十篇の詩は、前出の詩同様原文には勿論句読点もない。また、各詩のあとに小字で注を記している。今、読み易くする為に、句毎に行替えをして下に訓読をしるす。

140　古錢　その一

鶩眼猶留大佛名　　鶩眼なほ留む大仏の名
成壊均是有光明　　成壊均しく是れ光明あり
請看丈六一銅像　　請ふ看よ丈六の一銅像
百億分身利衆生　　百億の分身衆生を利す
　文錢一名大佛錢　　文銭は一名大仏銭なり

（押韻）名、明、生（平声庚韻）

穴あき銭がなお大仏の名をとどめている。

大仏となっていても、壊されて（穴あき銭となって）も、同じく光明をたれている。

ご覧なさい、一丈六尺の一銅像が、

（銭に造りかえられて）百億の分身となり、それが、あらゆる人に利益をもたらしているのを。

（余説）　文銭（文字を刻した銭）は、江戸時代寛永年間（一六二四～一六四三）の寛永銭（背に文の字を刻す）をさすのだろうか。

仏教は人を救う。仏像もまた、穴あき銭となっても人を救うというのである。仏教を尊んだこの人らしい作品である。

初句に見える「鵞眼」は唐代の銭の名称でもある。鵞鳥の目ほどの大きさしかなかったので名づけられたらしい。

今は「銭の穴」と見ておく。

141　古錢　その二

想見當年覇者權　　想見す当年の覇者の権
市廛到處百通千　　市廛到る処百は千に通ずるを
休嗟今日歸無用　　嗟くを休めよ　今日無用に帰するを
我亦人中天保錢　　我もまた人中の天保銭なり
　余以天保六年生　　余天保六年を以って生る

（押韻）權、千、錢（平声先韻）

想像さ（おしはから）れる、その昔、覇者の権力によって、市中の店ではどこでも百が千に通用したことを。

嗟くことを休めよ、今日無用（物）に帰したと。

私もまた人間界の天保銭（無用の人間）になったのだから。

（余説）天保六年（一八三五）の生れであることに引っかけて、自分も天保銭みたいな無用の長物みたいな人間になってしまったというのであろう。

人間界といっても主として政界を意識しており、無用に帰す、も単なる老人のくり言とは解すべきでないものがあるように私には思われる。

142　古錢　その三

周代初從鑄貨泉　　周代初めて貨泉を鋳しより
緡穿不改幾千年　　緡穿改めざること幾千年
清人近歲亦歐化　　清人近歳また欧化し
造出許多無孔錢　　造出す許多の無孔銭を
　支那新銅貨　　　支那の新銅貨

（押韻）泉、年、錢（平声先韻）

周（B.C.一一〇〇頃～B.C.二五六頃の中国の王朝）代に初めて硬貨を鋳造してから、
銭さしでつらぬくことを改めないことが幾千年だった（続いた）ろう。
ずっと変わらなかったものを、清（一六一六～一九一一の中国の王朝）人が近ごろ、またも西洋風になり、
多くの穴無し銭を鋳造した。

（余説）この詩を詠んだ年明治四十四年（一九一一年）を限りに清は滅び、翌年中華民国が成立する。まるで清の滅亡を予感しているような詩である。

143　古錢　その四

柏梁臺上只求仙　　柏梁台上ただ仙を求め
蒸求錬丹徒送年　　錬丹を蒸らし求め徒らに年を送る
承露銅盤今不見　　承露の銅盤　今は見えず
人間纔有五銖錢　　人間纔かに五銖銭有るのみ
　　五銖錢漢武帝元狩五年所鑄
　　五銖銭は漢の武帝の元狩五年に鋳し所なり

（押韻）仙、年、錢（平声先韻）

前漢の武帝は元鼎二年（B.C.一一五）、柏梁台を起し（承露盤を作っ）たが、その上でただ仙道を求めていただけである。錬丹（不老不死の薬）をむらし求めていたずらに年を送っただけである。武帝が作った甘露（天下太平のしるしとして天が降らすという甘い露）を受ける銅盤も今は見えず、今この人間世界に残っているのはわずかに五銖銭だけである。

（余説）五銖銭は、漢の武帝が、元狩五年（B.C.一一八）、前の年四年に造った白銖銭をやめて鋳たものである。仙道（仙人になる術）にこった権力者のおろかさ、また人間のはかなさを描いている。

144　古錢　その五

漫鑄新錢天鳳年　　漫りに新銭を鋳る天鳳の年
不知泉字滅其身　　知らず泉字其身を滅すを
漢家火德存餘燼　　漢家の火徳余燼を存す
便是南陽白水人　　便ち是れ南陽白水の人
　　貨泉新王莽所鑄　　貨泉は新の王莽の鋳る所なり

（押韻）身、人（平声真韻）

新（八〜二三年）の王莽は天鳳（一四〜一九年間の年号）の年にむやみと新銭を鋳た。彼は貨泉の「泉」字が、その身を滅すことを知らなかった。漢家（前漢の王朝）の徳は火徳（五行説における王者の徳の一つ。受命の運＝天子となるべきめぐりあわせとしてもつ徳。）だが、その余燼がくすぶっていた。その人は劉玄（後漢の人。光武帝のまたいとこの子。更始将軍と呼ばれた。のち天子の位についたが、意気地なしであった。赤眉の賊の手にかかり殺される。このあと劉秀が位につき後漢の光武帝となる。）で、南陽の白水の地の人だった。

（余説）貨泉を鋳造することで「泉」、王莽を滅すひとで「白水」＝「泉」をかけている。史実の中に因縁話をくみこんだ詩である。王莽の「新」に対する批判もあるようだ。

145　古錢　その六

品位元來非有二　　品位元来二有るに非ず
價因多寡見浮沈　　価は多寡に因って浮沈を見る
昔時一個百金貴　　昔時は一個の百金貴し

僅是當今雙十金　　僅に是れ当今双十金

布泉後周武帝保定元年鑄　布泉は後周の武帝の保定元年鋳る

(押韻) 沈、金 (平声侵韻)

お金の品位というものは元来二つある訳ではない。

その価値というものは金の多い少ないによって浮き沈みを見ることになる。

昔の一個の百金は貴重だったが、

当今は僅かにこれが二十金の値打ちである。

布銭は後周 (五五七〜五八一) の武帝の保定元年 (五六一) に鋳造したものである。

(余説) 貨幣価値の性格を論じていて面白い。

146　古錢　その七

朝列范程蘇孔賢　　朝には列なる范・程・蘇・孔の賢

趙家社稷比鋼堅　　趙家の社稷は鋼の堅きに比せらる

恨他安石青苗汯　　恨むらくは他の安石の青苗法

利國錢歸害國錢　　国を利するの銭、国を害する銭に帰するを

熈寧錢

(押韻) 賢、堅、錢 (平声先韻)

朝廷には、范・程・蘇・孔の賢者が列なっており、

趙家・宋（宋は趙匡胤より始まる。趙氏である）の国家（王朝）は鋼の堅さに比べられる。

ただ残念なのは、王安石（一〇二一～一〇八六。北宋の政治家・文人・学者。神宗のとき宰相となる）の青苗法のことである。

国に利益をもたらす銭が、国を害する銭に帰することである。

（余説）凞寧とは宋の神宗の年号である。一〇六八～一〇七七年の間。青苗法（苗のまだ青いころ政府が農民に穀物や資金を貸付け、収穫時に二割の利子とともに返済させる法。高利貸に苦しむ小農の低利融資による救済策。）は凞寧二年九月以後に行なわれた。

王安石に反対の見解を持っていられたことが伺われる詩である。なお、四名は誰をさすか不詳。范は范鎮か范仲淹か、程は程琳か、蘇は蘇洵か蘇軾か、孔は？

147　古錢　その八

當路廷臣孰是賢　　当路の廷臣孰れか是れ賢なる
見微知大莫如錢　　微を見て大を知るは銭に如くはなし
一緡阿堵精粗外　　一緡阿堵精粗の外
南北汚隆自判然　　南北の汚隆自ら判然たり

紹興錢

（押韻）賢、錢、然（平声先韻）

政治をとる重要な地位にある朝廷に仕える臣下ではだれが賢者であろうか。

ささいなことから重大な事実を知るには銭に及ぶものはない。

一つのぜにさしに貫いた銭の細かいとあらいとの外に、南北の衰えることと盛んになること（盛衰）が自然とはっきりするのである。

（余説）阿堵とは晋・宋時代の俗語で、これ・この・その・このもの・の意。阿堵物とは銭の別名。晋の王衍が銭を惜しんでこのもの、といった故事による。紹興とは宋代の年号で一一三一～一一六二年の間。

貨幣は国家の経済の根幹をなすものである。そして興亡を予測させるものである。詩人のいうとおりである。

148　古錢　その九

交趾古泉不足收　　交趾の古泉収むるに足らず
錢因風俗有薫蕕　　銭は風俗によって薫蕕あり
廣和大正雖較美　　広和大正やや美なりいへども
把比中華輸一籌　　把りて中華に比すれば一籌を輸す

安南錢

（押韻）收、蕕、籌（平声尤韻）

交趾（漢代の郡名・今のベトナムのトンキン・ハノイの地方）の古銭は収集する価値もない。銭は風俗によって美醜がある。広和・大正（銭の名）はたといやや美しくとも、手にとって中国（の貨幣）に比べれば勝負に負ける。

安南銭のこと。

（余説）薫蕕の薫はかおりのよい草、蕕はくさい草、善悪、美醜のたとえである。一籌を輸す、とは勝負に負けること。

詩人の審美眼のするどさが伺われる詩と言えよう。

149　古錢　その十

鑄得朱明永曆錢　鋳し得たる朱明の永暦銭
鄭公忠義獨卓然　鄭公の忠義独り卓然たり
忍看四百餘州士　忍び看る四百余州の士
辮髪魁頭講聖賢　辮髪魁頭にして聖賢を講ず
　鄭成功永曆錢　鄭成功の永暦銭

（押韻）錢、然、賢（平声先韻）

鋳造し得た朱氏明国（明の国姓は朱氏）の永暦銭には、
鄭公の（明朝への）忠義ばかりが高くぬきんでている。
（清に気兼ねして）人を避けて看る四百余州の士、
辮髪（髪の毛を編んで長くうしろにたらしたもの。もと中国北方の異民族の風俗。満州族出身の清朝は漢民族などにもこの風俗を強制した。）で何もかぶらない頭で、聖人賢人の話をしている。
永暦は明の永明王の時の年号。一六四七～一六六一年の十五年間。永暦銭（永暦通宝）は鄭成功が台湾で鋳たもの。

（余説） 鄭成功は明末の人。一六二四～一六六四。明の遺臣。明の滅亡後その再興を図り、清朝に抵抗し、台湾政権を樹立した。

鄭成功びいきは、判官びいきの日本人の普通の姿であった。

連作を見ると140、141が日本、142～147、149が中国、148が安南の銭のことを詠じている。

そして、詩人が言わんとしたことを私なりに推測すると次のようになる。

140仏教は偉大である。141無用の長物と嘆くな。142清の滅亡が予想される。143人間はおろかであり、はかない。144運命は不思議である。と「新」への批判。145貨幣価値の性格。146「王安石」批判。147貨幣は国家の興亡を予見させる。148銭には美醜がある。149鄭成功への共感。

前出の281の「古銭」は147に似ている。銭を見て国家の興亡治乱がはっきり分かるという。詩人の古銭観の要約という感じの詩である。

十一篇の詩全体を見て考えると、人間の歴史、いな、古銭を通しての、人間への深い理解が伺われると言えよう。古銭を詠じた詩を読んでみて、私には、詩人の達観した心境が伺われるような気がしてならない。心を古銭の鋳られた古い時代に遊ばせる。これは、詩人にとってはまことに楽しいことであったに違いない。そして古銭の世界、これは、詩人にとっては、一つの夢の世界であったのではないか、そして、それは閑適の世界に通ずるものでもあったと思う。

なお、ここに詠じられた古銭は、今は松谷家にはないとのことである。熱心な蒐集家に譲渡されたのである。幸い拓本が残されていたので、その片鱗は伺うことが出来る。

3．瓢簞の詩

瓢簞をうたった詩は前出の282の他に四首ある。いずれも、大正三年（一九一四）八十歳の作である。

222　瓢三題　その一（小瓢）

我有一小瓢　　我に一小瓢有り
是我量所適　　是れ我量の適する所なり
有人問其數　　人有りその数を問ふ
日一合五勺　　曰く一合五勺と
月晨又花晨　　月の晨また花の晨
瓢毎伴遊屐　　瓢は毎に遊屐に伴ふ
一杯又一杯　　一杯また一杯
飲盡醉歸宅　　飲み尽くし酔ひて帰宅す
歸宅直就眠　　帰宅すれば直ちに眠りに就く
夢有一人客　　夢に一人の客有り
其客何人耶　　其の客は何人ぞや
酒豪李太白　　酒豪李太白なり

此人又詩豪　この人また詩豪にして
一斗詩作百　一斗に詩百を作る
愧我無酒量　愧らくは我に酒量無く
不免金谷罰　金谷の罰を免れざるを
偶有一詩成　たまたま一詩の成るあり
詩亦不入格　詩もまた格に入らず
愧其招客嘲　その客の嘲りを招くを愧じ
自知吾面赤　自ら吾が面の赤らむを知る
夢醒傍無人　夢醒むれば傍らに人無し
瓢也分半席　瓢もまた席を半分す
　右一小瓢　　右は一小瓢なり

（押韻）適、勺、屐、宅、客、白、百、罰、格、赤、（入声陌韻。勺は入声薬韻）

（余説）五言古詩。第二句の「我量」は「酒量」のことであろう。第六句の「遊屐」は「行楽」の意。

この詩は一見して、李白・杜甫の影響があることが分る。

第七句の「一杯又一杯」は李白の「山中與幽人對酌」の「一杯一杯復一杯」を、第十四句の「一斗詩作百」は杜甫の「飲中八仙歌」の「李白一斗詩百篇」を、第十六句の「金谷罰」は晋の石崇の故事をふまえる李白の「春夜宴桃李園序」の「如詩不成、罰依金谷酒數」をふまえている。

詩全体の雰囲気は、詩仙であった（酒仙とも言えた）李白の世界である。

223　美人瓢　三首　その一

細腰自是楚宮風　細腰自ら是れ楚宮の風あり
養在邵平瓜圃中　養ひて邵平の瓜圃の中に在り
美祿與翁同綺席　美禄と翁と綺席を同じうす
酔顔愛汝己微紅　酔顔汝を愛し己に微かに紅なり

（押韻）風、中、紅（平声東韻）


（余説）第一句「細腰…楚宮」は、『晏子』に見える。楚の霊王が細腰の美人を好んだ、という故事を意識して瓢簞のくびれを柳腰の美人の腰に見立てている。

第二句の「邵平瓜圃」は前出の282の瓢で説明した東陵侯の邵平の故事をふまえている。

第三句の「美祿」は酒をいう。

ほろ酔い機嫌で作ったような感じを与える詩である。

224　美人瓢　その二

曾伴范蠡泛五湖　曽って范蠡に伴ひて五湖に泛ぶ
也隨闔閭上姑蘇　また闔閭に随って姑蘇に上る
才情不讓蘇家婦　才情は譲らず蘇家の婦に
斗酒常藏待我需　斗酒常に蔵し我が需を待つ

（押韻）湖、蘇、需（平声虞韻）

（余説）第一句「范蠡泛五湖」の話は『史記』に見える。『蒙求』にも「范蠡泛湖」の題で載せる。「范蠡は呉を滅した後、保身を計って舟を五湖に泛べ逃れた」という主旨の話。范蠡が伴ったのは家族・召使いであるが、ここでは美人瓢であろう。

第二句の「闔閭上姑蘇」は「呉王闔閭が姑蘇山上に築いた台に登った」ことを言うが、その闔閭にも従ったというのであろう。なお史実としてはこれは第一句より前の事である。

第三句の「蘇家の婦」は「呉王夫差の愛妃、西施」をさすかも知れない。その西施の秀れた才能、情愛に負けないというのでる。

なぜなら、瓢簞は中に斗酒を蓄え、我の求めにいつでも応じられるようにしているからである。

225　美人瓢　その三

月夕花晨伴酒巵　　月の夕花の晨酒の巵に伴ふ
内園受寵破瓜時　　内園　寵を受く破瓜の時
輕羅不掩細腰美　　軽羅は掩はず細腰の美を
銀燭分明紅透肌　　銀燭は分明にして紅く肌を透す

（押韻）巵、時、肌（平声支韻）

（余説）第二、三、四句は禁苑あるいはそれに類する場所を詠じている。エロチックで、艶詩に類するものである。

右美人瓢三首　　右美人瓢三首

余所愛小瓢形似達磨大師稱曰小達磨或曰是鈍瓢也余曰佛家有不飲酒戒故諦酒

余が愛する所の小瓢は、形は達磨大師に似たり。称して曰く小達磨と。或ひと曰く是れ鈍瓢なりと。余曰く佛家には飲酒せずの戒あり、故に酒を諦むと。

222の「一小瓢」は李白の詩の世界といえる。223、224、225の美人瓢三首は、瓢箪を美人に見立てている所に面白さがある。一首目より二首目、二首目より三首目と、表現が漸次妖艶になっている。

面白さという点から言えば、この四首の方が面白いが、風俗という点から言うと、前出282の詩の方が秀れており、閑適の詩の境地に通ずるものがあると思う。

4．釣の詩

釣をうたった詩は前出283の他に八首ある。一つは明治十四年（一八八一）四十七歳の「垂釣」、今一つは七首の連作で、大正元年（一九一二）七十八歳の作「釣魚七首」である。

10　垂釣　釣を垂る

竹帛難求鄧禹功　竹帛求め難し鄧禹の功
羊裘自擬子陵風　羊裘自ら擬す子陵の風
毀譽不到蓑笠上　毀譽は到らず蓑笠の上
得失唯關笭箵中　得失は唯関わる笭箵の中

渺々烟波歸兩眼　渺々たる烟波両眼に帰し
悠々日月托孤篷　悠々として日月孤篷に托す
一竿巨換千鐘祿　一竿巨（なん）ぞ換えん千鐘の禄に
笑殺渭濱垂白翁　笑殺す渭濱の垂白の翁を

（押韻）功、風、中、篷、翁（平声東韻）

つりばりを垂れる

後漢の鄧禹（字は仲華）のような功績は、竹帛（歴史の書物）上でも求め難い。

私は羊の皮衣を着て、後漢の厳光の風体をまねている。

だが、蓑笠をつけた上にまでは、この世の中の毀誉褒貶はやって来ない。

得失は、ただびくの中だけに関わることである。

広々としてもや立ち込める川は両眼に見わたされ
私は悠々として日々を一艚の舟に身を寄せている。

一本の釣りざおを持って暮らす自由な生活は、千鐘もの禄を受けるが窮屈な役人生活にどうして取り換えられようか。

昔、渭水のほとりで釣糸を垂れ、文王に召されてその師となった太公望呂尚の生き方を（私は）笑いとばすのである。

（余説）名利を捨てて日を送る老人の楽しみは釣である。魚を釣る楽しみは千鐘（非常に多く）の禄とも取り換えられないというのである。

釣好きの人は共感するに違いない。

178　釣魚七首　その一

江月娟々照綺羅　　江月は娟々として綺羅を照らす
水聲虢々雑簫歌　　水声虢々として簫歌を雑ふ
釣磯今日一竿樂　　磯に釣る今日の一竿の楽
却比前宵幾許多　　却って前宵に比して幾許か多し

（押韻）羅、歌、多（平声歌韻）

（余説）第一、二句に華やかさを感じる。第四句の今日の夜釣の楽しみは昨日よりどれだけ多く釣れるかである、というのがこの詩の眼目であろう。

179　釣魚七首　その二

兩岸桃花映水紅　　両岸の桃花水に映じて紅なり
垂綸客在小舟中　　垂綸の客は小舟中に在り
羽川三月好風景　　羽川の三月の好風景
擧附江頭一釣翁　　挙げて附す江頭の一釣翁に

（押韻）紅、中、翁（平声東韻）

（余説）両岸に桃花が咲き乱れる足羽川の風景は、すべて江頭に釣る一老翁である私のものだ、という。第三、四句に、釣のみならず風景をも楽しむ詩人の面目が伺われる。なお、当時、足羽川の九十九橋南岸は桃林で、「花盛の時節は武陵桃源もかくやと思はれて尤(もっとも)美観たり」と越前國名蹟考にもある。

180　釣魚七首　その三

小艇垂綸至夕陽　　小艇の垂綸夕陽に至る
秋風吹鬢鬢如霜　　秋風鬢を吹き鬢霜の如し
一竿娯樂是吾癖　　一竿の娯楽は是れ吾が癖にして
一任人呼作釣狂　　一任す人呼びて釣狂と作すに

（押韻）陽、霜、狂（平声陽韻）

（余説）人から「釣狂」と呼ばれることを喜んでいるかのようである。

181　釣魚七首　その四

残柳疎烟灣又灣　　残柳疎烟　湾また湾
暖風細雨鳥聲閒　　暖風細雨　鳥声の間
一簑一笠好風丰　　一簑一笠　好風丰
寫在蘆花浅水閒　　写して在り蘆花浅水の間に

（押韻）灣、閒、閒（平声删韻）

（余説）蘆花浅水の中に釣をする作者は、自己をも点景として客観視し描写している。

182　釣魚七百　その五

楊柳青々江上春　　楊柳青々たり江上の春
烟波十里隔紅塵　　烟波十里　紅塵を隔つ
苔磯閒把一竿坐　　苔磯間かに一竿を把って坐す
不是釣名求利人　　是れ名を釣り利を求むるの人にあらず

（押韻）春、塵、人（平声真韻）

（余説）第二句で、わずらわしい俗世間から隔っているといい、第四句では自分は名利を求める人ではないという。自己を客観視してうたっている。

183　釣魚七首　その六

桃花流水鱖魚春　　桃花流水　鱖魚の春
釣去釣來濱又濱　　釣り去り釣り来る浜また浜
萬頃烟波皆我有　　万頃の烟波は皆我が有にして
家無儋石不訴貧　　家に儋石なきも貧を訴えず

（押韻）春、濱、貧（平声真韻）

（余説）第一句は全唐詩第三百八巻に収める張志和の「漁父歌」の第一首の第二句の第一字から第六字までをそのまま引用している。第三句で「見渡す限りの川の上のもや（好風景）はみな私のものだ。」という。そして、末句で「儋石之儲（漢・揚雄伝）」の句を引用して、我家には「わずかの儲、少しの貯蓄」もない。けれども、貧乏を訴えない、といっている。しかしこれはもちろん、文学的なシャレである。

184　釣魚七首　その七

萬頃江流景氣殊　　万頃の江流景気殊にして
垂綸日々自相娯　　垂綸　日々自ら相娯しむ
若非甫里先生輩　　若し甫里先生の輩に非ざれば
便是烟波一釣徒　　便ち是れ烟波の一釣徒

（押韻）殊、娯、徒（平声虞韻）

（余説）第三句の甫里先生とは唐末の陸亀蒙のこと。生歿年未詳で、八八一年ごろ歿した人。進士試験には合格しなかったが、処士として多くの詩文を残した。志高く廉潔なる人として知られた。自分はもし甫里先生のような隠者でなければ、煙波釣叟と称した張志和のような隠者である、というのである。

10「垂釣」は太公望呂尚のことをうたっている。魚を釣り上げた時の喜びは名利とも取り換えられないと言っている。しかし、多少の無理があるように感じる。四十七歳という壮年の作であるからだろうか。178～183「釣魚七首」の連作は、作者の心情も自然である。枯れているという感じがする。その中、184「釣魚第七首」の「甫里先生」と「張志和」とは作者にとってその理想像であるようで、283「釣」に自ら述べるように、特に「張志和」が理想像であったように思われる。

前述の283「釣」は、釣を止め座禅を組む自己を客観視している作品である。この作品は仏道に親しむという点で、詩境に進歩が見られる。最晩年の作にふさわしい。

184「釣魚第七首」と283「釣」に私は深みを感じ魅力を覚える。

5．養雞の詩

養雞の詩は、前出284の他に一首ある。大正三年（一九一四）八十歳の作である。

250　余愛家畜養洋鷄十餘羽以爲樂今春二月因病割愛與人而愛念猶存因戲賦

余家畜を愛し、洋鶏十余羽を養ふ。以って楽しみと為す。今春二月、病に因って割愛し人に与ふ。而して愛念猶ほ存す、因って戯れに賦す。

豈止管絃絲竹音　　豈に止（ただ）に管絃絲竹の音のみならんや
讀書餘暇愛家禽　　読書の余暇に家禽を愛す
病中遣妓司空曙　　病中妓を遣る司空曙
只識吾儂今日心　　只識る吾儂今日の心

（押韻）音、禽、心（平声侵韻）

第三句。司空曙は病中に妓を離別した。

第四句。（同じ立揚になってみて、司空曙だけが）私の現在の心を理解してくれるであろう、と思う。

（余説）第三句の司空曙は生没年不詳。字は文明または文初。ほぼ大暦元年（七六六）ごろ在世した。磊落で奇才があり、清貧に甘んじた。進士に及第し、貞元の初、水部郎中で終った。大暦十才子の一人。

『唐才子伝』（巻四）によれば司空曙は生来節操が堅く、権要にもとめるようなところはなく、家に一石の穀物がなくても平気で落着いていた。かって病気で生活がたたなくなり、愛姫さえも離別し、自分もまた長沙に流寓したことがあった、という。

☆　この作品250、及び前出の284「養雞」を見ると、鶏を飼うことは愛姫を手許に置くような楽しみであるというのである。動物への愛着は、ペットを飼う人には共感出来るものであろう。

おわりに

詩を作り、古銭を愛翫し、瓢箪をなで、釣糸を垂れ、そして、戯れに雞を養う。作者の言う五癖である。これは趣味が昂じたものと言えるものでもある。

しかし、詩を通じて見るとき、それは、まさしく隠者の生活となっている。作者は山野に隠棲した中国の賢者の生活に憬れ、それを手本としているのである。

もちろん作者の生活は中国の隠者とは質的に違うもので、日本的である。中国の隠者とくらべるときは微温的である。これは、国情と時代と境遇の相違を考えれば当然のことである。それらを認めた上で、次のように言うことができる。

その内面は鏡の如く澄んでおり、李白の世界を思わせる脱俗があり、また、己に名利を捨てることの意味を言い聞かせている趣もある。悠々自適、詩境は総じて明るい。

これは人柄のせいでもあるが、心の鍛錬の結果でもあろう。やはり野鷗の五癖の詩は「閑適詩」である。

そして、以上述べた作品が「野鷗松谷先生遺艸」が持つ「閑適の世界」の一端である。

第二節　註釋

一「嚮陽溪」「嚮陽溪記」「嚮陽溪序」及び「看嚮陽溪圖有感」の註釋

はじめに

今の西山公園は、昔あの辺り一帯にあった「嚮陽溪」の一部だと言われている。このことは、鯖江市民ならば、皆さんご存知のことであろう。

ところで、『新撰鯖江誌』（松井政治著、大正三年四月一日発行）の八、九頁に「嚮陽溪」及び「嚮陽溪記」がある。また、『鯖江鄕土誌』（鯖江町役場発行、昭和三十年九月三十日発行）の一八八～一九一頁にも、右の二つが載っており、更に、その後の様子を描いた「看嚮陽圖有感」も記載されている。これらは何れも漢文であるので、これらに注釈をつけてみた。

なお、「清默洞文稿」巻二に青柳柳崕作の「嚮陽溪序」が記されているので、これにも注釈をつけておいた。

「嚮陽溪」注釈

【本文】　　　　【書き下し文】

披林聽鳥　　　林を披きて鳥を聴き、

隔水賞花　水を隔てて花を賞す。
吟詩製畫　詩を吟じて画を製し、
酌酒煎茶　酒を酌みて茶を煎ず。
調音不妨　音を調して妨げず、
擇友須約　友を択びて須く約すべし。
非獨忘憂　独り憂ひを忘るるにあらず、
與衆同樂　衆とともに楽しみを同じくせん。
　安政三年丙辰の暮春、常足齋主人識す。
（押韻）四言八句。一応押韻を記す。花、茶（平声麻韻）約、楽（入声薬韻）。換韻格。

【語注】

「嚮陽溪」の碑…昔の石碑は壊れて鯖江市資料館の入り口脇に置かれていたが、今は新しい碑の横へ移された。新しい石碑は西山公園に立っている。丙辰…安政三年（一八五六）。**常足齋**…七代目藩主詮勝の号の一つ。漢詩を作ったので「常足齋詩稿」（写本）が残っている。また、他の号に晩翠軒がある。慶應元年（一八六五）閏五月十日に、剃髪して松堂と改名したとあり（間部日記）、松堂も名乗った。後出の語注「間部松堂公」を参照。

【口語訳】

　林の中に分け入って鳥の声を聞き、
川を隔てて向こう岸の草花を観賞する。

詩を作りつつ絵も描き、
酒を暖めて酌み茶を煎じて飲む。
楽器の音を調節をしても差し支えがないから、
心を知る友を選んでここで会う約束をしよう。
独りで諸々の心配ごとを忘れるのではなく、
領民大衆と共に（この風景を）楽しみたいと思うのである。

安政三年（一八五六）丙辰のとしの春の暮れに、常足齋主人（と号する七代目藩主詮勝が）識るした。

曾我鶴亭作「嚮陽溪記」注釈

【本文】

吾邑之北、有山與城相望。峯攢崗連、鬱然起於田勝之中、四山盡來朝。士民遊此者、慣而不奇焉。閒部松堂公、斷政之暇、登而始異之。乃命畚鍬、除蹊發石、燔茅濬池。且曰、勿亟而爲費。士民聞而爭赴之、旬日而隱者悉顯、背者悉面、合形萃色、引脈輔勢。蓋地形無癈其故、而勝概一洗。其谿嚮陽、名曰嚮陽之溪。和氣氤氳、草木早萌。其前宜月、名曰玩月之峰。清輝下布、遠水遙樹相掩映、夜色可玩。其池有蓮、曰君子池。取周茂叔之言也。其屋有梅花、曰梅花書屋。倣陣繼儒之意也。竟勒此事於石、以垂不朽。其末章曰、與衆同樂、蓋公之志也。於是士民晨往而夕忘歸焉。此溪也、不使吾人伏乎陰也。此峯也、不使吾人專於陽也。此池也、使吾人廉潔也。此屋也、使吾人知歳寒也。而此石則合而銘之、欲使吾人各遂其性也。蓋公之志之德、銘衆心如此。今茲某年、吾從公而登焉。退而嘆曰、噫人情之慣也、有名山・鉅谿・嘉卉・芳樹、所以寓意以自養者、而蔑焉棄擲、訖千百年莫敢顧、長爲狐・虺・猿・鳥・魚・獺・魍魎之有、豈不痛乎。而一旦有大人・君子、出力而修之、荒穢一掃、生枯相換、以顯乎天下。豈有造物者、久設而藏之、以待其人耶。然後來士民之無智、惟利之計、而不知其所以寓目以自養、則造物者復將奪之。然則此谿也、何以得保其久。然孟子曰、居移氣養移體。士民之居此而得其養、所謂其靈秀淸淑之氣、浸淫浹洽。此土之出人才、必從此始矣。不得保其久、亦悲所憂也。此可以記。

鯖江藩臣　曾我鶴亭識

【書き下し文】

吾が邑の北に、山有りて城と相望む。峯は崗を攅へて連なり、鬱然として田勝の中に起ち、四山尽く来朝す。士民の此に遊ぶ者、慣れて奇とせず。間部松堂公、断政の暇に、登りて始めて之を異とす。乃ち畚鍬を命じ、蹊を除き石を発し、茅を燔き池を濬はしむ。且つ曰く、亟やかにして費を為すなかれ、と。士民聞きて争ひて之に赴き、旬日にして隠るる者悉く顕はし、背者は悉く面し、形を合わせ色を萃め、脈を引き勢を輔く。蓋し地形は其の故を廃する無く、而して勝は概ね一洗したり。其の渓は陽を嚮ふ、名づけて曰く、嚮陽の渓、と。和気氤氳として、草木は早に萌ゆ。其の前は月に宜しく、名づけて曰く、玩月の峰、と。清輝は下に布き、遠き水遥かなる樹をば相掩い映し、夜色玩ぶべし。其の池に蓮有り、君子の池と曰ふ。周茂叔の言に取るなり。其の屋に梅花有り、梅花書屋と曰ふ。陳継儒の意に倣ふなり。竟に此の事を石に勒し、以て不朽に垂る。其の末章に曰く、衆と同じく楽しむ、と。蓋し公の志なり。是に於いて士民晨に往きて夕べに帰るを忘る。此の渓や、吾人をして陰に伏せしめず。此の峰や、吾人をして陽を専らならしめず。此の池や、吾人をして廉潔ならしむるなり。此の屋や、吾人をして歳の寒さを知らしむるなり。而して此の石は則ち合わせて之に銘し、吾人をして各々其の性を遂げしめんとするなり。蓋し公の志の徳、衆の心に銘せらるること此の如し。今茲某年、吾公に従って登る。退きて嘆じて曰く、噫(ああ)人情の慣なり、名山・鉅蹊・嘉卉・芳樹、意を寓し以て自ら養ふ所以の者有り、而れども蔑して棄擲し、千百年に訖るまで、敢えて顧みず、長く狐・虺・猿・鳥・魚・獺・魍魎の有と為すは、豈に痛ましからずや。而れども一旦大人・君子の、力を出して之を修むること有れば、荒穢をば一掃し、生枯相換え、以て天下に顕はる。豈に造物者の、久しく設けて之を蔵し、以て其の人を待つこと有らんや、然れども後来の士民の無智にして、惟だ利を之れ計り、而も其の目に寓し以て自ら養ふ所以を知らざれば、則ち造物者は復た将に之を奪はんとす。然れば則ち此の谿や、何を以って其の久しきを保つを得んや。然れば、孟子曰く、居るに気を移し養ふに体をうつす、と。士民の此に居りて而して其の養を得るは、所謂(いわゆる)其の霊秀清淑の気、浸淫浹洽するなり。此の土の人才を出すは、必ず此より始る。其の久しきを保つを得ざるも、亦た悲しみ憂ふる所なり。此れ以て記すべきなり。

鯖江藩臣　　曾我鶴亭識るす。

【語注】

嚮陽溪…間部松堂公は、安政年間に御達山を拓き、天然の佳景に人為の雅趣を加えて、一大公園を造り、名づけて「嚮陽溪」といった。**曾我鶴亭**…『鯖江郷土誌』一九〇頁の、題名の上に「藩士曾我鶴亭」下に「前鯖江町長、曾我祐利」とある。また、同書の二七〇頁に「歴代町長名列」がある。二七一頁に「第五代　曾我祐利　安政元年八月九日生。自明治三十五年四月十八日至同三十九年四月四日」とある。**吾邑**…我が国、すなわち鯖江藩。邑は国の古称。**相望**…向き合っている。望は遠くを見渡す。**峯攢崗連**…峯は崗（おか）を集めて繋がっている。攢はあつめる、むらがる、こと。**鬱然**…草木が繁茂するさま。**田勝**…田畑が良いところ、の意味か。**來朝**…外国人が我が国へ来る、来日すること。山々がこの山へ集まって来るのに例えている。**士民**…官吏と人民。士人と庶民。**奇**…めずらしい、普通と違っている。不思議な。**間部松堂公**…鯖江藩七代藩主・詮勝（あきかつ）は文化元年（一八〇四）五代詮熙（アキヒロ）の三男として江戸に生まれた。幼名を鉞之進、初め詮良と称し、後に詮勝と改めた。文化十一年九月、一一歳で家督を相続した。文政元年（一八一八）二月元服、鯖江への初入部は文政四年（一八二一）である。文久二年（一八六二）隠居。慶應元年（一八六五）剃髪し、松堂と改称した。「安政の大獄」の時に老中職にあったことで知られる。別号を晩翠軒、常足齋ともいい、漢詩を作り、晩年には書画をよくした。**斷政**…政治上の判断、決断をすること。**異**…異なること、変わった点がある、めずらしいこと。「奇」と同じ。すぐれている。**畚**…ホン、ふご、もっこ。縄や竹を編んで作った土を運ぶ道具。**鍬**…すき。くわ。土を起こす農具の一種。**蹊**…こみち、歩道。**燔茅濬池**…茅を焼き池をさらう。燔は、やく、炙ること。濬は、浚うこと。濬池は深い池、海のこと。**旬日**…十日間。**萃**…集まり、集まる、集める。**引脈**…水を引く。**輔**…①添え木、②助ける、③力添え。**嚮**…①むかう。②さきに。**和氣氤氳**…和気…①なごやかな気分、穏やかな気持。②暖かい陽気、のどかな気候。氤氳は気がさかんに立ち上るさま。気が和らぐさま。**清輝**…清らかな日の光。**掩**…おおう。**夜色**…夜の景色、夜の風情。**周茂叔**…宋の宮道の人。（一〇一七—一〇七三）字は茂叔。謚は元公。初、分寧主簿となり、南安軍司理参軍・桂陽令を経て南昌の長官にうつり、熙寧の初、転運判官となる。疾を以て南康軍の長官を求め、因って廬山蓮花峯下に家し、こよなく蓮の花を愛し「愛蓮説」を作り、「太極圖説」・「通書」を著し、宋学の開祖となる。居る所を濂溪といい、世に濂溪先生といい、後世尊んで周子という。**陳繼儒**…明、松江華亭の人。（一五五八—一六三九）字は仲醇。号は眉公（眉道人）。又、麋公・白石山樵。諸生。昆山の南に隠居し、後、東余山に居る。詩文に巧み。短翰小詞も皆風致を極む。書は蘇米を範とし、兼ねて画を善くす。書室を晩香堂、来儀堂、宝賢堂、婉孌草堂、頑仙廬という。八十二歳にて没す。著に眉公全集がある。**勒**…きざむ（刻）、彫る。**不朽**…永久に滅びない、永く伝わる。**廉潔**…心が正しく清い。清廉潔白。**歳寒**…歳寒松柏。困難にあたってもひるまないこと。**今茲某年**…安政三年以降。詮勝が隠居した文久二年（一八六二）以後か、松堂を名乗る慶應元年（一八六五）以後である。**鉅**…①はがね、鋼鉄。②大きい、すぐれた。**谿**…たに、谷川。**嘉卉**…美しい草花。卉は草。**芳樹**…花が咲きにおう木。**寓意**…他の物事にかこつけて思いを述べる。**棄擲**…キテキ。投げ捨てる。ほうりだす。**狐虺猿鳥魚獺**…きつね、まむし（毒蛇）、さる、とり、さかな、かわうそ。いずれも山にいる動物。**魍魎**…魍魎はすだま。山川・木石の精気から生じる怪物。赤い目・長い耳をもち、人の声をまねて人を迷わし、幼児に似るという。**大人**…有徳者、長上の尊称。**君子**…徳の高い立派な人。道を修め、学問に志す人。**荒穢**…コウワイ。雑草の生い茂った荒れ地。**造物者**…①天地万物を造った神。造物主。②自然の道理。**孟子曰居移氣養移體**…『孟子』公孫丑章句上の「養浩然気」辺りの文意をふまえるか。**靈秀**…極めてすぐれている。**清淑**…清く深い、良い淑やか、慎ましい。**浸淫**…だんだんしみこむ。しだいに親しむさま。**浹洽**…ショウコウ①あまねく行き渡る、あまねく潤す。⑦互いに心がうちとけ合う。

【口語訳】

吾が国（藩）の北に、山があり城と遠くから向き合っている。峰は岡を集めて連なっており、こんもりと茂って田畑やあぜのところに立っていて、四方の山々が皆集まって来ている。武士も領民もここに来て遊ぶ者は、見慣れていて珍しいとは思わない。間部松堂公は、政治の裁断の合間の暇な時に、山に登って始めてこれを珍しいと思われた。そこで、もっこと鍬（くわ）を持ち寄るように命じ、小径を取り除き石を起こし、茅を燃やし、池（の土砂）を浚わせた。そして、言われるには、素速く行って費用を掛けるなよ、と。武士と農民が伝え聞いて先を争って（現場に行き）、十日間で隠れている石は全部を現わし、背を向けているものはみな前を向かせ、形を合わせ色を集め、水を引きその水の勢いを助けた。思うに地形は元の姿を無くすることもなく、そして、景色の勝れていることはおおむねすっかり変わった。その谷は太陽（の光）を迎えるので、名前をつけて嚮陽の谷という。暖かい陽気がさかんに立ち上り、草木は早くに芽吹く。その前は月見に良いところで、名前を付けて頑月峯（月を愛でるみね）という。月の清らかな光は地上を照らし、遠くの川や遥か向こうの木々を覆い写し出しており、その夜の景色は観賞するのがよいものだ。そこにある池に蓮が植わっており、その池を君子の池という。周茂叔の（「愛連説」の「蓮は君子なる者なり」の）言葉から取ったのである。その家には梅花があり、「梅花書屋」という。陳繼儒の気持に見習ったのである。そこで、これらのことを石に彫り、永久に伝えるのである。その（石に刻んだ作品の）末章には、「庶民（大衆）と同じく楽しむ」とある。これは、思うに松堂公のお気持ちである。こういうことで武士庶民はみな早朝に行き夕べになっても帰宅するのを忘れるほどである。この谷は、我々に日蔭に居続けさせる事はない。この峯は、我々に日光が当たり通しであるようにはさせない。この池は、我々に心が正しく清らかになるようにさせるのである。この亭は、我々に年ごとの寒さを知らせて君子が逆境にあっても志を変えないことの大切さを教えてくれるのである。そして、この石はこれらを合わせてしっかりと記録し、我々にそれぞれがその本性を遂げるようにさせるのである。考えるに松堂公の志の徳が、庶民大衆の心に強く記憶させられることは、このような状態なのである。今年（？）年、私は公に従って（山に）登った。山を降りて嘆いていった、「ああ、人情のならいであるが、名山・大きい谷川・美しい草花・花が咲き匂う木、それにかこつけて思いを述べて自分を修養させる（方法）があるのに、しかもこれらを軽蔑して放り出し、千年百年が終わっても積極的に顧みることをしないので、（その結果）長い間、キツネ・毒蛇・サル・鳥・さかな・カワウソ・スダマ、らの持ち物（のよう）になっていたのは、誠に痛ましいことではないか。けれども、（それが）ある朝、有徳者・大人物（殿様）が、力を出してそれを修めととのえられると、荒れた土地を一掃し、枯れたものが生き生きしたものと入れ替わり、天下にはっきりと現れ出てきた。どうして、創造主が、長い間作ってしまって置いたものを、その人の現れるのを待っていたということがあるだろうか。けれども後の時代の武士庶民が無知であって、ただ利益ばかりを計算して、目に留まるものに思いを託し自分を育てる方法を知らなかったならば、造物主はこれを奪おうとするだろう。それではこの谷は、どういう方法で、長く保つことが出来るだろうか。そこで、孟子が言っている、「居るところに自然の気を移し入れ、自分を養うために身体を移す」と。武士庶民がこの場所に居てその（浩然の気を）養うことを得るのは、いわゆる極めて勝れた清く淑やかな気が、だんだん染みこみあまねく行き渡るからである。この土地が人材を生み出すのは、必ずここから始まるのである。その（姿を）長く保つことを得られないことは、また悲しみ心配するところである。これは記録するべき事である。

鯖江藩の家来　曾我鶴亭が書き記した。

【本文】

嚮陽溪序

嚮陽溪在鯖江城之西。其山南向而立焉。是所以有此名也矣。昔我先君松堂公、與近臣議、以拓此山而與衆樂焉。蓋今之公園也。其山上有八幡祠、及妓楼數家。山麓有蓮池及櫻園茶圃。西有丹生岳、南有雛山、東有雨降山、殆爲衝立之勢。風光之明媚、眺望之佳勝、冠近山焉。櫻花爛慢、黄鳥綿蠻之日、梧桐葉落、秋月清輝之夕、先君率近臣而遊焉。孟軻氏所謂獨樂々與衆樂々孰樂。先君亦知與衆樂々之勝也矣。今君繼統從先君之意、春秋開宴于此。而與衆樂焉。予年十一而侍先君、又十四而侍今君。故從兩君、而陪此宴者屢矣。今君明治三年奉還版圖也。朝廷召今君于東京。先君亦上京、遂再不歸。而占居于東京。蓋王命也矣。於是嚮陽溪之風光傷焉。嗚呼惜哉。

青柳柳崖

【書き下し文】

嚮陽渓の序

青柳柳崖

嚮陽渓は鯖江城の西に在り。その山は南に向きて立つ。是れ此の名を有する所以(ゆえん)なり。昔我が先君松堂公は、近臣と議し、この山を拓くを以て衆と楽しまんとす。蓋し今の公園なり。その山上に八幡の祠、及び妓楼数家有り。山麓に蓮池及び桜園、茶圃有り。西に丹生岳有り、南に雛山有り、東に雨降山有り、殆んど衡立の勢を為す。風光の明媚、眺望の佳勝は、近山に冠たり。桜花爛熳にして、黄鳥綿蛮の日、梧桐の葉落ち、秋月清輝の夕に、先君は近臣を率いて遊ぶ。孟軻氏の所謂(いわゆる)独り楽(がく)して楽しむと、衆と楽(がく)して楽しむと、孰れか楽しきと。先君亦た知る、衆と楽(がく)して楽しむの勝れることを。今君統を継ぎて先君の意に従ひ、春秋に宴を此に開き、衆と楽しむ。予(われ)年十一にして先君に侍す。また、十四にして今君に侍す。故に両君に従ひ、此の宴に陪する者屢(ことしばしば)す。今君は明治三年版図を奉還す。朝廷今君を東京へ召す。先君も亦上京す。遂に再び帰らずして居を東京に占む。蓋し王命ならん。是に於いて嚮陽渓の風光傷れたり。嗚呼(ああ)惜しいかな。

【語注】

嚮陽渓序…序は文体の名。はしがき。著作の主旨を述べたもの。**鯖江城**…城は城下、町の意である。中国風に言った。**是所以有此名也矣**…此名は「嚮陽」のこと太陽を迎える、意。南向きである。**爲衡立之勢**…三方に山があり、衡立のようなありさまである。**冠近山焉**…近くの山の中では最もすぐれている、ということ。**孟軻氏「所謂獨樂々與衆樂々

孰樂」…孟軻は戦国時代の思想家。山東鄒（すう）の人。名は軻、字は子車、子輿。学を孔子の孫の子思の門人に受けた。（BC三七二〜BC二八九頃の人）。「性善説」をとなえた。『孟子』七編を作る。「孟子がいう」「（王は）独りで音楽を奏して楽しむのと、人と一しょに音楽を奏して楽しむのと、どちらが楽しいですか」と。**先君亦知與衆樂々之勝也矣**…先の殿様（松堂公）もまた、ご存知である。「大勢の人と共にするのが（少数の人と楽しむのよりも）まさっている」と。（『孟子』梁の恵王章句下）**今君明治三年奉還版圖也**…版図…一国の領域。頂土。大政奉還に従い、領土を返還した。そして、明治三年（一九七二）七月に鯖江県が、十一月には福井県が置かれたことを指すのであろう。**於是嚮陽溪之風光傷焉。嗚呼惜哉**…藩公が東京へ移住されたため、嚮陽溪の風景が（くずれて）わるくなった。本当に残念である。ということ。

【口語訳】

嚮陽溪は鯖江の（城下）町の西側にある。その山は南に向いて立っている。これが、この名（嚮陽＝日を迎える）がある（ついている）理由である。昔、我が（藩の）先（前）の殿様・松堂公は、側近の家来と相談し、この山を開拓して、多くの藩の良民と（風景を）一緒に楽しみたいと考えられた。思うにそれは今の公園である。その山の上には八幡の祠と遊女屋数軒があった。山の麓には蓮の池、桜の庭園、茶屋があった。西には丹生の山があり、南には雛山があり、東には雨降山があり（三方に山があって）まるで衝立てのようなありさまを示している。風景の明るく美しいこと、遠くまで見わたせる眺めの良いことは、近くの山々の中では最もすぐれている。（春の）桜の花が満開になって散るさま、うぐいすの美しい様子の日中、（秋の）あお桐の葉が散り、月の光のさえわたり輝く宵に、先の殿様は側近の家来を引きつれて遊覧された。中国の孟子のいわゆる「（王は）独りで音楽を奏して楽しむのと、人と一しょに音楽を奏して楽しむのと、どちらが楽しいですか」と、いうことについて、先の殿様（松堂公）もまた、（孟子を）ご存知である。「大勢の人（藩の良民）と共にするのが（少数の人と楽しむのよりも）まさっていると。今の殿様は伝統（と家督）を継がれて、先の殿様のご意向に従い、春・秋にはここで宴会を開かれて、多くの人々と（風景などを）楽しまれた。私は十一歳でしたが先の殿様につき従った。また十四歳の時には今の殿様につき従った。それ故、お二人の殿様に従って、この宴会にお相伴することが度々でした。今の殿様は明治三年に鯖江藩の領土を国に奉還された。東京の政府は今の殿様を東京へ召集された。（そして）先の殿様も上京された。そして再び鯖江には帰らず、住居を東京に定められた。恐らく政府の命令であろう。こんな訳で、嚮陽渓の風景も（くずれて）悪くなったのである。ああ、本当に、残念なことである。

青柳柳崕

この後「嚮陽渓」は、荒れ果ててしまったようである。『鯖江郷土誌』の一九一頁には、元の郡長（明治三十年頃の郡長）近藤直一氏がその様子を記した文章が残っている。

「看嚮陽溪圖有感」注釈

【本文】

「看嚮陽溪圖有感」

「庚子初夏、伴青柳々崖、遊于嚮陽溪址。聞説嚮陽溪者、舊鯖江侯之遊園。當時風流韻士、尋其景、于詩于歌。吟詠唱和、一不足。雖有其詩歌傳至今者、園景荒涼、更無其看。纔從斯圖悉之耳。嗚呼惜哉。梅塢識」

【書き下し文】

「嚮陽溪（の）図を看て感有り」

「庚子の初夏、青柳々涯を伴ひ、嚮陽溪（の）址に遊ぶ。聞説らく嚮陽溪とは、旧鯖江侯の遊園なり。当時（の）風流の韻士、其の景を尋ね、詩において歌において、吟詠唱和するもの、一に足らず。其の詩歌の伝へて今に至る者有りと雖も、園景荒涼として、更に其の看るべきもの無し。纔かに斯の図に従り之をつくすのみ。ああ惜しいかな。梅塢識す。」

注…（の）は省略してもよい。

【語注】

庚子…明治三十三年（一九〇〇）。**青柳柳涯**…青柳宗治。柳涯は号。安政二年（一八五五）～明治三十九年（一九〇六）（五十二歳）。鯖江藩士。十九歳、小学校訓導となる。その後、二十五～四十八歳、今立郡役所に奉職。五十一歳～五十二歳、鯖江町助役。父は青柳柳塘（忠治）、藩の勘定奉行などを勤めた。父子共に漢詩集がある。柳塘の詩集は『西溪漁唱』と『西溪漁唱後集』。柳涯のは『清默洞詩稿』である。（拙稿、【論考編】四『西溪漁唱』の研究 序説、及び、五 青柳柳塘、柳涯父子の漢詩の研究―「池田郷」の詩について―参照。）**梅塢**…近藤直一の号。東京府士族・近藤直一、嘉永四年（一八五一）十二月二十五日生。明治二十四年（一八九一）、吉田郡ができると最初の郡長となる。丹生郡長に栄転、今立、遠敷の二郡長を歴任。その後日本赤十字社福井支部の常務幹事。長三州風の書を好くし、梅塢と号した。没年不詳。（『福井県吉田郡誌』一八〇頁参照）。長三州は漢詩人・書家。長谷氏。豊後の人。廣瀬淡窓らに学ぶ。維新後は文部大丞・東宮侍書。「三洲遺稿」がある。（一八三三〜九五）。

【口語訳】

「明治三十三年の初夏、青柳々涯とつれだって、嚮陽渓の遺跡地に遊んだ。聞くところによると嚮陽渓というのは、むかしの鯖江藩の殿様の遊園地である。当時、風流の士・文人（文学者）らは、その風景をたずね、漢詩、和歌を作ったり、互いに唱和したりするものが、多数いた。その漢詩や和歌が今まで伝わっているものがあるけれども、遊園地は風景も荒れ果てて、いよいよ見るべきものがない。やっとこの嚮陽渓図によってこれを細かに知りつくすことが出来るだけである。ああ惜しいことである。梅塢が書き記した。」。

その後の「嚮陽渓」

『鯖江郷土誌』の一九一、一九二頁には次のように記している。

「現在の西山公園は、嚮陽渓の一部で、茶山と呼んだ所で、此辺一面に茶樹を植栽したものである。廃藩後は、其の遺跡として、僅に、一基の石碑を留めた許りで有ったが、明治二十二年町制を布かれて、町立公園となし、更に、大正四年、御大典記念事業として、之に一段と改善の鍬を入れ、頂上には、大広場を設け、中腹の東側には、小池を作り、藤棚を設け、全山に桜樹を植えて、景、漸く昔の姿に帰り、県下では、屈指の桜の名所とも成った。此の公園は、高からず、低からず、四方の眺望に、長じ、行司岳、越前富士の秀嶺を一眸の中に、収めて、老松は、頭髪の如く、山を覆って、日野清流亦羽二重の帯を垂れた如く、天然の佳境で有る」と。

おわりに

この後の変遷は、市役所で詳しく聴く必要がある。しかし、今日、桜やツツジの名所として四隣に名前が響くまでになったのには、鯖江市が費用と歳月を掛け、関係者が大変な努力をしてきたお蔭であることは容易に想像されるところである。私は西山公園で桜やツツジなどを観賞する時には、古人の努力を思い、感謝しつつ楽しみたい、と思う。

（参考）

「越前鯖江嚮陽溪眞景」版木

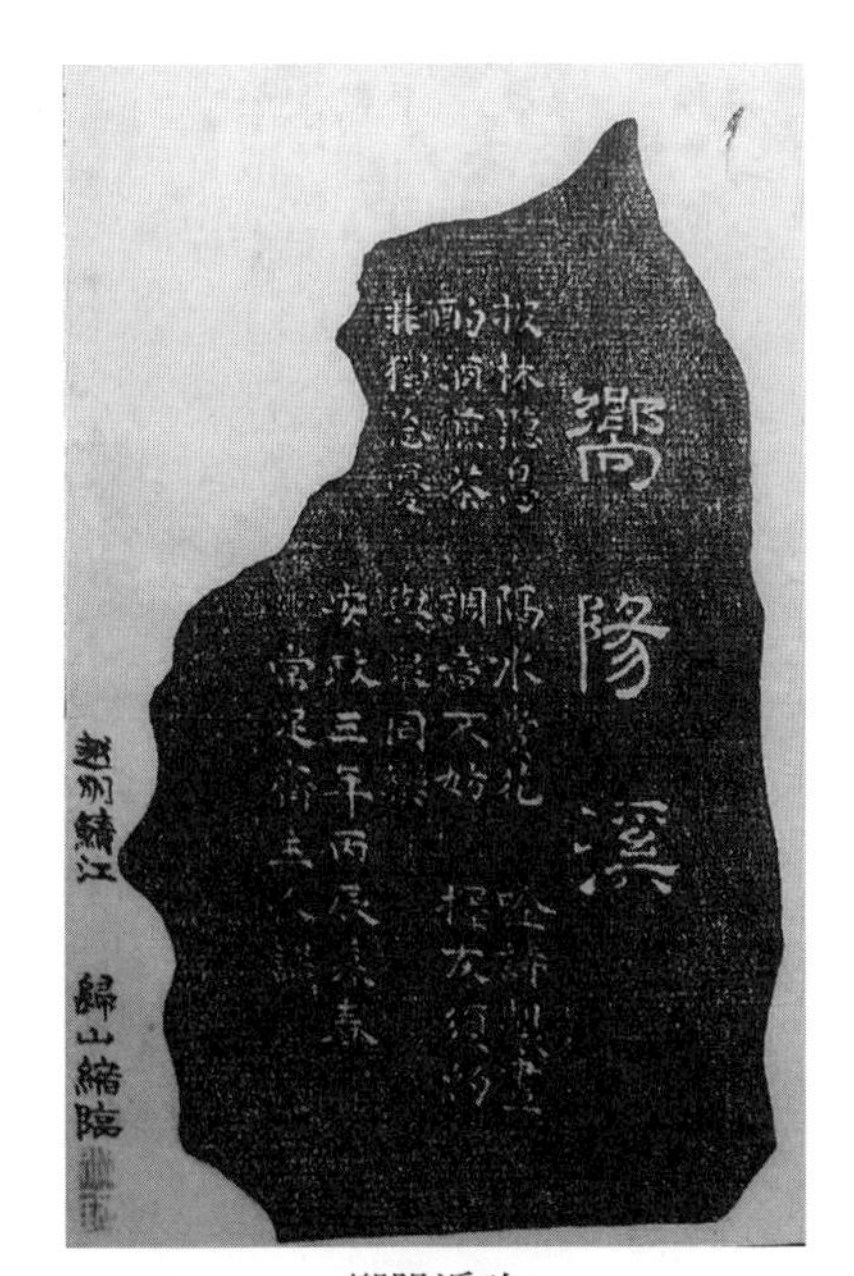

嚮陽溪碑

越前鯖江嚮陽溪眞景について

嚮陽渓とは、鯖江藩第七代藩主間部詮勝が当時御達山と呼ばれていた丘陵（現在の西山公園一帯）に雅趣を加えて造成した庭園で、安政三年（一八五六）に完成した。「嚮陽」とは、自然に親しみ、陽に嚮って、常に明るく、いつも隣人を愛するという意味であり、詮勝の庭園に対する思いが偲ばれる。

碑文は、詮勝が造園当時に詠んだ詩歌を自ら揮毫し、家臣に彫刻させたものとされ、石材は領内の下新庄村から搬出されたという。

なお、当時の嚮陽渓の景観は、「越前鯖江嚮陽溪眞景」（伝二代安藤広重作）の版木によって知ることができる。これによると、雛ガ岳（日野山）（標高七九四・五ｍ）を遠望し、中央には貴美子賀池を配し、畔には茶屋が並び、梅林や楓、松木も点在する。一部現地形と符号しない内容ではあるが、北から南方向を描いたものと思われ、ほぼ現在の西山公園芝生広場付近を中心に描いていると思われる。

（鯖江市教育委員会・記）

嚮陽溪　碑（摸写）の写真について

「待月亭謾筆」第二十巻に載っているもので、芥川歸山が安政四年丁巳（一八五七年）ごろに摸写したものである。また、同書の第十六巻にはここが開かれてから、「日々百人ほどの遊人が出てくるようになって鯖江町家の寂しかったところがこの節急ににぎにぎしくなった」とその様子が記されている。

（前川・記）

第三節　評釋

一　『野鷗松谷先生遺艸』について（二一五首の評釋）

はじめに

本稿は杉本直氏が「土星社」で発行していた「土星」の第四十四号から第五十二号（昭和五十四年一月から五十九年九月）にかけて、八回連載した「『野鷗松谷先生遺艸』について」の原稿をまとめたものである。

また、本稿は現代詩の読者向けに書いたものである。なお3、5、6番作品は重複していたので今回一つにまとめ、八回の記述の末尾に記した年月日も削除した。

はじめに、本文をあげ、次に書き下し文、（押韻）、口語訳、語釈を記し、参考を（余説）として記す。なお、作品名の上に算用数字で詩集における通し番号をつける。

まず今の鯖江市出作町に住んでおられた人の「松谷野鷗先生遺艸」について記しておきたい。

松谷野鷗、通称八百次、のち彌男と改め、号を野鷗と称した。中国風には、字を子揚、名は夬、梅隠と号したともいう。

天保六年（一八三五）正月に生れ、大正三年（一九一四）十月、八十歳で没した。

詩集は、『玉篇の研究』などの著書で有名な、同じ鯖江出身の学者、岡井愼吾博士の手になるものである。岡井博士は小学生のころ、松谷翁から「文章規範」と「春秋左氏傳」を教わったという。昭和二十年に編集されたのであるが、敗戦直後のこととて出版されないうちに岡井博士も没した。しかし、その自筆写本が松谷家に伝わっている。筆者もそれを見せて貰ったのである。

明朝綴一冊（横一四・五、縦二三・七、高さ〇・九センチ）帙入りである。

漢詩三百首余り（岡井博士は三百二十九首と記す）と橘曙覧の歌を手本とした和歌二十九首、それに漢文一編を載せている。

漢詩は、明治十三年、翁四十六歳ごろより作り始めたもののようである。なお大正三年翁八十歳の作は百余首もある。作品はほぼ製作年次順に排列されている。

そこで、筆者も、詩集の順に従って目についた作品で面白そうなものを訓読してゆくことにしようと思う。

明治十三年（一八八〇）、四十六歳。この年の詩は六首ある。

１　客中看梅　　客中に梅を看る

夢覺一聲黃栗留　　夢は一声に覚めて　黄栗（鸝）留まり、
起尋春色到江頭　　起きて春色を尋ねて江頭に至る。
二三詩伴不期至　　二・三の詩伴　期せずして至り、
共賞梅花散客愁　　共に梅花を賞して客愁を散らす。

（押韻）留、頭、愁（平声尤韻）。

（通釈）

（旅行中）他郷にいて梅を看る（詩）
夢は（うぐいすの）一声（鳴き声）に覚まされ、（そのうぐいすは木に）留まった。
（そこで）起きて春の景色を訪ねて、川のほとりまでいった。
（すると、そこに）二・三人の詩人仲間が意外にもやって来たので、
（私は）一緒に梅の花を観賞して、旅愁をちらした（まぎらわした）ことだ。

（語釈）

○客、常に住むべき所（生活の本拠）を離れて、臨時に他所へ行っている人。客中とは、旅行中。客裏に同じ。旅に在る間。○黄栗、黄鸝＝黄鳥のあやまりではないかと思う。黄鳥、①ちょうせんうぐいす。こうらいうぐいす。うぐいすに似て、やや大きい。黄鸝。②うぐいすの別名。○春色、春の景色。○江頭、川のほとり。○詩、漢詩。○伴、とも、つれ。仲間。「詩伴」は詩人仲間ということだろう。○散、ちる。ちらす。わけ与える。○客愁、旅路のうれえ。旅愁。○不期、料らずも。予期せぬ。思いがけずに。意外に。

（余説）

第一句では、飛んで来た鳥が一声鳴いて木に留ったのに、旅寝の夢を破られたと驚きを表現している。第二句には、詩伴が期せずして至るという旅先での思いがけない喜びをあらわしている。第四句では、一・二句の旅人のさま、第三句の詩人の喜びをまとめて、梅花をめでることによって旅愁をまぎらわした、とまとめている。起承転結の編法をまもっている。

首句に「一声」、第三句に「二・三の詩伴」と数字を置き、にぎやかになるさまをうたう。

また、首句に「黄」、二句に「春色」、四句に「梅花」とうたって、色彩的なはなやかさを想像させる。これらが「客愁を散らす」に心理的にはつながっていると見られる。まとまっている詩である。

2 初夏

江樓昨日別東風　江楼　昨日東風に別れ、
夢裏繁華色卽空　夢裏の繁華　色即　空。
黃鳥未從青帝去　黄鳥いまだ従はず　青帝の去るに、
殘聲猶在綠陰中　残声なお在り　緑陰の中。

（押韻）風、空、中（平声東韻）。

（通訳）

初夏（夏のはじめ・の詩）

川のほとりのたかどので、昨日は春風に別れ（をつげ）、夢の中のような（春の）にぎやかで華やかな（景）色は（仮のすがたで）そのまま（実体がない）空無になってしまった。

うぐいすは、まだ春の神（春という季節）の立ち去るのにはついて行かず、残っている（鶯の）鳴き声は、なお（木々の）青葉のかげにある（できこえている）。

（語釈）

○江楼、川のほとりのたかどの。江閣。○東風、ひがしかぜ、こち。春風。○夢裏、ゆめのうち、夢中。○繁華、①

草木が繁って花の咲くこと。②にぎわい栄える。にぎやか、はなやか。○色即空、色即是空の是を省略している。現世のあらゆる事物・現象は本来空無であるの意。『般若心経』をふまえていることば。○黄鳥、うぐいす。①の「客中看梅」を見よ。○青帝、五大帝の一。春をつかさどる神。五行説では青色を春にあてるからいう。○残声、残鶯＝晩春になくうぐいす、の声。○緑蔭、青葉のかげ。こかげ。

（余説）

春・夏交代期の情景をうたっている。

第二句に、よく知られた『般若心経』の句を引いて風景変化の妙を巧みに表現している。

第三句・四句に、黄鳥、青帝、緑陰と、色彩を表現し、第四句では、残鶯がみどりの中にいることを暗示して、惜春の情をうたっている。第二句がやや異質で、首句との詩情のつながりがスムーズでないきらいはあるようだ。

3　到金澤途上作　三月選爲石川縣會議員

　　金沢に至る途上の作　三月選ばれて石川県会議員と為る。

軟沙數里走人車　　軟沙数里人車を走らす、

一帶青松夾路斜　　一帯の青松　路を夾みて斜なり。

早已村々謀國利　　早や已に　村々国の利を謀りしならん、

遍看閒地種桑麻　　遍く看らる間地に桑麻を種うるを。

　（押韻）車、斜、麻（平声麻韻）。

（通釈）

金沢へ行き着く道中での作
　三月に選ばれて石川県会議員と為った。
やわらかい砂原（の地帯）を数里、人力車を走らすと、斜めに続いている。
（あたり）一帯の青い（緑の）松が、道路をさしはさんで、
も早すでに（途中の）村々は、国家の利益を相談したのであろう、
広くすみずみまで見わたしたが、あき地には（全てに）桑と麻とを植えつけてある。

（語釈）
○金澤、題注にある通り、この年の三月二十六日に、石川県会議員となったので、県会に出席する為に、金沢へ出かけたものと考えられる。○軟沙、軟はやわらかい、沙は砂原。日本海側の道路ぞいの土地をいうのであろう。○人車、人力車のことであろう。○一帯、ひとつづき、ひとすじ。あたり一面。全体、全般。○青松、道路ぞいの青い（緑の）松。○夾、さしはさむ。○國利、国家の利益。○謀、問いはかる、相談する。思いはかる、考えをめぐらす。○遍看、広くすべてにわたってすみずみまでながめる。○開地、閑地、あき地。○種、うえる。また、たねをまく。○桑麻、くわとあさ。養蚕とはたおりに用いるもの。

（余説）
道中の風景を描写することの中に、政治家としての感覚が働いていることが伺われる詩である。

4　白山氷　　　白山の氷
市場猶負白山名　　市場なほ負ふ白山の名

片々玲瓏似水晶　片々たる玲瓏　水晶に似たり
嚼去嚼來驅暑熱　嚼み去り嚼み來りて暑熱を驅る
吟身忽覺帶餘清　吟身忽ち覺ゆ　餘清を帯ぶを

（押韻）名、晶、清（平声庚韻）。

（通釈）

白山の氷

市場に（持って来られ）ても（白山の氷は）なお白山という名前をせおっていて、バラバラになっていて玉のようにあでやかで（キラキラと）美しいさまは、まるで水晶のようである。かみくだいていると夏の暑さを追い払ってくれ、詩を吟ずる（私の）身に、あとまで残っている涼しさが身にしみたと、とつぜん（私は）気づいたことである。

（語釈）

○白山、海抜約二七〇二メートル。石川・岐阜両県に跨る休火山。富士山、立山と共に日本三名山の一つ。○片々、切れ切れなさま。氷の小さくわれているさま。○玲瓏、①金属や玉がふれあって鳴る美しい音。②玉のように、あでやかで美しいさま。ここは②の意味である。○水晶、石英の一種で六角柱状の結晶。ふつうは透明だが、不純物が混じると、黒水晶、紫水晶などとなる。ここでは透明なものを言っている。○嚼、かみくだく、かみしめる。味わう。○暑熱、あつい夏の暑さ。○驅、追い払う。追い出す。○吟身、詩を吟ずる人。吟はうたう。○忽、たちまち、にわかに、突然。○覺、おぼえる。感知する。さとる、気づく。○餘清、あとまで残っているすずしさ。○帯、身につける。つく。涼しさが身にしみわたったことをいう。

（余説）

第一句は市場に運ばれて来ている氷のさまを、第二句は氷の美しいさまを描いていて面白い。第三、四句は氷のほうばりかみくだいたあとの、（一時的な）身体にしみわたった涼しさをうまく描いている。

全体として見ると、まだ製氷術も十分にない時代の人の、山の氷に喜ぶさまが伺われて面白い。

5　寄杉田鶉山　　杉田鶉山に寄す

西奔東走不憂家　　西奔東走　家を憂へず

間却鶉山雪月花　　間却す　鶉山は雪・月・花を

今日知君遊説力　　今日知る　君が遊説の力を

自由清議茁其芽　　自由の清議　其の芽を茁せり

（押韻）家、花、芽（平声麻韻）。

（通釈）

杉田鶉山に寄せる（詩）

東に西にいそがしく走り回って（人の為に働き）、家のことを気にかけないし、

（また）鶉山は、雪・月・花など、四季のながめなどは、すててかえりみない。

（さて、）今日、君が各国々をめぐり訪ねて自己の説を主張し、説きすすめた（努力の）力を知った。

（いま）自由の清らかな議論が、（民衆の間において）その芽を出して来ているのである。

（語釈）

○杉田鶉山は嘉永四年（一八五一）六月二日に生まれ、昭和四年（一九二九）三月二十三日に、七十九歳で亡くなった。福井市波寄町生れ。自由民権運動の政治家で、衆議院議員、さらに議長になった。野鷗よりは十六歳の年下である。○西奔東走、東西に奔走すること。奔走は忙しく走り回って人の用をすること。○家、留守にしている我が家。○不憂、気にかけない。○閒（閑）却、すてて顧みない。無視する。なおざりにする。○雪月花、四季の美しいながめの代表。○遊説、各国をめぐりたずねて、（君主に）自己の説を主張し説きすすめる。ここでは（民衆に）あるいは（同憂の士）に、ということ。○清議、俗界を忘れた清らかな議論。老荘に関する談話が本来の意味。ここでは、老荘に関係はない。また、俗界を忘れるどころか、俗界、即ち民衆（農民など）に密着した議論の意味で使われている。自己の為にするのではないから「清らかな」という意味は生きている。○茁、めぐむこと。

（余説）

政治家になって産をなすこともある今日の政治家とは違って、政治運動は金を喰うだけであった時代の政治家の苦労が伺われる詩である。

波寄町有数の地主で、三百年以上も続いた家であったが、政治運動に力を尽し、家産を破ったといわれる鶉山の面影が、第一、二句によく出ている。

末句の「清議」は、鶉山の議論、態度に文字通りの清らかさを感じて作っている句である。

鶉山については、後にあげる159、192番でもふれている。

また、水島直文著『杉田鶉山翁小伝』安田書店、昭和五十三年、と大槻弘著『越前自由民権運動の研究』法律文化

社　一九八〇年、を参照した。

6　送松村才吉之岐阜　用鶉山韻

　　　松村才吉の岐阜にゆくを送る　鶉山の韻を用ふ

匹馬蕭蕭奈獨何　　匹馬蕭々　独を奈何せん

濃州山水入悲歌　　濃州　山水　悲歌に入る

此行只欲蠲苛政　　此の行ただ欲す苛政を蠲かんことを

偏向離人感涙多　　ひとへに離人に向かって感涙多し

　（押韻）何、歌、多（平声歌韻）。

（通釈）

　松村才吉が岐阜に行くのを送る（詩）

　　鶉山の韻を用いた（詩）

一匹の馬が（別れを悲しんで）もの寂しげにいななく。一人行く（松村才吉の）身をどうしたものか、

（彼は）悲しげに歌う歌の中　岐阜の山河（の中）へと入って行く、

この旅行は　きびしくわずらわしく干渉することである、

（それに対して）意外にも、離れゆく人（旅人の後姿）に向って（私の）感動にむせぶ涙が多く流れるのである。

（語釈）

○松村才吉、福井県人。明治十五年に発足（発刊）した杉田定一（鶉山）社長の「北陸自由新聞社」の編集部通信係を

つとめたこともある。この詩が作られた時は、明治十一〜十三年にわたる地租改正反対運動の関係の仕事のために岐阜へ出かけたのかも知れない。松村才吉については、池内啓著『福井置県その前後』福井県郷土誌懇談会、昭和五十六年三月二十五日発行の七二、七三頁に記事がある。○鶉山韻、鶉山が松村に詩を贈ったらしい。その詩と同じ韻字を用いたということであるが、その詩は分らない。○匹馬、一匹の馬、一馬。○蕭蕭、①ものさびしいさま、②風や音のさびしいさま。ここは、どちらでも通ずる。馬のいななく声がものさびしげにきこえる、ともとれる。○奈何、いかんせん。いかんぞ。……をどうしようか、と処置をとう。どうにも出来ない、というきもちである。○濃州、美濃国、今の岐阜県南部。○悲歌、悲しげに歌う。悲歌忼慨（世をいきどおりなげく）の意味であろう。○蠲、音はケン。蠲はのぞくこと。蠲苛、ケンカ、でわづらわしい政令をのぞく。苛政をのぞく、のいみがある。○苛政、きびしくうるさい政治。租税、力役、法律、刑罰がきびしく、人民生活にわずらわしく干渉する政治。○偏、①ひとえに、ひたすら、いちずに、②意外にも。ここでは②で訳してみた。①でもよい。○離人、土地をはなれて行く人。旅人。○感涙、感泣して流すなみだ、うれしなみだ。

（余説）

匹馬蕭々といい、獨を奈何せんといい、悲歌、離人などの語によって寂寥感を出し、苛政をのぞかんと欲すといって権力に立ち向って行くといった悲愴感を出している。一部に、荊軻の「渡易水歌」の「風は蕭々として易水寒し、壮士一たび去って復た還らず」を連想させるものがある。

野鷗はこの年三月より石川県会議員になっている。慷慨の士であった鶉山にならって詩を贈ったところを見ると、共鳴するところが多くあったのであろう。

明治四十五年・大正元年（一九一二）七十八歳

159　念四日　訪鶉山翁居在市外澁谷　念四日　鶉山翁を訪ぬ　居は市外渋谷に在り

村居避市塵　　村居　市塵を避け
閑座簡編親　　閑座して　簡編　親しみ
非説邦家事　　邦家の事を説くに非ずんば
那知後樂人　　なんぞ知らん後楽の人と

（押韻）塵、親、人（平声真韻）。

鶉山は、九回にわたって、殆んど無競争の状態で衆議院議員に当選、中央政界の重鎮となって大いに我が国の憲政のために協力し、明治四十四年には六十一歳で貴族院議員に勅撰された。当時の政友会総裁であった西園寺公望の推輓によるという（水鳥直文著「杉田鶉山翁小伝」安田書店、昭和五十三年・参照）。

また、大正元年六十二歳五月には中国（清）に旅行している。従って、この詩は、鶉山帰国後の八月に、東京の渋谷の「南郭西荘」を訪ねた時のものであろう。野鷗は麻生津川改修計画の変更を内務省に働きかけてもらうように陳情したものと思われる。

今でこそ渋谷は繁華街であるが、当時は豊多摩郡下であって「村」であった。

その村中の家に、のんびり座って書物に親しむさまを見ると、国家の事を議論するのでなかったならば、この人鶉山が、天下の人を先に楽しませ、自分はそれに遅れて楽しむ人であるとはどうして分ろうか、わからないであろう、というのである。「後樂人」は范仲淹（九八九―一〇五二）の「岳陽樓記」の「後天下之樂而樂」を踏まえる。

鶉山はこの時六十二歳であったろう。鶉山は民百姓のために三百年以上も続いた先祖伝来の土地も売り、若い頃より数度にわたる投獄にもめげず身を挺して戦って来た。

野鷗は麻生津川の改修によって祖先が開墾せられた土地を失うことは申訳ない、また、「出作」の住民の土地に対する愛着心を思えば忍びない、ということで、老駆をかえりみず上京して来ている。

それ故にこそ、書斎に在るもの静かな鶉山を見ても、「後楽の人」と理解し得るのであろう。

大正二年（一九一三）七十八歳

192　二六新報紙上、鶉山杉田翁の本年元旦の詩を載す　その韻に次して感ずる所を述ぶ　（その一）

誰擁憲章安下民　　誰か憲章を擁して下民を安んずるや

事無細大在精神　　事は細大になく精神に在り

若教政友奉彈劾　　もし政友をして弾劾を奉ぜしめば

應見乾坤梅柳新　　まさに乾坤梅柳の新なるを見るべし

（押韻）民、神、新（平声真韻）。

誰が法律を守って下々の民を安んじてくれるというのか。事柄の良し悪しは、その大小にではなく精神にあるのである。もし政友（会）に悪事を摘発させるならば、まさに、天地の梅も柳も芽をふいて新鮮なさまをみることが出来ようぞ。

といったところが大意かと思う。

なお、野鷗の詩集には大正元年のと二年のところに、七十八歳とある。

『鶉山詩鈔』に「辛亥の春、還暦、自ら述ぶ」と題して三首の詩があげてある。辛亥は明治四十四年であるからこれは一年ずれている。しかし、他に年頭の詩は見あたらない。その中の一首に次の七律がある。

國運盛衰元有因　国運の衰退は　元　因あり
平生得失夢耶眞　平生の得失は　夢か真か
當年燕趙悲歌士　当年　燕趙　悲歌の士
今日江湖議政人　今日　江湖　議政の人
天壤無窮傳寶祚　天壌は無窮にして　宝祚を伝へ
憲章萬古護斯民　憲章は万古にして　斯民を護る
幸存餘命遭還暦　幸いに余命を存して　還暦に遭ひ
又賞禁城駘蕩春　また　賞す　禁城駘蕩の春

（押韻）因、眞、人、民、春（平声真韻）。
韻の点より見ても対応するもののようだ。
野鷗の詩は、政友会、ひいては鶉山を讃美しているようである。

（その二）

輔弼誓言舌未乾　輔弼の誓言の舌いまだ乾かざるに
三登臺閣試艱難　三たび台閣に登りて艱難に試みらる
胸中不善豈能揜　胸中の不善あによく（おお）はんや

己有他人見肺肝　己に他人の肺肝を見る有り

（押韻）乾、難、肝（平声寒韻）。

天子の政治を手助けする宰相の約束のことばの、その舌もまだ乾かぬうちに、三度最高の官庁にのぼって国の困難に処するよう試みられた。胸中の不善をどうしておおうことが出来ようぞ。己に他人が腹の中を見とおしているだろう。

この詩に対応する韻の詩は見当らないので十分は分らないがともかく鵜山の公明正大をといていると思われる。総じて言えば、野鷗は鵜山に対しては肯定的である。彼が福井県の政界の中心人物であり、政界は彼をめぐって動いたといえる状況にあったとすれば、野鷗としては当然であった、と思われる。

また、その思想にも似通うものがあったのであろう。

前はやや固苦しい話であったと思う。そこで、次に少し気楽な詩、いかにも詩人らしい自由な気持を述べた詩を紹介しようと思う。

まずは「五癖散人」なる号に関係して作られた五首の詩から見てみよう。（一部重複しているが、記述する。）

大正三年（一九一四）八十歳の作。

まず序文を見る。

279　余自稱五癖散人或問其故對曰一好詩二愛古錢三愛瓢四好釣五戲養雞但釣魚與養雞非今日之所好然稱呼一定不必改也今各系以一首述其樂

余（われ）自ら五癖山人と称す。或ひと其の故を問ふ。対へて曰く、一に詩を好み、二に古銭を愛し、三に瓢を愛し、四に釣を好み、五に戯れに雞を養ふ。但し、魚を釣ると雞を養ふとは、今日の好む所には非ず。然れども称呼一定せば、必ずしも改めざるなり。いま、系（か）くるに一首を以ってして、其の楽しみを述ぶ。

（通釈）
私は自分から五癖散人（五つの癖を持つ役に立たない人）といっています。ある人がその訳を問われた。お答えして言った。一に詩を好み、二に古銭を愛し、三に瓢箪を愛し、四に釣を好み、五にたわむれに雞を養うからですと。ただし、魚を釣ることと、雞を養うこととは、今日の好むところではありません。けれども、呼び名が一つに定ってい（きまって）ますので、必ずしも改めないのです。いま、つなぐのに一首の詩を作って、その楽しみを述べます。

（余説）
「五癖散人」の「五」という数字は、晋の陶淵明（三六五～四二七。東晋の詩人）の「五柳先生」から思いついたものであろう。癖は性癖・好みが一方に片寄る傾向。散人は散士と同じく、「物事にとらわれない人」「官途に仕えない人」の意味もある語である、雅号に添えて用いることが多い。

280　詩

老年樂事莫如詩　　老年の楽事は詩にしくはなく、
日々風光撚雪髭　　日々の風光に雪の髭を撚（ひね）る。
李杜調高難學得　　李杜の調べは高くして学び得がたきも、
青邱太史是吾師　　青邱太史は是れ吾が師なり。

（押韻）詩、髭、師（平声支韻）。

詩（作の楽しみ）

（通釈）

年老いてからの愉快な楽しいことといえば、詩に及ぶものはないので、

毎日毎日、風景を（ながめ）見て（いかに詩を詠もうかと）雪のように白い口ひげをひねる。

李白（七〇一～七六二。中国を代表する盛唐の大詩人。詩仙といわれた）、杜甫（七一二～七七〇。中国を代表する盛唐の大詩人。詩聖といわれた）の格調は高いので、学び、会得するということはむずかしいが。

青邱太史（高啓のこと。一三三六～一三七四。中国、明王朝、初期の詩人。号は青邱子〈せいきゅうし〉。太史は国の記録をつかさどる官。『元史』の編集に参加したことがあるからいう。）こそは私の（詩の）先生である。

（余説）

この詩集に載せるものを見ても詩は四十六歳から作っている。詩を好んだことは今更いうまでもない。

281　古錢

歴代帝王誰是賢　　歴代の帝王誰れか是れ賢なる、

見微知大莫如錢　　微を見て大を知るは銭に如くはなし。

燈前試把古泉見　　灯前試みに古泉を把って見れば、

治亂興亡自判然　　治乱興亡自ら判然たり。

（押韻）賢、錢、然（平声先韻）。

古銭（の楽しみ）

（通釈）

代々の天子で誰が賢明であったか。

ささいなことから重大な事実を知るのには銭に及ぶものはない。

灯の前で試みに古銭を手にとってみれば、
世の中が治まることと乱れることと。国が興ることと滅びることとが、自然とはっきりするのである。

（余説）

明治四十四年（一九一二）、作者七十七歳の時、古銭十種のそれぞれに一つの詩を作った連作十種がある。これについては「野鷗松谷先生の古錢の詩―夢の世界―」を参照。

282　瓢

邵平瓜地保天年　　邵平の瓜地　天年を保ち、
獨喜皮膚老益堅　　独り喜ぶ皮膚の老いて益々堅きを。
陋巷守貧吾與汝　　陋巷に貧を守る吾と汝と、
前身知是有因緣　　前身　知る是れ因縁有りと。
（押韻）年、堅、緣（平声先韻）。

（通釈）

瓢箪（の楽しみ）

（秦〈B.C.二二一～B.C.二〇七〉の時代、東陵の大名〈東陵侯〉だった邵平は、秦が漢に滅ぼされたのち、ふたたび官につかず、長安の町の東で瓜をうえて暮らしたという）その邵平の瓜は、その土地で、天から授かった寿命を保ち、
（そして）ひとり皮膚が老いていよいよ堅くなるのを喜んだ。
（ところで）狭い小路の奥で、清貧を守っている私とお前（瓢簞）は、
この世に生れる前の身には、深い関係があったのだと知る（思う）のである。

（余説）

この詩は、邵平を作者自身になぞらえている寓意の詩のような気がする。
なお、大正三年、年八十の時の作に「瓢」を主題にした詩が三首ある。

283　釣

曾棹漁舟學玄眞　　曽て漁舟に棹して玄真を学び、
烟波江上獨垂綸　　烟波の江上に独り綸を垂る。
誰知禪榻老居子　　誰か知らん禅榻の老居子の、
雨笠風蓑舊釣人　　雨笠風蓑の旧き釣人とは。

（押韻）眞、綸、人（平声真韻）。

（通釈）

釣（の楽しみ）

これまでに、いさり舟に棹して（川に出て）玄真（道家の路の本体）を学び、

もやのかかった川の上で、たった独りでつり糸を垂れたことがあった。

誰が知ろう（誰も知るはずがない）。座禅を組む腰掛に坐った年老いた居士（僧ではないが仏の信仰に入った人）

（のこの私）が、

（かつては）雨風をしのぐ蓑笠をつけた昔の釣人であったということを。

（余説）

明治十四年（一八八一）四十七歳の作に、「垂釣」がある。また、明治四十五年・大正元年（一九一二）、七十八歳の
作に「釣魚七首」の連作がある。

玄真は、唐の張志和が、竹の皮の笠を被った故事（玄真翁笠）をふまえているようである。

284　養雞

新設雞塒園一隅　新たに雞塒を園の一隅に設け、
老來還有養渠娯　老来また有り　渠を養ふ娯しみ。
病來萬事不如意　病みてより来のかた万事意の如くならず、
因擬司空遺愛姝　因って司空に擬して愛姝を遺はす
（押韻）隅、娯、姝（平声虞韻）。

（通釈）
雞を養う（楽しみ）
新たににわとりのねぐらを、庭の一方の隅に設け、

年をとってから、また彼を養う娯しみがある。

（しかし）病気をしてから、万事が思いどおりにならないので、
そこで、司空にまねてかわいがっている（気に入っている）美人を使う（に世話をさせる）のである。

（余説）

明治四十四年（一九一一）七十七歳に、「病中作十二首」などがある。詩中の「病」はこの時の病気をさすと思われる。とすれば、三年前から、雞の世話を愛妹にまかせているということになる。

（司空は、昔、土地、民事をつかさどった官名。いま出典を思い出せない。

詩を作り、古銭を愛翫し、瓢箪をなで、釣糸を垂れ、そして、戯れに雞を養う。悠々自適、まさしく隠者の生活である。心の鍛錬の結果であるが、人柄が偲ばれる。

ここからあとには鯖江を詠んだ詩を紹介しようと思う。鯖江を詠んだものとしては、主なものに、「吉江雜詞」四首と「芳江八勝」八首の連作があるが、まず「吉江雜詞」から見てみよう。

285
大正三年（一九一四）八十歳の作
吉江雜詞は題名ないしは説明が作品のあとに書いてある。

松閒粉壁閃朝暾　　松間の粉壁は朝暾に閃（ひらめ）き、
或隊貔貅此集屯　　或隊の貔貅は此に集屯す。
今日行軍又何地　　今日の行軍は又何れの地へ、

歩武堂々出轅門　歩武堂々として轅門を出ず。
紆野兵營　紆野の兵営
(押韻) 暾、屯、門 (平声元韻)。

(通釈)
松の木の間から見える白壁は朝日にきらめき、
ある隊の勇猛な軍隊は此に集まりたむろしている。
今日の行軍はまた何れの地へ行くのだろう、
足どりも堂々として、陣営の門を出て行く。
紆野の兵営のことである。

(余説)
貔貅（ひきゅう）は猛獣の名、貔は雄、貅は雌。ここでは、勇猛な軍隊のたとえ。
『神明郷土誌』の「神明の歴史」(二九二頁) に、左の記事がある。
明治二十九年　鯖江と敦賀に連隊区司令部が新設される。
　三十年　歩兵第三十六連隊と敦賀に十九連隊が出来る。
三十七年　日露戦争が始まり三十六連隊出征する。神明の戦死者十五名。
四十二年　皇太子殿下 (大正天皇) 歩兵第三十六連隊に行啓遊ばされる。
兵営は国道八号線沿いの神明町にあった。魚屋「いとや」の辺りから、中央中学校のグラウンドの端まで位であった。中学校の老桜はその頃の桜並木の一部である。病院横の神明保育園にも、老桜、老松数本がある。国立鯖江病院は、元の陸軍病院であり、兵営の後には、将校官舎があった。兵舎はアゼリア附近に一部残っている。木造の二階建。将校官舎は、4.5×4間ぐらいの二階建で、二、三軒残っており、一部は今も民家として使われている。中学校のグラウンドの一部に当る所に弾薬庫があった。正門は八号線の神明駅の前あたりで、裏門は今の三六町一丁目あたりであった（一九八〇年七月当時）。

286

昔日龍飛雲又従　　昔日には竜飛び雲又従ふに、
玉樓金殿見無蹤　　玉楼　金殿見れども蹤無し。
只今猶有遺民在　　只今なお遺民の在る有り、
六街人家半業農　　六街の人家半ばは農を業とす。

吉江町　　吉江町

（押韻）従、蹤、農（平声冬韻）。

（通釈）
昔の日には竜が飛昇し、雲も又従った（すぐれた人物も集り従った）が、
玉楼金殿（きわめて麗しい立派な御殿）は（今は）見ようにもあとかたもない。
ただ、今も、子孫は残っているが（昔とは違って）、
六街の人家も半ばは農業を営んでいる。

吉江町のことである。

287

存公塚在寺門南　　存公塚は寺門の南に在り。
緇素至今尋古跡　　緇素今に至るも古跡を尋ぬ。
影入蓮池秋氣含　　影は蓮池に入り秋気含む。
白雲紅樹遶伽藍　　白雲　紅樹伽藍をめぐる、

西光寺　　　　　　西光寺

（押韻）藍、含、南（平声覃韻）。

（通釈）

（空には）白い雲が浮び、紅葉した木々は寺をとりかこんでいる。
（寺の建物の）影は蓮池に入り、秋の気配を含んでいる。
僧侶も俗人も、今に至るもなお古跡を尋ねる。
存如公の塚は寺門の南にあるのである。
西光寺のことである。

（余説）

西光寺は杉本地籍にある。寺内寺が二寺ある。壇家千戸以上はあるといわれる。
存公塚については、「芳江八勝」第二首に「存如塚」の詩がある。その四句に「成就眞宗再興」（真宗の再興を成就す）

とある。

288

唯看鷓鴣飛夕陽　唯看る鷓鴣の夕陽に飛ぶを、
老松蓊鬱幾星霜　老松蓊鬱たり幾星霜。
山腰猶有金湯跡　山腰には猶有り金湯の跡、
留得千秋名姓芳　留め得たる千秋の名姓は芳し。

千秋因幡守城址在天神山
千秋因幡守城址は天神山に在り。

（押韻）陽、霜、芳（平声陽韻）。

（通釈）
（昔の城はあとかたもなく、今は）ただ鷓鴣が夕陽の中を飛ぶのを見るだけである。
老松は盛んに茂っており、幾年を経て来たことか。
山のふもと辺りには、なお、城の周囲に廻らした堅固な堀の跡が残っている。
あとに残し得た千秋の名字と名は芳しい（評判がよい）。
千秋因幡守の城址は天神山にある。

（余説）
鷓鴣、きじ科の鳥。うずらぐらいのおおきさで、かっ色で胸に白い斑点がある。廃墟に飛ぶ鳥として詠われることが多い。

天神山、今の鯖江市出作町地籍にある。松谷家の裏にある山。松谷家に向って、右手100米ほどの所から、山の中腹にある天満宮に入る道がある。五十四年秋ごろは天満宮は改築中であった。山頂には城址らしい様子はないようだった。

〈付記〉昨年秋（一九七九）、詩の場所を松谷秀次郎氏と共に探索したが、日時の関係もあって、大正初期の鯖江の町名と範囲などについては調べられなかった。「糺野」「吉江」「存如」「千秋因幡守」などについては、更に、博雅の士の教を俟つ。

続いて鯖江を詠んだ詩「芳江八勝」を読もう。

大正三年（一九一四）八十歳の作。

「芳江八勝」八首は、「吉江雑詞」四首同様、題名ないし説明が作品のあとに書いてある。

310

躑躅花開四月天　　躑躅の花開く四月の天、
琵琶山上布紅氈　　琵琶山上に紅氈を布く。
剰聞斜日酔帰路　　剰へ聞く斜日酔ひての帰路の、
松籟清音似四絃　　松籟の清音は四絃に似たり。
　琵琶山　多躑躅花　琵琶山には躑躅の花多し。

（押韻）天、氈、絃（平声先韻）。

（通釈）
つつじの花開く四月の空（のもと）
琵琶山の上はあかい毛むしろを敷いたようになる。
その上西に傾いた日の中を酔うての帰り路に聞く、
松に吹く風の清んだ音色は四絃（の琵琶）に似ている。
　琵琶山にはつつじの花が多い。

（余説）

琵琶山は、鯖江市岡野町あたりにあった山。鯖江市役所方向に向って立つと、旧国道八号線の左側には、琵琶山の麓にあった琵琶神社がある。また、右側の旧八号線沿いの組合マーケットの後方には、琵琶山に隣接していた丸山のあとの岡の一部がわずかに残っている。そして、マーケットの前には松が数本ある。昔の名残りだろう。

『鯖江市史』（別巻地誌類編）所収「越前鯖江誌」に「正北可半里。有琵琶阜。以形得名也。」（正北に半里ばかり、琵琶の阜あり。形を以て名を得たるなり）とある。

また、岡野の琵琶神社は、七月十六日が「夏祭り」で、九月十五日が「秋祭り」と記している。

現存の岡には種々の石造物がある。順に記してみる。

まず、石段上り口右側に、「昭和二十七年七月上澣」の日付を刻む楕円形の石碑があるが、字が不鮮明で内容がよく分らぬ。石段登り口に「終戦三十周年記念」と記す石柱があり、御影石の石段がある。階段頂上入口左側（階段を登りつめた所）に石柱があり、表に「琵琶山靈場」と彫ってあり、右側の柱の裏に「昭和四十一年十月吉日」とある。

右側の十二段ばかりの階段の上、やや小高い所に、右側から①忠魂碑建立の趣意を書いた碑文、次に②戦没者人名碑、そして、③忠魂碑、一番左に、④五言絶句の碑がある。

左側は右手より、一段低い所に、「松三十本、四十一年、鯖江市」次に「明治百年記念つつじ二三〇株、四十三年三月、神明遺族会」次に「八重櫻　五十本、四十三年十一月、藤岡得二郎　鈴木清子」と記した石が立っている。

その左やや高い所に、足元の台坐に「立正安國」という額のある日蓮の立像がある。

蛇足かも知れないが、①～④の石碑を順に見てみる。

①忠魂碑建立の趣意文。十行で一行は十七字である。

明治維新以來戰役屢起皇威維揚而忠勇
之士赴義捐身者甚多矣神明村之人亦與
焉國家雖既列之祀典而擧村尙欽其遺烈
茲相謀有建碑之議蓋是出人情不可已也
今茲甲戌起工也衆皆欣躍從事不日而成
自今朝夕仰之歲時祀之以永慰其忠魂然
尙仰之者悚然内省有平時則励志以當其
職際一旦有事則舍生取義以報國家無窮
之恩蓋是亦鄉人之志也
昭和九年十二月建之

（訓読）

明治維新以来、戦役屡しば起り、皇威維れ揚ぐ。而して忠勇の士、義に赴き身を捐つる者甚だ多し。神明村の人も亦、焉に与す。国家既に之を祀典に列すと雖も、村を挙げて尚ほ其の遺烈を欽ふ。茲に相謀りて碑を建てんの議有り。蓋し是れ人情の已むべからざるに出づるなり。今茲に甲戌に起工するなり。衆皆欣躍して事に従ひ、日ならずして成る。今より朝夕これを仰ぎ、歳時これを祀る。以て永く其の忠魂を慰む。然して尚ほ之を仰ぐ者悚然として内省す。平時に有っては則ち志を励まして以て其の職に当り、一旦有事に際しては、則ち生を舎て義を取り、以て国家無窮の恩に報ず。蓋し是れ亦郷人の志なり。

　昭和九年十二月之を建つ。

②戦没者名列碑は右から左に「忠勇」の字があり、その下、右から左へ、たて書きで五段にわたって岩堀留次郎より白崎堅に至る二三一名の氏名が刻まれている。

左端には「眞宗誠照寺派管長　禿淳書寫（花押）裏に「昭和三十四年九月　戰歿者名列碑　建設委員　いろは順」として二十一名の氏名がある。

③忠魂碑の字は表は「内閣総理大臣海軍大将　岡田啓介謹書」とある。裏には「昭和九年十二月」らしい字が見える。

④五言絶句は次のもの。下は筆者の訓読文。

　　琵琶山變化　　琵琶山は変化す

　蕩々四季天　　蕩々たり四季の天

昔錬兵何勇　　昔の錬兵何ぞ勇なる
移碑千載傳　　碑を移して千載伝へん
　昭和四十年九月
　元海軍大将　長谷川清書
（押韻）天、傳（平声先韻）。
左下に小さく「詩作　山本雅雄」とある。裏には「昭和四十年十月」の建設記録がある。「敷地六百餘坪獻地　福井縣眼鏡工場團地協同組合。建設助成　鯖江市」とあり、灯籠、玉垣はじめ現金寄贈者の氏名が多く記されている。

311

夾路青松與寺連　　路を夾む青松　寺と連る
傳云古塚葬存公　　伝へ云ふ古塚は存公を葬ると
寧馨他日繼遺業　　寧ぞ馨らん他日遺業を継ぎ
成就眞宗再興功　　真宗再興を成就せし功
　存如塚　　　　　　存如塚
（押韻）公、功（平声一東）。
（通釈）
路をはさむ青い松は寺へと連なる
伝え言われている、古い塚は存如公を葬っていると。

どうして馨らんのか（何とぞ馨れ）他日、前人の残した事業を継ぎ、真宗の再興を成しとげた功績のこと。

存如塚のことである。

（語釈）

○馨は、人格の感化力やよい評判などが遠くまで伝わるのに例える。存如公のそれが、後世まで馨れと願っているのである。○眞宗、親鸞を開祖とする浄土真宗。

（余説）

○存如塚は、西光寺に至る道の左側へ入った所にある。その道路の入口わきに「存如上人御廟所」の石柱が立っている。廟書境内の入口には、石の灯籠が一対立ち、瓦ぶきの屋根を持つ門がある。正面に廟がある。広い境内の左手に御影石の石碑が立っている。次の文を記している。

存如上人ハ本願寺七代ノ宗主デ蓮如上人ノ父君デアル寶徳三年西光寺ヲ建立サレテ後長祿元年六月六十二才ニテ西光寺ニ於テ遷化サレタ　福井藩内ヨリ此ノ地ヲ寄付サレ上人ノ御廟所ト定ム慶應二年ニハ福井藩士山縣氏ヨリ墓前ニ手洗ノ寄付ヲ給ッタルガ破損ノ爲放置サレイタルヲ佛教繁榮ノ爲糺區若吉政一氏之ヲ復元シタルモノナリ喜ビニタエナイ

昭和十六年後廟所守護ノタメ西光寺石田家ヨリ分家管理ノ任ニツク　西光寺十九代尊讓三男石田好存

復元者　鯖江市糺町

昭和五十二年十月　若吉　政一

312

樹上禽啼夕日殷　樹上禽啼き夕日は殷んなり
幽情又似隔人寰　幽情は又似たり人寰を隔つるに
昔時阿母倚門立　昔時　阿母　門に倚りて立ち
矯首遙望越智山　矯首して　遙に望めり　越智の山

浮島祠　相傳泰澄大師開越智山也朝往夕還如不覺其勞者蓋有神神力也偶其歸之晩也其母氏來於此地以待之里人因立此祠云是實今村名之所由起也

浮島の祠　相伝に泰澄大師は越智山を開くなり。朝に往き夕に還り、其の労を覚えざるが如き者は、蓋し神力有るなり。偶ま其の帰るの晩きや、其の母氏、此の地に来たりて以て之を待つ。里人因りて此の祠を立つと云ふ。是れ実に今の村名の由りて起りし所なり。浮島の祠のことである。（文の訳は略す）

（押韻）殷、寰、山（平声刪韻）。

（通釈）

樹の上には鳥たちが鳴き、夕日はいま（赤々と輝き）大きい、（ここの）静かな風情はまた人の住む区域、人境とへだたっているかのようである。その昔（泰澄大師の）お母さんは、門によりそうて立ち、頭を上げて（泰澄大師の帰りを今か今かと待ちわびて）遥か遠く越智山を眺めやったということである。

（語釈）

〇阿母は母を親しんで呼ぶ語〇矯首は頭をあげること。〇越智山。標高六一二・八メートル。古く奈良時代に泰澄大師によって開山されて以来、仏教の霊場として越前五山の一つに数えられている。伊邪那美神・大山祇神・火産霊神が祭られている本殿、拝殿は慶長十五年、越前中納言秀康卿が再建したもので、一度も火災に遭遇せず今日にその姿をとどめている。また天忍穂身尊を祭った別山、不動明王を祭神とする日宮神社、千体地蔵尊堂、大師堂、殿池それに奥院跡が尾根一帯に点在している。(『福井の山と半島』一六三頁)〇泰澄大師、白鳳十一年(六八二)六月十一日～神護景雲元年(七六七)三月十八日。八十六歳にて没。現在の福井市麻生津(三十八社町)の生れといわれる。三十八社に泰澄寺がある。〇村名、(旧名)立待村のこと。

313

仰看棟瓦刻葵章　　仰ぎ看る　棟の瓦、葵の章を刻み、
赫々盛靈太守光　　赫々たる盛霊太守の光を。
說與村民休剪伐　　説く村民と剪伐を休めよと、
四周花木盡甘棠　　四周の花木は尽く甘棠なり。

探源公靈祠　公者福井藩第五代松平兵部太輔吉品也初退居此地後入繼本藩里人建廟祭焉。
探源公の霊祠。公とは福井藩第五代、松平兵部太輔吉品なり。初め此の地に退居し、後入りて本藩を継ぐ。里人廟を建てて祭る。

(押韻)章、光、棠(平声陽韻)。

(通釈)

仰ぎ見れば、棟の瓦には、徳川氏の三葉葵の紋章を刻み、
光り輝く立派な霊と国守のご威光がある。（のがしのばれる。）

（そこで）村人と木を切るのはやめようと説くのである。

（神聖なやしろ）のまわりの、美しい花の咲く木は、みな（あの「甘棠の愛」の故事の木）こりんごの木である。

探源公の霊祠のことである。（文の訳は略す）

（語釈）

○葵章、徳川氏の紋所。葵巴。賀茂葵の葉を巴形に組み合わせたもの。三葉葵。○赫々、光り輝くさま。大いに現われるさま。○太守、漢の景帝のとき置かれた官名。一郡の長官。日本では、昔、親王の任国上総、常陸、上野の三国の守を言った。後には国守、大名をいった。○剪伐、木を切る。○甘棠は果樹の名。こりんご。詩経召南に詩がある。ここは「甘棠の愛」の故事をふまえる。周の召公の善政に感じて、召公の休んだ甘棠の木をたいせつにした故事を意識している。よい政治を行う人に対する尊敬と信愛の情の深いことを示す。○靈祠、神聖なやしろ。神祠。

（余説）

○松平兵部大輔吉品、『神明郷土誌』二三四頁に、
松平昌親（五代）延宝二年　延宝四年（引退）。

松平吉品（七代。五代昌親再勤す）元禄十二年　宝永七年九月十二日　死亡。

とある。

附記、筆者は浮島祠と探源公霊祠（源公の霊祠を探る、とよむか）の場所を知らない。ご存知の方はお教え下さい。

採蓴人至古城東　蓴を採る人古城の東に至る
五月生芽池水中　五月芽を池水中に生ず
倘使季鷹知此味　もし季鷹をしてこの味を知らしめば
歸心未必待秋風　帰心いまだ必ずしも秋風を待たず
　荒馬場蓴菜　洗馬場の蓴菜

（押韻）東、中、風（平声東韻）。

（通釈）

蓴菜（ぬなわ）を採る人が、古城の東に来る。
（蓴菜は）五月に芽を池の水の中に生じる。
もし、晋の張翰にこの味を知らせたならば、
故郷に帰りたいと思う心は、秋風の起こるのを待たない（で五月中から起きて　帰ること）だろう。

（語釈）

○蓴、蓴菜（じゅんさい）ぬなわ。池や沼に自生する多年生水草、食用にする。○倘、トウとよんで、もし、もしくは、の意。○季鷹、晋の張翰の字（あざな）。晋の呉郡の人。文を能くし、江東の徒兵と号せられた。斉王冏に仕え、官は東曹掾。秋風に遭って呉中の菰菜、蓴菜、鱸魚鱠を思い、人生は意に適うを貴ぶ、何ぞ官に数千里に羈せられて、名爵を要めんや、といい、遂に官を辞し、駕を命じて帰った。性は至孝。「張翰適意」は『蒙求』の標題である。○歸

心、故郷に帰りたいと思う心。○洗馬場、馬を洗う場所。

（余説）

晋の張翰の故事をふまえて味のある詩である。「人生は意に適うを貴ぶ」といって官を捨てて帰った人を、そのような名利にとらわれぬ人を、作者、野鷗翁は理想としていたのかも知れない。

315

夏木森々繞樫泉　夏木森々として樫泉を繞り
納涼人自隔塵縁　涼を納む人自ら塵縁を隔つ
恩深戸々汲餘水　恩は深し戸々余水を汲み
流向村南瘠田　流れて村南に向ひて瘠田に灌ぐ
　米岡清水　　樫泉者探源公所營其石甃今尚存
　米岡の清水　樫泉とは探源公の営む所にして、其の石甃は今なお存す

（押韻）泉、緣、田（平声先韻）。

（通釈）

夏の（緑濃くなった）木は盛んに茂り、樫の泉をめぐっており、
（木蔭に来て）涼を納める人は、自然と世の中のうるさい関係と隔っている。
（この泉の）恩は大へん深い、家々の人たちは余った水を汲み、
流れて村の南に向って地味の悪い田にそそぐ。

米岡の清水、樫泉とは探源公の作られたもので、その石甃は今なお存している。

（語釈）

○塵縁、世の中のうるさい関係。○瘠田、地味の悪い田。○灌、そそぐ。○石甃、石だたみ。

（余説）

○泉は石で囲まれている。流れ出た所に大きな池がある。山を何と言うかと尋ねたら、近くの家の若い嫁さんが、「しゅんけいじ山」ときく、と答えてくれた。

316

山下渺茫池水平　　山下渺茫として池水平かなり
亭々淨植幾千莖　　亭々たる浄植幾千の茎
僻村君子誰能訪　　僻村の君子誰か能く訪ねん
魏紫姚黄空有名　　魏紫姚黄空しく名あり
　米岡蓮池　　　　　米岡の蓮池

（押韻）平、莖、名（平声庚韻）。

（通釈）

山の下に遠く果てしなく池の水は平らかに広がっている、

まっすぐに清らかに生え立っている幾千本ものはすのくき。

かたいなかの村に、立派な蓮の花（君子）があろうとも、誰がよく訪れて来よう（誰も来ぬだろう）、

である。

魏紫（大きな紫）・姚黄（うつくしい黄）とは（立派な名だが、見に来る人もないので）、名ばかりで、空しいことである。

米岡の蓮の池を詠んだのである。

（語釈）

○渺茫、広く果しないこと、遠くかすかなこと。○亭々樹木などがまっすぐに伸びているさま、美しいさま。○浄植、清らかにはえ立っている。周敦頤の「愛蓮説」に「亭亭浄植」とある。これをふまえている。○僻村、かたいなか。へんぴな村。○魏紫姚黄、牡丹の名。魏紫と姚黄。昔、洛陽の魏氏、姚氏の家から牡丹の名花が出たからいう。ここでは、蓮の花のこととして右のように訳した。しかし牡丹のことともとれる。

（余説）

蓮池は、この詩によれば相当広かったものと推測されるが、今は埋めたてられて、田圃になり道路が通っている。昔日のおもかげは殆んどない。

米岡の清水の流れ出て来るあたり（池の下流）に、わずかにそれらしいおもむきが伺われる。

317

回首京華天一涯　　首を回らせば京華は天の一涯
料知公子幾多思　　料り知らん公子の幾多の思ひ
謫居舊跡留肖像　　謫居の旧跡に肖像を留む
長使村民奉祭祀　　長く村民をして祭祀を奉ぜしむ

乙千代松君舊跡　君者菅丞相第三子也謫於本國其館跡在西番村里人就其跡祀丞相者今夫猶密也。

乙千代丸君の旧跡。君は菅丞相の第三子なり。本国に謫せらる。其の館の跡は西番村に在り。里人其の跡に就きて丞相を祀る者、今それなお密とするがごとし。

（押韻）不詳（涯は平声佳韻、思は平声支韻、祀は上声紙韻である。思と祀で押韻しているように見えるが違う）。


（通釈）

其の跡に就きて丞相を祀る者今なおそれ密なるがごときなり。

ふり返ってみれば、花の都は空の一方の果てにある。

おしはかり知るのは、若殿のあまたの思いである。

罪によって遠い所へ流された生活の古い跡に、すがたを留めており、長く村人に祭祀を奉げさせている。

乙千代丸君の旧跡を詠んだのである。君とは菅丞相の第三子である。本国に謫せ（罪によって流されて）られていた。そのやかたの跡は、西番村にある。里人はその跡について丞相を祭る者は、今日なおかくしている（もらさぬ）かのようである。


（語釈）
○回首、ふりかえってみる。○京華、みやこ。華は文華の意。○天涯、空のはて、きわめて遠い所。○料、おしはかる。○公子、大名や貴族の子ども、若殿。○幾多、たくさん。○謫居、罪によって遠い所に流されること、そのすまい。○舊跡、昔ある事件のあった土地、古い跡。○肖像、人の顔・姿などを絵や彫刻に写したもの、にすがた。○祭祀、まつり、祭礼。○菅丞相、菅原道眞（八四五～九〇三）、平安前期の朝廷臣、学者。是善（これよし）の子。

（余説）

○西番、御館原のあたり。今、ポンプ小屋のあるあたりだろう、とは松谷秀次郎氏の言である。

おわりに

「土星」は鯖江に根拠地を置く歴史の古い詩誌である。また主宰者杉本直氏は、詩に年期を入れた方である。その氏から「詩なり文なりを寄せるように」とのお誘いを頂いた。大変光栄であると考えたが、折からの年末を控え、輾転反側、懊悩する結果とはなってしまった。しかし、お誘いに応じて書いておいてよかったと思う。もし、杉本直氏のお話がなかったならば、私はこれらの漢詩に詠われている鯖江の土地を探索して廻ることもしなかったであろう。まさに、この評釈は杉本氏のおかげで書き残せたものである。

二　松谷野鷗の橘曙覧翁國風八首の漢詩譯

はじめに

松谷野鷗（通称は八百次、後に彌男と改める）は、足羽郡三尾野出作村（今の鯖江市出作町）の生まれである。十歳と十六歳の時に松平春嶽が家に立ち寄った。三十四歳の時に大庄屋を命じられた。四十六歳の時に県会議員に当選し、五十五歳の時に立待村長に当選した。その他の役職も勤めた人である。天保六年（一八三五年）に生まれ、大正三年（一九一四年）八十歳で逝去した。漢詩は四十六歳から作り始め、生涯にわたりかなりの作品を作ったと見られるが、今日、三百二十九首が残っている。外に漢文一編、和歌二十九首も残っている。（作品は、昭和二十年一月、岡井愼吾が編集した「野鷗松谷先生遺艸」に収められている。出版はされなかった。原本は松谷家に保存されている）。前川は、第十世・松谷秀治郎氏の了解を得て、昭和四十七年（一九七二年）複写した。また、研究の便宜のため、巻頭から掲載順に作品番号をつけた。本稿に示す漢詩番号は前川が付けた作品番号である。和歌番号は水島直丈・橋本政宣編注『橘曙覧全歌集』岩波書店刊による。

　なお、山田秋甫著『橘曙覧傳并短歌集』の門人列伝の二十六番に、ごく短い紹介がされている（同書の二一九頁、二三一頁参照)。橘曙覧は、文化九年(一八一二年)生まれ、慶応四年(一八六八年)没であるから、二人の生存期間が重なるのは三十三年間である。それ故に、野鷗が仮に二十代の初めから入門したとしても門人としての期間は十数年である。入門が遅ければ期間は更に短いと考えられる。

「野鷗松谷先生遺艸」全般については、本書の第三章【論考編】第一節、六、「野鷗松谷先生遺艸」研究―その閑適の世界―を参照戴ければ幸いである。

ここに紹介するのは、松谷野鷗の晩年の制作と見られる作品である。漢詩は一行で書かれているが、書き下し文を付けるために四行の分かち書きにした。括弧内の(國風曰……)は「野鷗松谷先生遺艸」の表記で、その次に「国風に曰く」以下に記したのは『橘曙覧全歌集』の表記である。次に、『完本橘曙覧歌集評釈』(辻森秀英著明治書院刊)の評釈、『橘曙覧全歌集』の脚注、『志濃夫廼舎歌集』(久保田啓一校注明治書院刊)の脚注、を参考にして書いた前川の「通釈」をそえた。

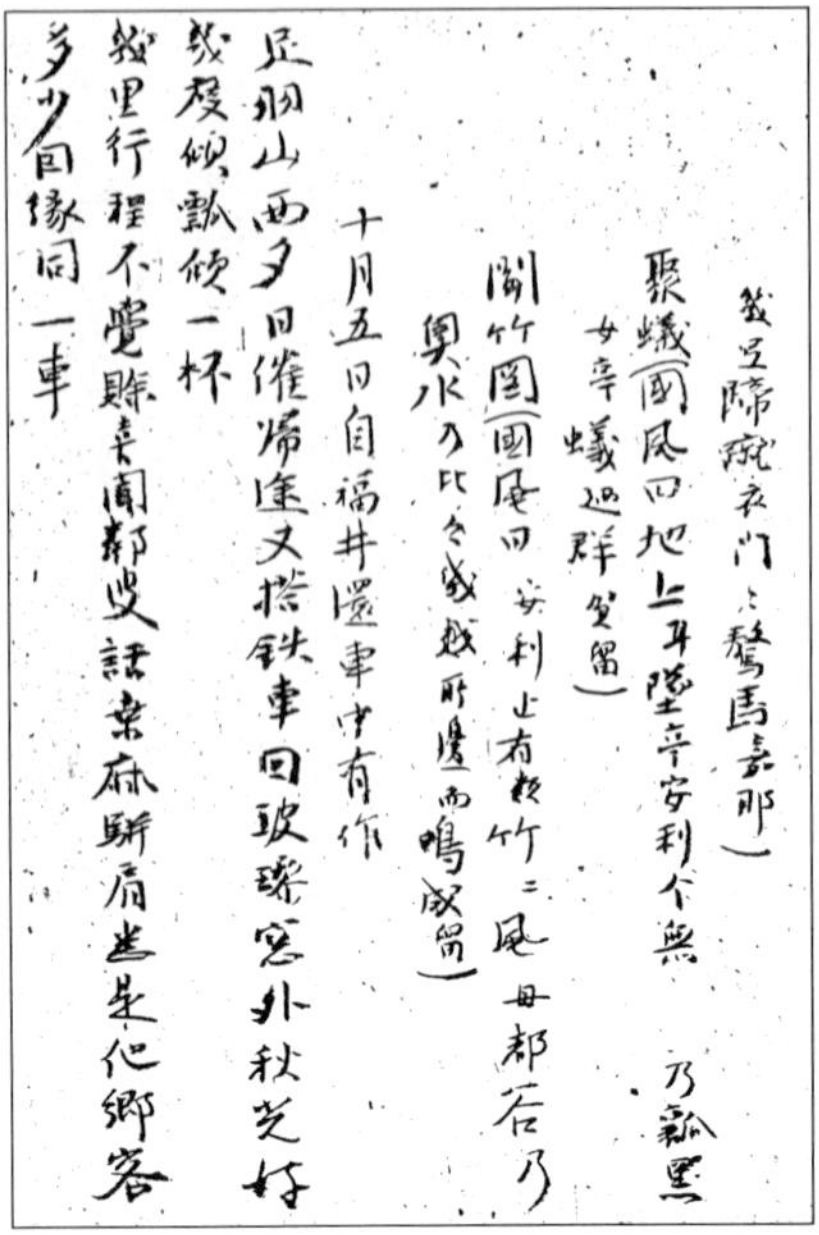

そして、和歌と漢詩の表現内容の差異について、前川の感想を和歌、漢詩の順に(余説)として記した。私は、ここに、松谷野鷗の短歌の理解の仕方、漢詩への翻訳の仕方が見られると思う。それを探りたいと考える。

曙覽翁國風八首今譯得漢詩五章　曙覧翁の国風八首、今訳して漢詩五章を得たり

（一）和歌番号・五一〇番　剣

（國風曰福艸乃三尺耳餘留秋霜枕邊ニ置而梅香遠嗅久）

国風に曰く、福艸（さきくさ）の　三尺（みさか）に余る　秋の霜　枕辺（まくらべ）におきて　梅が香（か）を嗅（か）ぐ。

（通釈）………三尺余りの秋の霜さながらの刀を枕辺において梅の花の香を嗅ぐ。

漢詩番号・三一八番　詠剣　剣を詠ず

枕頭三尺劍　枕頭三尺の剣、

脱空凜秋霜　空に脱して　凜として秋霜のごとし。

傍有瓶梅發　傍らに瓶梅の発（ひら）くあり

悠悠引興長。悠悠として興を引くこと長し。

（余説）和歌の第一句の「福草の」は枕詞であり、漢詩は訳出していない。和歌の第二句は、漢詩では和歌の二句と四句とを併せて第一句に表現している。和歌の第三句の秋霜は刀の異称。それを漢詩では第二句に、刀の様子として具体的に表現している。脱空は刀が鞘から抜き放たれている様子と、抜かれている刀を空にかざして、秋の霜のようであるという様子とをかけて表現している。和歌の五句は漢詩では第三、四句に分けて表現している。第三句には花瓶に挿した梅の花が咲いたとし、第四句に和歌の「嗅ぐ」を、ふくらみを持たせて趣を味わっているとしている。

（二）和歌番号・七四二番　破硯

（國風曰破連太類硯抱幾而窓圍比竹見留心誰ニ語良無）

国風に曰く、破れたる　硯いだきて　窓囲む　竹看る心　誰にかたらむ。

（通釈）………こわれた硯を持って、窓を囲むようにして生えている竹を見て生活している高節の心を抱く私の本心を誰に語ろうか。

漢詩番号・三一九番　破硯　破れた硯

閑來擁破硯　閑来たりて、破硯を擁し、

獨坐對窓時　独り坐して窓に対するとき、

綠竹入吟眼　緑竹　吟眼に入る、

此心語向誰。この心誰に向かって語らん。

（余説）和歌の第一句と第二句は、漢詩では第一句に表現している。その時、第一、二句には見えていない「閑＝無聊」、を加えている。これは後半の句にも現れている境地として表現しているのであろう。和歌の第三句の「窓」は、第四句の「竹」に連なる語である。また、「囲む」も省略して、漢詩は第二句に「窓」とだけ表現している。和歌の第四句は、漢詩では第三句に「緑」という色を具体的に示して、「看る心」を「吟眼＝うたごころを持って見る眼」としている。和歌の第五句は、漢詩では第四句に素直に表現している。ただし、漢詩の「此心」は、私には「竹の緑鮮やかな色にハッとした心」という風にとれる。「高節を抱く心」の意味が込められているととれるかどうかは微妙であると思う。

（三）和歌番号・四九九番　煮泉図

（國風曰湧久清水岩根流留々雲汲而鶴飛不山耳松可勢乎煮累）

国風に曰く、涌く清水　岩根流るる　雲汲みて　鶴飛ぶ山に　松風を煮る

（通釈）………岩間より湧き出る清らかな水が大きな岩のもとを流れ、雲が映っている水を汲んで来て、鶴が飛ぶ高貴な山で松籟に似た音を立てて茶釜を煮る（お茶を淹れる）のである。

漢詩番号・三三〇番　煮泉

避俗入山中　俗を避けて山中に入り、

寄心世塵外　心を世俗の外に寄す。

岩根汲白雲　岩根に白雲を汲み、

嶺上煮松籟。嶺上に松籟を煮る。

（余説）漢詩の第一句、二句の内容は、和歌には具体的な表現としては見られない句である。これは、和歌の世界を全体的に摑んでいる表現である。和歌の第一句と第二句は、漢詩では第三句に「岩根」として、和歌の第三句は同じく漢詩の第三句に「汲白雲」として表現している。和歌の第四句の「鶴」は、漢詩では具体的には表現されていないが、漢詩の第一句に含まれていると見られる。また、和歌の第四句の「山」は、漢詩の第四句に「嶺上」の語として生かされている。そして、和歌の第五句はそのまま漢詩の第四句に表現している。（翻訳をする際に松谷野鷗が梅堯臣の詩を意識していたかどうかは判らない）

（四）和歌番号・四九〇番　山中

（國風曰樵歌鳥乃囀利水音奴連太留小草雲加々流松）

国風に曰く、樵り歌（きこりうた）　鳥のさひづり　水の音（おと）　ぬれたる小艸（をぐさ）　雲かかるまつ

（通釈）………木こりの唄う歌、鳥のさいずる声、水が流れる音、水に濡れた小草、雲がかかっている松の木、が山の中にある。

漢詩番号・三二一番　山中

樵歌互相答　樵歌互いに相答え、
澗水響淙々　澗水　響き淙々たり。
夜露沾仙草　夜露　仙草を沾ほし、
朝雲遶古松　朝雲　古松を繞る。

（余説）和歌の第一句「樵り歌」は、漢詩の第一句に「互相答」という語を加えて具体的に表現してある。和歌の第二句は漢詩では省略されている。和歌の第三句は、漢詩の第二句で具体的に表現している。和歌の第四句の「ぬれたる」は漢詩の第三句に「夜露」によってぬれたとしている。和歌の第五句は、漢詩の第四句に「朝」の字を加えて表現している。和歌は一日のこととして考えられるが、漢詩は三、四句で判るように、二日のことになっている。いかにも漢詩的表現であるといえる。

（五）和歌番号・四七七番　老檜図

（國風曰岩走留瀧毛波不根乃乃比行亭雲尓枝差須檜木於曾路之）

国風に曰く　岩走る（いはばしる）　滝もはふ根の　下行きて　雲に枝さす　檜木（ひのき）おそろし

（通釈）………岩の上を走る滝の水さえも這え広がっている根の下を流れゆき、上の方は、枝は雲に向かってそびえている檜が厳かな感がする。

漢詩番号・三三二番　老檜　老いたる檜

輪囷至九泉　輪囷　九泉に至り、

鬱々逼蒼天　鬱々として蒼天に逼る。

根底潺湲水　根底　潺湲たる水、

流爲瀑布懸　流れて瀑布と為りて懸かる。

（余説）和歌の第一句の「岩走るは、「滝」に懸かる枕詞で、漢詩では第三句の「潺湲」に訳出している。和歌の第二句、第三句は、漢詩の第三句に表現していると見られる。ただし、第二句の「滝」は、漢詩の第四句で「瀑布」として表現している。同じく第二句の「根」は漢詩の第一句の「輪囷」、和歌の三句の「下行きて」は同じく漢詩の第一句で「至九泉」と表現している。これはちょっと大袈裟である。和歌の第四句は、漢詩の第二句で表現している。和歌の第二、第三句は、滝の水が根の下を流れていくという趣旨であるが、漢詩では、第三句は、根の下をさらさらと水が流れて、第四句は、それが流れて滝となる、という表現をしており、内容が変えられている。野鷗は、第三句「下行きて」を万葉仮名で「乃比行亭」と表現している。これは「根が伸びて行き」の意味にとれるから、漢詩の第一句の「至九泉」の意味とは合致している。なお、松谷野鷗が万葉仮名で「乃比行亭」という表記したのは、現行の底本が定まる以前の歌集にそういう表記があったのかも知れない。しかし、それも今となっては詳細は分からない。

（＊）以下の三首の和歌には、松谷野鷗の漢詩訳はないが、漢詩訳を作るつもりであったと考えられる。参考として挙げておく。

和歌番号・六一八番　逸馬図

（國風曰安不留良無力保已利耳身越幾呈蹄蹴衣門尓繫馬嘉那）（保は「𢓭」と記している。前川注）。

国風に曰く、溢るらむ　力ほこりに　みをやきて　蹄蹴たつる　つなぎうまかな

（通釈）………溢れみなぎっているらしい力を誇示しようと一生懸命になって蹄を蹴あげるつないである馬であるよ。

和歌番号・六八八番　聚蟻

（國風曰地上耳墜亭安利亇無〇乃瓢黑女亭蟻廼群賀留）（〇は一字分が空いている。前川注）。

国風に曰く、地の上に　堕ちて朽ちけむ　菓の　瓤くろめて　蟻のむらがる

（第二句を野鷗は「墜亭安利亇無（おちてありけむ）」としている。前川注）。

（通釈）………地上に落ちて腐ったと思われる果実の中子の部分を墨のようにくろくして蟻がむらがっている。

和歌番号・四八〇番　万竹図

（國風曰安利止有類竹ニ風母都谷乃奥水乃比々幾越所邊而鳴成留）（「鳴りくる」を「鳴成留」と記す。前川注）

国風に曰く、ありと有る　竹に風もつ　谷の奥　水の響きを　そえて鳴りくる

（通釈）………あらゆるすべての竹に風があたる谷の奥では、水の響きが加わって竹の鳴る音が響いてくる。

（＊＊）編者の岡井愼吾は、詩集の巻頭に「弁言五則」を記している。その四番目に以下の漢文を記している。

「先師晩年又好國風以橘曙覽所選「花廼佐久羅」爲標的請政於其子今滋今存者二十九首亦悉錄之」。

「先師は晩年また国風を好み、橘曙覧の選する所の「花廼佐久羅」を以て標的と為す。政をその子今滋に請ふ。今存する者二十九首も亦悉く之を録す」

岡井愼吾は、小学生の頃松谷翁から『文章規範』と『春秋左氏傳』を教わったという。それで「先師」と言っているのである。また、松谷翁は橘曙覽が選んだ「花廼佐久羅」の歌を目標として、いたことが分かる。また、「請政於其子今滋」の「政」を「正」であるとみて「批正」の意味か？もしそうならば、今滋に添削批正を仰いだことになるが、今滋がそのようなことをしたかどうか？この部分については疑問が残る。以上。

おわりに

松谷野鷗が橘曙覽の弟子であったことは、山田秋甫著『橘曙覽傳并短歌集』の門人列伝の二十六番に氏名が記されていることで、間違いがないことと考えられる。また、松谷家所蔵の『野鷗松谷先生遺艸』の帙の内側に、漢詩人との交流を記し、「橘曙覽ト風交最モ親シ」という加藤歸帆の識語がある。橘曙覽から野鷗が和歌でどういうことを学んだかは、残されている野鷗の二十九首の短歌を研究することによって明らかに出来ることがあるかも知れない。

また、本稿で取り上げた漢詩訳の仕方に野鷗らしい特徴が見られれば、それが、野鷗の先行の文学の享受の仕方、あるいは文学創作の特徴、個性ということになるのであろうと思う。これらは、今後の課題である。以上。

第四節　書籍等の紹介

一　芥川歸山先生閲『膾炙絶唱　全』紹介

はじめに

二〇〇五年十月、東京の古書店の目録で標題の書を見つけた。「芥川歸山先生閲」という文字が目にとまり購入した。

その後、鯖江市資料館に問い合わせたところ、この書物は所蔵していない、また、紹介もされていないということであった。そこで、芥川家の学問、ひいては鯖江藩の学問の一端が伺えると考えるので紹介しておこうと思う。

一　書物の体裁

寸　法…縦十二㎝、横八・五㎝、厚さ六㎜。

表　紙…線装本。四穴で黒の綴じ糸で綴じてある（四つ目綴じ）。綴じ広は、上下は一・七㎜、背は八㎜である。

題　簽…二重枠の中に「膾炙絶唱　全」と印刷されている。

表紙裏…四周双辺の中に左記のように三行で印刷されている。

芥川歸山先生閲

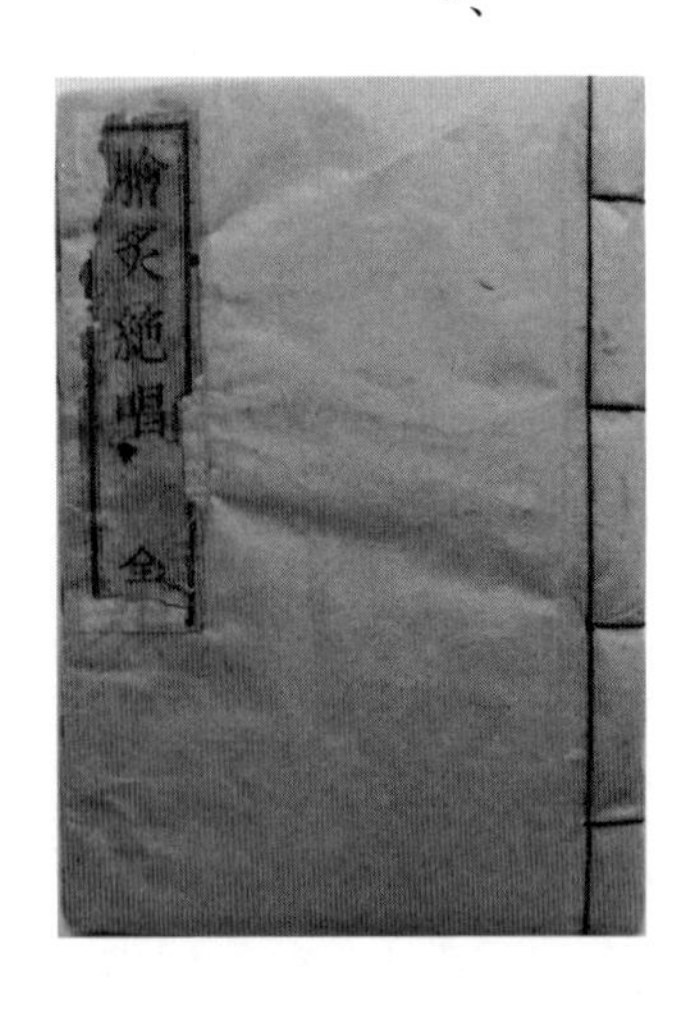

膾炙絶唱　全

東京　金鱗堂藏版

版　心…単黒魚尾の上に膾炙絶唱とあり、魚尾の下に題籤、その下に頁数が記されている。(以下同じ要領である)。

以下に、書物全体の構成の説明をする。

題　籤…二葉（四頁）。一葉表。肩に朱印があるが未詳。また、「獨釣」、裏に「寒江」、

二葉表に「雪」とある。

二葉裏に左のような三行がある。

辛酉暮春

松堂題

[1] [2]

(注) [1] [2] は松と堂で、朱印。

序　……序の字の下に白印がある。未詳。

序は三葉ある。一頁五行、一行十字。三葉裏に「萬延元年庚申嘉平月鯖江藩芥川濟撰于江戸櫻門外之邸舍 [1] [2]

高橋珪書　3　4

（注）1は芥川で白印、2は子軫、朱印。3、4は未詳である。

凡　例…凡例は一葉。一頁七行、一行十五字。「膾炙絶唱凡例三則」がある。末尾に、

延申杪冬　波多野增
野村　海　同識

とあり、二人の名前が並んでおり、「同識」の字は二人の氏名の下の中間にある。

（注）延申は万延庚申（一八六〇年）のことか。

本　文…本文は一頁七行、一行十五字である。

一葉表に、

膾炙絶唱巻上
芥川歸山先生閲
門人　波多野增　編集
野村　海

とあり、「門人」と「編集」の二字ずつは二人の氏名の上と下の中間にある。そして、以下に三十九作品が挙げられている。巻上は葉の番号が一～十一まで入っている。十一葉最終行に「膾炙絶唱巻上終」

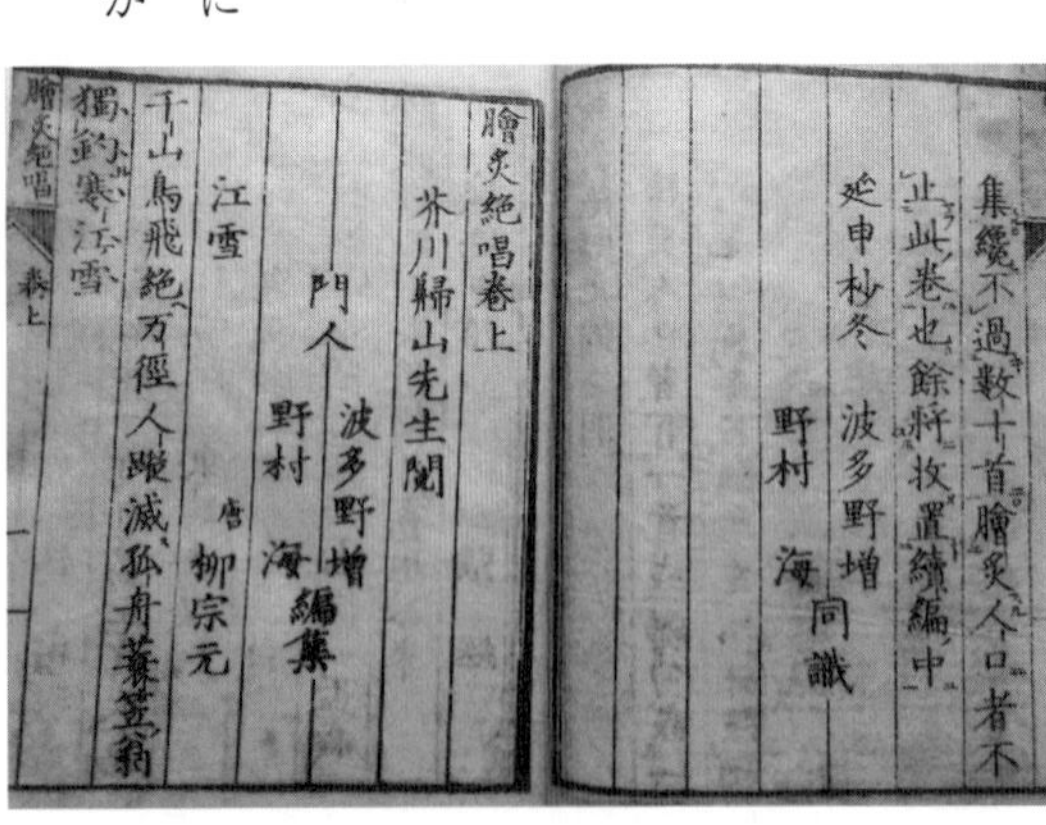
集纔不過數十首膾炙人口者不
止此巻也餘将收置續編中
延申杪冬　波多野増
野村　海　同識

膾炙絶唱巻上
芥川歸山先生閲
門人　波多野増　編集
野村　海
江雪　唐　柳宗元
千山鳥飛絶万徑人蹤滅孤舟蓑笠翁
獨釣寒江雪

膾炙絶唱　巻上　一

とある。

十二葉表に、

膾炙絶唱巻下

芥川歸山先生閲

門人　波多野增

野村　海　編集

とあり、「門人」と「編集」の二字ずつは二人の氏名の上と下の中間にある。そして、以下に九作品が挙げられている。巻下は葉の番号が一～十まで入っている。十葉裏最終行に、「膾炙絶唱巻下終」とある。

二十二葉表に、

膾炙絶唱附録

芥川歸山先生閲

門人　波多野增

野村　海　編集

とあり、「門人」と「編集」の二字ずつは二人の氏名の上と下の中間にある。そして、以下に九作品が挙げられている。附録は三葉ある。葉の番号が一～三まで入っている。二十四葉最後の二行に、

脇本久貞較訂

膾炙絶唱附録終

とある。

二十五葉表に「附錄」とあり、三行目に「芥川丹邱先生行狀」とある。三行目から「芥川丹邱先生行狀」が三十五葉裏まで続く。葉の番号が一〜十四まで入っている。(三十八葉までの通し頁の番号である。)三十五葉裏一行(葉の番号は十一)に「天明五年乙巳秋八月十日」二行目に「不肖桂孝　元澄泣拜謹識」とある。

(注)天明五年は一七八五年。

三十五葉裏三行目から「芥川思堂先生墓碑銘」とある。三十八葉裏まで続く。葉の番号が十一〜十四まで入っている。三十八葉裏四行目に「孝子　希由泣血謹誌」とある。

三十七葉は「跋」である。二葉である。葉の番号が一〜二まで入っている。三十九葉裏まで続く。

「萬延辛酉花朝後三日把筆於釣詩屋硯池畔　昆溪隱士長域 1 2

桑野松霞書 3 4 とある。

(注) 1 は白印で長域、 2 は朱印で昆溪。 3 4 は松霞か。

萬延辛酉は一八六一年。

奥付け…鯖江　芥川舟之閱

名濟字子軫號歸山

曾祖名煥字彦章號丹邱

明治十三年三月十八日出版御届

愛知縣士族

出版人　伊東武彦

東京芝區櫻田

本鄉町三番地

となっている。

二　掲載作品一覧

題名、時代、作者名、詩体を表示する。もともと（詩体名）はないが参考までに記す。

膾炙絶唱巻上

(題名)	(時代)	(作者名)	(詩体)
江雪	唐	柳宗元	五絶
絶句		杜甫	七絶

山中與幽人對酌	李白	七絶
楓橋夜泊	張繼	七絶
再到楓橋	仝	七絶
江村卽事	司空曙	七絶
除州西澗	韋應物	七絶
歸雁	錢起	七絶
夜雨寄北	李商隱	七絶
秦淮	杜牧	七絶
江南春	仝	七絶
山行	仝	七絶
清明	仝	七絶
和孫明府懷舊山	雍陶	七絶
社日	王駕	七絶
聞雨	韓偓	七絶
春宵	宋 蘇軾	七絶
初冬作贈劉景文	仝	七絶
首夏	司馬光	七絶

有約		仝	七絶
春夜		王安石	七絶
元日		仝	七絶
冬夜聽雨戲作		陸游	七絶
探春		戴益	七絶
寒夜		杜耒	七絶
人日	唐	杜甫	五律
春夜喜雨		仝	五律
早春遊望		杜審言	五律
春山月夜		于良史	五律
商山早行		溫庭筠	五律
題李疑幽居		賈島	五律
曲江		杜甫	七律
九日齊山登高		杜牧	七律
正月二十日…庄院	宋	蘇軾	七律
正月二十日…前韻		仝	七律
雪後書北臺壁		仝	七律

梅花	林逋	七律
山園小梅	仝	七律
梅花	明高啓	七律

膾炙絶唱卷上終

膾炙絶唱卷下

史記項王…自爲詩曰	項羽	七古
四時	陶潛	五古
七歩詩	曹植	五古
戯贈鄭溧陽	李白	五律
足柳公權聯句	蘇軾	五律
月下獨酌	李白	五古
飲中八僊歌	杜甫	七古
長恨歌	白居易	七古
琵琶行	仝	七古

膾炙絶唱卷下終

膾炙絶唱附錄

九月十日	菅公	七絶
九月十三夜	上杉謙信	七絶
富嶽	秋山　儀	五絶
富嶽	柴野邦彦	七律
鍾馗	菅　晉帥	七絶
泊天草洋	賴襄	七律
太公垂釣圖	佐藤　坦	七絶
江村	廣瀬　建	七絶
張良圖	梁川　緯	七絶

膾炙絶唱附錄終

三　考　察

巻上は、近体詩で、巻下は古体詩である。（このことは「凡例」にも記している）。巻上は、唐、宋が中心だが明までの作品である。五言絶句一、七言絶句二四、五言律詩六、七言律詩八、の三九首が収められている。

巻下は、秦末から中唐までの作品である。五言律詩二、五言古詩三、七言古詩四、の九首が収められている。見たところ『古文真宝』や『唐詩選』にはこだわっていないと思われる。

附録は日本漢詩で、平安時代から江戸時代までの作品である。五言絶句一、七言絶句六、七言律詩二、の九首が収められている。

右を見ると、編集者は、ほぼ当時の流行を反映しているものと思われる。

「附錄」には左記の二つが収められている。

●芥川丹邱先生行狀　（芥川）元澄

●芥川思堂先生墓碑銘　（芥川）希由

ただし、「膾炙絶唱」という本書の目的からすると、この二つは異質である。書物の厚みということも考慮したかも知れない。また、これを収録するについては、芥川歸山の意向が反映しているかも知れない。すなわち、この二つを広く知らしめたいとの考えがあったのではないかと思う（但し、これについては何処にもふれていない）。

●跋

昆溪隱士長域

跋文で、長域氏と歸山氏とが親しく交際した様子は少し分かるが、長域氏がどういう人物かは未詳。

本文その他には訓点（返り点、送りがな）が添えられている。（当時の訓読法によるものである）。訓読用に作られている本である。恐らく中国音による音読はしなかったと思われる。

おわりに

凡例、書名から判断して、当時の日本人に好まれた作品を挙げている。また、「歸山先生閲」の文字が入っていることから、歸山の考えが間接的ではあるが入っているのではあるまいか。

二　「征露詩記」（『吉川村郷土誌』第二輯所載）紹介

はじめに

「征露詩記」は『吉川村郷土誌』第二輯、丹生郡吉川村役場編集　昭和十年六月発行、一九六～二〇〇頁に所載。なお、吉川村は昭和三十年一月十五日鯖江町に合体、鯖江市になった。

明治三十七年～三十八年の日露戦争を主題にして、日時を追って戦況を要約した漢詩である。作者は分からない。しかし、この主題を漢詩で詠んだこと、越前の鯖江にいて創作した人がいたということが、私は珍しいことであると考えるので、資料として紹介するのである。

作品は総て七言絶句である。三十八首である。詩題名の上の算用数字は、整理の便宜のために前川がつけた作品番号である。なお、原詩には書き下し文はない。押韻も記されていない。これは前川が試みにつけたものである。

なお、「征露詩記」には、作品の後ろに従軍勇士の氏名を記録しているが本稿では記載しない。

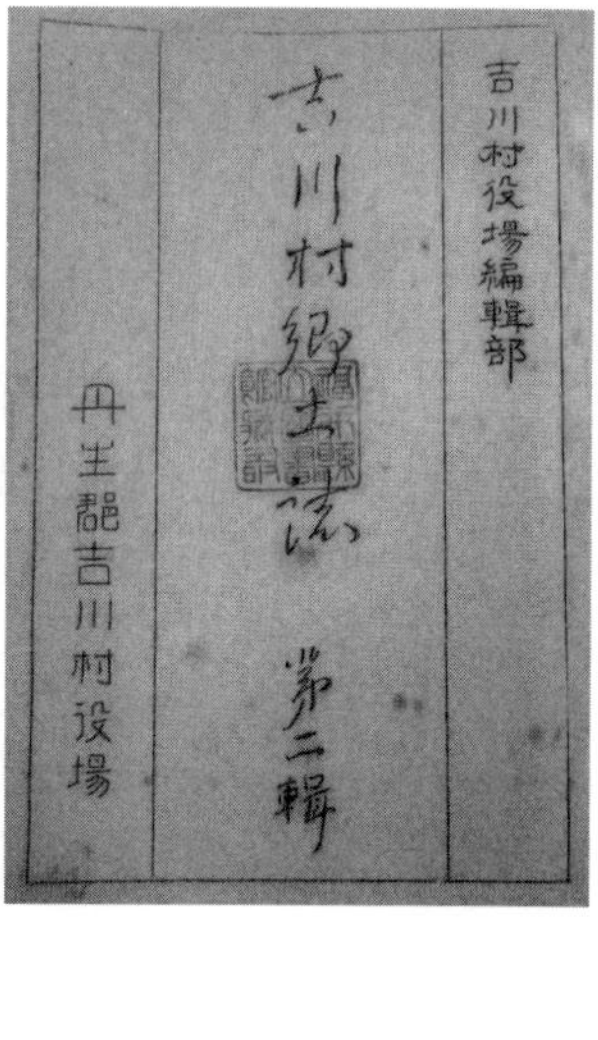

征露詩記

義勇奉公

日露戰役より今年は三十週（ママ）年に相當するので、何處にも記念の行事があった。本誌に此の項を記載するのも、記念行事の一として數ふべきである。茲に當年從軍勇士の氏名を記録するに當りまして、これが敍事にもと思ひまして、戰役を詩記したものを、記載しました。

1　明治三十七年二月九日帝國艦隊撃沈敵艦于仁川港

1　明治三十七年二月九日、帝国艦隊敵艦を仁川港に撃沈す。

戰雲暗憺壓仁川　戦雲暗澹として仁川を圧す、
正是安危切迫天　正に是れ安危切迫の天。
可識自由行動後　識るべし自由行動の後、
砲聲一發制機先　砲声一発機先を制するを。

（押韻）川、天、先（平声先韻）。

2　二月十日宣戰詔勅出　2　二月十日　宣戦の詔勅出づ。

妖雲漠々湧波濤　妖雲漠々として波濤に湧く、
磨劍十年士氣豪　剣を磨くこと十年　士気豪なり。
天下詔勅命懲伐　天　詔勅を下して　懲伐を命じ、
仁川旅順戰勝高　仁川旅順戦勝高し。

（押韻）濤、豪、高（平声豪韻）。

3　二月十四日第二回旅順攻撃
已制機先制海權
敗殘艦隊更肅然
魚雷曉放自朝霧
擊破黃金山下舩
（押韻）權、然、舩（平声先韻）。

3　二月十四日　第二回旅順攻撃
已に機先を制し海権を制せば、
敗残の艦隊更に粛然たり。
魚雷暁に放つは朝霧よりす、
撃破す黄金山下の船。

4　二月廿八日有平壤戰
奈此東洋雲霧何
大詔煥發動干戈
皇軍上陸仁川港
直略平壤驚咢羅
（押韻）何、戈、羅（平声歌韻）。

4　二月二十八日　平壌戦有り
此の東洋の雲霧を奈何せん、
大詔煥発し干戈を動かす。
皇軍上陸す仁川港、
直ちに平壌を略し咢羅を驚かす。

5　三月十日第四回旅順港外海戰
邀擊洋中激戰生
敵軍亦勇若重名

5　三月十日　第四回旅順港外海戦
洋中に邀撃し激戦生ず、
敵軍も亦た勇にして名を重んずるが若し。

舷々磨處憶元寇　舷々磨く処　元寇を憶へ、
直上虜舩屠露兵　直ちに虜船に上り露兵を屠る。
（押韻）生、名、兵（平声庚韻）。

6　三月廿四日旅順口閉塞　6　三月二十四日　旅順口閉塞
敵彈雨下自沈舟　敵弾雨と下るに　自ら舟を沈め、
軍港塞來成妙籌　軍港塞ぎ来り　妙筹を成す。
行動堂々在決死　行動は堂々　決死に在り、
沈間一爆愕蒼蚪　波間の一爆　蒼蚪を愕かす。
（押韻）舟、籌、蚪（平声尤韻）。

7　四月十三日海戰　7　四月十三日　海戦
敗殘將士臥薪心　敗残の将士　臥薪の心（もちて）
復出港頭如欲侵　復た港頭に出で侵さんと欲するが如し。
我艦壓來更混亂　我が艦圧し来たれば更に混乱し、
敵帥溺沒敵舟沈　敵帥溺没し敵舟沈む。
（押韻）心、侵、沈（平声侵韻）。

8　五月一日攻落九連城
銃聲湧矣砲聲轟
漠漠硝煙行歩兵
自一虎山歸我有
長驅頻陷九連城
（押韻）轟、兵、城（平声庚韻）。

8　五月一日　九連城を攻め落とす
銃声湧き　砲声轟く
漠々たる硝煙　行く歩兵
一虎山我が有に帰してより、
長躯し頻りに陥す九連城。

9　五月十四日送出征加藤伊太郎君
凜然意氣出征初
攘臂投鋤事砲車
遼水滿山彈道裡
露軍百萬一時除
（押韻）初、車、除（平声魚韻）。

9　五月十四日　出征の加藤伊太郎君を送る
凜然たる意気あり　出征の初
臂を攘ひ鋤を投げて砲車を事とす。
遼水満山の弾道の裡、
露軍百万一時に除かる。

10　六月十九日上村艦隊者敵艦追尾中失艦影
出沒幾回不幸傳

10　六月十九日　上村艦隊の者　敵艦追尾中に艦影を失ふ
出没幾回　不幸伝はる、

航行索敵北韓邉
未加一撃爲濃霧
咫尺濛々逸敵舩
（押韻）傳、邉、舩（平声先韻）。

航行敵を索す 北韓の辺り。
未だ一撃を加へずして濃霧となる、
咫尺濛々として敵船を逸す。

11 八月十四日蔚山沖海戦
彼海賊舩遺恨深
天人共怒蠻行心
蔚山戰捷豈偶爾
二艦敗逃一艦沈
（押韻）深、心、沈（平声侵韻）。

11 八月十四日 蔚山沖海戦
彼の海賊船遺恨深く、
天人共に怒る蛮行の心。
蔚山戦捷は豈に偶まならんや、
二艦敗逃し一艦沈む

12 戰後水師營
江村寂不見鷄豚
關帝廟堂滿彈痕
戰後王師更無犯
外民感泣我國恩

12 戦後の出師営
江村寂として鶏豚を見ず、
関帝の廟堂 弾痕に満つ。
戦後王師 更に犯す無く、
外民感泣す 我が国の恩に。

（押韻）豚、痕、恩（平声元韻）。

13　九月四日遼陽陥落　　13　九月四日　遼陽陥落

鞍山露陣勢形非　　鞍山の露陣　勢形非なり、
右翼展開將包圍　　右翼展開し将に包囲せんとす。
混亂胡虜成退却　　混乱せし胡虜退却を成し、
遼陽城裡入皇威　　遼陽城裡に皇威入る。

（押韻）非、圍、威（平声微韻）。

14　十一月藁靴製造有感　　14　十一月　藁靴製造し感有り

堅冰生鬚吹朔風　　堅氷鬚に生じ朔風を吹く、
輕身重命戰遼東　　軽身　重命　遼東に戦ふ。
村民盡識出征苦　　村民尽く識る　出征の苦しみ、
遙送藁鞾思奉公　　遙かに藁靴を送り　奉公を思ふ

（押韻）風、東、公（平声東韻）。

15　十一月三十日爾靈山陥落　　15　十一月三十日　爾霊山陥落

爾靈高陣拂敵群
我兵瞰射愕城軍
鄂羅艦隊多沈沒
潔戰外洋無報君
（押韻）群、軍、君（平声文韻）。

爾霊の高陣　敵群を払ひ、
我が兵　瞰射し城軍驚く。
鄂羅の艦隊多くは沈没し、
外洋に潔戦し君に報ずること無し。

16　又

監視密輸與艦逃
東鄕艦隊一軍豪
敵舩全滅解封鎖
欲饗遠來珍客勞
（押韻）逃、豪、勞（平声豪韻）。

16　又（十一月三十日　爾靈山陥落）

監視す密輸と艦逃と、
東郷艦隊は一の軍豪なり。
敵船全滅し封鎖を解き、
遠来の珍客の労に饗せんと欲す。

17　渾河對峙

渾河對峙戰雲驅
風勁雪飛更監胡
一夜前營開銃火

17　渾河対峙

渾河に対峙し戦雲駆け、
風勁く雪飛び更に胡を監す。
一夜　前営　銃火開き、

将軍帷幄見雄圖　　将軍の帷幄　雄図を見る。

（押韻）驅、胡、圖（平声虞韻）。

18　明治三十八年一月一日旅順陥落　　18　明治三十八年一月一日　旅順陥落

孤城落日砲無音　　孤城の落日　砲に音無く、

難奈将軍軍氣沈　　将軍軍気沈むをいかんともし難し。

五萬餘人齊棄銃　　五万余人斉しく銃を棄て、

又無一箇男兒心　　又一個の男児の心無し。

（押韻）音、沈、心（平声侵韻）。

19　又　　19　又（明治三十八年一月一日　旅順陥落）

掩堡砲臺用意深　　堡を掩ふ砲台用意深く、

郭圍七里塹三尋　　郭囲七里　塹は三尋。

王師善捷君知否　　王師善く捷つ君知るや否や、

彼億萬心又一心　　彼の億万の心　又一心

（押韻）深、尋、心（平声侵韻）。

20　又　　20　又（明治三十八年一月一日　旅順陥落）

吶喊震天巨砲轟　　吶喊天を震はし巨砲轟く、
萬群面縛出蕃城　　万群の面縛　蕃城を出づ。
滿州露瑞千村陣　　満州の露瑞　千村の陣、
簞食壺漿迎我兵　　簞食壺漿　我が兵を迎ふ。
（押韻）轟、城、兵（平声庚韻）。

21　陣中作　　21　陣中の作

明月耿耿照戰場　　明月耿々として戦場を照らす、
渾河對峙卧黃梁　　渾河に対峙し黄梁に臥す。
江村一夜吹蘆管　　江村の一夜　蘆管を吹く
四十萬人望故鄉　　四十万人　故郷を望む
（押韻）場、梁、鄉（平声陽韻）。

22　敵兵出干遼西犯中立地襲吾側面　　22　敵兵、遼西より出で、中立地を犯し、吾が側面を襲ふ。

堂々何不決輸贏　　堂々として何ぞ輸贏を決せざる、
請看遼西漫動兵　　請ふ看よ　遼西漫に兵を動かすを。

彼只破盟非戰罪　　彼只だ盟を破る非戦の罪、
再平頑露奪牛城　　再び頑露を平らげ牛城を奪ふ
(押韻) 贏、兵、城 (平声庚韻)。

23 奉天大會戰　　23 奉天の大会戦

迅雷風烈是兵機　　迅雷風烈は是れ兵機、
撫順奉天忽包圍　　撫順奉天忽ち包囲す。
五十萬人露軍散　　五十万人の露軍散り
滿洲唯看旭旗輝　　満州唯だ看る旭旗の輝くを。
(押韻) 機、圍、輝 (平声微韻)。

24 奉天大會戰　　24 奉天の大会戦

鬼籌神算氣愈雄　　鬼筭神算　気愈いよ雄にして、
不動如山疾如風　　動かざること山の如く疾きこと風の如し。
牽制敵軍突不備　　敵軍を牽制し不備を突き、
奉天陷落一瞬中　　奉天の陥落一瞬の中。
(押韻) 雄、風、中 (平声東韻)。

25　奉天大會戰
敵動大軍守朔邉
吾師戰略制機先
名譽退却無施處
十萬伏尸滿奉天
（押韻）邉、先、天（平声先韻）。

25　奉天の大会戦
敵は大軍を動かし朔辺を守り、
我が師の戦略機先を制す。
名誉の退却施す処無く、
十万の伏尸　奉天に満つ。

26　奉天大會戰
左翼前馳驚虜兵
新民廳落奉天傾
皇軍不犯發祥地
追擊烟生敵自爭
（押韻）兵、傾、爭（平声庚韻）。

26　奉天の大会戦
左翼前馳し虜兵を驚かす、
新民庁落ち奉天傾く。
皇軍犯さず発祥の地、
追撃の煙生じ敵自ら争ふ。

27　日本海大海戰
波艦將過對馬瀛
國民不駭列强警

27　日本海の大海戦
波の艦将に過ぎんとす対馬の瀛
国民駭かず列強警す。

戰無違算術無限
沈着待來代遠征
（押韻）瀛、警、征

戦ひ違算無く術に限りなく、
沈着待ち来たり遠征に代ふ。
（瀛と征は平声庚韻、警は上声梗韻）。

28　日本海大海戰
明察如神績如淵
集中艦隊制機先
國家興廢有此擧
士氣昂然旭影鮮
（押韻）淵、先、鮮

28　日本海の大海戦
明察は神の如く績は渕の如く、
集中する艦隊機先を制す。
国家の興廃　此の挙に有り、
士気昂然　旭影鮮かなり。
（平声先韻）。

29　日本海大海戰
壓迫陣頭作戰正
烟籠滄海砲撃轟
虜軍非弱我軍勇
生擒敵將殲敵兵
（押韻）正、轟、兵

29　日本海の大海戦
陣頭を圧迫する作戦正しく、
烟は滄海に籠もり砲声轟く。
虜軍弱きに非ず我が軍勇なり、
敵将を生け擒りし敵兵を殲す。
（平声庚韻）。

30　日本海大海戰
迎撞夾擊放巨彈
旗艦先沈敵膽寒
我海古今堪恃處
露軍元寇共無殘
（押韻）彈、寒、殘（平声寒韻）。

30　日本海の大海戦
夾撃を迎へ撞き巨弾を放ち、
旗艦先ず沈みて敵の肝寒からしむ。
我が海は古今恃むに堪へる処にして
露軍元寇共に無残なり

31　日本海大海戰
晝放巨彈夜魚雷
奮戰縱横虜艦摧
士氣衝天探敵處
遙看四五白旗來
（押韻）雷、摧、來（平声灰韻）。

31　日本海の大海戦
昼は巨弾を放ち夜は魚雷、
奮戦縦横　虜艦摧く。
士気天を衝き　敵の處を探ぐるに、
遙かに看る　四五の白旗来たるを。

32　日本海大海戰
海程一萬數千里
航到艨艟三十三

32　日本海の大海戦
海程一万数千里、
航は艨艟に到る三十三。

敵詐却爲吾戰略　　敵詐は却って吾が戦略と為り、
六艘捕獲廿艘沈　　六艘は捕獲し二艘は沈む。
（押韻）里、三、沈（里は上声紙韻、三は平声覃韻、沈は平声侵韻。）。

33　吊加藤冨次郎君三疊　　33　加藤冨次郎君を弔ふ三畳（その一）
死有餘榮卽盡忠　　死して余栄有り即ち尽忠、
昨春遠送吉川東　　昨春遠く送る吉川の東に。
衷情凛々懦夫起　　衷情凛々懦夫起ち、
男子剛腸存此中　　男子の剛腸此の中に存す。
（押韻）忠、東、中（平声東韻）。

34　吊加藤冨次郎君三疊　　34　加藤冨次郎君を弔ふ三畳（その二）
男子剛腸在此中　　男子の剛腸此の中に存し
膽如斗矣勇如風　　胆は斗の如く勇は風の如し。
深窺敵地所凡彂　　深く敵地を窺ひ凡て彂ふるところ、
偏教村民思戰功　　偏に村民をして戦功を思はしむ。
（押韻）中、風、功（平声東韻）。

35 吊加藤冨次郎君三疊

偏教村民思戰功
名聲嘖々是英雄
口碑國幣傳千古
死有餘榮卽盡忠

（押韻）功、雄、忠（平声東韻）。

35 加藤冨次郎君を弔ふ三畳（その三）

偏に村民をして戦功を思はしめば、
名声嘖々是れ英雄。
口碑国幣千古に伝へ、
死して余栄有り即ち尽忠。

36 凱旋二首

久在遼東今日皈
紅顏瘦處赤心肥
盡邦意卽盡家意
直採新衣代戎衣

（押韻）歸（皈）、肥、衣（平声微韻）。

36 凱旋 二首（その一）

久しく遼東に在り今日皈（帰）り、
紅顔痩せし処赤心肥ゆ。
邦意を尽くし即ち家意を尽くし、
直ちに新衣を採り戎衣に代ふ

37 凱旋二首

平定胡虜泰凱歸
一家歡喜躍將飛

37 凱旋 二首（その二）

胡虜を平定し凱を奏して帰り、
一家歓喜し躍りて将に飛ばんとす。

稚兒相見笑猶恐　　稚児は相見て笑ひ猶ほ恐るるが如く、
萬死得生眞所稀　　万死に生を得るは真に稀なるところなり。
（押韻）歸、飛、稀（平声微韻）。

38　祝加藤豊三郎大佐之凱旋　　38　加藤豊三郎大佐の凱旋を祝す
誠忠是膽破虜兵　　誠忠は是れ肝　虜兵を破り、
今日凱旋傳驍名　　今日の凱旋　驍名を伝ふ。
正是春光花信節　　正に是れ春光花信の節、
白梅香裡聽鶯聲　　白梅香るなかに鶯の声を聴く。
（押韻）兵、名、聲（平声庚韻）。

おわりに
作品を見ると、当時の世相を反映していて、戦勝を手放しで喜んでいる。そして、三十年後【昭和九年（一九三四）～昭和十年（一九三五）】に、満州国帝政の実施が実行される予兆が出ているように思われる。
この連作は基本的に我が軍の戦勝を喜んでいるが、ロシヤ兵を思いやる詩句も少しだが見える。5番作品の一、二句、7番作品の一、二句、29番作品の三句である。兵士はそれぞれの祖国のために力を尽して戦うのである。その点で共感するところもあるからであろう。

どういう資料を使っているのかは分からないが、戦況をよく述べていると思う。

また、内容を短い詩語にまとめて表現しょうとしているため、押韻を守り切れない作品がある（27、32番）が、内容がまとまっていることを評価すべきであろう。

論考編の終わりに

第一節　論考

一　鯖江藩における「漢詩」學習の研究—「詩會詩集」十六種の構成と考察—

本稿は、本書の表題に挙げた「鯖江の漢詩集の研究」の中心の主題である。特に「詩会詩集」の構成と考察の結果を紹介するところに、本稿の目的と特徴がある。他の藩にこの「詩会詩集」のようなものが在るのかどうか、また、藩を挙げての「詩会」が行われた例があったかどうかは、全国を調査していないので未詳であるが、管見では恐らく少ないのではないかと思う。なお、本稿にも綿密に研究すべきところはあると思うが、鯖江の詩会詩集の特徴は一応紹介できたと思う。

二　芥川丹邱作「有馬八勝」小考

本稿は、「有馬温泉」の名勝八景を詠った漢詩に地誌的解説を試み、研究しようとしたものである。同時に、芥川丹邱の学問を、その著書一覧表を示すことで紹介しようとしている。それは、鯖江藩の儒員となった芥川家の祖先に当たる丹邱が、どういう学者であったかを知るためでもある。ただし、丹邱の学問のどの部分が子孫の儒員に受け継がれ、何が受け継がれていないかは未研究である。

また、「芥川家文書」が整理、復刻されるならば、この方面の研究も一歩前進するように思う。

三　大鄕浩齋及び大鄕學橋の漢詩文の研究

本稿を書いてみて、大鄕家の詩文が鯖江藩の学問水準を示していると感じた。

また、研究の過程で「安房守文庫」の中身を少しだけ知ることが出来た。そして、管見ではあるが文庫は様々な文化記事を内蔵している貴重な資料であり、これを研究することは、鯖江藩だけに留まらず、当時の日本の文化を研究することに繋がるであろう。そういう意味で文庫は鯖江市が保管し紹介するべき重要な文化遺産であると考えた。また、この文庫には、浩齋や學橋関連の文献が見られる。特に、浩齋が資料収集にかなり関係しているのではないかと思われた。今後研究する必要がある。

四　『西溪漁唱』の研究　序説

本稿では、詩集成立の経過、体裁、作品の分量などを明らかに出来た。そして、作者の雅号なども判った。

五　青柳柳塘、柳崖父子の漢詩の研究―「池田鄉」の詩について―

本稿では、勘定奉行の仕事、当時の山村の環境の厳しさ、そこに生きる農民の苦労を、詩文を通して知ることが出来た。そして、漢詩はいわば上級藩士の学問の一端を示しているとも思われた。

六　「野鷗松谷先生遺艸」研究―その閑適の世界―

本稿では、隠居した地主、地方知識人の閑適の世界の一端が理解できた。

結局、論考の一と三、四、五は、鯖江藩の漢詩文文化の様相を紹介している。二は、芥川家の曾祖父の学問、教養を示している。六は、廃藩以後の知識人の生活を我々に教えてくれるものになっているといえよう。

第二節　註釋

一　「嚮陽溪」「嚮陽溪記」及び「看嚮陽溪圖有感」の註釋

鯖江藩及び以後の住民になじみの深い嚮陽渓関係の漢文の註釈である。広く読まれて鯖江の文化についての理解を深めることに役だって欲しいものである。

第三節　評釋

一　「野鷗松谷先生遺艸」の漢詩二十五首の評釋
明治期の鯖江の土地の様子が二十五首の漢詩を通して知ることが出来る。また、松谷野鷗の鯖江の土地に対する愛情を感じる。

二　松谷野鷗の橘曙覽翁國風八首の漢詩譯
橘曙覽の弟子であった松谷野鷗が、師・橘曙覽の和歌五首に漢詩の訳を付けたので、それについて解説をした。橘の和歌と野鷗の漢詩との差異が面白い。

第四節　書籍等の紹介

一　芥川歸山先生閲『膾炙絶唱　全』紹介
漢詩の啓蒙書の紹介である。歸山には「附錄」をつけることで、芥川家を世間に知らせたいという意図もあったように思う。

二　「征露詩紀（『吉川村鄉土誌』第二輯所載）」
日露戦争の時の海戦の様子を漢詩で綴った文献の紹介である。漢詩の作者の力量はかなりのものであると思う。

以上、「論考」から「書籍等の紹介」まで、研究方法、記述方法の違う文章であるが、全て鯖江の漢詩文について、特徴や魅力について記述、紹介をしたのである。

第四章　【年表編】

年表編の初めに

「年表」を作成するとき、「藩政時代から今日までの、①福井県とその中の鯖江の関係記事が出ている、②漢詩文の研究書として必要な情報が出ている、③県内の図書館が所蔵する関係書が各図書館毎に示されている、ものを作りたいと考えた。そして作成したのが以下の各表である。

第一節　福井県関係各藩の重要事項（上段）鯖江関係の重要事項及び漢詩文収録書名と作者名（下段）総合年表

西暦	年号	事項	事項
一五九九	慶長　四	青木秀以、北ノ庄城主となる。	
一六〇〇	五	結城秀康、越前国に封ぜられる。石高六八万石。 関ヶ原の戦い。	堀尾一信、誠照寺に諸役免許の判物を出す。
一六〇一	六	京極高次、雲浜城（小浜城）を築く。	
一六〇三	八	家康、征夷大将軍となり、江戸幕府を開く。	秀康、水落村のうち五〇石を水落神明社に寄進。
一六〇四	九	結城秀康、徳川姓に復する。	
一六〇六	一一	越前検地を実施。 結城秀康、北ノ庄城（福井城）を完成する。町数一二六、戸数五一九〇、人口二万五三〇〇人。	
一六〇七	一二	秀康没(34)、土屋正明・永見長次殉死。	
一六一四	一九	大坂冬の陣：福井藩二万人を出兵。	
一六一五	元和　一	大坂夏の陣：越前兵、大坂城に先登し、大功をたてる。	
一六一六	二	岩佐又兵衛、福井興宗寺心願のすすめで福井へ移住、松平忠直に仕える。	
一六一八	四	福井藩、今立郡鳥羽野を開墾。	
一六二三	元和　九	松平忠直、豊後に配流される。	

一六二四	寛永　一	越後高田城主松平忠昌（秀康三男）を北ノ庄五〇万五〇〇〇石に封ずる。光直（忠直長男）、高田二五万石へ移る。松平直政（秀康四男）を大野五万石に、松平直基（秀康五男）を勝山三万石に、松平直良（秀康六男）を木ノ本二万五〇〇〇石に、本多成重を丸岡四万二〇〇〇石に封ずる。北ノ庄を福井と改める。 敦賀郡を京極忠高に加封。	
一六三四	一一	京極忠高を松江に移し、酒井忠勝、小浜藩主十一万三〇〇〇石となる。	
一六三八	一五	酒井忠勝、小浜城を完成させる。大老となる。	
一六四二	一九	小浜藩主酒井忠勝、倹約令三十五条を布告。	
一六四五	正保　二	松平忠昌没(49)。松平光通、四代福井藩主となる。 三国新保浦のダッタン漂流民、北京から帰国。	
一六四八	慶安　元		吉江藩陣屋の町普請に着手。
一六四九	慶安　二	本多富正没(78)。 この年、6尺3寸平方＝1歩を6尺平方＝1歩に改める。	
一六五〇	三	岩佐又兵衛江戸で没し、福井興宗寺に葬られる。	
一六五九	万治　二	松平光通、大安寺を建立、大愚を開山とする。	
一六六〇	三	松平光通、灯明寺畷に新田義貞戦没碑を建立。	

西暦	年号	事項	事項
一六六一	寛文 一	福井藩、わが国で最初の銀札を発行。	
一六六四	四	福井藩領知の判物を受ける。この時から越前12郡を8郡とする。	
一六六八	八	福井藩、百姓代官をおく。	
一六七四	延宝 二	松平光通自害(39)。弟の吉江藩主昌親、五代福井藩主となる。吉江廃藩。	
一六八一	天和 一	福井城下大火。この年、大飢饉で餓死者多し。	
一六八二	天和 二	土井利房、大野藩主となる（四万石）。鞠山藩に酒井忠稠、井川領に酒井忠垠を分封する。	
一六八九	元禄 二	芭蕉、行脚して越前に来る。	
一六九一	元禄 四	小笠原貞信、勝山藩主（二万五〇〇〇石）となる。	福井藩「御用諸式目」を編成す、幕府代官の陣屋が西鯖江と石田に移転。
一六九二	五		鯖江市域の幕府領のうち、定次村以下五か村大坂城代土岐頼殷の知行所となる。
一六九五	八	丸岡藩主本多重益、領地を奪われ、鳥取へ左遷される。 有馬清純、越後糸魚川より丸岡藩主（五万石）に転封。	
一七〇二	一五	福井藩二度目の藩札を出す。	
一七〇五	宝永 一	小浜藩、御蔭参り流行する。	

一七〇八	宝永　五	松平吉品（昌親改名）、泉水邸（義浩館）を建てる。	
一七一〇	宝永　七	福井藩主松平吉品隠居し、吉邦八代福井藩主となる。	
一七一四	正徳　四	永平寺全焼。	
一七一七	享保　二	この年、福井の戸口調査、町数一六四、戸数五三九九、人口二万一七一三人、寺数一五四。	
一七二〇	享保　五	間部下総守詮言、越後より鯖江五万石に移封される。	初代鯖江藩主間部詮言越後村上より入封、市域の幕府領二五か村が鯖江領となる。
一七二一	享保　六	松岡廃藩。若狭の人口八万六五九一人。	鯖江藩、西鯖江村近郷領地狭く、今立郡別司村など四か村と東鯖江村（小浜領）を交換。
一七二二	享保　七		鯖江藩領を六組に分け、各組に大庄屋を任命。
一七二三	享保　八	酒井忠音、大坂城代となる。	
一七二四	享保　九		詮方家督を相続、二代鯖江藩主となる。福井で生まれた近松門左衛門、この年入寂す。
一七二七	享保一二		地方支配であった鯖江町方に町名主がおかれ、町奉行支配となる。
一七二八	享保一三	酒井忠音、老中に任ぜらる。	
一七二九	享保一四		五月　鯖江藩主詮方、初めて国元に入封する。
一七三〇	享保一五	三国港大火、四六〇戸焼失する。	
一七三三	享保一八	杉田玄白、江戸で生まれる。	
一七三九	元文　四		福井藩、鳥羽野琵琶山を中心とした一帯の開拓を命ず。

西暦	年号	事項	事項
一七四二	寛保 二		鯖江藩、幕命により、関東新利根川堤の補修を行う。
一七四七	延享 四	小浜藩主酒井忠用、奏者番に補任され、寺社奉行を兼ねる。	
一七四八	寛延 一	福井城下の細民ぼろをつけ、郷村の細民も蓑笠をつけ、さまよう。	
一七四九	寛延 二	宗矩病死し、秀康の系統絶え、一橋家から重昌三〇万石で襲封。	
一七五五	宝暦 五		鯖江で大火、侍屋敷八三軒、町家一三二軒などを焼失。
一七五七	宝暦 七	小浜藩杉田玄白、江戸で蘭方外科を開業。	
一七五八	宝暦 八		青山幸道（丹後宮津）郡上藩に移封の際、鯖江市域の幕府領下大倉など七か村郡上藩領となる。
一七六一	宝暦一一		下司村と一　か村との水論おこる。 十二月　鯖江藩主詮方病気のため隠居し、詮央家督を相続、三代鯖江藩主となる。
一七六四	明和 元		松平乗佑三河西尾へ移封の際、鯖江市域の幕府領上石田など八か村西尾藩領となる。
一七六七	四	小浜藩、板屋一助の『雅狭考』なる。	
一七六八	五	福井城下を中心に「越前大一揆」おこる。	

一七六九	六	福井藩医半井彦ら明里で刑死体を解剖する。彼の「臓鑑」は福井藩で最初の解剖記録である。 勝山藩、藩札を発行。	
一七七一	八		五月　鯖江藩主詮央死去し、詮茂家督を相続、四代鯖江藩主となる。
一七七四	安永　三	小浜藩校「順造館」開校。 杉田玄白、中川淳庵らと『解体新書』を翻訳、刊行する。	
一七八二	天明　二	順造館規則を定める。	この年凶作となり、疫病流行（翌年の飢人二、九二六人） **9小丘園集　初編　巻一～巻一〇（一〇巻五冊）菅時憲習之（秋元小丘園）著：公弼、勝諧、子英、平周藏輯校**
一七八六	天明　六		七月　詮煕が家督を相続し、五代鯖江藩主となる。
一七八八	八		鯖江藩、京都より芥川元澄(思堂)を藩儒臣に迎え、藩士・子弟の教育にあたらせる。
一七九〇	寛政　二	異学の禁令を出し、朱子学を正学と定める。	
一八〇一	享和　元	伴信友、本居大平の指導を受け、考証に頭角を表す。	
一八〇三	三		鯖江藩医官西嶋俊庵、杉田玄白・大槻玄沢に師事する。

西暦	年号	事項	事項
一八〇四	文化元	丸岡藩、藩校「平章館」を建立する。	
一八〇五	二	福井藩、医学所「済世館」開館。	
一八〇六	三	伊能忠敬一行、若狭沿岸を測量。	
一八〇七	四		詮煕、元澄に間部家の系図を選ばせ、『越前鯖江志』を編さんさせる。
一八〇八	五	小浜藩主酒井忠進、京都所司代となる。	
一八一一	八	福井米問屋内藤喜左衛門、建学費一〇〇〇両を福井藩に献上す。	
一八一二	九		三月　詮允家督を相続し、六代鯖江藩主となる。
一八一三	一〇		七月　鯖江藩、江戸三田小山邸に「稽古所」を設け、儒者大郷信斎を取締役とする。
一八一四	一一		五月　詮允、鯖江中小路に「稽古所」を創立し、芥川玉潭を師範とする。 七月　詮允、病により急逝、詮勝急養子となり家督を相続、九月　七代鯖江藩主となる。
一八一五	一二	小浜藩主酒井忠進、老中となる。	
一八一八	文政元	この年、土井利忠、大野藩主となる。	
一八一九	二	福井城下、桜の馬場に学塾「正義堂」を建てる。	鯖江藩領のすべての村で定免法が施行される。立待村高島善左衛門が石田縞を興す。

一八二二	五	福井藩医池田冬蔵『解臓図賦』を刊行。	二月～四月　詮勝、はじめて領内巡行を行う。
一八二六	九		六月　鯖江藩主詮勝が幕府の奏者番に抜てきされ、破格昇進の端緒となる。
一八三〇	天保　元	福井藩、領内産物販売のため京都に定問屋設置を計画する。	十一月　詮勝、寺社奉行見習（天保八年大坂城代、同九年京都所司代に就任）。
一八三五	六	将軍家斎(49)男斎善、十五代福井藩主となる。	
一八三六	七	本保に天保救荒碑建立される。 大凶作で翌八年にかけ餓死者三〇〇〇人を越える。	
一八三八	九	福井藩、松平慶永十六代藩主となる。	三月　詮勝、大坂城代勤役中の役知一万石を畿内に得る。 **20詠草千歳友（九巻八冊）橋本政恒著**
一八四〇	一一	大野藩主土井利忠、杉田成卿を江戸藩邸に招き、蘭学を習誦する。	一月　詮勝、江戸城西ノ丸付老中となる。鯖江藩築城費として将軍より五〇〇〇両賜る
一八四一	一二	勝山藩、藩校「読書堂」を創立。	二月　鯖江に産物会所を設立、城下諸産物の交易を図る。 六月　鯖江藩の江戸藩邸稽古所を「惜陰堂」と改める。
一八四二	一三	丸岡藩医竹内玄同、天文台訳員となる。 福井藩・新旧藩札の引替えをおこなう。	四月　鯖江古町に両替店を開設、鯖江藩札二万両を発行。 四月　鯖江中小路の稽古所を「進徳館」と改める。

西暦	年号	事項	事項
			27浩齋文稿　大鄕浩齋著 **28捉月亭詩會發題三十首共分韵　大鄕浩齋著** **29常足齋遺事（芥川家文書）　芥川舟之（歸山）編著～嘉永一・一八四八年**
一八四三	一四	勝山藩、読書堂を「成器堂」と改称、新校舎完成する。大野「学問所」を置く。	九月　詮勝、病気を理由に老中を辞任する。
一八四四	一五	橘曙覧、田中大秀の指導を受け、歌道に頭角を表す。 大野藩主土井利忠、藩校「明倫館」を柳町に設立。	**32汲古窟詩集（青柳家蔵・鯖江まなべの館所蔵）**
一八四六	弘化　三		詮勝、進徳館規則、学則などの学制を改定。 **33進徳詩集　福井師範學校女子部筆寫**
一八四八	嘉永　元	橋本左内、『啓発録』を著す。	**35柏堂詩藁　橋本政住著**
一八四九	二	笠原白翁、福井で種痘を実施する。 橋本左内、大坂の緒方洪庵に入門する。	九月　鯖江藩「六諭衍義大意」を町在に配布し、庶民教化に努める。 **36進徳館詩集（汲古窟信筆第九巻）**
一八五〇	三	笠原白翁、『牛痘問答』を刊行する。	三月　笠原白翁らにより種痘が伝えられ、土屋得所・内藤道逸らにより鯖江で接種が行われる。 七月　鯖江藩士小倉喜藤兵衛を中心に心学の普及を図り、心学舎を建設（後に「謙光舎」と改称）。 **34琴岳詩稿（汲古窟信筆第十巻）　鈴木大壽著**

西暦	和暦	事項	鯖江・著作
			37 琴岳覆甕鈔謄（汲古窟信筆第十巻）鈴木大壽著 **38 嘉永三庚戌戯鈔附新年之作（汲古窟信筆第九巻）** **39 萬斛先春（汲古窟信筆第九巻）** **40 進徳社詩（汲古窟信筆第十巻）**
一八五一	四	福井藩横井小楠を藩政改革顧問として迎える。	**41 辛亥詩集（汲古窟信筆第十一巻）**
一八五五	安政　二	福井藩校「明道館」を設立。 内由良休、大坂に大野屋を開く。	**43 乙卯二月花下對月（待月亭謾筆第十三巻）**
一八五六	三	福井藩、橋本左内を明道館蘭学係に命ずる。 大野藩、蘭学館（洋学館）を大野町の元会所に開設する。府中に藩校「立教館」の校舎を建築する。	鯖江藩、蘭式の兵制をたてる。 **44 百家書（待月亭謾筆第十五巻）** **45 賞春詩巻（待月亭謾筆第十六巻）** **46 丙辰詩稿（待月亭謾筆第十九巻）** **47 吟草（待月亭謾筆第二十三巻）** **48 詩稿（待月亭謾筆第二十三巻）** **49 松齋詩稿　間部詮實著**
一八五七	四	早川弥五左衛門、北蝦夷西岸の開拓にあたる。 佐々木権六、藩営鉄砲製造所を創設する。間部詮勝、京都で尊攘派志士らを摘発する。	十二月　鯖江藩の築城費五〇〇〇両を村々が拝借する。
一八五八	五	橋本左内、藩主の命をうけ上京、一橋慶喜擁立に奔走。 福井藩主松平慶永、不時登城、大老と激論し、隠居急度慎を命ぜられ、松平茂昭、越後糸魚川より入って十七代福井藩主となる。	三月　鯖江藩借財一八万両に達す。 鯖江藩領内の大庄屋・町名主・庄屋などを集め調達金拠出による改革の協力を要請。 六月　詮勝再び幕府老中となり勝手掛兼外国御用掛を命ぜられる。

西暦	年号	事項	事項
		横井小楠、福井に着任。	安政の大獄、在京批判勢力を弾圧、九月詮勝朝廷に条約調印の事情説明のため上京。
一八五九	六	内山隆佐、大野丸で北蝦夷開拓に活躍する。梅田雲浜小倉藩邸内で獄死する。左内刑死(26)。	十二月　詮勝病気を理由に老中を辞任、この頃、嚮陽渓造営か。
一八六〇	万延　元	幕府・大野藩に命じて北蝦夷を準領地とする。	井伊大老桜田門外で水戸浪士に襲われる、鯖江藩領地替騒動おこる。
一八六一	文久　一		**55還郷襍詩十首（待月亭間筆第八巻）鶴汀著**
一八六二	二	松平慶永、幕府の政事総裁職に起用される。	十一月詮勝、隠居謹慎を命ぜられ、領地一万石を上知する、詮実、八代鯖江藩主となり、四万石を相続。
一八六三	三	福井藩、挙藩上洛を計画する。 三月　松平慶永、政事総裁職を辞し帰国。 五月　坂本龍馬、勝海舟の内命を受け来福。 この月福井藩、アメリカ船コムシン号を購入し〝黒竜丸〟と名づける。 十二月　松平慶永、朝廷より参預に任ぜられる。	**57癸亥詩集（對月亭間筆第二十巻）** **58鯖江詩稿之寫（待月亭間筆第二十巻）**
一八六四	元治　元	二月　松平慶永、京都守護職に任ぜられる(四月解任)。 水戸浪士武田耕雲斉ら筑波山に挙兵、上洛のため越前を通過、敦賀で降伏、八〇〇人捕われる。(翌年、敦賀松原で処刑)	三月　間部卍治（詮道）家督相続し、九代鯖江藩主となる。

西暦	和暦	事項	鯖江関係事項
一八六六	慶応　二		60 橋本政恒翁詩集　橋本政恒著
一八六七	三	日下部太郎、ラトガース大学に留学する。 十月　大政奉還　十二月　王政復古	61 桂園小稿　附：詩文雑抄　土屋煥著
一八六八	明治　元	由利公正、国事五ケ条を建議する。	
一八六九	二	福井藩、藩校明道館を「明新館」と改め、本丸に移す。 藩籍奉還、松平茂昭、福井藩知事となる。府中を改めて武生と称する。	二月　鯖江藩、藩治職制に基づく藩政改革に着手。 三月　鯖江藩、版籍奉還を出願。 六月　版籍奉還、間部詮道が鯖江藩知事に任命される。
一八七〇	三	グリフィス㉙福井藩の招きで明新館の教師として来日する。	鯖江藩、藩制により大参事以下の新しい職員を任命す。
一八七一	四	福井藩の招きで米人グリフィス、明新館教師として着任する。 本保・福井・丸岡・大野・勝山の五県を廃し、福井県とする。 福井県を足羽県と改める。小浜・鯖江両県を廃して敦賀県をおく。	福井藩が越前国を一県とする案を鯖江藩などに提示。 廃藩置県、本保県のほか、福井・小浜・鯖江・丸岡・大野・勝山の諸県を設置。 七月　間部詮道本官を免ぜられる。
一八七二	五	学制公布（学区制、就学の奨励）。 グリフィス、福井を去り、開成学校（大学南校）教師となる。 富田厚積、県内初の新聞「撮要新聞」を発行する。	鯖江で最初の小学校として惜陰小学校創立。
一八七三	六		敦賀県が足羽県を合併する。 敦賀県、鯖江ほか三か所に屯所を設置。

西暦	年号	事項	事項
一八七四	七	由利公正・板垣退助ら「民撰議院設立の建白書」を提出。 福井第28番中学校を改正し、福井師範学校兼福井中学校を設ける。 福井公立医学校開校。	鯖江郵便所（四等）が設置される、この頃県内全域で郵便の利用が可能。
一八七五	八	郵便役所を福井郵便局と改称し、はじめて為替を取り扱う。吉田東篁没(68)。	
一八七六	九	敦賀県を廃して、嶺北七郡は石川県に、嶺南四郡は滋賀県に編入される。	**69 西溪漁唱　青柳柳塘著：柳崕子編** **70 西溪漁唱（八巻四冊）青柳柳塘著** **71 西溪漁唱後集　青柳柳塘（柳塘子）著：柳崕編** **72 西溪漁唱後集　青柳柳塘著**
一八七七	一〇	福井に石川県第3師範学校、同第3女子師範学校を併置。中根雪江没(71)。	石川県、管内の警察出張所などを廃止し、福井、武生、鯖江などに警察署を置く。
一八七八	一一	福井第三師範学校を開設する。 福井・敦賀・三国間に電信開通。	豪摂寺・誠照寺・証誠寺・専照寺に一派独立させる。 明治天皇、北陸を行幸、惜陰小学校御小休所になる。 武生に南条・今立郡役所を置く
一八七九	一二	福井公立明新中学校開校。 杉田定一、自郷学舎を設ける。	吉江西光寺に丹生郡役所を置く。 全国的にコレラが蔓延、県内のコレラ患者三〇〇〇人を超える。
一八八〇	一三	福井医学所を再置する。 杉田定一、『経世新論』を刊行する。	吉江に郵便局が設置される。 政府・旧鯖江藩士族に開墾・製糸資金二五〇〇

年	年齢	事項	事項・著作
			○円を貸与。 **75 都遊紀行　竹内淇著**
一八八一	一四	石川、滋賀両県に分属の若越十一郡が分離して福井県となる。 越前・若狭の二国をもって福井県が成立。 越前七郡の地租改正ほぼ終了。 「福井新聞」創刊する。	**77 三笑堂教餘一滴（外題：教餘一滴）小泉靜著**
一八八三	一六	南条文雄、『大明三蔵聖教目録』を英文で刊行する。	八月「旧鯖江藩学制沿革」を文部省へ提出。
一八八四	一七	福井県医学校を設置する。 この年、芦原温泉発見。	旧鯖江藩七代藩主間部詮勝没(83)。 **80 吟草・詩稿（「待月亭謾筆」第二三巻）** **81 常足齋詩稿　常足齋（間部松堂）著**
一八八五	一八		**83 箕堂小稿　竹内淇著**
一八八六	一九	渡辺洪基、東京帝国大学初代総長となる。 福井医学所を福井県医学校と改称。	惜陰小学校の生徒が初めての運動会を吉江琵琶山で開催。 県下一円にコレラが大流行する、武生署管内死者一二〇七名に達する。
一八八七	二〇		警察管区の変更により、吉江警察署など設置。 **84 學橋遺稿（一巻三冊）　大郷學橋著**
一八八八	二一	福井県医学校を廃止。	
一八八九	二二	福井に市制・町制実施、県下に一市九町一六八村をおく。	鯖江町発足。
一八九一	二四	福井県で郡制施行 教育勅語の謄本が県立学校と各郡市長に交付	南条郡・今立郡は元南条今立郡役所を仮役所として開庁。

西暦	年号	事項	事項
		された、郡市長を通じて各小学校に配付。	鯖江警察署が開庁。 武生区裁判所鯖江出張所が開庁。 今立郡役所、鯖江に開庁。
一八九二	二五	松平春嶽没(63) この年県下の羽二重生産が全国一位となる。	
一八九三	二六	釈宗演、万国宗教大会（シカゴ開催）に参加する。	鯖江郵便局において電信事業の取り扱い開始。
一八九四	二七	七月　日清戦争はじまる。	**93鼓橋草稿集　二　橋本政武著**
一八九六	二九	勝山町大火一二〇〇余戸延焼。 敦賀港開港。	北陸鉄道敦賀・福井間が開通、鯖江に停車場設置。 鯖江に歩兵第三十六連隊、敦賀に歩兵第十九連隊を設置。
一八九八	三一	禿すみ、婦人仁愛会教園を創立し、県下初の私立女子中等教育機関を誕生させる。	
一八九九	三二	市橋保次郎、福井銀行を創立する。 福井新聞創刊。	
一九〇〇	三三	山川登美子、雑誌『明星』の社友に加わり、作品を発表する。	鯖江地方で地震（県下で家屋の全壊二、半壊一〇戸、破損四八八戸）。 河和田に今立郡漆器組合創立される。 **98漫遊雑吟　付：清黙洞詩稿　青柳柳塘著：** **青柳柳崕著**
一九〇二	三五	福井市大火類焼三三〇〇余戸。	漆器組合に徒弟養成所設置。

一九〇三	三六	敦賀町大火一七〇戸延焼。 福井市内にはじめて電話開通。	鯖江郵便局で電話交換業務を開始。 **103丹山小稿　丹山著・高島正編**
一九〇四	三七	二月　日露戦争はじまる。 藤野厳九郎、仙台医専で留学生魯迅と出会う。	六月　三十六連隊出征する。
一九〇五	三八		六月頃、足羽郡麻生津村の増永五左衛門が眼鏡枠製造を始める。
一九〇六	三九	一月　杉田定一、県人初の衆議院議長となる。	今立郡に准教員養成講習所開校。 **106清默洞詩稿（四巻四冊）　青柳柳崖著**
一九〇八	四一	四月　由利公正没(81)	鯖江に越前電気会社㈱設立。
一九一〇	四三	福田源三郎、『越前人物志』を出版する。	
一九一二	四五		福井・鯖江間に乗合馬車営業開始する。
一九一三	大正　二		新町の東方（三里山）から銅鐸が出土。
一九一四	三	八月　第一次世界大戦。 福井市内に活動写真常設館できる。	旧鯖江藩士松井政治が『新撰鯖江誌』を発刊。 **116野鷗松谷先生遺艸　松谷野鷗（彌男）著・岡井愼吾（一九四五年）編集**
一九一五	四		上鯖江（舟津）に今立農学校開設。 越前電気、新横江村（東鯖江）に火力発電所を建設。 大正天皇即位大典奉祝事業として西山公園整備起工。
一九一八	七	敦賀港と北鮮諸港との航路開く。	米価暴騰、福井市で米騒動、鯖江三十六連隊が出動し鎮静。
一九一九	八	福井市大火、五六〇余戸焼失。	鯖江町で鯖江藩祖二百年祭、松阜神社境内で能狂言。

西暦	年号	事項	事項
一九二一	一〇		越前漆器業組合設立。
一九二二	一一		128 **椰陰集 漢詩文 小泉静（了諦）著**
一九二三	一二	九月　関東大震災。	越前製糸同業組合、鯖江町において設立認可。
一九二四	一三	福井市上水道通水。 今上陛下（昭和天皇）行啓。	福武電鉄、新武生・兵営（神明）間が開通。 南越鉄道（旧武岡鉄道）、岡本新・戸口間を延長し開通式。
一九二五	一四	日本赤十字社福井市部病院開院。	七月　福武電鉄、兵営（神明）・福井新が開通。 132 **西京遊草　山田秋甫著**
一九二六	一五 昭和元年	福井市連合青年団結成。 加藤寛治、連合艦隊司令長官となる。	「鯖江高等女学校」「鯖江女子師範学校」と併設設立の認可。 十月　鯖浦電鉄、東鯖江・佐々生間開通。
一九二八	昭和　三	普選よる最初の総選挙（本県の有権者数一二万九九九〇人）。 県内最初の百貨店だるま屋開店。	福井師範学校から女子部が分離、鯖江女子師範学校となる。 鯖江劇場開館（昭和四十三年閉館）。
一九二九	四	杉田定一没(79) 福井市でトーキー映画はじめて上映。	鯖浦電鉄、北陸線鯖江駅に乗り入れ。 越前電気が今立郡下地田村白栗に水力発電所を設置。 141 **若越愛吟愛誦集　石橋重吉編** 142 **若越愛吟愛誦集　石橋重吉編**
一九三〇	五	不況のため県下中等学校の志願者激減。 松平康荘没(63)。	福井県眼鏡卸組合設立 この年、セルロイドの眼鏡枠制作成功。

		この年、世界恐慌が日本にも波及、昭和恐慌始まる。県内銀行の倒産・合同あいつぐ。	
一九三一	六	冨田千代、財団法人済生会病院を開設する。	
一九三二	七	岩野平三郎、越前製紙工業組合を創立する。	鯖江連隊区司令部が福井市に移転、福井連隊区司令部となる。
一九三三	八	NHK福井放送局開局。 堀田清治、第一四回帝展において「炭坑夫」特選を授賞する。今川節、「四季」が一位で入賞する。	県下で第三十一次陸軍特別大演習、天皇行幸。 **150 南畝詩鈔　鷲田南畝（又兵衛）著：鷲田修編**
一九三四	九	岡田啓介、首相となる。橋木進吉、文学博士となる。	鯖江女子師範学校（郷土研究部）『我校の郷土教育』刊行。
一九三五	一〇	平泉澄、東大教授となり、皇国史観の中心的存在となる。 福井市に福井観光協会設立。	**161 征露詩記 『吉川村郷土誌』第二輯所収** 増永伊左衛門ら「中央眼鏡工場」を設立、セルロイドの眼鏡枠の製造が本格化。 青年訓練所補習学校を廃し、青年学校と改称。 **159 柿堂存稿　岡井愼吾著**
一九三六	一一	福井市足羽川に花月橋・桜橋完成。 福井市連合女子青年団結成。 福井県敦賀港務所設置。 福井市内に初の高層ビル福屋百貨店（地上7階地下1階）開店。	鯖江町の吉野時計店がレコードを制作、「鯖江おけさ」などを販売。 鯖江女子師範学校（郷土研究部）『福井県の伝説』刊行。
一九三七	一二	望月信亨、『仏教大辞典』『仏教大年表』を完成させる。 七月　日中戦争始まる。	

西暦	年号	事項	事項
一九三八	一三	福井都市計画風致地区として、「福井城址風致地区」「足羽山風致地区」「足羽川風致地区」の3地域185ヘクタールが指定・認可される。	**170 椰陰詩文鈔 附：小泉了諦小傳（二巻一冊） 小泉了諦著：小泉了海編**
一九三九	一六	一月 小学校を国民学校と改称。 十二月 太平洋戦争始まる。	
一九四四	一九	三好達治、坂井郡三国町に疎開する。（五年間住む）	この頃、学徒の勤労動員盛ん、また、阪神・中京・東京方面からの疎開学童が増加、市域の寺院が受け入る。
一九四五	二〇	中野重治、宮本百合子、蔵原惟人らと「新日本文学会」を結成する。 熊谷太三郎、福井市長となり福井市の復興に尽くす。 八月 太平洋戦争終結。	敦賀・福井空襲、福井市の九〇%を焼失。 福武電気鉄道、鯖浦電鉄を合併して福井鉄道を創立。 十月 アメリカ第三十三師団（約四〇〇名）が鯖江兵舎に進駐。 十二月 福井師範学校（男子部）の授業が鯖江女子師範学校で再開。
一九四六	二一	福井県体育協会創立。 福井県復興宝くじを発売。	福井師範学校（男子部）が、旧鯖江連隊兵舎に移転。 鯖浦線の丹生郡四ケ浦までの延長運動が展開。
一九四七	二二	初の公選知事・市長誕生。 六三制義務教育実施、国民学校を小学校と改称、新制中学校の誕生。 大野と岐阜県白鳥町間に省営バス開通。 福井市競馬場完成。	三月 鯖江町長に加藤尹（公選の第一号） この年、学校給食始まる。 福井師範附属中学校神明中学校が創立（二十三年四月中央中学校と改称）。 十月 天皇皇后行幸 河和田の眼鏡工場など

		この年、学校給食始まる。五月　新憲法施行。	を視察。
一九四八	二三	新制高校発足（県立は十二校）。奥むめお、主婦連合会を結成する。自治体警察が誕生。福井大地震、全壊家屋三万三〇〇〇余戸、死者三八〇〇余人。福井市営球場完成。	県立鯖江高校が創立。横越本山証誠寺火災により焼失。鯖江公民館開館。
一九四九	二四	第一回成人式。福井大学（工・学芸二学部）発足。第一回福井県民体育大会。	十一月　鯖江町制一周年記念式、花火大会など諸行事に二万人余の人出。
一九五〇	二五	福井県立図書館開館。福井県文化協議会誕生。福井競輪始まる。ジェーン台風で県下に被害。	鯖江町連合青年団結成。越前漆器協同組合が創立。鯖江中学校が開校。教育委員会が発足。
一九五一	二六	この年、朝鮮動乱休戦で景気後退、機屋の倒産が続出。桑原武夫、『ルソー研究』で毎日出版文化賞を受賞する。	
一九五二	二七	福井市郷土博物館完成。福井復興博覧会開催。福井市足羽山に水道記念館開館。FBCラジオ福井開局。福井県郷土誌懇談会発足。永平寺道元禅師七〇〇回大遠忌。	福井大学学芸学部が福井市に移転。七月　京都大学が西山公園北部の古墳を発掘調査。
一九五五	三〇	武生市の新庁舎完成。武生市の綜合グラウンド着工、陸上競技場完	鯖江町・神明町・中河村・片上村・立待村・吉川村・豊村の二町五か村が合併し、鯖江市

西暦	年号	事項	事項
		成。 福井市田原町に市営食品卸市場完成。 榊原仟、東京女子医大に日本心臓血圧研究所を開設する。	制施行（世帯数七八五九、人口三万九〇二四）、市長職務代理者に高島善左衛門。 二月　「鯖江市だより」（現「広報さばえ」）創刊。 五月　市制祝賀行事　旧国鉄北陸線に北鯖江駅が新設。
一九五六	三一	勝山市雁ヶ原スキー場開設。 小浜城跡を県の史跡に指定。 藤島神社八十年記念大祭に高松宮ご参拝。 藤島高校百年祭。	一月　第一回成人式を惜陰小学校で行う。 六月　西山公園で有鈎銅釧（九個）が出土。
一九五八	三三	橋本左内百年祭。 県立岡島美術記念館開館。	西山公園につつじ二千株定植する、この年十一月にはさらに二千株を定植する。
一九五九	三四	藤田良雄、日本学士院賞を受賞する。 ＮＨＫ、福井テレビ開局。	
一九六〇	三五	福井放送テレビ開局。 福井電話局自動化。 武生市営球場完成。 越美北線（福井―勝原間）開通。	鯖江市文化協議会発足。 第一回鯖江つつじまつり開催（市制五周年記念）。 西山公園三角山に「愛の鐘」を設置。
一九六一	三六	水上勉、第四五回直木賞を受賞する。 坂井村が町制実施、坂井町となる。 福井大学機械・電気学科をそれぞれ機械工学科・電気工学科と改称。	福井県眼鏡卸商協同組合設立。

一九六二	三七	北陸トンネル（一万三八六九メートル）と福井電化が開通。北陸トンネル完成、敦賀・福井間電化完成。	福井鉄道（鯖浦線）水落・東鯖江間廃線。
一九六三	三八	橋本左内の銅像が左内公園に立つ。福井大学学芸学部付属中学校開校。三・八豪雪、福井市内で積雪二一三センチメートル。	「三八豪雪」、鉄道・道路すべてマヒ状態となる（市内の積雪二一三センチメートル、河和田小学校の体育館が倒壊）。鯖江市の新庁舎が西山町に落成。陸上自衛隊の施設隊が吉江町に駐屯。
一九六四	三九	不死鳥のねがい福井市民憲章制定。全国高校体操球技大会を武生で開く。	この年、市の人口が五万人を超える。
一九六五	四〇	台風23号で大野郡西谷村一帯に一〇四四㎜の集中豪雨、死者三三人、家屋の流失全壊一七九〇戸。	鯖江電報電話局が開庁、市内の電話が自動化。
一九六六	四一	福井大学学芸学部を教育学部と改称。内閣総理大臣、日本原電敦賀原発設置を許可。建設省、真名川ダム建設と大野郡西谷村の全村水没を決定。県鳥コウノトリ姿を消す。	四月　福井工業高等専門学校が下司町に開校。十一月　市民文化賞を制定。
一九六七	四二	大野郡泉村に長野ロックフィルダム建設。	王山古墳群、史跡に指定。
一九六九	四四	岩野市兵衛、重要無形文化財越前奉書の保持者として認定される。小葉田淳、学士院宣を受賞する。九月　京福永平寺線廃線。福井テレビ開局。	国立鯖江病院が完成。瓜生家住宅が重要文化財に指定。**189 若越観光詩集　福島桑村著・松村鐵心編**
一九七〇	四五	福井市で第一回日本眼鏡展開催。	
一九七一	四六	朝倉氏遺跡、国の特別史跡に昇格。	**193 近詠詩集　福島桑村著**

西暦	年号	事項	事項
一九七二	四七	鈴木千久馬、本県初の芸術院会員に選ばれる。 朝倉氏遺跡調査研究所、福井市に設立。 二月　三国線廃線。	加多志波神社『木造追儺面』が重要文化財に指定。 惜陰小学校が創立百周年を迎える。
一九七三	四八	福井市中央卸売市場の建設工事着工。 奥越青少年の森、大野市南六呂師に完成。	福井鉄道の鯖浦線全線が廃線され、バス運行となる。
一九七四	四九	福井市長選挙、大武幸夫当選。 県営永平寺有料道路開通。 福田一、自治大臣就任（第2次田中改造内閣）。	第一回やっしき祭開催される。
一九七五	五〇	金津町の吉崎御坊跡、国の史跡に指定。	越前漆器が伝統的工芸品の指定を受ける。 鯖江市で日本眼鏡展を開催、市内では初の開催。
一九七七	五二	宇野重吉、放送文化宣を受賞する。	兜山古墳が国の史跡に指定。 **198 六堂窓話　六堂（山本雅雄）著：竹内靜編**
一九七八	五三	南部陽一郎、本県出身者で初めて文化勲章を受賞する。	四月　東陽中学校が開校。 鳥井町の春日神社本殿が重要文化財に指定。 資料館が開館。 立待の杉本町に近松文学碑できる。
一九七九	五四	国公立大学の共通第一次学力試験が初めて実施される。 雨田光平、藤田良雄・南部陽一郎とともに福井市名誉市民第一号に選ばれる。 小浜市立郷土歴史資料館開館。 中野重治死去(77)。	五月　高年大学開校。 六月　図書館・文化センター開館。 八月　市の人口が六万人を超える。 十月　中国繊維技術視察団が来鯖、日中友好が始まる。

一九八〇	五五	福井医科大学開学。 丹南高校開校。 北陸自動車道敦賀・米原間開通、名神高速道に接続。 だるまや西武開業。 衆議院議員総選挙、牧野隆守・平泉渉・福田一・横手文雄当選。参議院議員選挙、熊谷太三郎当選。	四月　鳥羽小学校・県立丹南高校が開校。越前漆器伝統産業会館が落成。 七月　第一次訪中団を派遣。 十一月　日中友好協会設立。
一九八一	五六	県立図書館、福井市城東に移転開館。 朝倉氏遺跡資料館開館、県埋蔵文化財調査センター開設。 県庁舎新築落成記念式・置県百年記念式。	「五六豪雪」陸上自衛隊（五五〇〇人）が除雪救助。成人式も延期される。 新潟県村上市と姉妹都市締結。
一九八二	五七	県、2月7日を「ふるさとの日」に定める。 勝山市教委、中世代・白亜紀の化石が発見された北谷町中野俣一帯の地層を天然記念物に指定。	第25回日本漆器協同組合連合会全国大会を越前漆器会館で開催。 鯖江市商店街連合会設立。
		県立若狭歴史民俗資料館と若狭の里公園、小浜市遠敷に完成。	丹南高校男子アーチェリー部が全国高校アーチェリー選手権大会で優勝。
一九八三	五八	福井県文化振興事業団、『福井の文化』を創刊。	十一月　日中友好体操演技会を開催。 鯖江市公共下水道環境衛生センター竣工。
一九八四	五九	福井エフエム放送株式会社発足。 福井市に新明里橋完成。 県立博物館、福井市幾久町に開館。	五月　鯖江市めがね会館、鯖江市新横江に完成。 十一月　中国北京動物園から日中友好の交流事業として、レッサーパンダが贈られる。 田園都市構想モデル事業中核施設として、嚮陽会館が完成。

西暦	年号	事項	事項
一九八五	六〇	環境庁、大野市の御清水を名水百選に選定。福井市、連続真夏日53日を記録。フェニックスプラザ、福井市田原町に完成。	四月　西山公園「上段の庭」と西山動物園完成（「北の庭」は翌六十一年に完成）。五月　市制三十周年記念式典を行う。
一九八六	六一	県中小企業産業大学校、福井市下六条町に開校。	九月　日中友好体操競技演技会を開催。
一九八八	六三	宇野重吉死去(73)。県警察本部新庁舎完成。勝山市北谷で中世代の恐竜の化石発見される、「キタダニリュウ」「カツヤマリュウ」と命名。	四月　進徳小学校が開校。
一九八九	平成　元	昭和天皇死去(87)。皇太子明仁親王即位し一月八日より平成となる。消費税実施。	八月　第十六回やっしきまつりに姉妹都市村上市から「オシャギリ」来鯖。
一九九〇	二	三方町教育委員会、鳥浜ユリ遺跡で縄文中期から後期と推定される丸木舟を発掘。勝山市北谷町で日本で初めて角竜の化石を発見。	二月　長泉寺山遺跡から石釧が発掘、北陸では五例目。四月　鯖江市、第二十八回世界体操選手権開催地に決定。
一九九一	三	高速増殖炉「もんじゅ」、敦賀市白木に完成。一乗谷の「朝倉氏庭園」、国の特別名勝に指定。	天皇皇后両陛下が行幸啓され、嚮陽会館で地場産業をご視察。
一九九二	四	熊谷太三郎死去。勝山市北谷で恐竜の足跡化石を発見。	第一回うるしの里まつり開催。日野川に架かる新石田橋開通。
一九九三	五	福井県立大学小浜キャンパス、小浜市鳥越山に完成。国道27号金山バイパス全線開通。	二月　鯖江市国際交流協会設立。

一九九四	六	県立大学と浙江財経学院（中国）、学術交流協定に調印。県立病院と浙江省人民医院(中国)、医療交流にむけ合意書交換。武生市大虫神社の「木造男神座像」2体、国の文化財に指定。	八月　神明社の「神牛引雨乞神事」七〇年ぶりに再現。 八月　中央中体操部が全国中学校選抜体育大会で初優勝（体操団体総合女子）。
一九九五	七	日本道路公団、近畿自動車道敦賀線舞鶴東・小浜市岡津間の測量を開始。 阪神・淡路大震災。福井・敦賀市で震度4。	六月　市制四十周年記念式典を行う。 七月　農林業体験実習館（ラポーゼ河和田）が完成。 サンドーム福井が完成。 十月　世界体操競技選手権鯖江大会開催（一〇日間）。
一九九六	八	大野市、平家平ブナ林保全のため土地買収仮契約。	
一九九七	九	福井市今市町に県立音楽堂「ハーモニーホールふくい」開館。	西山公園管理事務所落成。 十二月　鯖江市文化の館が完成。 **227 古希記念　蓬山閑吟集　高岡和則（蓬山）著**
一九九八	一〇	勝山市北谷町で県内初の私立小学校「かつやま子どもの村小学校」開校。 県内初の複合型映画館「鯖江シネマ7」オープン。	五月　体操競技ワールド・カップ決勝鯖江大会開催。
一九九九	一一	武生市、北陸3県で初めて職員採用時の国籍条項の完全撤廃を決定。 敦賀港開港百周年記念「つるが、きらめきみなと博21」開幕。	鯖江市民活動交流センターオープン。

西暦	年号	事項	事項
		第12回全国健康福祉祭ふくい大会（ねんりんピック'99福井）開幕。	
二〇〇二	一四		**229内古希記念　蓬山閑吟集二　高岡和則（蓬山）著**
二〇〇五	一七		五月　市制施行五十周年記念式典開催。 十月　眼鏡産業生誕百周年記念式典。 十二月　鯖江警察署が下河端町に移転。 **236喜壽記念　蓬山閑吟集三　高岡和則（蓬山）著**
二〇〇七	一九		**238漢詩集　羅無流（らむる　襤褸）四十六冊　福嶋紫山著（一九六九～二〇〇七）**
二〇〇八	二〇		九月　市議会において男女共同参画都市宣言。 十一月　県眼鏡協会初の東京ショールーム「グラスギャラリー291」がオープン。 **242傘壽記念　蓬山閑吟集四　高岡和則（蓬山）著**

注「福井県関係各藩の重要事項（上段）
　鯖江関係の重要事項及び漢詩文収録書名と作者名（下段）総合年表」
　　作成に参照した文献

・福井県史　年表　福井県　平成十年刊
・鯖江市史　年表　（通史編　下巻）　鯖江市　平成十一年発行
・福井県の歴史　隼田・白崎・松浦・木村共著　二〇〇〇年
・福井県の百年　隼田・笠松・末広・木村共著　二〇〇〇年
・福井県教育史　三上一夫著　思文閣出版　昭和六〇年出版
・若越墓碑めぐ里　石橋重吉著　歴史図書社　昭和五十一年発行
・郷土歴史人物事典　印牧邦雄監修　第一法規　昭和六〇年出版
・新版　日本史事典　朝尾・宇野・田中共編　角川書店　一九九七年刊
・日本漢学年表　斯文会編　大修館書店　昭和五十二年発行
・日本漢文学大事典　近藤春雄著　明治書院　平成三年初版四刷発行
・近世藩政藩校大事典　大石学編　吉川弘文館　二〇〇六年刊。
・改訂増補漢文者総覧　長沢規矩也監修　長沢孝三編　汲古書院　平成二十三年刊
等である。

第二節　福井県関係の漢詩文収録書発刊（推定成立）年次一覧表

（漢詩文収録書籍の現在判明している収録作品数を「備考」に示した）。

通番	書名	編著者名	出版者	出版年	備考
1	庚申風月集	伊藤道基著		一七四〇	寫本〈一三二首〉
2	詩稿紗錄・全	伊藤縉著		一七四八・一二	寫本〈五〇首〉
3	千秋齋稿	清絢（清田儋叟）著		一七四八・一二	寫本〈五〇首〉
4	龍州詩抄	伊藤龍州著：高野眞齋編		一七五五	寫本〈三五〇首〉
5	勢多唐巴詩・名數畫譜（二巻一冊）	胡逸滅、方海著：惠菜、安陀羅校		一七七一	和装本
6	孔雀楼文集	清田絢儋叟著		一七七四	和装本〈一七一首〉
7	孔雀楼文集（七巻四冊）巻一、二が詩巻。	清田絢著：清田勳編	平安書林日野屋源七〔ほか〕二名	一七七四・五	和装本〈一七一首〉
8	鶴皐先生遺稿　合本（三巻一冊）	小栗元愷子佐著：小栗尚素玄瑞編	野田七兵衛〔ほか〕	一七七八	和装本
9	小丘園集　初編　巻一～巻一〇（一〇巻五冊）	菅時憲習之（秋元小丘園）著：公弼、勝諧、子英、平周藏輯校	伊勢屋吉兵衛	一七八二・八	和装本〈一、〇二四首〉
10	邀翠館集（四巻四冊）	伊藤縉著：伊藤榮吉（君嶺）編	端順助　林伊兵衛	一七八五	和装本〈六八五首〉
11	龍川詩鈔（龍川先生詩鈔）（五巻三冊）	清田勳著：柚木孟毅、河合預合校	平安書林	一七八九	和装本

12	北陸游稿　乾・坤（二巻二冊）	韓天壽（中川長四郎）著		〔一七九五〕	寫本
13	自怡堂詩稿　付　石田大紳遺詩（三巻三冊）	伊藤榮吉著：森嵩編：加古邦鸞校	文錦堂　文曉堂	一七九五・二	和装本〈三四一首〉
14	西依成齋詩文集			〔一七九七〕	西依家に藏する半紙和綴本（和装本）（詩〈七八首〉、文〈二〇首〉）
15	歳華百詠　全（上下二巻一冊）	松本愼幻憲著		一八〇六	寫本〈一〇一首〉
16	炎洲雜詩・完（炎洲詩稿）	雨森增質有文著		〔一八一四〕	寫本〈三一五首〉
17	観海詩樓小稿　完（観海小藁）	小栗光胤萬年著：小栗光胤萬年編	植村藤右衛門〔ほか〕	一八二八	和装本〈一四六首〉〈文・前三、後三、合計六〉
18	観海小藁・全	小栗光胤（十洲）著	植村藤右衛門	一八二八	傳寫本〈一二六首〉〈文・前三、後三、合計六〉
19	詠百首詩歌・全	高野眞齋著		一八三五	寫本〈一〇〇首〉
20	詠草千歳友（九巻八冊）	橋本政恒著		一八三八	寫本〈四〇首〉
21	懷古詩纂	高野春華編		〔一八三九〕	寫本
22	越國詩文集	高野春華編		〔一八三九〕	寫本
23	越國名勝詩纂	高野春華編		〔一八三九〕	寫本
24	春華詩草（二巻二冊）	高野縑著		〔一八三九〕	寫本〈五六〇首〉
25	春華詩草（一巻一冊）	高野春華（縑：君素）著		〔一八三九〕	寫本〈五六〇首〉

通番	書名	編著者名	出版者	出版年	備考
26	春華詩草（一巻一冊）	高野春華（緑・君素）著		〔一八三九〕	寫本〈五六〇首〉
27	浩齋文稿	大鄕浩齋著		〔一八四二〕	寫本（詩〈二八首〉、文〈一二首〉）
28	捉月亭詩會發題三十首共分韵	大鄕浩齋著		〔一八四二〕	寫本〈二九首〉
29	常足齋遺事（芥川家文書）	芥川舟之（歸山）編著		一八四二〜一八四八	寫本〈本人・別人作合計一九首〉
30	所須園詩草	山岸惟重子欽夫著	天保一四・一八四三年書寫	一八四三	和裝本〈一三〇首〉
31	靜觀舍八勝	高野進著		一八四三	寫本〈八二首〉
32	汲古窟詩集（青柳家藏・鯖江まなべの館所藏）			一八四四	寫本〈三五三首〉
33	進德詩集	福井師範學校女子部筆寫		一八四六	寫本〈四二四首〉
34	琴岳詩稿（汲古窟信筆第十卷）	鈴木大壽著		一八四七〜五〇	寫本〈五九首〉
35	柏堂詩藁	橋本政住著		一八四八	寫本〈六首〉
36	進德館詩集（汲古窟信筆第九卷）			一八四九	寫本〈一〇首〉
37	琴岳覆甕鈔謄（汲古窟信筆第十卷）	鈴木大壽著		一八五〇	寫本〈四四首〉
38	嘉永三庚戌戲曆附新年之作（汲古窟信筆第九卷）			一八五〇	寫本〈一六首〉

39	萬斛先春（汲古窟信筆第九巻）			一八五〇	寫本〈九首〉
40	進徳社詩（汲古窟信筆第十巻）			一八五〇	寫本〈九首〉
41	辛亥詩集（汲古窟信筆第十一巻）			一八五一	寫本〈一七首〉
42	東海行程記	松平慶永著：高野眞齋手批編		一八五三・三	寫本〈三一首〉
43	乙卯二月花下對月（待月亭謾筆第十三巻）			一八五五	寫本〈一四首〉
44	百家雪（待月亭謾筆第十五巻）			一八五六	寫本〈一四首〉
45	賞春詩巻（待月亭謾筆第十六巻）			一八五六	寫本〈一五首〉
46	丙辰詩稿（待月亭謾筆第十九巻）			一八五六	寫本〈四三首〉
47	吟草（待月亭謾筆第二十三巻）			一八五六	寫本〈四二首〉
48	詩稿（待月亭謾筆第二十三巻）			一八五六	寫本〈七六首〉
49	松齋詩稿	間部詮實著		〔一八五六〕	寫本〈八四首〉
50	容安吟草	容安橋本左内著		一八五七	寫本
51	詩百首和歌題（和歌題百首）	高野眞齋著		一八五九	寫本〈一〇〇首〉
52	眞齊詩歌集	高野眞齋著		一八五九	寫本
53	山行詩集	高野眞齋著		一八五九	寫本
54	感興二十首（巻軸一巻）	松平春嶽（慶永）著		一八六〇	巻軸、美装桐箱入〈二〇首〉

通番	書名	編著者名	出版者	出版年	備考
55	還郷襍詩十首（待月亭閒筆第八巻）	鶴汀		一八六一	寫本〈一〇首〉
56	石山漁唱（枕流軒雜記）上・下（二巻二冊）	三國幽眠著		一八六二	
57	癸亥詩集（對月亭閒筆第二十巻）			一八六三	寫本〈一六首〉
58	鯖江詩稿之寫（待月亭閒筆第二十巻）			一八六三	寫本〈八首〉
59	幽眠詩草（三巻?二冊）	三國幽眠著		〔一八六三〕	寫本（欠：二の巻）
60	橋本政恒翁詩集	橋本政恒著		〔一八六六〕	寫本〈三四四首〉
61	桂園小稿　附：詩文雜抄	土屋煥著		〔一八六七〕	和装本、拵帙〈二六四首〉
62	順正書院詩・完	新宮貞亮文卿編		一八六九	和装本
63	吟稿（容安吟草原稿　但　藜園遺草下ノ原本）	橋本左内著		一八七一	和装本
64	藜園遺草　巻之上	橋本左内著	和泉屋金右衞門	一八七一	和装本
65	藜園遺艸　巻之下	橋本左内著	和泉屋金右衞門	一八七一	和装本
66	絶唱適意錄			〔一八七一〕	和装本
67	藜園遺草　巻上・下（二巻二冊）	橋本紀、伯綱（橋本左内）著：橋本綱維、橋本綱常編	玉巌書堂	一八七一・一	和装本

番号	書名	著者	出版者	年	備考
68	鐵心遺稿（八卷四冊）	小原寛栗卿著	小原氏藏梓	一八七三・十一	和裝本〈四九八首〉
69	西溪漁唱	青柳柳塘著		〔一八七六〕	寫本〈一、二四五首〉
70	西溪漁唱（八卷四冊）	青柳柳塘著		〔一八七六〕	寫本〈一、二四五首〉
71	西溪漁唱後集	青柳柳塘著：男柳崕子肅集		〔一八七六〕	寫本〈四二首〉〈文・六首〉
72	西溪漁唱後集	青柳柳塘著		〔一八七六〕	寫本〈四二首〉
73	醉華抄 乾・坤（二卷二冊）	廣部鳥道著		一八七八・六	和裝本
74	血痕集	杉田定一著	杉田定一	一八七八・八	和裝本、明治一二年の復刻本〈一〇五首〉
75	都遊紀行	竹内淇著		一八八〇	寫本〈本人作一二五首、別人作一首〉
76	眞齋遺稿	高野進德卿：高野勉編		一八八一	和裝本〈九一首〉
77	三笑堂敎餘一滴（外題：敎餘一滴）	小泉靜著		一八八一	寫本〈三二八首〉
78	以文會錄事			〔一八八一〕	寫本〈一〇六首〉
79	眞齋遺草（眞齋遺稿）	高野眞齋、進德卿著：高野勉編	平澤潤助	一八八一・六	和裝本〈九一首〉

通番	書名	編著者名	出版者	出版年	備考
80	吟草・詩稿（「待月亭謾筆」第二三巻）			〔一八八四〕松堂沒以前	寫本
81	常足齋詩稿	常足齋（閒部松堂）著		〔一八八四〕	寫本〈三一九首〉
82	（題名なし）（三卷三冊）	辻森要眼著		一八八五	こより綴
83	箕堂小稿	竹内淇著		一八八五	寫本〈一一三首〉
84	學橋遺稿（一卷三冊）	大鄕學橋著：大鄕利器太郎編	葵萃書屋	一八八七	和装本〈本人作五六首、別人作二六首〉
85	靜齋詩文抄	吉田拙藏編著		〔一八八七〕	寫本〈一八〇首〉
86	小楠遺稿	横井小楠著：横井時雄編	民友社	一八八九 一八九八、再刊	
87	吉田拙藏　略傳詩抄	石川三吉編	石川三吉	一八八九・八	和装本〈六〇首〉
88	團欒餘興	小笠原長育著	小笠原長育	一八九〇・一	〈三〇首〉
89	毛川遺稿（二卷二冊）	林芥藏著：林愼助〔ほか〕編	林鶴太	一八九一・一〇	和装本
90	老懷雜錄草稿　全	栗柄某〔ほか〕編著		〔一八九二〕	和装本
91	穆如淸風（雨雲淸唱）	矢田部雨山、石橋雲來著		一八九三	寫本
92	航西詩稿　全	南條文雄著	池田謙吉	一八九三・一二	和装本

番号	書名	著者・編者	発行者	刊年	形態
93	鼓橋草稿集　二	橋本政武著		〔一八九四以前〕	寫本〈一九五首〉
94	山高水長圖記（三巻三冊）	鴻雪爪著	鴻雪年	一八九四・五	和装本
95	秋聲窓詩鈔別集（二巻一冊）	關義臣著：山本道知編	山本道知	一八九四・七	和装本
96	蓼水存稿　付　松田和孝傳	松田和孝著：松田直人編	白井光太郎	一八九四・九	和装本〈七七首〉
97	養浩堂詩文稿（養浩堂艸稿　養浩齋艸稿）	横田秀著		〔一八九九〕	寫本〈一三八首〉
98	漫遊雜吟　付：清默洞詩稿	青柳柳塘著：青柳柳崕著		〔一九〇〇〕	寫本〈二一八首〉
99	懷舊集・全　付懷舊後集			一九〇〇・七	和装本〈二首〉
100	木齋遺稿	山本居敬公簡著		一九〇一	傳寫本〈二首〉
101	春嶽遺稿（四巻四冊）巻一が漢文巻二が詩巻	松平春嶽（慶永）著：松平康莊編	秀英舍第一工場	一九〇一・一〇	和装本、拵一帙〈三六八首〉
102	木齋遺稿　乾・坤（二巻二冊）	山本居敬公簡著：木齋翁追遠會編	秀英舍	一九〇一・一一	和装本
103	丹山小稿	丹山著：高島正編		一九〇三・六	傳寫本〈六〇首〉
104	藤島餘芳　完	富田厚積編	藤島神社社務所	一九〇三・九	和装本
105	藤島餘芳　續編（全）上・下（二巻一冊）	關義臣編	松邑三松堂	一九〇四・一一	和装本

通番	書名	編著者名	出版者	出版年	備考
106	清默洞詩稿（四巻四冊）	青柳柳崕著		一九〇六	寫本〈一、二六七首〉
107	橋本左内全集	景岳會	景岳會	一九〇八年 上下二冊本は一九三九年刊	
108	笙社集己酉（笙社詩集）付笙吹餘響	笙社編	笙社編	一九〇九	和装本
109	梅村枯葉集　付：瓜生寅履歴	瓜生寅著		一九一三	寫本、著述目錄等を合綴
110	北莊遺稿	斯波有造積著：斯波貞吉編	〈東京府豊多摩郡代々木字山谷一六六〉斯波貞吉	一九一三・九	大正二年一一月一一日著者の三回忌に配布
111	天如山八境詩　付：橡栗餘芳	孝顯寺鐵叟編	老梅室開雕	一九一三・一一	和装本
112	天如山八境詩　付：橡栗餘芳	孝顯寺鐵叟編	摩瓢會	一九一三・一一	傳寫本
113	還讀齋遺稿	富田厚積著：富田婉編	岐阜市	一九一三・八	和装本〈一、七〇〇首〉
114	還讀齋遺稿　付　凹縣先生傳（二巻二冊）	富田厚積（あつみ）著：富田婉編	岐阜縣河田貞次郎	一九一三・八	和装本
115	還讀齋遺稿・續	富田厚積著：富田婉編	岐阜市	一九一三・八	和装本
116	野鷗松谷先生遺艸	松谷野鷗（彌男）著：岡井愼吾編	一九四五年編集	〔一九一四〕野鷗沒以前	和装本、拵帙〈三二九首〉

No.	書名	著編者	発行者	発行年	備考
117	呦々鹿鳴莊詩稿　上	嶰谷散人德著		一九一四	和裝本〈二四九首〉
118	磯曳網	江口成德		一九一四、一九八〇複刻(若狭史學會)	
119	小旅嵩	山本小坡（匡輔・翼・琴古）著		一九一四	こより綴
120	淨勝寺丹山	山田秋甫編	淨勝寺上野順政	一九一四・九	〈八五首〉
121	霜晴小旅	山本小坡（匡輔）著		一九一六	こより綴
122	鶉山詩鈔	杉田定一著	高倉嘉夫	一九一七・一二	和裝本〈二四九首〉
123	芳涙集	江口成德（嶰谷）著：清風滄史編	江口謹三	一九一七・三	大和綴
124	納沙布日誌　全	松浦竹四郎著：源弘編	源弘	一九一八	和裝本〈二首〉
125	燕雲楚水	榜伽道人（釋宗演）著	東慶寺	一九一八・五	和裝本、拵帙
126	晚翠詩鈔	松本勝基著：松本勝敦編	武生鄉友會所	一九二〇・一一	〈二五二首〉
127	吉田拙藏傳			一九二〇・一一	和裝本〈十一首〉
128	椰陰集　漢詩文	小泉靜（了諦）著		一九二二	和裝本、拵帙〈詩四一二首、文二四首〉

通番	書名	編著者名	出版者	出版年	備考
129	秋聲窓詩鈔・全	關義臣著：關義壽編	關義壽	一九二三・三	和装本〈三七〇首〉
130	東篁遺稿	吉田東篁著：山口透編	山口透	一九二三・一二	和装本〈二四七首〉
131	東篁遺稿　完	吉田東篁著：山口透編	山口透	一九二三・一二	和装本〈二四七首〉
132	西京遊草	山田秋甫著	詩禪文庫	一九二五・一	和装本〈三〇首〉
133	吉堂遺稿	内海復休卿著	内海達太郎	一九二五・一〇	和装本〈三二首〉
134	洗塵集			〔一九二六〕	和装本
135	醉華吟	廣部鳥道著：橋川時雄〔ほか〕編	橋川時雄〔ほか〕周年記念刊	一九二六・六	和装本、金子雪齋逝世
136	南行記（勤王遺蹟南行記）（二巻一冊）	勝屋馬三男（まさお）著	大隈榮一	一九二六・七	和装本
137	渡邊洪基小傳	渡邊信四郎編著	武生鄉友會所	一九二七・一二	
138	山本小坡唫稿（九巻九冊）	山本翼（匡輔）著		一九二八	寫本
139	一三詩集（四巻一冊）	高橋濟一編著	高橋濟一	一九二八・三	
140	小楠堂詩草	横井小楠著	民友社	一九二九・五	和装本、掵帙、著者自筆本の複製

No.	書名	著編者	発行者	年月	備考
141	若越愛吟愛誦集	石橋重吉編	石橋重吉	一九二九・五	假綴
142	若越愛吟愛誦集	石橋重吉選	福井縣立福井高等女學校同窓會	一九二九・五	假綴
143	梅田雲濱遺稿竝傳・全	青木晦藏、佐伯仲藏編	有朋堂書店	一九二九・一〇	
144	梅花白屋詩鈔　上・下（二卷二冊）	皓堂田保橋四朗明卿著：田保橋四郎平編	田保橋四郎平	一九三一・一一	和装本、拵一帙
145	鶚軒詩稿　卷一～三（三冊）	土肥慶藏著：裳川岩溪晉編	土肥健男	一九三一・一一	和装本、拵一帙
146	道雅上人遺藁	道雅著：和田幽玄編	信之日本社	一九三一・一二	和装本
147	宜南峰（自選詩歌句集）	井上一著	井上一先生還暦祝賀會	一九三二・二	〈三〇首〉
148	萊橋遺稿	滋賀有作著：滋賀貞編	滋賀貞	一九三二・三	和装本、別冊「萊橋餘芳」共拵一帙
149	橋本左内言行錄	山田秋甫編	橋本左内言行錄刊行會	一九三二・九	昭和六三年九月再販
150	南畝詩鈔	鷲田南畝（又兵衛）著：鷲田修編		一九三三	和装本〈三〇一首〉
151	梅田雲濱先生・全	内田周平、佐伯仲藏編	有朋堂書店	一九三三・一〇	
152	瀧谷寺道雅（三編一冊）	山田秋甫編	道雅上人遺德顯彰會	一九三三・一〇	和装本
153	晩芳詩集	晩芳河原知亮著	河原知亮	一九三三・一〇	和装本

通番	書名	編著者名	出版者	出版年	備考
154	惠の光	酒井孫四郎（純熙、得所）著：酒井太藻津（潤太郎、元保）編	酒井太藻津	一九三三・一一	和装本
155	松南遺稿	石渡秀實（松南）著：石渡篤編	石渡篤	一九三三・一二	和装本
156	松井耕雪翁傳	石橋重吉著	松井耕雪翁遺德顯彰會	一九三四・一一	〈四七〇全首〉
157	松原詩稿	市毛馨編著	市毛馨	一九三四・八	假綴〈四五首〉
158	霞洞餘綺	武田霞洞著：角田弧峰選抄		一九三五	和装本〈五八首〉
159	柿堂存稿	岡井愼吾著	岡井愼吾	一九三五・一一	〈二一首〉
160	琴廼舍家集	河津直入著：河津祐一編	河津祐一	一九三五・三	假綴〈四三首〉
161	征露詩記 『吉川村鄉土誌』第二輯所收	著者不詳 丹羽郡吉川村役場編輯	丹羽郡吉川村役場出版	一九三五・六	日露戰爭を詠った七言絶句三八首
162	道雅上人詩文集	道雅著：和田幽玄編	信之日本社	一九三五・七	和装本
163	鴻雪爪翁山雨樓詩文鈔	鴻雪爪著：小林正盛（雨峰）編	信之日本社	一九三六・一〇	和装本
164	橋本綱常先生	日本赤十字社病院編	日本赤十字社病院	一九三六・一一	
165	混沌社の長老鳥山崧岳翁小傳	石橋重吉著	福井圖書館（福井）（印刷は岐阜市河村貞次郎）	一九三六・五	假綴〈四九九首〉

166	金崎宮御祭神六百年大祭獻詠集	同上奉賛會	山幸紙店印刷部	一九三七・一二	和装本〈二七八首〉
167	碩果詩艸 上・下（二巻二冊）	南條文雄著：和田幽玄編	南條先生頌德記念會	一九三七・一二	和装本、拵一帙
168	芳賀矢一文集	法賀壇編	冨山房	一九三七・二	〈三七首〉
169	鴻雪爪翁 付錄 江湖翁遺稿	鴻雪爪著：服部壮夫編	福井市孝顯寺内今成覺禪	一九三八・一二	
170	椰陰詩文鈔 附：小泉了諦小傳（二巻一冊）	小泉了諦著：小泉了海編	小泉了海	一九三八・三	〈詩三九一首、文一二首〉
171	芳草庵詩稿（六巻二冊）	松本勝敦著：松本秀彦編	松本秀彦	一九三八・一二	和装本、藍色帙〈四六二首〉
172	横井小楠 上巻傳記編、下巻遺稿編（二巻二冊）	山崎正董編	明治書院	一九三八・五	
173	呉石詩草（二巻二冊）	西脇靜著	臨池會 西脇安	一九三八・八	和装本、拵一帙
174	忠勇義烈新田精神：近代名士の詩歌文集	熊谷五右衛門編	新田精神普及會	一九三九・一〇	和装本
175	晩成園隨筆	山田斂著：東浦庄治編	帝國農會	一九四二・二	
176	横井小楠遺稿	山崎正董著	日新書院	一九四二・七	
177	横井小楠傳（三巻三冊）	山崎正董著	日新書院	一九四二・七	
178	市橋保治郎少壯時代詩歌稿集	市橋保治郎著：笠原信太編	明治印刷	一九四七・八	和装本〈八八首〉

通番	書名	編著者名	出版者	出版年	備考
179	大野藩士贈正五位早川彌五左衛門翁小傳	石橋重吉	同傳記刊行會	一九四八・三	
180	早川彌五左衛門武英	齋藤秀助著	早川彌五左衛門武英傳刊行會	一九五三・三	假綴
181	福井善慶寺墓所憶景岳橋本先生十首(橋本左内先生啓發錄評釋)	咬菜學人石橋重吉著	武生鄕友會	一九五四・七	
182	岳洋遺詠	前田庄三郎著:澤村伍郎編	福井宗教文化協會	一九五八・七	假綴
183	入山偶拈　外	熊澤泰禪著	永平寺不老閣	一九六〇	假綴謄寫〈三三首〉
184	正法眼藏讚偈・全	熊澤泰禪、祖學、大光圓心著	大本山永平寺不老閣	一九六二・二	和裝本
185	入山偶拈　拈山閒閒	熊澤泰禪著	大本山永平寺不老閣三應寮	一九六二、二	假綴
186	呉石詩草　付　呉石詩草讀解(四卷四冊)	西脇靜著:西脇安編		一九六三・四	和裝本、拵一帙、著者手筆の複製本
187	山本神馨詩吟抄	山本豐(神馨)編著	和敬愛塾	一九六六・一一	
188	栖圃内藤敏夫先生作絶句五首	内藤敏夫著:前川幸雄編		一九六九	諸誌よりの蒐集
189	若越觀光詩集	福島桑村著:松村鐵心編	福島桑村	一九六九・一一	〈四一首〉

番号	書名	著者・編者	発行	年月	備考
190	雪菴廣錄（四卷四冊）	熊澤泰禪著：天藤全孝編	永健寺	一九六九・四～一九八一・一	
191	蜘蛛の綱	赤見貞著	赤見貞先生喜壽記念出版	一九七一・二	「雲濱八景考」の漢詩
192	譯注鴻雪爪山高水長圖記	鴻雪爪著：村上甚兵衛國譯：毛利和美校注	因島市教育委員會、因島鄉土文化研究會	一九七一・四	
193	近詠詩集	福島桑村著	福島桑村	一九七一・八	假綴〈一五七首〉
194	還曆之賦・連山詩稿	連山澄田政夫著	澄田政夫	一九七五・六	假綴〈五五首〉
195	中根雪江先生	中根雪江著：松平永芳編	河和田屋印刷	一九七七・一〇	
196	山本神馨詩吟抄下	山本豊著	和敬愛塾	一九七七・一〇	假綴、謄寫印刷
197	詩集・総角	鈴木長次著		一九七七・七	
198	六堂窓話	六堂（山本雅雄）著：竹内靜編		一九七七・一二	〈二三首〉
199	堂谷憲勇先生遺芳	堂谷憲勇先生遺芳編集委員會編	福井縣上中町同刊行會、法順寺	一九七八・一一	〈四〇首〉
200	血痕集	杉田定一著	杉田定一	一八七九・一〇 一九八八、復刻	和裝本〈二〇五首〉
201	岡倉天心全集（第七卷）	岡倉天心著：隅元謙次郎〔ほか〕編	平凡社	一九八一・一	

通番	書名	編著者名	出版者	出版年	備考
202	杉田玄白日記　鷧齋日錄（蘭學資料叢書　六）	杉田玄白著：杉靖三郎校編	青史社	一九八一・一〇	〈一五六首〉
203	瓦礫集	坪川秀治著	自家版	一九八二・三	假綴
204	故園の情：服部修一詩文集	服部修一著	服部修一	一九八二・九	
205	老いを味わう	亀田八十郎著	亀田喜三郎	一九八三・三	假綴
206	瓦礫集・續	坪川秀治著	自家版	一九八三・六	假綴〈一〇六首〉
207	環溪禪師語錄	久我環溪著：永平寺内同刊行會編	宮崎奕保	一九八三・九	和装本
208	吉田拙藏自筆日誌（吉田拙藏大野丸航海日誌（安政六年））	吉田拙藏編著	大野市役所（大野市史第五巻）	一九八四・三（昭和五九年）	〈一二首〉
209	詩集・續総角	鈴木長次著		一九八四・四	
210	好日好時	秦彗玉著	藤木隆宣	一九八四・六	
211	雪鴻禪師語錄	雪鴻著：永平寺内同刊行會編	宮崎奕保	一九八四・九	和装本
212	啄霞山房詩存（牧心艸廬詩存四巻四冊）	山田誠一（啄霞山房）著	山田誠一	一九八五	和装本、拵四帙〈二四四首〉
213	南朝詠詩	山田誠一（啄霞）著	山田誠一	一九八五	和装本、拵帙〈一三首〉
214	出生の謎　青蔭雪鴻傳	青園謙三郎著	つぼた書店	一九八五・六	

215	續瓦礫集	坪川秀治著	坪川秀治	一九八六・二	假綴、謄寫印刷
216	江南漢詩紀行	永井洸龍著	永井洸龍	一九九〇	假綴
217	洸龍瓦礫集	永井洸龍著	永井洸龍	一九九〇	假綴
218	吉田光年先生漢詩遺稿集	吉田洸年（稔也）著　永井洸龍（龍巳）編	永井洸龍	一九九〇・二？	假綴〈八二首〉
219	洸龍瓦礫集（一六卷一一冊）	永井洸龍著	永井洸龍	一九九〇・春	假綴〈三三三首〉
220	文字同盟　第一卷（復刻版）	橋川時雄主編：今村與志雄編	汲古書院	一九九〇・六	橋川時雄〈八首〉
221	文字同盟　第二卷（復刻版）	橋川時雄主編：今村與志雄編	汲古書院	一九九〇・七	
222	文字同盟　第三卷（復刻版）	橋川時雄主編：今村與志雄編	汲古書院	一九九一・二	
223	詩林逍遙	永光龍著	永井龍巳	一九九一・一二	〈九五首〉
224	秦彗玉禪師法語録	秦彗玉著：秦彗孝編	秦彗玉禪師法語録刊行會	一九九一・四	函
225	永光龍漢詩抄　詩林悠遊	永光龍著	永井龍巳	一九九五・四	〈一〇〇首〉
226	林雪蓬とその周邊	河合清仙著	河合清仙	一九九六・二	
227	古希記念　蓬山閑吟集	高岡和則（蓬山）著	松田印刷所	一九九七	〈五二首〉
228	成齋・西依周行—奇骨の書—	生誕三百年記念事業實行委員會		二〇〇一・十	

通番	書名	編著者名	出版者	出版年	備考
229	内古希記念　蓬山閑吟集二	高岡和則（蓬山）著	松田印刷所	二〇〇二・四	〈七三首〉
230	服部雄山集・紫薇	服部迪子編		二〇〇三・五	巻頭に悼詩〈四首〉、本文〈一三三首〉
231	光龍漢詩紀行　第一巻（カナダ・欧州編）	永光龍著	永井龍巳	二〇〇三・一	〈八九首〉
232	小笠原長守公の七絶二首訓解	平泉浤祥著	昭明文庫	二〇〇四・六	〈二首〉
233	光龍漢詩紀行　第二巻（中國・東南アジア編）第一輯	永光龍著	永井龍巳	二〇〇四・八	〈一二九首〉
234	光龍漢詩紀行　第三巻（中國・東南アジア編）第二輯	永光龍著	永井龍巳	二〇〇四・一一	〈一一〇首〉
235	西依成齋基礎資料集	岸本三次編	岩田書店	二〇〇五・三	
236	喜壽記念　蓬山閑吟集三	高岡和則（蓬山）著	松田印刷所	二〇〇五・五	〈八一首〉
237	光龍漢詩紀行　第四巻（日本編）	永光龍著	永井龍巳	二〇〇五・六	〈一二三首〉
238	漢詩集　羅無流（らむる　襤褸）	福嶋紫山著	福嶋紫山	一九六九～二〇〇七	第一～四六集〈六二〇二首〉
239	料亭「竹留」所藏　小笠原長守公の紙幅訓解	平泉浤祥著	昭明文庫	二〇〇七	〈二首〉
240	出井克子漢詩集　「中國探歷」『星海』第五號所收	前川幸雄編	以文會友書屋	二〇〇七・二	〈六首〉

通番	書名	編著者名	出版者	出版年	備考
241	小笠原長通公の『勝山十二景木額詩』をよむ	平泉浤祥著	昭明文庫	二〇〇八	〈一二首〉
242	傘壽記念　蓬山閑吟集四	高岡和則（蓬山）著	松田印刷所	二〇〇八・三	〈七二首〉
243	橘曙覧の漢詩　入門	前川幸雄著	以文會友書屋	二〇〇九・一一	〈九首〉
244	鯖江の漢詩集の研究（論考編）	前川幸雄著	以文會友書屋	二〇一二・一〇	
245	内藤敏夫（栖圃）先生漢詩集　註釋	前川幸雄著	以文會友書屋	二〇一三・一一	〈六首〉

補足
〈漢詩〉日本

通番	書名	編著者名	出版者	出版年	備考
1	孝婦記（美濱町・早瀬區文書） ※「いと」の舅に対する孝行を顕彰した書で、俳句・和歌・漢詩を収錄。	三宅菜根編		一七七一年	（九首）
2	鶴農よはひ（高橋家文書） ※河原市の伊藤道信（醫號宗元）の傘壽賀記念發句、和歌漢詩集	伊藤信前（一輔）編		一八〇八年	（一一首）
3	丹生郡人物誌	山田秋甫著	詩禪文庫 再版本（歴史圖書社）	一九一二年 再版本は一九七六年	丹生郡人の漢詩文がある。
4	冠峯古稀壽詩	小菅劍著		一九二〇年	（福井縣人作、詩三首、文一首）

通番	書名	編著者名	出版者	出版年	備考
5	日本漫遊詩草	多田清著	岡本省三	一九二四年	（福井の地名の漢詩四首）

補足

〈漢詩〉中国

通番	書名	編著者名	出版者	出版年	備考
1	東瀛詩選（四十四巻十六册） 同書の影印本（六一六頁）	（清）兪樾撰（光緒九年・一八八三年の序） 佐野正巳編	 汲古書院	光緒（一八七三―一九〇九）年間 昭和五六年・一九八一年	福井縣關係八名（五二首）
2	日本漢詩三百首（三三〇頁）	馬歌東選註	世界圖書出版西安公司	一九九四・九	福井縣關係二十四名（四二首）

〈漢文〉

通番	書名	編著者名	出版者	出版年	備考
1	春華文稿	高野春華著		一八三九年成立	和裝本
2	眞齊文集	高野眞齋著		一八五九年	和裝本
3	西溪漁唱後集	青柳柳塘著 男柳涯子肅集		（一八七六）	寫本 〈文・六首〉 〈詩・四二首〉
4	芥川歸山先生閲 『膾炙絶唱　全』 ※未刊の「芥川家文書」の「行狀」と「墓誌銘」が入っている。（備考欄参照）	波多野增 野村　海	伊東武彦	一八八〇年	芥川丹邱先生行狀（芥川）元澄 芥川思堂先生墓碑銘（芥川）希由

No.	書名	著者・編者	発行	年	備考
5	立軒存稾(上・中・下三巻)	立軒矢島剛著	矢嶋平格	一八八五年	(文・一一三六首)
6	春嶽遺稿（巻一）	松平春嶽		一九〇一年	
7	清默洞文稿（三巻）	青柳柳崕著		（一九〇六年）	
8	橋本左内全集	景岳會	景岳會	一九〇八年 上下二冊本は一九三九年刊	
9	秋聲窓文鈔	關義臣著	松邑三松堂	一九一四年	
10	問亭遺文	本城賁著	水城水棹子	一九一六年	
11	『ふるさと芦原町碑探訪』 ※碑の一つの面に漢文を刻した碑が五基ある。	市村敬二著	市村敬二	二〇〇三・二	(文・五首)
12	勝山市の石碑 ※碑文毎に寫眞があって一目瞭然である。ただし、「漢文」は勝山の藩校の關係に少数あるだけで、他は日本文である。全ての碑文に大意が短く紹介されている。	勝山市教育委員會史蹟整備課	勝山市	二〇一四・三	
13	福井縣美濱町の關係の漢詩文の資料の註釋 ・「石碑の文芸」 (わかさ美濱町誌第八巻 『著す・傳える』第三章) ・「若州良民傳の序文」	 前川幸雄著 前川幸雄著	 美濱町 美濱町	 二〇〇四年 二〇〇四年	

通番	書名	編著者名	出版者	出版年	備考
	・「木子氏棟齋の碑文」(わかさ美濱町誌第三巻『拝む・描く』第二章「美濱の神社と寺院の建築」) ・「美濱をさかのぼる」(中國語版)(わかさ美濱町誌第十一巻)	前川幸雄著 易洪艶・前川幸雄共同翻譯	美濱町 美濱町	二〇〇五年 二〇一一年	
14	今立郡碑文集	高橋家(白鹿館文庫藏。鯖江まなべの館、複寫藏)		書寫年月未詳	

〈雑誌〉

通番	書名	編著者名	出版者	出版年	備考
1	漢詩界(二十四卷、二十四冊)	和田甚三郎	北陸文學會	一九一三～一九一四年	(月刊誌)
2	越風香草(第一號～第十六號)	越風吟社	越風吟社	一九九九～二〇一四年	(年刊誌)(各號三五首前後)
3	高年大学「歩み・文集」第二十八号～三十一号(文芸部漢詩会、作品)	鯖江市高年大学自治会文集編集委員会	鯖江市高年大学自治会	二〇一一・一一 二〇一二・一一 二〇一三・一一 二〇一四・一一	(年刊誌) 二〇一一(四首) 二〇一二(六首) 二〇一三(五首) 二〇一四(七首)
4	湊雅風 創刊号	坂井市三国町南本町湊吟社	坂井市三国町南本町湊吟社	二〇一三・三	(二九首)

『酒井家文庫綜合目録』に記載する書籍等で出版（成立）年等不明なものをあげる。

通番	書名	編著者名	出版者	出版年	備考
1	感興詩				和装本〈二〇首〉
2	興於吟社々員詩集	本多撲堂、吉井鶯羽等編			和装本〈一九五首〉
3	汎鷗詩歌稿集				和装本

なお、5勢多唐巴詩、90老懐雑録草稿　全、134洗塵集も不詳の箇所が多い。

また、次にあげるものは、『酒井家文庫綜合目録』の「九一九　日本漢詩文」（三一四～三一八頁）の「5　近世」に示されているものである。詳細は「福井県関係現存披見漢詩集初探」（第五稿）福井工業高等専門学校　研究紀要　人文・社会科学　第二十五号、64～62（9～11）頁に掲載してある。

古文書（酒井家文庫）

通番	書名	編著者名	出版者	備考
1	石記	酒兼山識	一七三三	享保一八發巳歳仲春日、寫本
2	箕浦直彝詩文	箕直彝撰	一七九四	靈臺故恭賦之詩、寛政甲寅三元口號、寫本（破損多し）
3	山口定一詩文子	箕浦直彝	一八〇三	見賀賓老之作詩、享和三年三月三日、寫本
4	山口平三詩文	箕浦直彝	一八〇三	酬、享和三年三月三日、寫本
5	送山口君之若狹序　天保二年辛卯秋八月望	安竝雅景	一八三一	寫本
6	菅山老先生米壽奉賀詩文	竹村修自筆		七絶、寫本
7	山岸某詩文			七絶一首、寫本
8	安藤新雅講正館花樹之詩	箕浦直彝		五律、寫本
9	宮地幹舊因賦ノ詩	宮地幹		寫本
10	宮地介幹禱辨求龍文	宮地介幹		寫本（「虫破損にて開不能」との注記あり）
11	江戸旅館留別諸君之詩	箕浦貞吉		寫本

通番	書名	編著者名	出版者	備考
12	山口氏ニ贈箕浦貞吉（乙三郎）宮地三十郎兩人ノ詩			寫本
13	山口君宅席上賦呈詩文	箕浦直彝		服部佑甫君集、寫本
14	山口風簷講正館花樹之詩	箕浦直彝		和、甲寅三月望日、寫本
15	山口風簷先生講正館花樹宴高韻詩	箕浦順信		春和、甲寅三月望日、寫本
16	山口平三講正館花樹之詩	箕浦直彝		和、三月某日、寫本
17	若州公別業恭賦	箕浦直彝		七絶、寫本
18	秋日客舎集和伊豫士岡子産見恵聞雁作三首	箕浦直彝		七絶、寫本
19	秋日客舎諸君集叔明先生賦奉謝呈詩	箕浦直彝		寫本
20	叔明先生賦呈詩	谷正遠寫		寫本
21	水府赤水詩附松月亭			寫本
22	成章館陪宴高韻ノ詩箕直彝拜草	箕浦直彝		次山口風簷、七絶、寫本
23	石上行雅講正館花樹之詩	箕浦直彝		五律、寫本
24	仙臺野口雅兄講正館花樹之詩	箕浦直彝		三月望日、寫本
25	送赤彦（赤崎彦齡）禮歸省薩藩之詩文	箕浦直彝		寫本

26	椿村尊君六十初度恭賀詩文	箕浦直彝		寫本
27	丙午九日在芝邸作二首	箕浦直彝		寫本
28	平文關（小野鶴山）送別ノ詩	宮地介遜		五絶一句、寫本
29	奉送別詠飛花別　別山口禎君	安竝雅景		寫本
30	墨田川舟遊詩	箕浦直充		寫本
31	箕浦直彝詩文			朔旦冬至、寫本
32	箕浦氏詩文			發丑參年年六十四、七絶、寫本
33	箕浦丈詩	箕浦直彝		寫本
34	箕浦直彝（宇叔）詩文			寫本（破損多し）
35	箕浦直彝海安寺遊吟詩			遊海安寺和谷子興君韻、寫本
36	箕浦直彝詩文			寫本（破損多し）
37	箕浦直彝若州公別業ニテ恭賦之詩	箕浦直彝		冬日、寫本（破損多し）
38	野溫和詩文			右同前と題した七絶一首、寫本
39	靜後春意	竹醉橙？		寫本

古文書（大野市立圖書館）

通番	書名	編著者名	出版者	備考
1	送宮崎子義序竝詩	岡田輔幹著		〈七言律詩一首〉

第三節　福井県関係漢詩集収蔵図書館披見書目一覧表（◎印は鯖江関係）

一　福井大学総合図書館収蔵関係書目一覧表

◎漫遊雑吟・青柳柳涯　写
◎西溪漁唱後集・青柳柳涯　写
◎西溪漁唱・青柳柳涯　写
○道雅上人遺藁・道雅
○道雅上人詩文集・和田幽玄編
○鷗軒詩稿・土肥慶藏著
○藜園先生遺草上下・橋本左内
○醉華吟・廣部鳥道著
◎若越観光詩集・福島桑村著
○北陸游稿・韓天壽著
○小丘園集・初編・菅時憲著
○孔雀樓文集・清田絢　写
◎教餘一滴・小泉靜　写
◎椰陰詩文鈔・小泉靜著
○歳華百詠・松本東橋　写
○東海行程記・高野眞齋手批写
○観海小藁・小栗光胤　写
◎學橋遺稿・大鄕學橋

◎捉月亭詩會發題三十首共分韵　写
○秋聲窓詩鈔・全・關義臣著
○秋聲窓詩鈔・別集・關義臣著
○萊橋遺稿・萊橋餘芳・滋賀萊橋著
◎進德詩集・間部松堂宿題　写
○鶉山詩鈔・杉田定一著
◎松齋詩稿　写
○真齋遺稿・高野眞齋　高野勉編
○真齋遺稿・高野眞齋　写
○詠百首詩歌・高野眞齋　写
○血痕集　杉田定一著　複製
○龍州詩抄・伊藤龍州の詩　写
○山行詩集・高野眞齋自筆稿本
○詩百首和歌題・眞齋自筆稿本
○眞齋文集・高野眞齋自筆本
○眞齋詩歌集・高野眞齋自筆本
○越國名勝詩纂　高野春華編　写
○越國詩文集・高野春華編　写

○懐古詩篇・高野春華自筆本
○春華詩草・高野春華　写
○春華詩草・高野春華　写
◎丹山小稿・高山正編　写
○天如山八境詩・鉄叟編　写
○還讀齋遺稿・天地・富田鷗波
○還讀齋遺稿・富田鷗波　婉編
○還讀齋遺稿・續・富田鷗波
○梅村枯葉集・瓜生寅　写
◎南畝詩鈔・鷲田南畝著
◎南畝詩鈔・鷲田南畝　写
◎西京遊草・山田秋甫著
○芳賀矢一文集・芳賀檀編
○木齋遺稿・乾坤・山本木齋
○木齋遺稿・山本木齋　写
○雨雲清唱（穆如清風）
　矢田部雨山・石橋客来

○東篁遺稿・吉田東篁　透編
◎常足齋詩稿・常足齋（開部松堂）
○養浩堂詩文稿・横田芳
○以文會録事
◎椰陰集・（小泉了諦）
○琴廼舎家集・河津直入著
○春嶽遺稿・松平春嶽
○瀧谷寺道雅・山田秋甫著

二　福井県立図書館収蔵関係書目一覧表

○鸎軒詩稿・土肥慶藏著
◎若越觀光詩集・福島桑村著
◎漢詩集羅無流・第三集　福嶋隆治著
○市橋保治郎少荘時代詩歌稿集　市橋保治郎著
◎椰陰詩文鈔・小泉了諦著
○鶉山詩鈔・杉田定一著
○血痕集・杉田定一著　複製
○道雅上人遺藁・瀧谷寺道雅
◎南畝詩抄・鷲田又兵衛著
○山本小坡　稿・山本翼著
○春嶽遺稿・松平春嶽・康荘編

○淨勝寺丹山・山田秋甫著
○瀧谷寺道雅・山田秋甫著
○鴻雪爪翁・服部荘夫著
○鳥山崧岳翁小傳・石橋重吉著
○藤島餘芳・富田厚積編
○藤島餘芳・續編・關義臣編
○金崎宮御祭神六百年大祭獻詠集
◎若越愛吟愛誦集・石橋重吉編
○晩成園随筆・山田斂著
○早川彌五左衞門武英　斎藤秀助著
○中根雪江先生
○梅田雲濱遺稿竝傳・佐伯仲藏
○梅田雲濱先生・佐伯・内田

○橋本左内全集・景岳會編
○橋本景岳全集・上下　景岳會編
○橋本綱常先生　日本赤十字社編
○横井小楠・上下・山崎正董著
○横井小楠傳・上中下・山崎正董著
○横井小楠遺稿・山崎正董著
○岡倉天心全集・第七巻
○芳賀矢一文集・芳賀檀編

三　福井市立図書館収蔵関係書目一覧表

○庚申風月集・淺見置良編　写
○靜観舍八勝・高野眞齋編　写
○詩稿鈔錄・伊藤錦里　写
○千秋齋稿・淸田儋叟　写

○孔雀樓文集・淸田儋叟著
○自怡堂詩稿・伊藤君嶺著
○龍川（先生）詩鈔・淸田龍川著
○炎洲詩稿（炎洲雜詩）

雨森壻質　写（自筆カ）
○春華詩草・高野春華　写
○東篁遺稿・吉田篤著
○血痕集　杉田定一著　複製

年表編の終わりに

第一節　福井県関係各藩の重要事項（上段）鯖江関係重要事項及び漢詩文収録書作者名（下段）総合年表

この表では、西紀一六〇〇年以降にしたのは、福井藩が成立するのは、関ヶ原の戦い後間もなくであったからである。また、この表の、上段、下段ともに関係することであるが、幾つかの年表が一九九九年で終わっており、以降の記事が十分参照出来なかった憾みがある。しかし、時代の趨勢で、漢詩文関係の重要事項も少なくなっているので特に問題はなかった。下段には福井県関係の漢詩文書を全部記載することも考えたが、鯖江を中心とした研究書であるので、鯖江関係の書籍だけに限定した。

第二節　福井県関係の漢詩文収録書発刊（推定成立）年次一覧表

この表は、『「福井県関係漢詩集、橋本左内、橘曙覧」文献資料の研究』（福井大学、平成十五年・二〇〇三年三月刊）所収の「福井県関係漢詩集関連文献目録」前川幸雄著を基礎として作成した。

右の目録は、二〇〇三年末までに県内の図書館の蔵書目録を調査すると同時に、県内の各図書館に協力を依頼して作成している。従って、この「福井県関係の漢詩文収録書発刊（推定成立）年次一覧表」には、二〇〇三年当時には知られていなかった文献と、同年以後に刊行された書籍等の記事が追加記述してある。（なお、「備考」欄は未調査の書については記入していない。）

第三節　福井県関係漢詩集収蔵図書館披見書目一覧表（◎印は鯖江関係）

この表には、最近出版された福井県関係の個人の漢詩集が収蔵されているかどうかまでは記入していない。これについては、研究者各位が必要に応じて図書館に問い合わせて戴きたい。（なお、第二節の表には、最近の出版の情報も知り得た限りを記述しているので、参考にして戴けると思う）。

初出一覧

◎左記の文献関係以外は書き下ろし。

第一章【序説編】

第二節、第四節関係。

「鯖江の漢学」『新しい漢文教育』第十五号『全国漢文教育学会会報』全国漢文教育学会　一九九二年

第二章【書誌編】

『福井県関係現存披見漢詩集初探』（第一稿～第六稿）

福井工業高等専門学校研究紀要　人文・社会科学　第十九号～第二十六号（一九八五～一九九二年）

第一節　第一期

七　大鄕浩齋は【論考編】三を参照。

九　「土屋得所詩集『桂園小稿』再考」『会誌』15　鯖江郷土史懇談会　二〇〇七年

一〇　青柳柳塘は【論考編】四、五を参照。

一二　「大鄕學橋の漢詩文集の研究」『会誌』18　鯖江郷土史懇談会　二〇一〇年

一三　「『常足齋詩稿』初探」『会誌』16　鯖江郷土史懇談会　二〇〇八年

一五　芥川歸山は【論考編】の一を参照。

一七　青柳柳崖は【論考編】五を参照。

第二節　第二期

一九　「竹内淇の二種の書籍について」　『会誌』17　鯖江郷土史懇談会　二〇〇九年

二〇　「小泉了諦・柳陰（靜）の漢詩文集の研究」　『会誌』19　鯖江郷土史懇談会　二〇一一年

第三章【論考編】

第一節　論考

一　「鯖江藩における「漢詩」學習の研究」　仁愛大学研究紀要　第七号　二〇〇八年

一　「『常足齋遺事』（芥川舟之編）研究―漢詩二十九首略解―」　国語国文学　第四十九号　福井大学言語文化学会　二〇一〇年

二　「芥川丹邱作「有馬八勝」小考」　國學院中国学会報　第五十一輯　二〇〇五年

三　「大鄕浩齋及び大鄕學橋の詩文集の研究」　仁愛大学研究紀要　人間学部編　第八号　二〇〇九年

四　「『西溪漁唱』の研究　序説」　國學院漢文学会報　第三十六輯　一九九〇年

五　「青柳柳塘、柳崖父子の漢詩の研究―「池田鄕」の詩について―」　敦賀論叢　第五号（敦賀女子短期大学紀要）　一九九〇年

六　「野鷗松谷先生遺艸」研究―その閑適の世界―　敦賀論叢　第四号　（敦賀女子短期大学紀要）　一九八九年

第二節　註釈

一　「嚮陽溪」「嚮陽溪記」及び「看嚮陽溪圖有感」の註釈　会誌13　鯖江郷土史懇談会　二〇〇五年

第三節　評釈

一「野鷗松谷先生遺艸」の漢詩二十五首の評釋　『土星』第四四号～第五五号　土星社
一九七九年～一九八四年

二「松谷野鷗の橘曙覧翁國風八首の漢詩譯」　橘曙覧研究　第三号　橘曙覧研究会　二〇一三年
「同題名」の改稿を、会誌21　鯖江郷土史懇談会　二〇一三年に掲載。

第四節　書籍などの紹介

一『芥川歸山先生閲　膾炙絶唱　全』紹介　会誌14　鯖江郷土史懇談会　二〇〇六年

二「征露詩紀」（『吉川村郷土誌』第二輯所載）

＊第三節　評釈の（二）以外は、前川幸雄著『鯖江の漢詩集の研究（論考編）』以文会友書屋、二〇一二年十月三十一日、に掲載した。

第四章【年表編】

第一節　福井県関係の総合年表

第二節　福井県関係の漢詩文収録書発刊（推定成立）年次一覧表
『「福井県関係漢詩集、橋本左内、橘曙覧」文献資料の研究』の「福井県関係漢詩集関連文献目録」
福井大学　二〇〇三年

第三節　鯖江関係の漢詩文収録書収蔵図書館披見書目一覧表
『福井県関係現存披見漢詩集初探』第一稿　福井工業高等専門学校研究紀要　人文・社会科学
第十九号　一九八五年

以上。

あとがき（鯖江の漢詩集の研究）

福井大学を定年退官する直前だったと思う、元の福井大学学長の兒嶋眞平先生を学長室に訪ねてお目に掛かった時、話の中で「まだお若いのだし、これからが、本当の仕事が出来る時ですよ、ぜひ漢文を素人の我々にも分かるように易しく紹介してください。そういう仕事をする人が、いまこそ必要ですよ。」と言われた。

退職後、福井県美浜町の『わかさ美浜町誌』でいくつかの漢詩文の註釈をする仕事をした。そして、漢詩文の注釈については、二、三の方から「現代語訳があって有り難い。書き下し文だけでははっきりしない所もよく分かります。」と言われた。

平成二十一年、『橘曙覧の漢詩入門』を出版したとき、口語訳を付けて出来るだけ分かり易くしようと努めた。この『鯖江の漢詩集の研究』をまとめるに際しても研究書ではあまり見かけない漢文や漢詩に現代語訳を付けたものも入れたのは、右のような経緯があったからである。

なお、鯖江とのかかわりについて述べておきたい。

私は、次兄と姉二人が師範に入り、兄は奉職一年で応召し戦死したが、姉二人は鯖江にあった女子師範学校を卒業後教師になった。そして特に長姉は定年まで池田町で小学校の教師をしていた関係で、子供の頃から「鯖江」と「池田」という地名をよく耳にしていた。また、その後、私自身にも縁があって鯖江市にある福井工業高等専門学校に二十六年間勤務した。それが鯖江の漢詩に関心を持つきっかけになった。特に池田町の集落のことは長姉の話の中で聞いていたし、子供の頃には姉が勤める小学校を訪ねたこともあったので、それが意識の底にあって青柳父子の「池田郷の詩」の舞台を尋ね歩こうという気持が起きたように思う。

私は、高校二年生の頃から漢詩文を好むようになっていた。そして、当初は国文学を勉強するつもりで國學院大学へ入学したのであるが、学部の三年次から漢文学を専攻することにした。その後、東京での高校の定時制の教師と大学院生という二重生活を終えて、二十代の終わりに福井高専に就職した。数年後、内地研究員として京都大学人文科学研究所へ派遣されて、改めて漢文学の研究方法を学ぶ機会が与えられた。

この内地研究を終えて勤務校へ戻った頃から、中国語への興味を持つと共に、数年後には中国語を担当するようにといわれたことから、日本の漢詩文に対しても改めて関心を持つようになった。その頃から福井県の文学を漢詩文も含めて広く考えてみたいと思うようになった。

折しも、福井県の漢詩集に強い興味を持つ水島直文氏と知り合った。今から四十年ほども前である。そして、数年間、福井県の漢詩集について共同調査をし、その結果を福井高専の「研究紀要」に掲載した。このことを考えると、水島直文氏は、この研究をまとめる上での最初の恩人である。ただ残念なのは、水島氏は昨年十二月に他界されて、私のこの本についての批評を聞けなくなったことである。私は衷心より感謝を申し上げるだけである。

さて、福井県には、この種の漢詩文の研究書は極めて少ない。しかし、この研究はまだ十分とはいえないので、各方面の方々からお教えを頂いてから本にしようと考えていた。けれども、年齢や体力を考えると、この辺が潮時であるとも思われたのでまとめる決心をした。先行研究がほとんど無い分野で、手探りであったから、不備の箇所は多いと思う。それらについては、今後も出来る修正はしたいと思っている。お気づきのことについては、是非ともご教示、ご協力を賜りたいと思う。

コンピュータ社会になり、本離れが進む中にあって、こういう書物が果たして読まれるかどうかは、甚だ心許ない。しかし、私は、流行には左右されず、これからも地域の文化を発掘したいと思っている。私が研究し紹介したいものは、地域が創りだしたその地域独自の文化である。

終わりに、橋本政宣氏には資料閲覧、写真提供の両面でお世話になった。植田命寧氏には「安房守文庫」の表紙の写真撮影についてご協力を頂いた。それから、福井大学総合図書館が所蔵する資料の写真撮影については、安野辰己氏と同僚の方々にご尽力を頂いた。また、「まなべの館」からは「安房守文庫」のＤＶＤを借して頂いた。

なお、鯖江市資料館（現在「まなべの館」と改称）の竹内信夫氏には、氏が教育委員会に居られた時代から、資料について時折お教え頂いた。同じく資料館の島河麻理子氏には、文献のコピーでご協力を頂いた。一方、國學院大學の漢文学会（現、中国学会）、敦賀短期大学（当時、女子短大）、仁愛大学人間学部、及び福井大学言語文化学会には、論文の掲載でお世話になった。「鯖江郷土史懇談会」の吉田叡会長には『史壇』に原稿を掲載する際に、お世話をお掛けした。論考編その他の箇所の表は原稿作成の段階では学生だった次女（葉月鳰）に度々清書してもらった。また、山本編集室にお願いしたものもある。以上の協力下さった方々に心から感謝申しあげたい。

また、朋友書店の土江洋宇社長には『柳宗元歌詩索引』以後、翻訳詩集二冊・『田奇詩集』、『赤　私のカラー』、そしてこの『鯖江の漢詩集の研究』で、お世話になっている。今回の担当の石坪満氏にも合せて深謝申し上げる。

二〇一四年十二月末日

以文会友書屋にて、前川幸雄　記す。

after Fukui han was established in December 1600. The bottom part shows important matters of *Sabae han* as well as books of Chinese poems and their writers.

Section 2: List of books of Chinese poems in Fukui area.

This Section provides readers with a list of books of Chinese poems in Fukui area. It refers to the book titles, their authors or editors, publishers and the years of publications. Books are arranged in the chronological order. For some of the books, the years of publication are estimated by the present author when they are not documented.

Section 3: List of public libraries and books of Chinese poems written in *Sabae*.

This sections provides readers with a list of public libraries storing books of Chinese poems written in *Sabae* and the books accessible in each of them. There are three libraries: General Library of the University of Fukui, Prefectural Library of Fukui and City Library of Fukui.

- Fukui Prefecture is located in the central part of Honshu Island of Japan and it faces the Sea of Japan. *Sabae* is a relatively small city located almost in the middle part of Fukui Prefecture.
- The expression "Anthologies of Chinese Poems in *Sabae*" refers to collections of poems written in accordance with the conventions of classical Chinese poetry by Japanese who lived in *Sabae*.
- This book is a report based on survey and research of anthologies of Chinese poems written in *Sabae han* (a feudal domain) 1720 through 1868 or in *Sabae* city, which succeeds *Sabae han*.
- This book consists of four chapters: Introduction, Bibliography, Consideration and Chronology.
- **The Chapter 1: Introduction** is mainly concerned with results of the research on the history of *Sabae han*, school education programs in Sabae han, learning activities for classical Chinese poems and writers of classical Chinese poems.
- **The Chapter 2: Bibliography** is a detailed explanation of writers and conventions of classical Chinese poems. It also describes the composition of anthologies and the present author's considerations on it.
- **The Chapter 3: Consideration** is a study and report of research articles, explanatory notes and books of Chinese poems. It also serves as an introduction to the culture of Chinese poems in *Sabae*.
- **The Chapter 4: Chronology** consists of three sections.

  Section 1: Overall chronology with important matters of each *han* in Fukui area occupying the top part and with important matters of *Sabae han* and books of Chinese poems and their writers occupying the bottom part.

  This Section provides readers with a useful overall chronology when both of the top and bottom parts are viewed simultaneously. The top part shows important matters of each *han* in Fukui area

《鲭江汉诗集的研究》

○福井县位于日本本州岛的中部，濒临日本海。鲭江是靠近福井县中部的一个小城市。

○鲭江的汉诗集是收录鲭江的日本人按照中国(古代)的作诗格式，使用汉字创作的汉诗诗集。

○本书是对从1720年到1868年的鲭江藩和之后的也就是现在的鲭江市现存的汉诗集进行调查和研究后写的研究报告。

○本书由《序说编》、《书志编》、《论考编》、《年表编》四部分构成。

○第一章《序说编》，主要叙述对鲭江藩的历史、藩的学校教育、汉诗文学习会，以及汉诗文作者的调查结果。

○第二章《书志编》，详细介绍了汉诗文集的作者、汉诗文集的形式，并针对汉诗文集的构成及其有关(前川的)见解(意见)进行了「考察」论述。

○第三章《论考编》，收集了相关研究论文、作品注释、作品评论、介绍收藏汉诗书籍的研究和报告。在这一章里同时也介绍了鲭江汉诗文的文化。

○第四章《年表编》，介绍了左边三条内容。

第一节　福井县相关的各藩重要事项(上部)、鲭江相关的重要事项以及汉诗文集录的书名和作者名(下部)的综合年表

上部记述了福井藩成立(1600年12月)以后的福井县内各藩的重要事项，下部记述了鲭江相关的重要事项以及收藏的鲭江汉诗文的书名和作者名。上下部结合起来，是一个使用方便的综合年表。

第二节　福井县相关的汉诗文收藏书籍的出刊(推测时间)一览年表

记录了福井县相关的汉诗文收藏书籍的书名、作者或者编辑者名称、出版社、出版年份等，并且一览表是按照出刊年份的先后顺序排列的（出刊年份中有的是推测年份)。

第三节　收藏鲭江相关的汉诗文书籍的图书馆藏书书目一览表

一览表里可以查到收藏鲭江相关的汉诗文书籍的图书馆，在这些地方可以阅览到相关书籍。图书馆有以下三个。

一　福井大学综合图书馆

二　福井县立图书馆

三　福井市立图书馆

著者略歴

前川幸雄（まえがわゆきお）

一九三七年（昭和十二年）福井県勝山市に生まれる。

福井県立勝山高等学校普通科を卒業。

國學院大学にて九年間学ぶ。

福井高専名誉教授。

上越教育大学教授、福井大学教授、仁愛大学人間学部講師を歴任。

現在、福井カルチャーセンターで「論語と諸子百家を読む」「漢詩の名作を味わう」、福井市日中友好協会で「十八史略を読む」講座を担当。


研究書、中国の現代詩の翻訳詩集、口語自由詩の詩集、いずれも数冊を刊行。

『鯖江の漢詩集の研究』は喜寿記念としてまとめた。

鯖江の漢詩集の研究

二〇一五年三月二十日 第一刷発行

定価 一五、〇〇〇円(税別)

著者 前川幸雄

発行者 土江洋宇

発行所 朋友書店

〒六〇六-八三一一 京都市左京区吉田神楽岡町八
電話(〇七五)七六一―一二八五
FAX(〇七五)七六一―八一五〇
E-mail:hoyu@hoyubook.co.jp

印刷所 株式会社図書印刷同朋舎

ISBN978-4-89281-143-2 C3092 ¥15000E